Walter Ruge

Treibeis am Jenissei

Ungewöhnliche Geschichten
aus Deutschland, Russland und sibirischen Lagern
(1928-1998)

Inhalt

Verbannung 1951-1955

Neue Heimat DDR 1958-1990

Nach dem Anschluss

Ein lebensprühendes Buch – W. R. zum Neunzigsten

Letztes Jahr ist er zu *meinem* 75. noch fast hundert Kilometer mit dem Fahrrad gekommen. Von solcher Lebensstärke können wir andern – Junge und Alte – nur träumen. Und so ist sein ganzes Leben gewesen. Und jetzt hat er diese ungeheuer lebendigen, ereignisreiche Lebens-Geschichten uns und sich erzählt: Einer der spannendsten Lebensberichte, der mir je in meinen langen Lese-Erfahrungen begegnet sind.

Aus zwei Gründen vor allem möchte ich diese lebenssprühenden Erinnerungen allen politisch-kritischen und sinnlichen Menschen ans Herz und auf den Nachttisch legen: Zum einen sind sie die exemplarische Geschichte eines sehr engagierten Kommunisten, der sich aber schon in jungen Jahren geweigert hat, der ihm aufgedrängten Parteifunktionärs-Linie seiner Eltern zu folgen: Der sinnenfrohe Nonkonformist, der schon den Jungkommunisten statt in den marxistischen Schulungsabend in die Arme seiner Böschi trieb, einer ihn zutiefst entflammenden ungarischen Venus, ist für mich ein Schlüsselerlebnis nicht nur seiner ganz persönlichen selbstständiger „linken" Existenz – vielmehr eines wunderbaren, unabhängigen politischen Menschsein: Aktiv zu sein für die sozialistische Bewegung, ohne ausschließlich linientreu zu funktionieren.

Zum andern enthält das Buch als Schwerpunkt seinen Lebensbericht aus der Sowjetunion seit der Flucht 1933, vor allem den Bericht über das Leben in stalinschen Arbeitslagern und in der Verbannung in Sibirien 1942-1953: Trotz aller Schrecken zeigt Walter Ruge hier ganz außergewöhnliche Begegnungen mit Landschaften und Menschen, nicht zuletzt Frauen, die zu Freunden, zu Geliebten werden und insgesamt ein völlig anderes Russland vor unserem eigenen Auge erstehen lassen, als jenes, aus der bloßen Gulag-Perspektive, allgemein bekannte.

Als ich Walter Ruges Lebensgeschichte aus der Hand gelegt hatte, spürte ich zum ersten Mal einen starken Wunsch, Russland und seine Menschen kennen zu lernen.

Berlin, 5. Juni 2005 Fritz Vilmar

Ein *Roter Faden* zu meinen Lebens-Geschichten

Am Anfang war das Wort – des Dankes, den vielen Menschen und Freunden, die mich ermutigt haben mit diesen Texten vor die deutsche Öffentlichkeit zu treten. Die Initialzündung zu diesem Buch stammt von Madame Anne-Marie Pailhès, Dozentin an der Universität X in Paris. Mein Dank gilt Professor Fritz Vilmar, Soziologie-Professor an der FU Berlin für wertvolle konzeptionelle Unterstützung. Gleichermaßen bin ich zu tiefem Dank an Frau Renate Uhrbach/Leipzig verpflichtet, die diesen Texten den letzten Schliff gegeben hat.

Vorab möchte ich meine Leser mit einer Art Roten Faden ausstatten, um ihnen die Hauptlinien meines Lebens deutlich zu machen. Denn die folgenden Texte sind *Lebens-Geschichten*, nicht aber eine möglichst komplette „Lebensgeschichte". Solche finde ich langweilig: Man steht unter Zwang zur chronologischen Vollständigkeit.

Diese *Geschichte* wie auch die *Geschichten* des am 7. Juni 1915 in Berlin Augsburgerstraße geborenen Walter Gustav Berthold Ruge, müssen mit dem 1887 geborenen Erwin Ruge begonnen werden. Er prägte uns Jungs, meinen jüngeren Bruder Wolfgang und mich. So kann nicht verwundern, die Maxime meiner Kindheit lautete: „… mein Vater hat gesagt", was völlig identisch war mit „so ist das". Dabei war dieser Vater nicht besonders streng, dennoch sein Wort galt. Unsere Kindheit war glücklich, ungeachtet dessen, dass natürlich sofort „Psychologen" auftauchen, die bereits hier den Ansatz für spätere Parteidisziplin gegenüber der Diktatur des Proletariats entdecken werden. Andere werden in dieser Vaterunterwürfigkeit gerade den Ausgangspunkt finden, der zur totalen Ablehnung der faschistischen Diktatur führte und uns bereits acht Monaten nach ihrem Ausbruch veranlasste unser „Vater"-Land zu verlassen.

Dabei ist wahr, dass man uns kaum etwas zweimal sagen musste. Im Kintopp um die Ecke liefen zweimal in der Woche neue, auch begehrte Cowboy-Filme, Vater meinte „die taugen nichts". Wir hatten nie einen solchen Film gesehen, waren aber zwanglos Vaters „Meinung". Vater war kein Freund von obszönen Zweideutigkeiten, wir akzeptierten es ohne je welche gehört zu haben. Alkohol war zu Hause „tabu", und wir fanden das in Ordnung, ohne je einen Schluck Alkohol getrunken zu haben. Diese Grundansichten formten ungemein, wobei wir eigentlich niemals irgendeinen „Tabu"-Druck verspürten. Dazu brachte Vater zu viel Interessantes, Wissenswertes, immer neue Welten in unser Leben. Die Polarwelt zum Beispiel, Fritjof Nansen, Roald Amundsen, Robert Scott, Robert Peary und andere mehr. Eben nicht der amerikanische Revolverheld aus dem Kino um die Ecke TOM MIX war mein Held. Diese, Vaters Helden, begleiteten mich bis an den Jenissei, den Nansen, gewissermaßen exklusiv für mich schon 1913 befahren hatte. „Sibirien, ein Zukunftsland" von Nansen wurde mein Land, allerdings ohne große Zukunft.

Vater war mit seiner Familie sehr viel „im Freien", weihte uns in Geheimnisse der Natur ein; er besuchte mit uns ständig Museen, ihm hatte es die Malerei angetan. Er vermittelte uns dabei phantasievolle Kommentare zu den Bildern, künstlerische und historische Hintergründe. Behutsam führte er uns auch in die Literatur ein, gewiss selektiv, aber interessant. Da waren die Franzosen Balsac, Zola, Maupassant, die Engländer und Amerikaner, besonders Jack London, Upton Sinclair, Sinclair Louis, Charles Dickens, Mark Twain. Unter den Deutschen Egon Erwin Kisch, der geheimnisumwobene Traven, Kästner, Tucholsky, Brecht, Renn und Remarque. Die Klassiker Goethe, Schiller, Hebbel, Heine, Klopstock und andere mehr überließ er gerne der Schule. Die Eltern besaßen einen kompletten Dostojewski, so folgten denn die großen Russen, Leo Tolstoi, Maxim Gorki, auch die neueren Gladkow, Serafimowitsch, die Kollontai als Schriftstellerin („Wege der Liebe"). Zur Russland-Romantik gehörte auch „Wie Franz und Gretel nach Russland reisten" von Berta Lask, hinzu kamen „proletarische" Märchen der Hermynia zur Mühlen.

Dabei war Vater selbst ein meisterhafter Erzähler, was an unseren Gemütern nicht spurlos vorüber ging. Sein Hass gegen den Krieg – er hatte den ersten Weltkrieg in den Schützengräben der Westfront verbracht – gab er uns, wie mit der Muttermilch weiter. Seine tiefe Abneigung gegen deutschen Chauvinismus, Nationalismus, den heuchelnden Klerus, diese Lektionen hatten wir gut verstanden, und dass das Leben erst beginnt, „... wenn wir sie vertrieben haben" und „l'Internationale sera le genre humain".

Das erste Mal im Leben küsste ich eine neunjährige Mitschülerin in einem Berliner Hausflur ... eine Russin (!), ein Bonus auf meine Zukunft? Es blieb der erste physische Kontakt zum „Russischen", dieser erweiterte sich später beim regelmäßigen Besuch des sowjetischen Botschaftsklubs in der Jerusalemer Straße in Berlin-Mitte. Hier sah ich viele Filme in Originalfassung, Wochenschauen, auch Theater und Konzerte. Hier lernte ich meine erste russische Vokabel „tische!", also „Ruhe!", was allemal gerufen wurde, wenn eine Vorstellung bereits begonnen hatte und der ganze Saal laut seine Plaudereien fortsetzte. Begegnung eines Vatersohnes mit einer anderen Mentalität, kaum sympathisch.

Dennoch bekam das „Russische“ etwas Weihevolles, z. B. wenn russische Fahnen bei diesen riesigen Demonstrationen weithin sichtbar getragen wurden, tiefrot, samten, goldbestickt, da ging ein Raunen durch die Reihen, „eine russische Fahne, seht!“. Später habe ich als engagierter Bannerträger eine solche Fahne, die Betriebsfahne des Moskauer Röntgen-Instituts oft über den Roten Platz, an den Genossen Stalin, Ordshonikidse, Kirow, Kaganowitsch und an den bereits in unseren Pionierliedern besungenen Helden des Bürgerkriegs Woroschilow und Budjonny vorbeigetragen.

Vater konnte auf Dauer nicht die Nummer Eins bleiben, das verstand er sicher, als sich meine erste feste Beziehung, also eine völlig neue Bezugsperson aufbaute. Es war eine ungarische Jüdin, Erszbeth kurz „Böschi“ genannt, der ich rettungslos verfiel, auch wenn ihre Mutter Adele mich hartnäckig weiter einen „Goi“ nannte. Ich musste Böschi fragen was das denn bedeute und lernte, dass unsereins eben nur ein Nichtjude sei. Wenn ich mich allzu unbeholfen verhielt, sagte auch sie mal liebevoll: „Naja, ein Goi“. Trotz eifrigen Studiums des damals prominenten Sexualforschers Max Hodann, sahen meine anfänglichen Liebesbemühungen recht bescheiden aus. „Ein Goi“ kommentierte auch da Böschi und gestand mir, dass sie es sich gelegentlich selbst mache. Ich muss sehr verdutzt ausgesehen haben, für Jungs war mir das geläufig, dass es aber auch bei Mädchen „geht“, war mir neu.

Ein besonders intimes Verhältnis zum Judentum, obwohl unsere Vordenker ja alle nichtgläubig waren, entstand allemal. Meine Ermittler in der Moskauer „Lubjanka“ fanden dagegen bei mir blanken Antisemitismus. 14 Jahre später fand der Oberste Militärstaatsanwalt „heraus“, dass neben anderen Beschuldigungen auch die des Antisemitismus „jeglicher Grundlage“ entbehren, weshalb er meine volle Rehabilitierung verfügte.

Nicht ganz unerwähnt sollten meine Erfahrungen in der Reformschule von Berthold Otto in Berlin-Lichterfelde bleiben. Dieser ungewöhnliche Pädagoge bekannte sich zur „Sozialistischen Monarchie“ selbst in der Weimarer Republik, stieß mit seinen plausiblen Gedanken Herkömmliches um. Die pädagogische „Wissenschaft“ sieht in dieser Schule allenfalls ein Experiment. In einem Disput zum 90. Jahrestag der Gründung dieser Schule wollten heutige Vertreter dieser „Wissenschaft“ herausgefunden haben wie „streng“ es bei uns damals zuging. Als „Beleg“ diente die von Schülern gegebene Verfassung der Schule. Es war in der Tat untersagt zu rauchen oder Tabakwaren in die Schule mitzubringen, es war untersagt Bäume oder Sträucher auf dem Schulhof zu beschädigen, Schulinventar zu zerstören – echte Freiheitsberaubungen. Ein Oberstes Gericht, besetzt ausnahmslos mit Schülern, wachte peinlich über die

Einhaltung dieser gestrengen Regeln und die härteste Strafe war eine eintägige Suspendierung vom Schulbesuch. Heutige Kritiker sind verwundert, dass wir unsere „Unfreiheit“ nicht einmal wahrgenommen haben. Mein späterer Besuch der Neuköllner Karl-Marx-Schule erscheint mir nachträglich weniger prägend, obwohl das Milieu einfacher, natürlich linker, radikaler war.

Von bleibender Bedeutung sollten die direkten Eindrücke meiner gesellschaftlichen Umwelt sein. „Das Sein bestimmte (damals noch) das Bewusstsein ...“ Dazu gehören vor allem diese gewaltigen Demonstrationen im Berliner Lustgarten, die unvergesslichen Treffen des Kommunistischen Jugendverbandes (Halle), die Reichstreffen des Roten Frontkämpfer Bundes im Treptower Park. Unvergessen natürlich der Blutmai 1929 in Berlin, 33 auf offener Straße Erschossene ... ein Vorgeschmack auf das „III. Reich“. Recht gut in Erinnerung das Volksbegehren „Keinen Pfennig den Fürsten!“. Unvergesslich zwei Pionierlager in Hammelspring bei Templin. Erdrückend der Wahlsieg der NSDAP zu den Reichstagswahlen 1930. Im Januar 1924 kam Vater, wieder Vater, nach Hause mit der erschütternden Nachricht: „Lenin ist tot!“, da war ich 8 Jahre alt. So war denn auch meine erste Frage im Moskauer Hotel „Lux“ 1933 „Wo geht's hier zu Lenin?“. Jahrelang bin ich über den Roten Platz, vorbei am Lenin-Mausoleum zur Arbeit gegangen, immer den Blick hinüber zu „ihm“. Mal war der rote Marmor regennass, mal wieder durch Raureif geziert, jedes Mal war es anders.

Aus purem Opportunismus wurde ich später Arbeiter ... die hatten die größten Chancen zum Studium zugelassen zu werden. Als Starkstromschlosser-Lehrling begann ich bei „Mosenergo“ mit 30 Rubeln im Monat und sowjetischen Lebensmittelkarten, mit denen ein Neuling schwer zurecht kam. Später wechselte ich in die Flugzeugindustrie zur Ausbildung als Werkzeugmacher, arbeitete dann als Apparatebauer im Zentralen Institut für Röntgenologie und Radiologie. Bei allem der fanatische Grundsatz: Lernen! Zunächst die russische Sprache, bis heute meine Bezugssprache. Ich wollte nicht auf unausgepackten Koffern sitzen bleiben und warten, dass das Dritte Reich bald zusammenbricht, wollte Bürger dieses Landes werden, hinterlegte meinen reichsdeutschen Reisepass bei der MOPR, der Roten Hilfe und wurde im Frühjahr 1934 sowjetischer Staatsbürger, schaltete mich ein in die landesüblichen Subbotniks, in Moskau u. a. beim Bau der Metro, mit der ich noch heute als mit „meiner“ Metro fahre. Aber ich lernte nicht nur beruflich, mich faszinierte der Segelflugsport, drei Englisch-Semester an der Abendfakultät des Fremdspracheninstituts, uns stand ja Tür und Tor offen, wollte in der Akademie des Nachrichtenwesens ein Studium aufnehmen; eine Uniform zu tragen, erwies ich mich allerdings damals schon als „ungeeignet". Ein Versuch dem Komsomol beizutreten scheiterte, ich schrieb mich aber mit Erfolg bei der Kommunistischen Universität der Nationalen Minderheiten des Westens (kurz: KUNMS) ein, lernte in der Abendfakultät bis zu ihrer Auflösung. Schließlich absolvierte ich eine Ingenieur-Fachschule des Röntgenwesens beim Röntgen-Institut, wo ich ja arbeitete.

Mit Eifer stürzte ich mich in das Moskauer Kulturleben, Operette, Oper, Theater, Kino, Estrade, meine neue Muttersprache erschloss mir das „Weltkulturerbe", auch das in Deutschland bereits auf dem Scheiterhaufen brennende, holte nach, was in Deutschland durch die proletarische Kunst verdrängt wurde, in Moskau war der Proletkult bereits Vergangenheit.

Die neue „Freundschaft" zwischen Hakenkreuz-Deutschland und der UdSSR erschütterte mich tief. Der Überfall der faschistischen Wehrmacht am 22. Juni 1941 lehrte mich das Grausen, rückte aber mein persönliches Bild von der Welt wieder in vertraute Bahnen, Hitler-Deutschland war also doch „unser" gemeinsamer Feind. Vier Tage später wurde ich – wie Tausende vor mir – „geholt". Nach den ersten Bombenangriffen auf Moskau wurden „wir" in das zwei Zeitgürtel östlicher liegende, darum nicht kriegsverdunkelte Omsk am Irtysch „verlegt". Ende April 1942 wurde mir das in Abwesenheit von einem Dreierkollegium in Moskau gefällte Urteil, 10 Jahre Arbeits-Straflager, verlesen.

Zunächst ein riesiges Lager direkt in Omsk, das die evakuierte Flugzeugindustrie wieder aufbaute. Hier wurde ich für längere Zeit „sess-Haft" bis 1949, davon die letzten drei Jahre als Arzthelfer, um dann die lange Reise über Krasnojarsk, zum Polarkreis am Unterlauf des Jenisseis anzutreten und dort weiter als Arzthelfer zu arbeiten. Über eine Anfrage an die DDR-Botschaft in Moskau konnte ich die Adresse der Mutter in Potsdam ausmachen. So entwickelte sich 1953 ein reger Briefwechsel mit der Mutter.

1954 erhielten der Verbannte Ruge, seine verbannte Ehefrau Irina und seine ebenfalls verbannte Schwiegermutter eine Sondergenehmigung für eine „Familienzusammenführung" mit der Familie meines Bruders Wolfgang im Nordural, um mich dort, wie mein Bruder auch, der 14-tägigen Meldepflicht bei einem Kommandanten zu beugen. Obwohl ich 2 Jahre später meine vollen Bürgerrechte zurückerlangt hatte, mit einer möglichen Rückkehr nach Deutschland, bzw. in die DDR, konnten weder ich noch meine kleine Familie sich so recht anfreunden. Hinter dem Ural war schwer zu beurteilen ob sich die braune Brühe in Deutschland tatsächlich „geklärt" hatte. Dabei klangen die Stimmen aus der DDR, darunter die meines früher heimgekehrten Bruders, positiv, ja verheißungsvoll. So ging ich nach 25 Jahren SU-Staatsbürgerschaft mit Weib, ohne Kind (dazu fehlte uns vorerst der Mut) 1958, 43-jährig nach Potsdam, die DDR stand vor ihrem 9. Geburtstag.

In die Röntgenbranche wollte ich, entgegen gewissen „Empfehlungen" nicht und landete als Foto-Umschüler mit 325 Mark im Monat bei der DEFA. Im Jahr 1975 schied ich im Rang eines Leiters eines Großfotolabors aus dem Berufsleben aus. Die Filmwelt bot eine ungewöhnliche Vielfalt. Wolfgang Luderer „entdeckte" mich für seinen Film „Im toten Winkel" – mein Debüt in der Rolle eines sowjetischen Offiziers. Insgesamt habe ich in etwa 16 Filmen solche kleineren Rollen übernommen, als Dolmetscher, als russischer Seemann, auch als deutscher Gutsbesitzer oder Pfarrer. Bedingt durch die ständigen UdSSR/DDR-Koproduktionen gab es auch unentwegt etwas zu übersetzen. In so genannten „Informationsvorführungen" habe ich viele Filme russisch eingesprochen, auch solche, die später nicht in die Kinos kamen.

Mit Vergnügen habe ich Jahre auf Bühnen sowjetischer Soldaten- und Offiziersklubs rund um Berlin/West gestanden, meistens als Conférencier für deutsche Künstler und Ensembles. Mit ebensolchem Vergnügen begleitete ich sowjetische Tanz- und Gesangensembles durch die DDR, so den beliebten König des Puppenspiels Sergei Obraszow. Ich blieb ein sowjetisch-deutscher Mensch wie er im Buche steht, so wurden alle Unrecht-Staat-Ressentiments, jedes Kokettieren mit einer Opfer-Rolle ausgehebelt. Exhibitionismus liegt mir sowieso nicht.

Meine neue, nunmehr dritte Heimat nahm mich, obwohl ich schwierig war, durchaus „an". Es gab z. B. diverse recht solide Auszeichnungen, aber über die sollte man nur reden, wenn man sich genau erinnern kann, von wem sie überreicht wurden! Als Rentner begann, zum Glück gesund, ein völlig neues Leben. Ich hob eine radtouristische Sektion beim Energiekombinat Potsdam aus der Taufe, setzte meine Konzert- und Gastspiel- und meine Übersetzertätigkeit fort. 14 glückliche, unvergessliche Rentnerjahre, gemeinsam mit meiner russischen Frau Irina, vielleicht eine Gutschrift für jene in der UdSSR verlorengegangenen. Im eigentlichen Sinne „verloren" waren auch diese nicht. Ohne sie wäre meinen späteren Wahrnehmungen vieles versperrt geblieben.

Der Erdrutsch, auch „Wende" genannt, brachte mich flugs zurück in meine Kindheit ... Massenerwerbslosigkeit, faschistischer Terror, viel schlimmer als damals diese Massenverblödung durch die Medien, Heuchelei, Betrug, Kriminalität ungeahnten Ausmaßes, völlig ausgeliefert dem Moloch des ewig sprungbereiten Mammons, alles wie damals ... nur dass eben die Weltrevolution damals vor uns war ... jetzt ist sie hinter uns ... und Vater fehlt, der hatte für alles eine Antwort, wir haben keine mehr.

Hier stand nicht die Aufgabe ein neues GULag-Buch zu schreiben, daran ist wahrhaft kein Mangel. Die meisten von ihnen, auch die detailliertesten, verdecken das eigentliche Verbrechen Stalins: Für Generationen, heutige und künftige, die *Große Vision der Befreiung der Arbeit* kaltblütig gelyncht zu haben.

Kindheit und Jugend

Lagerromantik – revolutionär

Es ist eigentlich jammerschade, dass durch die gesellschaftlichen Entwicklungen des 20. Jahrhunderts, der Begriff „Lager“ so negativ besetzt ist – mehr noch, in andere Sprachen bereitwillig übernommen wurde. „Lager“ ist im Russischen ein ganz „normaler“ Begriff – was ein „Pionier-Lager“ ist, versteht jeder Russe ohne Dolmetscher. Selbst in GULAG ist das Wörtchen „Lager“ versteckt.

Es war ein fast unvollstellbares Glück, als uns Brüdern, Wolfgang und mir eines Tages die Vision einer Teilnahme an einem „richtigen“ Pionierlager bevorstand – von Pionierlagern in der Sowjet Union hatten wir schon gehört – wir konnten es einfach nicht fassen.

Die KPD Berlin-Brandenburg (wie man sieht schon damals fusioniert), organisierte 1928 ihr erstes Pionierlager überhaupt. Die lange Vorbereitung begann erst einmal ganz nüchtern mit Spendensammeln, mit Sammelbüchsen, denn es sollte ein Lager für alle, also auch für die Minderbemittelten – vor allem für Kinder von Arbeitslosen werden, deren Eltern man bei der kargen Arbeitslosenunterstützung keinen finanziellen Beitrag zumuten konnte. Durch den Erfolg beim Sammeln für dieses außerordentliche Vorhaben, stieg sogar ein wenig die Chance zur Teilnahme. Jedenfalls hatten Wölfchen und ich ein gutes Sammelergebnis, obwohl unsere Eltern selbstverständlich den bescheidenen (es waren vielleicht 20-25 Mark) Unkostenbeitrag bezahlten.

An einem strahlenden Sommertag in den Großen Ferien versammelten wir uns am Berliner Karl-Liebknecht-Haus am Bülow Platz, das es ja heute noch gibt. Alles geriet zu einer Art Meeting, die Eltern waren gekommen, Freunde hatten die glücklichen Auserwählten begleitet, rote Fahnen wurden geschwungen, und an der Bordsteinkante standen – ich muss heute schätzen – 8-10 Ungestüme, mit roten Transparenten, feierlich geschmückte Büssing-Lastkraftwagen, mit dieser unverwüstlichen Vollgummibereifung, die uns später, bei den schlechten Straßen, durch und durch schüttelten. Über allen – Eltern, Pionierleitern, den Pionieren selbst – lag so ein Hauch von Ungewissheit, von Geheimnisvollem, denn niemand wusste so recht was das denn ist, so ein Pionierlager. Man vertraute auf die vielen, natürlich ehrenamtlichen, Helfer, eine große Reserve in der täglichen Parteiarbeit, meist enthusiastische, arbeitslose Jungkommunisten – die hatten bestimmt vor Ort ganze Arbeit geleistet. Wir Teilnehmer hatten kaum eine Vorstellung wohin uns die Büssing-Ungetüme bringen würden – es wurde eine Fahrt der Roten ins Grüne, ins Blaue.

Der Konvoi setzte sich unter Jubel der Anwesenden in Bewegung, Sprechchöre erklangen, Lieder, ein Schalmaien-Orchester spielte auf, mit einem Wort: der ganze Platz kochte. Unsere Fahrt war vom ersten Moment an natürlich keine Spazierfahrt, die Sitzgelegenheiten grobe Holzbänke, längs der Fahrtrichtung, zwei an der Bordwand und zwei in der Mitte aufgestellt. Der Zweck solcher Fahrten war uns von anderen Anlässen bekannt – Agitation für die KPD, für unsere Jugendorganisation Jung-Spartakus-Bund, für die Freilassung politischer Gefangener. So versetzte uns fast jedes Ortsschild in Alarmbereitschaft, Lieder erklangen, Sprechchöre und Losungen, bei denen ein wortstarker Sprecher rief und die anderen dann im Chor einfielen. Etwa so: „Nieder mit der Regierung!" Und wir schrieen dann: „Nieder! Nieder! Nieder!" Oder: „Der Genosse Thälmann, er lebe hoch!" Und alle riefen: „Hoch! Hoch!" Manchmal wetteiferten die verschiedenen Lastkraftwagen sogar untereinander, wer es besser macht.

So flogen die Kilometer vorbei. In den Dörfern wurde, zum Erstaunen der Bewohner, nicht nur laut skandiert, sondern wir wurden auch kräftig durchgeschüttelt, denn damals grassierte die Unsitte, Dorfstraßen mit unfreundlichen Kopfsteinen zu pflastern. Verpflegung hatten wir vorerst noch von zu Hause, so wurde hin und wieder zum Brotbeutel, wie sich das damals nannte, gegriffen. Unterwegs wurde auch mal angehalten, für kleines und großes Geschäft, denn unsere LKW bewältigten kaum 40 Kilometer in der Stunde. Schließlich schwenkten wir auf einen Feldweg ein – also anscheinend angekommen. Der ‚Büssing' schlingerte hin und her, vor- und rückwärts, was natürlich die gute Stimmung förderte. Dann hieß es „Absitzen!" – absitzen in einem Waldstück, absitzen in den märkischen Sand. Ein einsamer Verschlag war zu sehen – „die Küche", wie man uns erklärte – sonst nichts. Und unser Lager – wo ist das? Also die Zelte, die seien etwas weiter runter zum See, es handelte sich um den Röddelin See. Also Zelte! Wir bewegten uns in Gruppen zu diesen romantischen Unterkünften. Richtige Zelte, runde, wie Mongolenhütten. In der Mitte – wo die Füße sein würden – war ein Pfahl, der alles hielt. Alle Zelte waren noch gar nicht aufgebaut. So mussten wir denn, schon etwas ermüdet, unter Anleitung von Könnern zupacken, zurren und ziehen bis es langsam Abend wurde. In den Zelten Strohsäcke, im Halbdunkel nicht mehr viel zu sehen. Wir verkrochen uns in unser neues Quartier – nicht gerade enttäuscht, aber doch erstaunt ob so einfacher Verhältnisse. Da kam auch schon ein Pionierleiter, der uns erklärte: „Also Wasser gibt es erst einmal nicht! Der Brunnen ist noch nicht bis zum Grundwasser vorgestoßen, wird aber sicher morgen schon Wasser geben!" Also leben ohne Wasser? „Waschen könnt ihr euch erst mal im See – aber nicht trinken!"

Das fängt ja heiter an, aber Pioniere lassen bekanntlich nicht so schnell den Mut sinken. Das Waschen wurde erst einmal für überflüssig befunden, alle hatten sich schließlich morgens die Zähne geputzt. Trinkwasser wurde für den Abend noch versprochen – es kam spät, aber es kam. „Sonne", so nannte man hier einen tiefbraun gebrannten Berliner Arbeitslosen, war mit einem kleinen Gespann, bestückt mit einer nicht allzugroßen Tonne in den Ort – Hammelspring gefahren. Das erfuhren wir bei dieser Gelegenheit – um für alle, aber nicht für alle auf einmal, Wasser zu bringen. Ein großer Becher fand sich ebenfalls ... und jeder bekam einen Becher von diesem kühlen, köstlichen, wohlschmeckenden, duftenden Nass – aber eben nur einen Becher, denn da waren die vielen anderen durstigen Kehlen – und die gemeinsame Küche, wo die Kessel schon für den nächsten Tag vorbereitet wurden.

Der Morgen sah dann schon ganz anders aus. Es begann mit einem Sprung in den klaren See. „Freischwimmer" – das war eine Schwimmstufe in der Schule, wo unter Aufsicht 15 Minuten „frei" geschwommen wurde – hatten mehr Bewegungsfreiheit, Nichtschwimmer wurden etwas kürzer gehalten. Waschen und Schwimmen wurde nicht so streng getrennt, man sprang ins Wasser, schwamm umher und damit war man auch „gewaschen". Da auch die Aborte – später „Acht Zylinder", nach den acht unter einem Donnerbalken aufgestellten Tonnen, genannt – noch nicht „funktionstüchtig" waren, begaben wir uns in einige ausgewählte Büsche. Viel, viel später dachte ich an die bei uns, auch in sowjetischen Lagern (Pionier-Lagern!) üblichen Hygiene- und Sanitärinspektionen, die hätten unser Lager – das übrigens trotz der sichtlichen Mängel, den stolzen Namen des Bürgerkriegshelden Klim Woroschilow trug – auf der Stelle geschlossen, aber wir haben ohne einen Zwischen-„Fall" alles überstanden.

Der erste Tag im Lager war vor allem dazu bestimmt, sich in die geplanten Beschäftigungen, die in Form von Zirkeln zur Verfügung standen, einzureihen, einzutragen. Es gab Sportzirkel, einen Zeichenzirkel (der für das Schreiben der Losungen und der sonstigen äußeren Gestaltung des Lagers zuständig war), Singezirkel, Theaterzirkel, Literaturzirkel, eine Wandzeitungsredaktion, und nicht zuletzt einen Polit-Zirkel, der politischer Bildung förderlich sein sollte. Ich trug mich ohne Zögern in den Politzirkel ein. Handball- und Faustballmannschaften wurden gebildet. Sehr wichtig war die Einteilung der Wachen

– sie hatten sowohl für die innere als auch für die äußere Ordnung zu sorgen. Überfälle waren durchaus (wie ja heute wieder!) möglich, Provokationen hier in tiefer Provinz zu erwarten. Als Erkennungszeichen bekam ein Wachhabender einen Budjonny-Helm – nach dem uns bekannten und besungenen Held des Bürgerkrieges Semjon Michailovitsch Budjonny benannt – und einen Speer, einen ganz normalen Speer als Bewaffnung.

Gewacht wurde rund um die Uhr. Als etwas abenteuerlich galten Nachtwachen. Man muss wissen, dass unser Lager keinen Elektroanschluss hatte. In stockfinsterer Nacht Wachsamkeit und Mut zu vereinen war nicht immer leicht. Besonderes Augenmerk galt der roten Lagerfahne, die Tag und Nacht am Eingangstor hoch auf einem Mast flatterte – die durfte auch in der Finsternis nicht aus den Augen gelassen werden. Es war Ehrensache, sie vor Faschisten (Neudeutsch: Skinhaeds) zu bewahren. Wir gewöhnten uns, patrouillierten nachts als Doppelstreife, hatten ein Dienstzelt, auch ein Thermos mit heißem Tee stand bereit, der Brunnen sprudelte inzwischen gutes Wasser eimerweise. Da man nachts leicht fröstelte, wurden zusätzlich leichte Jacken ausgegeben.

Eines Nachts wurde ich gegen 2.00 zur Wachablösung geweckt – der Wachzyklus betrug vier Stunden. Man schlief wie tot, nach dem Herumtollen, aber ich sprang auf. Helm und Speer zur Hand ging ich mit meinem Genossen in die Nacht. Ein Käuzchen rief, irgendwelche Nachtfalter schwirrten umher, ansonsten herrschte das Rauschen des Waldes, nichts Verdächtiges. Wir schritten unsere Runde ab, routinemäßig zur Lagerfahne ... und siehe da – wir konnten es nicht glauben – sie war weg!! Auch in der Dunkelheit – es bestand kein Zweifel, wir beide hatten das Herzstück des Lagers nicht bewahrt, nicht geschützt, waren wie vom Donner gerührt – was für eine Schande! Wir rannten zum Lagerleiter Rapport zu erstatten, er rieb sich verschlafen die Augen, während wir verdattert stotterten, dass das Undenkbare geschehen ist: Die Lagerfahne ist weg. Er meinte nur, wir sollen die Ablösung abwarten, schlafen gehen ... dann beim Morgenappell könnten wir ja berichten. Uns wurden die Knie weich – beim Morgenappell, wie kläglich würden wir da aussehen, im Polit-Zirkel, meine Wachsamkeit – in der Praxis versagt, man könnte mich sogar ausschließen, das wäre gerecht.

Als sich das Lager zum Appell sammelte wussten alle schon, dass „die Lagerfahne weg ist". Jetzt würden sie auch erfahren, wer sie versiebt hat. Nach dem üblichen Zeremoniell wurden wir Nachtwächter in den Kreis gebeten – zu berichten, wie das heute Nacht war. Wir erzählten mit banger Stimme, dass uns absolut nichts aufgefallen ist, die Nacht sehr ruhig war. „Ruhig, ruhig, aber die Fahne ist ganz ruhig verschwunden!", hieß es. Daran war nichts zu fackeln. Da trat einer der Pionierleiter in den Kreis: „Hier habt ihr eure Fahne, das nächste Mal passt besser auf, wir wollten mal überprüfen, wie es mit eurer Wachsamkeit steht!"

Uns fiel natürlich ein Stein vom Herzen, dass die Fahne nicht in die Hände von Faschisten gefallen war, aber richtig aufgepasst hatten wir nicht. Es gab noch ein kleines Nachspiel im Politzirkel, betreffs Wachsamkeit, von wegen Vorbild, aber dann ging es zur Tagesordnung über, ist glimpflich abgegangen.

Ein großes Ereignis war der Besuch von Max Hölz, Symbol im Kampf gegen die Klassenjustiz, er war nach acht Jahren Zuchthaus frei gekommen. Einerseits die ständigen Proteste und Aufrufe für seine Befreiung. Andererseits wurde rein juristisch klargestellt, dass Max Hölz unschuldig eingesperrt war – was uns Pionieren ja von Anfang an völlig klar war! Und nun, kurz nach seiner Befreiung, besuchte dieses Monument der Standhaftigkeit uns Pioniere, unser Klim-Woroschilow-Lager. Alle waren ziemlich aufgeregt, wie würde er daherkommen, nach acht Jahren Zuchthaus? Dann war er da, lächelnd, kraftstrotzend, ein Kerl wie ein Schrank. Schwarzes Haar, braungebrannt, leuchtende Augen, er war sichtlich gerührt von unserer Begeisterung, unserem frenetischen, nicht endenwollendem Beifall. Er gehörte sofort zu uns, als erstklassiger Schwimmer ging er sehr bald zum See und stürzte sich ins Wasser – es sprudelte nur so um ihn, was für ein Anblick! Er schwamm los, weit hinaus auf den See, wo wir ja nicht hinschwimmen durften. Dann kam er zurück, schnaufend wie ein Wallross, und strahlend wie ein Mensch, der seine Freiheit wieder gewonnen hat. Irgendwie war unser Bild von einem gemarterten Häftling beschädigt. Wir dachten an Hunger, an ein ausgemergeltes Gerippe, und hier nun dieser kraftstrotzende, leicht übergewichtige Koloss. Auf unsere Fragen erklärte er uns, dass er im Zuchthaus ständig die Solidarität der Genossen gespürt und erlebt habe, also nicht hungern musste. Außerdem habe er in der Zelle jeden Morgen seine Turn- und Freiübungen gemacht, so dass er jetzt gut drauf ist.

In diesen Lagern waren ja Geländespiele sehr beliebt, gewiss, sie hatten etwas paramilitärisches, aber das spürten wir nicht. So wurde von uns – beim anstehenden Geländespiel – Max Hölz kurzerhand zum „Roten General" gekürt. Die bange Frage war nur, ob wir unter seinen Befehl kommen würden, denn er befehligte mit Sicherheit „Die Roten", die bei solchen Spielen immer gegen „die Weißen" kämpften. Die Einteilung war zufällig, ein roter Pionier konnte, auch gegen seinen Willen, zum weißen Soldaten eingeteilt werden. Mir fiel dieses undankbare Los zu – ich wurde „Weißer"! Vor dem Geländespiel kam der Polit-Zirkel zu einer Sondersitzung zusammen, wo über die bedingungslose Unterstützung „der Roten“ durch alle Mitglieder des Polit-Zirkels – auch derjenigen, die zu „Weißen“ geworden waren – gesprochen wurde. Es wurden „Techniken“ beraten, wie man die Schlagkraft der „Weißen“ untergraben könne. Während der Patrouillen nicht zu leise sprechen, trockene Äste wie zufällig abbrechen, stolpern, husten, ein breites Spektrum. Also mir missfiel das, wenn ich schon „Weißer“ war, so wollte ich ein „richtiger Weißer“ sein, der ehrlich seiner Armee dient, nicht diese Doppelfunktion ausüben. Aber darüber schwieg ich mich bei meinen Politfreunden aus, komme was wolle. Der Konflikt war programmiert.

An einem sonnengetränkten, ziemlich heißen Tag marschierten die feindlichen Heerscharen in die Bereitstellungsräume. Die „Roten“ erhielten, völlig klar, einen Verteidigungsauftrag. Sie besetzten eine in den See ragende Halbinsel, die nur einen, nicht sehr breiten Zugang hatte. In den anderen Richtungen gab es nichts als Moor und Schilfgürtel, an einer Stelle verlief ein kleines Flüsschen, ein Rinnsal. Die „Weißen“, zu denen fatalerweise auch ich gehörte, mussten einen Angriff in die Wege leiten. Dieser Angriff konnte sowohl frontal, also über die schmale Landverbindung oder eben, fast ausgeschlossen, über das Moor kommen. Die Roten konzentrierten ihre Kräfte auf die Landverbindung. Die Weißen mussten, wenn sie das Geländespiel gewinnen wollten, 15 Kämpfer unbehelligt in die Mitte der Halbinsel bringen. Unsere „Generäle“ hatten folgenden Plan: Auf den Landzugang wird ein spektakulärer Scheinangriff gestartet, während sich eine Eliteeinheit schwimmend über das Flüsschen und dann kriechend über das Moor, dem Mittelpunkt der Halbinsel nähert.

In der ausgewählten Spezialeinheit der Weißen befand sich, außer mir, noch ein zweites Mitglied des Polit-Zirkels. So konnte ich anschaulich verfolgen, ob er unseren verdeckten Vormarsch zu stören versucht, bzw. umgekehrt, er konnte sich überzeugen, ob ich die Weisungen des Polit-Zirkels befolge – eine heikle Situation. Je mehr wir uns dem Wasserlauf näherten, desto „ungeschickter“ benahm sich mein Gesinnungsgenosse, besonders nachdrücklich bekämpfte er die aufsässigen Mücken durch lautes Klatschen. Er entschuldigte sich, folgte dann aber wieder gekonnt seinem Sabotageauftrag. Man fluchte, man schimpfte auf ihn. Da wir von einem Rotgardisten am Ufer anscheinend bemerkt worden waren, mussten wir uns sogar zu einem taktischen Rückzug entschließen. Am gegenüberliegenden Ufer lag ein „rotes“ Boot, die Wachhabenden im Boot schienen irgendeinen Verdacht zu schöpfen, denn einer begab sich im Laufschritt in das Innere der Insel, eindeutig um Meldung zu erstatten. Wir hatten eine neue Ausgangsposition noch nicht ganz erreicht, als von der „roten" Halbinsel her lautes Kriegsgeschrei ertönte – das war „unser" Scheinangriff – gleichzeitig das Signal zum Losschlagen für uns. Wir stürzten uns Hals über Kopf ins Wasser – der im Boot Verbliebene erschrak sichtlich – schwammen an das gegenüberliegende Ufer. Der Wachhabende schlug Alarm, rief um Verstärkung – der Scheinangriff hatte tatsächlich alle „Roten" dazu verleitet, sich ins Kampfgetümmel zu werfen – der Weg für uns war scheinbar frei. Da war aber noch das Moor – in kurzer Zeit robbten, schwammen wir, jetzt schwarz wie die Mohren. Dann ging's im Laufschritt durchs Unterholz, die Mitte der Insel zu erreichen. Dort schrien wir: „15 Mann – Blockade durchbrochen!" Doch der Polit-Zirkel-Mann holte aus seinem Schuh einen völlig durchnässten Beleg (so einen Beleg hatte auch ich in meinem Schuh) und schrie: „Ich bin kein Weißer, ich bin ein Roter, ihr seid nur 14 und habt verloren!"

Nun, das Ganze hatte ein Nachspiel, ein zweites Mal stand ich vor meinen Politleuten, die mich arg dafür rügten, dass ich wieder einmal nicht wachsam war, den „Auftrag" nicht erfüllt hatte – so lernt man.

Ein lustiges Kapitel soll nicht unerwähnt bleiben. Wer in Weimars-Zeiten „*links*" war, der badete – wo es nicht direkt untersagt war – natürlich nackt, Badeanzüge verkörperten „bürgerliche" Vorurteile. Erst später, als diese LINKEN sich im Arbeiter-und-Bauern-Staat, in der Sowjetunion, wiederfanden, wurden sie belehrt: „LINKS" oder „Revolutionär" ist durchaus nicht identisch mit Nudismus. Kurz nach der Oktoberrevolution gab es zwar eine Bewegung „Doloi stid!" (Nieder mit dem Schamgefühl), deren Anhänger, zum Entsetzen der Passantinnen mit roten Kopftüchern, splitternackt durch Moskaus Straßen defilierten. Aber diese revolutionären Vorkämpfer konnten sich nicht durchsetzen – die herkömmlichen, die bewährten Sitten, mit Mutterflüchen und ohne Nudismus waren den Udarnikis vertrauter. Auch die Jungkommunisten aus Deutschland, die ihren linken Traditionen an den Ufern der Kljasma nachgingen, mussten das sehr bald einsehen.

Für uns war die kleine Kljasma bei Moskau (noch) weit, wir verwirklichten unseren Revoltegeist mit Nacktbaden, wenn es auch dem einen oder anderen anfänglich etwas ungewohnt erschien. Es dauerte vielleicht vier bis fünf Tage, da erschien der Gendarm aus Hammelspring, um zu verkünden, dass er das Nacktbaden ab sofort verbiete. Na, das rührte an unserer Pionierehre, jetzt wurde das Nacktbaden überhaupt erst interessant, eine revolutionäre Tat. Niemand wollte sich an das Verbot halten – Baden wurde jetzt zum Protest gegen die Staatsgewalt.

Der Dorfgendarm kam wieder, erklärte, dass unser Baden „öffentliches Ärgernis errege". Wieso denn? wollten unsere Pionierleiter wissen, niemand weit und breit könne sich an uns „ärgern". „Vom Wasser her", erläuterte die Staatsgewalt. Der Röddelin See war ein Durchgangsgewässer, eine Wasser-Straße, und die Segler und Paddler sollen „Anstoß" genommen haben. Neugierige Blicke hatten wir gelegentlich schon eingefangen, aber wie wir damit „anstößig" geworden sein sollten, war nicht zu ersehen.

Da unsere kleine Pionierrepublik durchaus schon diese begehrten „plebiszitären Elemente" hatte, kam das Völkchen zu einem spontanen Entschluss: Wir ziehen mit einer Protestdemonstration zum Gendarmen nach Hammelspring. Das war nicht weit, vielleicht zwei Kilometer zu marschieren. Unsere Lagerleitung fand das annehmbar. So marschierten wir am nächsten Tag vor das Gemeindeamt – das Besondere bestand darin, dass fast alle Protestierenden splitternackt und angemalt wie ein Indianerstamm waren. Solange wir uns auf dem Feldweg zum Dorf befanden, war die Welt noch heil. Als aber der Zug auf die Dorfstraße einbog, die „Behörden" von Hammelspring dieses jauchzende Knäuel von Adamskostümen erblickte, kapitulierten sie nach ganz kurzer Zeit: „Geht bloss zurück auf euer Gelände und treibt dort was euch beliebt, wenn's sein muss auch Nacktbaden!" So wurde dem Ärgernis ein Ende gesetzt.

Wiedergeburt der Antike

In der Pubertät empfinden Schüler, Jungen und Mädchen, sich selbstverständlich anders, als in der schlummernden Kindheit. Wir Jungs jedenfalls machten in unserem Umfeld immer neue Entdeckungen. Am Auftreten, am Eintreten der Lehrer in die Klasse machten wir – und waren uns da ziemlich sicher – aus, wie es dem Lehrer in den letzten 24 Stunden ergangen ist. War ein Lehrer, der sonst allgemein sehr freundlich war, etwas vergnatzt, so musste was in der Familie nicht in Ordnung sein, vielleicht hatte seine „Alte" ihn wieder mal Maß genommen. „Atze Gehrig" (ordentlich Herr Gehrig genannt), ein meisterhafter Billardspieler, konnte nur vergnatzt sein, weil er am Vorabend am Billardtisch verloren hatte. Herr Müller, ein ganz besonders einfühlsamer Lehrer, war nie vergnatzt, dafür bemerkten wir bei ihm hin und wieder Blässe und tiefe Schatten unter den Augen – für uns ein sicheres Indiz, dass er „es" am Vorabend wieder einmal tüchtig getrieben hatte.

Über allen stand Herr Papenmeyer, unser Klassenlehrer. Immer ausgeglichen, leuchtend, fast schelmisch seine Augen, drahtig-muskulös sein Körper, der Teint stets gebräunt, wie es heutzutage bei Solariumskunden anzutreffen ist – bei ihm war es der Alpinismus, er war leidenschaftlicher Bergsteiger. Er hatte eine hohe, offene Stirn, die in leicht gewelltes dunkelblondes, beinahe rot-braun wirkendes Haar überging. Ganz ungewöhnlich war seine Nase – nein, eine Hakennase war es nicht, aber sie hatte diesen mächtigen Schwung, die an einen großen Papagei erinnerte, dazu große, bewegliche, mitspielenden Nasenlöcher, die, Nüstern gleich, alles umwitterten. 10 Jahre nach Abdankung des deutschen Kaisers war dessen Schnautzbart bei Lehrern noch sehr gefragt – Papenmeyer war stetes glatt rasiert. Auf der Nase trug er eine – für damalige Verhältnisse – unübliche (man trug Hornbrillen), luxuriöse, goldene (goldschimmernde) Brille, die seine Gesichtszüge nicht verdeckte, eher noch betonte. Mit seinen vielleicht 1,90 Metern Größe war er nicht schlechthin eine stattliche Erscheinung, er war ein Monument, hatte mit seiner erhabenen Haltung, seiner Art zu Schreiten etwas Antikes – nicht im Sinne einer Ruine, sondern seiner Würde. Unter uns Schülern erfreute er sich – völlig zu Recht – großer Beliebtheit.

Als Klassenlehrer sprang er oft, man möchte sagen gerne, als Vertretung „Turnstunde“, kein Wahl-, sondern ein Pflichtfach, ein. Es war aber gar nicht nötig uns zu Sport zu „verpflichten“ – auf unserer Werteskala stand Sport ohnedies ganz oben – „Memmen“ und „Schlappschwänze“ wollten wir nicht sein, eher „kernig“ und „drahtig“. Das hatte wenig zu tun mit dem späteren „deutschen“ Männer- und Heldenkult – das Milieu hier eindeutig links – war dennoch so ein Überbleibsel aus der guten alten Preußen-Schule. Für das Abzählen flehte unser Papenmeyer nicht – wie das heute so drollig zu beobachten ist – hilflos mahnend: „Nun bleibt doch mal einen Moment auf der Stelle stehen, damit ich euch zählen kann.“ Es hieß kurz – wie bei Preußens – „Antreten!“ und „Durchzählen!“, und die Zahlen liefen wie ein Lauffeuer durch die Front.

Fußball war damals weniger beliebt, wir spielten meistens Handball – der Schiedsrichter war natürlich Herr Papenmeyer. An den Geräten machte er uns allen noch etwas vor, Bauchwelle, Kniewelle, sogar eine „Sonne“, eine Riesenwelle brachte er am Reck zuwege. 30 Klimmzüge zog er mühelos an. So etwas schaffte Achtung unter uns Jünglingen und Autorität – nicht durch Zwang, sondern durch beneidenswerte Leistung. Herr Papenmeyer wurde beinahe schon zum Idol. Einmal in der Woche gab es neben der „Turnstunde“ eine Schwimmstunde im Stadtbad Neukölln, Ganghoferstraße, für damalige

Verhältnisse ein Traumbad – das Schwimmen gehörte ohne Zusatzgebühren zum Unterricht. In einem halben Jahr konnte unsere Klasse komplett schwimmen und die meisten erwarben, hier im Stadtbad unter Aufsicht von Herrn Papenmeyer das „Freischwimmerzeugnis", d. h. ein Zertifikat über 15 Minuten „freies" (also ohne „Festhalten") Schwimmen. Das war ein begehrtes Dokument, denn bei Klassenausflügen hieß es „Antreten!" – „Freischwimmer vortreten", und diese konnten dann auch tatsächlich „frei" umherschwimmen.

Bevor wir ins Schwimmbecken gehen durften gab es ein kleines Stück Seife und anschließend ein Duschbad – der Hygiene wegen. Nur gingen immer wieder Jugendliche und Erwachsene sehr formell an die Reinigung heran, zogen beim Duschen nicht einmal die Badehose aus. Da wachte ein Bademeister über die Einhaltung der „Badeordnung" – bei uns übernahm diese Funktion, lose mit einem Handtuch über die Schulter, wie mit einer Toga bedeckt, unser Klassenlehrer. Genauso wie beim Bademeister mussten wir, nach Aufforderung, die Pobacken auseinander ziehen, nachweisen, dass wir auch nicht gemogelt hatten. Diese Prozedur löste stets große Heiterkeit aus, schien auch dem Herrn Lehrer sichtlich Spaß zu machen. Meistens wurde man von ihm noch in den Po gekniffen oder mit einem Klaps beehrt. Wenn wir dann alle im Wasser waren kam auch Herr Papenmeyer – ein vortrefflicher Schwimmer – ins Wasser und wir spielten „Einkriegezeck", bei dem man einen „Schlag" an einen anderen weiter geben musste, oder „Stucken", d. h. kraftvolles Abtauchen des Opponenten, der dann durch Unterwasserschwimmen die Flucht ergriff.

Herr Papenmeyer belegte natürlich eine der wenigen Umkleidekabinen. Wir Schüler hatten auf der Empore, einem Balkon rund um das Schwimmbecken, kleine Spinde für unsere Kleidung. Wir kamen nach dem Bade hoch, rubbelten uns mit Handtüchern – auch gegenseitig – trocken, da wurden die heranreifenden Organe, auch durch Befühlen, schon mal beurteilt. Die mehrfach Sitzengebliebenen hatten da einen beneidenswerten Vorsprung. Andere rannten splitternackt zu diversen Spiegeln, winkelten ihre Ellenbogen an, um die geballten Bizeps zu sehen, bzw. zu überprüfen, ob diese seit der letzten Schwimmstunde merklich größer geworden waren – in diesem Alter will man vor allem stark sein. Diesem Drang kamen wir in diversen Sportorganisationen, Jugendorganisationen der Parteien und Konfessionen nach. Dort gab es Winter- und Sommer-„Lager", Geländespiele und Wettkämpfe. Fiel die Bizepskontrolle zu mager aus, wurden gleich hier auf den Fliesen des Stadtbads ein paar Liegestütze nachgeliefert, bei denen der inzwischen erschienene Herr Papenmeyer uns noch ansporte.

Aber dieser Abgott konnte auch recht grantig sein. Entgegen der heutigen, laschen, unter Schülern eher lauffaulen Mentalität, machten wir stramme Märsche, und zählten auch gleich die Kilometer und den „Durchschnitt" pro Stunde mit. Der Lehrer Papenmeyer – das hatten wir gar nicht anders erwartet – hielt, wie ein Uhrwerk, unverwüstlich mit. Bei einem Ferienaufenthalt im Schwarzwald hatten wir vormittags den Feldberg bestiegen – nach einer genüsslichen Pause auf dem Gipfel rüsteten wir zum Abstieg. Wir mussten zu einer Bahnstation, um dann per Bahn nach Freiburg im Breisgau – wo wir in einer Jugendherberge untergekommen waren – zurückzukehren. Eine kleine Gruppe gab das Tempo an, löste sich aber mehr und mehr von der Klasse. Uns war natürlich bekannt, dass „Entfernen von der Truppe" nicht erlaubt ist. Aber wir kamen derart in Schwung – es ging zudem in einem wilden, schluchtartigen Tal, in schwungvollen Serpentinen, auf einer breiten Straße bergab – so dass wir uns schon ausrechneten, wie viel früher wir die Bahnstation erreichen würden. Wir gönnten uns keinen Happen, keine Verschnaufpause. Ziemlich erschöpft trafen wir denn auch auf dem Bahnhof ein. Nun begann das triumphierende Zählen, langsam wurde es schon schummrig, die Zeit wurde so unerträglich lang, dass wir befürchteten, den falschen Weg genommen zu haben. Doch da tönten schon die fröhlichen Stimmen unserer Klasse. Die ersten, die den Wartesaal betraten, konnten nur noch warnen: „Also Papenmeyer ist stinksauer!" Erst mit der letzten Gruppe traf denn auch Papenmeyer ein.

Er brauchte kein Wort zu sagen, wie ein echter Mime sprach er mit seinen Augen, seinen Zügen – und das verhieß nichts Gutes. Schließlich sagte er ganz kurz: „Da seid ihr aber tüchtig marschiert, wie viel eher ward ihr denn hier?" Das hatten wir in der Aufregung ganz vergessen – „Es ist fast eine Stunde", sagte einer von uns kleinlaut. „Das ist ja großartig! Da wird es euch nichts ausmachen, auch die restlichen 25 Kilometer bis Freiburg zu Fuß zurückzulegen!" Weiter fiel kein Wort. Wir standen ohne Zögern geschlossen auf und verließen den Wartesaal, hinaus in die dunkle Nacht. Von Müdigkeit war keine Spur mehr, wir pegelten einen forschen Gleichschritt ein, und es ging, es polterte mit unseren krampenbeschlagenen Stiefeln links-zwei-drei und links-zwei-drei die kaum sichtbaren Landstraße entlang. Es muss wohl gegen 23.00 Uhr gewesen sein, als wir Freiburg, und die Jugendherberge erreichten. Auf dem spärlich beleuchteten Hof erspähten wir sofort den Herrn Papenmeyer. Er schritt – doch etwas besorgt – hin und her. Uns begrüßte er knapp. „Na, geschafft? Geht in euren Schlafsaal, die Küche ist längst geschlossen" – irgendwie klang auch ein bißchen Anerkennung in seinen Worten. Die ganze

Klasse hatte im Dunkeln ausgeharrt, auf uns gewartet, sogar vom Abendbrot ein paar belegte Brote für uns beiseite gelegt.

Geredet wurde über diesen Zwischenfall nie. Wir fühlten uns schuldig, brauchten uns aber nicht zu entschuldigen, auch in der Schule wurde nichts „ausgewertet".

Die wirkliche Größe von Papenmeyer bestand aber – als Deutschlehrer – in seiner unvergleichlichen Fähigkeit Literatur zu vermitteln. Sicher war hier unser jugendliches, unbeflecktes Gemüt hilfreich. Aber die literarischen Gestalten nahmen erst durch ihn wirklich Gestalt an, entstiegen dem Papier, sprachen zu uns. Dies verlief besonders gegenständlich, ja ergreifend, unter die Haut gehend, wenn Papenmeyer die Texte vortrug. Das hatte etwas Dämonisches, so sehr wandelte er sich zur dargestellten Persönlichkeit. Es war einfach – bis heute – nicht zu vergessen, wenn er aus Sheakespears „Julius Cäsar" die Rede des Marcus Antonius verlas: „Mitbürger! Freunde! Römer! Hört mich an, begraben will ich Cäsar, nicht ihn preisen" (denn das durfte selbst der zweite Mann in Rom nach dem Tyrannenmord nicht). Und Papenmeyer vermittelt in beinahe lakonischem Ton diesen schlichten Wunsch von Marcus Antonius, seinen Freund begraben zu wollen, um sich dann allmählich mehr und mehr zu steigern in eine glühende – freilich auch etwas demagogische – Rede zur Verteidigung des Cäsars, seines Freundes. Die ganze Klasse hielt den Atem an, wurde zu Römern, die sich von Satz zu Satz heftiger empörten, aufbegehrten gegen den Mörder Brutus. Solcher Vortrag stimulierte uns natürlich zum Weiterlesen, zum Nachlesen, und gefordert von Papenmeyer zur rhetorischen Nachahmung.

Eine andere Szene – nicht weniger beeindruckend – las er aus Erich Maria Remarque „Im Westen Nichts Neues" (Ende der 20er Jahre verfilmt, ein durchaus umstrittenes Buch, erschienen knappe 10 Jahre nach dem „nicht verlorenen" Ersten Weltkrieg) wurde es durch die Diktion Papenmeyers in unsere Herzen verpflanzt. Wir wussten, dass er die Hölle der Westfront, das Artilleriesperrfeuer, die Stacheldrahtverhaue, die Bajonette selbst erlebt hatte. So klang denn in der Erzählung des Erich Maria Remarque immer so ein Stück von unserem Lehrer mit. Verloren waren wir, wenn er aus diesem Werk für uns deklamierte. So erinnere ich mich an die Szene im Trichter – ein deutscher Soldat hat vor dem Höllenfeuer Zuflucht in einem Granattrichter gefunden, sich in relativer Sicherheit wägend purzelte in den Granattrichter, direkt vor seine Füße, ein verwundeter Franzose, ein Feind, ein Erzfeind. Es gab nur eins: Man muss ihn auf der Stelle töten! Der Franzose ist verwundet, erkennt Aug' in Auge mit dem Feind, seine letzte Stunde. Und in dieser Stunde des Mordens wandelt sich der Deutsche, hilft einem Menschen, einem Verwundeten, wie einem Kameraden. Bei Papenmeyer kam das voll herüber: Nur töten, töten! Mit dem Seitengewehr aufschlitzen! Und ganz allmählich diese Zweifel, dieses sich Erinnern an das Geschöpf, den Menschen ... und der dankbare Blick des Franzosen, dass er ihn doch nicht kurzerhand – wie es seine patriotische Pflicht gewesen wäre – abgemurkst hat. Nun, Papenmeyer hatte nicht zufällig gerade diese Stelle herausgesucht, denn sie war beinahe schon die Quintessenz dieses Buches gegen das Morden.

Aber noch lebte ja die deutsche Jugend im Frieden, nicht gerade in tiefstem Frieden, denn fern in Afrika, China oder Indien wurden schon mal irgendwelche „Rebellen", „Banditen" oder „Aufständische" „niedergeschlagen", „zur Raison gebracht", was uns dann – vorrübergehend – auf die Straße brachte. Ansonsten interessierte uns der Sport, ein wenig zaghaft auch schon die kleinen Mädchen aus den nahegelegenen Lyzeen.

Nach eigenem Ermessen ausgewählte Schüler – so eine Art Creme – lud Herr Papenmeyer auch mal zu sich nach Hause ein. Das waren stets sehr fröhliche Runden. Zu trinken gab es Kakao und ziemlich uneingeschränkt Kuchen und Süßigkeiten. Wir – etwa 5 bis 6 Schüler – fühlten uns geschmeichelt, schwiegen aber in der Klasse unaufgefordert über diese kleine Sonderstellung. Es ging durchaus niveauvoll zu, Texte wurden gelesen, auch Schulisches besprochen, gemeinsame Wanderpläne geschmiedet. Zum Abschluss dieser Treffen gab es immer – das ist mir erst viel später aufgefallen – was wir damals eine „Kissenschlacht" nannten. Das heißt, in dem salonartigen, mit Polstermöbeln reichlich bestückten Raum gab es auch eine Menge Kissen, die dann kreuz und quer durch die Gegend flogen. An der allgemeinen Balgerei nahm Papenmeyer aktiv teil, pufft e und kniff (besonders gerne unter der Gürtellinie) in die jugendlichen Körper hinein, nicht so, dass es weh tat, nur so, dass es immer noch Spaß machte. Wir erhitzten uns natürlich dabei erheblich, die Wangen, ja die Ohren wurden knallrot, der Atem hetzte, das Herz schlug heftig. Völlig ermattet verließen wir dann unseren teuren Lehrer und unser unersetzliches Vorbild.

Weniger die Berührung mit dem Lehrer als die allgemeine Erregung haftete noch lange an uns. Das ungestüm-körperliche Element begann uns zu verzaubern. Wie gesagt, mit dem anderen Geschlecht hatten wir nur sehr bescheidene oder gar keine Erfahrungen. Aus dieser Intimität entstand auch manche „Knabenliebe", die unerkannt von den Eltern und der Umgebung als „Freundschaft" verstanden und gefördert wurde, in Wirklichkeit aber viel mehr war, d. h. bis zur gegenseitigen (natürlich manuellen) Befriedigung reichte –

unerwartet intensive sexuelle Beziehungen, die auf die Begegnung mit dem anderen Geschlecht lediglich vorbereitete. Einige – auch aus unserer Klasse – standen durch diese ersten Erlebnisse irgendwie auf der *Kippe*, und sind dann – dies nicht im negativen Sinne – „übergelaufen", haben den natürlichen Übergang an das schöne Geschlecht nicht mehr vollziehen können. Heute hat man ja herausgefunden, dass etwa 8 Prozent der Knaben (bzw. der Mädchen) „von Geburt" homosexuell sind. Meine persönliche Praxis kann das nicht bestätigen. Mir scheint, dass der junge Mensch hier sehr wandelbar ist. Es muss schlicht ein besonders labiles Alter gewesen sein, wo wir Jugendlichen zeitweilig – ohne es bewusst wahr zu nehmen – unentschlossen am Scheideweg gestanden haben. Selbst im fortgeschrittenen Alter sind ja „Umsteiger" bekannt.

Einige Jahre später, wir hatten uns inzwischen schmerzlich von Herrn Papenmeyer trennen müssen, bekamen einen anderen Klassenlehrer, Papenmeyer wechselte sogar in ein anderes Gymnasium, da geschah am Schweizer Matterhorn ein schreckliches Unglück: Einen jungen Mann, einen Bergsteiger aus Berlin, hatte es in die Tiefe gerissen, eine Seilsicherung hatte versagt – einer der Teilnehmer hieß Papenmeyer, fürchterlich. Noch schlimmer wurde es, als nach vielleicht 10 Monaten ein Prozess aufgerollt wurde – wegen grober Fahrlässigkeit. Man beschuldigte einen der vier Bergsteiger – nicht Papenmeyer – den Absturz billigend in Kauf genommen zu haben – aus Eifersucht. Da stand plötzlich Papenmeyers Laufbahn als Lehrer auf dem Spiel – zum Glück wurde er lediglich als Zeuge verhört – der drohende § 175 wurde durch die Verteidigung ganz ausgeklammert. So ein bisschen dachten wir daran, dass auch wir als Zeugen hätten geladen werden können, die „Kissenschlachten" waren nicht vergessen – „Haben sexuelle Handlungen stattgefunden?" – „Aber Nein!" – „Wir bieten Ihnen therapeutische Betreuung durch einen Psychologen an" – „Wozu? Das war *unsere* Zeit, eine gute Zeit, Herr Gerichtspräsident!"

Mundtote Internationalisten

Meine Begegnung mit Frankreich begann im frühen Kindesalter – durch meine Großmutter väterlicherseits, Frau Susanne Ruge. Diese hochbetagte Dame betrachtete nämlich Frankreich als *„Erbfeind"*, also als einen Feind, den man nicht durch widrige Umstände „erworben" hat, sondern, der einem gewissermaßen als „Erbe" mit in die Wiege gelegt wird. Dieser Umstand bewog sie

z. B., ihren Ehemann, meinen Großvater Berthold Ruge, einem honorigen Offiziellen der Deutsche Reichsbank, nicht zur Weltausstellung 1889 nach Paris zu begleiten – zu den „Rothosen“ fahre sie nicht! Ob der Großvater – damals noch ein junger Mann – nun sehr betrübt darüber war, so ganz mutterseelenallein nach Paris fahren zu müssen, bleibt dahin gestellt.

Entsprechend ihrer Grundeinstellung „sorgte“ sich Großmama auch um ihre Enkel. So schenkte sie mir zu meinem achten Geburtstag einen glasierten Tonkrug zum Trinken von Milch – ganz normal. Auf dem Krug allerdings war ein deutscher Kürassier hoch zu Ross abgebildet, der gerade einen blutenden französischen Soldaten mit einer Lanze zu Boden drückt. Respektvoll verzog niemand in der Familie eine Miene – doch kaum war Großmutter Ruge gegangen, forderte mich Vater Erwin auf mitzukommen, den gerade geschenkten Tonkrug sollte ich gleich mitnehmen. Ich hörte natürlich aufs Wort und folgte meinem Vater. Er ging mit mir um das Haus herum zur nahegelegenen Hannemann-Brücke, die über den Teltow-Kanal führte. Dann erklärte mir Vater kurz, dass dies auf dem Tonkrug ein widerliches Bild sei, dass die Franzosen sehr liebenswerte Menschen seien (wovon er sich anscheinend während seiner zweijährigen Gefangenschaft in einem kleinen Dorf im Loire-Tal überzeugt zu haben schien. Dort waren vier Offiziere der kaiserlichen Armee zu recht lebenswerten Bedingungen, bei einem Bauern einquartiert) forderte mich Vater auf, den Großmutter-Krug in einem hohen Bogen in den Teltow-Kanal zu schleudern, was ich natürlich tat – eine erste, etwas drastische Lektion zum Thema Frankreich und Franzosen.

Das deutsche Volk war zwar, auch nach dem Versailler „Diktat“, „einig in seinen Stämmen“ (wie es in der Wiemarer Verfassung nachdrücklich verankert war), konnte aber eine verheerende Inflation nicht verhindern. Wie eine Sintflut brach es über das Land herein. Wechselkurse (zum Dollar) eben noch verkündet, waren sie schon wieder hinfällig. Amerikaner konnten für einen Dollarschein buchstäblich haben was sie wollten. Das „Gehalt“, oder der „Lohn“ waren ganze Rucksäcke voller Papiergeld ... und nur eine Streichholzschachtel „wert“, eben gedruckte Banknoten im Nu überdruckt. Mit dem „Gehalts“-Rucksack ging man sofort einkaufen – ehe er wertlos geworden war.

Das Geld war im Handumdrehen wertlos, bzw. ganz provisorisch schwarz mit einem tausendfach höheren Betrag gezeichnet. Dann, „beruhigte“ sich dieser menschengemachte Wirbelsturm, das Geld, die Währung stabilisierte „sich“. 1923 kam eine so genannte „Rentenmark“ daher, diese wackelte dann auch nicht mehr, hatte einen festen Wechselkurs zum allmächtigen Dollar.

Jetzt aber war Frankreich mit diesem Desaster an der Reihe – Talfahrt des Francs, sich überschlagende Wechselkurse, wie gehabt zum Dollar – plus Billigtouristen aus den Nachbarländern, darunter die Deutschen, die jetzt, wie gerade eben die Amerikaner nach Deutschland, nun nach Frankreich strömten. Für „billig" war unser Vater schon immer zu haben, sicher musste er auch ein wenig rechnen, also nichts wie hin nach Frankreich.

Allerdings gab es auch ein Handicap: Vater hatte als Frontoffizier des deutschen Kaiserreiches hautnah erlebt, wie deutscher Krieg über ein Land niedergeht, wie schwer Präzisionsartillerie – deutsche Wertarbeit – den französischen Norden verwüstet hatte, ganze Städte dem Erdboden gleich, darunter die weltberühmte Kathedrale von Reims, vernichtet wurde. Wie also würden sich Franzosen zu deutschen Tourismus-Invasoren verhalten, die noch dazu mit ihrer nun „starken" Mark den französischen Francs (und die Bevölkerung) demütigen würde?

Vater, der einen starken Hang zum Konspirativen hatte, fand bald einen Ausweg – wir sind einfach gar keine Deutschen, sondern Holländer, Dänen, was auch immer. Damals – d. h. bis etwa zur Ermordung des französischen Außenministers Barthou und des jugoslawischen Königs Alexander I. (1934 – ein Komplott der Canaris-„Dienste") – war man wohlgemerkt immer noch der, für den man sich selber ausgab. Vater und Mutter konnten genug Französisch, untereinander konnten sie bei Bedarf auch mal Englisch sprechen ... na und wir beiden 8- und 10-jährigen Knaben wurden in Vaters „Plan" einfach mundtot gemacht, wir durften in der Öffentlichkeit nicht sprechen, höchstens flüstern, das wurde uns eingebläut, nicht mit Stockschlägen, sondern erklärend-beschwörend. Mit diesem Konzept ging's in den Frankreich-Feldzug.

Alles begann mit einer sagenhaften Fahrt auf einem Ozeanriesen der HAPAG (der Hamburg Amerikanischen Paketfahrt Gesellschaft) – „unser" Schiff hieß „Resolute", das Schwesterschiff hieß „Reliance" – von Hamburg, besser von dem an der Elbmündung gelegenen Cuxhaven. Die Romantik und das Elend der Amerika-Auswanderer hatte noch eine gewisse Konjunktur, so war denn der Kai mit fremdartig aussehenden und düster dreinschauenden Gestalten, mit Kind und Kegel übersät. Wir fuhren III. Klasse, konnten aber „demokratisch" (!) auf dem ganzen Schiff – also auch in der I. Klasse, Speisesäle, Wintergarten, Spielsalons inklusive – umherlaufen.

Aber das Großartigste blieb das endlose Meer. Mit dem zweiten Tag erreichten wir La Manche, den Ärmelkanal (wie man damals noch sagte), die See wurde sehr stürmisch und das Schiff begann sich majestätisch im Wellengang langsam zu heben und zu senken, der Horizont strebte den Himmel an oder verschwand völlig. Da ein merklicher Nebel aufzog, erdröhnte periodisch die Schiffssirene. Wir hatten von Vater unsere Verhaltensregeln – immer in die Ferne gucken, Schiffsmitte halten und tief durchatmen – wurden also nicht seekrank. Im Gedächtnis ist die Kreideküste von Dover mit der vorgelagerten Insel White, das Ausbooten der Passagiere in Southampton – der Hafen war anscheinend nicht tief genug – dann ging's über den Kanal nach Süden, nach Cherbourg, unserem Ziel.

Dort lief das Schiff richtig in den Hafen ein. Wir sahen – für uns ein völlig ungewohnter Anblick – ein Riesenaufgebot der französischen Kriegsmarine, Zerstörer, Torpedoboote, Schlachtschiffe, wie uns Vater erklärte. In Deutschland lief damals auch schon die Aufrüstung für die Revanche (am „Erbfeind") – aber verdeckt ... und hier ganz öffentlich, etwas mystisch-verklärt im abendlichen Dunst und malerischen Sonnenuntergang. Auf dem Kai haben wir beide dann untröstlich geweint, weil wir dieses wunderbare Schiff verlassen mussten – so waren wir in Frankreich.

Nach einer (möglichst billigen) Übernachtung ging es über Rennes nach St. Nazaire, einer mittleren Hafenstadt an der Loire-Mündung, und dann weiter nach Le Croisic. Das war damals natürlich noch ein Paradies, eine Idylle, die man sich heute, wo es mit Ferienwohnungen, Bungalows, Nobelhotels und Casinos zubetoniert ist, gar nicht mehr vorstellen kann.

Als erstes marschierten wir unter Vaters Führung zu einem bescheidenen Restaurant unmittelbar an der Atlantikküste. Es war ziemlich stürmisch, aber Vater wünschte auf der Terrasse Platz zu nehmen. Kommt man als Landratte ans Wasser, muss das Menü auch maritim sein – es wurde Hummer gewählt. Während es rundum kräftig pustete, genossen wir diese Pracht. Dann kam der Hummer. Vater hatte wohl selbst solch ein Vieh noch nie gegessen. Wir kannten ja nur die Flusskrebse, die es in unseren Kinderjahren noch im Überfluss in jedem Berliner Gewässer gab. Aber das hier war ein Flusskrebs hoch drei, vielleicht 40 Zentimeter lang und orange-rot verfärbt. Da wir und unsere Mutti bestimmt dumme Gesichter machten, schickte sich Vater an, den Hummer zu knacken. Er versuchte es so und so, wissend, dass die Scheren das Wertvollste an diesem Monstrum sind, machte er sich ans Werk, aber es wollte und wollte nicht gelingen. Um mehr Handlungsfreiheit zu haben stand er schließlich auf, um sein Werk fortzusetzen. Wir waren natürlich weit von Schadenfreude, lediglich gespannt, aber Mutter piepste schon mal: Vielleicht hätten wir etwas anderes bestellen sollen – Vater schnaufte nur giftig ..., da bemerkte Mutter, dass in der verglasten Veranda, sechs/acht Servierer des Restaurants standen und schmunzelnd den Verrenkungen unseres Vaters, dem allemannischen Recken zusahen. Vater setzte sich sofort, bat devot einen der Herren, die entscheidenden Kunstgriffe am toten Hummer zu vollziehen – so kamen wir denn doch noch zum köstlichen Genuss dieser auserwählten Gattung.

Viel dramatischer war für uns Jungen die lebende, die atmende Natur, wenn wir an den recht menschenleeren Strand gingen. Es war kein sehr breiter Sandstrand, der sich vor einer mächtigen Felsenkulisse schmal am Ufer entlang zog. Hier war, wenn durch die Ebbe das Wasser zurückgegangen war, in den Felsen ein Schaubecken neben dem anderen aufzufinden. Mit Garnelen, Taschenkrebsen, Einsiedlerkrebsen, natürlich Quallen, selten ein kleiner Fisch, und ganz selten auch mal ein Seestern mit seinem magischen Einauge. Wir kannten diese als getrocknete Reste eines wunderschönen Geschöpfs, Vater hatte ein Exemplar einmal mitgebracht. Aber hier wandelten sie geheimnisvoll im Felsbecken umher. Wenn dann die Flut kam, wurde alles überspült, gemischt und besetzt, also wieder Neuentdeckungen.

Wenn die Flut kam – besonders bei Springflut und Weststurm – kleideten uns die Eltern wasserfest ein und gingen mit uns auf die hohe Felsenkante an der Steilküste, um die Brandung des Atlantic hautnah zu erleben. Das schäumende Wasser spritzte an den Felsen zum Teil haushoch in den Himmel, es sah aus wie isländische Geysire, die sich da austobten und die Luft mit einer duftenden Gischt anreicherten. Der Wind pfiff erbarmungslos, aber wir waren nicht zu vertreiben, waren übrigens nicht ganz alleine, neben uns hatten andere Urlauber dieses Schauspiel für sich entdeckt.

Auch in dem kleinen Ort – auf Schritt und Tritt Natur. Besonders auf dem Markt, Fische über Fische. Nun gut, auch ich hatte zu Hause ein kleines Aquarium mit einigen Guppys, aber hier war eine nichtgeahnte Welt, die aus den Tiefen des Ozeans plötzlich auf die Holzplanken des Marktes geschleudert war. Formen und Farben, die jegliche Phantasie überschritten. Aber auch Gemüse und Obst waren für so einen Berliner Jungen eine echte Augenweide, es gab Farben und Formen, die man nie gesehen hatte. So eine Elementarunterweisung in Fauna und Flora. Wie ein Magnet wirkten die steinernen, runden, vielleicht 3 Meter im Durchmesser, 40 Zentimeter tiefen Wasserbecken – dort saßen die lebenden Hummer. Hier waren sie nicht einheitlich orange-rot-gekocht, hier wedelten sie mit ihren Fühlern und, was gefährlich war, sie kämpften auch in der Gefangenschaft gegeneinander. Gefährlich, weil beim Kampf das Leckerste, die mächtigen Scheren, abbrechen konnten, so dass sich kaum noch ein Käufer gefunden hätte. Aber da erschien auch schon der im Bronzeton braungebrannte „Patron“, um die Raufbolde voneinander zu trennen. Mit einem langen Stock und einer deftigen Bemerkung (die wir natürlich nicht verstehen konnten) warf er einen der Kampfhähne in eine andere Ecke des Beckens.

War es am Strand noch relativ einfach mit dem Sprechverbot, bei unseren Streifzügen war ich mit Wolfgang meistens zu zweit – hier auf dem bevölkerten Markt, vor dem Hintergrund dieser Dramatik erforderte es schon eine gehörige Portion an Gehorsam, um nicht als „allemand" enttarnt zu werden.

Für einen deutschen Knaben waren Segelboote etwas Vertrautes, dabei mussten Segel selbstverständlich weiß sein – und da! Auf den Wogen des Atlantiks, besser des Golfs von Biskaya, eine ganze Armada heimkehrender Fischerboote *mit farbigen Segeln*, rot, braun, grün, blau, kaum zu fassen diese allerliebsten Tupfer, bunte Vielfalt. Vater initiierte eine Fahrt mit einem solchen pittoresken Boot, wenn, ja wenn wir (d. h. die Jungs) unsere Klappe halten würden – was wir natürlich hoch und heilig versprachen. Bei ganz ruhiger See und einer leichten Brise ging es morgens los. Ein etwas behäbiger Steuermann saß wachsam am Heck. Das Wasser glasklar, so dass man zu Beginn noch den Grund sehen konnte, und dann ging es in dieser kleinen Nuss-Schale – mit unseren Eltern, die sich wohl als Holländer ausgegeben hatten und ihren beiden sprachlosen Sprösslingen – immer weiter hinaus aufs Meer, das vertraute Ufer wurde immer winziger, nur die steile, graue Felsenküste, die ragte noch am Horizont, und der arglose Fischer schien tatsächlich nichts Böses zu ahnen.

So etwas bleibt in Erinnerung.

Der Endpunkt unserer Reise war Paris. Wir erlebten aus dem Zuge das mit Schlössern verzierte Loire-Tal, Angers, Tours, Orleans. An einer Stelle verwies Vater nach Norden – da hatte er seine zwei Jahre Kriegsgefangenschaft verbracht – als er dann nach Berlin zurückkam, war er für uns ein fremder Mann, wir nannten ihn (wie berichtet wird) unverbindlich-provisorisch „Onkel Erwin". Vater mietete uns in einem Hotel im Zentrum der Stadt nahe der Place de la Concorde und der Madeleine ein freundliches Zimmer. Jetzt allerdings wurden wir für den Ernstfall getrimmt, für den Fall, dass wir im Gewimmel der Riesenstadt unsere Eltern verlieren würden. Uns wurde der Satz eingebläut, und wie ich sehe, habe ich ihn bis heute nicht vergessen: „J'ai perdu mes parents" (ich habe meine Eltern verloren), und „j'habite rue Vignon, 'Hotel Vignon" (also unser Hotel). Damit erschienen wir top-ausgerüstet. Schon am nächsten Morgen bereiteten wir uns auf einen Spaziergang durch die Stadt vor. Wir Knaben waren unseren Eltern, die noch etwas an der Rezeption zu erledigen hatten, langsam vorausgegangen, auf die Straße vor das Hotel.

Der Portier, Galauniform, nicht schlechter ausstaffiert als Jahre später ein sowjetischer Marschall, nur dass er ein paar Fremdsprachen mehr beherrschte, fand schließlich Gefallen an uns beiden Sieben- und Zehnjährigen, sprach uns an. Französisch ... vergebens, Englisch ... auch vergebens, so Holländisch, Spanisch mit demselben Erfolg – wir schwiegen. Ja, er sprach uns Deutsch an, wir verzogen keine Miene, wir hatten unser Spiel gelernt.

Es folgte wohl noch Portugiesisch, aber wir blieben eisern, bis schließlich ziemlich aufgeregt unsere Mutter herbeieilte, sie hatte beobachtet, wie wir uns mit dem Portier „unterhielten", sich dann aber beruhigt – wir hatten „dicht" gehalten. Auf den bewegten, geräuschvollen Straßen konnte man schon mal den einen oder anderen Eindruck im Flüsterton kommentieren. So ziemlich zum Ausgang des Tages brachte Vater uns zum Eiffel-Turm. Unser Traum war es, einmal auf dem – uns von Abbildungen bekannten – Wunderturm ganz oben gewesen zu sein. Bis zur zweiten Plattform ging's zu Fuß – dort wurde gerade, wie aufregend, ein echter Krimi gedreht. Weiter ging's per Lift, die Stahlträger flossen außen vorbei, die Stadt versank tief unten. Endlich standen wir ganz oben auf der Plattform, hoch über den Dächern von Paris, wie in unserem Traum. So ein bisschen orientierten wir uns schon. Da unten die Seine, dort das (alte, jetzt abgerissenen) Trocadero, Sacre Coer. Am Etoile, heute Place Charles de Gaulle, wo der Triumphbogen steht, fuhren die Autos im Kreisverkehr, aber das einzelne Auto ließ sich aus der enormen Masse und der Höhe schwer verfolgen, so schien es, dass alle Autos – wie ein Karussell – unentwegt um den Triumphbogen herumfuhren. Da rief mein kleiner Bruder begeistert: „Kuck doch mal, wie die Autos immer um den Bogen herumfahren!" Ich zuckte zusammen, meinen Eltern blieb einfach die Spucke weg. Nur eine Dame neben uns wandte sich in recht gutem Deutsch an meinen Bruder: „Ist doch niedlich, mein Kleiner, wie die da immer herumsausen!"

Das Eis war gebrochen, ab diesem vorletzten Tag unserer vierwöchigen Reise durften wir wieder laut und deutlich Deutsch sprechen.

Marcels Welt

Unser Gymnasium war kein klassisches Gymnasium mit vorrangigem Latein und Griechisch. Es handelte sich um ein so genanntes Realgymnasium, das sich den Anforderungen des 20. Jahrhunderts „realer" zuwandte, als dies bisher geschehen war, wo durch Latein und Griechisch in erster Linie das künftige Studium in Jura, Medizin und der antiken Geschichte vorbereitet wurde. Die heute so abgenutzten Begriffe wie „modern", „weltoffen" waren noch frisch und unverbraucht. So lernte man dort als erste Fremdsprache Englisch, und zwar so gründlich, dass ich den wuchernden Anglizismen – gerade der Neuzeit – bis heute mühelos standhalte. Dem Englischen folgte in der Obertertia – also im 15. Lebensjahr – das Französische. Da bekam ich – natürlich auch unter dem Einfluss des Elternhauses – so eine vage Ahnung, dass die deutsche Sprache – und ihr englischer „Ableger" – vielleicht doch nicht der Gipfel im Ausdruck und in der Musikalität ist. Einen besonderen Anreiz zum Lernen war die, von Vater in Aussicht gestellte Möglichkeit in einem Schüleraustausch nach Paris zu fahren. Das wurde verständlicherweise mein Traum für das Jahr 1931. Diese Austauschprogramme wurden in großem Umfang in den Sommerferien mit vielen Sonderzügen durch die Deutsche Liga für Menschenrechte realisiert.

Vater, der in der Internationale der Bildungsarbeiter aktiv war, arrangierte – ich könnte heute nicht sagen wie und warum – für mich eine separate Lösung, d. h. ich fuhr nicht mit einem dieser großen Schülertransporte, sondern „privat" zu einer Adresse, die Vater über seine Verbindungen nach Frankreich ausfindig gemacht hatte. Nicht ganz zufällig wurde mein Abreisetermin so gelegt, dass ich zusammen mit einem Bekannten aus Paris fuhr – eine zweckmäßige Lösung: Unser Freund sprach sehr mäßig Deutsch, ich entsprechend mäßig Französisch, ich also bis Aachen und er nach Aachen für alles sorgen konnte.

Verpassen konnte ich meine Gasteltern nicht. Erstens hatte ich ja Pariser Begleitung. Und zweitens war Vater der perfekte Organisator. Nach Paris ging nicht nur ein Foto, Beschreibung meiner Ausstaffierung und mein „Kennzeichen", die obligate „Zeitung in der rechten Hand", natürlich Zug- und Wagennummer. Ich hatte mit unserem Freund auf der Gare du Nord kaum den Bahnsteig betreten, da wurde ich von vier oder fünf Personen einer regelrechten Kusskanonade unterzogen. Für einen deutschen Knaben in diesem zarten Alter nicht gerade alltäglich, zumal sich unter den Enthusiasten auch zwei Damen befanden. Ich musste erst – und zwar so schnell wie möglich – lernen, dass dies hier eben so „üblich ist". Es waren Monsieur Casaurang, seine Frau, eine Cousine der Familie und Marcel, das „Austauschobjekt".

Bei den Casaurangs – das Viertel nannte sich Kremlin-Bicêtre im Süden des Stadtzentrums – angekommen, fand ich einen wunderbar gedeckten Tisch vor, zu dem schon bald das Wort „Aperitif" im Raum stand, welches wir im Unterricht anscheinend nicht gelernt hatten. Mir wurde erklärt, dass „un petit" von diesem Aperitif absolut nötig sei, um den Appetit anzuregen. Nun, mein Appetit war immer gut, nach der langen Reise umso mehr, aber es half nichts.

Dann ging das Tafeln und die Konversation – von der ich weniger als die Hälfte verstand – los. Meine Zurückhaltung beim Wein-Trinken (es war für mich einfach etwas völlig Neues) quittierte der Hausherr mit einer langen Vorlesung über den Nutzen des Weins, seinen positiven Einfluss – auch der große Pasteur spielte dabei eine Rolle – auf die Gesundheit. Ich willigte schließlich ein, denn ich wollte ja drei Monate ein richtiger Franzose sein. Ich erfuhr, dass bereits Kinder stark verdünnt von diesem köstlichen Getränk nippen dürfen. Für mich begann man mit einer „Schondosis", d. h. man verdünnte den Wein mit kaltem Wasser 1:1, das schmeckte zwar nicht sonderlich, aber mir war schon klar: ohne Wein bin ich nur ein halber Franzose.

Als es schon dunkelte, stand ein neues Wort im Raum „une promenade!". Im Deutschen war das eine Allee, eine bepflanzte Straße – hier war es „ein Spaziergang", dem ich sofort zustimmte! Allerdings fragten meine neuen Eltern, ob ich denn außer diesen Knickerbocker (ein gerade gekauftes Prachtstück!) – aus den USA kommende Kniehosen – nicht andere Hosen mit hätte. Ich hatte! – kurze Hosen – die man heute „shorts" nennt. So könne ich in Paris nicht „rumlaufen". Wenigstens morgen müsse man – für mich ungewohnte – lange Hosen kaufen. Sie genierten sich eindeutig und ich wollte nicht ungebührend auffallen. Aber die „promenade" fand statt. So bekam ich denn im gedämpften Licht eines milden Abends der Pariser Vorstadt, auf einem recht breiten, von beachtlichen Bäumen gesäumten Boulevard, meine ersten echten Lektionen in dieser wundervollen Sprache. Mr. Casaurang ein Professeur, also ein Lehrer, ging dabei wahrscheinlich sehr pädagogisch vor.

Marcel ging noch zur Schule – mich hatte man vom Unterricht vorfristig für Paris suspendiert – deswegen war er ja auch noch in Paris. Sein Vater-Lehrer ging seinem Dienst nach. So war ich vormittags weitgehend auf mich gestellt. Das Haus war ein Gartenhaus mit einer kleinen Terrasse, auf der ich in Gesellschaft der Hausfrau diese köstlichen – in Deutschland nicht bekannten – Baguettes mit Butter, Käse, einem Ei und einem „café au lait", einem Kaffee, der mehr aus Milch denn aus Kaffee bestand, zu mir nahm. Nach dem Frühstück ging ich zum Kiosk an der Ecke und kaufte mir mehrere Zeitungen, unabhängig von ihrer politischen Richtung, dann ging es unerbittlich ans Lernen, denn nur dazu war ich ja hierher gekommen. Vier bis fünf Stunden machte ich nichts als neue, unbekannte Vokabeln aufzuschreiben und zu „pauken", halblaut vorzulesen und zu übersetzen. Das machte ich jeden Morgen. Außerdem hatte ich ein Taschenwörterbuch in der Gesäßtasche, und wenn ich alleine unterwegs war, holte ich dieses Wörterbuch hervor, um eine Seite nach der anderen in mich hineinzubüffeln. Wenn Marcel aus der Schule zurück war, schlenderten wir beide in die Stadt.

In Kenntnis der französischen Verhältnisse – besonders des Pariser Nachtlebens – und im Vertrauen auf meine große Selbstständigkeit und meine keineswegs puritanische „Moral", – ein vagabundierender Casanova war mir jedenfalls sympathischer, als diese Horden lüsterner Toutisten – hatte mir Vater einen Brief an Monsieur mitgegeben, der ein De-facto-Blankoscheck für meine Handlungen darstellte und Monsieur von jeglicher Verantwortung für mögliche Folgen entband. Dies betraf vor allen Dingen meine späte Heimkehr am Abend, denn ich hatte etwa 10 Adressen von Freunden, die ich in der Zeit mindestens einmal besuchen würde.

Marcel war ein schmächtiger Junge, fast einen Kopf kleiner als ich, schwarzhaarig, mit verträumten, fast mädchenhaften, tiefbraunen Augen. Vor allem erschien er mir – verglichen mit meinen Klassenkameraden in Berlin – ungewöhnlich schüchtern und, was sich unter Gleichaltrigen nicht verbergen lässt: Noch sehr naiv. Als Marcel eine Woche später in unserer Familie, dann aber in „meiner" Klasse und auf meiner Schulbank heimisch geworden war, soll er – so wurde mir später erzählt – richtig aufgeblüht sein. Er lernte schnell Deutsch, was bewirkte, dass unsere Jungen – auch die Mädchen, wir hatten Koedukation – seinen „Rückstand" in puncto „Aufklärung" sehr bald ausgleichen konnte.

Doch zurück nach Paris. Mr. Casaurang plante in seinem Urlaub eine 40-Tage-Traumreise zu unternehmen. Für mich jedenfalls ist sie eine Traumreise bis auf den heutigen Tag geblieben. Mit einem kleinen Renault-Viersitzer – heute würde man sich vor einem solchen Auto einfach fürchten – beabsichtigte er eine große Rundfahrt, kombiniert mit Besuchen bei diversen Freunden und Verwandten, durch ganz Frankreich zu machen. So war es mir beschieden, zu meinem 16. Geburtstag von Paris nach Vichy – dem späteren Regierungssitz von Marschall Pétain – damals ein Kurort, nach Lyon, nach Evian auf dem französischen Ufer des Genfer Sees – später wurde hier der Waffenstillstand mit der FNLN von Algerien unterzeichnet – dann nach Grenoble, Aix en Provence, Toulon, Cannes, Monte Carlo bis hin an die italienische Grenze bei Menton zu reisen.

Was mich zunächst geradezu betörte waren die herrlichen Südfrüchte, vornehmlich die saftigen Pfirsiche – ich habe den Geschmack bis heute auf der Zunge – die mir diese schöne Frucht in unseren Breiten bis heute so vergällen. Dann beeindruckte mich sehr, wie unkonventionell wir übernachteten. Monsieur hielt in den Abendstunden vor einem x-beliebigen Gehöft, schritt zielstrebig auf den Hof, was nicht immer einfach war, denn auf den Höfen herrschten bisweilen riesige Hunde, mit denen er schnell Freundschaft schloss – wir drei verfolgten das jedes Mal mit Spannung aus unserem kleinen PKW. Er rief dann ganz laut „Patron!" (also Hausherr) und wartete ab. Es kam nicht vor, dass wir abgewiesen wurden. Das Auto wurde auf den Hof gefahren und wir gingen schnurstracks in eine große Küche, wo in der Regel eine größere Familie beisammen saß. Dann wurden uns Zimmer und Betten zugewiesen. In der Küche brutzelte es schon tüchtig auf dem Herd, Rührei, Setzei mit Schinken, viele Sorten Käse (wie ich das in Deutschland nicht kannte), und natürlich Wein. Mein „Patron" unterhielt sich sehr angeregt mit dem Bauern und seinen Leuten. Unsere Pariser Damen hielten sich zurück. Ich wurde vorgestellt, was mir etwas Exotisches gab – mitreden konnte ich auch nicht, weil verdammt schnell gesprochen wurde, na und weil es mit der Sprache eben noch sehr haperte. Wenn am Morgen Monsieur seine Brieftasche zückte, winkte der „Patron" oft ab. Heute ist das sicher anders – in Deutschland jedenfalls war es damals schon „anders".

Nach Menton ging es gen Westen über Montpellier, Beziers, schließlich über Carcassonne in die Pyrenäen. Bei längeren Anstiegen der Straße mussten wir drei Mitfahrenden (Frau Casaurang, ihre Schwester und ich) aussteigen, sonst hätte er den „Pass" gar nicht erreicht. Oben kochte der Kühler meistens, so dass ich mit einem Bidon einen Gebirgsbach aufsuchte, um kaltes Wasser nachzufüllen. Auch Tarbes und Lourdes wurden besucht, ein mir damals unbekannter Ort am Nordhang der Pyrenäen, was selbstverständlich mit meiner atheistischen Grundhaltung zu erklären war. Es war ein Wallfahrtsort. Wir näherten uns zu Fuß einer breiten Bodensenke oder Mulde, in der sich ein weiter Park mit kräftigen Bäumen und grünen Wiesen, mit breiten Alleen und Blumen befanden. Monsieur hatte mich überhaupt nicht vorbereitet, ihm schien nicht vorstellbar, dass jemand so unbeleckt sein konnte wie ich es war. Der Park war mit einem niedrigen Zaun eingefasst, der von Einlassstellen unterbrochen wurde. An diesen Zugängen wurden nur „ordnungsgemäß" Gekleidete durch das Personal eingelassen. Das betraf vor allen Dingen Damen, die „zu viel" Nacktheit an den Tag gelegt hatten.

In den Alleen standen endlose Reihen von Bahren mit Schwer- und Todkranken in Begleitung ihrer Lieben oder Pflegepersonal. Sie hofften auf Genesung durch die Heilige Quelle. Hohe Würdenträger schritten die Reihen ab, erteilten den Hoffenden ihren Segen – das flüsterte mir Frau Casaurang im Gehen zu, denn sie hatte an meinem verständnislosen Blick meine Unkenntnis abgelesen. Frommer Gesang erklang neben der eigentlichen Quelle, einer Grotte in Muschelform, wie man sie für Orchester bereithält. Die Wände waren mit Hunderten, vielleicht Tausenden von Krücken ausgeschlagen, die Genesene, Gerettete einmal erlöst, von sich geworfen hatten. Man mag dem jungen, deutschen Gottlosen verzeihen – mich packte das Grauen, es erschien mir wie ein fürchterlicher Spuk und war dabei so glaubwürdig, denn alle Gesichter drückten tiefen Glauben und Zuversicht aus, so dass ich nicht wagte, meine Zweifel auch nur mit der Miene zu verraten.

Neben den Betroffenen und ihren Begleitern war ein erheblicher Touristenstrom nicht zu übersehen, der sich durch unendliche Souvenirkioske der Stadt entgegen wälzte. Da trat an mich ein Mann heran und sagte in makellosem Deutsch: „Kaufen Sie zur Erinnerung ein paar Postkarten von Lourdes." Nun muss vermerkt werden, dass ich großen Wert darauf legte, im Erscheinungsbild Franzose zu sein, d. h. ich hatte mich in Paris völlig nach dem lokalen Muster eingekleidet. Dazu gehörte das berühmte Beret – deutsch sagte man damals „Baskenmütze" – nicht so wie man es in Spanien trägt, breit über ein Ohr hängend, sondern knapp, fast so knapp wie ein Käppi bei den Juden den Kopf bedeckt, innen mit einem braunen, ledernen, schmalen Band abgenäht. Und da sollte meine ganze Staffage vergeblich gewesen sein, doch der Deutsche durchgeschienen haben? Ich antwortete schlagartig und so gut ich bereits konnte: „Je ne comprends pas" (ich verstehe nicht), der Händler liess sich aber nicht beirren und sagte nur: „Mir, mein Herr, können Sie nichts vormachen, Ihre deutsche Herkunft lässt sich auch unter dem zünftigen französischen Beret nicht verbergen, nehmen Sie ein paar Postkarten!" Ich ging natürlich unverdrossen weiter.

Etwas höher, in den Bergen bei Peau, machten wir mehrere Tage bei Verwandten fest. Monsieur stammte aus dieser Gegend und sprach noch perfekt das im Pyrenäenraum übliche „Patois". Es sei, so erklärte man mir, ein ländliches Französisch mit Elementen aus dem Spanischen. Mir fiel lediglich auf, dass die im Unterricht so sorgfältig eingeübten Nasallaute hier nicht mehr galten, ja ich vermisste sie. Wunderbar waren dagegen die vielen verschiedengefärbten Eidechsen, die ich bei meinen Spaziergängen in den nahegelegenen Bergen entdeckte.

Von Peau ging es nach Bayonne, und dann weiter an den Atlantik nach Biarritz. Wir fuhren direkt an die Steilküste – unvergesslich. Das Meer tobte geradezu, die riesigen Wellen schlugen in mächtigen Brechern gegen die Felsen, diese betörende Gischt, die ich noch aus Le Croisic kannte. Ganz unten entdeckte ich einen kleinen Strand und äußerte den Wunsch zu baden – am Atlantik gewesen zu sein, ohne ihn physisch gespürt zu haben, erschien mir absurd. Monsieur machte eine strenge Miene. Er hatte zwar den Blancoscheck von meinem Vater in der Tasche, der war aber eher für die Gefahren, die Wogen in Paris gedacht, aber hier? Er versagte mir, sichtlich ungern, meinen Wunsch. Erst als ich sehr darauf bestand gab er nach. Die Familie wollte ein Restaurant aufsuchen und in einer Stunde zurück sein. Am Strand war keine Menschenseele, was mich nicht aufhielt. Im Nu war ich in den Wellen, auf den Lippen das Salzwasser. Ich musste nur darauf achten, dass mich die Brandung nicht gegen die Felswand warf, sonst lief alles „normal". Zu weit hinaus wagte ich mich nicht, so ein bisschen Vernunft war übrig geblieben, meine Sachen am Strand wollte ich auch nicht ganz aus den Augen verlieren. So genoss ich ungestört die Elemente, es warf mich hoch hinauf und wieder in die Tiefe, die weißen Kämme der Wellen überrollten mich. Dann schien mir geboten zurückzuschwimmen, es war ziemlich strapaziös. Schnell angekleidet ging ich eine Treppe hinauf und erblickte hoch an einem Mast einen schwarzen Ball, einen Korb. Was das wohl zu bedeuten habe? dachte ich neugierig. Auf einer Tafel war zu lesen, dass das Baden zurzeit wegen des Sturms und der beginnenden Ebbe streng verboten – „Interdit" – ist. Das durften die Casaurangs nicht sehen, sie hätten mir – mit Recht! – Vorwürfe gemacht. So ging ich dem Auto auf der Straße ein Stück entgegen …

Von dort ging es durch die Gascogne in einen winzigen Ort – eine Village, dessen Name mir verständlicherweise entgangen ist, auch dort hatte Familie Casaurang Verwandte – am Garonne. Daran kann ich mich gut erinnern, weil ich unbedingt in dem Fluss baden wollte, es sich aber erwies, dass das Wasser schmutzig, schlammig und recht flach war.

Dann ging es über Perigueux und Limoges, beide sehr malerisch an einem Fluss gelegen. In einem Dorf unweit von Limoges gab es wieder einen längeren Verwandtenbesuch bei älteren Leuten, die sich mit Weinbau befassten. Es besteht ein so enormer Unterschied zwischen gastfreundlichem Überfluss in einen Restaurant, selbst in einem Nobelhotel und hier auf dem Lande. Alles war so frisch, so farbig, so duftend, dass wir alle lange am Tisch saßen, ohne überhaupt noch essen zu können. Wir gingen durch den Ort, so ein bisschen „zeigte" man mich den lieben Nachbarn – nicht die Spur von Abneigung gegen einen „boche" – das beeindruckte mich. Ich wurde auch bekannt mit einem Besenbinder – Jacques – den ich bei späteren Besuchen ins Herz schloss. Er hatte 1916 an der Ostfront – 21-jährig – einen schweren deutschen Granatsplitter in den Oberschenkel abbekommen, worauf ihm das Bein, fast bis an die Hüfte, amputiert werden musste. Er gestand mir, wie verzweifelt er durch diesen, nie wieder gut zu machenden Verlust war. In seinem Alter, wo man an

Mädchen, ans Heiraten dachte, und nun zum Krüppel geschossen. Ursprünglich war er Landbriefträger, ist weite Strecken, von Dorf zu Dorf, bei jedem Wetter gelaufen, und dann alles wie weggehackt. Er hatte keinen Mut mehr zu leben. Das alles erzählte er mir ohne Bitternis gegen den „Feind" von gestern. Er hatte inzwischen eine anmutige kleine Frau geheiratet, sogar zwei Kinder in die Welt gesetzt, und meinte jetzt – 10 Jahre später – es hätte auch noch schlimmer kommen können, immerhin er habe „es" überlebt.

Wirklich bekümmert war er in einer ganz andere Frage, und deswegen war wohl sein Interesse an unseren Gesprächen so groß: Ist es denn wahr, dass in Deutschland schon wieder Kräfte erstarken, die einen neuen Krieg gegen Frankreich, die „Revanche" für 1919 wollten? Nun gut, auch ich sah diese Kräfte, erlebte sie täglich auf den Straßen Berlins, dass aber diese Kräfte in Deutschland jemals die Oberhand gewinnen könnten, schien mir völlig absurd. Es ging also gar nicht darum, den jungen Mann zu beschwichtigen, es wurde zur Nagelprobe für mich selbst: Werden die Braunen Deutschland niederwerfen, alles was uns teuer war – auch die Freundschaft zu anderen Völkern – zertreten? Jacques glaubte mir schließlich, dass es zwar übel aussieht, aber siegen werden „die" nicht, also könnten Jacques und seine kleine Familie ruhig ihr Leben weiter leben. Bei ihm war es das Besenbinden, das ihm das tägliche Brot für die Familie schaffen ließ. Er war durch das ewige Sitzen etwas beleibt geworden, hatte durch die anstrengende körperliche Arbeit den Oberkörper eines Athleten, eines Gewichthebers. Im Sommer verlegte er seine Werkstatt ins Freie, in seinen Garten am Haus, von der Sonne braun gebrannt. Wenn er zugriff knirschte es richtig. Und er war auch immer guter Dinge. Einige Monate schrieben wir uns noch kurze Postkarten – dann kamen die „Revanchisten". Die Restroute ging über Tours und Orleans zurück nach Paris.

Fast schon eine kleine Expedition – nach Paris

Nach einem 3-monatigem Aufenthalt 1931 in Paris – durch Schüleraustausch – schien einer Fahrt in die französische Metropole im darauffolgenden 1932 per Fahrrad nichts mehr im Wege zu stehen. Dieser Plan musste für damalige Verhältnisse wie eine Expedition, sehr waghalsig erscheinen. Gewiss, ich hatte mir genügend Sprachkenntnisse angeeignet, es war auch nicht meine erste größere Fernfahrt – aber ins Ausland, ins ferne Paris, das war eine Gesamtstrecke von etwa 1 200 Kilometern. Ich wurde zum Start gerade mal 17 Jahre, mein jüngerer Bruder Wolfgang – von mir zärtlich „Wölle" genannt – hatte zum Zeitpunkt der Fahrt 1932 nur 14 Lenze hinter sich gebracht. Kann, konnte man ihm schon Tagesetappen von 120-160 Kilometern, und das 7-8 Tage hintereinander, überhaupt zutrauen?

Unsere Fahrten in Deutschland basierten auf einem weitverzweigten Netz von Jugendherbergen. Das war nicht nur sehr billig – eine Übernachtung kostete pro Person 20-25 Pfennig – sondern garantierte auch eine gewisse Sicherheit und Geborgenheit. Da gab es den „Herbergsvater", der immer mit Rat und Tat zur Seite stand, da gab es Wanderer und Radtouristen, die helfend zu Seite standen.

In Frankreich gab es das alles nicht. Wir waren angewiesen auf billige, kleinere Hotels, bekannt als „Absteige" für allerhand zwielichtige Leute, Freudenmädchen und Kriminelle. Mit denen galt es zu leben. Aber wir ließen uns nicht abhalten, und unsere – bereits geschiedenen – Eltern sahen dem bevorstehenden Ereignis optimistisch entgegen, ermunterten uns, wo sich nur Gelegenheit bot. Heute, nach 70 Jahren, muss ich ihnen das immer noch hoch anrechnen, ja danken.

Unsere Vorbereitungen hatten mitunter kuriose Züge. So war bei unserer Nenntante Alice Rund, einer Kollegin von Vater, ein brennendes Bügeleisen auf einem schaffranroten Ledersessel vergessen worden. Das Leder war natürlich hin. Es war aber immer noch genügend erhalten geblieben, um uns beiden einen knallroten Lederaufnäher auf unsere kurzen Hosen für die Paris-Fahrt zu nähen. Wir empfanden das als eine kleine Sensation – wie sich herausstellte, mit voller Berechtigung.

Bei so eindeutig riesigen Tagesetappen musste das Gepäck, das wir als Rucksack mitnehmen wollten, auf ein Minimum reduziert werden. Wir hatten praktisch keine Wechselwäsche, keine zweiten Socken, Hemden, Hosen, alles musste bis Paris „durchhalten". Die Ersatzkleidung, die frische Wäsche wurden nach Paris als Paketsendung in einem Koffer geschickt und sollte umgekehrt mit der schmutzigen Wäsche wieder auf die Heimreise geschickt werden.

Selbstverständlich wurden die Fahrräder „auf Vordermann" gebracht. Wir fuhren damals beide Straßenrennmaschinen mit Holzfelge, auf denen eine möglichst leichte Bereifung – Schlauchreifen – aufgeklebt waren. Wenn ich mich heute erinnere, mit wie wenig technischen Kenntnissen und Fertigkeiten wir uns auf den Weg machten – weder konnten wir einen Schlauchreifen flicken, noch Speichen einziehen, noch ein Tretlager nachregulieren – so grenzte unsere Fahrt an Verantwortungslosigkeit. Man kann zwei Minderjährige, wo ja nicht überall – wie das heute ist – Möglichkeiten zur Pannenhilfe vorhanden sind, nicht einfach ins Feuer schicken.

Kartenlesen und Orientierung im Gelände entsprach den Anforderungen. Die Route konnte nicht über die kürzeste Variante – Aachen, Belgien – verlaufen, weil dazu zusätzliche Visa benötigt worden wären. Selbst durch das Saarland konnten wir nicht fahren, es stand – nach dem Vertrag von Versailles – noch unter dem Mandat des Völkerbunds, hätte also ebenfalls eine besondere Genehmigung vorausgesetzt. So entschieden wir uns für eine Route mit einem kleinen Umweg, wo wir nur eine Grenze, die deutsch-französische bei Trier – was natürlich ein Visum voraussetzte – überschreiten mussten. Das kam uns insofern gelegen, als uns „Tante Alice" nicht nur das rote Leder, sondern auch noch eine Übernachtung bei ihrem Bruder in Trier, einem Direktor der deutschen Reichsbahn, vermitteln konnte. Das sparte nicht nur die Übernachtungskosten, sondern brachte auch einige Bequemlichkeiten mit sich.

Wenn ich mich recht erinnere, war unsere erste Übernachtung in Halle, bei einer verheirateten Schwester unseres Stiefvaters – der zweite Mann meiner Mutter – Hans Baumgarten. Das waren ab Berlin-Britz schon gleich mal 155 Kilometer als Einstand, ein solider Brocken, den auch Wölfchen gut überstand. Die angeschriebenen quasi-Verwandten kümmerten sich rührend um uns beide, verstanden durchaus, dass wir nichts sehnlicher wünschten, als ins Bett zu fallen. Von Halle ging es dann über Erfurt, Fulda, Hanau nach Frankfurt/Main.

In Bingen am Rhein überwältigte uns wieder einmal der Hunger, so dass wir eine Mittagspause einlegten. Wir setzten uns in einer kleinen Gaststätte mit einem Wolfshunger an einen Tisch, an dem schon ein Gast saß. Wir bestellten, und als der andere Gast aufstand, schielten wir auf seine Kartoffelschüssel – er hatte fast gar nichts gegessen. Als der Kellner unser Essen brachte und die volle Schüssel mitnehmen wollte, intervenierten wir: Wir möchten die Kartoffeln auch noch essen. Er kam uns entgegen.

Dann ging es über den Hunsrück, ein mittleres Gebirge zwischen Rhein und Mosel, immer hinauf auf das Plateau. Am Abend des 5. Tages näherten wir uns auf einer serpentinenreichen Abfahrt in einem malerischen Tal unserem Etappenziel Trier.

Die Adresse des uns unbekannten Reichsbahndirektors – nach 1933 wegen seiner jüdischen Abstammung ausgewandert nach Südafrika, wo er noch eine blendende Karriere machte – war bald gefunden, schockierte uns aber. Es war – so schien uns jedenfalls – eine prunkvolle Villa, mitten auf einem großen

Grundstück, eingezäunt mit einem teuren, gusseisernen Gatter zwischen stabilen Steinsockeln. Wir waren fast entmutigt, wie sollten wir da hinein gehen? Eine entsprechend luxuriöse, blankgeputzte Klingel. Wir läuteten. Aus dem Haus kam eine junge Frau, das konnte nicht Frau Reichsbahndirektorin sein – es war die Bonne, das Hausmädchen. Sie lächelte freundlich: „Die Herrschaften erwarten euch schon“ – wir guckten uns an – „die Herrschaften“ klang für uns Klassenkämpfer etwas komisch, aber wir gaben uns einen Ruck und gingen hinein.

Nun muss man sagen, dass die hinter uns liegende Etappe nicht gerade freundlich war, Regen und Straßendreck hatten uns so richtig gezeichnet, und plötzlich standen wir auf der Schwelle dieser pieckfeinen Villa. Der Bruder von Tante Alice und seine Frau waren so gar nicht „vornehm“, eher sehr freundlich und zuvorkommend wie zu alten Bekannten. Kinder waren, glaube ich, auch im Haus. Zunächst wurde uns unser Zimmer, eines der beiden Gästezimmer im oberen Stockwerk, zugewiesen. Dann konnten wir ein Vollbad nehmen, was wir begrüßten, denn so konnten wir uns wirklich nicht an die Tafel setzen. Einige der eingedreckten Sachen nahmen wir gleich mit ins Bad, um sie zu waschen. Unser „Bad“ zog sich sehr in die Längen, mit Schrubben und Wringen der Socken und Turnhosen. Hinter der Tür wurde schon gemahnt, und als sich erwies, warum wir so lange gebraucht hatten, sagten unsere Gastgeber, „das“ hätte doch die Hausangestellte erledigen können.

Bei Tisch kamen wir gar nicht richtig zum Essen, mussten ausführlich berichten, wie wir denn eine solche große Fahrt bewältigt hatten, die Kinder hörten begeistert zu. Natürlich wollte der Bruder, bzw. die Schwägerin auch erfahren, wie es denn unserer „Tante Alice“ geht. Auch über unsere (zerrüttete) Familie wurde gesprochen. So ergab sich neben dem reich gedeckten Tisch auch ein ergiebiges Gespräch.

Am Morgen verzögerte sich unser Start durch eine neuerliche Tafel. Jetzt ging es wirklich „nach Frankreich“. Die deutschen Grenz- und Zollbeamten schauten etwas ungläubig, als wir ihnen sagten, was wir vorhaben – Frankreich war hier noch unlängst „Besatzungsmacht“. Eine wirkliche Kontrolle gab es nicht, „zu verzollen“ hatten wir ebenfalls nichts. So rollten wir, leicht bergab den Franzosen entgegen. Doch weit und breit war keiner auszumachen. Als wir schon dachten, die Grenze vielleicht übersehen zu haben, zeigte sich endlich die Trikolore. Der französische Grenzbeamte war guter Dinge, die Mütze leicht aufs Ohr gerückt, sichtlich erstaunt über mein fließendes Französisch sagte er seelenruhig: „Mit mir könnt ihr noch mal Deutsch sprechen, denn ich bin Elsässer.“ Zu unserer Verwunderung wurde verlangt, dass wir eine Kaution in Höhe des Preises der Fahrräder hinterlassen, was uns daran hindern sollte, diese in Frankreich zu veräußern. Unsere Barschaft reichte knapp, diese Summe zu berappen – deutsche Rentenmark brauchten wir vorerst ja nicht. Bei Rückkehr (mit Fahrrädern!) wurde diese Summe tatsächlich zurückerstattet, was uns nur Recht sein konnte, um die restlichen Tage nach Berlin zu finanzieren.

Jetzt endlich ging's auf französischen Straßen, den damaligen „routes nationales", zuerst nach Thionville (deutsch einmal „Diedenhofen"). Auf den Straßen wurden wir von der Jugend in Tour-de-France-Art laufend mit „les coureurs" angefeuert. Bis zum Tagesziel Chalons sur Marne, das wir erst in hereinbrechender Dunkelheit erreichten, war es noch weit. So war Wölfchen denn auch abends völlig erschöpft, eine Weißbohnensuppe, die wir bestellt hatten, konnte er nicht mehr zu Ende auslöffeln, ein Kellner begleitete ihn nach oben in unser „Appartement", in dem wir das erste mal im Leben diese possierlichen kleinen Käfer – „Wanzen" genannt – entdeckten. Wir waren etwas enttäuscht, da wir uns diese – entsprechend der deutschen Reklame für „Wanzentod" – viel größer vorgestellt hatten.

Unsere Unterkunft in Paris war bei sehr einfachen Linken in Drancy, damals noch einem echten Vorort von Paris. Sie fertigten Regenschirme in Heimarbeit – das sagt schon alles. Sie empfingen uns sehr herzlich, fast überschwänglich – zu unserem Unterhalt wollten wir etwas beisteuern. Natürlich war es wenig alltäglich, dass sich zwei „garçons" auf die Räder setzen, um von Berlin nach Paris zu radeln, so gab es eine Menge zu erzählen. Nachbarn kamen vorbei, um diese deutschen Vögel zu betrachten.

Unsere Bezugspersonen in Paris wurden dennoch meine alten Freunde, die Dutilleuls auf dem Montmartre, rue de L'Abreuvoir 12. Der Vater einer dieser prächtigen rothaarigen Franzosen mit einem kapitalen kastanienroten Vollbart. Aber das Schmuckstück waren die beiden Töchter Mounette – das war ihr Rufname, eigentlich hieß sie Andrea – und Lilly ihre jüngere Schwester, ein Paar wie geschaffen für uns beide, so blieben wir denn auch die ganze Zeit unzertrennlich. Sie waren es, die uns Paris zeigten, seine Hinterhöfe und Probleme, die die echten, einfachen Pariser kannten, um uns mit ihnen bekannt zu machen. Es ist heute nicht mehr möglich, diesen reichen Strom von Menschen nachzuvollziehen, aber dieses besondere Gefühl der Nähe, diese Harmonie unter Gleichgesinnten ist bis heute geblieben. Es war keine Sight-seeing-Tour mit einem komfortablen Reisebus, sondern ein Untertauchen in ein Meer von Menschen. Wir besuchten Flohmärkte und Vogelmärkte, kaum Kirchen und Museen.

Besondere Erwartungen waren mit dem nahenden 14. Juli – dem Nationalfeiertag – verbunden. Das ist so etwas ganz besonderes – alle Franzosen sind plötzlich nur Franzosen, nicht mehr und nicht weniger. Sie singen gemeinsam, sie tanzen gemeinsam, sie plaudern in den Cafés und den Restaurants oder singen gemeinsam die „Marseillaise", die französische Nationalhymne. Kaum denkbar, deutsche Linke beim Absingen des „Deutschland, Deutschland über alles, über alles in der Welt …" anzutreffen. Den deutschen Linken war es nicht vergönnt, so etwas wie Nationalstolz zu genießen, sie schwelgten beinahe darin, „vaterlandslose Gesellen" zu sein, grenzten sich eher ab vom vaterländischen Rummel des „Nationalstolzes" eines versunkenen Kaiserreiches, z. B. zu den Jahrestagen der bei Sedan 1870 gewonnenen Schlacht gegen die Franzosen, der ja in den republikanischen Schulen offiziell „geehrt" wurde.

Selbst einem Musikmuffeln, wie wir beide es waren, mussten die lieblichen Akkordeontöne, die an diesem 14. Juli aus allen Ecken klangen, ans Herz gehen. Bis heute versetzen mich solche Akkordeonklänge zurück in das abendliche Paris jener Tage. Später in Moskau gab es ein Pendant in den klangvollen Darbietungen der „Bajan"– der Harmoniumspieler. Bald gab es auch dort ganze Orchester mit Akkordeon, eine Symbiose von Russen und Franzosen.

Lilly und Mounette waren immer guter Dinge, immer zu Späßen aufgelegt, reich an Einfällen, was sie mit uns unternehmen könnten. Da es Sommer war, gingen wir in der Regel hinaus in die Parks am Palais de Louxembourg, den Tuillerien, Park Vincennes, Bois de Boulogne. Abends, mitunter recht spät, kehrten wir auf den Montmartre oder nach Drancy zurück. Dabei machten wir bei allem Charme unserer Begleiterinnen auch laufend unsere velozipedischen Ausflüge. Das war schon etwas – heute beinahe undenkbar – mit unseren blitzenden Rennmaschinen über die Pariser Boulevards zu flitzen, unter dem dezenten Gespött der Pariser, denn unsere pavianähnlichen roten Hosenböden strahlten jedem entgegen. Mounette und Lilly nahmen daran freundlicherweise keinen Anstoß.

Unsere Peinlichkeit war ungewollt – die Koffersendung mit der ganzen „noblen Ausgehkleidung" kam und kam nicht an, so waren wir verdammt, unsere Rennkluft jeden Tag brav zu tragen – und zu waschen – bis schließlich eine Benachrichtigung von der französischen Zollbehörde an der Grenze kam, die aufforderte, den Schlüssel zum Koffer an die Zollbehörde zu schicken, um die zollbehördliche Kontrolle des Koffers durchführen zu können. Na Prost, unser Aufenthalt ging dem Ende zu! Zwei oder drei Tage vor unserem Start nach Berlin kam denn auch der von der Zollbehörde frei gegebene Koffer an. Zwei-

oder dreimal konnten wir uns doch noch mit unseren Freundinnen „in Schale" schmeißen und „richtig" ausgehen.

Dann ging's los, ganz früh morgens: Erstes Ziel war Verdun, eine Mammutetappe von 250 Kilometern. Ich kann mich genau erinnern an diesen herrlichen, lauen Sommermorgen, das in orange übergehende Morgenrot, eine leichte Brise, gute Straße und prächtige Laune, auch mein Wölfchen war guter Dinge. Bei einer Rast öffneten wir einen Camembert … eine Made kroch über den Käse, die wir achtlos wegschoben, wir hatten gelernt, dass dieses ein Zeichen für die „Reife" des Camembert ist. Nach 12-14 Stunden erreichten wir Verdun, die Stadt des Leidens, an der deutscher Waffengang, trotz Einsatzes von Giftgas, zerschellte. Ein kleines Hotel war schnell gefunden, ein Abendessen bestellt. Zum Abschied von Frankreich, von unserer lieb gewonnenen zweiten Heimat, beschlossen wir, uns eine kleine Flasche Rotwein zu genehmigen. Wir prosteten uns zu, dann ging's ab in die Betten. Breite Doppelbetten, für jeden eins separat.

Nachts erwachte ich … mir war speiübel, vom Rotwein, ehe ich aus dem Bett springen konnte, fing ich schon an zu kotzen – *rot* auf die *weißen Flanelldecken* – eine Katastrophe! Als ich aus der Toilette zurückkam, blinzelte mich mein Brüderchen an – ihm war etwas früher genau dasselbe passiert. Was tun? Zunächst schliefen wir noch ein wenig. Dann ging es los. Die Decken wurden kunstvoll, scheinbar ganz leger so aufgeschlagen, dass die rote Bescherung nicht sofort zu sehen war – Gott verzeihe uns, für möglichen Schadenersatz hatten wir keinen Sous mehr … unsere finanziellen Reserven waren an der Grenze deponiert. Ohne Frühstück weg, nur fort. Aus Verdun ging es bergan, auf Höhen mit diesen erschütternden, kaum vorstellbaren Reihen von Kreuzen, wie Weizenfelder – Tote des Ersten Weltkriegs. Unterwegs überholten uns einige Autos mit „Flics", wir zuckten – schlechtes Gewissen – zusammen, jetzt fassen sie uns, aber sie zogen weiter.

Unruhe blieb bis zur Grenze, vielleicht waren die dort schon gewarnt. Aber wir passierten ungehindert. Jetzt konnten wir aufatmen, der Schlag kam aus einer anderen Ecke, Wölfchens Rad hatte, als es schon schummrig wurde, eine Reifenpanne. Das Undenkbare geschah – ein Rennrad tauscht man nicht wie einen Federhalter aus – ich setzte meinen Bruder auf mein Rad zur Weiterfahrt nach Trier, unserem Etappenziel, damit er die Jugendherberge vor ihrer Nachtruhe erreichte. Ich schob mein Rad, da spärliche Lichter ein Dorf ankündigten. An einem Hof läutete ich, ob ich mal bei Licht einen Reifen wechseln könnte. Ich fand Einlass, und zwei kräftige junge Männer waren sofort behilflich, allerdings hörte ich sofort heraus, dass sie arge Franzosenhasser sind. Da siegte der Opportunismus in mir, weder widersprach ich ihnen, noch sagte ich, wo ich her kam, da ich ja weiter, nach Trier wollte.

Als es völlig dunkel war, hielten mich unerwartet zwei Gendarmen an: Warum ich ohne Beleuchtung fahre? Ich war verwundert, damals war das mit der Beleuchtung am Fahrrad nicht so obligatorisch, sagte aber wahrheitsgemäß, dass ich eine Reifenpanne gehabt hätte. Wo ich denn her käme, wollten sie noch wissen. Da schwoll mir die Brust: „Aus Paris, gestern früh!" – „Was haben Sie denn da gemacht?", wollten die Gendarmen noch wissen.

Die besondere Schulung

Als sich in der Mitte des 19. Jahrhundert erwies, dass mit einem wenig gebildeten Proletariat in Europa keine Industrialisierung voranzubringen war, sorgten sich liberale Kreise der Bourgeoisie um die Bildung des entstandenen Industrieproletariats. Wenig später entdeckten diverse Arbeiterassoziationen, dass die herrschenden, ihrer Auffassung nach ungerechten gesellschaftlichen Verhältnisse auf Unwissenheit beruhen, und dass sie nicht überwunden, ja beseitigt werden können, wenn dem Proletariat nicht ein spezifisches, sein eigenes, ihm durch die Privilegierten vorenthaltenes Wissen vermittelt wird. Nur so kann heute diese Bewegung zur Bildung der arbeitenden Klassen verstanden werden. Selbst zum Ende des 19. Jahrhunderts bemühten sich in Russland die *Narodnowolzen* völlig selbstlos um die Bildung der Bauern, die sie für die entscheidende Kraft bei der Entwicklung Russlands hielten. Noch zum Ausgang des 19. Jahrhunderts bemühte sich Wladimir Iljitsch Lenin in seinen politischen Arbeiterzirkeln, ja in persönlichen Schulungen, um die Voraussetzungen für revolutionäre Veränderungen in Russland zu schaffen.

Da wir ja – damals, 1929 – noch auf Lenins Pfaden schritten, gedieh der Gedanke der politischen Weiterbildung, besonders für die Jugend. Auch nichtkommunistische Kreise – besonders die SAJ – pflegten dieses Erbe der frühen Arbeiterbewegung, allerdings mit dem *eindeutigen Schluss*: ‚Wissen ist Macht' – was sich nur wenige Jahre später als *Trugschluss* erweisen sollte, denn die katastrophalen Wahlsiege und der Machtantritt der NSDAP (1930-1933), spiegelten nun wahrhaft kein ‚Wissen', eher völliges Unwissen der meisten Arbeiter wieder.

Freizeit, Schulferien wären demnach nicht allein zum Rumtollen und Wandern gegeben, sondern um das zu erlernen, was man uns in der Schule bewusst vorenthielt. Der Besuch eines Schulungslagers war sogar so etwas wie eine Auszeichnung. Schulung auch beim Sozialistischen Schülerbund (SSB), natürlich jugendgemäß, verbunden mit Spiel und Sport, mit Sonnen- und Wasserbädern. Hervorragende Pädagogen, Soziologen und Gesellschaftswissenschaftler (Herrmann Duncker oder Ludwig Renn zum Beispiel) vermittelten uns die Zusammenhänge, gewissermaßen aus erster Hand. Da wurden solche Schlüsselsätze wie: „Die Expropriation der Expropriateure" von Marx tief in unsere Hirne geätzt – ich muss gestehen: bis heute. Mit dieser tiefen Gewissheit, wie alles Elend aus diesem Leben – Kriege, koloniale Knechtung, Kinderarbeit, Prostitution, Alkohol, Kriminalität, Arbeitslosigkeit und Hunger, Verfolgung von Minderheiten – mit einem Wort alle Pestbeulen dieser Gesellschaft durch Enteignung zusammen mit dieser Gesellschaft verschwinden werden. Die Verinnerlichung dieser Zauberformel ergab natürlich ganz persönliche Konsequenzen. Wenn die ‚Reichen', die ‚Schieber' lediglich die in nicht allzu ferner Zukunft zu enteignenden Schmarotzer sind, wurde alles, was mit ‚reich' und mächtig verbunden ist – Reitpferde und Windhunde, Großwildjagd, Luxus, Mode, Villen, Börse, Latifundien, Uniformen und natürlich unbezahlbare Weiber – verpönt; alle billigen Nachahmungsversuche der wirklich Reichen durch den Mittelstand verachtet. Das gab unserem persönlichen Lebensstil eine unverkennbar asketische, auch als „proletarisch" titulierte Note: Leben ja, aber nicht auf Kosten anderer und nicht im Überfluss, früh verzichten lernen. Literarisches Anschauungsmaterial war Jack Londons „Martin Eden".

Für die Großen Ferien 1931 ergab sich eine Möglichkeit, wieder an einem Schulungsferienaufenthalt in *Kuhlmühle* am Dransee teilzunehmen, einem romantischen, winzigen Ort in der Nähe von Wittstock.

Nun, ich war auch damals schon enthusiastischer Radfahrer und die Entfernung nach Kuhlmühle ermittelte ich auf der Karte mit etwa einhundertvierzig Kilometer, eine völlig ‚normale' Tagestour.

Es soll nicht verschwiegen werden, meine asketische Grundeinstellung erlaubte mir immerhin an ein Berliner Mädchen zu denken, die ich im vorhergehenden Schulungslager kennen gelernt hatte – sie hieß *Elfriede*. Da in diesen Lagern Mädchen und Jungen in gemeinsamen Schlafräumen schliefen, hatte ich mit diesem vollbusigen Mädchen, sie war wohl etwas älter als ich, bereits erregende Erfahrungen, Schulung besonderer Art, hinter mir. Ich stand mit ihr in Briefwechsel und wir hatten uns gewissermaßen für Kuhlmühle verabredet. Ihrer freudigen Erwartung hatte sie gegenüber ihrer ebenfalls angereisten Freundin ungeniert Ausdruck verliehen.

Es war ein sonniger Tag, das Rad lief wie ein Traum – neue Erlebnisse, neues Lernen und eben Elfriede im Visier. Da ich nicht sehr früh gestartet war, neigte sich der Tag langsam zu diesem gelb-orangenen Ton vor dem Sonnenuntergang. Der letzte Abschnitt ging über einen sandigen Feldweg, auf den Wiesen zirpten die Heimchen und flogen die Schmetterlinge umher. Endlich hatte ich das Ziel erreicht. Für das Schulungslager waren einige festgemauerte Scheunen mit Doppelstockpritschen vorbereitet worden. Ich war am Eingangstor noch kaum vom Rad gestiegen, hatte mich noch gar nicht richtig verschnauft, als neben mir eine tiefschwarze, fast zigeunerhafte, kleine Schönheit auftauchte. Der Teint leicht gebräunt, große Augen, üppige Lippen, ein wissender Blick, ein strenger Ponyschnitt, der knapp über den üppigen Brauen abschloss. Ansonsten zierlich, behände und sehr gesprächig: „Du bist Walter Ruge?“, verblüffte sie mich sofort. Woher konnte dieses mir völlig unbekannte Wesen wissen, wer ich bin. „Bist müde, was?“ Nun, das wollte ich nicht zugeben, ich sei noch frisch. Sie zollte meiner Leistung Anerkennung und meinte weiter: „Komm, ich zeig dir, wo es hier lang geht.“ Das fand ich sehr nett, ich musste mich nicht durchfragen.

So schritten wir das ‚Lager‘ ab. Sie zeigte mir den Schulungsraum – sehr wichtig, dazu waren wir ja gekommen – die Küche, wo sie für mich noch etwas Essbares ergatterte, die Kantine, die Schlafräume mit ihren Doppelstockpritschen. „Hier schlafe ich“, meinte sie trocken. Dann gingen wir zum Stab, um mich anzumelden, schließlich zur Kleiderkammer, um Bettdecken und Bettwäsche entgegenzunehmen. In dem anbrechenden Sonnenuntergang fragte sie nur kurz: „Wo willst du denn schlafen, könntest bei uns bleiben.“ Nun, ich dachte an *Elfriede,* sollte ich sie jetzt in der einbrechenden Dämmerung suchen? Das ließe sich schließlich noch morgen bewerkstelligen. Dieser Leichtsinn mag heute sträflich erscheinen, aber ich ließ mich von diesem verführerischen Geschöpf ohne irgendwelche Absichten willig an der Hand führen. Ja, Hand in Hand gingen wir zum Rand einer großen Wiese und ließen uns nieder, vom Sonnenuntergang verzaubern. Meine ungezügelte Begeisterung nutzte sie – wie sie mir später anvertraute – um mich von der Seite sorgfältig zu mustern. Wenn ich auch nicht sonderlich erstaunt war, woher sie wissen konnte, wer ich sei, fragte ich sie trotzdem. Sie antwortete mir wie selbstverständlich: „Das weiß ich von meiner Schwester Magda (Magdalena), sie ist doch die Freundin von Gerhard Klaas, der wohnt doch da bei euch in Britz. Sie hat gesagt, da kommt der Walter, ein sehr netter Junge, kümmere dich mal ein bisschen um ihn.“ Das hatte diese kleine 15-jährige Schöne anscheinend sehr wörtlich genommen. Magda, die ältere Schwester von Böschi (aus dem Ungarischen Erszbeth) kannte ich tatsächlich, fand sie nicht so toll, wie Gerhard, aber was soll's. Es war also keine Wildfremde, ich fühlte mich in ‚vertrauten' Händen. Böschi war in der Tat eine sehr selbstbewusste ungarische Jüdin. Sie lebte bei ihren Eltern in Berlin-Wilmersdorf am Kaiserplatz (heißt wohl heute Bundesplatz). Sie ging, wie ich, in Neukölln zur Schule, in die Käthe-Kollwitz-Schule am Herzbergplatz. Mein Idol, mein Vater, lehrte dort als Studienrat. Den kannte sie, fand ihn aber nicht so toll, das bekannte sie freimütig. Sie ging mit mir auch noch zu einer einfachen Duschgelegenheit, ein Handtuch hatte sie unter dem Arm, es war schon fast dunkel. In der Dämmerung ging sie fest auf ‚ihre' Scheune zu. Sie schlief oben und es fand sich noch ein Plätzchen direkt neben ihr. Zur Nacht gab ich ihr noch ein kaum erotisches, eher dankbares Küsschen, das sie weich annahm, erwiderte, ich gab es zurück. Es entspann sich ein Feuerwerk von Küssen, wie ich sie in meinem Leben noch nie erlebt hatte, mir wurde richtig schwindlig. Sie kuschelte, schmiegte sich wie ein Kätzchen, das Schutz sucht, an mich. Langsam durfte ich meine tastenden Hände unter ihr Hemdchen schieben, die festen, etwas spitzen, kecken, ja frechen Brüste liebkosen. Nur ihre Schlüpfer – ihre beste Freundin Gerdi, eine verheiratete Frau aus der Nachbarschaft, hatte ihr geraten, für einen solchen „Fall" am besten drei Schlüpfer, damit nichts durchfeuchtet, anzuziehen – die waren ‚Sperrgebiet', das ich respektieren musste. So erfasste uns in langen Wellen, von Orgasmen bestimmt, ungezügelte, dennoch fast naive Leidenschaft. An ihr *stimmte alles*, nicht nur die Formen, nein, der Atem, der Körpergeruch, das etwas drahtige Haar, die verhaltene Stimme mit einem ganz leichten Akzent. Wir leckten und kosten uns dem Instinkt folgend, „unprofessionell", verspielt, wie junge Hunde, denn wie erwachsene Liebesleute. Umarmen ist vielleicht nicht das Wort, wir umklammerten uns fest, wie für ewig verbunden, bis zum Morgengrauen, wo wir dann doch einschliefen, ohne uns loszulassen.

Da erst begann mich ein wenig das Gewissen zu plagen, ich hatte durch mein aufgewühltes Gemüt meine *Elfriede* völlig vergessen. In der Kantine kam sie mir strahlend entgegen, ich begrüßte sie irgendwie ernüchtert. Sie schien sofort zu ahnen, dass ich auf die neben mir stehende „Genossin" umgestiegen war. Für alle anderen war unser Verhältnis so natürlich und auch so anmutig – dieser strohblonde, hochaufgeschossene Jüngling mit diesem pechschwarzen Mädchen – niemand kam auf die Idee, dass wir uns in dieser Nacht überhaupt erst kennen gelernt hatten; wir wurden behandelt wie ein gestandenes Paar.

Am Tag ließen wir voneinander ab, Böschi hatte schon irgendwelche Freundinnen. Endlose neue Liebesbezeugungen, gar Schwüre oder Küsse erübrigten sich – wir gehörten einfach fest zusammen – die kommende und alle weiteren Nächte würden uns ohnedies gehören. Hinzu kam der eigentliche Zweck unseres Daseins – die Schulung. Ich sprang erst einmal in den See, schwamm weit hinaus. Das klare, unberührte Wasser passte irgendwie zu dieser wundervollen Nacht.

Dann gab es Frühstück, auch ‚Dienste' beim Aufräumen, in der Küche, na und den ersehnten Unterricht, der sich in jeder Hinsicht von der Schule – die immerhin eine Reformschule war – unterschied. Es war – endlich einmal – ein Gespräch auf hohem Niveau. Die Teilnehmer waren schon recht belesen. Damals waren wir noch keine Parteisoldaten, die lediglich Befehle entgegennahmen. Hier wurde noch richtig gestritten, ohne dass der Dozent immer gleich festlegte, was ‚richtig' war. Er brachte seine Ansicht gewissermaßen gleichberechtigt ein. Natürlich wussten alle, dass seine Auffassung fundierter war, auf Erfahrungen beruhte. Dennoch fühlten wir uns als Gleiche unter Gleichen.

Meiner Böschi war ich natürlich gänzlich verfallen, was sie so kommentierte, dass so etwas mit einer Jüdin unvermeidlich sei. Dennoch bemerkte ich, dass im Gegensatz zu mir meine neue Liebe sich bei den Seminaren selten zu Wort meldete, kaum etwas zur Diskussion beizutragen hatte, der Stoff ihr auch nicht geläufig und so – wie etwa mir – am Herzen lag. Sie fand es sehr attraktiv dort, hatte ihren Prinzen gefunden, und das andere war nicht so erheblich. Meine Versuche, das Gehörte nach den Vorlesungen noch mal ins Gespräch zu bringen, wiegelte sie mit einem zärtlichen Blick ab – da war nichts zu machen. Ob sie denn ‚organisiert' sei, ließ sich nicht herausfinden, sie ginge hin und wieder zu den Versammlungen, sagte sie ohne große Begeisterung. Nun, das war nichts Negatives, man musste mit ihr ‚arbeiten', sie gewinnen, eine echte Aufgabe für mich.

Bei Sport und Spiel, besonders bei den vielen Ballspielen, machte sie gerne mit, wenn sie sich auch etwas linkisch anstellte. Gebadet wurde auf unserem am See gelegenen Gelände nackt – aus Überzeugung – Badeanzüge waren ‚bürgerlich'. Nur Spießer verhüllten, was doch natürlich ist. Das verstand Böschi zwar, machte aber nicht mit, trug lieber einen Badeanzug, was jedem überlassen war. Gelegentlich entfernte sie sich mit zwei Freundinnen vom allgemeinen Badestrand um zu dritt nackt zu baden. Sie meinte, so ‚vor allen' zieht sie sich nicht aus – nach unserer „Wertung" kleinbürgerlich. Einmal bemerkte ich, dass die drei Mädchen wieder loszogen. Ich ging zum Strand und schwamm weit auf den See hinaus. Man konnte sich amüsieren, immer wenn jemand oben am Hang entlang kam, versteckten sich die drei nackten Schönheiten hinter einem großen Gebüsch – indem sie mir zugleich ihre entzückenden Hintern entgegenstreckten. Schließlich pfiff ich laut vernehmlich, nun waren sie in der Zange, vor wem war es wichtiger, sich zu verstecken? Böschi hat mir diese Respektlosigkeit erst einmal sehr übel genommen. In den darauffolgenden Tagen, zu zweit mit mir, etwas abseits, zeigte sie dagegen nicht die geringste Scham, sondern ihre beneidenswerte Scham, ebenfalls tief schwarz und kraus. Wenn ich da an die heutigen rasierten Schamhügel denke, kann mir übel werden. Sie verkörperte ein wenig eine Elfe, ein Fabelwesen: was ich nachts nur ertasten konnte, am Tag präsentierte es sich direkt. Sie genoss und steuerte meine knabenhafte Anbetung. Aber dieser noch mädchenhafte Körper täuschte, sie war in ihrem Wesen – und ich begriff das nur sehr langsam – eine ausgereifte kleine Frau, die genau wusste, was sie wollte und wie sie es erreichen würde. Besonders perfekt war ihre Art, meine Eifersucht zu entflammen. Wenn sie sich einmal nicht durchsetzen konnte, sprühte sie eine kleine Dosis Kühle, wandte sich irgendeinem Jüngling zu, bis sie sicher war, dass ich ‚weich' wurde.

Der Unterricht hielt sich natürlich in Grenzen, gegen 12.00 hatten wir unser ‚Pensum' absolviert, und nach dem Mittag ging es, mitunter organisiert, irgendwo hin, oder zu Spiel und Sport. Ich war damals sehr sportlich, und meine Böschi setzte sich an den Rand des Spielfeldes, um mich – ihren großen Jungen – zu beobachten.

Nachts waren wir nicht alleine, es war ein Schlafraum, der vielleicht 20 junge Leute beherbergte – hier und da sicher auch andere Pärchen. Da verboten sich heftige Bewegungen, Stöhnen oder Gespräche. Das verlieh unseren Liebesritualen etwas Geheimnisvolles, etwas Verhaltenes, etwas ganz besonders Intimes, sicher auch etwas betont Sanftes. Allmählich wurden wir ganz vertraut miteinander. Ich hing, gleich Faust, an den Brüsten der Natur. Sie begehrte ebenfalls meine Brustpartie und besonders den kugelförmigen Ansatz des Oberarms, den sie liebevoll „meine Kügelchen" nannte. An den Geschlechtsorganen berührten wir uns überhaupt nicht, wir hatten im Überfluss alles *oben* ‚Aug in Aug', und sie schubberte genüsslich ihre Brüste an meiner rau behaarten Brust. Ich bemerkte – und merkte mir –, dass sie sich besonders gerne die geschlossenen Augenlider küssen oder den Nacken kraulen ließ. Oft legte sie sich bäuchlings, aber nicht um ihren Hintern – heute Allerweltsschinken und Gipfel der Erotik – zu präsentieren, sondern um meinen Fingern ganz zart entlang den einzelnen Wirbeln ihrer Wirbelsäule zu folgen, da bekam sie eine Gänsehaut und schüttelte sich förmlich. Ich wiederum war besonders gehoben, wenn sie mein Gesicht mit ihren Händen überzog oder meinen Bauch wie Teig durchwalkte. Jetzt schliefen wir auch schon öfter als in der ersten Nacht, wirklich fest, wie im siebenten Himmel, ein.

Wir wurden unzertrennlich. Zurückgekehrt nach Berlin durfte ich sie auch schon mal besuchen. Ihre Eltern waren recht streng, betrachteten mich argwöhnisch, ihre Mutter Adele nahm mich beim Ohrläppchen und sagte mit ihrem leichten Akzent: „Dass du meiner Tochter nichts antust". Diese Absicht hatte ich wirklich nicht. Aber Böschis häusliche Umgebung bot viele Dinge, die mir neu oder kaum geläufig waren, vor allem Musik, leichte Musik, Operettenmusik. Sie legte eine Platte auf und sagte beiläufig: „Das ist aus der Csardasfürstin", was mich aufschreckte, denn für Fürsten hatte ich nun wahrlich nichts übrig. Sie lachte, das sei eine Operette von Kalman. Ich sah sicher ein bisschen blöd aus. Wir kosten auch bei ihr zu Hause vertraut weiter – mit einer gewissen Vorsicht. Die Tür war nicht verschlossen, und Mutter Adele konnte jeden Moment eintreten, um sich zu überzeugen, dass ich der süßen Böschi tatsächlich „nichts antue". Aber unsere Nähe war dort in Kuhlmühle inniger gewesen, das bemerkte nicht nur ich. Wir beide wollten mal wieder richtig in den Armen liegen, ich wusste nur nicht wie. Sie wusste es: Du kommst am Tage zu mir, wenn meine Eltern im Dienst sind. „Aber da ist doch Schule", versuchte ich einzuwenden. „Nicht für dich, du bist ein guter Schüler, beinahe ein Streber, du wirst die Schule schwänzen!" Wie sie über mich verfügte! Ich war schon ein bisschen baff, aber so richtig widersprochen habe ich mit Blick auf die zu erwartenden wunderbaren Stunden nicht. Sie sagte, ja, sie verfügte, wann ich vor ihrem Haus sein müsse, um abzuwarten. Wenn ihre Eltern das Haus verließen, müsse ich sicherheitshalber noch fünf Minuten warten und dann hochkommen, sie wohnte ziemlich hoch oben. Wie ein Uhrwerk fuhr ich frühmorgens von Neukölln über Mariendorf nach Wilmersdorf, postierte mich etwas verdeckt vor Böschis Hauseingang und wartete das Erscheinen ihrer ahnungslosen Eltern ab. In der Zwischenzeit hatte sie schon ein kleines Frühstück mit einem Becher Kakao bereitet. Man konnte denken, sie mache solche Arrangements schon jahrelang, so selbstverständlich gab sie sich.

Jetzt konnten wir uns ungehemmt ausleben, lachen. Sie versuchte vergeblich, mir ein paar Tanzschritte beizubringen. Hatten wir uns bisher nur wie junge Hunde geleckt und im Dunkeln befühlt, jetzt konnten wir toben, halb nackt, errötet, mit glühenden Augen und zerzausten Haaren. Keine Zigaretten, kein Alkohol, keine schrillen, exotischen, exzentrischen Gebärden oder Kleidung, nur viel Musik zu den bis dahin stummen Ritualen. Sie hatte ein

Hohlkreuz, was ihren Bauch – dieses einzigartige Gütezeichen eines Mädchens – leicht nach vorne gewölbt erscheinen ließ. Der Nabel war tief im Inneren verborgen, und ihre Krönung, die Brüste, konnte ich nun wahrhaft inbrünstig lieben – und sie ließ es gerne geschehen. Die Brustwarzen waren gerade dabei, ihr Bett zu verlassen, beinahe zugespitzt an dem Geschehen teilzunehmen, sich den Liebkosungen zu stellen. Das Erstaunlichste für mich war, dass ich die ganze Zeit nicht die geringsten Skrupel wegen der geschwänzten Schule hatte, so selbstverständlich, so überschwänglich waren diese Stunden.

Böschi war, wie sich zeigte, auch sehr um unser leibliches Wohl bemüht, sie konnte jede inbrünstige Zärtlichkeit abbrechen, wenn sie meinte, wir müssten etwas essen. Sie band sich eine bunte ungarische Schürze um und bereitete – wie mir schien außerordentlich professionell – ein ‚Dinner for two'. Bei ihr ging nichts ohne roten, gemahlenen Paprika, der wurde mit Zwiebeln erst einmal angebraten – was auch immer sonst zubereitet werden sollte – und dann kam „der Rest". Es war stets ein bisschen scharf, schmeckte aber köstlich, ich gewöhnte mich sogar daran. Ja, und dann schlug unsere Stunde, die Eltern mussten vom Dienst bald zurückkommen, ich musste verschwinden. „Unten wartest du ab, bis die Eltern gekommen sind, zehn Minuten später kannst du ungeniert klingeln und wieder kommen" – so lief das. Meistens machte ihre Mutter auf, um mir mitzuteilen, dass Böschi zu Hause ist. Wir verbrachten dann – etwas sittsamer – noch ein paar schöne Stunden.

Trotz der großen Ergebenheit machte ich weiter ausgedehnte Radtouren durch ganz Deutschland. So unternahm ich eine Fahrt entlang der Ostseeküste, von Kiel bis nach Pommern, das ja damals noch zum Reich gehörte. Ich schrieb meiner Geliebten nicht nur jeden Tag, sondern – da sie meine Durchgangspunkte kannte – konnte ich auch jeden Tag bei der Post einen Kartengruß oder Brief entgegennehmen. Auch in Warnemünde angekommen ging ich zur Post – ein verzweifelter Brief erwartete mich: sie sei schwanger und bitte mich sofort nach Berlin zurückzukehren. Ich war fast verzweifelt, aber noch so beherzt, den Tag am herrlichen Strand zu verbringen. Ich wollte die Rücktour (260 Kilometer) in der Nacht bestreiten; es war das erste Mal, dass ich die Berlin-Ostseestrecke nachts bewältigte.

Damals fuhr man noch ohne Fahrradbeleuchtung. Die Sonne verschwand hinter mir rechts, um nach einigen Stunden hinter mir links wieder aufzutauchen. Trotz meines stillen Kummers beflügelte mich das bevorstehende Wiedersehen. In strahlender Morgensonne erreichte ich Berlin-Weißensee – die Familie war inzwischen umgezogen – am offenen Fenster stand meine Böschi, anscheinend bei bester Laune. Ich ging die Treppen hoch, es roch schon nach Frühstück – daran hatte sie gedacht. Sie eröffnete mir dass sie gar nicht schwanger sei, lediglich große Sehnsucht nach mir gehabt hatte – das war kein Grund böse zu sein; mir war ein Stein vom Herzen gefallen.

In *Kuhlmühle* galt der eherne Satz: „Der Marxismus ist allmächtig, weil er wahr ist." In Berlin blieb er zwar weiterhin wahr, aber seine Allmacht stieß bei den verträumten Augen von Böschi an seine Grenzen. So erwartete ich, dass sie wenigsten zu den großen, damals noch legalen Massendemonstrationen oder zu den Treffen des Rot-Frontkämpfer-Bundes mitkomme, unsere Stärke zu zeigen, zu protestieren. Mitunter gingen unsere jungen Genossen nachts „Kleben", das heißt, wir klebten nicht genehmigte Plakate an die Häuserwände und Zäune – auch dafür konnte sie sich nicht erwärmen. Meine Hochachtung erwarb sie sich allerdings damit, dass sie jedes Jahr nach Ungarn zu ihrem leibhaftigen Vater – ihr Vater in Berlin war in Wirklichkeit ihr Stiefvater – fuhr, und diese Gelegenheit wahrnahm, ihren Onkel – einen abgeurteilten Kommunisten – im Gefängnis Szegedin mehrere Male aufzusuchen. Einer Nichte, einer nahen Verwandten, wurde das anscheinend anstandslos gewährt. Mit solchen ‚Diensten an der Weltrevolution' konnte ich allerdings nicht aufwarten.

Doch mit der Zeit rebellierte in mir etwas, mein Leben begann zu ‚verspießern'. Ich war einmal mit Böschi in die Operette gegangen. Also diese Lebedamen auf der Bühne, diese Herren mit Zylinder, diese völlig sorglose Ausgelassenheit mit dem obligaten Sekt – meine Welt konnte das nicht sein. Doch kaum, dass ich zögerte, sagte Böschi so ganz nebenbei: „Na, dann gehe ich eben mit Franz Vietzke" – meinem Freund, von dem ich wusste, dass er scharf auf sie war – und sie wusste es auch, wäre sicher gegangen, nur um mich bei der Stange zu halten.

Musik waren für mich ‚Kampflieder', die ich schlecht, aber gerne sang. Meine Gedichte waren von Weinert, von Weisskopf. Sie las mir eines Tages aus einem ledergebundenen Bändchen Gedichte von Heine vor, lyrisch, poetisch, träumerisch, aber doch nichts für einen roten ‚Kämpfer', eher für einen Backfisch – und das war sie ja in vollendeter Ausgabe. Ich bebte bei ihrem Aroma, musste aber später feststellen, dass sie über eine ganze Batterie von Parfums verfügte. Dieses der Natur Nachhelfen, auch das schien mir etwas unangemessen, ja kleinbürgerlich. Über diese Dinge sprachen wir nicht, stritten wir nicht, ich lernte zurückzustecken, bemerkte sogar, dass sie mir meine alberne Eifersucht abgewöhnt hatte – ein Fortschritt.

Heute weiß ich, dass ich, bei allen Aktivitäten, den nahenden Faschismus in dieser süßen jüdischen Umarmung nicht voll wahrgenommen habe. Plötzlich war er da.

In Moskau dann, habe ich Böschi aufgeben müssen – aus vielen Gründen. Der wichtigste Grund war mit Bestimmtheit, dass ich ihr einfach nicht gewachsen war, gemessen an ihrer Reife – ein Grünschnabel, ein kleiner ‚Goi'.

Sie hatte mir einmal gesagt: Eine ungarische Jüdin vergisst man nie! Das hat sich bewahrheitet. Jahrelang habe ich von ihr geträumt, jahrelang habe ich Mädchen und Frauen mit der Böschi-Elle gemessen, konnte in neuen Umarmungen zwar Befriedigung, aber keinen Trost über den Verlust finden. Sie war mir eine Lehre fürs Leben. Diese Schule ist, ohne Mühe, im Fell des alten Trabers, als Brandmal, wieder zu entdecken.

Emigration 1933-1941

In tiefster russischer Provinz

Mein Freund und Mentor Isaak Lwowitsch Klioneer, Radiologe und Vorsitzender des Gewerkschaftsrates des Instituts für Röntgenologie und Radiologie, war – wie alle dort tätigen Mediziner – nicht nur behandelnder Arzt in der dem Institut angegliederten Spezialpoliklinik, sondern vor allem auch wissenschaftlicher Mitarbeiter und leidenschaftlicher Forscher.

Eines Tages erläuterte er mir sein neuestes Projekt: Die röntgenologische Untersuchung der Gelenke von alten Menschen. Ob ich – Ingenieur für Röntgentechnik – ihn dabei aktiv unterstützen würde? Warum nicht? Worin sollte meine Mitwirkung bestehen?

Isaak Lwowitsch hatte alles schon sehr weit durchdacht und vorbereitet. Einige hundert Kilometer hinter Kolomna – wo die Moskwa in die Oka mündet – gab es auf dem linken Ufer der Oka, die bei Gorki (heute rückbenannt in Nishniy Nowgorod) in die Wolga mündet, einen winzig kleinen Ort, eine Siedlung, eher ein Dorf. Aber was hatte das mit dem neuen Projekt zu tun? Das war relativ einfach. In diesem Ort gab es ein, für damalige Verhältnisse, ziemlich umfangreiches Altersheim, und dahin wollte er, mit mir und einem tragbaren institutseigenem Röntgengerät der Firma Koch-Sterzel aus Dresden, für einen Monat fahren. Ich – ungebunden – war sofort einverstanden.

Es war schon sommerlich warm, als wir im Moskauer Südhafen einen Flussdampfer bestiegen, der vielleicht 50 Passagiere aufnehmen konnte. Ein Schiff, selbst ein kleineres, hat stets so etwas Majestätisches, Würdiges, etwas Souveränes. Man steht oben an Deck und beobachtet mit Interesse, wie das Schiff beladen, wie sein riesiger Bauch mit immer neuen Herrlichkeiten vollgestopft wird. Auf der Brücke steht der goldbestickte Kapitän und gibt auch mal eine konkrete Weisung. Der – kleine – Riese schnauft schon bedächtig, andere Schiffe und Barkassen passieren, auch eine Sirene lässt sich schon mal hören.

Doch dann kommt der große Moment „Leinen los!“ – die recht prallen „Leinen“, echte Schiffstaue werden gelöst, das Dröhnen der Maschinen nimmt zu, und das Schiff löst sich – unter den Argusaugen des Kapitäns – ganz behutsam vom Kai. Vor uns lagen etwa 600 Kilometer Wasserweg. Nun wurde es Zeit, das Interieur zu inspizieren. Bequeme Kajüten, großer Salon – wie sich herausstellen sollte – mit erstklassiger Versorgung, diverse Bordspiele – nun nicht so wie auf einem großen Transatlantik-Liner der HAPAG – dennoch, für einen passionierten Dampferfahrer eine Freude. Isaak Lwowitsch – ein zutiefst praktischer Mensch, oder sagen wir: mit einer zutiefst praktisch veranlagten Ehefrau – hatte auf diese „Dienstreise" auch gleich seine, ihn um einen Kopf überragende Matrone, die Ehefrau, mitgenommen. Sie würde aber das Schiff in Rjasan verlassen – wo sie zu Hause ist, Eltern und Geschwister hat. Erst dann war er wirklich „frei" für die Wissenschaft. Am dritten Tag erreichten wir eine kleine Anlegestelle in Jelatma an der Oka – das keinen Bahnanschluss, auch keinen Flugplatz hatte – eben diesen schon erwähnten, kleinen Ort mit einem Altersheim. Schmerzlich nahmen wir Abschied vom Schiff, das noch viele Tage, die Wolga hinunter, bis nach Astrachan fahren wird. Uns erwartete jemand vom Dorf- bzw. Selsowjet mit einem Einspänner – die örtlichen Behörden waren also verständigt, dass zwei „wissenschaftliche Mitarbeiter" des Zentralinstituts anreisen. Herzliche Begrüßung, rührende Betreuung. Hotels gab es in solchen kleinen Orten nicht, wir wurden in einem der renommiertesten Bauernhöfe untergebracht. Die „Chosjaika", eine beleibte Russin, strahlt über das ganze Gesicht. Zwei Zimmer waren für die hohen Gäste bereitgestellt.

Am nächsten Tag machten wir uns durch einen Rundgang in Begleitung der lokalen Obrigkeit mit unseren Arbeitsmöglichkeiten vertraut. Erste große Enttäuschung: Elektrischen Strom gab es erst, wenn es dunkelte. Der Ort verfügt über einen „Dwishok", also einen Dieselmotor, der aus Sparsamkeitsgründen am Tage nicht lief ... und auch nicht laufen wird. Wir müssen unsere Arbeit in den Abendstunden durchführen – auch für die Nacht war der „Dwishok" abgeschaltet. Nun, für einen Hauptstädter dieses Riesenlandes, mit seinen Staudämmen und ganzen Batterien von mächtigen Turbinen gar nicht mehr nachvollziehbar. So einigten wir uns, dass spätestens ab 20.00 Uhr Strom fließen würde. Dann wurden die alten Leute besucht, die sich schon als Patienten eines „Doktor is Moskwy" (eines Doktors aus Moskau) fühlten. Kaum, dass wir aufgetaucht waren, standen sie schon diszipliniert in unserem künftigen „Wartezimmer". Es wäre gar nicht einfach, etwas herzlos diesen Menschen zu erklären, dass wir gar nicht gekommen sind, um sie zu heilen, zu behandeln, dass wir lediglich beabsichtigten, Aufnahmen von gealterten Gelenken zu machen – sie aber gleichzeitig bei Laune halten müssen, damit sie auch kommen, damit sie mitmachen – zwingen konnten wir sie zu den Aufnahmen nicht. So mussten wir abwiegeln: „Podoshditje, wsjo potom!" (Warten Sie, alles später!) Wir bemerkten jetzt, dass es sich nicht nur um ältere Leute handelte, unter den Wartenden auch viele jüngere Menschen, Frauen und Männer waren. Uns wird erklärt, dass es sich hier in Jelatma um ein großes Alters- *und* Behindertenheim handelt, denen man dieses Landleben hier so erträglich wie möglich gestaltet; sie damit dem Bild der großen Städte entzieht.

Da gab es rührende und bedrückende Bilder. Auf einem Fensterbrett gestützt sonnte sich eine märchenhaft schöne Frau, sicher eine Schönheit aus der Ukraine, stämmige Arme, im Blusenausschnitt erhascht man einen üppigen Busen, neben ihr ein so gar nicht ebenbürtiger, beinahe mickriger Mann, ihr Ehemann – aber wir gehen weiter. Den Rückweg nahmen wir durch die Baracken, alle Türen standen an diesem warmen Tag offen, und da sahen wir dieses Gemälde am Fensterbrett – aus der Rückansicht – sie saß auf einem herangerückten Tisch, da sie beide Beine bei einem Autounfall verloren hatte. Mit dem unscheinbaren Mann hatte sie zwei Kinder und war glückliche Mutter. Sie hatten sich hier gefunden und waren unzertrennlich.

Ein anderes ungleiches Paar, ein Jüngling, blind, vieleicht 22 Jahre, der hinreißend auf dem „Bajan" (einem Schifferklavier) spielte, neben ihm seine Frau, verwelkt, vielleicht 50 Jahre alt, mit nur einem Arm, den der Jüngling sobald er den „Bajan" beiseite legt innig streichelte und küsste. Ein verliebtes Paar, wie in keinem Film zu sehen ist. Diese Bilder relativierten/wandelten ein für allemal die Begriffe „Glück", „Liebe" und „Schönheit", die uns heute tausendfach in jeder Zahnarztpraxis durch die „Bunten" und die Schönen dieser Welt präsentiert werden. Hier dominierte ungetrübte menschliche Zuneigung – Geld, Haus, gar Auto und Erbschaft zählten hier nicht.

Unser Röntgenkabinet war denkbar einfach. Eine Pritsche, ein Schreibtisch, ein Stuhl, ein Papierkorb. Gleichzeitig hatte ich eine Dunkelkammer eingerichtet, da wir uns entschlossen – um Zeit zu sparen – die Filme nicht in Jelatma sondern in Moskau zu entwickeln. Belichtete Filme wurden in die Filmkartons zurückgelegt. Gleichzeitig limitierten wir die Anzahl der „Patienten". Am Abend zogen wir unsere schneeweißen, gebügelten Kittel an und: „Der Erste bitte!". Wie zu erwarten redete der, als könne er etwas versäumen, wie ein Wasserfall von seinen diversen Krankheiten. Isaak Lwowitsch sah sich genötigt, doch so eine scheinbare Untersuchung durchzuführen. Er hatte ein Stethoskop zum Abhören der Herztöne mit, maß den Blutdruck, klopfte auf dem Brustkasten umher, und dann, scheinbar nebenbei: „Eine Aufnahme bitte!". Der Patient protestierte, das wäre nicht seine leidende Seite, es tue ganz wo anders weh, usw. So ging das mit 25 bis 30 Patienten den ganzen Abend, bis plötzlich das Licht ausging und es stockdunkel wurde – der Diesel wurde gestoppt.

In unserem neuen Zuhause brannte schon eine Petroleumlampe, brutzelte der Herd mit allerhand Köstlichkeiten, die noch nicht den billigen städtischen

Duft haben. Das frische Landbrot alleine war eine Kostbarkeit. Eine gesprächige „Chosjaika“ hatte nicht nur eine Menge zu erzählen, sie wollte auch am laufenden Band eine Menge wissen. So entstand eine vertraute, eine herzliche, etwas spärlich beleuchtete Atmosphäre. Eilig hatten wir es ja nicht, denn unser Werktag begann morgen erst wieder um 20.00 Uhr. Fast nebenbei eröffnete mir mein Doktor Isaak Lwowitsch, dass er sich überzeugt habe – was er auch gar nicht anders vermutet hatte – dass ich mit den vielen Röntgenaufnahmen auch ohne ihn fertig werden würde, und er mich übermorgen per Schiff verlassen wird um zurück nach Rjasan, zu seiner gefürchteten Mama zu fahren. So ganz allein hier mit diesem bevölkerten Heim, das war schon ein bisschen mulmig.

Die Abwesenheit des „richtigen“ Doktors durfte sich nicht herumsprechen – das hätte das ganze Projekt gefährdet. Der „Doktor“ war ab übermorgen ich, bei meinen -damals- noch recht spärlichen medizinischen Kenntnissen, keine leichte Aufgabe. Isaak Lwowitsch gab mir sein Stethoskop, das ich gleich leger um den Hals legte. Es folgten ein Paar Gummihandschuhe und sogar ein paar allgemeingültige Tabletten – so wurden auch hier die Mittel durch den edlen Zweck geheiligt. Die röntgentechnische Seite war kein Problem.

So begann denn weit von Moskau mein Leben als „ordentlicher“ Doktor der Medizin. Ich setzte meinen ganzen Charme ein, um mein Publikum bei der Stange zu halten. Ging – im weißen Kittel – durch das Objekt, parlierte mit dem Personal und dem Arzt, der in unsere Scheinbehandlung eingeweiht war. Bald wurde ich auch noch der „Elektrik“ (der „Elektromonteur“, der ich in gewissem Sinne ja war), half hier und da, wurde schnell Bestandteil dieser kleinen Gemeinschaft – mit einigen Gewissensbissen.

Meine Zeit nur in der winzigen Siedlung zu verbringen – dazu hatte ich zu viel davon. Ich saß um 9.00 Uhr an einem duftenden Frühstückstisch, wo es noch Creme fraiche nature, diesen köstlichen russischen „Ssmetana“, abgeschöpft von reiner Vollmilch, gab. Eier, Schinken, es war wie eine Sonderversorgung und bereicherte die gastronomischen Kenntnisse eines Junggesellen erheblich. Die Hausfrau war sicher auch „materiell interessiert“, denn landwirtschaftliche Produkte vor Ort in bares Geld umzusetzen, war damals gar nicht so einfach. So fürstlich ich auch frühstückte – um 10.00 war ich fertig.

So ging ich denn an den Fluss, wie ein Dorfjunge. An einem Tag gegen 11.00 kam das Schiff nach Moskau und am anderen Tag gegen 15.00 Uhr das Schiff nach Astrachan – schon mal eine Abwechslung. Dann ging ich am Ufer des Flusses entlang, immer weiter, stromabwärts nach Osten, und entdeckte einen sagenhaften, fast weißen Sandstrand oder Sandbank. Hier konnte man gut und gerne seine Tage verbringen. So machte ich es zur Regel, es hat wohl in diesen vier Wochen kaum einmal geregnet, morgens nach dem Frühstück zur Anlegestelle und dann Schwimmen und Sonnen zu gehen – wie in Mallorca, vielleicht in dieser Einsamkeit noch reizvoller. Der Fluss war nicht sehr breit – vielleicht 800 Meter. So konnte man am Tage mehrere Male hinüber und wieder zurück schwimmen. Wegen der Strömung musste man allerdings am anderen Ufer etwa einen Kilometer stromaufwärts laufen, um wieder bei seinen Sachen anzukommen. Natürlich brannte ich braun wie ein Mulatte – nach meiner Rückkehr in das Institut beneideten mich die Kollegen ob so einer bräunenden „Dienstreise".

Absolut pünktlich – und wie verabredet – erschien zum Ende meiner „Forschungen" mein Mentor Isaak Lwowitsch. Mit ihm – dem Nichtschwimmer – gingen wir noch zweimal zu meinem schönen Sandstrand, wo er nun meine Sachen behütete, während ich mich in die Fluten der Oka stürzte. Kurzsichtig verlor er mich sofort aus den Augen, vermutete mich schon ertrunken, um – manchmal nach Stunden – mit zusammengekniffenen Augen mein plötzliches Auftauchen erfreut zu registrieren. Zwei Abende arbeiteten wir noch zusammen, machten die letzten Aufnahmen, zweimal übernachtete er noch. Am letzten Abend luden wir alle, die uns inzwischen lieb geworden waren, die uns geholfen hatten – selbstverständlich auch die Obrigkeit – zu einem gemeinsamen Abendessen. Dann kam schon das Schiff – sein Name ist mir entfallen, es war „unser" Schiff – mit dem wir vor einem Monat gekommen waren – unser Kapitän, unsere Kellnerin, die eine Schwäche für mich Grünschnabel hatte und uns stets etwas verwöhnte. So blieb uns nur noch, in Rjasan Madame Klioneer wieder an Bord zu nehmen.

Erschütterungen mit Fischgeschmack

Im Sommer 1940 lebte ich in der Dubininskaja Uliza – in der Nähe des Paweletzker Bahnhofs. Es war kein separates Zimmer, die waren sehr selten und ziemlich teuer, es war eine Schlafecke, „ugol", wie man russisch sagt. Für diesen „ugol" hatte ich eine „rekomendazija" (also eine Empfehlung) von einer Mitarbeiterin der Registratur in der Poliklinik unseres Röntgeninstituts. Sie hieß Ljubow Iwanowna Winogradowa und tauchte später sogar als Zeugin in meiner Strafsache auf. Eine Empfehlung war sehr wichtig, weil die Vermieter schwarz vermieteten, um den Behörden keinen Anlass zu geben, ihre Wohnung als unterbelegt einzustufen. Andererseits war die Empfehlung noch wichtiger, weil der Vermieter so eine vertrauliche Zusage hatte, dass der Untermieter (der in dem übervölkerten Moskau nach einer gewissen Zeit sogar Anspruch auf den Wohnraum hatte) auf die erste Aufforderung hin die Wohnung auch wieder verlassen würde.

Der Vermieter war ein Lokführer, ein herzensguter Mensch, der leider stark dem Wodka verfallen war. Er war kein randalierender Trinker, aber ein Quartalssäufer, der seine alkoholischen Eskapaden immerhin außerhalb des Dienstes – also zu Hause – freien Lauf ließ. Später im Hohen Norden, da wurde auch mal auf der Lok – die man dort Kukuschka, Kuckuck nannte – zur Flasche gegriffen. Er hieß Karp – da auch sein Vater einmal Karp hieß, war er schlicht Karp Karpowitsch. Seine Frau Anastasija – sie hatte sicher einen Vatersnamen, der aber nicht erwähnenswert schien – war eine jener wortkargen Frauen, die es gelernt hatten, dass es sich neben einem Trunkenbold ohne viele Worte – ansonsten übrigens auch – am besten leben lässt. Sie war im Depot des Mannes „uborschtschiza", also Reinemachefrau.

Ich hatte mit ihnen nicht viel zu schaffen. In der Zeit einer allgemeinen Knappheit, wo man selbst beim Erwerb der täglichen Lebensmittel immer rennen, auf der Hut sein musste, wo es was gab, war es für Alleinstehende allgemein üblich, sich im Betrieb zu versorgen, bzw. dort satt zu essen, und wenn man nach Hause kam, hatte man eben gegessen. Zudem war ich ständig unterwegs, mal zu Gast, mal im Theater (wo es in den Büfetts ebenfalls Möglichkeiten gab sich zu versorgen). Ein – aus heutiger Sicht – eigentümliches Leben ohne Kühlschrank, gar Tiefkühltruhe, wo man Reserven über Wochen anhäufen kann. Man lebte von der Hand in den Mund.

Dennoch gab es immer wieder Gelegenheit zu Kontakten mit den Wirtsleuten. Die Hausfrau liebte mich innig – warum schon? – weil ich nicht trank, das erschien ihr als der Gipfel der Vollkommenheit. Obwohl es recht einfache Menschen waren, waren sie sehr interessiert, betrachteten mich als etwas Ausgefallenes – kommt doch einer so direkt aus Deutschland, um sich in diesem Moskau der dreißiger Jahre niederzulassen. Ich hatte zwar Arbeit, die Arbeitsämter („birsha truda"-Arbeitsbörsen) waren vor 10 Jahren als überflüssig befunden und aufgelöst worden, aber eigenen Wohnraum hatte ich, wie sie wohl wussten, nicht. So ein Luftikus, der recht sorglos in den morgigen Tag lebt. In Maßen sprachen wir natürlich auch über andere Aspekte, die Politik, den Luftkrieg Deutschlands gegen England, die Entwicklung auf dem Balkan (auch damals gab es dort schon „Entwicklungen"). Natürlich auch über die

Ausmerzung der Hydra, der „Feinde des Volkes" durch die Sicherheitsorgane des Landes.

Sie stammten aus einem kleinen Dorf südlich von Kaluga – etwa 250 Kilometer von Moskau entfernt, was ja dort als Kurzstrecke gilt. Die Mehrheit der Moskauer, der städtischen Bevölkerung pflegte feste Verbindungen „zum Dorf", das sie in der Regel im Zuge der Industrialisierung durch die Fünfjahrespläne vor gar nicht so langer Zeit selber verlassen hatten. Das wiederum ermöglichte ihnen, die Versorgungsschwierigkeiten besser zu meistern. Periodisch wurden regelrechte Versorgungsfeldzüge in das scheinbar unerschöpfliche Dorf organisiert. Karp Karpowitsch liebte sein Dorf, erzählte verklärt, was es dort so alles gab, und was er hier in Moskau so schmerzlich vermisste. Allem voran die „rybalka" (das Angeln/ Fischen), eine Leidenschaft jedes Russen. Die gemütlichen Abende – Jung und Alt beim Bajanspiel, na und bei einigen Flaschen. Die freie, unberührte Natur, die Wälder, die unabhängig vom Wetter und der Jahreszeit so reizvoll seien. Eines Tages fragte er mich, ob ich denn nicht Lust hätte mal in ihr Dorf zu fahren – ich hatte Lust. Sie würden dorthin schreiben, mich empfehlen, und ich würde – bei voller Verpflegung – in die Gemeinschaft dieser „kolchosnikis" aufgenommen werden. Ein paar Resturlaubstage standen mir noch zu. Das Vorhaben verzögerte sich etwas. Es gab einen warmen, goldenen Herbst, und so machte ich mich denn in der zweiten Novemberhälfte auf den Weg.

Die Bahnfahrt nach Kaluga geht in Richtung Kiew, darum auch Abfahrt vom Kiewer Bahnhof – der früher Brjansker Bahnhof, nach der Stadt Brjansk hieß. Brjansk wurde von niemandem der Staatsführung beansprucht, so hieß es denn Brjansk beim Zaren, nach dem Oktober und nach der Restauration. Berühmt-berüchtigt die Wälder von Brjansk – später Hochburgen der Partisanen. Morgens losgefahren erreichte ich erst am Nachmittag mein Ziel.

Auf dem kleinen Bahnhof natürlich keine Linienbusse, dagegen jede Menge Fuhrwerke. Man musste sich nur durchfragen, wer einen mitnehmen könnte. Mein Kutscher kannte meine künftigen Gastgeber und fuhr mich direkt vor deren Haus.

Die Begrüßungstafel war natürlich bedeutend üppiger als mein Alltag es mir in Moskau bot. Ich bekam ein kleines Einzelzimmer – in Moskau bei Karp Karpowitsch hatte ich ja nur eine Schlafecke und hier dieser Luxus. Einer der ersten „rybakow" (Angler) des Ortes war auch gleich mein Gastgeber. Beim Abendessen ging es nur noch um das Angeln, bzw. das Fischen. Nun als Aquarianer war ich kein so begeisterter Fischer/Angler, erklärte mich aber bereit, schon am Sonnabend die harten Kader unter den Anglern des

Dorfe zu begleiten – habe es in den darauffolgenden Tagen noch viele Male getan.

Bei meinem Einstieg an besagtem Sonnabend lernte ich die breite Palette dieser Leidenschaft gründlich kennen. Zunächst bepackten wir uns mit allerlei Zubehör, Rucksäcken, Angelruten herkömmlicher Art, Köder, Decken und Zeltbahnen, denn das Wetter sah recht trübe aus. Dann kletterten Männlein und Weiblein auf offene, bereitgestellte Fuhrwerke – Gott weiß wohin, ich kannte mich nun endgültig nicht mehr aus – bis wir an einigen großen Teichen ankamen. Ein Lager wurde gebildet und die Frauen (Damen gab es da nicht) machten sich gleich daran, einen „kostjör" (ein Lagerfeuer) zu entfachen. Trockenes Holz und Reisig lag genügend umher. Für einen Russen ist ein Lagerfeuer der Grundstock für jedes Freizeiterlebnis – und diese Leidenschaft hat schon Tausenden Hektar üppigen Waldes das Leben gekostet. Jeder weiß ganz genau, wie man ein Übergreifen des Feuers auf den Wald verhindert, aber es gibt immer wieder genug, die es anscheinend nicht wissen, oder – was ebenso verhängnisvoll ist – das Lagerfeuer verlassen, ohne es wirklich gelöscht zu haben. Ungeachtet der zu erwartenden Fische wurde auch gleich mit dem Essen begonnen. Schinken, Eier, Zwiebel, Knoblauch, Salzgurken, Butter und Öl – alles floss wie Milch und Honig.

Zum Fangen der Fische hatten die Kenner große, nicht sehr feinmaschige Köcher mitgebracht. Sechs bis acht Männer gingen ins seichte, aber schon erheblich abgekühlte Wasser und stellten sich in ca. 25 Metern vom Ufer fast nebeneinander auf. Dann wurden die großen Köcher ebenfalls nebeneinander auf den Grund gestellt und vom Ufer her kam eine zweite Gruppe, die mit langen Knüppeln heftig in den üppigen Wasserpflanzen herumstocherte. Die aufgescheuchten Fische schossen ins offene Wasser hinaus ... und direkt in unsere Köcher. Mit etwas Feingefühl merkte man sofort, wenn ein größerer Brocken wuchtig in den Köcher gestoßen war. In diesem Moment musste man mit Blitzesschnelle den Köcher hochreißen – und der Riese zappelte blinkend und blitzend an der Luft, man brauchte ihn nur noch ans Ufer zu tragen, wo die Dorfschönen seiner schon harrten. Ich habe seitdem nie wieder Fischfang dieser Art gesehen, auch nicht in Sibirien. Aber hier im Moskauer Gebiet schien das Wasser vor Fischen geradezu zu wimmeln. Dem Aquarianer war angenehm, dass der Fisch nicht hilflos an einem Haken hing, sondern unbeschädigt zum Vorschein kam. Vorwiegend waren es Hechte, zwei-drei Kilogramm schwer. Das Fleisch der ganz großen Hechte schmeckt gar nicht so besonders. In Russland macht man oft den „gefüllten Hecht" in Aspik auf jüdische Art. Aber den kann man nur in einer ordentlichen Küche bereiten. Da wird die

Haut vorsichtig abgezogen, das Filet klein geschnitten oder durch einen Fleischwolf geschickt, um dann mit Ei, mit Zwiebel bereichert zu werden. Während in einer riesigen Bratpfanne Kartoffeln dufteten, in einer anderen, nicht weniger großen so etwas wie Rührei mit Schinken bräunte, kam der Fisch in einen waschkesselgroßen Kochtopf – hier entstand Fischsuppe („ucha"). Hecht ist dazu nicht so geeignet – der wurde später nach Hause mitgenommen – aber es gab genügend Barsche und Kaulbarsche, die der „ucha" erst so richtig ihren urigen Geschmack verliehen.

Die Fischer hatten die ufernahen Bestände schon fast erschöpft, auch das kalte Wasser machte sich bemerkbar, obwohl ihre Schaftstiefel bis an die Hüfte reichten. Sicher waren auch sie erschöpft, hatten sich Appetit – und Durst angewatet. Die Frauen mahnten schon aufzuhören. So setzten wir uns denn in einer großen Runde um das immer noch glühende Lagerfeuer auf den Wiesenboden, als es begann immer stärker zu regnen. Wir zogen Regenmäntel über, aber die Bratpfannen waren erbarmungslos dem himmlischen Segen ausgesetzt. Es zischte und brutzelte – und sammelte sich an – das Wasser. Wir teilten uns immer neue Portionen auf die metallenen Teller zu. Erst die „ucha" und dann Rührei, Schinken und Kartoffeln. Dabei wurde gelacht, sehr viel gesungen, besonders die Frauen boten dieses breite russisch-dörfliche Singen von Weisen und Volksliedern. Wäre jemand vorbei gekommen, er hätte uns für leicht verrückt gehalten. Als es dunkelte, fuhren wir singend, trunken und fröhlich heim ins Dorf – wir hatten kein Radio, keine Zeitung – Nichts konnte diese Idylle trüben, bis eines Tages das Gerücht die Runde machte: KRIEG! Krieg mit Finnland – die Finnen hatten es gewagt, gestützt auf die alten Ententemächte über „uns" herzufallen. Das war die offizielle Version – unsere und meine private Version war: Sofort zurück nach Moskau!

Ich hatte fast zwei Wochen so zeitlos verbracht, dass es mich wie ein Donnerschlag traf. Was nun? Krieg? Wie lange? Erst einmal Abschied von meinen neuen Freunden. Am nächsten Morgen ging es zur Bahnstation, sie glich einem Feldlager, der winzige Bahnhof war in eine tausendfache Menschentraube gebettet, obwohl der Zug erst in zwei Stunden zu erwarten war. Von Fahrkartenschalter, von Fahrkarten konnte schon gar keine Rede mehr sein. Der Stationsvorsteher – einen solchen gab es tatsächlich – fuchtelte vor der aufgebrachten Menge mit seiner Kelle – ob überhaupt noch ein Zug kam, wusste auch er nicht. Es war so, als sei der Krieg nicht im 1 000 Kilometer entfernten Karelien, sondern als ob die ersten Granaten schon hier in den Bahnhof eingeschlagen hätten. Ich hatte es noch relativ einfach, keine Kinder, fast kein Gepäck. Aber die anderen schrien und gestikulierten bedrohlich. Wie würde das, wenn der Krieg erst „richtig in Gang" käme, wenn es am ersten Tag schon so chaotisch zuging?

Ich sah mir den Bahnhof und das Bahnhofsgelände, die Gleise und die Zufahrt genau an und entschloss mich, auf den Zug, der ja freiliegende Trittbretter hatte, aufzuspringen, wenn er langsam den Bahnhof verließ. Der Zug traf verspätet und bereits völlig überfüllt ein. Die Wagentüren blieben geschlossen, fast niemandem gelang es, den Zug zu besteigen. Dann gab die Lok ein kurzes Signal und setzte sich in Bewegung. Ich stand etwas außerhalb des Bahnhofs bereit. Auf den dritten Wagen konnte ich mühelos aufspringen, um in der Abenddämmerung langsam zu verrußen und zu erstarren – es waren die letzten Novembertage 1939.

Irgendeine gute Seele musste mich durch die Scheibe der Tür entdeckt haben, er öffnete von innen mit den freundlichen Worten: „Was sitzt du denn auf dem Trittbrett, komm doch rein!" Der Ordnung-gewohnte Mensch sagte nur: „Ich habe überhaupt keine Fahrkarte." – „Das haben hier die meisten nicht, aber steig mal da ganz oben hinauf, auf das Gepäckbrett, da fragt dann keiner mehr nach Fahrkarten!" Gut ausgeschlafen kehrte ich in das mobilisierte Moskau zurück. Dieser „kurze" Feldzug dauerte drei Monate und kostete fast eine halbe Million Menschenleben.

Gefängnis in Moskau und Omsk 1941-1942

Der Frühaufsteher

Der elektrische Vorortzug ging auch an diesem 26. Juni 1941 pünktlich um 7.05 Uhr von der Station Kutschino ab in Richtung Kursker Bahnhof in Moskau – man war Frühaufsteher. Um 8.00 Uhr begann der Dienst im Zentralen Röntgeninstitut. Schon vier Tage war Krieg – niemand ahnte, dass es vier Jahre werden würden, ja niemand wagte auch nur eine solche Vermutung auszusprechen ... das konnte zum Verhängnis werden ... zweifelte man etwa an der Schlagkraft der Roten Armee? Ein donnerndes Rotarmisten-Hurra würde die faschistischen Horden schon zum Stehen bringen.

So gegen halb zehn klopften zwei Herren in Begleitung unseres Wirtschaftsdirektors an meine Werkstatt an. Sie seien vom Einwohnermeldeamt, unter Kriegsbedingungen würden alle Einwohner überprüft, und da habe sich bei mir herausgestellt, dass meine Meldung bei der Miliz nicht ganz korrekt sei, das müsse kurz überprüft werden.

„Aber bitte! Doch ich wohne gar nicht in Moskau, sondern außerhalb, in Kutschino!"

„Das wissen wir, wir waren schon bei Ihnen zu Hause, aber Sie waren bereits fort zur Arbeit." Ja, um mich anzutreffen muss man eben früh aufstehen.

Die Herren baten mich, zwecks „Überprüfung" zu folgen, den Schlüssel zur Werkstatt könne ich dem Wirtschaftsdirektor hinterlassen ... „und dann wieder abholen".

Wir stiegen in eine wartende „M-ka", einen neueren PKW aus den Autowerken an der Wolga. Der Wagen bog nach einigen Nebenstraßen auf eine der großen Ausfallstraßen ein, nicht irgendeine, sondern auf die Straße nach Kutschino. Hm, fuhren wir etwa zu mir nach Hause? Ich fragte. „Ja", kam es kurz zurück. In der Siedlung Kutschino – die Häuser eher typische Datschen, die in der Regel das ganze Jahr fester Wohnsitz waren – hielt der Wagen an, wie ich sofort bemerkte unweit meiner Wohnung. Ein anderer PKW wartete auf uns – was soll das alles? Ich machte meine neuen Bekannten darauf aufmerksam, dass ich dort, nur 150 Meter weiter wohne. Ob ich mal nach Hause gehen könne, um Bescheid zu sagen.

„Ist nicht nötig, die wissen Bescheid." Was wissen sie denn? Auf der Grasnabe entdeckte ich Gegenstände, die mir gehörten. Mein Radio, das Prachtstück – eine ganze Nacht hatte ich danach beim ZUM (Zentrales Warenhaus) angestanden. Ein Stapel Bücher ... meine Bücher ... mir schwante nichts Gutes.

Meine Sachen wurden eingeladen, wir fuhren los. Ging es zurück nach Moskau? Die Straße, hier in der Siedlung eher ein fester Weg, war nicht besonders gut, das Auto sprang und rüttelte hin und her. Ich fragte, mehr um die Situation auszuloten: Könnte man nicht während der Fahrt aus dem Empfänger die Röhren herausnehmen, „Gestatten Sie?“. Sie gestatteten. Hast du über deine Begleiter doch schlechter gedacht, als sie eigentlich sind. Sie verstehen, dass ich mit diesem wertvollen Gerät auch weiter Nachrichten hören will ...!

Kurzum, da es ja noch hell war – es ging zurück nach Moskau, ins Zentrum. Jetzt war es klar: Zur Lubjanka, der Zentrale der allmächtigen Sicherheitsorgane, vor deren Hauptportal man nicht einmal stehen bleiben durfte. War also auch ich ein „Feind des Volkes“, somit Häftling, zumindestens Untersuchungshäftling – bis zur „Klärung“. Jetzt eher Gegenstand, denn Person, Inventar, das auf ein gut funktionierendes Fließband gestellt wurde. Foto-Termin, „Klavierspielen“, also Fingerabdrücke, ja Abdrücke der ganzen Hand, verewigt fürs Verbrecheralbum, „Arzttermin“, kurze Rachen-, Gebissinspektion. Dann in die Zelle, Massenzelle, nackter Fußboden – noch hatte man ja Friedenspölsterchen. Am 28. Juni Vorführung beim Untersuchungsrichter, gleiche Adresse, gleiches Gebäude. Hier wurde der Haftbefehl ausgestellt und vorgelegt, da war man pingelig, das stand in der demokratischsten Verfassung der Welt vom 5. Dezember 1936: Niemand darf ohne Haftbefehl festgenommen werden, auf diesem „Rechts“-Schutz der Sowjetbürger hatte der Genosse Stalin bestanden, das kam mir jetzt „zugute“. Ausgestellt wahrheitsgetreu auf den 28. Juni. „Fest“-genommen war ich allerdings schon vorgestern – zwei Tage blieben unberücksichtigt verschenkt.

Die eigentliche „Arbeit“ stand natürlich erst noch bevor: der schwierige Weg der Ermittlungen, das Szenario einer demokratischen Voruntersuchung. Etwas peinlich, dennoch muss es gesagt werden: Das Einmaleins im Umgang mit der Polizei, besonders mit der politischen Polizei, der Abteilung Ia, der späteren Gestapo, war uns von Kind auf, noch aus der Weimarer Zeit geläufig – hier bei meinen russischen Genossen wurden diese Lehren zum Rüstzeug erster Güte. Es war schon beinahe zum Lachen, wie diese primitiven Schablonen hier wieder auftauchten: „Uns ist auch ohne Sie alles bekannt, es bliebe nur ein letztes, aufrichtiges Geständnis von Ihnen“. Dieses Schema hatte man uns schon als Jungpionieren erklärt, und jetzt in der Lubjanka, dieselben Sätze, nur eben Russisch. Man wisse, dass die Schuld eigentlich sehr geringfügig sei, aber da sind Ältere, Anstifter, Bösewichter, Komplizen, da müsste ich als guter Sowjetbürger – und ich behaupte ja einer zu sein – helfen, diese dingfest zu machen. In unserer Pionierfibel und im Elternhaus dagegen hieß es warnend: Nie versuchen, sich auf Kosten Dritter „rauszuhalten", also leugnen, leugnen und nochmals leugnen.

Aber schon am dritten, vierten Tag lag auf dem Schreibtisch ein dicker, vielleicht fünfhundert Seiten umfassender Hefter – etwa mein Dossier? Ja, und Tag für Tag wurde er durchforstet, er erwies sich als so etwas wie meine Gauck-Akte. Dabei hatte ich mich hin und wieder auftauchenden Horchern, den „seksotis" („sekretniy sotrudnik") gegenüber stets vorsichtig-zugeknöpft gezeigt (auch Gedankengut aus der Pionierzeit). Ihre Annäherungsversuche waren in der Regel recht plump, machten mich hellhörig, ihre „Legende" stimmte hinten und vorne nicht und dann so ein Wälzer. Man durfte gespannt sein – ich war es!

Das ging dann so: Eine vorgemerkte Seite wird vom Ermittler aufgeschlagen. „Sie kennen doch Petrow?" – „Welchen? Eigentlich nicht." – „Ach, aber Sie haben doch am 31. Dezember 1939 mit ihm Silvester gefeiert." – „Ja? Kann mich gar nicht erinnern." – „So, so, da wollen wir Ihr Gedächtnis mal ein bisschen auffrischen – Sie können sich womöglich auch nicht erinnern, worüber an dem Silvesterabend geplaudert wurde." Er blickt in das Dossier – „Na, was man so redet, wenn es heiter zugeht, da werde ich Ihnen mal in Erinnerung rufen, was dort geredet wurde.Es gab einen langen Streit, ob man mit Deutschland überhaupt einen Nichtangriffspakt, gar einen Freundschaftsvertrag abschließen sollte, stimmt doch?" – „Ja, ich erinnere mich dunkel." – „Dunkel? Das wollen wir mal etwas aufhellen. Wie dachten Sie denn in dieser Frage?" – „Na ja, ich dachte damals, und das hat sich ja nun bestätigt, dass man mit Hitlerdeutschland lieber keine solchen Verträge abschließen sollte – so werde ich das wohl auch im Gespräch geäußert haben." – „Das war aber 1939! Da haben Sie Zweifel an der Richtigkeit der sowjetischen Außenpolitik geäußert. So stimmt das, und so werde ich das auch im Vernehmungsprotokoll festhalten!" – „Also Kritik an der sowjetischen Außenpolitik habe ich nie geübt." – „Plötzlich funktioniert wohl Ihr Gedächtnis?" – „Das konnte nur indirekt so ausgelegt werden." – „Ausgelegt, ausgelegt – das war nicht Kritik, das war Misstrauen! Sie haben so getan, als misstrauten Sie Deutschland, in Wirklichkeit misstrauten Sie der Politik von Genossen Stalin!" – „Also nein!" – „Was ‚nein!, Sie sind ein Doppelzüngler, ein Heuchler, ein Aasgeier am Sowjetvolk, Sie winden sich hier, Sie entgehen uns nicht, wir werden Sie entlarven!"

So ging das Tag für Tag, Nacht für Nacht. Heute muss ich anerkennen, dass man sich viel Mühe gegeben hat, umso einen kleinen Fisch wie ich einer war, aufs Trockene zu bringen.

Es gab auch Dummheiten, ja Peinlichkeiten! Bei einem Nachtverhör schlief der Ermittler ein – was tun? Ich saß wie ein Luchs hellwach vor der Beute, keine Bewegung, nur nicht wecken. Plötzlich wachte er wieder auf, etwas erschrocken – er habe nur so getan, wollte mich auf die Probe stellen. Er zog seinen Revolver raus – kleines Spielchen, durchladen, vermeintliches Zielen auf ein Objekt im Zimmer – wieder eingesteckt. Für mich zogen diese Mätzchen das Verhör nur unnütz in die Länge.

Bei der Haussuchung in Kutschino hatte man etwa 40 Fotos im Format 24 x 30, mit Abbildungen von sowjetischen Militärflugzeugen, gefunden – eindeutiges Indiz für Militärspionage!. Das wurde mir auch vorgeworfen. Ich versuchte, natürlich ohne Erfolg, nachzuweisen, dass diese Fotos meinem Enthusiasmus für die sowjetische Luftflotte zuzuschreiben seien. Vergeblich, hier lagen knallharte Beweisstücke auf dem Tisch. Die Fotos waren ursprünglich einmal Schaukastenbilder aus einem patriotischen Kampffliegerfilm „rodina sawjot“ (Die Heimat ruft), der kurz vor dem Krieg in allen Kinos lief, und da hatten diese Fotos in allen Schaukästen der Stadt, ja des Landes gehangen. Ich hatte diesen Satz von einer Retuscheuse aus dem Filmverleih buchstäblich erbettelt. „Wird überprüft“, hieß es etwas knirschend. Nach mehreren Tagen gestand mein Ermittler ein, dass ich „ausnahmsweise mal die Wahrheit“ gesagt habe – aber die Beschuldigung der Spionage, Punkt 6, Artikel 58 des Strafgesetzbuches der Russischen Föderation blieb! Das hatte insofern seine „Richtigkeit“, als die Knüller der Ermittlung noch ausstanden, bis hierher hatten wir uns gewissermaßen nur „warm gelaufen“.

Er blätterte weiter im Dossier. „Hier, Sie haben gegenüber der Bürgerin Winogradowa ...“ – mich durchzuckte es: auch Ljuba? – aber nicht als Informantin, denn Informanten waren für meine Akte verschlüsselt, mit Decknamen versehen, das war eine Erleichterung. Sie war „befragt“ worden, wie mag sie gezittert haben – also gegenüber dieser „grashdanka“ (Bürgerin) hätte ich geäußert, dass sie in der Nähe einer großen Munitionsfabrik wohne. Stimmte beides. Diese Munitionsfabrik gab es tatsächlich, und ich hatte es „geäußert“ ... diese Geschwätzigkeit bedauerte ich jetzt. „Wie haben Sie denn das ausspioniert?“, wollte der Ermittler wissen. Hatte ihm die Winogradowa das nicht gesagt, will er es noch einmal von mir hören? Erklären konnte ich das schon, aber hier ging es darum, ob der Ermittler das akzeptiert, meine Unbescholtenheit anerkennt, sein „Beweismittel“ fallen lässt. Ich war in der

Tat vor Jahren von dem „Iljitsch"-Werk im Röntgen-Institut angerufen worden: Eine große technische Röntgenanlage sei ausgefallen, ob ich – gegen Honorar – bereit wäre, einen Noteinsatz zu machen. Warum nicht, konnte man damals ahnen? Ich wurde mit einem PKW abgeholt – für Moskauer Verhältnisse eher unüblich – und zu einem riesigen Werk unweit des Paweletzker Bahnhofs gefahren. Torkontrolle, meine Begleiter wiesen sich aus. Gang durch endlose Werkhallen. Etwas verstohlen blickte ich nach links und nach rechts. Was man hier wohl herstellt? Da! Da war es: Endlose Fließbänder mit blitzeblanken Granaten – hier mitten in der Stadt?!

Die Panne war schnell behoben, als auch schon ein Vertreter der Direktion zur Stelle war. Er hielt nicht nur das vereinbarte Honorar bereit, sondern einen Vertrag, sie würden es gerne sehen, wenn ich – auch weiter gegen Honorar, und es war ein gutes Angebot – einen Wartungsvertrag mit dem Werk abschließen würde. Mit einigem Aufwand und überzeugenden Ausflüchten konnte ich einen Vertragsabschluß abwenden, zum Glück. Sogar in diesem embryonalen Ansatz kam es jetzt als Militärspionage auf mich zurück. „Das werden wir überprüfen", kam es lapidar. Es ließ sich überprüfen Und der Spion Ruge wurde weiter vernommen.

Diverse Gespräche, was da so alles zu Papier gebracht worden war! Einmal war ich in der deutschen Botschaft in der Leontjewskigasse – auch das wussten sie. Die Botschaft hatte per Telefon unseren röntgen-medizinischen Notdienst gerufen. Das stand jedem offen, gegen ein Entgelt von 75 Rubeln, damals viel Geld, kam ein Techniker und ein Arzt, ein Röntgenologe ins Haus. Wie gut, der Arzt, mein Freund Isaak Lwowitsch Klioneer war in der Botschaft die ganze Zeit dabei gewesen – wie würde er jetzt aussagen?

Dann gab es noch „Aussagen" von zwei angeblichen Freunden. Namen wurden genannt, aber ich hatte sie nie gehört. Sehr viel später habe ich diese Namen in einer Veröffentlichung des Dietz-Verlages, Berlin von 1991 wiedergefunden („In den Fängen des NKWD. Deutsche Opfer des stalinistischen Terrors in der UdSSR"); sie waren beide in die DDR zurückgekehrt. Die Fotokopien dieser Aussagen wurden mir sogar vorgelegt. Sie waren ziemlich gleichlautend, etwa so: Ich Unterzeichneter sowieso bestätige hiermit, in Moskau gemeinsam mit Ruge Walter Erwinowitsch antisowjetische, konterrevolutionäre Agitation betrieben zu haben – und zum Schluss dann, im letzten Absatz (den die Untersuchungsbehörden nicht hätten mitkopieren brauchen): „Ich bitte darum, das mir geschickte Paket auszuhändigen". Bei dem zweiten handelte es sich um eine überwiesene Geldsumme. Das waren vor mehr als einem Jahr Abgeurteilte, die „Aussage" war in einem fernen Straflager gemacht worden. Man hatte sie erpresst – Paket oder nicht – gegen gewünschte Aussage. „Worin soll denn diese antisowjetische, konterrevolutionäre Agitation bestanden haben? Versammlungen, Flugblätter …?", wollte ich wissen. „Ruge, das ist doch völlig belanglos, dies sind eindeutige Aussagen, und hier zählen Fakten, nur Fakten." Da galt ich anscheinend als „überführt". Es war wenig beruhigend, dass die Ermittlung jetzt mangels „solider" Beweise zu solch brüchigen Mitteln griff, anscheinend nicht mehr viel in petto hatte. Nicht sie mußten ja meine Schuld, sondern ich immer wieder meine Unschuld beweisen.

Aber schon kam die Attacke aus einer ganz anderen Richtung – da war noch mein „Antisemitismus". Nanu, das war ja ganz neu! Ich hätte (wieder aus dem Dossier) einer Krankenschwester gegenüber geäußert, dass die Juden keine Nation seien. Oh! Ich konnte mich genau an diesen Abend erinnern, es war eine dieser Moskauer „sskladtschinkas", wo jeder zum Abendessen etwas mitbringt. Auch an die Schwester konnte ich mich gut erinnern, ein appetitliches Geschöpf. Ich erinnerte mich sogar, dass sie bereits während des Gesprächs gerügt hatte, meine Auffassung habe antisemitischen Charakter … – „Damit haben Sie faschistisches Gedankengut verbreitet!", donnerte der Beamte. Das war ganz schön stark, ja kreuzgefährlich. Ich erinnerte mich, dass ich das Gespräch seinerzeit abgebogen hatte, aber in welche Richtung, war offen. „Das habe ich mal in einem Buch gelesen", nahm ich das „Gespräch" wieder auf. „In einem Buch, in welchem?" – „Es ist eine Arbeit aus dem Jahr 1912, ‚Marxismus und nationale Frage'" … „Und wer schreibt solchen Unsinn?", wollte der Ermittler unbedingt wissen. Ich zögerte, wollte ihn nicht unnötig reizen: „Der Autor ist – glaube ich – Jossif Wissarionowitsch Stalin." – „Unverschämt, hier noch den Genossen Stalin zu verleumden, Sie sind wohl vollends verrückt geworden, ich werde Sie in Strafarrest (russisch: ‚karzer') bringen lassen." Aber ich war mir absolut sicher. In der Kommunistischen Universität der Nationalen Minderheiten des Westens (KUMNS), die ich als Abendstudent besucht hatte, hatten wir ein gesondertes Seminar zu dieser Arbeit, es war eine Polemik gegen die so genannten Austro-Sozialisten Adler und Bauer. Ich hatte also meine Schularbeiten gemacht, jetzt musste mein Genosse wohl nachsitzen – dazu wieder das bekannte „wir werden das überprüfen". In mir lachte alles! Mein „Antisemitismus" fand sich dennoch in meiner Urteilsbegründung!

Die vielen Nächte (und Tage) erbrachten ein recht mageres Resultat, ein Protokoll von 52 Seiten! Die demokratische Strafprozessordnung schrieb vor, dass der Delinquent jede Seite gesondert lesen und unterschreiben muss. Eine Seite monierte ich: „So habe ich das nicht gesagt." Der Ermittler schrieb die

Seite noch einmal ab, mit der Bemerkung: „Ruge, was bildest Du dir bloß ein, als ob das etwas ändert, Du bist doch ein toter Mann!"

Mit gerademal 26 Jahren eigentlich ein bisschen früh.

Vatersohn verliert Vater

In einem gewissen Maße erscheinen die Kinder in der Form ihrer Eltern wieder, eine Geburt ist eine Renaissance, das ist sicher auch der Reiz des Kinderhabens, Menschen nach eigenem Vorbild zu formen, wie Gott den Menschen schuf. Zu der genetischen Vorprogrammierung kommt – gewollt oder ungewollt – die tägliche Programmierung hinzu. So bleiben im Kind nicht nur die Gesichtszüge der Eltern, des Vaters, sondern generell die Züge des Vaters haften. Nicht anders war das bei uns, die Persönlichkeit unseres Vaters Erwin prägte und formte meinen Bruder Wolfgang und mich täglich, wie bei einem Pädagogen nicht anders zu erwarten war.

Sehr früh entschieden unsere Eltern, dass wir sie nicht mehr „Papa" und Mama", sondern „Erwin" und „Lotte" nennen sollten, das war keine Formalität, sondern wurde von uns als ein außerordentlicher Vertrauensbeweis empfunden, stärkte ganz ungewöhnlich die Autorität unserer Eltern. Wir wussten, dass unsere Schulkameraden sich in der Regel zu Hause ohne Widerrede unterzuordnen hatten. Dagegen erwarteten unsere Eltern mit Recht von uns ein starkes Selbstbewusstsein, ein entsprechendes Gefühl für Eigenverantwortung. Mit etwa 12 Jahren bekam ich einen eigenen Haus- und Wohnungsschlüssel.

Mit unseren Eltern konnte man über alles sprechen, womit nicht gesagt sein soll, dass wir definitiv über *alles* sprachen. Es bleibt aber Tatsache, dass auch unsere Schulkameraden sehr gerne zu uns kamen, eben weil sie mit uns und unseren Eltern über die Dinge sprechen konnten, über die „man" zu Hause nicht sprach. Das wiederum festigte unsere Vorstellung, dass wir besonders „prima" Eltern hatten. So gab es verständlicherweise auch keine Geheimnisse unter uns, Geheimnistuerei war fast verpönt, „raus mit der Sprache", hieß es dann. Gewiss wurde manchmal vor dem outing, wie man heute sagt, auch ein bischen gedruckst, aber das erlösende Gespräch gab es bestimmt.

Dennoch gab es einen näher zu definierenden Bruch, den wir damals sicher nicht als solchen empfanden. Eines Abends kamen wir beide – Wolfgang und ich – nach Hause und bemerkten durch das Parterrefenster des Wohnzimmers (wir wohnten in einem Reihen-Einfamilienhaus in Britz), dass unser

Vater eng umschlungen mit einer Frau im Wohnzimmer stand – das konnte nur unsere Mutter sein. Aber beim Eintreten in den Flur, beantwortete unser Vater die Frage nach Mutter negativ: „Die ist nicht da!“ Da war es also plötzlich, das Geheimnis: Wer war diese Frau? Wir fragten Vater natürlich nicht, so reif waren wir, aber die Antwort auf diese Frage beschäftigte uns.

Wie allgemein in solchen „Fällen“ gab es sehr bald eine Sprachregelung: „Erwin hat Besuch“, „zu mir kommt heute Besuch“ usw., die wir akzeptierten. Der „Besuch“ hieß „Häschen“, auch das konnte man sich merken, aber so richtig „zu Gesicht“ haben wir diesen Besuch nie bekommen. Bald wurde ersichtlich, dass der „Besuch“ nur wenig älter war als ich (wie sich erwies, eine Schülerin von Vater). Vater hatte also Geheimnisse mit einer fast Gleichaltrigen, nicht mehr Minderjährigen (was in seiner Lage als Studienrat durchaus zu Konsequenzen hätte führen können). Kam „Besuch“, öffnete Vater höchstselbst, geleitete sie (ihr Name war Gerda) schnurstracks in sein Zimmer – und schloss von innen ab. Bei uns wurden Zimmer *nie* abgeschlossen – ein Novum. Nun, was da hinter verschlossener Tür ablief, war uns schon einigermaßen geläufig, aber Vater hatte es uns nicht in gewohnter Offenheit gesagt, sondern wir mussten uns selbst zurechtfinden, unser Vater war uns plötzlich irgendwie entglitten.

Meine Eltern trennten sich, wir blieben mit Vater zu Dritt – und „Häschen“ blieb, d. h. sie zog nicht zu uns, sondern behielt den „Besuch“-Status, kam und ging wieder. Wenn – etwas später – Wölfchen und ich in unseren (nun ebenfalls verschlossenen) Zimmern Liebkosungen im Überdruss genossen hatten, öffneten wir die Glastür, die unsere Zimmer verband, um beide Duos in ein Quartett zu verwandeln. Vater schloss sich unserer Runde niemals an. So war es gewissermaßen Vater selbst, der sich von uns abgenabelt hatte, der nicht nachempfinden konnte, dass wir nun ebenfalls kleine Erwins geworden waren, – dass er, von dem jungen Fleisch berauscht, seine alten Maßstäbe aufgegeben hatte. Der innige Kontakt ging verloren. Gewiss, wenn wir alle drei mal gerade zu Hause und Solo waren, gab's schon gemeinsame Gespräche, die aber mehr und mehr zu Gemeinplätzen (Geld, Ausflüge, Saubermachen) verkamen.

Die beiden Brüder waren es, die Ende 1933 als Voraustrupp in die Emigration nach Moskau geschickt wurden. Aber wenige Monate später kam Vater nach – mit Häschen, und ganz separe. Das heißt, er bekam eine für Moskauer Verhältnisse großzügige Wohnung (ein Einzelzimmer) eines „Roten Professors“ am Institut der *Roten Professur.* Vater, bemüht dieses Separé zu hüten, pochte nun darauf, dass wir jetzt beide selbstständig seien, jeder seine eigenen

Wege gehen müsse. Wer einmal in der Fremde war, weiß (Wolfgang war erst 15 Jahre alt), dass so etwas, auch in der damals noch wohlgesonnenen Sowjet Union, nicht so ganz einfach werden konnte. In die etwas privilegierte Wohnung von Vater gingen wir jedenfalls sehr selten und je mehr wir uns sowjetisch assimilierten, kaum noch.

Die politische Szenerie entwickelte sich stürmisch. Wir beiden Brüder waren schon lange Sowjetbürger, als wir erfuhren, dass unser Vater mit seinem „Häschen" Moskau verlassen würde, um in das – für uns immer noch „faschistische" – Deutschland zurückzukehren. Aus heutiger Sicht mag das etwas naiv anmuten, aber damals erschien es uns wie blanker Verrat. Blanker Verrat an den Maximen, auf die uns Vater so erfolgreich ausgerichtet hatte. Dabei hatten diese Maximen für mich ihre Gültigkeit behalten, es konnte gar kein Gedanke daran sein, dass Vater uns etwa auf einen falschen Weg geführt hatte. So verurteilte ich Vater von der Position der Maximen, an die er uns selbst gebunden hatte. Wobei nicht klar war, und bis heute nicht klar ist, inwieweit unser Vater sich völlig frei zu dieser Rückkehr entschlossen hatte, oder von den sowjetischen Behörden alternativlos ausgewiesen wurde. Sicher spielte auch das mangelnde „Klassenbewusstsein" von Häschen eine Rolle – die „privilegierten" Verhältnisse in Moskau nahmen sich neben Berliner Verhältnissen mit Sicherheit recht dürftig aus. Das war auch nicht das Entscheidende, entscheidend war, dass er uns verließ, um auf die andere Seite der Barrikade, zum vermeintlichen Klassenfeind zu wechseln. Ich fühlte mich dabei nicht verlassen, gar allein gelassen, denn ich war ja nun, durch mein tägliches Handeln, eng mit dem Sowjetvolk, mit der großen Sowjet Union verbunden. Um ehrlich zu sein, ich empfand nicht einmal Schmerz, eher war es ein Aufatmen, dass nun Klarheit herrschte – ohne darüber unsere Kindheit beschmutzt zu sehen. Sicher habe ich in diesen Jahren die Tragik, die Schwere dieser endgültigen Trennung vom Vater gar nicht real eingeschätzt.

Das Leben ging seinen Weg. Ich lernte unaufhörlich irgendetwas, irgendwo. Lernen erschien mir wie eine Berufung, wie ein Auftrag, wie eine Verpflichtung. Einem 22-jährigen lief natürlich auch die Liebe über den Weg. Aber so inbrünstig die Gefühle auch waren – über Vater habe ich nie mit jemandem gesprochen. Es gab ihn einfach nicht mehr.

Wie ein Unwetter, wie ein Tornado kam über das Land, damit über mich, seinem treuen Bürger, der Krieg, immer befürchtet, immer gehasst, war er nun da – aber kein Gedanke daran, dass Vater in diesem Feindland lebt, dient, denkt, nur der Gedanke: Wie hoch ist der Preis des Widerstands gegen die braunen Horden? Er würde sehr hoch sein, das war mir klar. Am 22. Juni frühmorgens hörte ich im Radio die Pressekonferenz des v. Ribbentrop, die Kriegserklärung, den Aufruf des Führers an die Soldaten der Ostfront – und erstarrte. Radio Moskau, um 7.00 Uhr eingeschaltet – kein Wort über den Krieg, man konnte an seinem Verstand zweifeln. Am Gartenzaun vertraute ich meiner besten Freundin die fürchterliche Nachricht an. Dann fuhr ich ins 27 Kilometer entfernte Moskau – niemand rund um mich hatte auch nur die leiseste Ahnung, fast gespenstig. Ich konnte mich in den geräumigen Läden auf dem Garten-Ring (Ssadowoije kolzo) noch gut mit Lebensmitteln versorgen, und zurück am Kursker Bahnhof – erst 11.30 Uhr meldete sich Molotow in den öffentlichen Lautsprechern mit der tragischen Kunde zu Wort. Der Bahnhofsplatz erstarrte, Frauen weinten, Männern sah man an, was Krieg bedeutet. Die nächsten Tage verlebte ich in einem Trancezustand. Ging zwar weiter zur Arbeit – aber was um mich rum vorging, nahm ich irgendwie nicht wahr. Wahrscheinlich aß ich auch nichts, denn nach drei Tagen stank es bei mir im Zimmer erbärmlich – mein im Kleiderschrank aufbewahrter Lebensmittelvorrat war verdorben, nicht mehr zu genießen. Und ich brauchte ihn auch nicht mehr, denn am vierten Tag holten mich die Männer des NKWD.

Hier noch ein Nachtrag zum rissigen Vater-Monument:

Vater tauchte in Form einer schriftlichen Denunziation wieder auf! Es muss vielleicht am 6. oder 7. Tag meines Dauerverhörs gewesen sein, die „Beweislage“ war wohl nicht so sehr günstig, als mir der Untersuchungsrichter triumphierend ein Papier vor die Augen hielt: „Leugnen, Ruge, ist zwecklos, ihr eigener Vater hat sie hier bezichtigt!“. Ich erkannte sofort und mit Sicherheit die Handschrift von Erwin, mir zitterten die Hände, meine Augen füllten sich mit Tränen, ich konnte gar nicht richtig lesen. Der NKWD-Offizier genoss seine Karte, er ließ mir Zeit, er wartete buchstäblich auf meinen Zusammenbruch und auf ein „ehrliches“ Geständnis.

Vaters zweiseitiges Schreiben war eine tödliche Denunziation – nach dem Verrat an der Revolution nun der Verrat am eigenen Sohn. Formell war das Schreiben an meine Arbeitsstelle, das Zentrale Institut für Röntgenologie und Radiologie gerichtet; meine Personalakte landete aber zusammen mit mir (und Vater hätte das einschätzen können) da, wo es sie hin gehörte: In meinem Dossier bei den Sicherheitsorganen.

Vater sah sich (wie übrigens Mutter Charlotte auch, das wollen wir ihm hier zubilligen) mit seinen erzieherischen Bemühungen des Dirigierens, der Bevormundung, mit dem Versuch, mich aus einem „schädlichen“, kleinbürgerlichen Millieu herauszulösen, gescheitert. So desavouierte er diese, meine Umgebung. Es war ein letzter Versuch, mich zurückzurufen. Aber im sowjetischen Strafverständnis war ich damit selbst schon überführt, zu diesem schädlichen Milieu gehörig, denn den „Organen“ hatte ich keine Meldung erstattet, usw.

So schreibt also die Hand meines leibhaftigen Vaters am 27. Oktober 1936 vom „schädlichen politischen Einfluss“, den meine Freundin Böschi – eine leidenschaftliche Jugendliebe noch aus Berlin, die Vater schon damals missfiel – Elisabeth Reich (Erwin schreibt „die Ehefrau“, er wusste nicht einmal, dass ich mit Böschi nie verheiratet war) auf mich ausübe. Weiter schreibt mein Vater: „Der Schwager von Elisabeth Reich wurde unlängst wegen konterrevolutionärer Tätigkeit verhaftet“ (das konnte Vater nur vermuten, da es über diese ersten Opfer von Repressionen nach dem Mord an S. M. Kirow am 1. Dezember 1934 überhaupt keine offiziellen Verlautbarungen gab). Bei dem „konterrevolutionären“ Schwager handelte es sich um den Ingenieur Pawel Liwschitz. Seine Frau, meine quasi-Schwägerin Magdalene wurde später mit ihrem kleinen Sohn nach Tschimkent in Kasachstan zwangsverschickt. Nach der Verhaftung des Schwagers hat Walter Ruge die Verbindung zur Frau des Verhafteten (die ich immerhin gut aus Berlin kannte) aufrechterhalten. „Walter Ruge hat über seine Frau (mit der er wie gesagt nicht verheiratet war) Verbindung zu politisch unzuverlässigen Kreisen.“

Bei aller Kenntnis über den Wahn der „revolutionären Wachsamkeit“ und kommunistischer Intoleranz, die bekanntlich vor familiären Schwellen nicht Halt macht – es lief mir kalt den Rücken runter, obwohl es eigentlich schlimmer gar nicht mehr werden konnte: Ich saß ja schließlich schon fest, in der Ljubjanka, der Moskauer Zentrale des NKWD.

Vater weiter: „Mit seiner Ankunft (in Moskau, W. R.) habe ich ihm mehrmals gesagt, dass er sich bemühen sollte, aus dem Kommunistischen Jugendverband Deutschlands in den sowjetischen Jugendverband (Komsomol) überführt zu werden. In Anbetracht seines Lebenswandels in letzter Zeit, erscheint es mir schädlich, Walter Ruge als Mitglied in den Komsomol aufzunehmen.“ Es ging also gar nicht mehr um ein Geständnis, um eine Warnung, sondern um eine Empfehlung des leiblichen Vaters, wie mit mir (1936) zu verfahren sei. Soweit also ist Erwin gegangen, und ich erfuhr es erst jetzt, als ich schon „drin“ war.

Erwin hat sich auch nicht gescheut, in meine berufliche Entwicklung mit entsprechenden Empfehlungen einzugreifen („Ich halte es für meine Pflicht, Ihnen diese Tatsachen mitzuteilen.“), wenn er seine Angaben ausdrücklich mit meiner bevorstehenden Entsendung auf Weiterbildungskurse für Röntgen-Ingenieure in Verbindung brachte. „Gleichzeitig erkläre ich, dass ich jegliche Verbindung zu Walter Ruge abbreche und jegliche Verantwortung für seine Handlungen ablehne.“

Mich hat dies nicht erschlagen – aber das stand gar nicht zur Debatte. Überzeugt hat es die Untersuchungsrichter in der Moskauer Ljubjanka und neben anderen „wichtigen“ Beweismaterialien und Beschuldigungen meine Aburteilung „positiv“ befördert. Unter normalen Umständen wären solche „Erklärungen“, selbst eines leiblichen Vaters, nicht besonders gewichtig, aber in Moskau herrschten in diesen Jahren bereits außergewöhnliche Verhältnisse, die Vater gut kannte. Für mich hatte mein Vater den Schlussstrich gezogen – wir sind uns *nie wieder begegnet.*

Brot

Die alltäglichen, die selbstverständlichen Dinge, auch Personen, werden erst teuer, zum Idol, wenn sie einmal – meistens zwangsweise – entzogen werden. So ist es auch mit dem alltäglichen Brot, und „wer niemals aus dem Blechnapf fraß“, wird diese kleine Geschichte kaum nachempfinden können.

Die Einführung zu diesem Thema in der „Lubjanka“, dem zentralen Moskauer Untersuchungsgefängnis, fiel eigentlich recht milde aus. Der Krieg hatte gerade erst begonnen, die faschistischen Heerscharen waren noch weit, man befand sich in der Hauptstadt des Riesenreiches. So betrug die Brotration immerhin 400 Gramm. Nicht viel, aber wir 32 Häftlinge waren ja gerade erst dem normalen, dem zivilen Leben entrissen worden und nicht gerade hungrig. Natürlich war vielen bei dieser Umstellung auch der „Appetit“ vergangen, Familienväter sorgten sich um ihre Lieben, ihre Frauen und Kinder, die ja noch frei waren. Zunächst wurde das Brot, wenn es morgens durch die Tür gereicht wurde, einfach auf einen großen Tisch abgelegt, und – gewissermaßen noch „kommunistisch“ – jeder trat heran, um sich zu nehmen, so viel er gerade wollte, verteilt. Wie gesagt, viele „wollten“ nicht, dafür blieb mehr für die anderen. Aber nach zwei bis drei Wochen änderte sich das, der Urtrieb des Essens, des Hungers setzte sich langsam durch, immer weniger blieb übrig. So aß denn mehr und mehr jeder „seins“, ohne dabei – vorerst – hungern zu müssen. Die Erwartung, die Sehnsucht nach Brot – die warmen Mahlzeiten waren recht dürftig – stieg allmählich an. Zum Beispiel, wenn es mal ein längeres Verhör gab.

Stundenlange Verhöre sind eine Tortur, auch ohne Schläge, die es damals eigentlich nicht mehr gab. Die Untersuchungsrichter arbeiteten dabei „in

Schicht", fuhren nach Hause zu ihren Familien, schliefen sich aus, kamen putzfidel und frisch rasiert wieder zur Arbeit, um ihre Kollegen abzulösen.

Unsereins wurde nicht müde, bzw. man merkte es nicht, dazu war man viel zu aufgeputscht. Aber essen wollte man mit der Zeit schon. So konzentrierte sich das ganze innere Beben mehr und mehr auf die Rückkehr in die Zelle, die Geborgenheit versprach und eben das Brot, das die Leidensgefährten natürlich aufbewahrt hatten. Die Verhöre verliefen in normalen Büros, deren Fenster aber sorgfältig verdunkelt waren. Ob es nun kriegsbedingte Verdunkelung war oder Schikane, sei dahingestellt. Die Uhr auf dem Schreibtisch hörte ich zwar ticken, aber sehen konnte ich sie nicht. Das Verhör wurde meistens völlig unerwartet abgebrochen, jemand kam herein, man hörte Bruchstücke, „Beratung", „Konferenz" und wurde entlassen, entlassen in die fast schon idyllische, dabei völlig überbelegte Zelle ... und da lagen die aufbewahrten Brotrationen, und erst nach ihnen konnte man überhaupt ermessen, wie lange man schon abwesend war. Es war wie eine Umarmung, so duftete, so betörte das Brot.

Der Krieg rückte immer näher, selbst die solide gebaute Lubjanka zitterte merklich in der ersten Bombennacht, auf die sehr verschieden reagiert wurde. Die einen waren völlig aufgelöst, andere hatten fest geschlafen – verschlafen. So wurden wir nach Osten verlegt, was uns nur recht sein konnte. In Kasan brannten alle Lichter, hier waren wir dem Krieg entronnen, es gab keine Verdunkelung mehr. Oh, wir „reisten" höchst komfortabel, in echten Coupe-Gefängniswagen, so genannten „stolypinskije", benannt nach dem Henker der Revolutionäre von 1905, ein Innen- und Premierminister des Zaren, der 1911 einem Attentat von Sozialrevolutionären zum Opfer fiel.

Warme Verpflegung gab es während der 5-wöchigen, oft unterbrochenen, Fahrt nach Omsk nicht mehr. Es gab aber weiter 400 Gramm Brot, die uns hin und wieder von den entgegenkommenden Truppentransporten in den Verpflegungsdepots weggeschnappt wurden. Zum Brot gab es täglich einen großen, ja einen riesigen, salzigen, von Fett triefenden, astrachaner Räucherhering, eine Delikatesse, der man selbst in Friedenszeiten vergeblich nachgelaufen wäre. Zu trinken gab es täglich eine Schüssel kalten Wassers, die sofort ausgetrunken werden musste, da die Schüsseln knapp waren. Aus meiner damaligen Sicht hatte Trinkwasser keinen Nährwert, so tauschte ich unentwegt meine Wasserration gegen einen zweiten Salzhering ein.

In Omsk ließ man sich mit der Weiterführung der „Voruntersuchung" Zeit, bis die Akten eintrafen. Es war ohnedies eine Formsache, der Offizier hatte mir schon in Moskau versichert, dass mir zehn Jahre „sicher" seien. Dabei wurden wir im Omsker Gefängnis langsam zu echten Häftlingen. Das Brot wurde schlechter, mehr Maismehl, aber da meistens sehr frisch, auch knuspriger. Die Truppentransporte leerten auch hier die Großbäckereien außer der Reihe. Sie hatten es schließlich eilig, sie sollten das sozialistische Vaterland verteidigen, das wir ja durch unsere konterrevolutionäre Tätigkeit nur zerstören wollten. Brotschulden wurden aber stets „erstattet“, was regelrechte Brotorgien auslöste. Ich konnte mir das viele Brot, in fünf Tagen kamen manchmal zwei Kilogramm zusammen, einfach nicht einteilen, streckte mich urgemütlich auf meine, auf dem Betonfußboden ausgebreitete Hose und meinem Hemd aus, als Kopfkissen dienten mir meine Segeltuchschuhe – ich war schließlich im Juni, noch dazu im Dienst, geholt worden. Ich hätte einfach nicht einschlafen können, bevor nicht der letzte Krümel Brot im Bauch war. Dann allerdings fiel man wie tot um. Vielleicht war es System, aus dem tiefsten Schlaf wurde man immer wieder zum Verhör herausgerissen.

Wir „Neuen“, aus Moskau Eingetroffenen mussten uns natürlich auch in das Ritual des täglichen Brotempfangs fügen. Das Fensterchen in der Zellentür wurde geöffnet, „chleb!“ erklang es, was völlig überflüssig war, denn das Gepoltere auf dem Gang und vor allem der Duft waren längst in unsere Zelle gedrungen und hatten hier allgemeine Unruhe ausgelöst. Alle hereingereichten Brotrationen wurden auf einem nicht näher zu definierenden Tuch auf dem Boden ausgebreitet, also über 70 Rationen – ursprünglich war unsere Zelle für 7 Personen ausgelegt, was an den sieben einbetonierten Stahlpritschen leicht nachzuvollziehen war. Wenn ansonsten in der Zelle der Odeur der „Tonne“, allenfalls der Schweißgeruch dominierte, so war es jetzt der liebliche Duft des Brotes. Aber erst mussten noch quälende Minuten des Wartens im wahrsten Sinne des Wortes durchgestanden werden. Es gab nämlich „gute“, vorteilhafte, und „schlechte“, weniger vorteilhafte Rationen/Portionen. Als vorteilhaft galten Rationen mit viel Rinde, als ideal ein Kanten, der recht wenig von der klitschigen Masse hatte. Als traumhaft galt ein Kanten, dem um das Gewicht aufzufüllen, mit winzigen Stäbchen noch ein paar kleine Stückchen Rinde angepinnt waren. Die „paikas“, also die Rationen wurden demnach entsprechend ihrer Güte in einer langen Reihe eingeordnet, wobei der überwiegende Teil der Insassen an der „Kategorisierung“ – eben stehend, demokratisch, durch Zuruf – wie im alten Athen – mitwirkte . Demokratie in lebenswichtigen Dingen. Dann kam die Vergabe, wieder zutiefst demokratisch, da es eine feste Reihenfolge gab, so kam jeder mal in den Genuss der „guten“, der weniger guten und schließlich der miesen „paikas“.

Während ich also in Omsk meine Lehrjahre in Sachen Zuchthaus absolvierte, wurde ich in Moskau – in Abwesenheit – am 31. Januar 1942 von einem

Dreierkollegium aus Offizieren des NKWD (so eine Personalunion aus Ermittlern und Richtern) zu zehn Jahren Arbeits-Besserungs-Lager („isprawitelno-trudowoi-Lager") verurteilt. Mein Urteil bewegte sich offenkundig sehr schleppend von West nach Ost, den endlosen Truppen- und Waffentransporten entgegen. Am 4. April 1942 wurde es mir endgültig „verkündet" – verlesen. Ich wurde weitergereicht ins Lager.

Mit der gelobten Brotdemokratie war es damit allerdings vorbei. Wobei es im Prinzip erst einmal mehr Brot gab: man konnte mehr, bis zu 1 100 Gramm „verdienen". Brot war hier Zahlungsmittel, die Hierarchie fest abgesteckt. Wer was und wie viel bekommt bestimmte der Brigadier. Brot musste abgezweigt werden für den Meister, für den Polier, die die geschönten Arbeitsabrechnungen gegenzeichneten, was wiederum beste Brotbezahlung sicherstellte, also in unserem ureigensten Interesse war.

Unser Lager hatte die Aufgabe, die im frontnahen Bereich demontierte und vor dem Zugriff der faschistischen Wehrmacht evakuierte Flugzeugindustrie wieder aufzubauen, d. h. Gelände einzuebnen, Fundamente zu gießen, Hangars zu errichten. In den ersten Hangars wurden wir selbst erst einmal einquartiert, viele Menschen auf wenig Platz, die Pritschen türmten sich 4, ja 5 „Etagen" hoch. Nach Rückkehr von der Baustelle wurde das Brot, nach den Weisungen des Brigadiers verteilt. Zur Verteilung legte sich jeder mit dem Kopf zum Fußende und schaute begehrlich auf den meist dampfenden Brotkasten mit 30-40 „paikas". Sie mussten hoch, ja ganz hoch nach oben gereicht werden. Da ich in der Hierarchie, ganz unten eingestuft war (kein Ellenbogenmensch), musste ich logischerweise ganz oben kampieren. Meine „paika" kam nach oben, und eher aus Neugier schaute ich weiter hinunter, wie das Brot verteilt wurde, als mir völlig unerwartet von unten eine zweite Paika hochgereicht wurde. Ich war so perplex, dass ich das wahrhaft Lebensgefährliche nicht begriff, bei solchen Dingen verstand niemand Spaß, man wurde zwar nicht tot, sondern meistens lediglich halbtot geschlagen. Ich tat also das Lebensgefährliche, griff zu und versteckte sie in meiner Wattejacke. Begann aber die erste Ration langsam zu essen ohne die „balanda" (Suppe) abzuwarten; das fiel nicht weiter auf, denn ich konnte nie abwarten. Doch bald kamen Stimmen von unten: „Eine Ration fehlt!", „Jemand hat zwei Rationen genommen!". Eine Katastrophe! Jetzt hieß es Nerven bewahren, denn ich konnte mich von dem Kanten einfach nicht mehr trennen. Ich zitterte am ganzen Körper, betastete das Brot, drückte es an mich, erlitt sogar eine Pollution, aber hergeben, nein! Mein guter Ruf – ja, ja, selbst dort gab es einen „guten Ruf" – wäre z. B. bei einer Durchsuchung für immer dahin gewesen.

Alles endete glimpflich. Der „Brotmann“, der natürlich auch – zumindest was das Brot anbelangte – einen „guten Ruf“ hatte, und der für Brotmanko mit persönlicher Ration haftete, ging zum Brot-„Laden“ und bekam einen Kanten nachgeliefert. Für mich dagegen war die Sache noch lange nicht aus der Welt. Was sollte ich mit dem Brot bloß machen? Natürlich essen, aber wann? Wenn ich nach dem Abendessen beim Brotessen ertappt worden wäre, hätte es sich nur um das gestohlene Brot handeln können. Selbst im Dunkeln, ja dann umso mehr, musste jedes kauende Geräusch – und wir lagen eng beieinander – höchst verdächtig erscheinen. Also essen ohne zu kauen, ja ohne überhaupt zu schlucken. Ich wartete unendliche Stunden, bis mir schien dass alles schlief. Aber auch das war gewagt, denn Häftlinge schlafen nicht sehr fest, müssen bedingt durch die schlechte Ernährung unablässig Wasser lassen. Also wir mussten von der 3., 4., ja 5. „Etage“ hinuntersteigen, den ganzen langen Gang auf den Hof hinausgehen und dann, auch im Winter bei eisigem Wind, gerade man im Unterzeug unser Geschäft verrichten. Oft war es so, dass man, kaum ein wenig aufgewärmt, schon wieder „musste“. Zwei, drei, vier von uns waren immer gerade in dieses Geschäft verwickelt, also wach – hellwach.

So zog ich meine Decke über den Kopf, stellte mich tief schlafend und zupfte behutsam kleine Stückchen von meiner Beute ab, darauf achtend, dass keine Krümel herunter fielen, die mich sofort oder am nächsten Morgen verraten hätten. Diese kleinen Stückchen wurden ganz vorsichtig in den Mund geführt und unter Beherrschung jeglicher Freude, jeglicher Gier, aber auch jeglichen Kauens, langsam dem lösenden Speichel überantwortetnd dann als weiche, köstlich schmeckende Masse in die Speiseröhre abgeleitet. Wer je Brot mit so viel Dramatik verzehrt hat, wird wohl sein Leben lang von einem besonderen Verhältnis zu dieser ersten Gabe Gottes geprägt bleiben.

Einquartierung bei Ekaterina der Großen

Ständig wurde vom „Väterchen“, dem „Großen“, ja der „Koryphäe“ gesprochen. Aber die Ironie des Schicksals wollte es, dass wir durch eben unser „Väterchen“ zurück in die Arme der „Mutter des Vaterlandes“, in die Arme Katharinas II; der Tochter des preußischen Generals Fürst Christian August von Anhalt-Zerbst, gestoßen wurden. Per Sondertransport landeten wir im Omsker Zentral-Gefängnis, das ihr zu „Ehren“ in Form des Buchstaben „E“

(russisch: Ekaterina) errichtet wurde. Denn wahrhaft „groß“ war auch sie vor allem in den Dimensionen fürchterlicher Repressalien. Die „Auslastung“ dieses grimmig dreinschauenden Monumentalbaus war allerdings von den Häschern des gegenwärtigen „Väterchens“ bedeutend effektiver gestaltet worden. Nun, es waren ja auch 200 Jahre ins Land gegangen, die „Belegung“ also wurde – es bestand großer Bedarf – verzehnfacht!

Unser Transport wurde auf die Zellen zu je 4-6 Häftlingen aufgeteilt. Wenn eine Zelle geöffnet wurde, konnte man kaum über die Schwelle treten, sie ähnelte einer überfüllten Moskauer Trambahn. Man zögerte „einzusteigen“, aber da gab's nichts zu überlegen, die Aufforderungen waren deutlich genug: „Dawai, dawai!“. So verbrachte man erst einmal Stunden, manchmal auch einen ganzen Tag auf dem Trittbrett, also auf der Schwelle, denn es gab ja neben den Zugängen auch Abgänge. Direkt an der Tür stand der „Kübel“ (die „parascha“), fast eine Zisterne, denn die Urinhektoliter wurden nur zweimal am Tage hinausgetragen. Am nächsten Tag fasste man schon Fuß auf dem Kübel, das war immerhin ein Sitzplatz, allerdings erwies man jedem Herantretenden durch Aufstehen die „Ehre“. Zwischenzeitlich gab's sogar ein Nickerchen. Der erste wirkliche „Platz“ war dann neben dem Kübel. Meist war es dort ein bisschen feucht, aber man schlief nichtsdestotrotz göttlich ein. Und so rutschte man ganz langsam in die Tiefe der Zelle. Auf den wenigen, in den Fußboden eingelassenen Stahlpritschen lagen zwei, darunter noch mal zwei und im Zwischenraum noch mal zwei Häftlinge, auch der Rest war ein mit wärmenden Leibern gepflasterter Fußboden. Man lag auf der Seite – das war platzsparend – mit leicht angewinkelten Beinen. Lange konnten die ausgemergelten Körper sowieso nicht auf einer Seite liegen, da kam alle Stunde von so etwas wie einem Ältesten das Kommando „Umdrehen!“, und dann wendeten alle auf die andere Seite. Eine „Inventur“ oder Durchsuchung („schmon“) in der Zelle durchzuführen wäre unmöglich gewesen. So stellten wir uns jeden Morgen auf dem geräumigen Flur in Doppelreihe auf, willkommene Abwechslung, um sich die Beine zu vertreten und ein bischen frische Luft zu schnappen.

Eine zweite solche Gelegenheit war der „Stuhl“-Gang. Nun da gab es keine „Stühle“, im Betonfußboden der Großtoilette waren lediglich in regelmäßigen Abständen kindskopfgroße Löcher – die verstreuten Haufen wurden später mit Reisigbesen und Wasserstrahl in die Aussparungen befördert. Man setzte sich, hockte sich, wie es gerade kam, nicht nach dem Lochraster … und hatte dann jeweils ein Gesicht oder ein Gesäß vor Augen, besonders letzteres soweit abgemagert, dass sich das Toilettenpapier erübrigte. Säuberliche Anatomie, wie bei Pferdchen etwa. Nur fette Ärsche benötigen Papier – das wir ja, selbst als Zeitungspapier, gar nicht besaßen. Hin und wieder wurde beim Gang durch den Flur bei der Wachmannschaft ein Fetzen Papier gestohlen, aber diese Kostbarkeit war um keinen Preis für hinterlistige Zwecke zu opfern. Bevor sie, mit Watte oder mit Tabak gedreht, geraucht wurden, versuchte man sich aus diesen Fragmenten ein Bild über die Lage an den Fronten zu machen. Da erhofften sich die einen einen Sieg der Hitler-Armee und davon wiederum die „Freiheit" – nun, „Freiheit" erhofften sich auch die Opponenten, aber durch Vertreibung der Faschisten, nach der dann alles „überprüft", „revidiert" und sie schließlich „frei" sein würden. Dabei gab es heftige Auseinandersetzungen, ja Handgreiflichkeiten.

Ich erinnere mich an einen alten Sozialrevolutionär, er saß bereist das dritte Mal, dennoch trat er unerschütterlich dafür ein, dass die „Okkupanten", die Aggressoren, die „nemzies", die Deutschen vertrieben werden müssten. Sein Äußeres strahlte Würde aus, er hatte einen riesigen schneeweißen Bart, und er erinnerte ungemein an Leo Tolstoi, sein Name ist mir als „Kunajew" in Erinnerung geblieben.

Aber die Zeitungsfetzen brachten keine Klärung, eher neue Rätsel, dennoch erregten Bruchstücke wie „zurückgeschlagen", „erfolgreiche Partisanen", „vernichtender Schlag" ständig die Gemüter. Die einzig wirklich zuverlässige „Quelle" waren die spärlichen Neuzugänge, die die überstürzte Evakuierung immer neuer Gebiete noch selbst miterlebt hatten, die das Chaos auf den Eisenbahnen schilderten, Verwundetentransporte gesehen hatten – das stimmte nachdenklich. Ein Mithäftling – Herr Obst –, wir sprachen uns mit „Sie" an, ein russlanddeutscher Ingenieur, sprach hartnäckig die Überzeugung aus, dass „la capitale du nord" (Leningrad) – aus konspirativen Gründen sprach er französisch – bereits „in den Händen der Deutschen" ist. Ich antwortete stets mit einem zweifelnden „Peut être", kann schon sein, was ihm sehr missfiel. Konnte man wissen? Vielleicht horchte er mich nur aus!

Am täglichen Hofgang konnte ich, wie alle, die noch in Sommerkluft steckten, nicht teilnehmen. Das gab uns ein chiningelbes, etwas geisterhaftes Aussehen. Ich erkrankte denn auch ernsthaft, aber nicht an Malaria, sondern an Dysenterie oder Ruhr, kam „auf Station", einer denkbar einfachen aber sauberen Krankenstation. Es gab sogar Bettwäsche, Kopfkissen, richtige Laken und Decken, man lag allein auf einer Pritsche, auf Doppelstockpritschen. Paradiesisch, krank zu sein – allerdings in dem Bewusstsein, dass von der „Station" selten jemand zurückkam. Entgegen den Anweisungen stoppte ich jedes Trinken – und verzeichnete Besserung. Eines Abends wurde ich geweckt, ich solle noch „jemanden“ unter meine Decke nehmen. Es war ein Bäuerlein irgendwo aus dem Moskauer Gebiet. Aus einem kurzen Wortwechsel erfuhr ich, dass der Transport unter den Bedingungen des äußerst strengen Winters 1941/1942 drei Monate unterwegs war – kaum zu glauben. Er selbst war einer dieser landesüblichen „Konterrevolutionäre“. Er war ein einziger Eisklumpen und zitterte am ganzen Leibe. Gott, der Raum war geheizt und unter unserer Decke war es warm, aber Wochen bitteren Frostes verflüchtigen sich nicht in ein paar Stunden.

Wir schliefen ein. Ein dumpfer Aufschlag riss mich aus dem Schlaf. Ich musste mich wohl ungeschickt gedreht haben, jedenfalls lag mein neuer Bettnachbar hilflos auf dem Boden – er war tot. Ein Jammer! – und ich hatte die Leiche noch aufgewärmt. Auf mein Pochen eilte ein Wachmann herbei. Der meinte aber nur, dass bald Ablösung sei, da könnten wir dann den Zugang wieder abgeben. „Gesund geschrieben“ kam ich wieder in „meine“ Zelle, ich bekam sogar meinen angestammten Platz.

Unser Publikum war im wahrsten Sinne des Wortes „auserwählt“, wenn auch ursprünglich unter anderen Gesichtspunkten, denn es waren Hochschulkader, Künstler, gestandene Wissenschaftler, Ärzte, auch „gelernte“ Direktoren und Funktionäre. Aus den zwanglosen Gesprächen der Vertreter der Geisteswissenschaften wurden immer mehr Vorlesungen, so entstand eine Art „Zirkelarbeit“, die von allen Insassen, auch den nicht „immatrikulierten“, durch Einstellen des allgemeinen Gemurmels respektiert wurde. Da gab es z. B. durch Professor Rostow Russisch-Kurse für gehobene Ansprüche, wo viel Wissenswertes, ja Feinheiten der russischen Sprache, untersetzt mit Beispielen aus der Literatur, mit Versen von Puschkin und Nekrassow geboten wurden. Zu meinem Erstaunen konstituierte sich bald ein Deutsch-Lehrgang – unter Kriegsbedingungen konnte das leicht ins Zwielicht geraten – der sich großer Beliebtheit erfreute.

Ein anderer Zirkel führte in die sagenumwobene Welt der Weinkellereien ein, wo die köstlichen Weinproben die Zungen nur so schnalzen ließen. Natürlich gab es, und das gibt es wohl in allen Gefängnissen aller Epochen, einen Koch-Zirkel, wo mit erlesensten Zutaten nicht gegeizt wurde. Schließlich hatten wir sogar einen Zirkel für Eheberatung und Brautschau. Hier bekam man für die noch ferne Perspektive einer Haftentlassung natürlichste und raffinierteste Ratschläge für ein glückliches und harmonisches Zusammenleben. Bei der Brautschau unbedingt mal auf die Toilette gehen, sich umsehen, da sieht man vieles. Die zukünftige Schwiegermutter genau unter die Lupe nehmen, denn so wird deine Braut in zwanzig Jahren aussehen. Ob man die Schwiegermutter, wenn sie aufdringlich wird, auch mal vernaschen könne, wollte ein „Kursant“ wissen. „Nur wenn es sich gar nicht vermeiden lässt“, war die salomonische Antwort. Man sollte vor dem eigentlichen Verkehr mit der Braut in einen regen Briefverkehr treten. Aus dem Schriftbild, ihrer Rechtschreibung, aus ihren Gedankengängen ergäbe sich ein sicheres Urteil. Sehr wichtig: Was liest die Braut, liest sie überhaupt? Natürlich wurde das alles nicht todernst genommen, aber es war schon mal eine „Beratung“. Der Dozent war übrigens ein Pope, der aber nur sehr vorsichtig religiös argumentierte.

Zu lesen gab es so gut wie nichts, obwohl eine Gefängnisbibliothek existierte. Einmal reichte man in unsere Zelle ein Buch über den hier in Omsk 1888 geborenen Revolutionär Valerian Kuibyschew. Und siehe da, auch sein Leidensweg, sein Kampfweg führte durch dieses Gefängnis. Mehr noch, im Buch fanden wir eine Abbildung von der Zelle, in der Genosse Kuibyschew gemartert wurde – oh Gott, es war unsere Zelle, ja! Diese Ecklage, das Stockwerk, es stimmte genau. Also so hohe Ehren hatten wir gar nicht erwartet, ja gar nicht verdient. Aber auch jetzt saßen hier Revolutionäre – ungebrochen. Einer wurde mit „Becker“ aufgerufen. Er vertraute mir aber an, dass dies sein Parteiname in der KPD war, er gar nicht „Becker“ sei, und er sehr bald „hier“ wieder herauskommen würde.

Eines Tages kam ich mit einem schmächtigen Mann ins Gespräch, sein gebrochenes Russisch ließ auf einen Ausländer schließen. Er war Ungar, die litten in der Regel unter einem unüberbrückbaren Akzent. Sein Name war „Fürst“, ein Name, der einmal um die Welt gegangen war. Sein Bruder war 1926 in Horthy-Ungarn gemeinsam mit dem Kommunisten Schallai in einem Schauprozess zum Tode verurteilt und hingerichtet worden. Der dritte Angeklagte war übrigens Rakoschi, der spätere Generalsekretär, dem aber die Hinrichtung erspart blieb, er wurde 1940 in die Sowjet Union ausgetauscht. Also der Bruder des Hingerichteten war jetzt hier, er hatte antisowjetisch agitiert. Es ergaben sich viele gemeinsame Bekanntenschaften – Genossen – so klein war die Welt.

Eines Tages wurde ich aufgerufen, „ss weschtschami“, also mit Sachen, das bedeutete Abschied von meinen Gefährten und den Genossen. Aber wohin ging es? Durch lange Korridore kamen wir in eine dürftige Amtsstube, in der bereits zwei Offiziere des NKWD warteten. Sie waren gekommen um mir mein -in Abwesenheit gefälltes- Urteil zu verkünden. Dann sollte ich unterschreiben, dass ich „es“ (das Urteil) vernommen habe. Bereits zum Abschluss der „Voruntersuchung“ hatte ich in meiner letzten Erklärung ausdrücklich betont, dass ich mich im Sinne der erhobenen Anschuldigungen für nicht schuldig erkläre, und jetzt sollte ich ein Zehn-Jahre-Haft-„Urteil“ über diese meine Unschuld unterschreiben. Ich weigerte mich kategorisch, die Herren-Genossen redeten mir gut zu, „überzeugten“ mich, es sei zwecklos, es wäre kein guter Start im Arbeitslager, so viel Starrsinn. Ich blieb bei meinem „NEIN“. Sie nahmen es gelassen, machten eine Aktennotiz, die sie verlasen. Aus ihr ging hervor, dass Unterzeichnete bestätigen, das Urteil dem Beschuldigten Ruge Walter zur Kenntnis gebracht zu haben. Sie unterschrieben und damit konnte die Sache ad acta gelegt werden. Irgendwelche Nachteile hatte ich wegen meiner Weigerung nie.

Für den Abtransport wurde ich in die „Etappenzelle„ entlassen. Nun, „Zelle“ ist nicht das richtige Wort, es war die ehemalige Gefängniskapelle, die einmal der „Seelsorge“ der „katorshniki“, der Zuchthäusler, gedient hatte. Hier waren vielleicht 700 Häftlinge konzentriert, die auf ihr weiteres Schicksal warteten. Alles lag in endlosen Reihen auf dem Betonboden, man traf „alte“ Bekannte aus „unserer“ Zelle. Die majestätischen hohen Gewölbe überspannten eine jammervolle Welt, gegen die niemand aufbegehrte. Nur einer konnte sich damit nicht abfinden, ein ausgemergeltes rothaariges Kerlchen. Er hielt richtige Ansprachen gegen „Schwachsinn“, „mangelnde Hygiene“, „fehlendes Briefpapier“, und dass er wünschte, sofort entlassen zu werden. Es war in der Tat der reinste Schwachsinn – so konnte nur ein Schwachsinniger reden – er kam auch schließlich raus, in eine Irrenanstalt.

In der Kapelle waren alle Klimagürtel auf engstem Raum vertreten. An der Tür war subtropisches Klima, man lag in Turnhose, wie an der costa dorada. Zum Fenster hin wurde es immer gemäßigter, bis es dann unter dem Fenster selbst sibirisch wurde. Die Fenster waren vereist, die Gitter in Raureif, die schöne frische Luft zog in weißen Schwaden zu Boden. Hier saß man in Pelz und Wattejacken, in „schapkas“ und Filzstiefeln. Wir Sommerverhafteten hatten da nichts verloren. Gleichzeitig war die Kapelle Vielvölkerstaat, wie eben das Land auch. Russen natürlich dominierend, die ganze Palette der Kaukasusvölker, Ukrainer, Belorussen und jede Menge aus dem Baltikum. Aus Kasachstan gleich eine ganze Kolchose, mindestens die Männer. Sogar die Crew eines Schiffes war komplett vertreten. In solchen Gruppen konnte man sich gegen den Ansturm der Ganoven erfolgreich verteidigen, sie raubten vor allem Kleidung und Lebensmittel, die Ortsansässige ihren inhaftierten Angehörigen gebracht hatten. Es blieben Phyrrussiege, später im Lager folgte die blutige Abrechnung.

Bei den Urteilen waren „10 Jahre“ die Regel. Einmal kam sogar einer auf die Idee, per Handzeichen eine Umfrage zu machen, ein etwas riskantes Unterfangen. Bei „10“ ein Wald von Händen, dann rief einer „und fünfzehn?“, das waren nur wenige. 20 und 25 Jahre waren damals noch nicht „üblich“. Bei „8“ waren es nur wenige die sich meldeten, und schließlich bei „5“ nur noch zwei, was allgemeine Heiterkeit auslöste.

Mit der Zirkelarbeit war es hier natürlich vorbei, wir waren jetzt kräftig gemischt mit der „ordentlichen“ Verbrecherwelt, das jahrelange Lagerleben stand uns unmittelbar bevor ... wir dachten später noch oft an unsere warmen Gefängniszellen ...

Timofej Wassiljewitsch kehrt zurück

Wir nannten ihn einfach „Timoscha“. Ein sympathischer, untersetzter, beinahe kleiner Mann mit einem pockennarbigen Gesicht, das von einer riesigen blau-roten Nase gekrönt war, einer Säufer-Nase, wie sie im Buche steht, Timofej Wassijewitsch Dewjatych, Jahrgang 1910, wie mir in Erinnerung geblieben ist.

Er wurde zu uns verlegt aus der Todeszelle d. h. aus einem Spezialflügel des Omsker Gefängnisses, wo zum-Tode-Verurteilte ihrer Erschießung harrten. Er war beim Eintreten so aufgekratzt, als habe er den Garten Eden betreten, dabei war es bei uns so fürchterlich eng und muffig, wir lagen Mann an Mann. Aber er schnatterte vom ersten Moment an, als sei überhaupt nichts passiert in seinem Leben. Diese Massen schienen ihn nach seiner Einzelhaft geradezu zu beglücken, zumindest zu beleben. Der Tod war an ihm vorbeigegangen, hatte ihn nicht mitgenommen, vergessen. Man hatte ihn begnadigt – zu 10 Jahren Straflager. Das war schon ein Unterschied – uns hatte man verurteilt, verdammt zu zehn Jahren Straflager, er empfand es als „Gnade“, läppige zehn Jahre brummen zu dürfen, begnadigt. 10 Jahre waren zu dieser Zeit noch „in Ehren“, galten noch als harte Strafe. Die Abstufung war nicht Tod-lebenslänglich-fünfundzwanzig-zehn Jahre, sondern man vollführte einen Sprung aus dem Tod direkt in diese nachvollziehbare „kurze“ Frist. Er erschien wie neugeboren, wie jemand, der das Glück hat, sein Leben nun erst richtig von vorne zu beginnen und gleichzeitig das ungestüme Bedürfnis hat, gleich einem Wasserfall, aus jenem Leben, das Leben *vor dem Tod*, Vergessenes, zu wenig Beachtetes unentwegt zu erzählen. Er mußte wohl 3 Monate in diesem Schwebezustand zwischen Leben und Tod gewesen sein, um dann an uns weitergereicht zu werden.

Unsere erste Frage war natürlich, wie er denn in diese Todes-Zelle überhaupt erst einmal geraten war. Das war schnell berichtet und es klang so überzeugend, also überzeugend hier unter uns (nicht „draußen", in den Städten, was wussten die schon), die wir ja selbst schon eine Menge, zwar kein Todesurteil, aber doch allerhand Wunderliches erlebt hatten. Kurz vor dem Kriege hatte der Genosse Stalin (und Kapitän Dewjatych las die Referate von Genossen Stalin gründlich!) aus einem gewichtigen Anlass erklärt: Die eroberungslüsternen Imperialisten mögen sich hüten, ihre Schweineschnauze in unseren Sowjetgarten zu stecken! Das hatte sich Timoscha gemerkt: Mögen sie sich hüten! – und er fuhr weiter unbesorgt auf seinem Liniendampfer der „Irtyschskoje parachodstwo" (Irtysch-Dampfschifffahrt) mit dem sicheren Gefühl – wehe euch! Dann brach der Krieg aus, die Rote Armee wich zurück, nun so etwas kann bei einem Überraschungsüberfall schon mal passieren. Aber der Rückzug ging von Monat zu Monat weiter und weiter. Kapitän Dewjatych wollte schon seinen Dienst quittieren, sich als Freiwilliger melden. Aber man ließ ihn nicht – Leiste deinen Dienst an der Heimat hier! hieß es. Schließlich sickerte durch, die Faschisten stehen vor den Toren Moskaus, und – vielleicht im Kreise von Zechkumpanen – erinnerte er sich schmerzhaft, ganz tief in seiner Seele an das Wort von Genossen Stalin, und was schon lange in ihm kochte, es kam heraus: Schweineschnauze kommt nicht in unseren Sowjetgarten – und da!- da sind sie schon in unseren Gurkenbeeten! Das war sein Tod, zweifeln war tödlich, konnte tödlich werden. In einem Schnellverfahren wurde der „subversive, konterrevolutionäre, zersetzende, provokatorische, usw. usw." Charakter seiner, dieser einen Äußerung bestätigt und Höchstmass verschossen. Alle hörten ohne besonderes Erstaunen diesen Bericht an. Ich dachte, mit mir sicher viele meiner Leidensgenossen: Es hätte also noch schlimmer kommen können.

So ein Kapitän auf einem größeren Dampfer erlebt ständig etwas und bei dieser Kopplung mit seinem Mitteilungsbedürfnis hatte er immer etwas, bestechend ohne großen Pathos zu erzählen, bisweilen von morgens bis abends. Uns allen kam diese Abwechslung, die Unterbrechung dieser Monotonie sehr gelegen. Viele Berichte waren natürlich mit Zechereien verbunden, aber es gab auch spezifische Dewjatych-Geschichten, wobei die Ungeniertheit, mit der er von sich selber, meistens voller Selbstironie berichtete, für sowjetische Verhältnisse etwas ungewohnt war. In der Haft war es aus anderen Gründen ratsam, über sich selbst nicht zu detailliert zu erzählen.

Eines Tages im Dienst, also an Bord, bemerkte er, dass mit seinem sonst quietschmobilen Glied etwas nicht in Ordnung war. Rötung Schwellung, schließlich Ausfluss, nie gehabt so was. Aber mit wem darüber reden, auf dem Schiff war er nur von Untergebenen umgeben. Es war anscheinend was „venerisches“, dieses Weib etwa von vorgestern, dieses Miststück, diese Hure. Es wurde von Tag zu Tag schlimmer, schmerzlich allein das Wasserlassen, ja man konnte kaum noch richtig laufen an Deck. Kapitän Dewjatych litt bis zu seiner Rückkehr nach Omsk, ging dann aber doch vom Schiff direkt zum Arzt. „Ja mein Lieber, da haben Sie sich wohl einen handfesten Tripper eingefangen.“ Timoscha berichtet, er sei zusammengebrochen vor diesem Monstrum-Tripper, wo doch das Leben so schön war. „Na und meine Frau, meine kleine Tochter, um Himmels Willen, wie bringe ich das denen bei?“ Er war, wie er gestand, nahe an Selbstmordgedanken. Aber der Veneurologe beruhigte ihn – solche Patienten kämen zu ihm täglich, alle haben es überlebt, da wird doch ein gestandener Mann nicht verzagen. Zu Hause hatte er die Schwelle noch gar nicht übertreten, den Begrüßungskuss seiner Frau wies er ab, er wollte um jeden Preis vermeiden, dass sich nun auch noch jemand von seinen Lieben infizierte – da gab's schon Anweisungen, wer sich wann und wie zu verhalten habe. Er verordnete getrennte Handtücher, gesondertes Geschirr für sich, Seife gesondert, ja den gemeinsamen Kleiderständer wollte er nun auch nicht mehr benutzen. Er beichtete natürlich nicht, was wirklich passiert war, stellte sich eher als Opfer einer heimtückischen Krankheit dar. Seine Frau, weinend und zu Tode erschrocken, führte alle seine Befehle ohne Widerspruch aus. Töchterchen wollte sich an ihren endlich heimgekehrten lieben Papa schmiegen, aber nichts ging. Er erzählte, dass er sich selbst später wie ein Monstrum vorgekommen sei. Aber lieber alle verängstigen, als alles gestehen.

Der Arzt hatte ihm eine Spülung verschrieben, die er lauwarm dreimal am Tage durchführen sollte. Leicht gesagt, aber wo? Er schickte Mutter und Tochter mal in einen Laden, mal auf den Markt. Er wollte diesen Mist natürlich so schnell wie möglich loswerden. Die Ärzte waren immer so zimperlich, so vorsichtig. Und er, Timoscha war ja gar nicht zimperlich. Also „lauwarm“ war Unsinn, warm, ja heiß muss die Lösung sein, so eine richtige Rosskur! Dann sollte sie 1:10 verdünnt werden. So ein Quatsch – verdünnt kann die ja gar nicht richtig wirken, da mache ich einfach 1:5, sagte sich Timoscha, schließlich sogar 1:2. Aber da verspürte er ein ungewöhnliches Brennen in den Genitalien – er riss das Gummikatheter raus … und merkte zu seinem Entsetzen, dass die Flüssigkeit nicht nach kam. Was nun? Er rannte durch den Raum hin und her, massierte das geschrumpfte Glied, aber nichts half. Da legte er sich erschöpft auf die Couch, jetzt war ihm alles egal. Und plötzlich, wie aus der Pistole, ein fetter Strahl in den Raum, nicht nur Flüssigkeit, nein, irgendwelche

Klüter oder Klümpchen flogen da auf den Läufer. Er rannte sie aufzuheben, näher zu betrachten (hier machte Timofej Wassiljewitsch immer so eine Geste, führte die Hand ganz nah unter die Augen, als betrachte er etwas), irgendwie weiß und rot, schleimig und weiter dieser brennende Schmerz. An dieser Stelle brach die gesamte Zelle, in erlösendes, in dröhnendes Gelächter aus. Nach Wunsch erzählte Timoscha diese tragikomische Geschichte immer wieder.

Sein Name Dewjatych zeugt eher auf einen Ukrainer, aber er war ein hier im Omsker Gebiet geborener, waschechter Sibirier und kannte das Leben aus dem ff, von der Picke auf. Dort im Dorf lebten die Menschen vom Fischfang. Im Frühjahr, wenn das Hochwasser kam war Saison, da gingen die Fische mit dem steigenden, alles überflutenden Wasser auf die Wiesen, auf die Felder, bis in die Wälder, es war Laichzeit. Die Fischer wachten an den schmalen Abflüssen, denn wenn das Wasser auch nur einen Zentimeter fiel, stürzten die Fische zurück in die Tiefen des Flusses, und genau in diesem Augenblick sperrten die Fischer mit Gittern den Rückweg ab, alles sammelte sich in dichten Scharen an den Gattern, man brauchte sie nur noch mit großen Köchern herauszufischen. Dieser Fangzug wurde in erster Linie zu getrocknetem Fisch verarbeitet. In dieser Zeit wurde viel Fisch sofort gebraten und gekocht. Ein zweiter nicht weniger ergiebiger Fischzug war im Winter, da fuhr man bei knackendem Frost bis zu 30-35 Grad Minus an die vielen Seen zum so genannten Eisangeln. Die Eisbohrer wurden dabei immer raffinierter. In Kürze war ein Eisloch geschaffen, man hängte eine Angelschnur rein, eine Angelrute war überflüssig, da man schon weit draußen auf dem See war. Die dösenden, halberfrorenen Fische bissen, dass man es kaum schaffte sie herauszuziehen. Die Konservierung vollzog sich hier am Fangplatz, der Fisch plätscherte noch drei-, viermal mit der Schwanzflosse und erstarrte, bis er in den Kochtopf gelangte, und der Kochtopf war mitunter weit, sehr weit. Lukrativ war durchaus, die Fische an der Bahnstation zu veräußern. So verlud man unzählige Säcke mit gefrorenen Fischen auf Schlitten um sie zur 400 (in Worten: vierhundert) Kilometer entfernten Bahnstation zu bringen. Das ging nicht an einem Tag. Aber im Winter fand man in Sibirien schon immer und überall Unterkunft, außerdem hatten die Reisenden stets Fisch, aber auch Pelmeny (also sibirische Spatzen) und natürlich Vodka bei sich. Jeden Winter diese Karawanen. Nicht immer einfach. Für die Pferde mußte gesorgt werden, denn die blieben immer draußen. So ging es nicht nur um Heu und Hafer, es ging vor allem darum, dass den angebundenen Pferden die Nüstern nicht zufrieren. Da mussten bei klirrendem Frost die Fäustlinge ausgezogen und mit warmer Hand der Reif von der Schnauze gewischt werden. Ab und an kam auch mal ein Schneesturm. Zum nächsten Dorf war es da oft noch weit, da buddelten sich die Mannen in eine tiefe Schneewehe ein, deckten sich mit ihren riesigen Pelzen („tulup“) zu und warteten ab (nahmen sicher auch mal einen zur Brust, aber Trinken war generell nicht empfohlen. Entgegen allen Mythen ist einem Betrunkenen nicht wärmer, wenn es ihm auch so scheint. Im Gegenteil, für das Erfrieren ist er viel anfälliger). Wenn der Schneesturm dann vorbei war (das konnte auch mal zwei Tage dauern), kletterte die ganze Mannschaft aus dem Schnee raus, versorgte die Pferde und los ging's, weiter an die große Transsib.

Ein alter sibirischer Brauch hätte ihn schon mal ins Kittchen gebracht, ist aber glimpflich abgelaufen. „Was, du warst früher schon mal drin?“, raunten die Neulinge, „was war's denn damals?“, wollten sie wissen. Aber Timofej Wassiljewitsch wollte nicht so recht raus mit der Sprache, gab aber dann dem Drängen nach. „Ihr wisst ja was ‚w pomotsch‘ ist“, begann er weit ausschweifend, „ganz recht, das ist Nachbarschaftshilfe, bei der Ernte oder wenn man ein Haus baut“. „W pomotsch“ in Sibirien ist aber so etwas wie sexuelle Aufklärung, eine Nachbarschaftshilfe bei den ersten Liebesversuchen, also wer noch nicht hat, wer das erste Mal versucht. Die Sowjetgesetzgebung hat ja solche Gemeinschaftsversuche ausdrücklich untersagt und unter Strafe gestellt, sagte er etwas resigniert, weil ja da im Grunde genommen jeder kommen könnte. Aber das Gesetz ist die eine Seite und der männliche Trieb eben das andere. Also, als bei ihm der Stamm schon ziemlich kräftig war und er sich immer wieder die Frage stellte wie denn „das“ ginge, kamen ältere Kameraden, darunter sein älterer Bruder und boten ihm Nachbarschaftshilfe an.

Eigentlich gefiel ihm das nicht so sehr, aber sie waren anscheinend noch mehr erpicht als er selber. Nach einiger Zeit kamen sie und berichteten stolz, dass sie „eine“ gefunden haben, die bereit sei, diese Vorführung mitzumachen. Kurz gesagt, seine Freunde luden ihn eines Abends zu einem entlegenen Heuschober ein. Er gestand, dass ihm ein bisschen die Knie zitterten, was sollte da passieren? Aber er wollte sich auch nicht verspotten lassen, dass er gekniffen habe, also ging er. In dem Heuschober war es sehr gemütlich eingerichtet, sogar so etwas wie ein kleiner Tisch war zu erkennen mit einem Imbiss und einigen Flaschen. Also, alles nicht mehr als eine kleine Sauferei. Eine junge Frau war auch anwesend, er kannte sie. Sie war aus einem entfernten Dorf und tauchte nur selten hier in dieser Gegend auf. So besonders reizvoll fand er sie nun auch wieder nicht. Na ja, zunächst ging es erst einmal an's Essen … und Trinken, das war eigentlich nicht so schlimm. Doch bald begann die geladene Dame sich zu entkleiden und sich recht ungeniert breitbeinig auf eine Matte zu legen, so hatte er eine Frau noch nie gesehen, und er war auch jetzt nicht sonderlich neugierig, schaute mehr weg als „hin". Da ließ einer seiner Freunde auch schon die Hosen runter, kroch zu der breitliegenden Dame und rief den erstarrten Timoscha heran: „Komm mal her und schau dir an, wie's gemacht wird." Timoscha hatte so gar keine Lust, und der Freund kam auch schon tüchtig ins Schnaufen. Das dauerte alles nicht sehr lange, es wurde wieder getrunken, dann war unser Timoscha „dran". Also einfach hier so vor aller Welt und vor dieser jungen Dame so seinen Schwanz rausholen war nicht ganz nach seinem Geschmack. Das nahm ihm niemand übel, ein zweiter Freund stieg auf das Mädchen, schließlich ein dritter, aber Timoscha fühlte sich immer noch nicht bereit. Ein Freund holte aus Timoschas Hose etwas Winziges heraus, was so gar nicht steif werden wollte. Aber jetzt nahm sich die Dame seiner an, und mit etwas Wärme und etwas Drücken ging es dann endlich doch noch, was allgemeinen Jubel auslöste. Timoscha war nicht so sehr wohl in dieser nunmehr total besoffenen Truppe, aber bald war alles vorbei – er wußte nun, wie's gemacht wird.

Eine wichtige Erkenntnis. Diese Erzählung gefiel den versammelten Häftlingen ebenfalls, sie wurde aber nie wieder erzählt. Einer wollte es aber ganz genau wissen: „Sag mal, wie bist du denn bei dieser Geschichte in den Knast gekommen?" –„Na ganz einfach. Diese ‚ssuka', also diese Hündin, hat nicht nur, wie ich später erfuhr, Geld genommen, sondern hat uns alle auch noch verpfiffen, wir hätten sie vergewaltigt." – „Won ssuka!" (Also diese Hündin!), klang es im Raum. „Ich bekam ein Jahr, wurde aber als minderjährig nach zwei Monaten auf Bewährung entlassen. Na ja, seitdem bewähre ich mich so gut es geht!", sagte er augenzwinkernd.

Lagerzeit 1942-1951

Vertrauen

Auch unter schwierigsten Bedingungen richtet sich der Mensch bekanntlich doch irgendwie ein. Ob im Unterstand an der Front, auf der Flucht im Hinterland, nach einem Wirbelsturm oder einem Erdbeben. Nicht anders ist das, wenn man inhaftiert wurde. Wochen vergehen, Monate, Jahre und tagtäglich bestätigt sich das Allerunwahrscheinlichste: *man lebt*, man lebt immer noch. Man kommt aus dem Staunen gar nicht raus, man ist immer noch *„da"*. Man reinigt wieder seine Kleider, man fängt sogar wieder an sich zu waschen. Die Nachbarn belehren einen: Das Leben, auch im Lager geht das Leben weiter! Man geht sogar mal ins Kino, denn zur spärlichen kulturellen Betreuung gehörten gelegentliche Filmvorführungen. Kurz, man findet zu sich selber wieder zurück. Entwickeln sich die äußeren Umstände günstig, umso erfolgreicher.

Die großen und groben, strapazierenden Erdarbeiten waren abgeschlossen. Diverse Werkstätten wurden errichtet, die, wenn auch mäßig, doch geheizt waren. Sie saugten auch die Fachkräfte unter den Häftlingen auf. Für einen Mechaniker/Werkzeugmacher eine echte Chance, zu einem in Grenzen „normalen" Leben zurück zu kehren. Gott, wir machten Türschlösser und Türleisten, Türangeln und Riegel, Massenbedarf, denn im fernen Sibirien, man schrieb das Jahr 1943, die Bevölkerung von Omsk hatte sich – Dank Evakuierung aus dem Westen – verdoppelt, hatte ein umfangreicher Wohnungsbau eingesetzt. So war man nützlich – auch das half zum Leben zurück zu kehren, mehr noch als die Klugscheißerei von Diplompsychologen, die wir so gar nicht vermissten.

Sehr bald bemerkte ich, dass neben der offiziellen Produktion ein umfangreiches „Programm" für den städtischen Schwarzmarkt „lief". Dabei waren unsere Zwischenhändler gleichzeitig unsere Bewacher. *Sie* bestimmten das zu liefernde Sortiment. Wenn nötig, besorgten sie aus den neuerstandenen Rüstungsbetrieben Material, meistens Alublech. Gefertigt wurden vor allem Kämme, Bestecke, Kochgeschirr, Taschenmesser, denn die staatliche Produktion von Waren des täglichen Bedarfs war praktisch eingestellt. In der zu unseren Werkstätten gehörenden Schmiede wurden Äxte, Spaten, Forken, Harken und anderes, bei Duldung durch die Obrigkeit, in der „Mittagspause" unter ohrenbetäubendem Lärm und in fieberhafter Eile hergestellt.

Den Gewinn strichen natürlich im Wesentlichen unsere Zwischenhändler ein, aber für ein sechsteiliges Klappmesser sprang immerhin noch ein halbes Kilo Butter raus – ein Kapital! Mein Meister und Betreuer war ein gebürtiger Ukrainer, Philipp Wassilijewitsch. Die Ukrainer sprechen Philipp immer wie Ch-philipp aus. Er war schon ziemlich alt, auch für diese Verhältnisse eigentlich schon im Rentenalter, nur das eben die „Rente" unter Lagerbedingungen nur 400 Gramm Brot betrug. So ging er denn mit unserer Brigade „ins Objekt", auf den Bau, verdiente seine 1 000 Gramm Brot und nebenbei immer noch ein beachtliches Taschengeld. Er konnte alles und Nachfrage herrschte nach allem, Messern, Rasiermessern, sogar nach Tabakspfeifen, nach Ohrringen und Broschen. Ich wurde sein vertrautester und schließlich sein bester Eleve. Er brachte mir sämtliche Kniffe und Feinheiten bei, beim Härten, beim Nieten, Ziehen, Löten, vor allem auch beim Polieren. Er war mit Recht der Überzeugung, dass er das Ende seiner Haft sowieso nicht erlebe und darum mir, so fast wie einem Sohn, das alles weitergeben, vererben musste.

An unserem Arbeitsplatz hatten wir uns recht solide eingerichtet, einmal würde ja der Krieg zu Ende gehen. Jeder hatte einen kleinen Spind, darin Geschirr, Besteck, etwas Salz, eine kleine Handmühle, um den Weizen zu mahlen. Diesen „bezogen" wir von unseren „Kollegen", die auf dem städtischen Getreidespeicher eingesetzt waren, um ihn von dort zum Verkauf raffiniert ins Lager zu schmuggeln. Hin und wieder hatten wir sogar ein paar Kartoffeln.

Eines Abends also sagte mir Ch-philipp, dass er am nächsten Tag nicht zur Arbeit gehe, ein Sanitäter, ein Feldscher oder ein Brigadier ließen da, gegen eine kleine Aufmerksamkeit, mit sich reden. Er bat mich aus seinem kleinen Spind „im Objekt" einen Kochtopf mit Kartoffeln zu nehmen, den Schlüssel zum Spind händigte er mir aus. Vor Feierabend solle ich rübergehen in die Schmiede und auf der Restglut die Kartoffeln als Pellkartoffeln abkochen, den Topf dann gut einwickeln und ihm heiß, am Abend in unsere Baracke bringen; es war immerhin Winter.

Natürlich willigte ich ein und erledigte alles gewissenhaft. Dennoch kamen mir Bedenken, was ist, wenn Philipp mich verdächtigt, gleich am Schmiedeherd einige Kartoffeln verschlungen zu haben. Von diesem Verdacht könnte mich niemand freisprechen. Wie sollte ich das nur anstellen?

Als ich dann wieder im Lager in der Baracke auf Philipp zutrat, konnte ich mich nicht zurückhalten und sagte rechtfertigend: „Philipp Wassilijewitsch, bitte denken Sie nicht, dass ich auch nur eine Kartoffel angerührt habe." Er lächelte väterlich-beruhigend: „Keine Sorge, die Kartoffeln waren abgezählt."

Er zählte ruhig durch und fuhr dann fort: „Siehst Du, alle da, es waren fünfzehn!" Da war es schon schwierig, sollte ich nun erleichtert sein oder betroffen, denn er traute offensichtlich niemandem, auch mir nicht.

Drei köstliche heiße Kartoffeln gab er mir dennoch.

Arbeit

Mit wohl kaum einem anderen Begriff wird so viel Schindluder getrieben. Man denke an „Arbeit macht frei" in den faschistischen Konzentrationslagern, oder an *Arbeitsbeschaffungsmaßnahmen* (ABM), als ob man Arbeit „beschaffen" müsste. Da ist der Spruch am deutschen Herd „Arbeit macht das Leben süß" noch relativ harmlos. Man spricht von der Menschwerdung des Affen durch Arbeit. Sicher gibt es gar kein Mensch-sein ohne Arbeit.

Arbeit kann erstes Bedürfnis werden, am ehesten wenn man monatelang ohne Arbeit war, Langzeitarbeitslose können davon ein Lied singen. Auch wir Untersuchungshäftlinge des Jahres 1942 kamen bei dem Gedanken an Arbeit geradezu ins Schwärmen. Einmal wieder richtig sägen, feilen, hämmern, etwas schaffen. Nach der Urteilsverkündung wurden wir in Arbeitserziehungslager entlassen um zu arbeiten. Entlassen aus den engen Wänden der überbelegten Zellen in das riesige Gelände des Lagers ist man schon fast wie „frei", selbst der Zaun ist weit. Was hinter dem Zaun ist, interessiert einen gar nicht mehr so richtig. In unserem Falle war hinter dem „Zaun" schlicht Krieg, nun nicht unmittelbar, die Front war immer noch etwa 4 000 Kilometer entfernt, aber es kämpfte ja das ganze Land, also auch hier in Omsk wurde gekämpft. Unsere Arbeitswut war nicht zu halten. Sicher, in der Realität wird diesem Eifer recht bald mancher Dämpfer aufgesetzt, man ernüchtert. Aber tatenlos möchte man auf keinen Fall sein. Eintönigkeit wird überwunden, die zähfließende Zeit erhält wenigstens irgendeinen Sinn. Wir waren zudem hier hergelangt, weil wir dem Sowjetland angeblich Schaden zufügen wollten. Hier bot sich also Gelegenheit zu beweisen, dass man uns bitteres Unrecht angetan hatte, es blieb die Bereitschaft, dem überfallenen, blutenden Land unser Bestes zu geben. Dazu war reichlich Gelegenheit, denn hier im fernen Sibirien wurden die im Westen demontierten Flugzeugwerke in Windeseile – mit unseren Händen – wiedererrichtet.

Am fernen Horizont schimmerte sogar ein Fünkchen Hoffnung: Für gute Arbeit lockte vorzeitige Haftentlassung. Die erfahrenen Hasen behaupteten, dass seien nur leere Versprechungen. Ich habe viel geschuftet, wurde zweimal zur Strafminderung um ein Jahr vorgeschlagen, gebrummt habe ich bis zum Klingelzeichen, wie man Russisch so schön sagt. Arbeiten war auch hier eine „Sache des Ruhmes und der Ehre", wo wir doch gar keine „Ehre" mehr hatten. Da finde sich ein Sträflingsgehirn zurecht. Mitunter schaffte ich zwei Normen, aber da bremsten mich die „Kollegen" auch schon: Hier sei nicht Amerika, ich solle die recht passablen Normen nicht etwa „drücken". Besonders groß war der Spielraum bei Be- und Entladearbeiten. Da konnte man so richtig ranklotzen, bzw. man konnte sich auf dem riesigen Gelände auch mal in irgendein Eckchen verdrücken. Die Kriminellen, die „urkis" konnten sich dabei sogar mal ein Nickerchen leisten. Jung, kräftig, (noch optimistisch) kam man da zu beachtlichen Ergebnissen.

In Omsk wurden wir eines Tages an die Ufer des geschichtsträchtigen Irtysch gebracht. Hier hatte schon Jermak, der Kosakenhauptmann bei der Eroberung Sibiriens mit seinen wilden Scharen gestanden. Es galt, Zehntausende Ziegelsteine auf die bereitgestellten Schleppkähne zu verladen. Mit einer Trage voller Ziegelsteine auf dem Rücken ging's zur Rutsche am Schleppkahn, etwa so wie der Besen in Goethes „Zauberlehrling". Hin und zurück, es war Sommer – schwitzend und schnaufend. Die Runden wurden gezählt, ich brachte es auf mehr als 4 000 Ziegel, mit Abstand Rekord, beinahe schon peinlich. Nach der komplizierten Räumung des Objekts, zuerst stellte sich ein Teil der Wachmannschaft im Kreis vor dem Objekt auf, dann marschierten wir in Viererreihen in diesen Kreis hinein, wurden sorgfältig durchgezählt. Erst dann wurde der Rest der Wachen von den Wachtürmen abberufen. Wir standen noch in Reih' und Glied, da wurde mein Name aufgerufen – unter Lagerbedingungen immer etwas Bedrohliches. Mir wurde bedeutet, an den Chef des Konvois heranzutreten. Er belobigte meine Arbeitsleistung und überreichte mir 15 Rubel bar. Unfassbar! Ich hatte drei Jahre kein Bargeld gesehen! Ich bedankte mich etwas verstört, da fragte er höflich, ob ich denn noch einen Wunsch hätte. Ich blinzelte auf den vor uns liegenden mächtigen Fluss, noch bei „Fichte" (sozialistischer Sportverband) war ich als Junge geschwommen, und sagte unverfroren, dass ich gerne ein Stück schwimmen würde. Er willigte ein … und wir gingen zum Ufer. Er stieg auf einen der großen, im Laufe des Tages von uns beladenen Schleppkähne, lud seine Pistole durch während ich mich hastig entkleidete. Die Tribüne gaben die in langen Reihen angetretenen Häftlinge ab. Ich schaute hoch zum „natschalnik", er machte eine knappe Geste mit der Pistole „kann losgehen" („dawai!"). Ich stürzte mich in die Fluten, ehe er vielleicht anders entschieden hätte. Jahre war ich nicht geschwommen, aber ich tummelte mich, wie in einem Jungbrunnen, eher wie ein Delphin, denn wie ein Mensch. Auf dem Bauch, auf der Seite, dann auf dem Rücken, und vor allem tauchen, immer wieder tauchen, tief runter, das Element genießend, jauchzend, vergessend, berauscht, träumend. Doch langsam versagten mir die Kräfte, die Jahre der Haft machten sich bemerkbar. Ich schwamm zurück ans Ufer. Erst jetzt bemerkte ich den Chef des Konvois, er beobachtete mich beinahe unbeweglich, sein durch Verwundung entstelltes Gesicht schien unbeteiligt. Ich war schnell wieder angezogen, die nassen Sachen klebten am Körper.

Auf dem Rückweg zur wartenden Meute sagte der „natschalnik" so fast nebenbei: „Nun Ruge, wenn ich geahnt hätte, dass du so schwimmst, hätte ich mir ernsthaft überlegt, ob ich dich überhaupt ins Wasser lasse!!" An Flucht hatte ich eigentlich nie gedacht.

Flucht

„Politische" im eigentlichen Sinne, also „Verbrecher", die aus Gesinnungsgründen gehandelt hatten und deswegen auch verurteilt waren, gab es im sowjetischen Strafvollzug nicht. Sie wurden bei den Schauprozessen schon im Gerichtssaal vom Staatsanwalt als „Mörder" und „reudige Hunde" lautstark beschimpft (Was am nächsten Tag in den Zeitungen nachzulesen war). Dennoch waren alle diese Verbrechen, Staatsverbrechen im Kodex der RSFSR unter dem § 58 (Verbrechen ‚gegen die Sowjetmacht') zusammengefasst. Da war für jeden etwas: Spionage, konterrevolutionäre Agitation, Sabotage und besonders gravierend – Terror. Nun war es nicht so, dass es im Land besonders gefährliche Terroristen gab, sondern umgekehrt, wurden Personen, die als besonders gefährlich/unerwünscht galten, solange manipuliert bis sie endlich „Terroristen" waren. Das wiederum erlaubte besondere Verfahrensweisen: Militärsondergerichte oder Dreierkollegium des NKWD, Schnellverfahren, kein Rechtsbeistand, keine Appellation und sofortige Vollstreckung des Urteils. Allein das erklärt, warum ansonsten friedliche, nicht gewaltbereite Menschen von den Untersuchungsorganen unbedingt in Terroristen verwandelt wurden, aufgrund von Denunziationen und konstruierten Indizien zum Schluss immer als Attentäter, am besten höchstpersönlich auf den Großen Stalin (was das ganze Land erzittern lassen sollte), entlarvt wurden ... und die Zeitungen über die kurzerhand nachts vollstreckten Urteile immer nur noch als fait accompli in der Morgenausgabe berichten konnten.

Wir Glücklichen, weniger bedeutenden Täter, die ihren Kopf auch weiter auf ihren Schultern tragen durften (was wir durchaus zu schätzen wussten) fungierten unter dem Sammelbegriff „Feinde des Volkes", was uns – positiv oder negativ – von den Kriminellen irgendwie abhob. Waren wir die „Feinde des Volkes", so war es nur logisch, dass dieser unendliche Ozean von kleinen und großen Ganoven, von Mördern und Gewalttätern zu „Freunden des Volkes" werden mussten und im täglichen Gespräch von den „Feinden" auch allgemeinverständlich so bezeichnet wurden.

Wir lebten und arbeiteten aber zusammen, gemischt in einem Objekt, bzw. einer Brigade – nur dass wir die schwereren Urteile, das längere Absitzen hatten. Im ITL 1 (Issprawitelniy trudowoi lager – Arbeitsbesserungslager) in Omsk war ich über fünf Jahre, in dieser Zeit schafften es einige der kleinen Ganoven bis zu dreimal (!) zu kommen, entlassen zu werden, um dann wieder zu „kommen" mit der Frage „Was? Du bist immer noch hier ...?". Weiß der Teufel, einigen gelang es sogar zu fliehen, was ungewollt Bewunderung auslöste, die sich aber verflüchtigte, wenn der „beglez" wieder auftauchte. Einer hatte das Lager in einer Fäkalientonne „verlassen". Die Obrigkeit legte großen Wert darauf, den Flüchtigen wieder dort (mit einem Zusatz-Flucht-Urteil) einzugliedern, wo er entlaufen war, damit die Verbliebenen sich überzeugten: – alles zwecklos. In einer polizeistaatlich organisierten Gesellschaft hatte Flucht natürlich nur „Sinn", wenn man sich auf eine zuverlässige „Lobby" – in unserem Fall auf die erstklassig durchorganisierte Loge der Verbrecher – stützen konnte. Nur die konnten „draußen" Geld, Unterkunft, Papiere, Übersiedlung in eine andere Stadt, ja einen legalen Arbeitsplatz gewährleisten. Für unsereinen, von den Kriminellen „Freier" titulierten (aus dem Deutschen abgeleitet, hier Nichtsnutz), also für den normalen „kontrik" war es völlig unsinnig, an Flucht auch nur zu denken.

Interessant, innerhalb der Verbrecher-Loge spielte die Nationalität überhaupt keine Rolle, man konnte Kalmücke, Grusine, Tatare oder Kasache sein, der „echte" Ganove stand über den Nationalitäten. „Freier" nichtrussischer Nationalität wurden dagegen freundlich „sweri" tituliert, was so viel wie „wildes Tier" bedeutet. „Ideologisch" waren die Ganoven also eher kosmopolitisch, dabei durchaus nicht antisowjetisch. Für sie war jede „fremde" Macht feindlich – die einzige Macht, die sie anerkannten, war die gnadenlose Macht der Verbrecherwelt. Wer sich ihr entgegenstellte war des Todes – das konnte schon mal ein Milizionär (in der Ganovensprache als „ljagawyje"... von „ljagatj", mit dem Huf treten, tituliert) sein. Das waren die Gegner. Sie wurden nach dem Krieg bisweilen an einem Laternenpfahl – z. B. in Krasnojarsk – aufgeknüpft. Vielleicht war es auch die „schlechte Erfahrung“, die andere mit dem Paragrafen 58 bereits gemacht hatten, die sie in Bezug auf die Sowjet-Macht Zurückhaltung üben ließ.

Für den normalen Menschen ist sicher nicht nachvollziehbar: Wir Häftlinge „vom Bau“ liebten unsere Brigade, liebten „unsere“ Baracke – nichts erschien uns unerträglicher, als durch irgendwelche Umstände, die ja immer eintreten konnten, aus dem gewohnten Trott herausgerissen zu werden. Selbst die „Banja“, d. h. das Dampfbad – das obligatorisch, wegen der Typhusgefahr, einmal in der Woche, manchmal in 14 Tagen, stattfand – wurde als Störung dieses Trotts, als Unterbrechung in dem liebgewonnen Rhythmus betrachtet. „Banja“ war ja nicht nur Reinlichkeit – wichtig war die „Prosharka“, bei der die karge „Kleidung“ (durch die Ärmel und Hosenbeine) auf einen großen stählernen Ring gezogen wurde, um in einer auf 120 Grad erhitzten Dampfkammer 30 Minuten zu „schmoren“ (russisch „sharitj“). Vor der Kammer, der „Prosharka“ war man nackt ... da lief der große „schmon“, d. h. die Durchsuchung der Sachen und der Baracke. Wo lässt man da ein stolzes, komfortables Brotmesser (ein angeschliffenes Sägeblatt aus der Werkstatt)? Wo eine mühselig gebastelte Nähnadel?

Selbst von der schweren Arbeit kamen wir richtig „nach Hause“, in „unsere“ Baracke, wo uns dann auch noch die Brot-„Abrechnung“ erwartete. Eines Tages wurde ich nach der Arbeit zum „natschalnik“ (Lagerchef) beordert, eine typische Rhythmusstörung. Zwei NKWD-Offiziere im Nebenzimmer – noch so eine Trott-Störung – baten mich angemessen freundlich Platz zu nehmen. Was sollte das werden – noch so eine Störung des „normalen“ Alltags – gar ein Verhör? Sie hatten sich recht gut vorbereitet, kannten meinen Lebenslauf, meine „Strafakte“ sehr gut. Ließen mich erzählen, wie ich denn zum „Konterrevolutionär“ geworden sei, wie ich aus Deutschland in die UdSSR gelangt sei. Was ich über meinen Bruder Wolfgang wisse – ich wusste gar nichts! Wer meine Eltern gewesen seien. Es wurde unerträglich, was wollten die beiden? Waren meine Eltern gestorben? Hatten sie vielleicht über mich in Moskau nachgefragt, gab es hier eine winzigste Chance heraus zu kommen? Ich verlor die Fassung – jahrelang ein Niemand mit einem Paragrafen, stand ich nun hautnah vor meiner wirklichen Vergangenheit – konnte kaum sprechen. Eine Freiheitsberaubung ist sicher nur in einem Trancezustand zu ertragen – jetzt war diese Hypnose fort, ich war plötzlich erwacht, wieder ein Mensch, hatte Eltern, hatte einen Bruder, hatte eine Kindheit, eine Vergangenheit – alles brodelte in mir, alles war aufgerissen.

Ein bisschen Argwohn kam auch auf – wollten sie mich in dieser Gefühlsduselei vielleicht anwerben, zum Informanten machen? Ich war in ihrer Hand, aber in diesem erdrückenden Kontakt mit meiner versunken geglaubten Vergangenheit auch wieder selbstbewusst. Derweil blieben die beiden Offiziere sachlich, ohne jede Emotion – wie es dieses Metier verlangt – sponnen den Faden meiner fernen Vergangenheit immer weiter, machten mich dabei immer ratloser. „Nun, das reicht", sagte schließlich einer der Offiziere, „Sie (!) können gehen". Im Raum des Lagerchefs wartete ein Wachsoldat – anscheinend auf mich. Er verfügte ihm zu folgen, es ging – in den „karzer" (wie „lager", aus der schönen deutschen Sprache entliehen), oder wie man damals auch sagte, in den „isoljator" (strenger Arrest) – wieder so eine schmerzliche Unterbrechung des gewohnten Rhythmus'. „Erklärt" wurde so etwas nicht. Im Isoljator – ein Betonbunker – war es ziemlich dunkel, dafür voll, alles „urki", also Kriminelle, die freundschaftlich/spöttisch den „kontrik" (den Konterrevolutionär) begrüßten. Die „Feinde des Volkes" standen in dem zweifelhaften Ruf, brav ihren „Dienst" zu verrichten, sich streng an die Lagerordnung zu halten, sich nie etwas zu schulden kommen zu lassen, brave Schafe eben. Die Ganoven hatten sich im „Karzer" gemütlich eingerichtet, hatten Decken, sogar Kopfkissen, spielten Karten, bekamen von ihren Mitstreitern, den Eingeschworenen, offizielle „peredatschas" mit Tabak, auch mal ein Stück Brot oder ein Stück Speck (das sie aus den Paketen der „Freier" ergaunert hatten). Mit einem Wort, sie waren gänzlich sorgenfrei, ihr „Leben" spielte sich ohnedies zur Hälfte in Unfreiheit ab. Wenn diese mal „Karzer" hieß, so war das nichts Katastrophales, hier war es warm und arbeiten brauchten sie auch nicht, sehr wichtig für diese Aristokraten. Trotz der spöttischen Töne nahmen sie mich unter ihre Fittiche. Warum ich zu ihnen gestoßen war fragte niemand, für sie war Willkür Alltag. Aber eine Decke bekam ich schon, und – nicht unwichtig – einen „eigenen" Platz zugewiesen.

Ich war völlig genervt, ja verzweifelt. Was konnte das alles bedeuten? Meine neuen Freunde, die „Freunde des Volkes" beschwichtigten mich so gut es ging – geht alles vorüber, Junge! Diese Nacht war natürlich eine schlaflose Nacht, aber nicht wegen dieser Quasiinhaftierung, sondern wegen der unerwarteten Nähe zu meiner – scheinbar versunkenen – Vergangenheit. Gleichzeitig staute sich so etwas wie Wut, Aufbegehren und Verzweiflung – ich wollte das nicht hinnehmen, komme was wolle.

Am Morgen kam der „garbuschka", der Kanten und eine Suppe, das gab es. Nach dem Krieg hatten wir alle zugenommen, ich war mit etwa 80 Kilo gut im Futter und entschloss mich in den Hungerstreik zu treten, rührte meine Portion nicht an. Unerwartet zeigten meine Mitgefangenen Mitgefühl – sie vermuteten, dass mir die Karzer-Haft die Laune, den Appetit verdorben hatte ... und redeten mir gut zu wegen „denen“ doch nicht zu verzagen, sich nicht zu schwächen und zu essen. Ich erklärte ihnen, dass ich in den Hungerstreik trete. Das brachte sie endgültig auf die Palme. Ob ich denn nicht wüsste, dass Hungerstreik als Sabotage gehandhabt würde, dass es ein „lagerniy srok“ (eine Lagerverurteilung nach Paragraf 58) geben würde. Wem nutzt das? fragten sie völlig zu Recht. Aber der Trotz, der Dickschädel in mir siegte, ich verweigerte. Am Abend meldeten die „urkis“ dem Diensthabenden: Ruge streikt! Noch in der Nacht kam ich in Karzer-Einzelhaft.

Später habe ich gestaunt, wie leicht mir das Hungern gefallen ist. Man liegt auf der Pritsche und döst, manchmal schläft man auch ein, niemand behelligt einen, ganz langsam tickt die Zeit. Es war natürlich dumm, mit diesem mächtigen und herzlosen Apparat aufs Ganze gehen zu wollen – ich ging. In der „Regel“ halten sich Hungerstreikende mit Wasser, in zivilisierten Ländern mit Zuckerwasser und durch Rauchen aufrecht. Besonders „zivilisierte“ Behandlung erwartete ich natürlich nicht, verweigerte aber das gereichte Wasser, was besondere Härte erfordert. Etwa am dritten Tag fiel mein Bauch langsam ein, auch der Stuhlgang fiel aus. Es wurde eng im Bauch, man hatte das Gefühl, dass sich die Gedärme immer mehr in die Nähe der Wirbelsäule begeben. Schließlich blieb sogar das Wasserlassen aus – es war wie die langsame Stilllegung eines Aggregats, nur die Pumpe – das Herz – arbeitet dumpf weiter, blupp, blupp. Man wird zum Stockfisch, der langsam an der Luft vertrocknet. In der Mundhöhle wurde es zusehend trockener, man hatte das Gefühl, dass die Zunge immer mehr anschwillt, zum unbeweglichen Kloß wird. Es gab keine erzwungene Verpflegung, man ließ mich mit dem Gedanken „krepierst Du nun oder nicht“ allein. Am sechsten Tag kam ein Offizier, um mir zu erläutern, dass meine „Strafe“ auf zehn Tage Karzer festgelegt sei, darum sei es sinnlos, diesen Hungerstreik durchzuführen, denn ich müsste dann wieder, ohne Schonzeit, auf dem Bau arbeiten. Ich war bereits völlig apathisch – seelisch, nicht körperlich – in so einer Art Untergangsstimmung, komme was wolle ... mir wurde Unrecht angetan!

Schließlich wurde die Zunge zu einem unerträglichen Klumpen im Mund (wahrscheinlich schien das nur so, äußerlich war sie sicher normal anzusehen). Aber mich quälte dieser trockene Brocken wie ein Ungetüm in Hals und Kehle. Die Gedärme schienen endgültig an den Wirbeln zu kleben – im Bauch und in den Schläfen begann der Pulsschlag mehr und mehr, aufsässig wie ein Schmiedehammer zu dröhnen, so laut, dass ich schon gar nicht mehr richtig dösen konnte. Über den Wachposten schickten mir meine Zellennachbarn, die „Freunde des Volkes“, Brot, auch mal einen Leckerbissen, aber ich lehnte ab.

So als sei nichts geschehen, öffnete sich am 10. Tag die Zellentür … und ich war „frei“ – dieses missbrauchte, große Wort ist so furchtbar relativ. Frei für „meine“ Brigade, frei für „meine“ Baracke, frei für „meine“ Arbeit auf dem Bau. Unsere Brigade war gerade von der Arbeit zurückgekehrt, im ersten Moment wurde ich fast übersehen. Aber dann brach es über mich herein, Sympathiekundgebungen, Freude, Anerkennung, sie hingen geradezu ausgelassen, mit leuchtenden Augen, wie eine Traube an mir – „Walter ist wieder da!“ war ihre Devise … das tat gut. Es erwies sich, dass meine „Kollegen“ – über die Kanäle der „Volks- Freunde“ – genau wussten, wie es um mich steht. Wichtig war jetzt NICHTS ZU ESSEN, denn das musste/konnte zu tödlichen Darmverschlingungen führen. Vorerst nur Trinken. Ich sehe bis heute einen großen gläsernen Krug mit Tee – sogar leicht gezuckert – den ich ganz langsam, Schluck für Schluck trank, umgeben von zwanzig Augenpaaren, die kontrollierten, dass ich maßvoll blieb.

Nun musste ich erzählen und vor allem erklären, was ich selbst nicht wusste: „*Warum?*“. Zur Nacht genehmigten mir meine Freunde-Feinde-des-Volkes auch schon etwas Brot und ein bisschen Weizengrütze – der Weizen war im städtischen Elevator geklaut. Ernsthaft geschwächt fühlte ich mich nicht, also dass ich z. B. nicht mehr hätte laufen können. Vom Karzer-Isolator lief ich ohne jegliche Unterstützung zu meinen Leuten. Am nächsten Tag ging’s wieder auf den Bau, ins „Objekt“. Hier konnte ich mich allerdings, Dank meiner Brigade, von der Arbeit erst einmal fern halten, um dann pünktlich zum „raswod“, also zum Sammeln am Tor, wieder da zu sein. Unser Brigadier war ein leicht silbergrauer, gebräunter Krimtatare. Die meisten der Brigadiere arbeiteten wohl mit „der Sicherheit“ zusammen, sicher auch dieser geschäftige Brigadier – sein Name ist mir leider entfallen. Am zweiten oder dritten Tag nahm er mich beiseite, um mich zu fragen, ob ich mir denn meine Karzerzeit „wirklich“ nicht erklären kann. Gegen mich musste „etwas vorliegen“. Er berichtete, dass er intensiv verhört worden war, ob es Anzeichen gäbe, dass ich eine Flucht vorbereite – Aha! Und er habe eine solche Möglichkeit klar ausgeschlossen. „Jemand muss dich verpfiffen haben“ resümierte er … der Lageralltag hatte mich wieder.

Mit Fluchtproblemen hatte ich einige Jahre später, über dem Polarkreis noch einmal zu tun, allerdings aus einer ganz anderen Sicht …

Einem Europäer sind diese sibirischen Weiten unvorstellbar. Nicht zufällig sprach man dort „oben“ vom restlichen Land, als vom „materik“ (vom Festland, vom Kontinent), davon ausgehend, dass man sich im Hohen Norden wie auf einer weit im Ozean liegenden Insel befindet. Bis zur nächsten Bahnstation waren es über 400 Kilometer … Taiga! Hinzu kam der unerbittliche Winter mit Frösten unter 50 Grad minus und Schneehöhen über einem Meter … Der Begriff „Flucht" konnte hier nur wie Wahnsinn klingen, ja es war blanker Wahnsinn. Und dennoch gab es Waghalsige die flohen, besser: die Fluchtversuche unternahmen. Mit der Zeit konstituierten sich ganze Brigaden von „beglezow" (also „Flüchtigen"). So unglaublich es klingt, die besten Chancen zur Flucht bot der Winter – da es im kurzen Sommer überhaupt keine Chance zur Flucht gab. Das Taiga-Gelände bestand aus einem fast durchgehenden Moor (das im Winter fest zufror), wo man letztendlich ertrinken würde. Hinzu kamen Miriaden von blutdürstigen Insekten, Mücken und Stechfliegen, die einen wahnsinnig machen mussten. Blieb der Winter. Man musste ganz behutsam in dem Außen-Objekt ein Depot anlegen. Da musste an Kleider und Skier gedacht werden, so etwas wie ein Schlafsack musste bereit sein. An schwarzen Zwieback, Zucker, vielleicht etwas Fett musste gedacht werden. Wenn irgend möglich musste für die Polarnacht ein Kompass zur Verfügung stehen. Man brachte alles aus dem Lager in kleinen Portionen mit sich. Mit der Flucht durch den groben Stacheldraht – nachts wenn die Sträflinge abgezogen waren, war das „Objekt" frei zugängig – wurde das angelegte Depot verfügbar. Durchgekommen sind wohl nur Einzelgänger. Bei uns war es ein Champion für Langskifahren plus Ausbilder bei den Fallschirmspringern mit Fronterfahrung, von dem wir nie wieder etwas gehört haben.

Nun ist für den Rechenschaftsbericht, besonders für den Rechenschaftsbericht der Sicherheitsbehörde, der Bewachung, eine Flucht nicht gerade ein Ruhmesblatt. Dienstlicher Ehrgeiz verpflichtete Fluchtversuche zu vereiteln – darum die Sonderbrigaden der „beglezow" – seht, wir haben sie! Beim Einfangen der Flüchtigen ging es nicht fein zu – sie wurden zu Freiwild erklärt. Bisweilen wurde ein bestimmter entkommener Häftling zum Abschuss „frei gegeben". Als die Organe wieder einmal eine Gruppe Flüchtiger gestellt hatten, wurden sie zu unserem Lager gebracht, darunter ein Toter. Das war meine Aufgabe – ich war damals „Doktor", arbeitete als Feldscher, also als Arzthelfer Zu meinen Obliegenheiten gehörte es, den Tod festzustellen.

Die Eingefangenen erzählten, aufgefordert vom anwesenden Sicherheitsoffizier, ausführlich über alle Widrigkeiten und Nöte ihrer Flucht, ihrer Verzweiflung, als sie von den Sicherheitskräften umstellt waren. Der Sicherheitsoffizier erklärte dann, sichtlich verärgert, dass die Verfolger den „Falschen" abgeknallt hätten, „eigentlich wollte ich, dass sie dich umlegen", verwies er mit der Hand auf einen der lebend Eingefangenen. Das didaktische „meeting“ wurde aufgelöst, ich ging in mein Ambulatorium, die Gestellten zur Baracke der Flüchtigen, die anderen zu ihren Brigaden.

Den Konflikt der Ganoven mit dieser Macht hatten wir nicht – es blieb immer noch „unsere“ Macht. Ihr entrinnen, gar ins Ausland, um als Held der Sowjetunion gefeiert zu werden, um vor CNN-Mikrofonen zu berichten (so etwas gab es), wie wir in die „Freiheit“ entkommen konnten, war nicht unser Anliegen. Wir erwarteten hier, in diesem Land, voll rehabilitiert zu werden, erwarteten, dass Unrecht getilgt wird. Was ja – allerdings biologisch bedingt – dann auch geschah.

Auch aus dieser Sicht war Flucht sinnlos, war an Flucht nicht zu denken.

Eine Berlinerin – nach Sibirien verschlagen

Durch die eindeutige Wiedergewinnung der Freiheit, d. h. „normaler“ Papiere, aller zivilen Rechte, veränderte sich die Sicht auf das Leben – auf das vergangene und auf das herannahende. Dieser Satz klingt banal, könnte aber helfen zu verstehen, dass wir für den Rest dieses ohnehin kurzen Lebens nicht unentwegt Hass gegen unsere „Peiniger“ verspürten. Wenn heute (ich glaube zuweilen heuchlerisch) von „Reue“, „Vergebung“, „Aussöhnung“, ja von „Vergessen“, selbst von „Verzeihen“ gesprochen wird, so betrifft das durchweg Gewalt und Verbrechen, begangen durch die Wehrmacht, die SS, die Gestapo, die Volksrichter, generell durch den deutschen Faschismus. Verbrechen, begangen durch die „Organe“ der Sowjetmacht in den Jahren 1936-1953 verjähren nicht, sind gefälligst nicht zu „vergessen“, zu „vergeben“. „Die“ Gesellschaft erwartet von den „Betroffenen“ – auch nach 50 Jahren – eine unverzeihliche Haltung, Hass, Vergeltung, zumindestens doch Abkehr vom vielgeschmähten „Kommunismus“. Dass man durch die Entwicklung nach dem Tode des Roten Generalissimus‘ mit seinen schmerzlich-bitteren Erfahrungen und Lehren eines gelebten Lebens die volle „Rehabilitierung“ als eine große Wende im eigenen Leben begreift, scheint unzulässig.

Im Straflager 1943 in Omsk hatte man dazu sicher etwas andere Auffassungen. Die Existenzfragen des Alltags standen zu sehr im Vordergrund, um sich auch noch philosophisch mit Fragen der „Vergebung“ und des „Verzeihens“ nach einem Haftende zu plagen – sicher spielte auch das nie versiegende Element Hoffnung eine bleibende Rolle.

Eine zwingende, eine alternativlose Frage war 1943 z. B. das rechtzeitige Erscheinen am Lagertor, wenn es hinausging zu den Außenstellen, denn im Lager selbst gab es, außer den unumgänglichen Innendiensten nichts zu tun. Verspätung zum Tor war alles – Prügel durch die Brigade nach ihrer Rückkehr, weil sie durch Arbeitssäumige schlechter im Wettbewerb standen, weniger erarbeiteten. In der Regel wanderte man direkt in den „Karzer" (so komisch das klingt, eben diese eigentlich deutsche Bezeichnung galt hier), wo man sich unter allerlei Ganoven behaupten musste. Noch das Geringste war, dass sie dir eine Wattejacke oder ein paar Schuhe „abnahmen". Empfindlich stürzte die Brotration auf Strafration (300 Gramm) ab. War man dagegen pünktlich, war das Leben, wenn auch gefüllt mit z. T. schwerer Arbeit, so doch erträglich.

Der Weg zu den Außenobjekten führte nicht immer durch freies Gelände, durch Wiesen und Felder in der Nähe der Stadt Omsk. Manchmal ging es auch direkt durch die Stadt. Die Allmacht der Wachmannschaft führte dann zu bisweilen kuriosen Komplikationen. Einmal ging es durch eine der zentralen Straßenzüge. Man sah hautnah die Bevölkerung, erschrockene Frauen, Kinder – erwachsene Männer gab es in diesen Kriegsjahren kaum noch. Natürlich wurde auch damals schon „Sicherheit" ganz groß geschrieben, also wurde die Straße total abgeriegelt. D. h. die Wachmannschaft ging, oft mit aufgepflanzten Bajonett, direkt an den Häuserfronten entlang. Der Fußgängerstrom musste sich in die Hausflure oder in die Höfe zurückziehen. Das taten sie auch gerne, denn den verängstigten Gesichtern der Passanten sah man an, dass von uns nichts Gutes zu erwarten ist.

Einmal verblieb mitten auf der Fahrbahn ein Fuhrwerk, der Kutscher machte gute Miene zum bösen Spiel, die Wachmannschaft, oder der „Konvoi", wie man Russisch sagt, beachteten das Fuhrwerk kaum. Der Kutscher befürchtete zunächst nur, dass er aus dieser Einkesselung nicht wieder raus käme. Aber die Nasen, oder dieser besondere Instinkt der Ganoven witterten sofort, dass es sich um kein gewöhnliches Fuhrwerk, sondern um eine städtische Brotfuhre handelte. Unsere Leute waren damals nicht hungrig, mehr aus „daffke" wurde der häftlingsumzingelte Wagen fast im Vorbeimarsch in Blitzesschnelle geplündert – das eigentliche Phänomen bestand darin, dass sich der Chef des Konvois um diese Lappalie überhaupt nicht kümmerte, eher mokierte. Ja ich konnte sehen, wie er sogar schmunzelte. Der Kutscher machte natürlich einen Höllenspektakel, die Ganoven drohten nur: „Halt's Maul, sonst nehmen wir dich gleich mit!"

Ein Laib Brot – nicht philosophisches Geplänkel! Das waren unsere kleinen Abwechslungen im grauen Alltag. Manchmal kamen auch interessante Zugänge, man traf Landsleute, erfuhr, wie es zu Hause ging. Ganz selten trafen die Menschen sogar Verwandte, die erst richtig klärten, was dieser Wirbelsturm Krieg (auch der ewige Druck der Repressionen) unter den Liebsten angerichtet hatte.

Auch in unserer „banja", also dem Dampfbad, gab es eines Tages „Neue". Zwei Frauen, die man zu uns aus einem Lager bei Tomsk – wegen ihres jammervollen Gesundheitszustands – überführt hatte. Im Innendienst gab es für solche Aussichtslosen sogar eine gewisse Überlebenschance. Beide sprachen ein erbärmliches Russisch. Eine war – für mich eine Seltenheit – eine Reichsdeutsche, ja eine waschechte Berlinerin. Sie hieß Hildegard Kalmanson. Jedesmal, wenn wir zur „prosharka", also zum „durchbraten" (der Läuse) gingen, hatten wir beide ein kleines Schwätzchen.

Sie musste einmal eine stattliche, wenn auch nicht gerade hübsche Erscheinung gewesen sein, so ein Stück etwas grobschrötiger Germanin, mit eckigen Schultern, großen Füßen, dunklem, üppigem Haar, weit geöffneten blauen Augen. Jetzt glich sie einer riesigen Vogelscheuche, die dennoch hier ihren schweren Dienst gewissenhaft verrichtete. Der bestand im Wesentlichen darin Stunde für Stunde Hunderte schwerer, mit stinkender Häftlingskleidung bestückter Metallringe in die backofenheißen Kammern zu hängen, um sie nach etwa 40 Minuten aus den hochofengleichen Kammern wieder hinauszutragen. Die beiden schweißtriefenden Elendsgestalten waren dennoch guter Dinge – in Tomsk hatten sie anscheinend ganz anderes erlebt.

Sie stammte aus einer beinahe wohlhabenden Künstlerfamilie, hatte aber in Berlin nur ihre „letzten" Jahre, in der studentischen Künstlerboheme verlebt. Kannte sich – bedeutend besser als ich – im berliner Theaterleben der 20er Jahre aus. Die eine oder andere „Größe" sogar persönlich.

Aber wie zum Teufel war sie nach Omsk geraten? Geboren war sie in den ersten Jahren nach der Jahrhundertwende in Esslingen am Neckar. Kurz vor dem Ersten Weltkrieg gingen ihre Eltern nach Halle. Nach dem Krieg lernte sie in Halle ihren „Zukünftigen" (wenn das etwas mit „Zukunft" zu tun hat) kennen. Er kam aus Rumänien, war aber Sprössling einer jüdisch-russischen Familie, die in Folge der Oktoberrevolution nach Rumänien emigriert war. Er entschloss sich, nach Deutschland zu gehen, um ein Biologiestudium aufzunehmen. Hier lernte er „meine" Hilde (Russisch wegen fehlenden „H's" „Gilda") kennen. Eine Bindung auf Lebzeiten, wie sich erwies.

In Berlin fand der studierte Tierarzt – besondere Spezialität: Pelztierzucht – sehr bald als „Spez" eine äußerst lukrative Anstellung in der sowjetischen Handelsvertretung in Berlin, in der LindenStraße. Seine Arbeit beschränkte sich nicht auf Berlin oder Deutschland, er bereiste, und mit ihm sehr oft auch „Gilda“, meine neue Freundin – immer im Auftrag der Sowjet Union – die Welt. Was konnte schöner sein für ein junges, bis über die Ohren verliebtes Paar. Bisweilen gab es auch kurze Dienstreisen in das Herz des Bolschewistenreiches, nach Moskau. Im Sommer 1935 fuhr Sergej, so hieß der junge Mann, wieder einmal nach Moskau ... kam aber nicht mehr zurück. Nein, nicht was Sie, verehrter Leser denken, er war nicht verhaftet worden. Er erhielt ein verlockendes, ein schmeichelhaftes Angebot – gekoppelt mit einer wissenschaftlichen Laufbahn – im Gebiet von Salikamsk westlich des Urals den Aufbau großer Pelztierfarmen zu leiten. Leben würde er in Moskau – man wies ihm eine für Moskauer Verhältnisse großzügige, abgeschlossene Wohnung zu. Arbeiten würde er außwärtig, in durch Dienstreisen erreichbaren Objekten. Darüber schrieb er an die romantische „Gilda“, die fand diese Aufgabe großartig, ja abenteuerlich. Seinen neuen Brötchengebern machte er klar, dass er glücklich verheiratet sei – „das wissen wir“, sagten sie. So wollte er denn fahren, seine Frau zu holen. „Das geht jetzt nicht“, antwortete man ihm. Man wolle ihm zwar nicht nachtragend anhängen, dass er als Jüngling vor den Bolschewiken geflohen sei, aber „juristisch“ sei er die ganze Zeit Sowjetbürger gewesen. Nach einigen Monaten erdreistete sich der verzweifelte Sergej, seine Chefs zu fragen, ob denn seine Frau zu ihm nach Moskau kommen könne – „das geht selbstverständlich“, gaben die neuen Chefs wohlwollend von sich.

Man muss einfügen, dass Hilde eine völlig ahnungslose, unpolitische, rechtschaffene Person war. Ihr hatte sich bis dato dieses mächtige Reich so wohlwollend und freundlich gezeigt, dass es auf die Möglichkeit, zu ihrem Liebsten zu fahren, nur eine Antwort gab: „Sofort!“. Ihre Eltern begrüßten diesen großen Satz ins ferne Glück, die Eltern von Sergej schienen etwas nachdenklich. Sie fuhr, flüchtig ein paar Sachen in einen Koffer verstauend, schon nach wenigen Tagen mit dem Direkt-Express Berlin-Moskau los. Sie erzählte später, dass sie, obwohl schon viel herumgereist, selten eine so aufregende Reise wie die nach Moskau erlebt hätte. Auf dem Bahnsteig des Alexander Bahnhofs (heute Belorussischer Bahnhof) stand mit einem riesigen Rosenstrauß ihr geschniegelter Sergej (Rosen, zu jener Zeit eine große Seltenheit, was Hilde nicht würdigen konnte). Dem Glück schienen keine Grenzen gesetzt, eine entzückende, „etwas kleine“ Wohnung, meinte Hilde beim Erzählen, Wohnung, geschmackvoll von Sergej eingerichtet. Der Pelzfachmann hatte auch für einige kuschelige Überraschungen gesorgt. Hilde schrieb begeisterte Briefe an ihre Eltern, bis, ja bis Hilde daran dachte, ihre Eltern in Berlin zu besuchen – „das geht jetzt nicht" sagte man ihr prompt, Berlin sei immerhin die Hauptstadt des Dritten Reiches, was Hilde erst jetzt so richtig begriff – aber dort lebten doch ihre Eltern. Das tat den Chefs scheinbar aufrichtig leid.

Aber sie hatte ja hier in Moskau eigentlich alles, was sie sich nur wünschen konnte – vor allem hatte sie ihren Mann, ihren Sergej ... bis dieser Einzige eines Tages im Sommer 1938 von der Arbeit nicht mehr nach Hause kam – das kam nie vor, Sergej war die Zuverlässigkeit in Person, weder Trinker, noch ein Frauenheld, noch ein Angler oder Jäger, er hätte immer angerufen, jemanden geschickt.

Alles wurde zeitlos, sie vergaß zu essen, zu trinken, zu schlafen. Sie hatte kaum Kenntnis von anderen Männern, die schon früher nicht von der Arbeit nach Hause gekommen oder nachts „abgeholt" worden waren. Hier hatte sie nur für und mit Sergej gelebt. Er hatte immer alles mitgebracht, denn sie beherrschte, nicht einmal elementar die russische Sprache. In der Millionenstadt war sie plötzlich wie auf einer unbewohnten Insel im Ozean – völlig allein und hilflos. Nun, sie hatten ein paar Freunde, aber jetzt, wo Sergej plötzlich „weg" war, hatten nicht alle das zwingende Bedürfnis einzuspringen. Behördengänge waren ziemlich zwecklos, was sollte sie dort ausrichten? Als sie schon weggeschmolzen schien kam ein Brief – endlich!

Er musste von einem bitteren, ja verzweifelten Schuldgefühl erdrückt gewesen sein, denn er war es, der sie in diese ihm plastisch gegenwärtige Lage gebracht, um seinetwillen hatte sie Hals über Kopf ihre Berliner Geborgenheit verlassen. Jetzt schrieb er ihr aus einer ihr völlig unbekannten Region, es hätte ebenso gut vom Nordpol sein können, dass er „wohlauf" sei und zu fünf Jahren Lager (so etwas gab es damals noch) mit Freigang verurteilt worden sei. Seine Schergen hatten anscheinend an alles gedacht – er arbeitete „po spezialnosti", in seinem Fach als Leiter einer großen Pelztierfarm. Aber warum das alles?? Sie brach verzweifelt zusammen, kam ins Krankenhaus, obwohl der gebrochene Sergej im Brief versuchte hatte, sie mit allen Mitteln zu beruhigen, dass er sein Auskommen habe, dass alles nicht so schlimm sein würde, er immerhin in fünf Jahren wieder „frei" käme.

Hilde nahm eine unqualifizierte Arbeit als Putzfrau an, begann sich – etwas spät – mit den Realitäten des „Realexistierenden" vertraut zu machen. Da kam, nach der verheißungsvollen Phase einer „Freundschaft" mit dem Dritten Reich der Überfall, der Krieg und ihre eigene Inhaftierung. Neuer, völliger Zusammenbruch, aber sie kam immerhin in „geordnete Verhältnisse", brauchte sich „um nichts kümmern", wie sie sich ironisch ausdrückte. Sie berichtete mir, dass sie bis dato keinen blassen Schimmer habe, was man ihr vorwarf, weil sie einfach nicht genügend Russisch konnte. Alle ihre Forderungen nach einem Dolmetscher blieben ungehört. Sie verstelle sich, sie behindere bewusst die Voruntersuchung, sie sei „nicht geständig“ (was wiederum als belastend betrachtet wurde). Das Einzige was sie gut in Erinnerung hatte, war das Wort „podpissatj“, immer wieder „tolko podpissatj“, was „nur unterschreiben“ bedeutete. In dem Bestreben, aus der ganzen Misere doch noch irgendwie herauszukommen, unterschrieb sie denn auch – ohne je zu wissen, was sie denn eigentlich unterschrieben hatte. Aber das war auch nicht nötig – ihre Russischkenntnisse reichten immerhin aus, um zu verstehen, dass ihre Haftstrafe 10 Jahre betrug. Zu diesem Zeitpunkt war sie aber bereits so apathisch, dass ihr diese Ungeheuerlichkeit völlig schnuppe war.

Als ich Hilde kennen lernte, war dieser schwere Schock überwunden. Sie hatte festen Schriftverkehr zu ihrem Manne hergestellt, der inzwischen aus der Lagerhaft entlassen – dabei seine Arbeit als Spezialist ohne Unterbrechung fortsetzte. Er war allem Anschein nach materiell abgesichert, schickte seiner Hilde ziemlich regelmäßig recht leckere (für Lagerverhältnisse) Pakete. Das hatte sie auch bitter nötig, wollte sie wieder etwas zu Kräften kommen. Eines Tages 1947 – die Welt stand irgendwie Kopf – war Sergej nach Omsk angereist und hatte ein Paket höchstpersönlich an der Lagerwache abgegeben. Unter Aufsicht wurde sogar eine kurze Begegnung mit seiner Frau genehmigt: Hilde erzählte mir, dass er sehr froh sei, dass sie hier einen Landsmann, einen „Freund“ gefunden habe. Ein schwerer Abschied folgte – ich begleitete Hilde auf eine kleine Anhöhe im Lagergelände und ganz fern, am Stacheldraht entlang, bemüht wenig Aufsehen zu erregen, ging Sergej, gebräunt, schwarzhaarig, gut, beinahe elegant gekleidet. Er winkte uns vorsichtig, die Hand auf Gürtelhöhe – ebenfalls verhalten – Sergej drehte ab und verschwand. Hilde weinte bitterlich. Sie sorgte sich um ihn, und umgekehrt, er sich um sie.

Hilde war übrigens eine geborene Friedrich. Mein Vorname Walter hatte für sie etwas Vertrautes. Pikant war: Als Hilde noch fleißig ihre Strafe abbrummte, war ihr Bruder Professor Walter Friedrich in Halle schon sehr aktiv im Friedensrat der DDR, zeitweilig als Vorsitzender, tätig. Er verstarb – nach Hildes Entlassung im Jahr 1968 – sie hatten korrespondiert, sich aber nicht wieder gesehen.

Diese Freundschaft ist übrigens über das Jahr 1955 hinaus erhalten geblieben. Wir schrieben uns ziemlich regelmäßig, auch nachdem ich längst in die DDR zurückgekehrt war. Sie traf sich noch mit Rüdiger und Loresch, ehemaligen „Kollegen“, Ärzten aus dem Omsker Zentrallazarett, um mir darüber nach Potsdam zu berichten. Doch erst einmal zog sie, nach ihrer vollen Rehabilitierung, zu Sergej nach Molotow (später rückbenannt in Perm) an der Kama. Da wir, d. h. meine Frau Irina und ich in diesen bewegten Jahren ebenfalls unsere neuerworbene Freiheit durch Umherreisen genossen, entschlossen wir uns 1956, unsere Rückreise von Moskau zu unserem Wohnsitz im Ural so zu legen – dass wir Perm, westlich vom Ural, tangierten. Wir fanden eine glänzende Variante per Schiff. Wie sich erwies, gab es ein Linienschiff von Moskau nach Perm. Es ging zuerst nach Norden über den Moskwa-Wolga-Kanal bis zum „Rybinskoe Morje" (d. h. bis zu einem meerähnlichen Stausee bei der Stadt Rybinsk, damals noch „Schtscherbakow"), dann die Wolga abwärts bis an den Beginn des Stausees bei Kuibyschew (heute wieder „Samara"), um dann wiederum nach Norden in die Kama, nach Perm einzubiegen. Eine köstliche Schiffsreise – wohlgemerkt kein Liner, keine Kreuzfahrt, sondern Holzpritschen mit Eigenverpflegung.

An den Anlegestellen erwarteten uns Touristenbusse, die Stadtrundfahrten ermöglichten, den jeweiligen Kreml (in Gorki oder in Kasan)zeigten, um dann rechtzeitig zum Ablegen des Schiffes am Kai zu sein. Unterwegs stiegen Leute zu und wieder aus, mit Ziegen und Schafen, auf dem Boden schlafende Tataren, Udmurten, Russen natürlich, Mordwinen, alle Völkerschaften des Wolgabeckens. Nach einer Woche und 2 200 Kilometern langten wir endlich in Perm an. Die Stadt auf dem linken, dem hohen Ufer. Auf dem kleinen Kai Hilde und Sergej, winkend, fröhlich, dass wir uns unter ganz anderen Umständen wiedersahen. Mit irgendeinem PKW fuhren wir in ihre, wieder eine hübsche, vor allem sehr hübsch eingerichtete Zwei-Zimmer-Wohnung mit allem Komfort – für uns etwas ungewohnt, im Ural hatten wir noch Brunnen und Plumpsklo.

1961 zog dieses musiksensible Wesen – Hilde hatte in der Jugend eine solide musikalische Ausbildung genossen – näher an Moskau heran, nach Iwanowo (einer Textilmetropole etwa 300 km nordöstlich von Moskau), um aus dem Konzertleben dieser Weltstadt voll schöpfen zu können. Sergej, der bis zu seinem Tode das innige Bedürfnis hatte, seine vermeintliche Schuld abzutragen, willigte in diese Veränderung ohne Widerspruch ein. Verbunden, in der Regel, mit einer Hotel-Übernachtung, wurden die beiden nun Stammgäste im Moskauer Konservatorium, bei den weltbekannten Tschaikowsky-Wettbewerben, bei Gastrollen im „Bolschoi Theater" und im Kreml-Palast. Für Theaterbesuche hatte Hilde auch hier wenig übrig. Ihre Russischkenntnisse waren trotz merklicher Fortschritte buchstäblich in den Kinderschuhen stecken geblieben.

Ihr zweites – eigentlich schon ihr drittes – Leben begann im wahrsten Sinne des Wortes. Obwohl merklich gealtert – neben ihrem Mann wirkte sie eher wie dessen Mutter – war sie enthusiastisch, fast jugendlich, immer noch weltoffen und weltfremd zugleich, dabei fast ein bisschen aristokratisch.

Über die Vergangenheit sprachen wir immer sehr wenig – uns gehörte die Zukunft!

Beförderung zum Doktor

Wenn man schon gar nicht mehr an Veränderungen, gar an Veränderungen zum Besseren glaubt, sind diese oft am nächsten. Meine Arbeit in einer großen Werkstatt war so schwer nun auch nicht, seit Kriegsende gab es alle 14 Tage sogar einen arbeitsfreien Tag, der uns allerdings mit einem obligatorischen Saunabesuch etwas vermiest wurde. Eines Tages durfte ich nicht „raus" mit der Brigade – man wusste nie so recht, was dahinter steckt. Gegen Mittag wurde ich zum Lagerchef gebracht, vor einem Abtransport eher unüblich. Beim Chef saß eine junge, hübsche, fast attraktive Frau in Uniform. Mit Uniformen hatte ich mit der Wiedereinführung der alten zaristischen Rangabzeichen so meine Schwierigkeiten – es war die Uniform eines Oberstleutnants der medizinischen Dienste, sie war „natschalnik medsantschasti" für das Omsker Gebiet. Sie bat mich freundlich (und da war man in den Jahren nicht verwöhnt worden) Platz zu nehmen. Die Medizinische Hauptverwaltung benötige einen versierten Ingenieur für die Röntgen- und Physioterapeutischen Anlagen im Zentralen Lazarett aller Lager des Omsker Gebiets. Bei der Durchsicht der Unterlagen habe sich herausgestellt, dass ich mehrere Jahre im Moskauer Zentralinstitut für Röntgenologie und Radiologie gearbeitet habe. (Stimmte haargenau, dort war ich auch verhaftet worden). Ich sei also der geeignete Mann, ob ich denn bereit wäre. Mir kamen die Tränen, ich und „bereit" … sie wußte nicht, wie es mir in den letzten fünf Jahren ergangen war. Die Tage des dort zurzeit Tätigen – erläuterte sie – er stamme übrigens auch aus dem Moskauer Zentralinstitut, vielleicht kenne ich ihn sogar – sie schaute in ihre Unterlagen – ja, Broksch Ludwig Rudolfowitsch. Ich kannte ihn natürlich, aber unter diesen Gegebenheiten bestätigt man nur ungern eine Bekanntschaft. Er arbeitete im Dosimetrielabor auf derselben Etage, er war also auch „hier". Seine Tage seien gezählt, er leide an einer schweren Lungentuberkulose. Der Arme, er war immer so freundlich, fast überfreundlich, hilfsbereit, nun war er am Ende. Ich sollte ihn ablösen, noch zu Lebzeiten, als Bestätigung dafür, dass man ihn schon aufgegeben hatte. Bei aller Freude, das wollte ich nicht, ich fasste Mut und äußerte meine Bedenken. Diese seien aus zwei Gründen gegenstandslos, entgegnete Oberstleutnant Kapitonowa. Erstens würde meine Verlegung, natürlich falls ich einverstanden sei (Gott, wie lange war es her, dass sich jemand um mein Einverständnis bemühte), also meine Verlegung würde verwaltungstechnisch ohnehin mehrere Wochen dauern, zweitens liege Broksch bereits im Sterben, sie wollte es nicht gleich so schroff sagen, ich würde ihm also gar nicht mehr begegnen.

Es dauerte in der Tat fast vier Wochen, schöne Wochen. Als erstes berichtete ich von meinem Glück einer Bekannten, Hilde, gebürtige Berlinerin, die in der Kleiderkammer arbeitete. Sie erfasste auf ihre Art sofort das Wesentliche an dieser „Versetzung": In dieser Busch- bzw. Taigamontur könne ich auf keinen Fall meinen neuen „Dienst" antreten. Trotz ihres blamablen Russisch kannte auch sie das Sprichwort: „Nach der Kleidung wird man empfangen". Mit legitimen und sicher auch mit nicht ganz legitimen Mitteln staffierte sie mich aus, jeden Tag kam etwas hinzu, zum Schluss sogar ein kleiner Koffer. Eines Tages kam ein LKW mit einer Wachmannschaft, um mich abzuholen. Aus „Sicherheits"-Gründen musste ich mich auf den Boden des Laderaums setzen, der völlig verdreckt von der letzten Ladung. So litt meine Parademontur erheblich. Im Zentrallazarett angekommen, führte man mich direkt zu – Broksch ... ja, ja er lebte, hatte die Krise überstanden, verrückt! Muss ich nun gleich wieder zurück? Aber für „zurück" gab es ja keine Order! Es gab eine Menge zu erzählen, zur Gerichtsakte allerdings wechselten wir kein Wort. Er war gelassen, fast aufgekratzt, seine Krankheit garantierte ihm „Kündigungsschutz". Er würde erwirken, dass wir zu zweit arbeiten könnten.

Wir gingen hinüber ins „Ärztehaus". Das klingt neuerdings recht vertraut – aber genau das war es nicht. Die Arbeitsstätte war das riesige Krankenhaus, das war das Wohnheim des gesamten medizinischen Personals, insgesamt 11 abgeurteilte Ärzte und Arzthelfer. Das Haus genoss so etwas wie einen Sonderstatus. Uns stand eine „dnjewalnaja", Hausmeister-Reinigungskraft-Köchin in einer Person, zur Verfügung, aber auch nur dafür, man hatte vorsorglich ein ausgemustertes Geschöpf ausgewählt. Ihr fast hässliches Gesicht signalisierte aber nicht Gehässigkeit oder Bosheit sondern Güte, Hilfsbereitschaft, Fürsorge. Gott, bei dem „Job" hatte sie schon Grund genug gefällig zu sein. Aber sie war nicht das Wesentliche an unserem Sonderstatus. Bei uns gab es keine von diesen regelmäßigen „schmons", also Durchsuchungen, Leibesvisitationen: Bestecke, auch Messer waren zugelassen, ja, haarscharfe Rasiermesser gestattet, was uns allen erlaubte (es gehörte sich in unserem Kreis geradezu), mit rasiertem Kopf herumzulaufen. Neulinge, darunter auch ich, mussten das Kopfrasieren lernen. Anfangs wurde schon mal ein Ohr angeschnitten, aber dann „lief" das. Nirgends – außer bei uns – befand sich eine umfangreiche Bibliothek, gewiss vorzugsweise Fachliteratur für unsere Arbeit. Auch über Schreibutensilien verfügten wir – und das in der Mangelwirtschaft der Nachkriegszeit – recht großzügig, gewissermaßen „arbeitsbedingt". Bisweilen wurden unsere Ärzte sogar, unter „Begleitung" versteht sich, zu Konsultationen und Behandlungen in der Stadt herangezogen, Fachkräfte waren rar. Unter diese „Konsultationen" fiel auch schon mal eine Abtreibung. Mitunter wurden „Freie" aus der „Umgebung" der Sicherheitsorgane zwecks stationärer Behandlung, ja zur Operation auf unsere Station eingewiesen. Also ein Arzt, selbst ein abgeurteilter Konterrevolutionär, galt hier schon was. Ein Sonderverhältnis bestand auch zu den restlichen Häftlingen, besonders zu den ansonsten lebensgefährlichen „urkis", den Kriminellen. Ein „Doktor", und so war die Bezeichnung für alles, was einen weißen Kittel trug, war sogar bei den übelsten Banditen immer noch so etwas wie eine Respektsperson. Wurde z. B. ein „Doktor" bestohlen, brauchte er sich keine Sorgen zu machen, er ging schnurstracks zum „Korol", d. h. zum „König", zum Anführer der Banditen und reklamierte die Unbotmäßigkeit seiner untergebenen. Ganoven."Der Rotznase werde ich heimleuchten" war gewöhnlich die Reaktion, denn was geklaut wurde, bestimmte er, ohne eine Tracht Prügel ging's da nicht ab. In einer halben Stunde brachte irgendein „Bote" das Diebesgut zurück.

Aber das hätte ich fast vergessen – noch war ich ja gar kein „Doktor", sondern, wenn auch in weißem Kittel, nur der Elektro/Röntgeningenieur des Lazaretts. Das ging einige Wochen ganz gut, bis mir David, Russlanddeutscher aus der Ukraine, erster Chirurg vor Ort, weit höher qualifiziert als der „freie" Chefarzt, anbot, bei ihm eine Ausbildung als Arzthelfer zu durchlaufen, was mich zudem vor der Rückführung auf den Bau sicher schützen würde. So begann ich ein intensives „Studium", darunter medizinische Literatur, ja, das längst vergessene Latein aus Berlin wurde aufgemöbelt. Dazu tagtäglich harte Praxis. So eine Beinamputation, (ich sollte lediglich das zu amputierende Bein festhalten) für einen Neuling ein ziemlich grausiges Schauspiel. Als das abgesägte Bein dann in eine bereitgestellte Schüssel glitt, verlor ich das Bewusstsein. Die kleinen Karbolmäuse holten mich schnell mit etwas Salmiakgeist zurück in die Wirklichkeit. David lachte später herzlich, er hatte erwartet, dass ich abkippte und betrachtete dies als meinen Einstieg, meine Feuertaufe, und tatsächlich, ich war kuriert. Mein Arbeitstag war 18, manchmal 20 Stunden am Tag. „Freizeit“ brauchte ich nicht. Von der Nachtschicht ging es in den OP, dann zur Visite, nach kurzem Schlaf zurück in die Nachtschicht. Für jede geplante Operation stellte David umfangreiche Literatur bereit, zeigte mir, welche Variante er anzuwenden gedachte, welche Geräte er brauchte. Um es kurz zu machen, in einem halben Jahr war völlig in Vergessenheit geraten, dass ich ja gar kein „medik“ war. Gelernte, „freie“ Krankenschwestern suchten meinen Rat. Ich schrieb Rezepte aus, wurde mit der Zeit so etwas wie ein Mädchen für alles, Operationsassistent, Operationsschwester, Anästhesist, zuständig für Bluttransfusion. Ich hatte sogar Gelegenheit zu hospitieren: Im vorhandenen Entbindungsheim (ja, ja, trotz strenger Aufsicht wurden die Häftlingsdamen immer wieder gerne schwanger, da an jede Entbindung ein arbeitsfreies Jahr mit Sonderversorgung drangehängt wurde) und in der Abteilung für innere Krankheiten, vorwiegend Lungenkranke. Hinzu kamen meine mechanischen Fertigkeiten, ich brachte die gesamte Apparatur, den Sterilisierkessel auf Vordermann, schliff die Skalpelle bis sie rasierten, spitzte Injektionsnadeln, dass sie wie in Butter versanken (Einwegspritzen mit stumpfen Injektionsnadeln gab es damals zum Glück noch nicht). Der Chefchirurg, ein „Freier“ aus der Stadt, feuerte einmal ein nagelneues aber stumpfes Skalpell wütend in die Ecke mit dem Ruf: „Das ist kein Ruge-Skalpell!“. So lebte man unter fast paradiesischen Verhältnissen restlos seiner Arbeit, der Perfektion, dem Lernen ergeben. Den Begriff „Geld“ gab es damals nicht. Die großen Chefs kamen erst morgens und abends gingen sie wieder nach Hause, dann waren wir für alles zuständig. Die übergroße Mehrheit der Patienten waren natürlich „Freier“ (so Russisch!), das sind nun nicht etwa Leute, die zu Nutten gehen, sondern mit diesem Begriff distanzieren sich die „echten“ Verbrecher von mickrigen, unorganisierten, tollpatschigen, unprofessionellen Straffälligen, auch den Politischen. Die Professionellen nannten sich gar die „gesetzlichen“, die Anerkannten, sie bildeten so etwas wie eine festgefügte Verbrecher-Loge. Diese „Tradition“ stammt noch aus dem vorrevolutionären, dem zaristischen Russland und wird ja im heutigen „demokratischen“ Russland weitergepflegt, mit dem winzigen Unterschied, dass sie damals im fernen Sibirien saßen, während man sie heute in den ausnahmslos besten Restaurants und Hotels Moskaus und Leningrads antrifft.

War ein Kranker ein „echter“, ein astreiner Dieb, wurde er von seiner Loge intensiv umsorgt. Zusätzliche Lebensmittel, ja Medikamente tauchten auf. War er sehr hochrangig wurden die „Doks“ regelrecht kontrolliert, sogar bedroht, dass sie es nicht wagen sollten, den „Korol“, den King, „abzustechen“. Bei David waren schon 4 oder 5 dieser Typen lebend vom OP-Tisch gestiegen, das war unser Bonus. Eines Nachts wurde so ein hohes Banditentier eingeliefert, er kotzte erbärmlich und bereits Kot, was auf einen Darmverschluss hin deutete. Der Bauch war hart wie ein Brett, die Darmwindungen zeichneten sich bereits ab. Aber kaum, dass David die unzweideutige Diagnose Darmverschluss (ileus) gestellt hatte wurde ich von einer Schwester herausgerufen. Zwei „Vertreter" der Diebeselite hatten sich eingefunden – bei denen funktionierte alles bestens ohne Fax und Telecom. Sie erklärtenm mir, dass es sich bei dem Eingelieferten um den prominenten, allgemeinbekannten „Zygan" handele. „Zygan" heißt eigentlich „Zigeuner", das war natürlich kein Zigeuner, das Pseudonym sollte wohl etwas besonders Verwegenes hervorheben. Die beiden wollten verbindliche Zusagen zu den Überlebenschancen des „Zygan". Dass er unter Umständen draufginge, verkniff ich mir, es sähe schlecht aus, sagte ich ausweichend. „Was heißt hier schlecht, wenn er geht, geht ihr Rossschänder gleich hinterher". Das war kein leeres Geschwätz. Es gab genügend „Kandidaten", Knaben-„pazany", die jeden Mord auf Bestellung ausführen würden, um den „Einstieg" in die Banditen-Loge zu schaffen. Solche Lagermorde blieben unaufgeklärt, da auf „Singen" wiederum Mord stand. Ich beteuerte, dass wir alles Nötige tun würden, ging zurück zu David in den OP. David nahm die Drohungen gelassen, er war immer sehr ruhig, dabei sehr entscheidungsfreudig. Warten bis zur Tagesschicht auf den Chef konnten wir nicht, eben das wäre lebensgefährlich für unseren Patienten und damit für uns geworden. Außerdem verfügten wir über ein ganzes Guthaben an Erfolgen. Dazu gehörten insbesondere die vielen vollausgeheilten Selbstverstümmlungen. Um – aus gutem Grunde – Abtransporten in den Hohen Norden zu entgehen, wurden die irrsinnigsten Tricks angewandt. Noch das Einfachste: Ein Zwirnfaden wurde erst durch den Mund und dann mit einer Nähnadel durch den Oberschenkel, Arm oder Bauch gezogen. Oder man spritzte den Speichel direkt unter die Haut, die Vereiterung trat mit Sicherheit in drei oder vier Tagen ein. Oder man legte feuchte Verbände mit Ätznatron an, die fraßen das Gewebe bis auf die Knochen weg, was wiederum eine sehr langwierige Behandlung, bis hin zu Haut- und Gewebetransplantationen erforderte. Das war durchaus im Interesse der „Betroffenen". Unter Drogen nagelten sie sich auch mal gegenseitig an die Holzpritschen an. Der Haken bei der Sache war, dass solche Selbstverstümmlungen (russisch „mastyrka") meldepflichtig waren und per Sondergericht eine Zusatzhaftstrafe ergaben. Sie waren also auch in unserer Hand. David verlangte allerdings lückenlose Auskunft über Zweck und Mittel, das erleichterte wiederum unsere Arbeit. Jetzt nannte mir David das Ganoven-Pseudonym eines ganz hochrangigen Banditen: „Lord", den wir im Frühjahr operiert hatten und der sozusagen unser Gütezeichen war. Er schickte mich zurück, nur diesen Namen zu nennen, und dass wir natürlich operieren würden. Ich trat vor die Herrschaften und verkündete im Brustton: „Kennt ihr den ‚Lord'?? Na also!" Der war zwar schon einige tausend Kilometer wegtransportiert, aber seine Erwähnung hatte etwas Weihevolles

Bei der Öffnung der Bauchhöhle zeigte sich ein wenig erfreuliches Bild: Wir waren schon zu spät, erhebliche Teile des Dünndarms waren bereits abgestorben. Bevor dieser praktisch tote Abschnitt herausgeschnitten wurde, tastete David Zentimeter um Zentimeter ab, um alles zu erhalten, was eine Chance auf Leben hatte. Natürlich durfte auch nichts, was von Nekrose bereits befallen war, verbleiben, denn Operationswiederholung wäre uns zu recht als Versagen, auch von den Banditen angehängt worden. Oh ja, wir dachten auch an sie. Unter vielen Vorsichtsmaßnahmen(von dem Darminhalt durfte unter keinen Umständen etwas in die Bauchhöhle gelangen), wurden dann einige Meter aus dem Darm herausgeschnitten und ich ließ sie in eine Wanne gleiten. Nun ging es ans Zunähen, so was wie ein Endspurt. Die Narkose hatte den Patienten genügend strapaziert. Da warf ich einen eher zufälligen Blick auf das nächtliche Fenster. Kaum zu glauben, wir hatten „Zaungäste": die bedrohlichen „Kontrolleure" hockten mit ihren Komplizen am nächtlichen Fenster des OP. Sie mussten irgendwelche Bänke herangeschafft haben, um über die Milchglasscheiben hinweg zu schauen. David zeigte sich wenig erbaut. Doch mir kam eine urplötzliche Erleuchtung: Ich ergriff die noch dampfenden, blutigen Gedärme und schleuderte sie gegen das Fenster. Die Zaungäste kamen nicht wieder. Nun, tatsächlich geschleudert hatte ich nicht, allein meine Drohgebärde genügte.

Unser Patient genoss auch weiterhin größte Aufmerksamkeit, strenge Diät, diverse Bluttransfusionen, dennoch siechte er unentwegt dahin, der ihm verbliebene Darm war einfach zu kurz geraten, nicht mehr funktionstüchtig. Er verstarb nach drei Monaten, „Reklamationen" seitens der Banditen-Loge hatten wir nicht zu beklagen.

Wenig später erwischte der Abtransport mich selbst, mein guter Ruf als „Doktor" und mein guter Ruf bei Schwester Maria verhalfen mir in den Hohen Norden. Über dem Polarkreis organisierte ich ein Ambulatorium mit zwei Ärzten und zwei Pflegern für die Skorbut geplagten Häftlinge.

Die zahme Wölfin

Die OP-Schwester in unserer „Chirurgie" hieß Sina. Sie war eine „Freie", d. h. eine Zivilangestellte des NKWD in unserem Gebietslazarett für Strafgefangene. Sie war eine jener Schönheiten, die sich nur aus der Mischung von Rassen ergibt, weder russisch noch mongolisch, noch aserbaidshanisch. Tiefschwarze glatte, nach hinten zusammengefasste Haare, große dunkle Augen, trotz ihres dunklen Teints schien ihr Gesicht aus Marmor. Sie war freundlich, dennoch zurückhaltend, reserviert. Angefangen schon bei ihrer Einstellung war ihr eingeschärft worden: Die Mitarbeiter und die Kranken seien in erster Linie Häftlinge, jeglicher Kontakt sei zu vermeiden. Sie schien durchaus überzeugt, dass sie es mit Straftätern zu tun hat, die hier eben zur Sanierung, zur Entsorgung, zur Entgiftung deponiert sind. Ich war ihr unmittelbarer Assistent und Partner, traf Vorbereitungen, wartete sämtliche Geräte nach ihren Wünschen. Da sie einen geregelten Arbeitstag hatte, d. h. nur von 8.00 bis 16.00 Uhr zur Verfügung stand, ergab es sich immer wieder, dass ich in ihrer Abwesenheit, besonders in Notfällen nachts für sie einsprang, als „Operationsbruder". Sie quittierte meine Dienste wie eine Bringepflicht, ohne Emotion. Mir konnte das nur passen, der Umgang mit dem weiblichen Geschlecht fiel mir immer noch irgendwie schwer, ich war vor meiner Überstellung in das Zentrallazarett immerhin sechs Jahre keiner weiblichen Person begegnet, fühlte mich in ihrer Gegenwart eher unbehaglich, unsicher.

Schwester Sina war nicht ganz allein, da war noch Schwester Katja, auch eine „Freie", die kümmerte sich um die gesamte Versorgung der „Chirurgie", um Medikamente, um Verbandsmaterial, Apparaturen. Durch meine Zuarbeit war auch sie meine Partnerin. Sie war etwa 30 Jahre alt, gesprächiger, polterte manchmal wie ein Marktweib. Auch sie wahrte Abstand, widerstand aber nicht unbedingt der Bitte, eine kleine Besorgung in der Stadt zu machen, einen Brief (unzensiert) in den städtischen Briefkasten zu werfen. Das hielt sich natürlich in Grenzen.

„Frei" war natürlich auch der Chef der chirurgischen Abteilung, in Personalunion Chefchirurg Pjotr Alexandrowitsch, den wir Mitarbeiter auch so mit Name und Vatersname ansprechen durften. Die offizielle Anrede lautete ja „grashdanin natschalnik" (Bürger Vorgesetzter). Er war vielleicht 35 Jahre alt, ein typischer Beau, die Frauen schwärmten für ihn, außer Schwester Sina, die sein joviales Gehabe nicht ausstehen konnte. Er verstand seine Tätigkeit als willkommenes Praktikum, erpicht aufs Operieren; und „Material" gab es ja in Hülle und Fülle. Dabei konsultierte er demonstrativ seine Kollegen-Mediziner-Häftlinge, wissend, dass sie erstklassige Fachkräfte sind und ihm einiges voraus hatten.

Der große Rest des Personals waren wir „Unfreien", ein Kollektiv, wie ich es später nie wieder erlebt habe. Pflegekräfte und Reinemachefrauen rekrutierten sich aus den Genesenen, die sich große Mühe gaben, ihre Rückführung in die Außenstellen durch mustergültigen Dienst und gute „Führung" hinauszuschieben. Eine dieser angelernten barmherzigen Schwestern wurde von allen schlicht „Klawa" genannt. Eine angenehme, sehr liebenswürdige, nicht gerade hübsche Person, da ihr Gesicht mit großporiger Haut, allerdings faltenlos, überspannt war. Zu mir war sie bald sehr zuvorkommend, erwies mir jegliche Hilfe, gab dem „Neuen" wertvolle Ratschläge. Sie bekam regelmäßig Besuch von ihrer Mutter aus einer nicht sehr weit entfernten Kolchose, stammte aus einem Geschlecht von Kulaken – schon vor zwölf Jahren nach Sibirien gebrachten Russlanddeutschen, die sich inzwischen hier gut eingelebt hatten. Mutter brachte ihr stets etwas mit, gegen meinen Willen und gegen meinen Stolz, teilte sie auch ein wenig mit mir. Dabei berührten wir uns schon mal, wie unfreiwillig mit den Fingerspitzen, was mich zusammenzucken, ihre Augen aber schelmisch aufleuchten ließ. Unsere an sich platonische Zuneigung wurde höchstens mal durch eine harmlose Anspielung gewürdigt, man sah uns gerne zusammen arbeiten und plaudern, natürlich Russisch. Sie sorgte dafür, dass ich immer einen blendend weißen, gebügelten Arztkittel hatte, sie nähte auch mal einen Knopf für mich an. Ihre Fürsorge hatte, so schien es mir jedenfalls, mehr *mütterlichen* Charakter, eines jener Geschöpfe, deren Bedürfnis es ist, jemanden zu umsorgen. „Klawa" sprach nie über den Krieg, nie über Politik. War es Vorsicht, war es Furcht, war es Unkenntnis? Um so mehr sprach sie von ihrer Kindheit, von ihrem sibirischen Dorf, das sie sehr vermisste. Das andere Besondere war, dass sie, gemessen an uns anderen, ein sehr geringes Strafmaß hatte, „nur" 5 Jahre. Ihre Entlassung erwartete sie in wenigen Monaten, da sie nicht „politisch" war, wahrscheinlich in ihr Dorf zu ihrer Mutter. Eines Tages sprach sie mich an, ob ich mich nicht mit dem Gedanken anfreunden könnte, nach meiner Entlassung in ihr Dorf zu kommen, wo „alles" für mich zu haben wäre. Mit „Gedanken" und „anfreunden" war bei mir kaum was. Ich gab ihr zu bedenken, dass ich erst 6 Jahre „rum" habe, weitere 4 Jahre wollen erst einmal überlebt sein – und merkte plötzlich, dass ich nicht abgelehnt hatte, das wollte ich glätten, es sei doch sehr fraglich, ob ich überhaupt in ihr Dorf, nur 70 Kilometer von Omsk, entlassen würde. Sie fasste mich bei der Hand und sagte fest: „Wenn Du es willst, komme ich dahin, wo Du sein wirst", und sie meinte es ernst! Irgendwie war ich in die Pflicht genommen.

Unser „Verhältnis“, wenn man das einmal so nennen will, blieb dabei ungetrübt, obwohl ich einen gewissen Druck verspürte, diesem aufrichtigen Wesen gegenüber ganz offen zu sein. Dieser Druck verstärkte sich, als ich bemerkte, dass unser Umfeld uns mehr und mehr als „Paar“ akzeptierte, uns gerne zusammen sah, aber auch gern mal allein ließ. Bestimmt hatte Klawa ihr Glücksgefühl nicht ganz für sich behalten, es sprengte ihre Brust. Ihre beste Freundin Maria wusste sicher etwas von Klawas Sehnsüchten und Träumen, so sickerte es langsam durch. Dabei rückte der Entlassungstermin von Klawa immer näher. Mir konnte das nur Recht sein, obwohl es ein schmerzlicher Verlust sein würde, ich mochte sie, doch eine Hypothek auf die Zukunft erschien mir wie Heuchelei.

Vielleicht 8 Tage vor ihrer Entlassung vertraute mir Klawa an, dass nach „allgemeiner Vorstellung“, so kurz vor ihrer Entlassung der Zeitpunkt gekommen sei, alle Tabus zu brechen, dass sogar der Chef, Pjotr Alexandrowitsch, für uns beide ein Auge zudrücken würde, auch er gönne uns beiden so ein bisschen Glück. Ich verstand nicht ganz, das war mir wohl auch anzusehen. Klawa erklärte mir, untermalt von ihren leuchtend-schelmischen Augen: Für die Nacht vor ihrer Entlassung würde ein kleineres Zimmer frei gemacht, wo wir dann eine gemeinsame Abschieds-Hochzeitsnacht verbringen würden. Ich war perplex, konnte es aber jetzt nicht übers Herz bringen, ihr Schwelgen brüsk zu stoppen. Gott, sie war kein Gemälde, aber ein stattliches Weibsbild, eine von diesen mächtigen Frauen, vor denen ich mich immer ein wenig gefürchtet hatte. Diese kräftige, in der Taille etwas starke Gestalt, irgendwie sogar sportlich, wie eine Schwimmerin oder Kugelstosserin, nichts Plumpes, alles federnd. Mit Kriegsende verbesserte sich die Verpflegung, damit waren die ausgemergelten Gestalten langsam verschwunden, ich selbst wog fast 100 Kilogramm. Dabei war sie nicht dick, eben eher muskulös. Dazu dieses sanfte, taktvolle Gemüt, diese Bereitschaft, durch dick und dünn zu gehen, das war selten geworden, ein ‚Freund‘ fürs Leben.

Und dieses mächtige, liebeshungrige Weib würde mich nun voller Erwartung eine Nacht umarmen, umgarnen und umbeinen. War ich dem überhaupt noch gewachsen? Ich wollte wenigstens versuchen, meinen Mann zu stehen. Ein kaum wahrnehmbares Beben bemächtigte sich meiner. Mir schien, dass um das „Ereignis“ an jeder Ecke getuschelt wurde. Es fand sich ein kleiner Raum mit großen Fenstern. Klawa und ihre Freundin Maria schlüpften immer wieder hinein, mir blieb nur, so zu tun, als gehe mich das alles nichts an. Mein ebenfalls „unfreier“ Freund und Mentor hatte im Allgemeinen für Klatsch nichts übrig, aber auch er fragte, ob ich denn eine Hochzeitsnacht erwarte.

Ich schenkte ihm reinen Wein ein. Er warnte mich, dass ich zwar ein Mordskerl, aber Klawa ein Mordsweib sei, die mich nicht nur drücken sondern erdrücken würde. Hatte er sie verkostet? „Nur ruhig Blut“, meinte er.

So betrat ich zu verabredeter Stunde – alle „Freien“ hatten bereits Feierabend – unser Hochzeitsgemach. Ich traute meinen Augen nicht: Auf dem Bett ein riesiges gesticktes Kissen, die Fenster waren verhangen und der Raum wurde von einem weichen Licht durchflutet. Jetzt erkannte ich einzelne Blüten auf dem Bett und einen großen Blumenstrauß auf dem provisorischen Nachttisch. 15 Jahre später erinnerten mich „Paul und Paula“ (ein Film der DEFA) an diese Stunden. Maria und Klawa hatten alles so liebevoll hergerichtet – und ich schnöder Kerl hatte gar nichts dazu beigetragen. Ich war alleine, Klawa war noch nicht da. Bald erschien sie, gab mir einen festen, fast ehelichen Kuss und setzte sich zu mir aufs Bett. Sie kramte in einem Paket, wieder hatte sie vorgesorgt, holte ein paar Leckerbissen hervor. Ich wollte schon zugreifen, als sie „warte!“ sagte. Lautlos ging sie an den Stuhl neben dem Nachtisch und entkleidete sich völlig ungeniert, bis sie splitternackt war, so kehrte sie zu mir zurück.

Die Luft blieb mir weg: Fülle, Gesundheit und Kraft, ja Fruchtbarkeit strahlte sie aus. Sie war sich ihres Eindruckes wohl bewusst, ich wiederum verfiel in dieses lähmende Zittern. Sie war ganz Frau, beruhigte mich und deckte mich mit ihrem warmen, strotzenden Körper einfach zu. Neckte mich ein wenig mit der Fingerspitze, aber presste mich auch mehr und mehr. Hin und wieder betastetet sie mich unaufdringlich, auch ich fand an dem Spiel Gefallen. Ihre, unsere Zärtlichkeiten wurden immer inniger, so viel Ungewohntes quoll wie eine Glut über mich, wird es wohl zum entscheidenden Stich kommen? Zunächst strebte sie mehr meine wärmende Nähe denn meinen Phallus an, setzte sich auf meinen leicht angewinkelten Oberschenkel und streichelte mich mit ihren versengenden Weiblichkeiten. Nicht heftig, nicht fordernd, eher auffordernd, dafür umso kraftvoller, der Liegestütz einer Amazone. Nach Jahren der Enthaltsamkeit wägte ich mich unter Göttinnen, sie benetzte mehr und mehr meinen Schenkel, bis sie triefte wie ein Quell. Bewundernswert diese geballte Energie, die sich da über mich ergoss, ihr Rausch erfasste mich ebenfalls. Meine Hände lagen auf ihrem Gesäß, das nicht breitgesessen oder breitgewalzt war, es war muskulös, nach hinten wegstrotzend. Verhalten hielt ich ihren Rhythmus mit, ergriffen wie von einem Naturschauspiel. Sie hing mit ihren wie von einer verführerisch-süßen Flüssigkeit prallen Brüsten über mir, es schien, als würde der leiseste Druck die Muttermilch in scharfen, nadeldünnem Strahl in meine Augen spritzen. „Nimm meine Brüste, still dich nach

Lust.“ Hatte sie meine Gedanken erraten? Ich nahm diese teure Gabe mit zitternden Händen, liebevoll streichelnd an. Woher nur diese üppige Fülle? Natürlich wurde von mir mehr erwartet. Ihr Rausch jedenfalls steigerte sich ganz langsam immer weiter, bis sie halblaut nur „Walter!“ sagte und ermattet auf mich niederfiel. Ich streichelte weiter ihren mächtigen Rücken, ihren schönen Po, konnte aber selbst nicht kommen, sondern ihren Abstieg mit meinem Streicheln ihrer Haare nur begleiten.

Dann lagen wir eng umschlungen nebeneinander, sie zärtelte mich, als ob sie zu verstehen geben wollte, dass sie nicht „böse“ sei. Sie fuhr fort von ihrer Familie zu erzählen. Den Vater hatten sie „geholt“, der Bruder war in der „trud armija“, einer arbeitslagerähnlichen Zwangsformation. Es gibt keine Männer mehr, keine deutschen Männer mehr, korrigierte sie sich, da sei ich ihr wie eine Offenbarung erschienen. Es wird schon klappen, sie habe Geduld, wir würden uns erholen, sie habe ihrer Mutter versprochen, mit einem Kind „von einem deutschen Mann“ nach Hause zurück zu kehren. Ich hielt inne, so viel völkisches Denken kam im fernen Sibirien etwas unerwartet, dabei kam es so bestechend aufrichtig. Es ging ihr also nicht nur um das Spiel, sondern um Schicksal, sie sehnte sich nach einem lebendigen Souvenir. Also doch Amazone, nur gelang es ihr trotz vieler Zärtlichkeiten nicht, meinen Bogen zu spannen.

Im Flur war Licht, die Milchglastür vorsorglich verhangen. Maria hatte Dienst, sie bewachte unser Ritual, vielleicht schwelgte noch irgendjemand mit uns. Wir blieben liebevoll-zärtlich bis zum Morgen. Ich musste zuerst gehen, die beiden wollten ungestört alles wieder an seinen Platz stellen. Am Vormittag ging ich in der Menge der Begleitenden fast unter. Klawa kam heran, gab mir ungeniert einen Abschiedskuss und flüsterte: „Maria wird dich behüten!“, was fast wie eine Weihung klang. In den folgenden Wochen fehlte sie mir sehr, ich hatte ihr unrecht getan, sie musste denken ich habe sie „verschmäht“. In den gelegentlichen Briefen an Maria blieb ich nie unerwähnt. Nun, Maria betreute mich in gewohnter Art. Sie hatte etwas Unnahbares, etwas Würdevolles. Faktisch war sie die Oberschwester, nur ihr Strafmaß ließ dies nicht zu. Allein ihre gestraffte, freundliche Manier half ihr sich durchzusetzen. Sie war dunkelblond-rötlich, mit ein paar nicht störenden, eher kecken Sommersprossen. Ihre tiefbraunen Augen schauten manchmal etwas stechend drein. Ihr Schritt war weit ausholend, dabei gleichsam schwebend. Sie war ungewöhnlich gepflegt, immer wie aus dem Ei gepellt, schneeweiß. Im Umgang mit Menschen, vor allem Patienten, sehr geistesgegenwärtig. Ihre berufliche Erfahrung machte sie unersetzlich. Gerade sie war es, die mir Salmiak zu riechen gab, als ich das erste mal eine Beinamputation erlebte und das Bewusstsein verlor. Wo jemand hinfiel, sich übergab, da stand sie schon mit allem Nötigen. Ekel kannte sie nicht, fasste immer selbst mit an.

Auch sie war eine Deutsche, eine „Wolf". Kurz nach ihrer Hochzeit kam der deutsche Überfall, noch schlimmer: die Sicherheitsorgane kamen, nahmen ihren Mann mit. Sein Name ist tief in mir haften geblieben, „Reinhold", hold und rein. Er war irgendwo in der „trud armija", sie hatte schon zwei Jahre nichts von ihm gehört. Ob ich an Gott glaube, nahm sie mich eines Tages ins Gebet. Dazu sei früher keine Gelegenheit gewesen und jetzt gäbe es keinen Anlass, erwiderte ich vorsichtig, um nicht schroff zu erscheinen. Sie war der so genannten Erwachsenentaufe verbunden. Ob denn „dort" in Deutschland nicht alle Menschen gläubig seien. Das musste ich verneinen, sie wurde nachdenklich. Allein ihre Mission beflügelte sie. Ob ich denn schon mal die Bibel gelesen habe. Selbst das musste ich deutlich einschränken und überschritt damit ihr Vorstellungsvermögen. Es gäbe eine Bibel im Lager, die könnte sie für mich ausleihen. Mal drin lesen wollte ich schon. Im Ärtztewohnheim gab es nie Durchsuchungen. Sie beschwichtigte mich, die Bibel ist beim Lagerschuster gut verwahrt, er „stand" sich mit der Obrigkeit sehr gut, wie alle Lagerschuster, schließlich fertigten sie Stiefel, auch Damenschuhe und Pantöffelchen vom Feinsten. Beim Schuster gäbe es so etwas wie eine Bibelgemeinde, Gespräche, Gebete, wo sich hin und wieder „Interessierte" zusammenfänden, um aus der Bibel vorzulesen. Ich straffte mich, so eine konspirative „Gemeinde" war wenig verlockend. Da wollte sie auch schon wissen ob ich nicht Lust hätte mal mitzukommen. Ich wich aus, war mir aber sicher: So viel ist mir das Bibelstudium nicht wert.

Klawas Briefe lasen wir gemeinsam, das war legitim. Auch Klawa wünschte „Gott segne euch!". Wir schauten uns an, es klang wie ein Gebot. „Du siehst, Klawa steht nicht mehr zwischen uns", sagte sie. Soweit war es also schon wieder. Ich berührte ganz vorsichtig ihr Knie, sie ließ es gewähren, prüfte mich mit einem dieser bodenlosen, unergründlichen Blicke. Waren wir uns bereits so nah? Ich drückte ihren Kopf an meine Brust und küsste sie in den Nacken. Sie wehrte ab, mir tat es leid. „Nicht hier", sagte sie fast gebieterisch-nachdenklich. Also doch? „Aber wo?" Sie stand auf: „Ich sag dir Bescheid", Leidenschaft prickelte in ihrer Stimme, war sie doch von Fleisch und Blut, gar nicht so unnahbar.

Rein äußerlich veränderte sich überhaupt nichts, ich hatte mir wohl falsche Vorstellungen gemacht, vielleicht besser so. Nach etwa zwei Wochen hielt sie neben mir inne: „Die Intensivstation ist heute frei", sie gab mir den Schlüssel, ich solle sie nach dem Dienst dort erwarten. Der Tag zog sich ins Unendliche.

In einem günstigen Moment, als die Tür von niemand beobachtet werden konnte, schlüpfte ich hinein.

Sträflinge haben keine Uhren, wie viele Stunden es waren, die ich dort wartete, ist schwer auszumachen. Es wurde dunkel, je länger ich wartete, desto heftiger zitterte ich, verdammt! Warum habe ich mich nur darauf eingelassen, fragte ich mich zähneklappernd. In dieser Verfassung würde ich nicht einmal Amboss sein, klüger war ich anscheinend nicht geworden. Ich könnte gehen, ja fliehen. Plötzlich ein leises Klopfen, ich sprang zur Tür, lautlos glitt sie ins stockfinstere Zimmer. Ich tastete mich langsam zurück auf unser Liebeslager, welch ein Hohn. Sie entkleidete sich ohne Hast und kroch zu mir unter die Decke. Wie zierlich sie doch war. Auch hier ganz Schwester, fürsorglich umarmte sie mich, wir uns, ich war in Behandlung, das war's wohl. Ihre kleinen Hände, die Stille, die Wärme beruhigten mich, die Dunkelheit brachte uns näher. Im Dunkeln entdeckt man sich ganz anders, Haar ist anders, Lippen sind anders, kleine Schweißperlen sind anders, Geruch ist anders. Sie roch nach Kräutern, wie eine Wildpflanze. Wie weich Haut sein kann, ist nur im Dunkeln zu ertasten. Einen Mund sehen ist etwas ganz anderes als ihn zu erfühlen, der entlastete Sehsinn gibt seine Potenzen an andere Sinne ab. Auch unsere Küsse waren eine Erkundung, ein Kennlernen. Augenbrauen küsst man sonst kaum. Ihre Brauen waren durchgehend, über der Nase nicht unterbrochen, das muss man erfühlen. Welch Genuss das räumlich nachzuempfinden, auch diese kleine Leidenschaftskerbe auf dem Kinn, dann ein geschwungener Hals im Dunkeln, da geht er über die Schulter und Schlüsselbein – kann man das überhaupt sehen? Meine Hände schienen ihr wohl zu tun, sie legte sich neben mir auf den Bauch, mir bedeutend, ihren Rücken zu streicheln. Diese Rinne, stellenweise tief, die ihre Wirbelsäule markierte, ja jeder Wirbel eine Offenbarung, jeder anders. Unter die Gürtellinie ging ich nur sehr zögernd, irgendwie war das noch Sperrgebiet, als hätte ich keine größere Vollmacht, aber ihren festen Po küsste ich schon mal.

Auch sie entdeckte mich, zögernd, die Gürtellinie respektierend, taktvoll, dennoch tat sich nichts in der Bannmeile. Wie unversehens streifte sie mich auch mal, aber meinen Schwellkörper hatte ich fest in ihre Scham gepresst. Zeitlos war dieses Liebesspiel. Ich hatte gar nicht bemerkt, dass ich nun doch bereit war, da sagte sie „Komm!", und spreizte sich fast zum Spagat. Ich liebkoste sie für diese Gnade und wollte schon rammen, da sagte sie „Vorsichtig, ich bin sehr eng". Also wehtun wollte ich ihr auf keinen Fall. Ganz behutsam klopfte ich, mal ein ganz bisschen eindringend und gleich wieder zurück. Ihre Benetzung wirkte wie ein Willkommen. Sie lag leblos, kein Schnaufen, kein

Hecheln, bange wie wir uns finden werden, während ich Millimeter um Millimeter in ihre glühende Scheide eindrang. Jetzt konnte ich ihr nicht mehr weh tun, sie hatte mein Köpfchen angenommen und rastete sanft ein. Wieder versuchte sie mich zu besänftigen, „nicht zu tief!“, flehte sie, als ich vage ihren Muttermund empfand, wir passten.

Den Schrecken war sie los, wurde wieder aktiver, bewegte ganz langsam ihr kleines Becken, drückte ihr Schambein fest an mich und suchte jetzt, da wir so glücklich angedockt hatten, wieder sinnlicher meinen Mund und mit den Händen den auch damals schon glattrasierten Kopf. Plötzlich begegneten sich unsere Zungen, der Geschmack des anderen, Feuchtigkeit, ich drang mit der Zunge tief in ihre Mundhöhle, mir schien, sie zitterte vor Wonne, nahm das Spiel an. Wir hatten einen neuen erotischen Schauplatz entdeckt, sie begann sich mehr und mehr zu bäumen. Da ich merkte, dass mein Gefäß sofort überläuft, zuckte ich zurück. Auch sie hatte diese letzten Schwellungen sofort bemerkt, krallte sich in meine Schenkel: „Bleib“, kam es von ihren Lippen, „übermorgen habe ich sowieso meine Tage“. Auch daran hatte sie gedacht. Hemmungsloses „sich vergessen“ im wahrsten Sinne des Wortes folgte. In ihrer Verzückung winkelte sie ihre Knie bis an die Brüste an, fast eine Nierenschere. Ein Rauschen in den Ohren, so etwas wie ein Bewusstseinsschwund, ich schwebte, ja wir fielen in eine Unendlichkeit, wie engumschlungene Daunenfedern ... War das Wollust? Es war Schmerz, dieser Jammer des Massendaseins, des Massenelends, dabei diese fürchterliche Einsamkeit, Verdorren der Seele, verdrängte Sehnsucht ... warst einmal ein Mensch ... und hier zu zweit, ein anderer, scheinbar fremder Mensch öffnet, offenbart sich dir, dass er genau solche Sehnsucht hat wie du, sich jetzt mit dir nicht mehr fürchtet.

Ganz langsam kam ich zu mir, in weiter Ferne pfiff eine Lok. Die Wirklichkeit baute sich auf, wie ein Fenster zufriert. Maria war bereits in die Wirklichkeit zurückgekehrt, sie erwartete mich dort. Obwohl ich entmannt in ihrer Schlucht lag, sie drückte mich kaum merklich mit ihrem Schoß, dann ein zweites Mal, damit ich mir auch sicher sei, dass ich fest umringt war. Die Zärtlichkeiten wurden verspielter, wir leckten uns, wie junge Hunde das zu tun pflegen. Ihr Gesicht schmeckte nach Salz, sie weinte ganz still, mir war auch zum Heulen, aber es ging nicht. Beim ersten Hauch von Dämmerung sprang sie leicht aus dem Bett, bekleidete sich blitzschnell und ließ mich zurück.

Maria war fest entschlossen, ihre Sehnsucht durch strengste Konspiration abzusichern, enorme Spannung zwischen heißhungrig und konspirativ war die Folge, die schmerzte. Die wunderbare Sprache der Augen ließ letztendlich begehren, doch Vorsicht war geboten. An einem arbeitsfreien Tag, wo wir „frei“

von den „Freien" waren, bedeutete sie mir, mich im Verbandszimmer „bereit zu halten"... oh, ich war bereit. Jetzt würden wir das Geheimnis der Dunkelheit verlassen, uns bei Licht kosen. Eine ganz neue Erwartung. Ihr erotisches Naturell war wie der Ruf der Wildnis. Es war vielleicht kein Verlust, dass wir das dolce vita der fünfziger nicht einmal ahnten, diesen schmerzhaften Analverkehr mit anschließend kost...barem Oralverkehr, diese weibentwürdigenden Lecker-Bestien, all diese Beate-Uhse-Kniffe für Lendenlahme. Natürlich würde für uns das Optische, das Visuelle neu sein, aber ohne farbige Kondome bitte, ohne schwarz-rote Strapsen, Ohr- und Nasenringe, Diademe und Ketten, Peitschen und rote Lackstiefel, Glimmer auf der Haut, Liedschatten und Fingernagelkrallen. Unser codex libido schien nur zu verlangen: Einer trage des anderen Lust. Sie kam, der Krampf der Konspiration verhallte schnell, Hemmungen legte sie mit ihrer Schwestern-Hülle ab, dann fiel die zweite Hülle, ein Blüschen, ein Rock und ihre Stiefel, da musste ich sogar ein wenig helfen. Dann fiel die dürftige Unterwäsche, wie anmutig, ein Hemdchen, ein natürlich ebenfalls selbstgenähter Büstenhalter, ihr Höschen, ohne Spitzen, grau. „Wartest Du so schon lange?", wollte sie wissen, immer noch gegenwärtig wie sie mich das erste Mal zähneklappernd vorgefunden hatte. Reden durften wir nicht viel, wir liebkosten uns stumm. Wechselseitig trugen wir des anderen Last, eine süße Last.

Beinahe gebieterisch setzte sie sich dann auf mich, nahm meinen Lippenstift und führte ihn wie eine Sonde bei sich ein, vorsichtig prüfend, ob sie auch richtig sitzt; ich war etwas perplex, ließ sie aber gewähren. Sie räkelte sich, während ich ihre Verankerung leicht schlingern ließ. Sie hatte etwas indianisches. Ihre Brüste waren straff, wippten aber leicht mit, wie in einer Brise. Die Brustwarzen waren noch mädchenhaft in sich gefaltet, um diese herum war ein großer schwarz-braun pigmentierter Hof. Zwei scheinbar eingefügte Kastanien, ein Zeichen ihres Stammes, ragten in den Raum, dem Wind, dem Sturm entgegen. Ihre etwas eckigen Schultern glichen einer Rahe, ihr Körper wölbte sich wie ein Großsegel, sie brüstete sich im ursprünglichen Sinne des Wortes, stolz, selbstbewusst, für mich. Ich war liebevoll eingebettet, mich elektrisierte, dass sie immer häufiger mit ihrem Muttermund meinen Hammer tupfte, ja liebkoste, umwarb. Mein Körper trug ihr lustvolles Rollen. Wir verfielen in einen eigentümlichen Seegang, mal hob sich der Bug, mal pendelten wir seitlich aus, dieses wundervolle amoureuse Adagio. Da nahm sie meine Hand und legte sie unter ihre linke Brust ... ihr Herz raste, ein Vulkan nach innen ausgebrochen. „Horch!!", schien sie zu sagen. Ihr Herzklopfen riss mich mit, ich merkte, dass ich bersten würde, sie wollte es, sie fühlte es, saß plötzlich ganz leise, zitternd presste sich an mich und verharrte, den Erguss anzunehmen, dann kauerte sie sich über mich, wie eine Galionsfigur.

Auch Maria hatte für alles gesorgt. Wir machten uns frisch, tranken etwas und im Spiel kehrte die Begierde zurück. Doch jetzt wollte sie es für mich richten, sie zog die zwei Kopfkissen unter ihr Gesäß und forderte mich, leicht gespreizt, Platz zu nehmen, sie lechzte danach sich zu revanchieren. Die vorangegangenen Versionen waren mir sehr intim erschienen. Ihr feuerrotes Wuschel Schamhaare verdeckte dezent den eigentlichen Ort der Benetzung, ich koste ihre Scham wie einen Mädchenschopf, feinste Löckchen gingen in einen weichen Flaum über. So hatte ich sie ja noch nie gesehen, auch noch nie gekost. Ihr Gesicht war zur Seite gewendet, ihre Nasenflügel witterten wie kleine Nüstern. Sie suchte meine Hand. Ich küsste ihre Hände, ihren mädchenhaften flachen Bauch, erlebte jetzt ihren Hals, ihr Haar, ihre Augenhöhlen, ihren Nacken ganz anders als in jener ersten Nacht. Ich wollte mich nicht so plötzlich einfädeln wie sie, nichts war dringend, in dem Knäuel von Locken und Weichheit fand ich dann doch noch den rechten Weg der Sünde, verlor aber immer mehr an Beherrschung, wurde immer wilder, sie wollte dieses Unwetter. Nur meinen Stempel hielt ich im Zaum, zum Rammen erschien mir ihre Taille zu eng. Ich stürzte mich auf ihre Brüste, ihre rotbehaarten Achselhöhlen, ihre Oberarme und auf ihren Bauch, mal rutschte ich heraus, um dann hastig wieder in sie zu fliehen. Den Bauch durchwühlte ich mehr denn ich ihn küsste, es war, als hätte ich sie aufgeschlitzt, wühlte einer Hyäne gleich in ihren Eingeweiden. Es wurde Zeit, dass wir unseren Fruchtsaft servierten, ich drang vor in ihren Kelch bis zum – nunmehr vertrauten – Muttermund.

So hatten wir mit der Zeit von den 34 Räumen der „Chirurgie" sicher in 25 schon mal Gelegenheit genommen. Da kam Silvester, die „Freien" hatten früher Feierabend gemacht, uns ein Neues Jahr, ehrlichen Herzens auch ein Jahr der Haftentlassung gewünscht. Wir waren verabredet, natürlich, aber sie kam nicht. Wo konnte sie nur sein? Unter Missachtung der Konspiration fragte ich schließlich ihre Freundin Petra, wo sie denn sei. Sie müsse wohl noch mal zum Schuster gegangen sein – so, so, jetzt eine Bibelstunde, ein letztes Gebet in diesem Jahr. Aber so ein ganz bisschen kamen auch Zweifel, vielleicht sogar Eifersucht. Der Schuster – ein Nichts – aber für unsere Verhältnisse sehr wohlhabend – und einflussreich. Ja, die Stiefel, die hatte er ihr gefertigt, also Maß genommen, mir flimmerte es vor den Augen – hatte die Bet-Schwester auch Pflichten neben der Kür? Maria kam, ich sah sie schon von weitem zwischen den Baracken daherkommen, mit ihrem federnden Schritt. Sie trug etwas, ein Bündel etwa. Ich ging ihr entgegen, zwischen die zwei großen Flügeltüren. Sie kam unbeschwert die Stufen hinauf und sah mich plötzlich vor sich, sie schien zu Tode erschrocken, sie musste etwas getrunken haben, die kleinen Ohren waren leicht gerötet. Ich nahm sie bei den Schultern und rüttelte sie wie von Sinnen. Ihr Bündel fiel zur Erde, Süßigkeiten, Socken, Schleifen, Wäschegarnitur – die Bescherung, mir wurde schwach in den Knien. Meine Märchenprinzessin! Sie brach zusammen, schluchzte so herzzerreißend, dass ich sie los ließ. Ich hatte kein Recht, fühlte mich schuldig, flehte um Verzeihung, weil ich so grob war. „Walter, ich werde nie wieder zu ihm gehen", wimmerte sie. War das ein Geständnis? Ich wollte es auch gar nicht mehr wissen. Nie wieder beten, ich schloss sie in meine Arme, jemand kam.

Langsam fanden wir unseren Rhythmus wieder, den dienstlichen wie auch den anderen. Sie war von nun an inbrünstiger, voller ungezügelter Hingabe und wilder Zärtlichkeit, küsste mich, bis das Blut kam. Eine verzweifelte Unersättlichkeit bemächtigte sich ihrer. Waren wir zusammen, musste jetzt ich sie mahnen zu gehen, wenn unsere Zeit vorüber war. Doch dann kam der Erdrutsch, eine Order: Maria Wolf geht „auf Transport" („w etap", wie es Russisch heißt). Das hing immer über uns allen, aber wenn es dann kam, grausig. „Und ich habe niemanden, dem ich dich anvertrauen kann", meinte sie entschuldigend, so war sie, sie dachte an den anderen, den Partner. Es gab keinen Weg. David sprach mit Sophie Iwanowna, Oberst des Medizinischen Dienstes, Chefin des gesamten Lazaretts, die uns sehr gewogen war, schon manchen Schlag von uns abgewendet hatte. Sie meinte nur knapp: Am Sonderbeauftragten für Sicherheit komme auch sie nicht vorbei ... Sicherheit? Maria hatte mal gesagt: „Nimm dich vor dem Schuster in Acht". War er ein V-Mann? Liebesglück von Schusters Gnaden, hatte er seine V-Hand bisher über Maria gehalten und jetzt strafend zurückgezogen?

Sie wollte – die Zeit drängte – unbedingt einen „echten" Abschied. Ich zögerte, ihr Liebeskalender war mir inzwischen geläufig. „Willst du nicht?" – „Doch, doch, aber ...?" – „Wird schon glatt gehen, ist jetzt auch egal", meinte sie.

Wenn sie auf mir saß, „lief" bei ihr alles besser, so wählten wir diese Eröffnung, ich spielte mit ihren Brüsten, und sie tupfte mich. Da fragte sie: „Vergleichst du mich mit Klawa?" – „Nicht doch", wehrte ich ab, „da war doch gar nichts". „Ich weiß", sagte sie ruhig, „ich dachte mir gleich, dass du für mich bestimmt bist". Aber unser Ritual verkam doch zu einer Henkersmahlzeit, beide waren dem Scharfrichter ausgeliefert. Zwei Leblose streichelten sich, ohne Schwüre, die Worte fehlten, ausgetrocknet, zu gnadenlos dieses Schicksal, auch Orgasmus kein Balsam ... Stille Tränen, diesmal nicht der Wonne, sondern des Grauens.

Die Schranke an der Wache ging runter. Wochen blieb es dumpf in mir, nur David legte mir ab und zu die Hand auf die Schulter, als ob er sagen wollte: Nicht verzweifeln! So mochten 10 Wochen vergangen sein, als ich kurzfristig zum Chef in den OP beordert wurde. Das war an sich nichts Ungewöhnliches. Arglos betrat ich den OP, eine kleine Gruppe wartete auf mich, darunter unsere beiden „Neuen". Ein Blick zur Seite – ich erstarrte, da lag sie gerädert, gedemütigt, gespreizt ... auf dem Schafott – und ich der Unhold, nein der Verbrecher stand vor ihr. Der Chef ließ sich zynisch vernehmen „Nun Ruge, du weißt ja am besten, wie das rein kommt, und wie es wieder rausgeholt wird, aber vorerst muss mal sauber rasiert werden, und da bist du ja unübertroffen". Ich holte mein bestes Rasiermesser aus dem Schrank, trat ganz nahe an sie heran. „Maria du bist's", tat ich verwundert. Ihr wunderbares Schamfell war grob mit einer Schere weggeschnitten worden. Meine Hände zitterten unmerklich, ich seifte ein und rasierte so sauber wie lange nicht. Der Chef lobte mich sogar. Dann machte er einen kurzen, fachkundigen Griff mit der Zange und zerrte die Gebärmutter nach vorn, so dass der Muttermund – mein Muttermund, hilflos zwischen den blutverschmierten Schamlippen hing. Der Muttermund war leicht geöffnet, das reichte aber nicht, um den Schabelöffel einzuführen, so wurde wie in einem auditorium maximum, eine Sonde nach der anderen zum Weiten eingeführt. Schließlich reichte es, der Löffel begann zu kratzen. Zunächst kamen Blutklumpen, dann Gewebe. Eine von den „Neuen" wollte wissen, ob man denn das Geschlecht des unerwünschten Menschenkindes bestimmen könne. „Im Prinzip ja", erläuterte der Vorführende, „aber hier ist die Leibesfrucht schon abgegangen". „Zum Glück" dachte ich, so blieb uns dieses Puzzle erspart. Maria schien völlig leblos, während der Schabelöffel rein und raus pendelte. Sie stöhnte nicht einmal, so dass der Chef sogar anwies: „Ruge, kuck doch mal nach ihr." Ihre Augen stierten mit geweiteten Pupillen an die Decke. Sie war stark abgemagert, der Blutsturz war nicht von gestern. Die Backenknochen standen hervor, die Lippen zyanösgrün. Sie wollte sich keine Blöße geben, nicht vor der Obrigkeit, nicht vor mir, Würde bewahren.

Das Schaben wurde immer rauer, jetzt schon direkt auf der Gebärmutterinnenwand, sie hatte ausgelitten, das Blut kam mehr und mehr als Schaum. Ich atmete auf, es konnte nicht mehr lange dauern, die Gebärmutter war gesäubert. Die Zange wurde abgenommen, geplagt zog sich alles träge zurück. Ich verpackte sie, half ihr vom „Stuhl". Sie drückte ganz vorsichtig meine Hand und flüsterte nur: „Leb' wohl", diesmal Deutsch.

Lehrjahre im weißen Kittel

Ein kahler Kopf ist für Russland, war für Russland eher ein normales Bild. Zum Sommer schnitt man die Kinder kahl, weil das weniger Mühe machte, sauberer war. Was bei uns damals in Berlin eher ein sicheres Indiz für eine Entlausungsanstalt war – in Moskau musste man sich daran gewöhnen, dass es üblich war, ja dem Haarwuchs förderlich sein sollte, etwa so wie man das Wurzelwerk des Rasens festigt, indem man darüber öfter mit dem Rasenmäher hinweggeht. Schon gar nichts Besonderes – was ja für Deutschland „orientalisch", bzw. „buddhistisch" angemutet hätte – ein völlig glatt rasierter Kopf, wie wir es ja bei sowjetischen Generälen und Marschällen kennen.

Selbstverständlich betrachtete man es nicht als Verletzung der Menschenwürde – da gab es gewichtigere Aspekte – dass wir Häftlinge erst einmal kahl geschoren wurden, der Einfachheit und der Läuse halber. Diesem Status waren wir unabdingbar jahrelang unterworfen, ja wenn die Schur einmal längere Zeit unterblieb, diese geradezu herbei sehnten, da ja mit den Kopfhaaren auch die Barthaare wachsen (was mir bald den Kurznamen „batja" – ukrainisch „Opa" – einbrachte), und bärtig unter diesen Umständen zu sein ist äußerst lästig. Das Frisör-Handwerk musste blühen, denn nach der „banja" (dem Dampfbad) wurden in der Regel alle einmal wöchentlich rasiert/geschoren. Besonders gewitzt erwiesen sich übrigens als Frisöre die Usbeken. Man musste das Haar, den Bart lediglich mit warmen Wasser gut anfeuchten (denn irgendwelche Seife, selbst stinkige Schmierseife, gab es nicht). Ihre gegen den Strich angesetzten, haarscharfen Rasiermesser hieben mit kurzen schabenden Bewegungen das Haar aus dem Gesicht, vom Kopf. Den Haar-„Schmuck" ließ man nur denen, die sich glaubwürdig als „artist" (d. h. als „Künstler" einer Theatergruppe oder eines Orchesters) erklären konnten. Meistens gelang es auch den schwersten Jungs aus dem Ganovenmilieu, sich als „Artisten" an den Frisören vorbeizuschmuggeln. Es war nicht zu glauben, mit welcher Fertigkeit diese Usbeken, ohne jemals jemanden zu verletzen, das Haar „weghackten". Manchmal blieb auch etwas „stehen", aber sie waren selbst unter Druck, schubsten dich weiter, da meistens der nächste „Banja"-Durchgang schon wartete.

Durch Umstände, die an anderer Stelle zu erläutern wären, fand ich mich eines Tages in einem riesigen, relativ gut ausgestatteten Lazarett für Häftlinge wieder, das nur funktionieren konnte, weil hier eine erhebliche Zahl verurteilter Ärzte, Arzthelfer und technisches Personal – zu dem vorerst auch ich gehörte – konzentriert worden war. Es ist wohl in allen Gefängnissen der Welt so, dass eine Einweisung „auf Station“, in unserem Fall in dieses Lazarett, eine wünschenswerte Pause, eine Entspannung, Entlastung, vorübergehende Entlassung aus der schweren Arbeit und dem grauen Lagerleben bedeutete (was wiederum dazu führte, dass sich die Genesenen, z. T. mit Erfolg, darum bemühten, im Lazarett „nützlich“ zu sein, eine „Anstellung“ anstrebten). Somit war auch für mich die Aussicht, wenn auch nicht für immer – was ist im Lager schon für immer, die Laune eines Chefs konnte dich über Nacht zurückverfluchen – so doch für absehbare Zeit dem tristen Alltag der Frist-Verbüßung entronnen zu sein. Man empfing mich freundlich, ja man erwartete mich. Meine zukünftigen „Kollegen“ waren gespannt, was für ein Vogel da bei ihnen landete. Der Austausch von Gedanken/ Meinungen hält sich bei solchen Begegnungen mit „Neuen“ natürlich in Grenzen, man musste immer damit rechnen, dass lediglich ein V-Mann, ein Horcher eingeschleust worden war. Aber der eigene „Werdegang“ wurde nicht unbedingt skeptisch als „Legende“ unter die Lupe genommen.

Es wird verständlich sein, dass ich fast schockiert war, die Unterkunft meiner neuen „Kollegen“, ein richtiges „Ärztehaus“ (also nicht im heutigen Sinne als Ersatz für den abgewickelten Begriff „Poliklinik“) zu betreten. Wenn man ein Jahr auf nacktem Beton, dann auf Erdboden, schließlich, welch ein Glück, auf hölzernen „nari“, also – zeitweise fünfstöckigen – Pritschen genächtigt hat und plötzlich ein weiß bezogenes Stahlbett sein eigen nennen darf, ist man geschockt. Im Ärztehaus „wohnte“ im wahrsten Sinne des Wortes ein etwa 11-köpfiges Personal, von dem das Funktionieren des Lazaretts letztendlich abhing. Dessen war sich die Leitung des Lazaretts bewusst, aber auch diese Häftlinge selbst. Es gab zwei Therapeuten (russisch „terapewti“), einen Venerologen/Dermatologen, zwei Chirurgen, zwei Hebammen, also Geburtshelfer-Kinderarzt, der – hochqualifiziert nur ein Fachstudium absolviert hatte, es gab einen Radio-Röntgeningenieur, einen weiteren Feldscher – neuerdings auch mich. Man lebte in drei Zimmern, denen sich eine Küche anschloss, die von der Hausmeisterin „Dussja“ bewirtschaftet wurde. So ist es: Für uns wurde, wenn auch nicht „Adlon“-gemäss, so doch extra gekocht, was in sofern von Bedeutung war, als in unserem Denken, in unseren Gesprächen Essen – entgegen meinen Erfahrungen im Omsker Gefängnis – überhaupt keine Rolle spielte.

Vom ersten Moment an nahm sich meiner ein kleiner, auf den ersten Blick unscheinbarer Mann an. Er stellte sich vor „David Gergardowitsch“, das bedeutete, dass man sich hier „siezte“. „Njemez?“ fragte ich, denn Gergardowitsch deutete darauf, dass sein Vater ein Deutscher (Gerhard) war. „Njet, nein“, gab er in gutem Deutsch zurück, das sei hinter ihm. Sein Elternhaus steht („stand" verbessert er, denn der Krieg und die Deportationen hatten vieles verändert) in einem deutschen, von Mennoniten bevölkerten Dorf in der Ukraine (geboren 1908, wie ich mich genau erinnere), da habe er vieles angenommen, aber eben mit seinem Studium, seinem Leben in der Stadt, auch vieles abgestreift. Nur eben der Name, den trage er mit sich herum. Die Namensgebung geschah damals bei den Mennoniten, indem man den Zeigefinger zwischen beliebige zwei Bibelseiten steckte, und der erste Knaben- bzw. Mädchenname der aufgeschlagenen Seite war der Name des Neugeborenen. Um für Frieden zu sein, müsse man nicht unbedingt ein Kirchgänger der Mennoniten und ihrer Erwachsenentaufe sein, meinte er. Zudem vertrage sich nach seiner Lebenserfahrung die Medizin mit der Bibel nicht so recht. Aber Mediziner zu werden, habe ihm sein Vater geraten, um nicht zur Waffe in der (Roten) Armee greifen zu müssen. Andere werden Bäcker, um nie Hunger leiden zu müssen – was ist der Bäcker, wenn dann in der Not das Mehl ausbleibt. Kranke, hilfsbedürftige Menschen wird es – gerade in der Not – immer geben.

Sein Kopf war glatt rasiert, auf einem breiten Schädel hatte die Glatze gut Platz. Schmale Lippen, gut erhaltene Zähne und immer so ein geheimnisvolles Lächeln, verschmitzt, manchmal sogar ein wenig spöttisch. Die Nasenflügel einer feinen Hakennase lächelten förmlich mit. Er war DER MANN pur, die Männlichkeit pur, beschnitten wie eine Kartoffel, der den Baumschmuck, all diese Attribute von Charme gar nicht benötigte – langes wallendes Haar, diese Nasen- bzw. Ohrringe, Popo-Scheitel, Backenbärte, Krawatten, gar Hüte, drei-Tage-Bart, Tätowierungen, Irokesenschnitt, geckenhafte Kleidung, der Mann als Pfau, berauschendes Parfüm, Brillanten an den Manschettenknöpfen … all das entbehrte er gerne.

Dieses Bild stand in krassem Gegensatz zum „Chef", ein natürlich freier Zivilangestellter des Ministeriums des Innern, Chirurg mit etwas Praxis und nun mitten unter so viel „Material", wo ein Fehlschnitt, eine Fehldiagnose nicht gleich den Kopf kostete. Gut einen Kopf größer als David, aufgekratzt, aufgeräumt, ein Scheener, schwärmerische Frauenblicke gewohnt und suchend, Pointen verstreuend, auch mal einen Mutterfluch – man verzieh dem großen Meister, bei russischen Chirurgen ist es leider nur zu oft „üblich" – gönnerhaft Häftlingstalente in seinen Dienst stellend. Das unübersehbare Jucken zum Operieren veranlasste ihn sehr bald zu verfügen: Keine Operation, also auch an Sonntagen, ohne seine ausdrückliche telefonische Erlaubnis. So mussten wir die OP-Kandidaten immer wieder mal von Sonnabend bis Montag „warm" halten. Es bildete sich schon so etwas wie ein Wettstreit zwischen den beiden, die aber David niemals explodieren ließ. Einmal hatten wir eine gynäkologische Kranke, die an einer Miome, einem gutartigen Geschwür der Gebärmutter litt. Diese Geschwüre kann man von einer Schwangerschaft nur dann mit Sicherheit differenzieren, wenn man WARTET (!) ... da sie verschieden schnell wachsen, aber dazu wollte unser Chef zu schnell ans Skalpell. David setzte auf eine Schwangerschaft, der Chef auf ein Geschwür. Allerdings schloss die Patientin eine Schwangerschaft MIT SICHERHEIT aus, da sie seit ihrer Inhaftierung keinen Geschlechtsverkehr mehr hatte. David zweifelte (mit Recht), Pjotr Alexandrowitsch ordnet die Operation an. Bauchhöhle geöffnet, Gebärmutter punktiert, d. h. mit einer Spritze (leicht getrübte) Flüssigkeit abgesaugt, dann Schnitt (!) ... wie ein kleiner Kobold schwappt aus dem Schnitt das etwa 3-monatige Embryo. Pjotr Alexandrowitsch war außer sich. Erstens, weil alle am OP-Tisch wussten, dass David recht behalten hatte. Zweitens, weil das Weibsbild ihn so schamlos belogen hatte, fast eine Blamage. Er begann sofort das Embryo wieder einzunähen, „soll sie's zur Welt bringen", stöhnte er fast. Und hier kam wieder diese sanfte aber bestimmende Art von David, der ohne Schadenfreude an die Patientin dachte. Mit einer langen Nadel war in die Gebärmutter gestochen worden, das Embryo konnte Schaden genommen haben, argumentierte er vorsichtig. „Lassen wir es draußen, wenn es schon einmal das Licht der Welt erblickt hat." Der Chef gab nach, einen Krüppel wollte er doch nicht auf dem Gewissen haben. Dafür aber, die Patientin war nach der Narkose noch gar nicht wieder richtig beisammen, begann er, auf dem Bettrand sitzend, ein strenges Verhör. Nun sie weinte bitterlich, gestand, dass einer der Gefängnisaufseher ihr Liebster war, sie ihn nicht preisgeben wollte.

Trotz seines unscheinbaren Äußeren war gerade David ein ausgesprochener Liebling der Frauen, unter Lagerbedingungen eine gefährliche Sache. David meinte, das Wesentliche bei Frauen sei nicht das Parfum, nicht das galante Flirten, sondern der Umgang, mit IHR, mit anderen Menschen (zum Beispiel bei der Visite, bei der Aufnahme). Von großer Bedeutung für das Erscheinungsbild des Mannes hielt er sein Können, seine Meisterschaft, seine Kunst, sein Verantwortungsgefühl für andere – nicht sein Erscheinungsbild. Das sei Form, oberflächlich, bringe keine wirkliche Leidenschaft. Er hielt sich an einen schlichten weißen, von den Schwestern perfekt geplätteten Kittel, der sich über seine ungewöhnlich breiten, muskulösen Schultern straffte, weißes Unterhemd, durch das die behaarte Brust leicht durchschimmerte, sehr gepflegte Hände, an denen er ständig mit einer kleinen Nagelfeile herumbastelte, wie ein kleines Mädchen. Diese penible Reinlichkeit sei beruflich bedingt, hatte dennoch einen gewissen ästhetischen Reiz. Niemals habe ich ihn laut sprechen hören – ganz im Unterschied zu unserem Chefchirurgen oder zu unserem Venerologen Loresch, der bei jeder Gelegenheit voll lospolterte. Nun, Lues zu ergattern war nicht strafbar, wenn auch zur Eindämmung der Infektion erwartet wurde, dass die „Quelle" preisgegeben würde – und gerade das wurde von den Infizierten, in der Regel Kriminelle, tunlichst vermieden ... vielleicht daher das Poltern. Bei David erschienen die Kriminellen in der Regel als Selbstverstümmler, was als Sabotage (Paragraf 58 des Strafgesetzbuches!! – antisowjetisch!) „eingestuft" wurde, und nur mit Hilfe des behandelnden Arztes vertuscht werden konnte, lautstarke Ergüsse waren also überflüssig, der Patient hing vom Chirurgen ab, war fügig. Der Chirurg andererseits rackerte sich ab. Suchte geduldig Knochensplitter, wenn der Schädel zertrümmert war. Ließ in der Tischlerei komplizierte Gestelle für plastische, heute sagt man wohl kosmetische Eingriffe bauen. Ich erinnere mich an einen sehr hübschen Banditen aus dem Kaukasus, der sich mit Ätzsäure das Fußgelenk faktisch blank gelegt hatte, nur um einem Abtransport zu entgehen. Wir warteten, bis die offene Wunde alles tote Gewebe abgestoßen hatte. Dann legte David auf einem Holzgestell das lädierte rechte Gelenk auf den linken Oberschenkel ... und vergipste das Ganze, so, dass er zum Operationsfeld freien Zugang hatte. Er löste vom Oberschenkel einen breiten, fleischigen, stark behaarten Lappen und befestigte ihn auf dem blank liegenden Gelenk. Sieht man heutige, moderne Operationssäle, mit diversen Displays, mit Diagrammen und geheimnisvollen Instrumenten, man erschaudert, wie einfach damals – mit Erfolg – gearbeitet wurde. Die ganze Transplantation muss wohl Monate in Anspruch genommen haben, die Blutzufuhr zum „Lappen" wurde terminiert abgesperrt, 30 Sekunden, 60 Sekunden, eine Minute usw., bis die Blutzufuhr „von unten", das heißt vom verletzten Fußgelenk begann. Wir gingen wohl den Tag zweimal zu unserem Patienten, reinigten die Wunde, rückten etwas zurecht, halfen ihm, sich in den sehr engen Grenzen zu bewegen. Es war schon ein Risiko, jemanden auf diese ungewöhnliche Art zu „fesseln". Der Patient erwies sich als sehr geduldig, hatte aber, nachdem alles beendet, Startschwierigkeiten mit dem Laufen, auf seinem Knöchel ein kleines „Kissen" – dicht mit Haaren (vom Schenkel) bewachsen. Wir konstatierten, dass sich die große Narbe auf dem Oberschenkel, wo wir uns das „Kissen" ausgeliehen hatten, im Rahmen hielt.

Der Chirurg David Gergardowitsch Rüdiger war sich seiner Würde und seiner Qualifikation voll bewusst. Seine außergewöhnliche Qualifikation beruhte z. T. darauf, dass David VOR dem Hochschulstudium ein FACH-Schulstudium absolviert und danach volle sieben Jahre als Feldscher (Arzthelfer) praktiziert hatte.

Er spazierte, ob Sommer oder bitterer Frost, auf dem riesigen Gelände herum, wie auf seiner persönlichen Domäne, wie in seinem Schlosspark. Das waren seine Denkpausen, da er keine sonstigen Verpflichtungen hatte, dachte er im Grunde genommen ständig an seine Arbeit, lernte täglich dazu. Das war möglich durch eine recht gute Fachbibliothek, die sich mit der Zeit angesammelt hatte.

Gelegentlich wurde er auch in die Stadt (Omsk) gerufen. Mit einer „Begleitperson" wurde er zu den – natürlich irgendwie mit dem Innenministerium liierten – Patienten geführt. Da war auch mal eine „kranke" Diva dabei, mit deren „Herzflimmern" David kurzen Prozess machte, während der Wachposten sich in der Küche bei einem guten Abendessen und den obligatorischen „ssto gramm" Vodka vergnügte. Aber erniedrigen ließ er sich nicht. Einmal sollte er ganz eilig ein Ministeriums-Kind besuchen. Auf der Wache wartete auf ihn ein „Begleiter"... mit einem Karabiner. David lehnte kategorisch ab, *soo* durch die Stadt geführt zu werden und kehrte in die Baracke zurück. Es dauerte keine 10 Minuten und der Begleiter war entwaffnet, hatte lediglich seinen Revolver bei.

Einmal brachte ein hohes Tier höchstpersönlich eine schwerkranke Angehörige auf unsere Station – das war nichts Ungewöhnliches, wir hatten in der Stadt einen guten Ruf. Der Offizier benahm sich, was ja verständlich war, wie der Herr im Haus. David untersuchte sehr gründlich die Eingelieferte und eröffnete dem Oberst, dass sie – falls er einverstanden sei – sofort operiert werden müsse (ich glaube, es war eine akute Blinddarmperforation). Sie wurde in den OP überführt, während wir die Operation vorbereiteten. Der Militär, es war glaube ich ein Oberst, folgte wachsam auf Schritt und Tritt, als ob er uns doch nicht so recht traute, auch in den OP, was eigentlich untersagt war. Unsere Vorbereitungen liefen wie immer routinemäßig, während der Oberst vor unseren Augen nervös hin und her schritt. Schließlich riss ihm die Geduld und er schrie: „Wann beginnen Sie endlich mit der Operation?!!" David schien auf diese Frage gewartet zu haben: „Wenn Sie so freundlich sind, den Operationssaal zu verlassen!" – der Oberst verschwand.

Für die Banja, also das Dampfbad, waren meistens Häftlinge abgestellt, die auf Grund ihres allgemeinen Gesundheitszustandes nicht mehr hinaus, auf die Außenstellen, zu schwerster Arbeit geführt werden konnten. So blieben sie in der „Zone", hackten Holz, heizten, gingen auch mal rüber zur Küche Holz anzubieten, etwas zu schlauchen, und erholten sich so zusehends. Nun,

David kannte diese kleine Hofbrigade, jeden persönlich sehr gut. „Der Doktor“ ging ja auch nicht mit allen, mit den Brigaden ins Dampfbad, sondern erschien am Tage, wenn alles frei war. Der Doktor behandelte sie. Aber da war noch etwas anderes, das Brennholz kam als riesige Stämme und die armen „dochodjagi“, also diese Elendsgestalten mühten sich wie arme Teufel, wie Ameisen ab. Und da kam dann David wie ein Goliath, die riesigen, steinhart gefrorenen Brocken mit der Axt zu zerschlagen. Wie ein Berggorilla schlug er die Axt tief in den Brocken hinein, hob ihn dann hoch hinauf über den Kopf, um ihn auf dem stumpfen Ende der Axt niedersausen zu lassen. Es war ein Schauspiel und alles jauchzte, wenn der scheinbar unbezwingbare Brocken zerbarst. Er selbst betrachtete das nicht so sehr als hilfsbereite Wohltätigkeit, sondern eher als Fitness-Runde vor dem täglichen Arbeitspensum. Und er hatte Stehvermögen auf dem kleinen Schemel, den man ihm stets an den Operationstisch rückte, stundenlang konnte er arbeiten, zusammenflicken, herausschneiden, nähen. Wenn alle schon lahm waren, er stand wie eine eins.

Für den erlesenen Kreis der Lagermediziner gab es (ohne irgendeinen Druck von außen), eine Art Markenzeichen – ohne Ausnahme den Kopf zu rasieren. Hieb- und Stichwaffen waren natürlich streng verboten. Aber das „Ärztehaus“ (da ja die Ärzte beruflich täglich mit ganz fürchterlichen Waffen, Amputiermessern, Knochensägen etc. umgingen), war da eine Ausnahme, eine Oase, hier wurde von der „ssamoochrana“ (also dem „Selbstschutz“, einer Formation aus harmlosen Kriminellen) niemals auf „Waffen“ gefilzt, folglich Rasiermesser erlaubt. Voraussetzung war natürlich, dass man ein Rasiermesser hatte – ich hatte bei der Überführung im Ärmel eingenäht eins durchgebracht, war aber unfähig mir damit den Kopf zu rasieren. David war es, der mir geduldig die nötigen Handgriffe beibrachte, auch mal abtupfte, wenn das Messer „gekratzt“ hatte. So erlernte ich meinen Einstand sehr schnell und war in die Doktor-Loge feierlich aufgenommen. Ewgenii Samoilowitsch, unser Therapeut, hatte es da schon schwerer. Wie ein schlechter Mähdrescher blieb bei ihm immer irgendeine „Ecke“ stehen, die wir dann nachbesserten. Schlimm war, dass er sich ständig mit dem (offenen!) Rasiermessern verletzte, einmal beinahe sein Ohr abschnitt. Sein etwas fleischiges, typisch jüdisches Gesicht sah dann besonders hilflos aus.

Im Grunde genommen war David sehr verschlossen – auch so eine lebenswichtige Kunst – das von ihm perfekt beherrschte Schweigen. Dennoch gab es mannigfaltige Gespräche – sonst könnte ich ja diese Zeilen gar nicht niederschreiben. Aber es ging eben um Fachliches, um ein bisschen Tratsch, ein bisschen Häme gegen den Chef, völlig verschlossen über sexuelle Erlebnisse.

Aber da steckte er schon Grenzen ab. Auf ein Thema, das mich verständlicherweise besonders bewegte, die Politik, sprang David überhaupt nicht an. Der Krieg war beendet, man beschwichtigte uns, dass nun bald „alles“ in Ordnung gebracht werden würde. Würde es zu einer vorfristigen Freilassung, einer Amnestie kommen? Wie wird die Sowjet Union in der neuen, befriedeten Welt dastehen. Alles brennende Fragen – für David KEIN Gesprächsstoff. Selbst mit vorsichtigen Fragen konnte ich nie erfahren, was ihm die Anklage eigentlich zur Last gelegt hatte, nur dass es für 8 Jahre gedacht war, das vertraute er mir an. Er vermied es tunlichst, am gemeinschaftlichen Abhören von „Feindsendern“ (vor allem die britische BBC) teilzunehmen, die uns Radio/Röntgeningenieur Ludwig Rudolfowitsch Broksch durch seine Reparaturen von Radioempfängern für die Obrigkeit hin und wieder ermöglichte – David hielt sich da konsequent raus. Ich forcierte es nicht, aber wo war die Ursache, traute er mir nicht, war es eine generelle Sicherheitsmassnahme, es blieb offen, trübte aber unser Verhältnis nicht im Geringsten.

Eines Tages bemerkte ich Schmerzen in meiner linken großen Zehe, die sich von Tag zu Tag verschärften. Krank melden wollte ich mich nicht, aber mit David beraten/konsultieren, was es denn sein könnte, entschloss ich mich recht bald. David, für den alles einen Namen hatte, betrachtete sich den Salat, diagnostizierte sofort: Durch einen verwachsenen Nagel, der auf einem vor drei Jahren fast abgefrorenen Zeh basierte, eine eitrige Entzündung des ganzen Nagelbetts. Bäder würden kaum helfen, aber das würde sich klären, die erste schlaflose Nacht ist sicheres Indiz für einen notwendigen operativen Eingriff. Dann kam – zu allen Schmerzen – die bei jeder Berührung aufschreien ließen, die schlaflose Nacht. „Nun, dann werden WIR das Übel mal öffnen“, meinte er. Das „WIR“ kam mir irgendwie komisch vor. Auf meinen fragenden Blick erläuterte David: „Ja, Du hast richtig gehört, Du wirst operieren und ich werde dir assistieren.“ Das war zu viel, ihm vertraute ich voll, mir selber schon weniger. „Bei euch Preußen heißt das wohl ‚Manneszucht‘?“, fragte er. Also wie es bei „den Preußen“ hieß, wusste ich selbst nicht zu sagen, mit Skalpell und Spritze bewaffnet jetzt auf mich selbst loszugehen hämmerte schon ein wenig in den Schläfen. Aber David war hier, wie immer, der Meister, der die Hand führt, Psychotherapeut (heutzutage eine gesonderte Disziplin) der die Seele beruhigt und Zuversicht verbreitet. Er erklärte mir ganz ausführlich, was zu tun sei, im Grunde genommen wusste ich das ganz gut, denn ich hatte so etwas mehr als einmal an ANDEREN praktiziert. Er machte keine Anstalten, mir aus der Patsche zu helfen, er meinte, es sei für einen Feldscher eine wichtige Bereicherung für sein weiteres Tun, einmal an sich selbst „herumzuschnippeln", gewollten Schmerz zu empfinden bzw. gar nicht als solchen zu empfinden ... wie die Fakire, die ihren Schmerz letztendlich gar nicht wahrnehmen. Na ja, die Fakire sitzen gelassen auf Nadeln oder Nägeln, ich aber sollte mein Nagelbett bereinigen – „unter örtlicher Betäubung", ergänzte David.

... Wir beschlossen nach dem Mittag, unser Werk zu vollbringen. Ich bereitete wie gewöhnlich den Operationstisch vor, legte die Geräte, Ampullen, Tupfer und Mullbinden bereit, sorgte für sterile Servietten, richtete das Licht ein ... so ein bisschen ging mir schon die Muffe, aber ich konnte es niemandem zeigen, so normal/alltäglich hatte David die Sache dargestellt. Er setzte sich an meinen bereitgehaltenen Fuß. Als „Assistent" pinselte er mir sogar das Operationsfeld mit gerbendem, frischem Jod ein („frisch" ist deshalb so wichtig, weil es die Haut verschont, nicht verbrennt), ja er reichte mir – wie eben ein Assistent – die mit Novocain gefüllten Spritzen. Ich setzte an und zuckte kaum noch zusammen, stach zwischen die Zehen, dann eine außen, eine von unten, eine im Zehansatz. Der ohnehin schon blau/rot angeschwollene Zeh wurde noch dicker, wie eine Wurst, David kommentierte nur: Richtig so, gut! Jetzt hatten wir ein paar Minuten Zeit um zu plaudern. In den Gummihandschuhen schwitzten mir die Hände doch ein wenig, David beruhigte mich, indem er mich auf den nächsten Schritt einschwor. So nahm ich denn, fast wie für einen Außenstehenden, das Skalpell und schnitt kräftig zu, wie eine Wurst auf dem Frühstückstisch, den Zeh hinauf, in der Verlängerung des Nagels. Alles war schon hölzern, aber Blut schoss aus den Einschnitten. David gab mir mit einer Pinzette ein paar sterile blutstillende Tupfer. Aber die eigentliche Blutorgie musste erst noch kommen. „Jetzt den ‚Lappen' hochklappen", hieß es. Er gab mir eine Zange, den eleganten Schnitten folgte nun der Gewaltakt – der Nagel musste mit der Zange aus dem Nagelbett regelrecht herausgerissen werden. Ich setzte an, der Nagel „kam" nicht, es musste von vorne, durch kleinere Schnitte nachgeholfen werden. Oh, mein Meister hatte Geduld, wischte mir den Schweiß von der Stirn, ließ mir sogar eine Verschnaufpause – aber griff in die „Operation" selbst nicht ein. Endlich riss ich den Nagel aus seinem Bett, nun das Blut spritzte – diesmal nicht bei jemand anderen, David machte mich darauf aufmerksam, dass ich das Nagelbett noch „ein wenig" ausschaben müsste ... muss das sein? Es muss sein! Er gab mir auch gleich einen zierlichen Schabelöffel mit dem der „Rest" bald geschafft war. Wir, d. h. ich verpackte den geduldigen, weiter heftig blutenden Zeh üppig mit sterilem Verbandsmaterial, das mir mein Assistent nach Bedarf reichte. Endlich war alles vorbei – David reichte mir die Hand, er meinte, dass ich ordentliche Arbeit geleistet hätte. Eine herbeigerufene Hilfskraft räumte den Raum auf. Als die Wirkung der Spritzen nachließ, rumorte es noch ein bisschen, aber schon am nächsten Tag war ich – humpelnd – wieder zur Stelle. So war er, konnte einen an die schwierigsten Aufgaben, hier an die Nagelprobe – Mentor und Könner – heranführen.

Als ich mich in meiner neuen Position als Feldscher-Arzthelfer-Anästesist-Operationsschwester-Assistent-Bluttransfuseur schon gut eingearbeitet hatte, suchte das Krankenhaus wegen Haftentlassung des bisherigen Anatom-Pathologen einen Ersatz. Schließlich behandelten wir nicht nur Kranke, sondern hin und wieder starben auch welche einfach weg, das lässt sich nicht ganz vermeiden.

Die Suche nach einem Nachfolger blieb erfolglos – die Nachfrage dagegen ungebrochen. So stellte mir denn David eines Tages die Frage: „Sag mal, willst du nicht die Stelle des Pathologen übernehmen, ich weiß gar nicht, wie ich darauf nicht früher gekommen bin. Du bist doch der geeignete Mann!“ Also das passte mir überhaupt nicht. Ich hatte wahrhaft alle Hände voll zu tun, manchmal reichten 24 Stunden nicht aus und dann noch diesen wenig lukrativen Neben-„Job“. An die nicht immer sehr ansehnlichen Kranken hatte ich mich gewöhnt, hatte bereits schwierige und nicht gerade appetitliche Operationen „überstanden“. Aber Kranke waren Lebewesen, man lernte Menschen kennen, fing auch mal einen dankbaren Blick ein. Aber König unter den Toten zu sein erschien mir wenig attraktiv, helfen konnte man denen sowieso nicht mehr.

Im Prinzip ahnte ich gar nicht, auf was ich mich da einließ. David schenkte mir keinen reinen Wein ein, er argumentierte plausibel – ein echter Medizin-Mann muss mit Leichen vertraut sein, muss jeden Winkel am menschlichen Körper wirklich kennen. Die medizinische Ausbildung an den Hochschulen besteht zu einem großen Teil aus der Arbeit im Seziersaal. Ich könne mich darauf verlassen, dass er mich auch in dieser Branche – wie bisher – tatkräftig unterstützen würde. Das entsprach der Wahrheit – ohne David wäre aus mir nie etwas geworden. Schließlich, fügte er hinzu, sei unsere Dienstherrin, Oberstleutnant Kapitonowa eine ausgebildete Pathologin, und wir würden mit qualifizierter Arbeit einen Bonus bei ihr haben.

Ich ging davon aus, dass ich tatsächlich mit dieser zusätzlichen Bereitschaft einer möglichen vorzeitigen Entlassung einen kleinen Schritt näher käme. Außerdem war mir bekannt, dass wir kaum letale Abgänge hatten, also die ausführlichen Protokolle über Gründe des vorzeitigen Abbruchs der Strafverbüßung sich in Grenzen halten würden. Es ist sicher nicht nötig zu erwähnen, dass unsere Leichenhalle sehr dürftig ausgerüstet war. Diese großen Kühlschränke mit langen Schubladen für eingefrorene Leichen, die sich so komfortabel rausziehen lassen, wie wir das heute in amerikanischen Krimis sehen, hatten wir wahrhaft nicht. Unsere Leichen mussten generell ohne Kühlaggregate auskommen, waren immer schön frisch-weich. Natürlich wurde auch der Verwesungsprozess kaum aufgehalten, was für unsere eigenen frischen Leichen weniger von Bedeutung war. Aber – was ich nicht wusste – es wurden immer wieder verschleppte, z. T. exhumierte Zweifels-„Fälle" angeliefert, die den kleinen Raum geradezu verpesteten. Wirklich gut war (für damalige Verhältnisse) die Ausrüstung. Erstklassige Messer, die ich stets nachschliff. Diverse Scheren, darunter Rippenscheren, so etwas Ähnliches wie Geflügelscheren. Wir arbeiteten mit großen Gummischürzen und speziellen, besonders dicken Gummihandschuhen. Meistens trugen wir eine kleine Gesichtsmaske, die uns zwar nicht vor dem besonderen, diesem süßlichen Leichengestank bewahrte, unser Gesicht aber vor möglichen Spritzern schützte.

Der Lerneffekt war tatsächlich nicht zu übersehen. Man operierte, pflegte, behandelte einen Patienten und konnte dann geruhsam die „Folgen" seiner Tätigkeit am Objekt studieren. Wenn eine Autopsie angesetzt war, ging ich rechtzeitig in die „Anatomie", rückte alles ein bisschen zurecht, lüftete, legte mein Werkzeug bereit, bis die ganze Meute erschien. Zum Teil waren es die „Betroffenen", d. h. nicht die Angehörigen, sondern die Ärzte, besonders Chirurgen, die eigentlichen „Verursacher", die unter Umständen mal fehlkuriert oder fehloperiert hatten. Sehr bald machte ich den ganzen Zauber als „Chef". D. h. die Ärzte sagten nur „Walter, mach mal hier auf, (dann setzte ich die Geflügelschere an), hol' mal die Lunge raus (die wurde in der Regel in eine bereitstehende Schüssel getaucht), hol' mal die Leber raus, das Herz, die Galle, säg' mal hier den Knochen an, öffne den Schädel hier, an dieser Stelle". Gott, wie viele Ersatzteile haben wir damals achtlos weggeworfen! Ich fand mich mit der Zeit gut zurecht, arbeitete wie ein Automat. Da war eine Patientin nach der Operation buchstäblich weggeschmolzen, immer neue Behandlung verordnet, aber sie wollte, konnte nicht, dieser apathische Schockzustand, kein Essen, kein Wasserlassen ... und dann weg. Der Chirurg war schon ein bisschen nervös, denn so einfach ins Jenseits durfte man auch einen Häftling nicht expedieren. Ich öffnete die Bauchhöhle, der Dame war ein gutartiges Gebärmuttergeschwür entfernt worden, eigentlich nichts besonders Gefährliches. Ich holte die Gebärmutter in die Öffnung und blieb an etwas hängen. Ja, da war es – eine große Mullserviette war „vergessen" – und damit Todesursache geworden. Doch der Berufsstand der Ärzte griff weit über Stacheldrahtgrenzen, es gab nicht mehr Häftlinge und Freie, es gab nur noch Ärzte. Das Protokoll wurde irgendwie verbrämt formuliert und der Fall war „klar“.

Nur wenn Oberstleutnant Kapitonowa mal erschien, wurde es brenzlich, sie repetierte gerne ihre Fähigkeiten, nahm selbst das Messer oder die Schere und präparierte die Leiche wirklich kunstvoll, so dass ich erst richtig merkte was für ein Stümper, was für ein Leichenschänder ich in Wirklichkeit war. Diese Sorgfalt war besonders hilfreich, wenn ein Kranker wochenlang fehlbehandelt und die letzte, etwas verspätete Diagnose erst in der Leichenhalle erbracht werden konnte.

Wenn dieses Schausezieren vorüber war, verließ die gesamte Truppe den Raum – ich blieb mit der zerfledderten Leiche allein. Nun war es ja bei einem ohnedies Toten nicht mehr so wichtig, wie die ganzen Innereien naturgetreu zurückgelegt werden. Mehr oder weniger wurde alles als Masse hineingekippt, musste so verteilt werden, dass die Schnittränder wieder aneinander kamen. Hatte man im OP kurze Seiden- oder Kategutfäden, so nahmen wir in der Anatomie eine lange Strippe für die gesamte Öffnung, um den Leichnam in einer Naht, ohne besonders auf die Wundränder zu achten (die ja nicht mehr zusammenwachsen), zuzunähen.

Selbstverständlich gab es auch Expertisen, da wurden weniger frische Leichen von Häftlingen weit her zu uns gebracht. Es ging dabei vorwiegend um Morde der Kriminellen untereinander. Das ist so eine ungewöhnliche Situation, man lebt völlig schutzlos unter vielen Mördern, kann sorglos dahinvegetieren und hat überhaupt nicht zu befürchten, dass man umgebracht wird. Aber untereinander, da sind sie wie die Skorpione, in zwei Hauptlager geteilt, in die „sakonnyje“ (also die „gesetzlichen“, die richtigen Diebe/Verbrecher, die in die Loge der Kriminellen fest integriert sind), und die „Hündinnen“ („ssuki“), die Abtrünnigen, die der Loge (aus was für Gründen auch immer) den Rücken gekehrt haben. Dieb ist man fürs ganze Leben, da gibt es den Blutschwur, da kann man nicht einfach so mal Schluss machen. Dennoch kam es immer wieder vor, dass jemand, nach dreimal, viermal Straflager die Schnauze voll hatte, weg wollte, mit dem Alter ein „ordentliches“ Leben anfangen wollte, mitunter schon im Lager einen Beruf erlernt hatte, (z. B. Schuster) mit dem man „draußen“ recht gut leben konnte. Dieser Wunsch konnte nur mit dem Leben bezahlt werden. Der Mord an einer „Hündin“ konnte einem Kandidaten („pazan“, eigentlich „Knabe“) zum Einstieg in die Loge verhelfen. Dabei brauchte er den Mord gar nicht selbst auszuführen, das besorgten die alten Wölfe, er mußte sich nur zu dem Mord (ohne umständlichen „Bekennerbrief“) bekennen. In der Regel schleppte er sogar den Ermordeten vor zur

Hauptwache und erklärte: Den habe ich abgestochen („saresal"). Seine Tat später leugnen war ausgeschlossen, denn das hätte ihn selbst ans Messer geliefert. Bisweilen steigerte sich diese Ermordung zu einer ritualen Hinrichtung. Beim (verbotenen) Kartenspiel wurde das Opfer „verspielt", der Täter ermittelt. Dann ging eine ganze Meute nachts zum Opfer, der – erwachend – wusste, was die Stunde geschlagen hat. So kam die Leiche zu uns, mit bis zu 20 Stichen in der Brust, wie wir feststellten mit verschiedenen Messern ausgeführt. Das heißt, auf den bereits reglosen Toten wurde immer wieder eingestochen. Es gab aber auch kunstvolle, sachkundig Ermordete, z. B. mit einem Profi-Hieb direkt ins Herz, der von unten, also unter der letzten Rippe nach oben geführt wurde – das aus dieser Richtung ungeschützte Herz sicher zum Stillstand brachte – mit einem einzigen Streich. Wir fanden dann am Herz einen geringfügigen, aber eben den notwendigen Einschnitt.

Verwandte wurden kurzfristig nicht benachrichtigt oder herbeigerufen, ihnen wurde das „Ableben" schriftlich, ohne Nennung eines Bestattungsortes bestätigt. Meistens waren es anonyme, im besten Falle nummerierte Gräber, die man über die Akten hätte entschlüsseln können. Heute macht man vielleicht so etwas, damals wäre niemand auf diese Idee gekommen. Tödlich getroffene Flüchtige wurden ohne eine Expertise bestattet.

Es war beinahe unmöglich, sich an den Leichengestank zu gewöhnen. Man legt die Schürze, die Handschuhe, die Maske ab, wäscht sich gründlich mit warmem Wasser und Seife, ist längst wieder im Wohnheim – und alles stinkt nach Leiche. Man nimmt einen Happen – er stinkt nach Leiche. Man holt ein frisches Kleidungsstück – es stinkt nach Leiche. Stundenlang wird man das nicht los. Oft konnte ich erst zum Abend wieder essen und war fast verletzt, dass die anderen, kaum dass sie zurück waren, schon tüchtig mampften. In drei, vier Wochen trat bei mir dasselbe ein. Kaum raus aus der Halle, die Handschuhe runter, die Schürze ab und schon ging das Fressen los. David lachte, das sei immer so, doch er war mit mir recht zufrieden. Diese Arbeit mit den Toten hat viel zur Materialisierung des Todes an sich beigetragen. Jeglicher Mythos muss wohl sterben, wenn man mit diesem gegenständlichen Tod so oft zu tun hat. Man ertappt sich zwar, dass dies mal Menschen, ja Säuglinge waren, die jahrelang mit mehr oder weniger Liebe groß gezogen worden sind, die sicher noch jemanden weit in der Ferne haben. Gleichzeitig versteht man, dass diese Hüllen mit dem ursprünglichen Menschen eigentlich nichts mehr gemein haben, zum Fetisch geworden sind. Kann man nicht zutiefst traurig, ja gebrochen sein, ohne diese letzten Gebeine neben sich zu spüren, zu wissen? Wird der Tod allein dadurch unerträglicher, dass die Gebeine im Niemandsland verscharrt sind? Dann dürfte man ja die Toten auch nicht verbrennen. Diese aufwendige Exhumierung von Kriegstoten, dieses Nummerieren von Knochen und Stahlhelmen, die Rückführung in die „Heimat", macht das überhaupt einen Sinn, außer dass man vor der heutigen Generation posieren kann: „Wir tun was!". So fand man Zeit nachzudenken über Tod und Leben – ob David noch lebt?

Am Ende der Welt

Als wir aus den Schleppkähnen entladen waren, stellten wir fest, dass es nun wirklich nicht mehr dunkel wird. Daran muss man sich erst einmal gewöhnen. Der Tag wird unendlich. Wir, Tausende von Häftlingen, waren erst einmal in einem Waldstück „einquartiert" – etwas ungewöhnlich. Bisher, ob in Baracken oder eben auf dem Schleppkahn, hatten wir immer noch ein Dach über dem Kopf. Zum Glück regnete es nicht, man fand ein Moosbüschel, wo man den fassungslosen Kopf zur Ruhe legen konnte, und ein paar Kleidungsstücke zum Zudecken hatte man ja bei sich. Da war auch so eine Art Gebäude, eher ein Verschlag, das war so eine Art Küche, andere hatten schon vorgesorgt.

Aber zum Teufel – wo waren wir, was erwartete uns? Keinen blassen Schimmer! Mit der Zeit sickerte im Kontakt mit Bauingenieuren, Polieren, medizinischem Personal, die ja „frei" waren, so einiges durch, präzisierte sich. Wir befanden uns an einem gigantischen Eisenbahnbau, besser gigantomanischen. Noch unter Väterchen Zar war unter großen Opfern eine Eisenbahnstrecke hoch nach Murmansk gebaut worden. Unser neues Väterchen hatte die ehrgeizige Absicht, eine neue Strecke über den Polarkreis führen zu lassen, und zwar von uns. Der fertige Abschnitt von Moskau über Kotlas, Workuta bis an die Obmündung nach Salechard (2 500 Kilometer) sollte nun weiter nach Osten verlängert werden. Wir sollten eine Verbindung an den Jenissei, gar nach Norilsk schaffen, nochmals gute 1000 Kilometer den nördlichen Polarkreis entlang.

Den ersten Vorgeschmack auf diesen Großbau – natürlich verschlüsselt „Bau Nr. 503" genannt – hatten wir unter unseren Füßen: Rundum nichts als Moor, Sumpf, Moos, schwarzbraunes trübes Wasser, Flechten und Gräser. So bestand denn auch der spätere „Bau" darin, in den neun Wintermonaten, wo der Boden tief gefroren war, Bahndämme aufzuschütten, die dann in den Sommermonaten wieder versanken, dem Moor zurückgegeben wurden. Das konnte unser Väterchen vor lauter Erfolgsmeldungen nicht sehen, also ließ uns höherer Wille nicht ruhen, ja nicht einmal verzagen, denn auf solchen Baustellen (oft mit dem Beinamen „stalinskije“ versehen), war unsereins recht gut versorgt, ja umsorgt. Das war schließlich die Hauptsache. Aber auch der Genialste entgeht dem Schicksal nicht. Das unsrige starb am 5. März 1953. Nachdem viele die Tränen weggewischt hatten, merkte man sehr bald, dass irgendwie der Schwung weg war, dass abgewartet wurde. Aber nicht lange, wieder sickerte etwas durch: Der gesamte Bau wird abgebrochen. Das muss man sich einmal vorstellen! Vom Jenissei nach Westen und vom Ob nach Osten arbeiteten sich jeweils etwa 30 000 Häftlinge voran, das sind fünf Divisionen!

Sie hatten bereits Streckenabschnitte, Brücken, Bahnstationen, größere und kleinere Siedlungen, Betriebe, darunter Sägewerke, Bäckereien, Materiallager, Krankenhäuser, ein Theater, eine Feuerwache, Geschäfte und vieles andere mehr geschaffen. Und plötzlich sollte alles liegen bleiben, verkommen. Für die Menschen „lief“ der ganze Film rückwärts ab: Alles wieder zurück an das Ufer des Jenissei. Nur die Gefallenen richteten sich nicht wieder auf. Ein erheblicher Rest an Kostbarkeiten verfiel als Deponie der Taiga. Für uns Zwangsangesiedelte war der Bau unser Brotgeber – weg durften wir nicht – es wurde zusehend schwieriger, überhaupt Arbeit zu finden. Als Starkstromingenieur fand ich eine Anstellung im örtlichen E-Werk. Dort standen vier große Lokomobile, die mit Kohle aus Norilsk geheizt wurden. Mir fiel der Dienst am Schaltpult zu. Es war auf die Belastungen der Maschinen, auf den so genannten „Cosinus Phi“, das Ab- und Zuschalten der Lokomobile zu achten. Tag- und Nachtschicht wechselten im 12-Stunden-Takt. Im kurzen Sommer ging es mit einem ausgemusterten amerikanischen Jeep, im Winter mit Troikas, per Werkschlitten zum außerhalb gelegenen E-Werk.

Am schwierigsten und am ruhigsten zugleich war die Nachtschicht. Nun, der Chef des gesamten Verbundnetzes, der Energiebeauftragte, der auch zu Hause über Kontrollgeräte verfügte, rief vielleicht spät abends einmal an, dann war Ruhe. Die Belegschaft schrumpfte mit fallendem Energiebedarf bei der Abwicklung des Baus. Die Lokomobile wurden eins nach dem anderen stillgelegt. Es blieb eine Dreierbesetzung aus einem ehemaligen Lokführer, denn auch Loks und Lokführer hatte man herbeigeschafft, dem „maschinist“ Wassja, einem Werkschlosser, der sich als Heizer verdingt hatte, und eben aus mir, dem Schaltpultallmächtigen, ein prächtiges Kollektiv. Unbeaufsichtigt, völlig unter uns, niemand würde auf die Schnapsidee kommen, uns hier nachts aufzusuchen, machten wir auch unsere eigenen Dispositionen. So meinte z. B.

der „maschinist“ schon mal, nachdem er einen kleinen Schluck aus der Flasche genommen hatte, zu seinem Heizer, dass er hinter dem Lokomobil ein kurzes Nickerchen machen werde. Den Druck im Kessel konnte auch Petja, der Heizer, sicher überwachen.

So waren wir zu zweit. Auch mir wurde ab und an mal ein Nickerchen zugebilligt, hier ging es basisdemokratisch zu. Es gab zu so später Stunde kaum etwas am Pult zu überwachen. Das Telefon war im Maschinensaal gut zu hören. Man kroch auf eine Matte und schlief ein wie tot. Als der Maschinst einmal seinen, unseren Heizer suspendiert hatte, warf mal er, mal ich eine Schaufel Kohle nach. Wir dachten natürlich nicht daran zu melden, dass auch zwei Personen in der Nachtschicht gut zurechtkommen würden. Im Gegenteil, gerade der Dritte im Bunde gewährleistete ja unser Nickerchen. Als wir uns wieder einmal über unsere „Wach“-Ablösung geeinigt hatten, ging Petja auf die Matte.

Aber es dauerte nicht lange, da meldete sich der „maschinist“ bei mir, er sei todmüde und wolle sich nur ganz kurz aufs Ohr hauen, er habe noch einmal Kohle nachgelegt, so dass der Kesseldruck erst einmal sicher sei. Nun war ich sozusagen Solo auf drei Hochzeiten. Ich ging denn auch bald nach nebenan ins Maschinenhaus, im Halbdunkel waren die stillgelegten Lokomobile gleich Monstren wahrzunehmen. „Unser“ Lokomobil schnaufte im vertrauten Rhythmus dahin, ich schaute ins Feuerloch, alles in Ordnung, für alle Fälle legte ich noch mal „nach“. Nun im Schaltraum dieselbe Monotonie, Zeit vielleicht zwei Uhr morgens. Aber draußen war es stockfinster, Polarnacht. Um die Müdigkeit zu überwinden zog ich mir eine Jacke an, um ein paar Schritte im Freien zu machen, es war nicht extrem kalt, vielleicht 35 Grad Frost, klarer Himmel mit diesem geheimnisvollen Polarlicht, das sich wie ein hauchdünner Schleier dort oben in unendlicher Ferne wie vom Winde sanft bewegte, dahinter flimmerte der Diamantenteppich der Sterne. Dabei wechselte der Schleier ständig seine Form, mal Traube, mal Kette, mal Kapuze, mal Rauch, mal ein himmlischer Fluss.

Als ich zum ersten Mal Nordlicht sah, erschien es mir eher wie ein Nebelschweif aus dem Erlkönig, obwohl ich schon als Junge bei Nansen Abbildungen gesehen hatte. Allein der Schleier verwandelt sich nicht nur, kaum dass man ihn wahrgenommen hatte, war er auch schon wieder weg, er neckte, er foppte. Hinzu kamen die magischen Farbspiele, nicht etwa wie ein Regenbogen – nein – überaus zart, nicht einmal pastellfarben, mal scheinbar ins Grüne übergehend, dann ins Violette, aber schon ist alles schneeweiß, dann wieder blau. Man harrt nicht nur aus, weil es schlechthin bezaubernd ist: Es ist eine Erwartung, dass das Spiel vielleicht noch schöner, noch vollkommener, noch eindeutiger sein könnte, dass man unter Umständen etwas versäumt. Aber es spielt ungestört mit seinen Farben und Formen weiter, ohne sich um Perfektion, gar um den Betrachter zu kümmern.

Ich kehrte zurück in den Maschinensaal, wo es nach Rauch, nach Wasserdampf, nach Öl roch. Dabei blitzte unsere Maschine freundlich, die pflegten und putzten wir liebevoll, die prosaischen Gerüche blieben. Am Pult war alles in Ordnung, ich setzte mich in den einigermaßen bequemen Sessel, den jemand in der Siedlung entsorgt hatte. Der Raum war gut geheizt, wir arbeiteten in Hemdsärmeln, ich dachte über das Phänomen des Nordlichts nach – da! Wie durch einen Hieb wachte ich auf. Ein Blick auf das Schaltpult: Die Messgeräte zeigten „Ebbe" an, Voltmeter runter, Amperemeter runter, das Lokomobil hinter der Wand schnaufte, als müsse es einen Berg hinauf fahren ... Bruchteile von Sekunden ... einem Luftsprung gleich schnellte ich hoch und raste in den Maschinensaal ... auch der Kesseldruck tendierte gegen Null. Ich riss die beiden Maschinengewaltigen mit einem mächtigen Ruck aus dem Schlaf: „Hoch! Los, los, die Maschine steht fast!" Wir waren alle hellwach, auf dem Rost lag nur noch ein wenig Glut. Wenn jetzt Wasser in den Zylinder kam, flog der Deckel raus, na und wir gleich hinterher, das konnte zu „Sabotage" verteufelt werden!

Und jetzt vollbrachte diese speziell russische Findigkeit, für die es immer einen Ausweg gibt, echte Wunder. „Mit Kohle ist hier nichts zu machen", brummte Wassja, „da hilft nur Holz, trocken und harzig". Wir sahen uns an, „Der Zaun!", rief Petja ... Genial! Das Gelände des E-Werkes war mit Brettern eingezäunt – aber konnten wir die einfach verheizen? Doch Wassja rannte schon los, auf den Hof, und ohne das märchenhafte Nordlicht zu würdigen, sprang er wie ein wildes Tier den Zaun an. Die Bretter waren furztrocken und durch den Frost äußerst spröde. Es krachte und splitterte nur so, die großen Nägel flogen durch die Luft. Wir glotzten nicht lange, wir wussten was zu tun ist. Wie Hyänen zerfledderten wir den Zaun Stück um Stück, Brett um Brett, mit immer größerer Fertigkeit und Heftigkeit, ja Hemmungslosigkeit. An dem Lokomobil steckten wir die Bretter zwischen zwei Stangen und „Krach!" waren sie halbiert. Wassja blieb nun drin und pfefferte ein Brett nach dem anderen unter den Kessel. Wir hatten schon einen kleinen Bretterstapel herangeschafft und wollten uns gerade hinsetzen, als Wassja uns anfuhr: „Denkt ihr vielleicht das reicht, weitermachen!" Wir rannten wie die Wiesel, spürten weder Kälte noch Ermüdung. Jedes Mal, wenn wir einen Arm voll Bretter brachten, schielten wir verstohlen auf das alles entscheidende Messgerät. Der Zeiger rührte sich nicht von der Stelle, wenn auch das Feuer lichterloh brannte.

Da! Endlich bewegte er sich langsam. Wassja gewährte uns eine Verschnaufpause und sich eine Selbstgedrehte. Der Zeiger stieg weiter – wir waren über den Berg. Nun feuerte schon wieder Petja, er schmiss Steinkohle in das knisternde, knackende, duftende Holz und bis zur Ablösung war es ja nun gar nicht mehr weit. An Schlaf war nicht mehr zu denken. Da hörten wir schon Stimmen – darunter eine uns gut bekannte, die des Energiebevollmächtigten, des „natschalniks", des Chefs. Nanu? Der hat doch nicht etwa was mitbekommen?

„Sagt mal, da fehlen ja dreißig Meter Zaun, wo sind die denn abgeblieben?" – „Keine Ahnung", kam es fast im Chor. Hatte er die Spuren im Schnee nicht bemerkt? Die führten doch in den Kesselraum. „Da habt ihr aber schlecht aufgepasst, wie sich jemand nachts mit Brennholz versorgt hat." Wir blinzelten uns ganz vorsichtig an und sprangen in den bereitstehenden Schlitten.

Die erste Irina

I.

Mit vollem Namen hieß sie Irina Sergejewna Truschtschinskaja, geboren in Moskau 1912 – eine spätere Kollegin, die mir sofort auffiel, als sie die Kurse für Röntgen-Assistenten im Moskauer Institut für Röntgenologie und Radiologie besuchte. Ich arbeitete in diesem Institut im Labor für Röntgenapparatur bei Ingenieur Dmochowskij, kannte mich also gut aus, und „Apparatur" war auch mein Fach, in dem ich lehrte. Es waren fast alles sehr junge Mädchen, 17-21 Jahre alt, die aus verschiedenen Gründen auf ein Hochschulstudium verzichten mussten, sich dennoch dem Wunsch verschrieben hatten, einen Beruf zu erlernen, selbstständig zu leben. „Meine" Irina war schon nicht mehr die Jüngste unter diesen Mädchen, dafür aber die eifrigste, die am schnellsten begriff und bereitwillig anderen half zu verstehen. Sehr schnell wurde sie zur „Seele" des ganzen Kurses, schließlich gewählt zur „Ältesten", die volles Vertrauen genoss.

Es gab einen echten Gruppengeist, der sich nicht gegen andere Gruppen durchsetzen musste – da es keine anderen Lehrgänge gab. Sie gingen, oft gemeinsam mit ihren Dozenten in die spärlichen Restaurants und Cafés der Moskauer Innenstadt, auf den Alten Arbat, ins Café beim Kino „UDARNIK" am Baltschuk. Einmal wagten wir uns sogar ins noble Hotel „EWROPA", und machten uns einen lustigen Abend – nur als die Zeche bezahlt werden sollte, stellte sich heraus, dass niemand auch nur einen Rubel bei sich hatte (gewöhnlich ging die Verrechnung völlig formlos, jeder legte auf den Tisch, was er gerade bei sich hatte). Ich hatte damals noch meine Armbanduhr aus Deutschland, bot sie dem Kellner als Pfand an. Er ließ uns von dannen ziehen. Niemals haben wir uns betrunken, aber ausgelassen waren wir ungemein. Eigentümlicherweise gab es keinen Pärchenbetrieb. In den dreißiger Jahren war das Klima im Grunde ziemlich keusch, fast puritanisch. Wir Dozenten konnten uns schon gar nicht in amouröse Geschichtchen einlassen, obwohl es unverkennbare Sympathiebeziehungen gab. Ich z. B. sympathisierte mit Irina, ohne jemals darüber mit ihr oder jemand anderem gesprochen zu haben. Sie imponierte mir als Persönlichkeit. Ihr Mann war Kapitän auf einem großen Fischtrawler in Murmansk, wo sie ursprünglich mehrere Jahre mit ihm, dann mit der gemeinsamen Tochter Tatjana, gelebt hatte. Diese Jahre waren voll typischer Ängste einer Seemannsfrau. Schlaflose Nächte bei Sturm, wache Tage am Kai mit der bangen Frage, ob er wohl zurückkehrt. Das war eigentlich ihre Beschäftigung, denn materielle Sorgen hatte sie nicht, ihr Mann Jurij Michailowitsch verdiente Spitzengelder, und die in der SU so wichtige „ssnabshenije“ (Versorgungskategorie für Seeoffiziere) war die denkbar beste. Neben den verheerenden Frösten musste sie der Polarnacht trotzen. Murmansk, durch den Golfstrom das ganze Jahr eisfrei, lag hoch über dem nördlichen Polarkreis. Das, was mir am Jenissei noch bevorstand – sie hatte es bereits hinter sich. Murmansk musste sie wegen einer akuten Lungentuberkulose verlassen, zu ihrer Mutter nach Moskau zurückkehren. Durch den Mann finanziell abgesichert, erwarb sie zusammen mit Freunden eine Datscha, bei der Station Kutschino, 27 Kilometer von Moskau.

Es entsprach nicht ihrem Temperament nun still bei Moskau zu sitzen und die Tantiemen des Ehemanns aus Murmansk zu verzehren. Sie wollte ins Berufsleben einsteigen, ziemlich unwichtig, was es zunächst sei. Eine Wahl zu treffen war damals in Moskau gar nicht so einfach, Tausende Angebote schwirrten durch die Zeitungen, an den Zäunen, in Anschlägen, Knappheit an qualifizierten Kräften herrschte überall. Sie wählte die Röntgen-Assistentin, ein Art technisch versierter Sprechstundenhilfe für den Röntgenologen. Allein der Lerneifer ließ sie brillieren. Wenn junge Frauen für technische Aspekte in der Regel nicht so recht ansprechbar sind – sie war es.

Derweil befand ich mich in einer argen Wohnungsnot, ein für Moskau durchaus typisches Problem. Durch den gigantischen Aufbau der ersten Fünfjahrespläne war Moskau, eine stille Stadt mit vielleicht 1,5 Millionen Einwohnern, völlig aus den Nähten geplatzt – wenn etwas Mangelware war (neben vielem anderen) – so war es Wohnraum. Bis in die Zeit nach dem Krieg wurde großflächiger Wohnungsbau wenig betrieben. Alles war „wichtig“ – Großbetriebe, Sportstadien, ja eine hochmoderne Metro zur Bewältigung des angeschwollenen Verkehrs entstand – aber Wohnungen „potom“, (später). Nun gab (und gibt) es eine für Westeuropäer kaum vorstellbare Art des „Wohnens“ – das sind die „Obscheshitije“ (die Wohnheime), die erlaubten, auf wenig Platz, in Schlafsälen viele Menschen „unterzubringen“. Nur dass eben in diesem Lande Millionen Menschen 10-15 Jahre in diesen Gemeinschaften zubrachten.

Ich hatte mich zur Untermiete, besser zu einer Schlafstelle bei einer älteren Dame eingemietet – wegen „Eigenbedarf“ (die Tochter) kündigte sie mir eines Tages unseren „Vertrag“. Ich saß praktisch auf der Straße – in Moskau nicht ratsam, denn man wurde von „den Organen“ kurzerhand in ländliche Gegenden, über 100 Kilometer von Moskau, umgesiedelt. Ich verbrachte meine Nächte – illegal! – in den Räumen des Röntgeninstituts, von der Obrigkeit mehr oder weniger geduldet.

Meine Misere konnte ich auch Irina Sergejewna, die inzwischen ihren Abschluss hatte und in unserem Institut, im Labor für Dosimetrie als Assistentin arbeitete, nicht verbergen. Sie hatte sicher schon ein wenig für mich in der Nachbarschaft (also in Kutschino, 27 Kilometer von Moskau) herumgefragt und eröffnete mir eines Tages die Möglichkeit, mich bei einer Nachbarin einzumieten. Der Ertrinkende greift nach dem Strohhalm – ich nach dieser Offerte. Das Zimmerchen von ca. 8 Quadratmetern (unbeheizbar), stand bei Magira, der Nachbarin, einer hochgewachsenen, schwarzhaarigen und schwarz gekleideten Tatarin mit blassem Teint, vielleicht 35 Jahre alt (ich hatte mal gerade meine 23 Lenze hinter mir!), zur Disposition. Sie maß mich ziemlich ungeniert mit dem Kennerblick der reifen Asiatin: Was ist das wohl für ein Früchtchen? Ich gab mich vor dieser fast versengenden Schönheit möglichst zurückhaltend. Wir wurden uns einig. Irina riet mir – als wir das Appartement verlassen hatten – umsichtig zu sein, denn die Dame (Genossin) war seit zwei Jahren geschieden.

Damit war ich selbst zum Nachbarn der Irina Sergejewna geworden und verbrachte die meiste Zeit in ihrer – aus vier Frauen bestehenden – geradezu wunderbaren Familie. Neben Irina war vor allem ihre Mutter, Elisawieta Lawrentjewna eine wirklich herausragende Persönlichkeit. Eine schon ältere Dame, der die Würde buchstäblich an den Augen abzulesen war. War damals das Wort „Aufbau“ in aller Munde – das Benehmen und der Umgang der Menschen war ziemlich aus den Fugen geraten, „Benehmen“ wurde durch den großen Zustrom an Kräften aus dem Dorf wenig kultiviert, erst das Wichtige, das andere „potom“ (später). Wie sich (für mich) erweisen sollte, hatte diese Familie (ohne sich zu beklagen) einmal unter wesentlich besseren Verhältnissen gelebt. Elisawieta Lawrentjewna besuchte als junges Mädchen so etwas wie ein Lyzeum für „blagorodnych dewiz“ (vornehme Mädchen), und so sehr sie sich auch den „neuen“ Gegebenheiten fügte, diese gehobene Erziehung ließ sich nicht mehr verbergen, vieles an Irina wurde mir dadurch deutlich – diese Noblesse einer Besonderen, dabei abhold jeglichem Müßiggang und damit wieder den „neuen“ Bedingungen adäquat. Natürlich sprach Elisawieta Lawrentjewna Französisch. Sie kam mit meinen etwas verblassten Kenntnissen ganz gut zurecht. Sie war, wie alle diese Töchter aus besseren Kreisen, ein wandelndes Lexikon der russischen Literatur und Kultur. Verbesserte dabei dezent mein so gar nicht perfektes Russisch. Eine Fundgrube die einen verhaltenen Optimimus ausstrahlte, dabei sprach sie kaum über sich selbst – eine Besonderheit russischer Frauen gegenüber Fremden.

Viel, viel später ist mir aufgegangen, dass sie niemals über ihren Mann, den Vater von Irina Sergejewna gesprochen hat. Wer weiß wie sein Leben einmal aussah oder ausging. Sie hatte etwas Durchsichtiges und Zurückhaltendes zugleich, den Blick der Irina, dieselbe Hilfsbereitschaft, ein wenig über „den Dingen“ stehend. Sie sprach verhalten, lächelte mehr in sich hinein, als für den Gesprächspartner. Gemessen an den bescheidenen Verhältnissen, war sie stets sehr gastfreundlich und zuvorkommend. Die typische gepflegte ältere Dame, das ergraute Haar hochgesteckt, diese etwas altmodisch wirkende Kleidung, stets frisch gebügelt. An mir schätzte die Familie sicher meinen überschwänglichen Optimismus, den sie niemals bremsten oder öffentlich in Frage stellten, meine Bereitschaft mich einzufügen und sicher auch mein zu jugendliches Naturell. Kam ich aus Moskau nach Hause – winkte Elisawieta Lawrentjewna schon über den Gartenzaun zu einer Tasse Tee.

Das dritte weibliche Wesen in dieser seltenen Runde war Irinas Tochter Tatjana. Ein quiklebendiges kleines Mädchen von vielleicht 5 Jahren, die mich vorbehaltlos sofort annahm, dabei von der Großmutter immer wieder gebremst wurde, wenn sie mit mir rumtobte, mich voll mit Beschlag belegte. Wenn wir gemeinsam spazieren gingen, verlangte sie auf meiner Schulter zu sitzen, am besten mich im Galopp über die Wiesen zu jagen. Immer wieder rief sie aus „Wnimanija, Wnimanija – na nass idjot germanija!“ (Achtung, Achtung – auf uns geht Deutschland los!), dem wir natürlich nicht die geringste Bedeutung beimaßen. Ob der kleinen Tatjana bewusst war, dass sie auf einem kleinen Stück „Deutschland“ gerade huckepack ritt, ist schwer zu sagen, wie ich in meiner Moskauer Zeit generell kaum als Deutscher betrachtet bzw. angesprochen wurde. Mit Ausnahmen – als in Hitlerdeutschland sich die Verfolgung der Juden mehr und mehr verschärfte, fragte man im Institut doch den „Kenner“: „Sagen Sie bloß, wie kann so ein ‚kulturnyi narod‘ (kulturvolles Volk) bei sich solche Barbarei dulden?“ Dieselbe Frage könnte man sich heute – 60 Jahre später – genauso stellen.

Das vierte weibliche Wesen in dieser Runde war Frossja, ein Landei, würde man bei uns sagen, aber mit dieser feinen Weisheit aus dem einfachen Volkes, die nicht nur geduldet wurde, sondern unseren Kreis ständig erfrischte. Sie war vom Vater und Ehemann aus dem Hohen Norden engagiert und finanziert, um das Wohlbefinden seiner Frau Irina und seiner Tochter Tatjana zu gewährleisten. Frossja kümmerte sich um alles, sorgte für das leibliche Wohl. Im Grunde genommen war sie die Einzige, die mal etwas lauter wurde, besonders, wenn Klein-Tatjana verhätschelt wurde, nicht richtig spurte. Sie sagte einmal, man müsse schon jetzt an dem (Außen)Klo meiner Magira eine Gedenktafel anbringen, aus der ersichtlich ist, dass hier einmal Walter Erwinowitsch …

Natürlich gestaltete sich auch das Verhältnis zu Irina etwas enger. Jeden Tag fuhren wir gemeinsam zur Arbeit (auch an jenem schicksalhaften Tag, dem 26. Juni 1941, dem Tag meiner Festnahme). Hin und wieder gingen wir gemeinsam ins Theater oder in ein Konzert. In der Regel fuhren wir auch gemeinsam zurück, dann durfte ich in meinem Zimmer kein Licht machen, damit man über den Gartenzaun nicht vermuten musste, dass wir zusammen zurückgekehrt waren. Inzwischen hatte ihr Mann mitgeteilt (das vertraute mir Irina an), dass er sich dort hoch oben im Norden eine andere Partnerin gewählt habe, seinen finanziellen Verpflichtungen aber weiter nachkommen würde (also Frossja konnte bleiben).

Irinas sommersprossiges Gesicht wurde vielleicht eine Nuance ernsthafter, sie benahm sich deshalb zu mir nicht anders, dazu war unsere Beziehung bereits zu vertraulich. Sie war eindeutig auch weiter bemüht, diese guten Beziehungen unverändert zu erhalten, ja zu konservieren, vor jeglicher Weiterentwicklung, um jeden Preis aber vor einer (vergänglichen) kleinen Bettgeschichte zu bewahren. Sie hielt mich – mit Recht – für einen Luftikus, sich dagegen für etwas zu alt, um leichtsinnig zu sein. Das heißt nicht, dass wir uns nicht mal beim Tanzen – sie tanzte gut – ein wenig aneinander schmiegten, einen Händedruck austauschten oder ich mal ungehindert vorsichtig auf ihrem Rücken das Spiel der mittanzenden Muskulatur nachempfand.

Gelegentlich, zum Beispiel zum Abschied vor ihrer Gartenpforte, küsste ich sie auch. Sie schüttelte dann ihr krauses Haar und sah mich fragend, missbilligend aus ihren etwas wässrig-blauen Augen an – eine gelbe Karte, aber kein Platzverweis. Da ich nun eine „eigene" Bude hatte, veranstalteten wir mit der ganzen Meute in Kutschino immer wieder so genannte „sskladtschinas", eine typisch sowjetische Form der Geselligkeit. Zu einem verabredeten Termin versammelte sich der Kreis in einer Wohnung, in diesem Fall in meinem Minizimmer. Jeder brachte mit, was er in der Stadt gerade ergattert hatte. Das wurde zusammengelegt (russisch: „sskladiwatj") meistens brachten alle dieselben „Kostbarkeiten" mit (z. B. „Hamburger", eine damals beliebte Kochwurst), da „der staatliche Handel" geballt seine Produkte in der ganzen Stadt abstieß. Wir nahmen das nicht so tragisch, es wurden schnell kleine Schildchen angefertigt, auf denen die erlesensten Delikatessen verzeichnet waren (Kaviar, Räucherfisch, Schinken, Salami). Diese wurden dann mehreren Tellern mit der Standartwurst beigefügt – was sich auf die allgemeine Stimmung nur positiv auswirkte.

Nach dieser etwas ausführlichen Einführung muss es als selbstverständlich erscheinen, dass ich mein Grauen, als ich am Morgen des 22. Juni 1941 gegen 6.00 Uhr die Pressekonferenz des von Ribbentrop und den Appell des Führers an die Soldaten der Ostfront im Radio gehört hatte, nicht mit meiner Magira, sondern mit Irina Sergejewna zu teilen wünschte. Sie war endgültig meine Vertrauensperson geworden. Ich ging an unseren gemeinsamen Gartenzaun, es war inzwischen nach sieben geworden und rief zu ihr hinüber. Das war nichts Ungewöhnliches, sie kam kurz darauf, muss mir wohl meine Verzweiflung angesehen haben. Verzweifelt war ich natürlich nicht über mögliche persönliche Folgen – daran zu denken war nicht die Zeit – sondern über die fürchterlichen Konsequenzen für dieses Land, meine Heimat. Nur ein Wort kam mir von den Lippen „WOINA!" (Krieg!). Die Kehle war trocken, die Augen sicher ein wenig feucht. Wir drückten einander durch die Zaunmaschen die Hände – was auch kommt, wir stehen zueinander.

Erst ganz langsam kam mir die Sprache wieder, ich war wie gelähmt. Was wird, aus ihr, aus mir und meiner Alija, denn ich hatte zwar standhaft der Magira widerstanden, nicht aber ihrer Tochter, ich war relativ jungvermählt – Irina Sergejewna betrachtete diese Ehe allerdings als Mesalliance und hatte damit sicher nicht so ganz unrecht. Dafür konnte aber die kleine kraftstrotzende, etwas sommersprossige, dunkeläugige, energiegeladene Tatarin Alija Abdulowna nichts.

Es fällt mir nicht leicht nach so vielen Jahren etwas über Alija Abdulowna zu schreiben – nicht weil ich nicht will, sondern weil es einfach im Dunkel der Vergangenheit verschwunden, untergegangen ist. Sicher ist, dass sich zwischen uns eine ‚Beziehung' angebahnt hatte, denn sie hatte mir, zum denkbar ungünstigsten Zeitpunkt, zum Kriegsbeginn 1941, ein Kind geboren, das ich nie, auch später niemals, gesehen habe.

In meiner trostlosen Lagereinsamkeit begann ich mehr und mehr an die beiden zu denken. Ursprünglich hatte ja die Mutter Magira ein Auge auf mich geworfen, wofür ich mich – wie erwähnt – nicht erwärmen konnte. Die Mutter war offenkundig der Meinung, dass ihre Tochter noch sehr „klein" sei. Sie schickte sie sehr oft mit kleinen Aufmerksamkeiten in mein Zimmer, mit irgendwelchen Leckerbissen und so weiter. Auch wenn sie mich in die Küche bat, stets kam die Tochter mich zu holen. Sie vermied es generell, mein Zimmer zu betreten, äußerst selten, dass sie mal zu mir kam, sich auf meine Bettkante (das war die Kante einer riesigen Truhe, in der meine sämtlichen Sachen waren) setzte. Anscheinend wollte sie sich auch keine Blöße vor ihrer Nachbarin, meiner guten Bekannten, Irina Sergejewna Truschtschinskaja geben. Die „kleine" Alija Abdulowna wurde von der Mutter eindeutig abgewertet, ja unterdrückt, zu Reinigungsarbeiten, zum Aufwischen, zum Einkaufen, zur Gartenpflege genutzt, ausgenutzt, als minderwertig, als „klein", als „Jöhre" behandelt. Ohne die geringsten Absichten zu hegen, behandelte ich sie vom ersten Moment an wie eine Gleichberechtigte, machte meine Späße und sparte auch nicht mit kleinen Aufmerksamkeiten, sie tat mir leid, ich wollte sie einfach aus diesem geschädigten Selbstbewusstsein herausführen, befreien, was sie nicht daran hinderte, mich wie einen Prinzen zu behandeln, es wurde so etwas wie eine Geisha-Rolle.

Dieses zu Hause eingesperrte junge Ding hatte natürlich schon Sehnsüchte, erst einmal vielleicht nach einem lieben Wort, einem Streicheln – vorläufig noch nicht nach einem Kuss! – vor allem aber danach, einmal ihren nicht gerade goldenen Käfig verlassen zu können. Sie hatte unter Protest der Mutter eine Ausbildung als medizinische Schwester aufgenommen und träumte von einem Beruf, außerdem wollte sie sehr gerne mal Tanzen, mal ins Theater gehen, was ihr die Mutter trotzig verweigerte. Nach langem Drängen erwirkte sie, dass sie „mit Walter" gehen, abends in die Stadt fahren dürfte. Die Mutter war sich sicher, dass Walter auch nach dem Rechten sehen würde, wir also mit dem letzten Zug gegen 23.00 Uhr zurückkommen würden. Das spielte sich ein, wir fuhren öfter zusammen nach Moskau, gingen Tanzen, ins Kino, kamen pünktlich zurück, und Alija Abdulowna blühte auf – die Mutter war sehr zufrieden, dass ihre Tochter unter einem so soliden Schutz langsam in „die Gesellschaft" eingeführt wurde. Alija Abdulowna war zutraulich wie ein kleines Kätzchen, lehnte sich müde bei der nächtlichen Rückfahrt bei ihrem Beschützer an, schlief ein, bis wir eben merkten, dass wir uns mochten, ja eigentlich lieben, lieben müssten.

Eines Tages begann sie mir wegen meiner „kühlen" Zurückhaltung Vorwürfe zu machen, d. h. dass ich sie genauso behandele wie ihre Mutter, als kleine Rotznase. All meine Rechtfertigungen waren nutzlos. Wir waren inzwischen von der Bahnstation in unserem nächtlichen Garten angekommen: Sie verlangte, wenn ich sie denn als junges Mädchen betrachte, hier und sofort auf dem Rasen die Konsequenzen zu ziehen. Ich muss einen feigen, einen schockierten Eindruck gemacht haben, und sie ließ es mich etwas höhnisch wissen. Das war unsere erste Vereinigung. Ihre einzige Warnung war: Das darf *Mutter niemals* erfahren.

Doch Liebende werden unvorsichtig. Eines Tages war ihre Mutter zu Verwandten in die Stadt gefahren und Alija kam zu mir. Natürlich war es der Himmel, aber wir schliefen ein, bemerkten nicht, dass die Mutter zurückgekehrt war und mein Zimmerchen betrat. Nur durch eine Heirat wollte die Mutter diese „Schande" weiter gelten lassen. Gar nicht so einfach war es, diese Veränderung meiner gestandenen Freundin Irina Sergejewna Truschtschinskaja beizubringen, sie machte aus ihrer Enttäuschung keinen Hehl.

II.

Mit einem riesigen Sprung bin ich in Omsk – fünf lange Jahre sind vergangen, d. h. die Hälfte der Haft ist schon „rum". Der sich schon tot Glaubende stellt fest, dass auch zehn Jahre einmal vorbeigehen können, ja dass es bis zum Ende gar nicht mehr so sehr weit ist, „nur noch" *fünf* Jahre im Lager ausharren und alles scheint vorbei. Man denkt wieder ans Leben, ans echte Leben außerhalb des Stacheldrahtes. Man überlegt, wie könnte das Leben wieder oder neu anfangen. Da wo es aufgehört hat – am 26. Juni 1941 – wohl kaum. Tote sind reglos, man war erstarrt, verharrte in Leblosigkeit – und jetzt ganz langsam fing das Leben wieder an eine reale Größe zu werden. Der fürchterliche Krieg war beendet, war siegreich beendet worden – mit Millionenopfern – wir lebten, ich lebte um wieder nützlich zu sein, mich einzugliedern, Menschen Freude und Erleichterung zu bringen, die sich draußen, in Freiheit, für den Sieg zerschunden hatten. Eine – gar nicht gefragte – Bereitschaft potenzierte sich langsam.

Aber dieser Tote hatte sich konsequent von allem verabschiedet, hatte alle Brücken in das Diesseits abgerissen, hatte niemals etwas von sich hören lassen. Es gab Urteile mit dem speziellen Vermerk: „Schreibverbot", d. h. man war offiziell verurteilt 10 Jahre an niemanden zu schreiben. Die Angehörigen und Freunde – die das nicht wussten – *mussten* den Eindruck gewinnen, dass der Mann, Vater, Freund bereits unter die Toten gegangen ist. Ich hatte kein solches Schreibverbot – hütete mich aber freiwillig, irgendjemand zu schreiben, weil das in der Regel eine Belastung, eine „Verbindung" zu „Elementen", zu „Konterrevolutionären", Verrätern etc., war, sich schließlich gegen die Adressaten richtete, richten konnte. Somit war es ein Akt der Liebe und der Sorge, ja der Verantwortung, niemals an seine Liebsten zu schreiben, sie mit seiner Existenz zu verschonen. Die Mehrzahl in unserer damaligen Brigade im Lager Nr. 1 in Omsk handelte so. Dennoch schwelt der Gedanke, diesen Ring des Schweigens, des Versunkenseins, der Ächtung zu sprengen, ganz langsam dachte ich daran, mich zu Wort zu melden – gar nicht so einfach, schon deswegen, weil zwar fünf der zehn Jahre vorbei waren, ich aber in der Zeit niemals einen Fetzen Papier oder einen Bleistift gesehen hatte, so etwas gab es einfach nicht. Ja selbst „draußen" wurden Briefe auf Zeitungspapier geschrieben und zu Dreiecken zusammengefaltet.

Aber nicht darin lag das wirkliche Problem. Die Prüfung, die Eignungsprüfung, könnte man sagen, blieb: Wem wollte ich wagen zu schreiben. Das Naheliegendste war natürlich: Meiner blutjungen Frau, der Tochter der Magira Abdulowna – zu schreiben, die im Juni 1941 einen einwöchigen Säugling (den ich nicht gesehen hatte) in den Armen hielt. Was kann, was sollte eigentlich in den fünf Jahren alles geschehen. Hatte ich ihr nicht ganz bewusst freie Hand gelassen, nach den ersten bitteren, durchweinten Nächten wirklich noch einmal neu anzufangen. Unbeschwert durch einen „Feind des Volkes", den möglichen Vorwürfen durch ihre Mutter, Freunde und Kollegen, sich nicht zu Tode zu grämen, sondern zu leben, jung und lebendig wie sie war. Und jetzt sollte ich, nachdem sie sicher wieder voll im Leben stand, mich aus der Gruft glaubhaft zurückmelden, mit meinem lächerlichen Halbzeitwert. Sie, die ehrlich glaubte, keine Verpflichtungen mehr zu haben, wieder mit Verpflichtungen belasten. Sie in neue Bedrängnisse, zum Beispiel zu einem neuen (vielleicht nicht sehr verständnisvollen) Partner zu bringen.

So schwer es mir fiel – diesen Weg konnte ich nicht gehen. Er war zudem ungangbar aus meiner eigenen Sicht. Ein Toter kehrt zurück, aber noch kehrt er gar nicht zurück, er meldet sich zurück mit einem Brief, der eigentlich ein Nachruf ist. Sicher, das Schwierigste, diese Halbzeit, war erreicht, das Leben erlaubte wieder, an das Übermorgen zu denken – dennoch, andere damit zu belasten erschien völlig verfrüht. Diesen fast schon anderen Planeten durfte ich nur betreten, wenn, ja wenn ich z. B. rehabilitiert, wenigstens entlassen worden wäre. So blieb nur, weiter zu schweigen, nicht existent zu sein, oder …

Da war noch Irina Sergejewna, eine Person, die mir immer großes Vertrauen entgegengebracht hatte, eine mutige Person, die mich nicht würde verleugnen lassen, eine starke Person, die eine Walter-Belastung nicht abweisen würde, die zutiefst menschlich (und parteilos, politisch nicht antisowjetisch, aber völlig ungebunden) war, mir antworten würde, selbst wenn sie von meiner Unschuld nicht so ganz überzeugt wäre. Für die das Kriterium „schuldig" oder „nicht schuldig" unwesentlich sein würde. Mein möglicher Brief könnte unverbindlich (auch für die „Organe") sein, ich würde über sie erkunden wollen, was aus meiner Frau und dem Kind geworden war – sie würde als Nachbarin Auskunft geben – damit basta! Ja als Nachbarin, nicht als gute Freundin würde ich sie vorsichtig ansprechen/anschreiben.

Briefpapier und Bleistift tauschte ich auf dem Lagerschwarzmarkt gegen 300 Gramm Brot (der morgendliche Vorschuss auf die Tagesration) ein. Nach langem Überlegen setzte ich mich endlich hin. Gott, ich hatte jahrelang kein einziges Wort zu Papier gebracht. Einer der für sein Leben gerne Briefe schrieb, erwies sich als völlig verunsichert beim Anblick eines Stücks weißen Papiers. Die Palette dessen, was man in einem Brief gar nicht schreiben „darf" war so riesig, dass kaum etwas blieb, worüber man schreiben „durfte". Nun, es sollte ja eine Anfrage werden, das Natürlichste von der Welt – ein Mann fragt nach seiner Frau. „Natürliches" hatte man uns in den Jahren weggeimpft. Mehrere Male verwarf ich das Geschriebene, alles erschien mir nichtig, ich mir selbst als ein verwirrter Geist. Endlich stand mein kurzer Text, der Brief konnte unverschlossen zur Poststelle, d. h. zur Zensur gebracht werden.

Es waren endlos lange Wochen des Wartens, des Zweifelns, der Verzweiflung, die meine Misere – bisher gar nicht so krass empfunden – erst so richtig an die Oberfläche brachte. Da! Eines Tages wurde ich zur Poststelle gerufen und konnte tatsächlich eine Antwort von Irina Sergejewna in Empfang nehmen. Alles durchgestanden – jetzt wurden mir die Knie weich. Ich schluchzte so heftig, dass ich den Brief gar nicht lesen, diese gut gesetzten Schriftzeichen gar nicht entziffern konnte. Bei ihr war auf einmal alles ganz selbstverständlich. Keine lästigen Fragen, keine Verwunderung (über das was doch alltäglich in vielen Familien „passierte"), schon gar keine Vorwürfe – ein ganz normaler Brief, über ein Leben nach dem Großen Krieg. Irina hatte bereits gegen Ende des Krieges ein ordentliches Studium am Ersten Moskauer Medizinischen Institut aufgenommen, war (wie damals im Röntgen Institut) zur Gruppenältesten gewählt worden (wie bereitwillig ihr die Jugend vertraute!), würde in drei Jahren (35-jährig!) als Röntgenologe in die Praxis gehen.

Nichts war stehen geblieben – alles stürmte voran, nur ich trat auf der Stelle, hatte 5 Jahre leer „vertan".

Ich war glücklich, dass es ihr so erfolgreich gelungen war, endlich in ihren Traumberuf einzusteigen – Dr. med. I. S. Truschtschinskaja! Ihre Tochter Tatjana bereite sich auf ein Studium vor. Jurii Michailowitsch stehe ihr weiter loyal zur Seite, lebe jetzt in Moskau, sei Dozent, habe eine neue Familie, sei ebenfalls von dieser tückischen Krankheit, der Tuberkulose, befallen. Ganz zum Schluss die Antwort auf meine kleine Anfrage: Magira Abdulowna, meine Wirtin, war alt, fett und unansehnlich geworden, hatte sich einen alten Professor „angelacht". Ihre Tochter Alija, meine Frau, habe vor drei Jahren wieder geheiratet, einen Tataren, sie hatten bereits ein gemeinsames Kind, seien in die Hauptstadt der Tatarischen Autonomen Sowjetrepublik, nach Kasan übergesiedelt.

Was ich ja in meinem tiefsten Inneren – ohne es mir so recht einzugestehen – eigentlich nicht wollte, bei nüchternem Überlegen dennoch völlig klar war, es war nun geschehen, sie war vergeben, hatte einen Weg aus dem ihr zugefügten Leid, aus dem Chaos gefunden. Dieses Knäuel war gelöst. Das musste mich fast froh stimmen. Jetzt hatte ich auf dieser Welt nur noch Irina.

Unser Briefwechsel wurde zu meiner Richtschnur, meinem Rhythmus. Die ganze Zeit war ich damit beschäftigt, in Gedanken meinen nächsten Brief vorzubereiten. Die Frage war nicht, dass es wenig zu erzählen gab, die Frage war eine wirksame Vorzensur, eine Selbstzensur zu installieren, die meine Briefe dann auch tatsächlich ohne Beanstandungen auf den Weg brachten. Natürlich bot mir Irina sofort jede Menge Hilfe an, Geld, Lebensmittel, Medikamente. Ich hatte inzwischen begriffen, dass „possylki" ohne Ausnahme beliebtes Objekt der „urki", d. h. der Kriminellen sind. Nur Habenichtse waren uninteressant. Wer etwas hat, wird ausgeraubt, ja man erschien selbst devot beim „korol" (dem Anführer der Ganoven), auf dass dieser sich nach Wunsch bediene. So wollte ich nicht, dass Irina die hiesigen Ganoven versorgte. Zudem war in diesen ersten Nachkriegsjahren unsere Lage erträglich, von Verhungern konnte wirklich keine Rede mehr sein. Es gab sogar manchmal Zucker oder ein wenig Fett. Brot „verdiente" ich ständig 1 300 Gramm, zum Sterben zu viel. Kleidung wurde von den Ganoven besonders gerne „übernommen", für mich hätte ich davon kaum etwas gehabt. Aber es war noch etwas anderes, was mir gebot, keine Bitten zu äußern: Ich wollte um keinen Preis ein Bittsteller werden, wollte mit allen Mitteln erreichen, daß dieser Briefwechsel meine geistige Quelle, mein, durch nichts getrübtes, Reservoir an Zuversicht blieb. Das ist gelungen. Ich wurde sogar zur Zensurbehörde geladen – es war eine junge Frau – die mit der Zeit großen Gefallen an unserem Briefwechsel gefunden hatte. Verständlicherweise hoben sich unsere Briefe aus ihrer grauen Alltagszensurlektüre stark ab. Sie bewunderte Irina, die über die Jahre erhalten gebliebene Freundschaft, die Selbstverständlichkeit ihres Tones. Sie interessierte sich eingehend für meinen „Werdegang". Ich hatte, wenn ich meine Briefe in Empfang nahm, so manche durchaus anregende Unterhaltung. Diese neue Erfahrung wurde durch meinen Abtransport in das Zentral-Lazarett des Omsker Gebiets leider abgebrochen. Dafür bereicherte sich unsere Thematik – jetzt war auch ich im medizinischen „Dienst", ein weites, von der Zensur nicht beanstandetes Gedankenfeld eröffnete sich. Sie freute sich besonders darüber, dass ich ständig lernen, mich weiter qualifizieren konnte – was ja mit der Vorstellung von Sträfling nicht unbedingt korrespondierte. Hin und wieder gelang es sogar mit Hilfe von Zivilangestellten, einen Brief an der Zensur vorbei zu befördern. Da konnte ich dann auch mal ein Foto – das der offizielle Fotograf für einen kleinen Kalym (mittelasiatisch, einen Obulus), nicht ganz legal anfertigte – mitschicken. Ich sah jetzt völlig anders aus – aus dem blonden Jüngling war ein völlig kahler erwachsener Mann geworden. Aber ich strahlte übers ganze (wohlgenährte) Gesicht, mit einem strahlend weißen Doktor-Kittel gekleidet. Das erleichterte sie sehr und verdeckte ein wenig, dass der ausgelassene Walter im fernen Sibirien als „sek" (Häftling) herumhing.

Mit der Metamorphose vom Häftling zum administrativ Verbannten bekam der Briefwechsel ganz neue Dimensionen. Eisgang, Zugvögel, Taiga, Bekanntschaften, Nordlicht regten zu manch tiefsinniger Betrachtung an, bis ich schließlich zu meinem wiedergefundenen, ebenfalls vom NKWD 1941 „versteckten" Bruder in den Nordural übersiedelte. Stalin war tot – wir lebten, ein Jahrhundert in persönlichen Schicksalen.

Verbannung 1951-1955

Veterinäre Ehren

Es muss immer wieder erstaunen, wie geschmeidig, historisch bedingt, die russische Sprache Fremdwörter aufnimmt, ohne dabei in hündische Unterwürfigkeit zu verfallen, wie etwa heute das Deutsche bei der Aufnahme von Amerikanismen. Beim Buchstaben „K" ist wohl jedes zweite Wort ein Fremdwort, und nicht nur „Kommunist" oder „Komitet", nein auch „Kompagnion" oder „Kommersant".

Ein naturalisiertes Fremdwort ist auch „Konvoi" (im Deutschen eher auf Schiffskonvoi beschränkt). Im Russischen hat sich dieser Ausdruck seine ganze Palette erhalten: Schutzgeleit, ja Ehrengeleit. Für uns über dem Polarkreis war der „Konvoi" natürlich ohne „Ehre", schlicht Wachmannschaft, der „Konvoir", der Wachsoldat, der uns zur und von der Arbeit begleitete bzw. von den umliegenden Wachtürmen unser Gelände beobachteten. Diese Wachtürme hatten durchaus Ähnlichkeit mit den Wachtürmen an der Berliner Mauer. Mit dem kleinen Unterschied, dass zwischen der „Unfreiheit" in der DDR und unserem Häftlingsdasein Welten lagen und einem zweiten beachtenswerten Unterschied: Unsereins hätte damals, selbst im Delirium, niemals daran gedacht, diese Türme oder den Stacheldraht frontal anzugehen. Solche Wahnsinnstaten blieben den ach so freiheitsliebenden und sanftmütigen Deutschen vorbehalten, um von den nachfolgenden Generationen zu Märtyrern und „Opfern" von Gewaltherrschaft erhoben zu werden. Unsere Logik war simpler, rationeller, weniger weinerlich und natürlich opportunistischer: wer wirft sich schon vor einen einrollenden Zug.

Wenn man zwei Drittel oder gar drei Viertel seiner Haft abgebrummt hatte, wurde man unter Umständen „beskonvoiniy", das heißt man konnte sich außerhalb des Lagers ohne „Konvoir", also ohne Wachsoldaten, bewegen und arbeiten. Zum Weglaufen war, angesichts der nun schon winkenden Entlassung – bei mir der 28. Juni 1951 – und sicher auch angesichts der völligen Abriegelung in der nördlichen Taiga kaum Anlass. Für den „beskonvoiniy" allerdings war es schon fast, als hätte man ihn auf freien Fuß gesetzt. Ich war damals Leiter eines Lagerambulatoriums, was man heute schon als „Kollaborateur", als „staatsnah" schmähen würde. Ohne diese Spätfolgen zu bedenken, hatten wir solche Skrupel nicht. Nach meinen morgendlichen Pflichten im „Objekt“ verließ ich dieses, wie man einen Betrieb verlässt, indem man den Betriebsausweis vorzeigt. So ging ich in die nur wenige Kilometer entfernte Siedlung, in die dortige Apotheke, um meine Lagerapotheke aufzufüllen, nach neu eingegangenen Medikamenten zu fragen. Meine Überwachungspflichten erstreckten sich auf beheizbare Räume am Arbeitsplatz, denn bis zu 40 Grad Frost wurde noch im Freien gearbeitet, („kältefrei“ für Schulen gab es schließlich auch erst bei minus 30 Grad, sonst hätte den ganzen Winter kein Unterricht stattgefunden), ein ordnungsgemäßes heißes Mittagessen mußte in Thermosbehältern herangeschafft werden, nur das Brot erstarrte, da halfen die allseits vorhandenen Äxte.

Neben der Pflicht gab es aber auch eine „Kür“. Man ging zur Anlegestelle am Fluss, dem Jenissei, immerhin bis zu sechs Kilometer breit. Dort war immer etwas los, Schiffe gingen, die Navigationszeit betrug ja nur vier Monate, stromauf- und stromabwärts. Da gab es Gurken, Radieschen, Mohrrüben, ja Kohl in kleinen Fässern, alles Kostbarkeiten, die weit höher in der Gunst standen als die beklagten Bananen in der DDR-Zeit.

Am Fluss begann ich mein erstes Schwimmtraining, um eine Überquerung vorzubereiten. Natürlich ging es auch in die nördlichste Taiga, denn etwas weiter nördlich begann bereits die geheimnisvolle Tundra. Im Sommer von Mücken und Stechfliegen begleitet, Myriaden!

Im Ort gab es sogar ein „magazin“, natürlich eher aus der Goldgräberzeit im Wilden Westen oder Alaska, aber aus damaliger Sicht fast eine Schlemmerkiste. Man kannte sich, man hatte Zugang (das Personal hatte den Stacheldraht ja auch gerade erst hinter sich gebracht). Weiter gab es einen Klub, der auch als Theater und als Kino diente, hin und wieder gab es sogar eine „tanzulka“, also einen Tanzabend. Mit etwas Geschick hatte man sogar Zutritt zur örtlichen Bibliothek.

Aber es gab auch genügend Gelegenheit, Bekanntschaften, ja Freundschaften anzuknüpfen, unter seinesgleichen … auch weiblichen Geschlechts. Diese bereits „Freien“, tatsächlich in ihrer Mehrheit aber Verbannten, hatten sich recht und schlecht eingerichtet, eine dürftige kleine Hütte aus örtlichem Baumaterial wie Lehm, Moos, Holz errichtet und Arbeit beim Bau der strategischen Eisenbahn gefunden. So wie unter den Häftlingen gab es auch unter den Zwangsangesiedelten kaum Deutsche, Reichsdeutsche überhaupt nicht. Hin und wieder ergaben sich dennoch Bekanntschaften mit Russlanddeutschen, deren Nationalstolz leider oft umgekehrt proportional zu ihrem Intelligenzgrad war.

Ein in „wilder Ehe“ lebendes Paar, ein Standesamt war erst 120 Kilometer stromabwärts zu finden, Marta und Johann, waren eine so unumgängliche Überlebensgemeinschaft. Marta hatte zu meinem Antrittsbesuch aus der Mehlzuteilung einen einfachen Kuchen gebacken, Tee und ein Umtrunk wurden serviert. Sie waren aus einem deutsche Dorf in der Ukraine und ließen sich gerne etwas über Deutschland erzählen. Hinter dem Haus hatten sie einen winzigen Garten angelegt. Es herrschten ja biblisch-naive Zustände, kein Privatbesitz an Grund und Boden, keine Alteigentümer, keine Pacht, keine Zinsen, ja keine Genehmigungen oder gar Behördengänge. Wenn man seine Hütte fertig hatte, rodete und bebaute man hinter der Hütte etwas Land, niemand kümmerte sich darum wie viel. Einige brachten es sogar bis zu einem kleinen beheizbaren Treibhaus, sogar zu echten grünen Gurken, damals eine Sensation.

Johann fuhr ab und zu mit seinem Kahn hinaus auf den Fluss und brachte in der Regel ein paar prächtige Störe mit nach Hause, ohne Angelkarte, versteht sich. Aber diesen emsigen Russlanddeutschen war das noch nicht genug. Eines Tages eröffneten sie mir, dass sie sich zwei Ferkel zur Aufzucht gekauft hätten, Speisereste aus der nahegelegenen Kantine, wo Marta arbeitete, gab es schließlich genug. Ich zeigte wenig Interesse für diese landwirtschaftlichen Aktivitäten, meine Entlassung stand erst noch bevor, ja sie konnte sich sogar verzögern, wenn irgendeine „Instanz“ entschied, und entscheiden konnte, dass ich noch zu warten habe. Nur sehr allmählich begriff ich, dass die beiden Ferkel ganz unmittelbar mit mir etwas zu tun hatten – ich sollte sie nämlich kastrieren, „kastrirowatj“ (auch wieder so ein „K“-Fremdwort, denn wir wackeren Deutschen sprachen natürlich Russisch miteinander). Ich wehrte energisch ab, die Ferkel taten mir leid, ich habe so etwas nie gemacht, hätte keine Ahnung. Aus ihren bäuerlichen Erfahrungen wussten sie, dass dies alles halb so schlimm ist, ein Ferkel zwar ohrenbetäubend quietscht, dabei aber nicht stirbt – und fürs Kastrieren Vollnarkose zu geben sei nicht nötig.

Ich willigte ein und erschien zur verabredeten Stunde bei meinen Opfern mit einem kleinen Operationsbesteck, das ich im Lagerambulatorium kurz „entliehen“ hatte, ein paar sterilen Mullservietten und etwas Spiritus zum Desinfizieren. Johann mahnte mit dem Spiritus sparsam umzugehen, er tue auch der Kehle gut. Er erwies sich als geschickter Assistent, steckte die Ferkelchen kurzerhand mit dem Kopf in einen großen Filzstiefel. Damit wurde das herzzerreißende Gezeter etwas gedämpft. Oh! Ich machte meine „Sache“ gewissenhaft, erst reinigen mit etwas warmem Wasser, dann sorgfältig desinfizieren, zum Schluss ritsch-ratsch zwei kurze Schnitte und raus mit den

Murmeln! Johann und Marta waren fast begeistert von meiner Professionalität. Wir plauderten noch ein wenig und ich ging zurück in meinen LAG-Punkt. So ganz geheuer war mir die Sache nicht: Gewissen in Aufruhr.

Wenn etwas schief geht, die Ferkel hatten die beiden bestimmt ein Vermögen gekostet. So nahm ich denn am folgenden Vormittag die erste beste Gelegenheit, meine Tierchen zu besuchen. Sie hockten in der Ecke ihres kleinen Verschlages und sahen mich teilnahmslos an, wie eben Schweinchen so kucken. Die Wunden waren abgetrocknet und bereits verschorft. So ging ich, wenigstens die Wunden sahen verheißungsvoll aus.

Meine Visite wiederholte ich am nächsten Tag. Johann teilte mir begeistert mit, dass ein Patient wieder frisst, was mich veranlasste, meine Aufmerksamkeit ganz dem zweiten Patienten zu widmen. Er erschien mir etwas apathisch, doch das mitgebrachte Thermometer zeigte „normal". Welche Freude, als ich am darauffolgenden Tag gleich auf der Schwelle vernahm, dass auch der zweite Patient wohlauf ist und schon kräftig futtert. Musste ich also doch irgendwelche veterinären Fähigkeiten besitzen.

Johann allerdings wurde ernster, er könne diese qualifizierten „Dienste" auch unter Freunden nicht einfach „so" annehmen. Er stellte unversehens eine riesige Einliterflasche 70-prozentigen Sprit auf den Tisch, Wodka gab es im Hohen Norden nicht, da er bei den starken Frösten gefriert. So war ich denn ein bisschen baff. Johann wusste, dass ich ein mäßiger Trinker bin. „Das musst Du annehmen!", drängte er. Ich hatte zu diesem Zeitpunkt allerdings schon so meine eigene Idee: „Weißt Du", begann ich, „wenn Du mir wirklich einen Gegendienst erweisen willst, bitte ich dich darum, dass dein unten am Fluss liegendes Boot jederzeit zu meiner Verfügung steht, wann immer ich will". „Darauf meinen Handschlag", willigte er ein. Als ich ging, war die Flasche immerhin noch halb voll.

Fluss Goliath – der Jenissei

Hindenburg war ja der Krieg wie eine Badekur bekommen, für uns war es eher eine rigorose Abmagerungskur. Als jedoch das große Gemetzel vorbei war, stellten sich auf unserem Speiseplan bald Dinge ein, die wir längst vergessen glaubten. Nicht nur das ursprüngliche Gewicht wurde wieder aufgeholt, sondern in der Regel 20-30 Kilogramm darüber ... der Organismus hatte gelernt, die kargen Quellen sorgfältig zu verwerten.

Mit Kriegsende wurde energisch damit begonnen, die furchtbaren Verwüstungen im Westen zu beseitigen. Gleichzeitig hatte der Krieg gezeigt, welche enormen Potenzen in Sibirien schlummern. So wurden große, mitunter viel zu große Anstrengungen unternommen, diesen Kontinent nutzbar zu machen. Es mangelte dabei allerdings an allem, bedingt durch die Millionenverluste besonders an Arbeitskräften. Da waren wir Häftlinge eine echte Reservearmee. Nach einer gründlichen Tauglichkeitsprüfung, ging die lebende Fracht Güterzugweise nach Osten. An den Waggons war natürlich nicht säuberlich ausgeschildert, wohin es ging, man konnte es nur erraten – nach der Sonne – es war Sommer. Selbst die Begleitmannschaft gab sich einsilbig. Nach einigen Tagen hielt dann der Zug, natürlich nicht auf einem Bahnhof, auf dem über Lautsprecher zu erfahren war, wo man angekommen war, nein, auf einem Abstellgleis, irgendwo weit außerhalb irgendeiner Stadt in Sibirien, die sich, besonders an der Peripherie alle irgendwie ähneln.

Als wir endlich in ein riesiges Sammellager einmarschierten, erfuhren wir: Wir waren in Krasnojarsk, Zentrum eines riesigen Gebietes, in dem das Deutsche Reich viele male Platz gehabt hätte. Noch aus der Schule war mir geläufig: Hier kreuzten sich zwei große Verkehrsadern, die Transsibirische Eisenbahn und der Jenissei. Weiter ging es also über den Jenissei, wahrscheinlich nach Norden. Darüber konnte man nur sehr vage Vermutungen anstellen. Vorerst war man den chaotischen, völlig unübersichtlichen Verhältnissen des gigantischen Lagers überlassen, in dem man sich allerdings „frei“ bewegen konnte.

Die Romantik eines Fritjof-Nansen-Verehrers verflog natürlich, als wir in der Abenddämmerung an das leicht abschüssige Ufer des großen Flusses geführt wurden und in den Bauch von überdimensionalen Schleppkähnen hinabstiegen. Im Halbdunkel entdeckte man einen gewissen „Komfort“, Sträflingskomfort. Hunderte vierstöckige Pritschen, Urinkübel u. a. m. Anscheinend hatten wir eine lange Reise vor uns. Nachts legten wir ab, unser neues Leben begann.

Von dem sagenumwobenen Jenissei allerdings sahen wir nichts, es sei denn, man meldete sich zum Küchendienst an Deck. Der Fluss spendete vor allem Trinkwasser und Wasser für die Küche, kaum fürs Waschen. Wir „Feinde des Volkes“ wurden ungern zu diesen „Diensten“ herangezogen, da nahm man lieber „Freunde des Volkes“, wie wir alle Gauner nannten. Aber die waren arbeitsscheu, so hatte man auch mal das „Glück“, den Kübel hoch tragen und über Bord kippen zu dürfen. Da konnte man schon einen Blick auf das großartige Panorama werfen. So unendlich viel Wasser konnte durch einen Kübel Fäkalien sicher nicht verschmutzt werden, die enorme Verdünnung fiel einfach nicht ins Gewicht. Einmal, kann ich mich erinnern, gebot uns der Wachsoldat Einhalt mit dem Auskippen – der nachfolgende Schleppkahn war gerade bei der Frischwasserversorgung.

Die Poesie des Jenissei kehrte langsam wieder zurück, als ich im „LAGpunkt Nr. 1" nahe der Siedlung Ermakowa über dem Polarkreis meinen Ausweis als „beskonvoiniy" bekam, d. h. einen Ausweis erhielt, mit dem ich das Lager ohne Wachsoldat verlassen konnte. Da zog mich der Fluss immer wieder wie ein Magnet in seinen Bann. Ob fest zugefroren, ob frei fließend, ob bei Polarlicht oder im nicht abbrechenden Polartag, bei Sturm oder bei lieblichen Schäfchenwolken. Wenn sich der Eisgang Anfang Juni donnernd und dröhnend ankündigte, konnte ich stundenlang, gebettet auf einen komfortablen Schafspelz, an einer einsamen Stelle am Ufer den vorbeiziehenden Kolossen aus Eis und Schnee, aus Baumstämmen und Gestein zuschauen. In mir erweckte das immer den Eindruck von einer abziehenden, einer geschlagenen Armee, die unfähig ist, sich ihrem Schicksal zu widersetzen, gar umzukehren. Dann kamen kreischend die Zugvögel, vorwiegend Gänse und Schwäne in großen Pulks angeflogen, bis sich schließlich hier und da eine freie Wasserfläche zeigte. Während des Frühjahrshochwassers war der Fluss sechs Kilometer breit, doppelt so breit wie der Bosporus, fällt mir ein. Die Navigationszeit beträgt etwas über drei Monate, dann floss der Fluss wieder unter seinem Eispanzer.

Eine Woche nach dem eigentlichen Jenissei-Eis brachen die Nebenflüsse auf, um ihr Eis in den mächtigen Fluss auszuspucken, allen voran die Obere Tungusska, bekannter unter dem Namen Angara. Und während die Eisnachzügler am anderen Ufer noch vorbeizogen, begann für Hartgesottene die „Badesaison", obwohl die Wassertemperatur vorerst nur 5-6 Grad betrug. Selbst in den besten Julitagen erreicht sie kaum 18 Grad – eine sehr kurze „Saison".

Im zweiten Jahr am Jenissei hatte ich schon feste Pläne. Ich hatte mir recht viel vorgenommen, wollte den Jenissei schwimmend überqueren, da hieß es mit dem Training rechtzeitig beginnen, die Schlacken der völlig unsportlichen Lagerzeit abzustreifen, sich mit den Fluten vertraut zu machen. Zunächst am Ufer entlang, 50, dann 100, 200, dann 500 und 1 000 Meter, stromaufwärts und stromabwärts. Es lief gut, ich kam in Form, so steigerte ich mich auf drei, ja auf vier Kilometer, das war ja das Mindeste. An eine Hin- und anschließende Rücküberquerung war vorerst nicht zu denken, zurück musste für ein Boot gesorgt werden, eventuell ein Begleitboot. Aber wen ich auch ansprach, es wurde abgewinkt, ich wurde für verrückt erklärt. Da war aber noch der Elektromonteur, wir nannten ihn „Tatyga" oder Wassja, ein Säufer, ein Frauenheld, wahrscheinlich auch abenteuerlustig, zudem würde er das einzugehende Risiko bestimmt unterschätzen. Er willigte ein.

Ich erläuterte ihm meine „Strategie" – wenn man das überhaupt noch Strategie nennen durfte. Er setzt sich ins Boot und fährt, rudert auf dem kürzesten Weg ans andere Ufer, wo wir uns dann „treffen" würden. Ich würde 2-3 Kilometer stromaufwärts laufen (der Strom „machte" immerhin 4-5 Kilometer in der Stunde). Wenn ich in zwei Stunden das andere Ufer erreiche, erreichen sollte, war ich schon etwa 8-10 Kilometer abgetrieben. Vielleicht würde ich das Boot noch mitten im Fluss „treffen", mit einem Wort wir würden nach einander Ausschau halten. Als festen Schlusspunkt für unsere Überquerung machten wir den – allerdings provisorischen – Flugplatz am anderen Ufer aus. Einig in allen Punkten trennten wir uns.

Ich musste zuerst einen Nebenarm schwimmend überqueren, dann durch eine vorgelagerte Insel, durch Sumpf, Gestrüpp, über Baumstämme stelzen, um schließlich das weiße Sandufer des Hauptstroms zu erreichen. Kaum dass ich mich etwas vom Ufer entfernt hatte und mein Blick frei war, sah ich ganz weit in der Ferne, schon fast auf der Flussmitte das Boot. Schlechtes Timing. Oder hatte sich Tatyga übereifrig in die Riemen gelegt? Ein Zusammentreffen im Wasser entfiel also, mein schwimmendes Köpfchen konnte er bestimmt nicht sehen. Aber ein Zurück gab es nicht mehr, nur noch Volldampf voraus. Wenn man auch das andere Ufer ansteuert, tatsächlich bewegt man sich in einer Diagonale. An gewissen Orientierungspunkten, auf dem flachen Ostufer, meist hohe Zedern, erkannte man, dass man im Wesentlichen erst einmal an allem „vorbei" schwimmt. Auf den Wellen konnte ich hin und wieder das Boot erkennen, es kam gut voran. Als ein Unwetter aufkam, verlor ich das Boot ganz aus den Augen, das war aber jetzt unerheblich, ich musste vor allem selber vorankommen. Zeitweise verlor ich sogar die Sicht auf mein „Zielufer". Nach vielleicht zwei Stunden im Wasser begann mich die Unterkühlung mehr und mehr zu behindern. Die Finger konnte ich nicht mehr zusammendrücken, eine eiskalte Fußsohle schien immer dicker zu werden. Das konnte ja schön werden, bei einem ersten Duell mit dem Fluss gleich versagen. Als das Wetter wieder etwas freundlicher wurde, ging ich mehr und mehr träumerisch-universalen Gedanken nach. Hier schwamm nicht mehr der Verbannte/Zwangsangesiedelte, hier war ein Mensch völlig auf sich gestellt, nur er und Mutter Natur, besser Mutter Sibirien, Wasser und das unendliche Firmament. Selbst nur ein winziges Teilchen, ein Molekül in diesen Milliarden Molekülen, die dich trotz ihrer Winzigkeit mächtig, unaufhaltsam gen Norden tragen. Und dann, wenn auch optisch nicht wahrnehmbar, die ungewöhnliche Tiefe des Flusses, bis zu vierzig Meter tief, dabei das Gefühl, da ganz oben auf zu schwimmen, zu treiben. Mein Lebensraum war zurzeit ja der Wirkungskreis von Hauptmann Tschubenko, dem Zuständigen für uns Verbannte, 40 Kilometer im Umkreis, aber die Welt blieb unendlich. Wenn das meine letzte Schwimmpartie war, war es auch aus mit der 14-tägigen Meldepflicht. Im festen Rhythmus zogen Arme und Beine, meist auf dem Rücken schwimmend, durchs Wasser.

Das Ufer kam langsam aber stetig näher, die Flussmitte hatte ich schon lange überquert. Dabei erschien es geraume Zeit so, als entfernte ich mich weder von dem einen, noch näherte ich mich dem anderen Ufer, meiner Moral nicht gerade förderlich. Als ich noch ziemlich weit, vielleicht 150 Meter vom Ufer entfernt war, plötzlich Grund! Grund unter meinen Füßen, das Wagnis war geschafft, alles schien hinter mir! Aber ich merkte sofort, dass ich nicht aufrecht stehen kann. Mein Körper, der im Wasser noch seinen natürlichen Auftrieb hatte, sackte – wie ein nasser Sack – immer wieder ins Wasser zurück. Mehr kriechend als schreitend erreichte ich festen Boden ... bekleidet nur mit einer Dreiecksbadehose. Ich hatte mich eindeutig übernommen, ein frischer Wind ließ mich erschauern. Ja, und was nun weiter? Das rechte Ufer war völlig unbewohnt, unser Boot sollte irgendwo auf der Höhe des so genannten Flughafens auf mich warten. Also laufen, erst einmal warm laufen, im Boot waren ja ein paar warme Sachen, sogar etwas zu essen. Erfüllt von Zuversicht verlor sich meine Schwäche. Es erübrigt sich zu sagen, dass mich am Ufer keine Promenade erwartete, es ging über Stock und Stein, am besten noch im seichten Wasser, in Ufernähe. Als die Füße schon arg zerschunden waren, zeigte sich tatsächlich das „Flughafengebäude“ ... eine erbärmliche sibirische Blockhütte ... sie war nicht einmal verschlossen ... und sie war leer. Keine Menschenseele! Erst später erfuhr ich, dass der „Tower“ niemals besetzt war, der Anflug einer Maschine wurde aus dem fernen, stromaufwärts gelegenen Turuchansk per Funk angekündigt, „Bodenpersonal“ für das flache linke Ufer angefordert. Da sprangen dann drei Mann in ein ausgedientes Küstenschnellboot, überquerten den Fluss so, dass sie 15-20 Minuten vor Landung des Flugzeugs zur Stelle waren. Mir konnte hier niemand helfen, zum Abend würde kaum noch eine Maschine eintreffen. Auch von unserem Boot oder seinem Steuermann Tatyga keine Spur. Warten war unmöglich. Ich erinnerte mich plötzlich daran, dass etwa 10 Kilometer stromaufwärts ein Pionierlager unserer Eisenbahnhauptverwaltung war, mehr noch, dort arbeitete eine mir vertraute Krankenschwester. Jetzt wurde es doch ernst – meine Überlebenschance, wenn ich noch eine hatte, bestand darin, nun auch noch diesen Dreistundenmarsch hinter mich zu bringen. Die Sonne stand bereits niedrig über dem Horizont, es musste gegen neun Uhr abends sein.

Es blieb hell, aber nicht alle Steine des Anstoßes konnte man umgehen, es war vielleicht der schwierigste und darum bis heute nicht vergessene Marsch meines Lebens, Lebensgefahr, die ich gar nicht wahrnahm. Das Pionierlager, wo ich vorher nie gewesen war, konnte ich nicht verfehlen, es musste – auch wegen der Mücken – unmittelbar am Ufer sein. Weich in den Knien, wund an den Füßen und seit zehn Stunden ohne Essen und Trinken, von den Mücken geplagt, aber immer noch festen Schrittes erreichte ich schließlich doch das Eingangstor zum Pionierlager, wo ich mich erschöpft niederließ – ich war, ich hatte mich gerettet. Aus dem Halbdunkel trat eine Jungpionierin in vollem Dress an mich heran. Von meinem Äußeren wenig beeindruckt meldete sie:

„Nachtwache Nadja“ , was haben Sie denn nachts hier zu suchen? Ich meldete mit einem Schuss Ironie, ganz devot: „Schiffbrüchiger wünscht Krankenschwester Ljussja zu sprechen.“ Sie bat mich zu warten und erschien auch tatsächlich nach wenigen Minuten mit meiner lieben Ljussja. Kaum zu fassen – sie erkannte mich zunächst nicht wieder. Ihre ersten Fragen waren: „Was machen Sie denn hier? Wo kommen Sie her? Wer sind Sie überhaupt?“ Alles hatte ich erwartet – das nicht! „Ljussja, das bin doch ich, Walter!“ Nun erst erschrak sie: „Um Gottes Willen, was ist denn bloß mit dir passiert?“ Sie brachte mich in ein kleines Ambulatorium, legte mich auf ein Feldbett, wo ich, ohne ein Wort zu verlieren, in einen tödlichen Schlaf verfiel. Erst weit nach Mitternacht wachte ich auf, sie hatte mich in einen Trainingsanzug gekleidet, mit zwei Decken zugedeckt, ein frischbezogenes Kopfkissen unter meinen Kopf gelegt, meine gemarterten Füße verbunden. Sie saß neben meinem Feldbett und hielt Wache. Auf einem Schemel war etwas Essbares bereitgelegt. Ich knabberte ein bisschen, vor allem trank ich aromatisch-warmen Tee, um dann bis in den nächsten Vormittag hinein weiter zu schlafen.

Dann schien alles überwunden, und ich konnte die Güte der Samariterin gebührend würdigen. Sie hatte inzwischen auch Hosen und Stiefel, Hemd und Unterzeug, eine warme Jacke besorgt. Aber wie zurückkommen nach Ermakowo, das in der Ferne am anderen Ufer zu sehen war? Auch daran hatte sie bereits gedacht, sie hatte mit der Funkleitstelle gesprochen, wann denn wieder eines dieser diensthabenden Schnellboote herüberkäme. Man sagte ihr, dass mein plötzliches Verschwinden bereits bemerkt worden sei. Wir konnten noch gemeinsam Mittag essen und dann ging es runter an den Fluss.

Der gestrige Wind war wieder aufgefrischt, fast zu Sturm. Die Wellen hatten weiße Kämme, wie am Meer. Da, plötzlich ein Punkt, es konnte nur das Küstenschnellboot sein. Es hielt Kurs auf uns, ganz langsam kam es näher, es kämpfte mit den Wellen, wurde hoch und zur Seite geworfen. Manchmal erweckte es den Eindruck, dass es umkehrt, beidrehe, aber nein, es ging wieder auf Kurs und erreichte schließlich den primitiven Steg, ganz unten am Wasser.

Ein Küsschen mit Ludmila und ab ging's. An Bord Fragen über Fragen, Staunen, Achtung, aber auch Verachtung für so viel Leichtsinn. Auf dem Boot – mein Freund und Adjutant Tatyga! Seine Freude war groß, mich lebend wiederzusehen. Er hatte im Ort mobil gemacht: „Der Doktor" – das war mein Kürzel – „muss wohl ersoffen sein!" Dann erfuhr er von der Überfahrt des Bootes um mich zu holen, sammelte ein paar Kleider zusammen und kam eben mit. Ich war nicht weniger erfreut, musste ihn aber fragen: „Sag' mal, wir waren doch am Flughafen verabredet." Also er habe dort lange gewartet, das Schlimmste befürchtet, da von mir weit und breit nichts zu sehen war. Bei zwei Versuchen gegen die Brandung wieder „in See" zu stechen, zerschellte das Boot. Schließlich kamen zwei Fischer des Weges, denen er seine, unsere Geschichte erzählte. Einer von ihnen sagte mitfühlend: „Den kannst du vergessen, der taucht da stromabwärts bei Igarka irgendwo wieder auf." Das hatte ihn, Tatyga überzeugt, ja „beruhigt". Er stieg in das unweit liegende Motorboot der Fischer und fuhr zurück nach Ermakowo. Später dann war ich so gut eingeschwommen, dass ich den Fluss viele Male, einmal sogar mit mehreren Freunden überquerte. Schwer ist eben nur aller Anfang.

Verklemmtem Wachmann geholfen

Ich hatte weit über mein Ambulatorium hinaus als erfahrener Medizinmann ein gute Reputation, mein Kürzel war schlicht „Doktor" – dabei behandelte ich lediglich Häftlinge auf einem großen Bahnbau – war selbst noch Häftling. Zu meiner Sprechstunde in den frühen Morgenstunden, vor Abmarsch der Brigaden auf die Baustelle, erschienen bisweilen bis zu hundert Patienten. Am Tage füllte ich meine Bestände aus der Apotheke der nahegelegenen Siedlung auf, klärte hygienische Fragen, kümmerte mich um die Versorgung am Arbeitsplatz.

Eines Tages erschien in meinem Sprechzimmer der Chef der Wachmannschaften, ein vielleicht 25 Jahre alter, bildschöner, hochgewachsener Ossete mit einem kleinem Schnurrbart, in einer strahlendweißen „Schuba", also Schafpelz, wie aus dem Ei gepellt, einer leicht bräunlichen, bezaubernden Pelzmütze und blendendweißen „Walenki", also Filzstiefeln, auf den Schultern die entsprechenden Rangabzeichen eines Oberleutnants. Ich meldete ordnungsgemäß und fragte den ‚Bürger-Vorgesetzten' „Grashdanin Natschalnik" – so die offizielle Anrede – was ihn zu mir führe. Er winkte ab ob so viel offiziellen Getöses und meinte nur „Setzen wir uns". Er blickte zur Tür, wo mein „dnjewalniy" (mein Assistent) Weisungen erwartete. Er müsse mit mir ‚im Vertrauen', absolut unter vier Augen, sprechen – was mich zu einer Geste an den Assistenten, er möge die Tür schließen, veranlasste. Da eröffnete er mir ohne große Einleitung, sein „Sex sei auf der Strecke geblieben". Ich mobilisierte in Sekundenschnelle alles, was ich an Betroffenheit, Glaubwürdigkeit, Mitgefühl, Bestürzung und Sachkundigkeit aufzubieten hatte in meinen Gesichtszügen.

Ob ich ihm helfen könne, wollte er wissen. Da musste ich eine lange Pause einlegen, um die Schwierigkeit der gestellten Aufgabe zu verdeutlichen. Dann willigte ich ein – es wäre einfach dumm gewesen, einen solchen Fisch wieder ins Wasser zu werfen. Ich seufzte dennoch ein langgezogenes „Aber ...", was ihn etwas aufschreckte. Zunächst könne ich nichts garantieren, *aber* ich wolle es versuchen. Es entstand fast eine Männerfreundschaft. Für meine Schweigepflicht – es wäre eine Katastrophe gewesen, wenn die Lendenschwäche des großen Chefs unter den schmachtenden Schönen in der Siedlung ruchbar geworden wäre – erwartete ich als Gegenleistung seine Schweigepflicht, denn laut Reglement durfte ich Militärs nicht behandeln. Ich sei mit der ‚Materie' zwar vertraut, möchte aber, dass mein möglicher ‚Erfolg' nicht weiter verbreitet wird. Mit allem war er einverstanden. Ich kündigte ihm eine sechswöchige Behandlung an, wobei ich kategorisch verlangte, sich an meine Weisungen zu halten. Auch das versprach er. Dazu gehörte völlige Enthaltsamkeit im Laufe dieser sechs Wochen, Vermeidung jeglicher ‚Zwischenerfolge' oder stiller ‚Versuche'. Seiner mit ihm in Konkubinat lebenden Gefährtin durfte er anvertrauen, dass er sechs Wochen ‚in Behandlung' sei, ohne zu erwähnen bei wem, sie musste eingeweiht werden, gewissermaßen ‚mitmachen'.

Dann begann die Untersuchung, Blutdruck, Pupillen, Puls, Lunge abhören per Stethoskop, Reflexe an den Gliedmaßen, Hautoberfläche, na ja und der ‚Sache' selber, etwas überdimensional geraten, wie bei diesen Kaukasiern im Allgemeinen. Dann betastete ich per Anus die Prostata, was ihm einige Unbequemlichkeit brachte, aber das war ja beabsichtigt, ‚bequeme' Behandlungen sind selten hilfreich. Ich verordnete einen zweitägigen Behandlungsrhythmus, bei dem ich Medikamente verabreichte – die mit der ‚Genesung' direkt nichts zu tun hatten – und gab regelmäßig in den Oberschenkel, subkutan Spritzen – was unvermeidlich die Entblößung und die vermeintliche ‚Nähe' zu seinen Genitalien mit sich brachte – die ebenfalls mit seinem ‚Leiden' kausal nicht verbunden waren. Als Gipfel meiner Behandlung führte ich – wieder per Anus – eine vorsichtige Massage der Prostata durch. Diese therapeutischen Maßnahmen begleitete ich mit strengen Empfehlungen zur Ernährung und zu Alkoholabstinenz – wenn er denn einen Erfolg erwarte. Ich riet ihm zudem, in der Zeit der gemeinsamen Enthaltsamkeit seine Dame für den ‚Verlust' des verkorksten Intimlebens durch besondere Aufmerksamkeiten zu ‚entschädigen', kleine Präsente mitzubringen, in der Wirtschaft zu helfen (was russische Männer nicht so gerne tun), sie liebevoll zu umgarnen, mit einigermaßen intelligenten Komplimenten nicht zu geizen, ganz behutsam auch mal zu streicheln und vor allen Dingen mit Küssen nicht zu sparen.

So erschien mein neuer ‚Patient' bei seinen routinemäßigen Rundgängen durch das ‚Objekt' periodisch auch bei mir.

Nach fünf Wochen fleißiger Betätigung begannen wir seine Rückkehr zum Objekt seiner Begierde zu beraten und ihn auf dieses Ereignis – nicht auf irgendeinen ‚Probelauf', denn ich überzeugte ihn, dass unser ‚Erfolg' völlig sicher sei – vorzubereiten. Er sollte sich mehrere Tage darauf freuen, sich seiner völlig sicher sein. Mehr noch, er sollte den Tag seines Neueinstiegs in das Bett seiner Holden auch dieser mitteilen, sie einweihen, vorbereiten, auch sie in diesen gehobenen Status der Erwartung heben. Es sollte ein arbeitsfreier Tag mit vorherigem – getrenntem – Besuch in der Sauna sein. In der Sauna kannte ich einen Masseur, dem ich Unterweisungen für die körperliche Vorbehandlung meines Oberleutnants anvertraute.

Es wurde ein Bombenerfolg. Mein Oberleutnant erschien am Montag fast mit Tränen der Dankbarkeit, mit einem Präsentkorb voller Lebensmittel, und wir blieben bis zu seiner Versetzung eng verbunden: Auch seine kleine Konkubine stellte er mir vor, er musste ihr wohl, entgegen unserer Abmachung, verraten haben, dass ich da mitgemischt habe. Mir mangelte es seitdem weder an Butter, noch an Fisch oder Wurst, eine gute Erfahrung. Dann kam ich frei – eine große Bewährungsprobe.

Meine Biester

Tiere und Gefangenschaft haben etwas Ergänzendes, ebenso Einsamkeit und Geselligkeit in Gestalt von Tieren, wie man das bei alten Leuten antrifft. Bei Dostojewski treffen wir einen Hund als Gesellschafter an, auf dem Gefängnisfenster bei Rosa Luxemburg einen Sperling. Eine Maus in der Zelle, ein wenig angefüttert, kann zum Freund werden.

So schlimm war es bei mir verständlicherweise nicht – ich war im Rahmen der Kommendatur, wo ich mich zweimal im Monat zu melden hatte, „frei". Die erste Wohnung bestand aus einem Abteil in einem großen Armeezelt 7x21 Meter. Dort war ein Korridor markiert, den man mit Brettern oder Sperrholz befestigen konnte, auch eine Tür durfte man reinhängen; gegen den, die Nachbarn, Nachbarin konnte man eine Decke, ein Lacken, Pappe, Sperrholz oder richtige Bretter zur Abgrenzung benutzen. So entstanden kabinenartige Abteile mit ein, zwei, drei Bewohnern. Im Flur standen zwei, manchmal drei eiserne Öfen, nicht runde „bushuikas", sondern richtige stabile, kistenartige, gusseiserne Öfen, deren glatte Oberfläche sich gut als Herdplatte nutzen ließ. Das eiserne Ofenrohr ging durch die Zeltdecke schnurstracks in den Himmel. Sie waren, sehr praktisch, etwa 1 Meter lang, so dass man die langen Holzscheite aus dem Wald gut unzersägt hineinstecken konnte. Denn Zeit, um das angelieferte Holz zu zersägen, hatten wir meistens nicht, wenn morgens das Wasser in den Eimern schon bis auf den Boden gefroren war, d. h. in der „Wohnung" beim Aufstehen Frost von mindestens 20 Grad minus herrschte. Haare konnten durch den Atem ans Kopfkissen anfrieren. Nachts wurde nicht geheizt, dafür morgens umso intensiver, die Öfen glühten in kurzer Zeit dunkelrot, in den allerdings abgeschirmten „Räumen" ließ die Wärme noch ein wenig auf sich warten. Dabei hatten wir im Herbst gut und nach Anweisungen vorgesorgt. In einem großen Subbotnik brachten wir vom nahegelegenen Moor zu Torf vertrocknetes Moos in großen rechteckigen Brocken. Damit kleideten wir das Zelt bis auf das Dach sorgfältig ein, und verschmierten es dann mit einer lehmartigen Masse, sonst wäre die Innentemperatur nachts vielleicht auf minus 40 gefallen. Kleine Kinder, die gab es (auch Verbannte bekommen Kinder), konnten nur unter einer Steppdecke überleben.

Als diese schwersten Monate im April zu Ende gingen, es schon „warm" wurde, d. h. tags waren nur noch 15-18 Frostgrade. Die Mädchen ließen auch schon mal eine Wade blicken, da kam einer meiner wenigen Bekannten und bot mir gratis einen allerliebsten kleinen pechrabenschwarzen Kater mit einem winzigen weißen „Latz" am Hals an. Gerade mal wenige Monate nach Haftentlassung ist man von einem solchen kleinen Wesen natürlich wie verzaubert. Ich nahm ihn auf den Arm und er schnurrte, als wären wir Verwandte. Mein potentieller Komfort für einen kleinen Kater hielt sich in Grenzen. Ich war mir sicher zu wissen, dass eine russische Katze, nicht wie eine deutsche auf „Mietz, Mietz" hört, sondern nur auf „kiss-kiss-kiss", warum eine russische Katze auch eine „kisska" und keine „Mietze" ist. Natürlich, Milch gab es zum Wochenmarkt unten am Ufer ... in Stücken, in Säcken. Die Bauern gossen ihre Milch in Aluschüsseln, wo sie im Nu gefror. Diese Stückmilch wurde dann in Säcken auf den Markt gebracht. Nicht ganz billig, aber Geld hatten wir im Überfluss, der Bau zahlte gut. Ein Kissen ward gefunden, ein Deckchen, ein Körbchen.

Die Notdurft verrichtete der kleine Kerl vom ersten Tag an draußen, also Katzenstreu, entsprechenden Geruch kannte ich nicht. Bei starkem Frost kann man Katzen da oben im Norden nicht lange draußen lassen, da sie sich die Ohren abfrieren, nur noch rundliche Ohrstummel bleiben. Sie sehen dann aus wie kleine Tiger, die ja kleine runde Ohren haben. Auch der Schwanz verträgt diese harten Fröste nicht, friert ab und mumifiziert zu einem hässlichen Rattenschwanz. Das kleine Geschäft entrichtete er, wie ich mich überzeugen konnte, sehr gerne oben auf dem Dach an unserem glühendheißen Schornstein. Katzen strahlen ja bekanntlich nach hinten ab. So wendete er sein Hinterteil gegen den Schornstein, und wenn dieses dann so recht vorgeheizt war, schoss er seinen Strahl ab, was der Schornstein mit einem leichten Zischen quittierte.

Ich nannte meinen kleinen Freund kurz „Petja". Jeden Tag ging ich zum Dienst, das war aber für Petja keine Einschränkung, denn die Trennwände/Laken/Decken waren nur so hoch, dass man zum Nachbarn (-RIN) nicht gerade hineinkucken konnte, etwa zwei Meter hoch – für Petja kein Hindernis, sein Revier war das gesamte Zelt, er war in Kürze bei allen lieb Kind, spielte rum und ließ sich verwöhnen.

In meinem Abteil konstruierte ich ein kunstvolles Kater-Trainingszentrum (heute Fitness-Studio!), wo er sich denn auch unermüdlich um Bestform mühte. Über dem „Bett" (einer selbstgebastelten Liege) hängte ich einen kleinen Papierball genau so hoch an einem festen Faden auf, dass Petja ihn auf den Hinterpfoten stehend erreichen konnte. So stand er auf der Liege und jagte den Ball stundenlang hin und her und war fast enttäuscht, wenn ich nach Hause kam und den Ball irgendwo hoch hinauf hängte. Wir aßen dann gemeinsam, natürlich aus verschiedenen Schüsseln, Schwarzbrot, Milch, Fleischbrühe. Mein Peterle wuchs zusehends, verschmähte aber mit der Zeit meine Verpflegung. Der Frühling war endlich auch hier im Norden eingekehrt, er jaulte schon ganz vernehmlich um der Damen Gunst. Gleichzeitig merkte ich, dass er auf die Jagd ging, um ein meisterlicher Jäger zu werden. Er schlich sich vorsichtig an die Sperlinge ran und rannte genau in dem Moment los, wo er sie noch 10 Zentimeter über dem Boden erwischte. Anfangs war mir das, wie sicher auch dem Leser dieser Zeilen, irgendwie schmerzlich. Aber was konnte man tun? Den Kater verprügeln? Er wäre fortgelaufen und hätte recht getan. Oder diese Unsitte durch Mäusefangen ab-„gewöhnen"? Kaum

Erfolg in Sicht, ließ ich der Natur ihren Lauf, Peterle wurde Selbstversorger, der sich abends von mir den Hals streicheln ließ. Meine Nachbarn von links moralisierten sogar über mein kleines Raubtier. Wir aber waren beide glücklich uns zu haben. Ein Tier ist so etwas Wunderbares für einen Geächteten, da ihm ja die menschliche Kategorisierung so völlig fremd ist. „Verbrecher" oder „Konterrevolutionär" klingt für einen Kater nicht. Diese sorglose Unvoreingenommenheit, der man nichts erklären musste, hatte etwas Beruhigendes.

Doch in unser beider Leben sollten bald gravierende Veränderungen eintreten. Zunächst wies man mich in eine richtige Wohnung, bestehend aus einem Zimmer und einer geräumigen (für damalige Verhältnisse) Küche mit einem kleinen Vorraum ein. Ich war sehr froh, doch würde Petja mitkommen? Würde er nicht stets zu dem unweit noch vorhandenen Zelt zurücklaufen, wo er doch aufgewachsen war?

Viel gewichtiger aber war das Angebot, meinem Junggesellenhaushalt noch ein Tier hinzuzufügen. Nein, keinen Kanarienvogel oder Papagei, die Petja dann zum Mittag verspeist hätte – sondern einen Hund! Ein winziges „dunkelblondes" (würde man sagen) Wollknäuel, einer von diesen selten reinrassigen nordischen Spitze, die man gerne als Schlittenhunde einspannt.

Bei uns dort im Norden herrschten ja diese biblischen Verhältnisse, keine Hundesteuer, kein Halsband, keine Erkennungsmarke, kein Maulkorb, kein Leinenzwang, keine Kotentsorgung, keine Hundefrisöre, kein Schwanzstutzen, eben biblisch. Aber etwas anderes war von Wichtigkeit: Würden sie wie Hund und Katze leben, sich beißen, kratzen, fauchen? Sollte ich dieses Experiment überhaupt wagen, denn für die Promenadenmischung sollte ich auch noch 200 Rubel berappen. Nicht viel Geld, aber zum Fenster rausschmeißen wollte ich es auch nicht. Zudem ist ja ein Hund kaum Selbstversorger, müsste bestimmt öfter gefüttert werden.

Ich war inzwischen im Kraftwerk gelandet, machte 12-Stunden Schicht, würde also 13-14 Stunden abwesend sein. Aber mein Unterhändler versicherte mir, diese Hunde seien sehr genügsam, wenn ich ihm was zurück lasse, würde er sich schon durchfinden. Die Frage Hund/Katze war damit nicht gelöst. So nahm ich den Hund „auf Probe". An mich gewöhnte er sich sehr schnell, zu meiner Freude und zur allgemeinen Verwunderung: An den Kater sofort. Sie schliefen zusammen, eng umschlungen vom ersten Tag an. Wenn der Kater sich sauber geleckt hatte und der Hund gerade neben ihm lag, machte er seine Hygieneübungen auch gleich mal an ihm. Es war ein kleines Wunder. Nun mit dem stubenrein war es mit dem Hund nicht so katzeneinfach. Ich machte ihm ein schmuckes Eckchen, band ihn aber ganz kurz an, weil ich davon ausging, dass er sein Eckchen verschonen würde. So geschah's, sobald „es“ soweit war, zog und zottelte er an der kurzen Leine, jaulte dabei so, dass es nicht zu überhören war. Also in drei Wochen war es überflüssig, ihn weiter anzubinden, er meldete sich pünktlich. Sehr bald zeigte er eine ungewöhnliche Ausdauer, konnte viele Stunden überbrücken.

Über einen Namen brauchte ich für meinen Dritten im Bunde nicht lange nachdenken, ich nannte ihn kurz „Biest“, schrieb somit an der Novelle „Walter und das Biest“. Hund ohne Namen ist wie Auto ohne Räder. Bei meinen ehemaligen Bewachern, genauer gesagt bei den Hundeführern, konnte ich sehr bald Literatur zur Hundedressur ausfindig machen, denn so einen ungehobelten Stoffel wollte ich nicht neben mir haben.

... So begannen wir nach etwa 8 Monaten die Grundausbildung. Erstes Prinzip: Niemals schlagen! – wie bei Kindern. Er war recht gelehrig und schaffte sein Pensum, so wie es der Leitfaden vorgab. Ich bin oft angegiftet worden, wenn ich etwas sarkastisch zum besten gab, dass die Konsequenz einer Dressur bei der Erziehung von Kindern leider zu vermissen ist. Nur Konsequenz zeitigt Ergebnisse, geht man einmal von diesen Grundsätzen ab, entsteht dauerhafter Schaden. Biest konnte sehr bald zwischen „Leg dich!“ und „Setz dich“ unterscheiden. Er gab „goloss“, also Stimme, d. h. er bellte auf Verlangen, apportierte aus dem kältesten Wasser.

Er rührte nichts an, was ihm nicht gereicht worden war. Von Fremden nahm er nichts – der bekannte Senftrick (in eine gute Wurst wurde Senf getan, diese „Delikatesse“ reichte dann ein Fremder, der Hund verweigerte). Erstaunlich, wie schnell Hund verweigern lernt. Etwas lahm (weil schwer und kurzbeinig) war er im Springen, umso erfolgreicher im Spuraufnehmen und suchen. Ja, ein Hund (wenn er nicht gerade vor dem Stacheldraht an der Kette liegt) ist wirklich ein Freund. Wie er sich freute, wenn ich nach Hause kam, dabei hatte ich ihm kaum was zu bieten. Mitunter hatte ich nur einen Laib Brot mit, den ich brüderlich halbierte und ihm die Hälfte hinwarf. Er nahm diesen Kanten, wie der Löwe eine Keule, zwischen seine Tatzen und Biss für Biss verschwand das Brot in seinem Leib.

Mit der Zeit wurde er furchterregend groß, wenn er bei mir auf der Schwelle lag, trauten sich die Leute nicht einzutreten, kamen ans Fenster. Aber wenn man ihm nicht gerade auf die Pfoten trat, auf Menschen reagierte er nicht. Anders auf Tiere, besonders auf andere Hunde. Da mußte ich nur die Tür öffnen und „ssobaka!“ rufen. Er rannte dann stürmisch auf die Straße in den Kampf.

So etwas Urwüchsiges, so ein Naturschauspiel, wie ein Hundekampf ist erstaunlich. Nun, diese Hunde waren ja keine abgerichteten Kampfhunde. Da spielte das Zähnefletschen, das Knurren, das Bellen eine echte Rolle. Zum Schluss stellten sich beide in der Regel auf die Hinterbeine – die Vorderpfoten auf des Anderen Schulter- und fletschten knurrend die Zähne, dass der Sabber nur so triefte. Es hing schließlich davon ab, wer imposanter aufgetreten war, einer ließ dann ab und trollte sich. Einmal tänzelte Biest nichtsahnend um mich herum, als ich in weiter Ferne einen schwarzen, fast doppelt so großen Schäferhund erblickte, der in Erwartung der Begegnung bereits diesen geduckten Gang angenommen hatte. Sehr spät bemerkte Biest den Gegner, stürzte sich unbesonnen auf ihn. Es drohte eine schwere Prüfung zu werden. Der Schäferhund stürzte ebenfalls heran, ohne langes Geplänkel biss er zu, und noch mal, und noch mal. Aber das Fell von Biest war so dick, so wuschelig, dass man ihn einfach nicht fassen konnte. Er blutete zwar schon hier und da, aber auch der schwarze Schäferhund trug bereits seine Blessuren davon. Da der Schwarze aber die Schnauze ganz voller Fell und Haaren hatte, ließ er schließlich ab. Biest jaulte ein bisschen, aber er hatte ja Herrchen neben sich. Ich tröstete ihn nach Kräften. Weniger angriffslustig ist er durch diesen Kampf nicht geworden.

So ein Hund lebte tagelang im Freien, kam zur Fütterung, war aber sonst ein freier Mensch, würde man sagen. Um nicht stets die Frage nach dem Einlass im Gewissen zu haben, baute ich für Biest eine komfortable Hundehütte, in der er sich absolut häuslich fühlte. Da im Winter sehr hoher Schnee fiel, stellte ich die Hütte auf stabile, etwa 80 Zentimeter hohe Pflöcke, die er mit leichtem Sprung überwand. Im Winter dann lag die Hundehütte tief im Schnee und Biest rutschte auf dem Bauch in seine Höhle hinunter. Schlittenhunde erfrieren nicht. Sie legen immer nur die Nase unter den wärmenden Bauch. Der Kater hatte seinen Ein- und Ausgang über die in Russland übliche „fortotschka" (ein kleines hochgelegenes Fensterchen im Fenster). Da sprang er von außen geschickt hinauf und dann elegant ins Zimmer. Oft hatte er noch einen Vogel im Maul. Dann witschte er unter die Liege … es machte ein bisschen kritsch-krach … und der Vogel war verspeist. Gelegentliche Reste entsorgte ich dann mit der Müllschippe.

Mitunter bereitete Biest mir (und anderen) Peinlichkeiten. Mit der Zeit hatte man auch mal eine Bekanntschaft. Nur geschah es oft, dass Biest nicht zu Hause war, wenn ich schon gehen mußte. War er da, schloss ich ihn ein. Er streunte irgendwo umher, kam später nach Hause. Er merkte sofort, dass ich nicht da war und nahm, wie ich ihn das gelehrt hatte, die Spur auf, lief hier lang dort lang, auch Zick-zack, verlor auch mal die Spur. Fand sie aber immer wieder und fand schließlich das Haus, wo ich zu Besuch war. Dann legte sich diese treue Seele vor die Haustür und wartete, wartete Stunden.

Und wenn ich das Haus verließ, mitunter bemüht, dabei kein Aufsehen zu erregen, trat ich im Halbdunkeln fast auf meinen treuen Freund, der winselnd vor Freude aufsprang. Die Peinlichkeit bestand darin, dass natürlich auch andere den Hund vom „Doktor“ (das war mein Spitzname) bemerkten und daraus ihre Schlussfolgerungen zogen, wo denn der „Doktor“ so seine Schäferstündchen verbrachte.

Biest war selbstredend ein unersetzlicher Begleiter. Die meisten waren hier trotz der unvergleichlichen Natur Stubenhocker auf Zeit, die wenig Interesse an diesen Weiten zeigten. Die wirklich Freien, die Zivilangestellten, besonders die Militärs, und insbesondere deren Frauen, konnten sich mit diesem fernen Ort nicht abfinden (wir Verbannte mussten uns damit abfinden, es gab keine Alternative, ja auch „wehren“ konnte man sich gegen diese Ungerechtigkeiten nicht). Sie stöhnten, dass sie nicht in Moskau, Kiew oder Leningrad ins Theater gehen können. Und die meisten Weiber hockten denn auch in den großen Städten und kassierten von ihren Männern immer feste deren fette Nord-Bezüge. Ich dagegen wusste zwar nicht, dass meine Lage sich einmal radikal ändern werde. Ging aber davon aus, diese Natur, diesen Fluss, diese Wälder so intensiv wie möglich in mich aufzunehmen, zu genießen (Was sich ja ausgezahlt hat!). So strolchte ich in endlosen Streifzügen durch diese fast unberührte Natur – und mein treuer Biest mit mir. Ich sagte nur: „Biest, poschli!“ und er lief schon schwanzwedelnd voran. Manchmal waren wir beide dreckverschmiert, erschöpft, aber immer wieder gingen wir los.

Zweimal war es um ihn schlecht bestellt. Man hatte ihn angeschossen.

So ein umherlaufender Hund, und Biest streunte ständig – völlig harmlos – durch die Siedlung, ist da oben im Norden nicht hoch im Kurs. Da kam es schon vor, dass jemand seine Kleinkaliberbüchse (große Waffen gab es in Privatbesitz kaum) sagen wir: gereinigt hatte und auf den Balkon oder die Stufen vor dem Haus trat. Da kam eben so eine Töle (etwas anderes war ja für die Leute mein geliebter Biest nicht) vorbeigerauscht, der man mal ein paar Dinger aufbrennen konnte. Ich hörte ihn meistens schon aus weiter Entfernung jaulen und weinen, ja richtig weinen, nur mit dem einen Gedanken: So schnell wie möglich zurück zu Herrchen – der hilft, der weiß Rat, der kühlt. So kam er denn an und ließ sich streicheln, mit blutverschmierter und rotztriefender Nase, aus dem Rachen kam es ebenfalls. Ich nahm ihn dann in „mein“ Röntgenkabinett und entdeckte 1-2 Steckschüsse, die ihm nichts anhaben konnten. Nach vier Wochen war er wieder der alte.

Ein anderes Mal hatten sie ihn ins Ohr getroffen.

Doch nicht immer ging es so glimpflich aus. Eines Tages kam ein kleines Mädchen gelaufen: „Ihr Hund liegt dahinten in einer Schneewehe." Ich rannte in die angegebene Richtung. Da lag Biest auf dem Bauch, schaute mich mit großen Augen an, sein schönes Fell war voller Schnee. Er jammerte leise, aber wusste: Jetzt kommt Hilfe. Auf dem Schnee zog sich weit sichtbar seine Blutspur und die Spur der steifen Hinterpfoten, mit den Vorderpfoten hatte er sich fast entkräftet Schritt für Schritt zu Herrchen nach Hause gezogen, aber die Hinterpfoten funktionierten nicht, waren gelähmt. Die Projektile hatten sein Rückenmark getroffen – ihm war nicht mehr zu helfen. Ich war ziemlich verzweifelt, ging zu unserem Maschinisten, der nahm seine Doppelflinte, schob einen dicken Brocken (die man eigentlich nimmt, wenn man „auf den Bären geht") rein. Als Biest mich wiedersah, versuchte er mit dem Schwanz zu wedeln, vergeblich. Wanja legte an, da bäumte sich Biest protestierend noch einmal auf, fletschte noch einmal die Zähne – und brach zusammen.

Wanja nahm den toten Biest über die Schulter – das war's. Er versprach das Fell zu präparieren. Später erfuhr ich von ihm, dass er beim Präparieren insgesamt neun Geschosse gefunden hatte.

Noch lange wachte ich morgens auf, ohne zu begreifen, dass dies Fell vor meinem Bett auf dem Boden nicht mein lebendiger, fideler Biest war. Den geliebten Kater hatten mir übrigens Pelzjäger – Amateure – weggeschossen. Ganz allein war ich aber nicht mehr, jetzt hatte ich schon Irina – mit ihr eine richtige Schwiegermutter. Irinas Einstand war auch ein Hund, den sie „Abrek" nannte, einen weißrotbraunen Zwergspitz, ewig kläffend, fast hysterisch, ja sogar ziellos beißend. Das war 1953 (Langzeitgedächtnis!).

Harmlose Röntgenstrahlen

In das Zentrale Institut für Röntgenologie und Radiologie kam ich ganz zufällig. In einem Flugzeugbetrieb am Stadtrand von Moskau – wo ich die höchste, die achte Lohngruppe erreicht hatte – konnte die Betriebsleitung mich nicht länger beschäftigen. Paradox: je mehr ich mich zum Sowjetbürger wandelte, umso sicherer verwandelte mich die „Sicherheits"-Politik zurück in das, was ich tatsächlich einmal war – in einen zugereisten Deutschen. Das war natürlich nicht speziell für mich gedacht – es war die Entwicklung der dreißiger Jahre generell, die der Kategorie „Nationalität" immer nachdrücklicher einen negativen Akzent gab.

Nun, noch wurde nicht überhastet eingesperrt, aber wie sich herausstellen sollte, aus dieser Zeit stammten die ersten Beobachtungen und „Berichte“ über meinen Lebenswandel. So war ich kräftig beim Suchen eines geeigneten – und natürlich möglichst „zivilen“ – Arbeitsplatzes, als ich im Klub für ausländische Arbeiter, den es noch gab und den ich hin und wieder besuchte, einen alten Bekannten traf, Thomas Hamburger. Er nahm Anteil an meinen Sorgen und versprach Abhilfe, da sein Vater, Eugen Hamburger, Direktor des Instituts für Röntgenologie und Radiologie in der SoljankaStraße sei. Das stimmte optimistisch. Schon nach wenigen Tagen hatte Thomas für mich einen Termin bei seinem Vater anberaumt.

Im Unterschied zu seinem Sohn, der ziemlich groß und kräftig war, erwies sich der Vater als ein kleiner, schmächtiger Mann. Dieses Geschlecht von kommunistischen Juden aus Ungarn hatte – bedingt durch die Horthy-Diktatur – einige Zeit in Berlin gelebt, weshalb alle recht gut Deutsch sprachen und war dann noch vor dem Machtwechsel 1933 nach Moskau übergesiedelt. Er selbst war Radiologe und leitete mit großer Hingabe das Institut. Wenn ich denn Werkzeugmacher sei, könne er mich sehr gut in seiner Werkstatt für wissenschaftlichen Gerätebau gebrauchen. Er ließ einen verantwortlichen Mitarbeiter rufen, der aus Österreich stammte und der allgemein „Cäsar Jakowlewitsch“ angesprochen wurde. Nach einer kurzen Unterhaltung war ich Mitarbeiter dieses wissenschaftlichen Instituts.

Lernen war angesagt – so lernte ich inbrünstig, erwarb ein Diplom als Fachschulingenieur für Röntgenapparatur. Da das Institut nicht mehr als 200 Mitarbeiter hatte, kannte ich schon bald jeden Mitarbeiter, vor allem die Radiologen, mit denen wir ständig zu tun hatten. Unter ihnen einen, der mit der Zeit mein Mentor und Freund wurde: Isaac Lwowitsch Klioneer, ein verschmitzter, kleiner, leicht angegrauter Herr mit einer verwachsenen Wirbelsäule. Zu allem Ärger war er stark kurzsichtig, was ihn ständig dazu veranlasste, die Augen krampfhaft zuzukneifen. Aber unserer gegenseitigen Sympathie konnte das alles nichts anhaben. Vor allem gefiel mir an ihm, dass man, wie man das noch aus der Familie gewohnt war, mit ihm über politischen Entwicklungen ohne Vorbehalte und Vorsicht sprechen konnte. Ich hatte das ziemlich sichere Gefühl (das hat sich später bestätigt, unsere Gespräche sind in keiner Form in meine Strafsache eingegangen), dass er diese Unterhaltungen nicht pflegte um mich auszuhorchen. Das Reizvolle war, dass wir zu den angeschnittenen Fragen ständig völlig verschiedener Meinung waren.

Er führte mich in seine Familie ein, die ich in der Moskauer Wohnung und auf der Datscha regelmäßig besuchte, tollte mit seinem vierzehnjährigen Sohn

„Ljowa“ (Leo) herum. Besonders angetan von mir war seine Frau Antonina Petrowna, eine gut aussehende Matrone aus Rjasan, die den kleinen Isaac um einen Kopf überragte.

Das geordnete Leben neben dem Tag und Nacht geldverdienenden Arzt war bei ihr leider in Leibesfülle umgeschlagen, was für mich jungen Kerl etwas Bedrohliches hatte. Sie war sehr freundlich, fast zuvorkommend zu mir, genierte sich aber nicht, ihren Ehegatten, auch in meiner Gegenwart, ständig runterzuputzen, ohne dass dieser irgendwann Widerspruch angemeldet hätte – ein Pantoffelheld.

So entwickelte sich mit der Zeit eine Art augenzwinkerndes Männer-Übereinkommen, wir „wussten“ beide, dass seine Gattin nicht gerade eben die Ausgeburt von Takt war. Aber er war an sie durch den gemeinsamen Sohn gebunden, den er vergötterte und den sie geschickt, dabei recht maßvoll, gegen ihn einsetzte. Dieses zwei gegen eins war für ihn ein verlorenes Spiel. Selbst wenn ich mit der Zeit so etwas wie einen halben Punkt hatte – die Situation blieb verkorkst.

Ich wurde gleichermaßen von allen Familienangehörigen hoch geschätzt und verwöhnt, besonders von der Dame des Hauses. Isaac Lwowitsch schätzte mich vor allem wegen meines burschikosen und kameradschaftlichen Umgangs mit seinem heißgeliebten Sprössling. Manchmal bangte er allerdings, so bei meinem strapaziösen Langstreckentauchen mit Ljowa. Aber da auch Ljowa immer wieder auftauchte, söhnte er sich mit meinen Methoden aus. Sprünge als Mutprobe, besonders vom Dach des Hauses, waren wohl auch nicht ganz in seinem Sinne.

Das Röntgeninstitut unterhielt außer mehreren Forschungsabteilungen auf technischem und medizinischem Gebiet auch eine röntgen- und krebsspezifische Poliklinik für die Bevölkerung. Neben Durchleuchtungen und Aufnahmen gab es diverse Labors. Diese Poliklinik bot gegen Barzahlung – und das war für damalige Verhältnisse ungewöhnlich – von 75 Rubeln (eine Menge Geld) einen Röntgen-Hausdienst an (Durchleuchtungen und Rö-Aufnahmen). Der wurde von Dr. Klioneer und mir als Techniker ausgeübt. Auch von den 75 Rubeln fiel ein Anteil an uns. Wenn es sich nur um eine Aufnahme handelte, bevollmächtigte mich der Doktor alleine zu fahren (das Anteilgeld für die Diagnose war ihm sicher). Das verband uns noch mehr. Während der Fahrten durch das in Rekonstruktion befindliche Moskau gab es jede Menge Gesprächsthemen. Zunächst war ich über die Baupläne und ihre Realisierung unsere Errungenschaften, sehr gut informiert, wogegen ja Dr. Klioneer kaum in Moskau herumkam, er war im Dienst oder zu Hause bei seiner Mammi. Er machte mir keine Vorhaltungen, während zuweilen andere Mitarbeiter ihr völliges Unverständnis ausdrückten, dass ein „kulturniy narod“, also ein Volk mit Kultur diese grässlichen Judenpogrome inszeniert.

Heftig dagegen wurde es zwischen uns beiden nach den ersten Angriffen der Deutschen Luftwaffe auf Großbritannien, auf London, die von der sowjetischen Presse ohne sichtliches Engagement kolportiert wurden. Isaac Lwowitsch vertrat den offiziellen – von J. Stalin schon früher verkündeten – später folgenschweren Standpunkt: Der Hauptfeind der UdSSR ist England, folglich – je mehr Schläge England erhält, desto besser für die Sowjet Union. Ich vertrat den, später für mich ebenfalls folgenschweren, Standpunkt: Alles nur Menschenmögliche gegen Hitler-Deutschland – nur das ist gut für den Sozialismus. Wenn wir in den – vom Kunden zu stellenden – PKW einstiegen, strahlte ich, wenn bekannt geworden war, dass die britische Luftabwehr 12 oder 15 deutsche Maschinen abgeschossen hatte – er strahlte wenn alle gut „heim“ gekommen waren. Das war eben Freundschaft.

Durch – natürlich unerwünschtes – Abhören von Feindsendern war ich stets bestens informiert. Die deutschen Journalisten saßen bereits in der ersten Maschine, wenn „London noch im Dunkeln lag, nur einzelne Scheinwerfer am Himmel umherirrten“ – und in der letzten Maschine, wenn „London lichterloh, nach Quadraten, abgefackelt wurde, unten die Feuerwehrleute verzweifelt umher rannten“. – Dann schaltete ich um auf BBC um zu erfahren, wie viele deutsche Maschinen es erwischt hatte, wie groß der angerichtete Schaden war, St. Paul und andere Baudenkmäler beschädigt waren. Isaac Lwowitsch vertraute ich (das war schon etwas leichtsinnig) auch meine Quellen an, er schien sogar zu schätzen, dass er somit nicht einseitig informiert ist.

Dann kam der fürchterliche Krach, der deutsche Angriff vom 22. Juni 1941 – alles stand Kopf, weniger bei mir, ich hatte mit dem Sowjetvolk wieder einen „gemeinsamen“ Feind. Auch mein Freund Isaac Lwowitsch war total unglücklich, wollte umdenken – Hitler-Deutschland war nun doch der Hauptfeind – aber es war zu spät – zu spät auch für mich, denn nach vier Tagen verschwand ich von der Bildfläche.

Es war kaum anzunehmen, dass ich meinen Freund jemals wieder treffen würde. Doch es kam etwas anders.

Mein Haftentlassungstermin traf mich im Krasnojarsker Gebiet, früher Turuchansker Gouvernement, ein berüchtigtes Ziel für politisch, von der zaristischen *Ochra,* Verbannte – auch für Stalin.

Dort hatte man Freunde und gute Bekannte, bzw. man erwarb sie. So lernte ich einen zu langer Haft verurteilten Spanienkämpfer – Schamsonow – aus

Leningrad kennen. Er studierte in der Zeit, als die Intervention gegen die spanische Republik begann im Moskauer Institut für Fremdsprachen im fünften Semester Spanisch. Eines Tages wurde er vor eine Kommission geladen, die ohne große Umstände herausfand, dass seine Spanischkenntnisse, dem fünften Semester entsprechend, ganz hervorragend seien, und ob er nicht bereit wäre, für eine gewisse Zeit „dem spanischen Volk zur Hilfe zu eilen". Nun, wer in der Sowjet Union die damaligen Wogen der Sympathie für den Freiheitskampf des spanischen Volkes miterlebt hat, wird verstehen, dass Schamsonow nur mit einem klaren „JA" antworten konnte. Sein Epos war hart und lang – um kläglich, zwar nicht auf dem Schafott (wie Michael Kolzow), doch hinter Gittern zu enden.

Wir tauschten Erlebnisse und Erfahrungen aus. Er war zu uns auf den Bau Nr. 503 in den Hohen Norden, wie ich, unlängst gelangt, auch seine Frist ging – wie bei mir – dem Ende zu. Da darf man schon mal einen Blick in die Zukunft und sogar einen Blick zurück in die Vergangenheit wagen. Er erzählte begeistert von seiner Studentenzeit und von Spanien, ich von meinem Leben in Moskau, von meiner Arbeit im Röntgeninstitut. Da wurde er stutzig – er kannte einen Arzt aus diesem Institut, kannte ist zu wenig gesagt, einen Röntgenologen, mit dem er einige Jahre als Feldscher sehr eng zusammengearbeitet hatte, Isaac Lwowitsch Klioneer! Mich stieß es fast vom Stuhl: Was? Den hast Du gekannt? Das ist mein Freund und Mentor in meiner besten Zeit. Woher kanntest Du ihn? Darauf Schamsonow: Ich war mit ihm im Fernen Osten im Lager. Da war ich wie vom Donner gerührt – auch Isaac Lwowitsch im Knast. Also da, schob Schamsonow ein, da brauchst du dir wirklich keine Sorgen machen, er lebt wie die Made im Speck, hat ständig seine privaten Sprechstunden – aber außerhalb des Stacheldrahtes, bei den Zivilangestellten – und so manche Liebschaft kam dazu, der ist richtig aufgeblüht dabei. Das klang schon fast neidisch. „Paragraf 58?" (der Standartparagraf für „Konterrevolution"), fragte ich. „Nein, ein Freund des Volkes", also gemeiner Krimineller – Isaac Lwowitsch hatte im Krieg für zahlungskräftige Rekruten röntgenologische Gutachten erstellt, die militäruntauglich machten. Ich war erleichtert – dann hat's ihn ja nicht so schlimm erwischt – und aufgeblüht sei er auch – das konnte ich nachempfinden!

Viktor zum Hundertsten

Es gibt Menschen, die haben etwas Hypnotisierendes, etwas Diabolisches. Das heißt nicht, dass sie unbedingt Furcht einflössen, aber es suggeriert, dass sie durch nichts zu beeindruckend sind.

Ein solcher Mensch war Viktor Adolfowitsch Schneider, Jahrgang 1900, den ich im Hohen Norden als Häftling kennen lernte. Um Missverständnissen aus dem Wege zu gehen: Trotz aller Indizien des Namen – er war kein Deutscher, konnte kaum ein Wort Deutsch und besonders hervorzuheben, er hatte nicht die Bohne einer deutschen Tradition, bzw. Abstammung. Er behauptete, dass in uralten Zeiten ein deutscher Gutsbesitzer auf seinem Gut deutsche Ordnung schaffen wollte, sich darum bemühte, dem Gesinde nachvollziehbare Namen zu geben. Bei einem Rundgang auf Viktors Urgroßvater – einen Schneidergesellen – traf und seinen Landrat nur fragte: „Schneider? Also soll er ‚Schneider' sein." Und diesen ehrenwerten Namen hat dann der Urgroßvater über die Generationen an Viktor weitergegeben. Viktors Bruder – ein recht bekannter Kameramann bei „Mosfilm" – hat diesen Namen dann, nachdem Viktor den Repressalien zum Opfer gefallen war, etwas russifiziert, zu „Schneiderow", genauso war seine Schwester Nina Schneiderowa verfahren.

Das Kennenlernen Viktors war bereits eine typische Schneider-Kostprobe und eine Feuertaufe für mich. Seine Frist war zwar abgelaufen, aber man entließ ihn nicht aus der Haft, selbst dort im Hohen Norden nicht. Das war das Trauma aller politischen Häftlinge: Nach endloser Haftstrafe, die Verweigerung der Haftentlassung durch ein Dreierkollegium „bis zu einer besonderen Verfügung" („do osobowo rassporjashenija"), einer völlig willkürlichen Haftverlängerung. Besonders „üblich" war dies während des Krieges, in vielen Fällen wurde dort die eigentliche Frist um Jahre verlängert. So ein Haftverlängerter war Viktor Schneider in einem benachbarten Lager. Der mir befreundete Verwalter (russ.: narjadschik) Sergo Lominadse erzählte mir von Viktor, den er „aus der Mongolei", auf einem anderen Eisenbahnbau, einer Strecke zur Hauptstadt der Mongolischen Volksrepublik Ulan-Bator kennen gelernt hatte. Viktor leide an akutem Skorbut. Bei den Nachbarn sei die Skorbut-Behandlung nicht besonders gut, es fehle dort vor allem an Askorbinsäure. Was ich davon halte, wenn er eine Überführung von Viktor zu uns veranlasse. Ich war selbstverständlich sofort einverstanden, und vielleicht vier Tage später kam Sergo mit Viktor Adolfowitsch in mein kleines Ambulatorium.

Als erfahrener Feldscher unterhielt ich mich natürlich mit meinem Patienten, bemerkte bald seinen hypnotisierenden Blick und seine präzisen Antworten, stellte eine Patientenkarte zusammen, erfuhr auf diese Weise eine Menge über seine Vergangenheit, über die er – was gar nicht so üblich war – sehr freimütig erzählte. Mir fiel auf, dass er wegen der ausgesetzten Haftentlassung, entgegen meinen Erwartungen kaum betroffen war. Das Einzige, was ihm Sorgen machte, war die Anreise seiner Frau Sina. Sie war wegen irgendwelcher Wirtschaftsvergehen auf fünf Jahre eingesperrt, in „die Mongolei" gebracht worden; hatte als Buchhalter/Häftling-Viktor kennengelernt, war sehr bald schwanger geworden; wurde vorzeitig aus der Haft entlassen. Inzwischen war der kleine Wowa geboren, mit dem sie bei fernen Verwandten abwartete, um nach der Haftentlassung ihres Viktors an den Ort seiner Verbannung nachzureisen. Viktor war sich völlig sicher, dass Sina mit Wowa und einer Tochter aus Sinas erster Ehe anreisen und eine Anstellung beim Eisenbahnbau finden würde, sie ihn also noch ein wenig unterstützen könnte, und das dies seine schließliche Haftentlassung nur positiv beeinflussen würde. Da hatte ich schon eine Menge erfahren. Ich forderte ihn auf, sich an den Verbandstisch zu setzen, den Ärmel hoch zu streifen und den linken Ellenbogen frei zu machen. Da wurde dieser scheinbar Unbeirrbare plötzlich nervös, es sei ihm „peinlich", ich wolle wohl eine Spritze verabreichen, noch dazu eine intravenöse, er sei sehr sensibel (sah gar nicht so aus) gegen solche Spritzen, ob man die Behandlung nicht mit Tabletten durchführen könne. Da erwachte in mir natürlich der Mediziner, der sich nicht gern vorschreiben lässt, was er zu machen habe. Er solle sich man nicht so haben, dies seien sehr dünne, von mir persönlich vorgeschliffene, also „angespitzte" Nadeln. Er wäre der Erste, der das nicht überstanden hätte. Er wurde ganz klein, kroch in sich zusammen, was mich veranlasste, mein größtmögliches Entgegenkommen anzubieten – er könne sich ja hinlegen, da könne er nicht umfallen, sondern in aller Ruhe das Bewusstsein verlieren. Das nahm er dankend an, legte sich behutsam auf eine bereitstehende Couchette und wartete auf sein Schicksal. Ich hatte schnell den Gurt an den Arm gelegt, seine Venen waren „gut", füllten sich, es musste also alles glatt gehen. Die Ader war mit der Nadelspitze schnell gefunden, Blut kam in die Spritze und ab ging die Lösung – er verlor nicht das Bewusstsein, freute sich, dass es so glimpflich abgegangen war, stand etwas unbeholfen auf, bedankte sich fast umständlich (im Lager verkümmern die Förmlichkeiten mit der Zeit!), bat noch einen Augenblick sitzen zu dürfen. Ich schärfte ihm ein, dass er nun alle drei Tage zu mir zu kommen hätte, und er ging. Das war Viktor Adolfowitsch pur.

Am nächsten Tag traf ich den Dispatcher, der lachte sich fast tot. Viktor habe ihm erzählt, wie er den Zaghaften, den Ängstlichen gespielt habe, und wie ich mich (wie feinfühlig!) um ihn, in bester Art, gesorgt und gekümmert habe. So sei er nun einmal, nichts mache er lieber, als jemanden auf den Arm zu nehmen. Jetzt ergänzte Sergo: Viktor war nach seinem Einsatz gegen die Japaner in der Fernost-Armee zunächst Tschekist, Anwärter für die Ausland-Aufklärung, besuchte dabei vor allem Deutschland, wurde 1937 das erste mal „geholt“ und bei den Verhören fürchterlich misshandelt. Er habe alle Misshandlungen (Verletzungen einmal ausgenommen) überlebt und – was sehr selten war – dem Untersuchungsrichter absolut nichts unterschrieben. So ging es mit seiner Anklageschrift lange nicht voran. Aus dem berüchtigten Gefängnis „Ljubjanka“ kam er in ein anderes, ebenfalls berüchtigtes, das Militärgefängnis „Lefortowo“.

Hier ereilten ihn die „großen“ Entscheidungen des Koryphäen. Der NKWD-Volkskommissar Nikolai Eshow – ein willenloser Vollstrecker stalinscher Strategien – war inzwischen „entlarvt“ und hingerichtet (was offiziell damals nicht zugegeben wurde, man meldete er sei Volkskommissar für die Binnenschifffahrt geworden). Man hatte einen Sündenbock gefunden und festgestellt, dass eine Menge Menschen zu Unrecht verurteilt worden seien, so gab es zum Ende des Jahres 1938 einige Tausend Rehabilitierungen. Da bei Viktor nicht mal ein Urteil vorlag, war er unter den Glücklichen.

Nun mit den Sicherheitsorganen war es damit allerdings vorbei – wer einmal den Laden von innen erlebt hatte, konnte schlecht für diesen noch von außen eingesetzt werden.

Dieses Allround-Genie verließ umgehend Moskau – weg von der Obrigkeit – in die Provinz. Ging in die Moldauische Republik, nach Kischinjow … als Direktor einer Obstkonservenfabrik. Das war so eine von Viktors Besonderheiten, er eignete sich für ausnahmslos jeden Posten. Wir lernten ihn später als Chef beim Holzfällen, noch später als Direktor einer Diamantenschleiferei kennen. Er hatte etwas von einem Hochstapler (und natürlich Zynikers) konnte sich im Handumdrehen in einen neuen Aufgabenbereich einarbeiten, bei ihm hätte niemand den Neuling vermutet. So waren wir denn ab der zweiten Injektion Freunde. Er bat schmunzelnd für sein Benehmen um Vergebung. Er setzte sich artig, ohne viel Aufsehen an meinen Verbandstisch. Ich konnte meine Spritze ohne Spannung, verabreichen. Für ihn kam sehr bald die „Verfügung“. Er wurde „frei“, d. h. er kam in die Obhut Hauptmann Tschubenkos, unserem gemeinsamen Kommandanten, wo er sich alle 14 Tage zu melden hatte. Seine Erfahrung und sein ausgeprägter Spürsinn half uns, lästige V-Leute (russisch: „seksot“, „geheimer Mitarbeiter“) vom Hals zu halten.

Ein mir zugewiesener „Chirurg“ schien nicht ganz astrein zu sein, zudem hatte ich ihm beim Operieren zugesehen und festgestellt, dass er elementarste Handgriffe und die Antiseptik nicht beherrschte. Zugewiesen hatte ihn das „Spezotdel“, die Sicherheitsbehörde. Wir beobachteten ihn sorgfältig, bis Sergo, unser Dispatcher, ihn in einen fernen Lagpunkt (Außenstelle) überwies. Da kam der Einspruch vom Sicherheitsbeauftragten – die sichere Bestätigung unserer Vermutungen: er war auf uns angesetzt. Dann bemängelte ich sachkundig seine Qualifikation bei der Obersten Medizinischen Verwaltung, zu der ich einen heißen Draht hatte. In den Lagern herrschte Mangel an Fachkräften, es reichte aus, sich als Fachkraft zu deklarieren, das Prüffeld blieb diePraxis. So ganz demontiert wurde er nicht, lediglich vom Chirurgen zum Arzthelfer degradiert – das hatte die Sicherheit bewirkt. Aber verlassen sollte er uns dennoch. Er hatte sich schon sehr solide bestückt, verlangte und bekam ein Pferdefuhrwerk für sein ganzes Zeug. Ich hatte bemerkt, dass er für seinen „Umzug“ einiges von unserem wertvollen Inventar für seine künftige Arbeit beiseite geschafft hatte. Das sagte ich Viktor, der bei der Wachmannschaft bat, am Tor das Pferdefuhrwerk gründlich zu untersuchen. Der ganze Plunder (Wärmflaschen, Spritzen, Medikamente usw.) wurde entdeckt, da half auch keine Sonderabteilung des NKWD mehr. Diese konzertierten Aktionen haben uns viel Ärger erspart und Bewegungsspielräume geschaffen.

Sehr bald kam auch Viktors Sina mit dem kleinen Wowa. Er machte sich daran, mitten in der Taiga eine Hütte zu errichten. Erst später erwies sich, dass Viktor ganz bewusst diese Abgeschiedenheit gewählt hatte, er wollte um jeden Preis unbeobachtet bleiben. Es hatte sich inzwischen ein engerer Kreis gebildet – Sergo, der seine Haft schon mit 16 Jahren angetreten hatte, jetzt ohne Komplikationen entlassen wurde und durch die gemeinsame Arbeit in dem „Mongolei“ Gulag-Bauvorhaben, zu den gründlich geprüften und damit zu den zuverlässigsten Freunden von Viktor gehörte.

Als Zweiter im Bunde war Franz Massalski, ein in Lettland von der Waffen-SS eingezogener Pole, der nur 5 Jahre abzubrummen hatte – später wurden in dieser Kategorie nur noch 25 Jahre verhängt. Viktor hielt ihn für harmlos, zu beschränkt, um diesem geschlossenen Kreis gefährlich zu werden. Denn das alles überragende Kriterium für diesen war, dass „dicht“ gehalten wurde. Viktor wollte, dass man wenigstens im kleinsten Kreis offen miteinander reden konnte. Ich war damals schon Freigänger (russisch: Beskonvoinyi, d. h. ohne Bewacher). Die zu errichtende Hütte sollte, falls dies notwendig sein würde, uns alle beherbergen. Außerdem musste die Hütte winterfest und gut beheizbar sein. So legten wir alle Hand an. Das Baumaterial, bis auf einige winzige Fenster, eine Tür, und einen eisernen Ofen, die Viktor besorgt hatte, lag vor der Tür. Holz, Bretter, Moos, Lehm, Steine. Man kann sich nicht vorstellen, wie findig der Mensch – vor allem ein Russe in der Not ist.

Aus dem Nichts entstand eine kleine Hütte mit dicken Wänden und drei Räumen. Franz „wohnte" sozusagen im „Flügel", der keinen separaten Ofen hatte, und bei starkem Frost auch entsprechend kalt war. Aber er hatte schon eine kleine lettische Freundin – Annjuschka – gefunden, die ihm diesen Raum, vorrangig das Bett, durchaus wohnlich machte.

Es sprach sich herum, dass es bei Viktor sehr gemütlich ist, man sich manches von der Seele reden konnte. So blieben neue Freunde nicht aus, die aber Viktors prüfenden Fragen und Blicken selten standhielten, also nicht aufgenommen wurden. Sina bewarb sich nicht um Arbeit, sondern begnügte sich vorerst damit Hausfrau zu sein. Sie konnte alles, nur mit dem Kochen haperte es ein wenig. Mit aller Welt war sie sehr resolut, gegen Viktor aber konnte sie sich nicht behaupten. Ja, das war eigentlich an ihm erstaunlich und nicht so sehr sympathisch. Gegenüber seiner fast zwanzig Jahre jüngeren Sina, wenn auch nicht gerade einer Schönheit, war er despotisch, so dass ihre Emanzipation sich von selbst begrub.

Einer von diesen abgeblitzten Freunden war Wolodja Stowba, so ein Typ von Salonlöwe und Schürzenjäger aus der nicht alkoholfreien Hafenstadt Sewastopol. Nun war Viktor zu gewieft um ihm zu sagen, dass er ihm nicht über den Weg traue, was ja praktisch bedeutete, dass er für die Sicherheitsorgane arbeitet. Viktor wartete geduldig auf einen Zufall, um ihn loszuwerden – und der Zufall ließ nicht auf sich warten. Saßen wir doch eines Abends bei einem feudalen Abendessen – auf dem Tisch Schinkenspeck, Käse, natürlich Wodka – kam völlig unerwartet Wolodja Stowba daher. Also, wie hierzulande üblich, ran an den Tisch, ein Glas gehoben, noch ein Glas, da bemerkte Stowba ein auf dem Tisch liegendes Küchenmesser: „Mann, ist das ein Messer, das könnte man direkt jemandem in den Arsch jagen!" – „Dir zum Beispiel!", kontert Viktor. Nun gibt es im Russischen so ein Spiel des Angebens und Anreizen, wo man sagt: „Sslabo!" – was soviel heißt wie „trauste dich nicht". So wird denn gereizt, angespornt, und die ganze besoffene Gesellschaft macht mit. Der eine sagt: Du brauchst nur „sslabo!" zu sagen und es passiert. „Würdest Du das wirklich tun?", meint der andere. Darauf der erste (Viktor) wieder: „Du brauchst nur sslabo zu sagen." So ging das hin und her. Schließlich sagt Wolodja Stowba: „SSLABO!" und Viktor jagte ihm das Messer tief in das Gesäß. Das hatte denn Wolodja doch umgehauen, aber er verzog keine Miene, der Hintern blutete mäßig, wurde mit Leukoplast verklebt – und Wolodja Stowba waren wir für immer los.

Bald hatte Viktor einen Radioempfänger mit einem sehr effektiven Kurzwellenbereich, man konnte da hoch im Norden vorzüglich die ganze Welt empfangen, die zu bestimmten Themen recht dürftigen Nachrichten aus Nowosibirsk, bzw. aus Moskau beachtlich ergänzen. Wir hatten bald Radio Brazzaville, Radio Peking, Radio Luxemburg, Radio Ceylon, die BBC und andere Stationen ausgemacht. In dieser kritischen Zeit (1950-1953) tobte der Korea-Krieg, da konnte man schon bei den Sendern in Sydney oder der BBC eine Masse dazu lernen. Wobei wir nicht am Sieg der Truppen der Koreanischen Volksrepublik und der zur Hilfe geeilten 100 000 chinesischen „Freiwilligen" zweifelten. Uns ärgerte, kurz gehalten zu werden, uns lockte die Emanzipation, diese Verschwörung per Äther. Natürlich konnte man solches, als „kollektives" Abhören von Feindsendern betrachten, also nur mit absolut zuverlässigen Leuten machen – unsere waren es. Da die russischsprachigen Sendungen in der Regel gestört wurden, blieben uns nur die englischsprachigen, ich geriet zum Simultandolmetscher – unter Viktors Schirmherrschaft kein Risiko.

Hin und wieder gab es auch so etwas wie einen Literatur-Abend durch Sergo, in dem unwahrscheinliche Talente schlummerten. Nach seiner Rückkehr nach Moskau erwirkte er bei einem Freund seines geächteten Vaters, bei Anastas Mikojan, ein Architekturstudium, sattelte aber nach einem Semester um auf Literaturstudium. Sergo rezitierte also in diesen Polarnächten eigene, großartige, sprachgewaltige Gedichte, in denen das Elend des Gefangenseins, all die Auswüchse und Sehnsüchte, oft gepfeffert mit saftigen, mit elend obszönen Flüchen uns alle bewegten.

Wir müssen den Versuch, diesen außergewöhnlichen Mann errschöpfend darzustellen aufgeben. Es ist ohnehin vermessen, einen Menschen auf einigen Schreibmaschinenseiten auch nur annähernd erfassen zu wollen. Ein kleiner, nicht unbedeutender Pinselstrich an dem Bild dieses großen Harlekins sei dennoch gewährt. Viktor wurde rehabilitiert, Sergo wurde rehabilitiert, Franz wurde rehabilitiert – wie sich erwieß: Nichts gewesen, weil, ja weil, wie der Oberste Militärstaatsanwalt uns allen erklärte keine strafbare Handlung vorläge, das Verfahren niedergeschlagen ist – und basta!

Wir alle trafen uns in Moskau wieder. Viktor, nun 55-jährig, wurde entschädigt, bezog eine respektable Staatspension, hatte eine komfortable Wohnung mit seiner vierköpfigen Familie bezogen, denn er war jetzt (wieder): *Oberst* der Reserve des Ministeriums des Innern – *Uniformträger* und Träger seiner alten Bürgerkriegsorden. Operettenhafter konnte es nicht sein: immer wenn ein wichtiger Behördengang zu machen war, legte er Uniform an! Er lud uns zu einem Bummel durch die Stadt ein, wir schlenderten über die Uliza Gorkowo und bei jeder entgegenkommenden Uniform zischte Viktor schon im voraus: „Pass auf! Jetzt kommt's" – die Uniform straffte sich, Augen rechts, Hand zum Gruß an den Mützenschirm und viermal den Stechschritt. Wir waren ausgelassen, wir lachten, wir konnten es nicht fassen – Wahnwitz!

Kartenspiel und Suff – in Walters Obhut

Wenn Not am Mann war, erinnerte man sich gerne an mich als einen qualifizierten Feldscher/Arzthelfer – obwohl ich ja nur im Lager einer sein durfte – jetzt war ich für das Krankenhaus eigentlich nur Röntgeningenieur. Aber wer wird denn nein sagen, wenn er mal aushelfen kann. Man bat mich, den Nacht- und Notdienst zu übernehmen. Das war ein ruhiger „Job" (würde man heute sagen), selten, dass wirklich etwas vorfiel, was über Verabreichung eines Beruhigungsmittels oder Anlegen eines Verbandes hinausging.

So begann denn auch diese Nacht (richtig dunkel wurde es ja nicht), der Dienst routinemäßig mit der Versorgung der Schwerkranken, der Postoperationskranken und mit den laufenden Arbeiten. Ab und zu ging ich hinaus, um den Abend zu genießen, vor dem Krankenhaus stand speziell zu diesem Zwecke eine Bank, von der man bequem zum Fluss hinunter schauen konnte. Da kam ein Geländefahrzeug ungewöhnlich forsch den Berg herauf gefahren und stoppte kurzerhand vor dem „Portal" des Krankenhauses. Zwei Mann sprangen heraus, öffneten eine Seitenplanke und zogen eine Trage, ja eigentlich eine Krankentrage heraus. Der Geschädigte lag verdeckt mit einem Tuch und rührte sich nicht. Tot? Auch Tote brachte man mitunter in der Hoffnung (wir hatten einen guten Ruf), dass hier Wunder geschehen könnten.

Ein Toter?" fragte ich die Träger. „Auf dem Schiff hat er noch gelebt" erwiderten sie. „Auf dem Schiff?" – „Ja die ‚Ordshonikidse' hat gerade angelegt." Ich bat den Patienten, erst einmal in das Verbandszimmer zu bringen. Wir nahmen das Tuch ab und mussten leicht zurückweichen, so stank die vermeintliche Leiche nach Fusel. Aber er, es war ein Mann, lebte, atmete schwer. Der Puls lief ziemlich hastig, hatte aber gutes Volumen. Ein total besoffener Kerl, schwitzend, zyanös angelaufen, aufgedunsen, nur mit langer, etwas verdreckter Unterhose bekleidet. „Warum ist er denn halbnackt?", fragte ich die

Träger. So habe der Kapitän ihn ausgeliefert. Kleidung und Papiere zu suchen sei keine Zeit gewesen, das Schiff habe bereits wieder abgelegt. Das ließe sich später ergänzen, erst einmal sollte dem Mann geholfen werden, so hatte der Kapitän gesagt. Sicher wollte er Schlimmeres verhindern, er glaubte, der Mann wäre ihm bis Igarka vielleicht schon drauf gegangen.

Wir entschieden, dem Mann etwas Stimulierendes zu geben, auch etwas Glukose und ihn seinen Rausch ausschlafen zu lassen. Zwei Sanitäter trugen ihn zum Ende des Flurs, wir waren etwas überbelegt, deckten ihn zu und er blieb ruhig. Alle halbe Stunde machte ich meinen Routine-Rundgang durch alle Krankenstuben, verweilte kurz bei unserem „Neuen" – er atmete sehr regelmäßig und schien ganz tief zu schlafen.

Ich maß diesem Ereignis immer weniger Bedeutung bei, konnte aber beim nächsten Rundgang feststellen, dass sich der Fusel-Patient auf die andere Seite gedreht hatte – eine beachtliche Leistung. Beim nächsten Mal hob er schon etwas den Kopf und flüsterte mir zu: „Wo bin ich?" Ich vermied jedes Gespräch, einen Skandal konnte ich hier mitten in der Nacht nicht gebrauchen. Ich drückte ihn sanft auf das Kopfkissen und ging wieder. Bei jedem neuen Gang wurde er in der Tat aufsässiger, es wurde immer schwieriger ihn zu beruhigen. Ich versuchte seinen Fragen mit Ausflüchten zu entkommen: „Sie sind gut aufgehoben, in einem größeren Krankenhaus" oder „Sie sind krank, aber in guter Behandlung, es geht Ihnen schon bedeutend besser, zeigen Sie mal den Puls, na bitte, ganz hervorragend". Oder „Das Einzige was Ihnene jetzt hilft, ist wirkliche Ruhe, keine Aufregung!". So zog ich die Angelegenheit hin bis zum Morgen, denn es war klar: Dies war kein Fall für das Gesundheitswesen, sondern ein Fall für die Miliz. Der Mann hatte keine Papiere (in einem Gebiet wo Lager neben Lager war – etwas alarmierend), kein Geld, was hier im Norden selten war, keine Kleidung. Die Miliz begann ihre Tätigkeit erst um 9.00 Uhr, was ja den laufenden „Geschäften" vollauf genügte. Um 9.00 rief ich an, der Hauptmann der Miliz Krylenko meldete sich. Nach kurzer Schilderung der Sachlage versprach er sofort zu kommen. Dem Patienten hatten wir inzwischen einen Krankenhauspyjama übergezogen und ihn wieder ins Verbandszimmer gebracht, wo er ziemlich energisch forderte, den Chef der Miliz zu rufen. Wir bestätigtem ihm, dass dies bereits geschehen sei.

Den Raum betrat der Milizionär, alles verstummte. Er setzte sich umständlich an den kleinen Schreibtisch und fragte: „Nun Bürger (‚grashdanin') erzählen Sie mal, wie Sie hierher gekommen sind?" – „Ja, das weiß ich selbst nicht, vielleicht entführt?" Der Milizionär lachte. „Ich war auf dem Schiff

‚Ordshonikidse' auf dem Weg nach Igarka!" – „Wirklich?", konterte der Milizionär. Die Geschichte war schnell erzählt. Er habe auf dem Schiff zwei nette junge Leute kennengelernt, habe sie in seine Kajüte erster Klasse eingeladen, mit ihnen ein wenig gezecht. „Scheint aber 'ne ganze Menge gewesen zu sein", unterbrach der Milizionär. Der Mann meinte es sei so das Übliche gewesen, mit den beiden jungen Männern habe er sogar noch Karten gespielt. Der Milizionär lachte wieder. „Sagen Sie mal, was wollten Sie eigentlich in Igarka?", wollte der Milizionär nun wissen. Um Gottes Willen, der Mann war astreine Nomenklatur: der Sonderbeauftragte für den gesamten Schrotthandel im Krasnojarsker Gebiet – auf einer Inspektionsreise zu seinen Untergebenen nach Igarka und dann weiter nach Dudinka. Der Milizionär schien ein bisschen Haltung anzunehmen, „natschalstwo", mag er gedacht haben, bemühte sich aber weiter, offiziell zu bleiben. Nun, ein Protokoll nach dem üblichen Schema wurde aufgenommen und unterzeichnet. „Na ja", meinte der Milizionär, „so können wir Sie ja nicht umherlaufen lassen – wir könnten Ihnen eine Milizuniform geben" – „Nein!" Als Milizionär wollte er nicht herumlaufen. Er habe in Igarka gute Freunde, die ihm alles Nötige geben würden. Jetzt brauche er nur provisorische Papiere, um die Reise fortzusetzen. Ob wir den Patienten hier noch einkleiden könnten, wollte der Milizionär wissen. Wir würden uns bemühen ... Der Milizionär kam in etwa einer halben Stunde zurück. Unser Patient war eingekleidet – auf dem denkbar niedrigsten Niveau. Wir hatten ein Russenhemd aufgegabelt, das zwei Nummern zu klein war und seinen Kugelbauch prall umspannte, die Hosen waren zu kurz. Einen Lederriemen hatten wir (leider, leider!) auch nicht. So mußte ein Strick herhalten, der über dem Bauch verknotet war. Sogar ein Paar ausrangierte Schuhe hatten unsere Pflegekräfte gefunden (von zufälligen und unerwarteten Todesfällen blieb ja immer etwas übrig). Er sah aus wie entsprungen, wie eine Vogelscheuche, zu allem Ärger ein komisches Käppi, zum Schreien. Der Milizionär schluckte etwas, aber wenn der Bevollmächtigte es so gewollt hatte – bitte! Der Miliz-Äther hatte fleißig gearbeitet, hatte über Funk mit Krasnojarsk gesprochen, mit Igarka, mit der Dienststelle des Betroffenen. Alle seine Angaben hatten sich bestätigt. Mit dem Kapitän des Schiffes war Verbindung aufgenommen worden. Das Schiff hatte den Hafen von Igarka schon wieder verlassen. Von irgendwelchen jungen Leuten keine Spur. Die Kajüte des Genossen Schrotthändlers war inspiziert worden. Von dem angegebenen Bargeld in Höhe von 1.800 Rubeln – ebenfalls keine Spur. Sachen, Kleidungsstücke? Nichts von alledem in der Kajüte gefunden. Aber niemand verzog eine Miene – wo doch alle am liebsten laut losgelacht hätten. Sogar ein Schiff war in Sicht, man hatte in Erfahrung gebracht, dass ein kleiner Frachter stromabwärts ging, er würde in etwa zwei Stunden unten anlegen. Saubere Arbeit!

Der Milizionär hatte scheinbar seine Bedenken, dieses Stück Obrigkeit so durch den Ort laufen zu lassen. Gott, es gab keine Bettler oder Vagabunden, aber er konnte doch Verdacht erwecken. Ob ich ihn bis zum Schiff begleiten könne. Nun, meine Nachtschicht war lange vorbei, ich hätte schon gerne ausgekostet, wie die Mannschaft ihn aufnimmt, unseren nächtlichen Patienten. Wir zogen los, der breite Weg machte einen weiten Bogen hinunter zum Fluss. Aber als mein Schrotthändler das Schiff erblickte (und natürlich befürchten mußte, dass es ohne ihn abgeht) kürzte er den weiten Bogen ab, rannte blindlings direkt auf die Anlegestelle zu und geriet dabei in Reichweite eines angeketteten Schäferhundes, der sich blindlings auf ihn stürzte. Er fiel, rannte dann weiter, aber seine zu kurze Hose war zerfleddert. An Umkehren war nicht zu denken.

Unter Tataren

... die todkranke Irina erzählt ...

Jeder einigermaßen belesene Bürger dieses Landes weiß, dass es in der Sowjet Union sehr viele Völker, Völkerschaften, bzw. Nationalitäten gab, darunter auch Tataren. Den Fortgeschrittenen ist in Erinnerung, dass es sogar eine Tatarische Autonome Sowjetrepublik gab, wo nicht gerade ausschließlich Tataren wohnten, aber sich doch eine gewisse Ballung dieser Nationalität abzeichnete. In der Hauptstadt Kasan waren die Straßennamen tatarisch ausgewiesen, russisch im Untertitel.

Diejenigen, die sich mit dieser Materie noch gründlicher beschäftigt haben wissen, dass bereits im Jahre 1921 eine Autonome Sowjetrepublik der Krim – eine Republik der Krimtataren mit der Hauptstadt Simferopol (1 500 Kilometer von Kasan entfernt) – gegründet wurde, die aber am 30. Juni 1945 mit einem Federstrich Stalins liquidiert und zum „Krim-Gebiet" umfunktioniert wurde. Tataren gab es zu diesem Zeitpunkt auf der Krim keine mehr, die waren in den letzten Kriegsjahren bereits in Güterzügen nach Osten deportiert worden.

Es gab aber viele Tataren, die keinen autonomen Status hatten – so in Sibirien. Diese ganzen tatarischen Inseln in dem riesigen russischen Reich sind nichts weiter als Überreste eines mächtigen Weltreiches. Dieses erstreckte sich von der Mongolei – kaum als Tatarenreich sondern als Mongolenherrschaft im 13. Jahrhundert bekannt – bis nach Baku, nach Bagdad, nach Kiew und die Krim. Hier ist leider nicht der Platz, auf die Ursachen des Untergangs dieses Weltreiches einzugehen. Einer der Gründe waren die späteren Eroberungsfeldzüge der russischen Kosaken nach Osten – so gab es erbitterte Kämpfe um die sibirische Hochburg der Tataren Tobolsk, wo dann 1587 eine Festung der russischen Kosaken gegründet, bevor es 1717 Hauptstadt von Sibirien und Sitz des russischen Gouverneurs wurde. Dieser gigantische Feldzug endete erst bei Kamtschatka und Sachalin am Stillen Ozean, wo eine russische Expedition unter dem Dänen Vitus Behring durch Entdeckung der Behring-Straße 1733-1741 diese russisch-imperialen Bestrebungen komplettierte. Durch diesen opferreichen Kolonisierungsprozess wurden schließlich alle Völker des Osten und des Kaukasus' unter die Zarenkrone gezwungen. Übrig geblieben sind ethnische Inseln, wie Eisschollen nach Abschmelzen eines riesigen Eismeeres, wie Stofffetzen nach einem Unwetter.

Die seit 1918 in Libawa lebenden Eheleute Andrej Alferow und Helena Alferowa, die beiden in Libawa geborenen Söhne Boris und Georg und deren Schwester Irina Andrejewna Alferow wussten nur wenig von diesen entfernten Völkerschaften. Mit Beginn des Ersten Weltkriegs wurde der Großvater von Irina Andrejewna, Wladimir Aleksejewitsch Alferow – der als ordentlicher Professor in Petersburg einen Lehrstuhl für Wirtschaft hatte – einberufen, kurzerhand zum General ernannt und für alle Rückwärtigen Dienste an der Westfront des Zarenreiches verantwortlich gemacht. Seinen Stab etablierte er logischerweise in der Nähe der Front, im *Westen Russlands,* in der Hafenstadt Libawa. Als die Wirren der Revolution 1917 das Leben des jungen Paares in Petersburg immer unerträglicher machten, rief der inzwischen demissionierte General seinen Sohn Andrej und seine junge Frau Helena in sein Haus nach Libawa, in eine von den Revolutionen noch nicht betroffene *russische Stadt.* Aber kaum hatten die Eheleute die beschwerliche Reise hinter sich gebracht, billigte die junge Sowjetmacht 1918 der Republik Lettland staatliche Selbstständigkeit zu – so war das junge Paar plötzlich *im Ausland.* Es blieb nichts anderes, als sich – wenigstens vorläufig – in diesem Ausland einzurichten, Helena als Lehrerin und Andrej in einer schwedischen Streichholzfabrik, dabei ständigen Demütigungen wegen ihrer russischen Nationalität durch die neuen lettischen Behörden ausgesetzt.

Im Jahr 1940 wendete sich das Blatt mit der Erteilung von Stützpunkten und dem späterem Eintritt der Republik Lettland in die Union der Sozialistischen Sowjetrepubliken. Die „Russen" waren zurückgekehrt, Russe zu sein war nicht länger eine Schmach, das kulturelle Leben der russischen Gemeinschaft entfaltete sich zusehends. Doch mit der Roten Armee, mit den Sowjetorganen kamen auch die Sicherheitsorgane, das NKWD, die gründliche ‚Meinungsforschung' betrieben, sehr schnell die Menschen – auch die ‚Russen' – in ‚befreundete' und ‚feindliche' Personen ‚einteilten', entsprechende ‚Listen' zusammenstellten – sehr umfangreiche Listen. Für die drei baltischen Staaten Litauen, Lettland und Estland wurden etwa 340 000 unliebsame Personen ermittelt.

Ganz kurz vor dem Überfall der deutschen Wehrmacht auf die Sowjet Union schien den NKWD-Leuten der Zeitpunkt herangereift, den ‚erfassten Personenkreis' – natürlich aus ‚Sicherheitsgründen' – gen Osten abzutransportieren. Das betraf auch die Familie der Alferows, konnte aber gegen die Söhne – die in Riga studierten – nicht mehr vollstreckt werden, da die wenigen verbliebenen Tage für die ‚roten Sicherheitskräfte' kaum reichten, sich vor den anrückenden Gestapomännern ‚in Sicherheit' zu bringen, zu fliehen.

Nur Vater Andrej erwischte es noch mit einem Urteil zu Lagerhaft, die 48-jährige Ehefrau Helena und ihre 16-jährige Tochter Irina mit einer ‚Order' zur Aussiedlung nach Sibirien (worüber diesen, wiederum ‚aus Sicherheitsgründen', keine näheren Angaben gemacht wurden). Am 14. Juni 1941 – also genau eine Woche vor dem Überfall – bestiegen die beiden völlig ahnungslos in Libawa Güterwagen zum Abtransport aus dem Baltikum in diese fernen sibirischen, tatarisch-ethnischen Enklaven.

Zunächst erreichten sie in einer endlosen Bahnfahrt – unterwegs erfuhren sie sporadisch, dass inzwischen Krieg war – in der ersten Augusthälfte 1941 die Stadt Krasnojarsk am Jenissei – nun nicht die Stadt am linken Ufer des mächtigen Jenissei, sondern nach Passieren der überlangen Eisenbahnbrücke den Bahnanschluss einer Fabrik auf dem rechten Ufer, wo sie ein bis zwei Tage – sich selbst überlassen – von den wenigen Begleitmannschaften kaum beachtet, in halb fertig gebauten Schulen kampierten. Dort hatten sie immerhin ein Dach über dem Kopf, wobei das Gelände nicht mit Stacheldraht eingezäunt war. Sie bekamen eine karge Brotration, was die Mutter veranlasste – da sie in der Hast des Aufbruchs am Vortage der Gehaltszahlung nicht eine Kopeke Bargeld bei sich hatten – ihren Ehering gegen Brot und ein bisschen Geld zu versetzen, um etwas Essbares zu kaufen, denn beim Aufbruch in Libawa gönnte man ihnen dazu keine Zeit.

Die Anlegestelle war unweit am Fluss. Nach drei Tagen führte man sie dort hin, wo schon riesige Schleppkähne bereit lagen. Mit bescheidenem Komfort und weiter einer kleinen täglichen Brotration von 500 Gramm ging's stromabwärts. Nach etwa zwei Wochen legte der Schleppkahn – wie sich erwies in Golanino, einem Vorort der kleinen Provinzstadt Kasatschinskoje auf dem linken Jenisseiufer – an. Der Schleppkahn fuhr dann weiter, brachte seine – aus Russen, Letten, Esten, Juden und ein paar Deutschen bestehende lebende Fracht nach Igarka, nach Dudinka und bis nach Dikson, einer Insel vor der Jenisseimündung im Nördlichen Eismeer.

Am Ufer lebte man zunächst unorganisiert, d. h. ohne strenge Bewachung, auf einem größeren, von Häusern umgebenen Platz unter freiem Himmel, es hatte zum Glück in diesen Tagen nicht geregnet. Jeder hatte irgendeine Decke oder einen Lappen, den er als Unterlage auf den Sand – eher Kiesboden – legte. Sie bemerkten dann, dass sich die Anzahl der Deportierten auf dem Platz zusehends verringerte, obwohl es durch neue Transporte von Litauern und anderen auch Nachschub gab. Da Irina ruhrkrank wurde, und sie sich in die Nähe eines Zaunes gelegt hatten, bemerkte sie die Hausfrau im anliegenden Haus – Nationalität Belorussin, Mittvierziger, allem Anschein nach alleinstehend. Sie kam gelegentlich raus, um den beiden ein bisschen Milch oder Tee zu bringen, ansonsten war das Sprachbild schon gemischt, Russisch und Tatarisch, was sie zunächst gar nicht wahrnahmen. Da die Hausfrau bemerkte, dass Irina anscheinend erkrankt ist, bot sie den beiden an, sich wenigstens zu ihr in den Flur zu legen. Sie erkundigte sich, wo sie herkamen, wer sie waren. Dann machte sie die Ankömmlinge darauf aufmerksam, dass sie hier nicht so einfach warten könnten, dass sie sich „ranhalten", („sabotitsja"), kümmern müssten um weiterzukommen – was ihnen ja niemand gesagt hatte. „Sehen Sie, fast alle Leute sind schon weg in die umliegenden Kolchose. Sie laufen Gefahr hier allein zurückzubleiben, Sie müssen sich melden." Das war schon eine Überraschung, sie wussten wirklich nicht, wie das hier lief. Die Mutter schaute mal raus und in der Tat, der Platz war menschenleer, fast alle, bis auf eine alte Frau mit ihrer Tochter, waren fort. An einem der folgenden Tage erschien denn auch ein Fuhrwerk mit Kutscher, das war der Vorsitzende einer Kolchose, der sagte: „Ich kann zwei Arbeitskräfte brauchen." Die Belorussin antwortete: „Nehmen Sie doch diese beiden hier, das Mädchen ist nicht sehr gesund." Der Vorsitzende, ein Tatare, Manapow guckte kurz herein und bemerkte: „Was soll ich denn mit denen, die können doch sowieso nichts arbeiten" – so mickrig müssen die beiden damals ausgesehen haben. Da weiter keiner verfügbar war, nahm er sie schließlich mit und sorgte unterwegs schlecht und recht für sie.

Wie das administrativ funktioniert hatte, blieb im Dunkeln. Er kam, befand die beiden mehr oder weniger für tauglich und nahm sie mit. Er hatte scheinbar auch nirgends unterschrieben oder sie abgemeldet. Dann fuhren sie per Fuhrwerk etwa 70 Kilometer westwärts ins Landesinnere in die Kreisstadt Pirowskoje. Einmal haben sie sogar auf einem Fuhrhof übernachtet. In der Kreisstadt hatte sich der Kolchosvorsitzenden beim Chef des NKWD Hauptmann Nowikow – ein Russe, sein Stellvertreter ein Tatare – gemeldet, da wurden anscheinend die Formalitäten dieser Fahrt in die Kolchose erledigt. In der Folgezeit mussten sich beide zweimal in der Woche, später einmal im Monat bei dem Stellvertreter melden und unterschreiben. Nach weiteren 25 Kilometern – die sie später zum Melden stets zu Fuß zurücklegten – erreichten sie ihren endgültigen Bestimmungsort, die Kolchose mit Namen „Satarow“, im Dorf Nowo-Timirschik, Pirowsker Rayon. Das Dorf bestand aus etwa 40 Häusern und einer Bevölkerung von vielleicht hundert Seelen. Im Dorf hatte der Vorsitzende beide der Bäuerin Gainab Gabibulina zugeteilt, die eine kleine, vielleicht sechsjährige Tochter hatte und deren Mann an der Front war. Diese beiden aufzunehmen war nicht ganz ohne Vorteil für die Bäuerin, die Einquartierung wurde ihr in Arbeitseinheiten verrechnet. Sie wurde nicht mehr zu schwerer Feldarbeit herangezogen.

Die Unterbringung war natürlich äußerst bescheiden. Wenn man das Haus betrat, kam man zuerst in einen kleinen Vorraum („senze“) und dann in die Küche. Dort wurde eine gemeinsame Pritsche aufgestellt. Die Frau war zwar Tatarin, sprach aber sehr gut Russisch, da sie lange bei ihrem Mann – einem Offizier – bei einer Division nahe Krasnojarsk gewohnt hatte. Mit Kriegsbeginn bekam der Mann Marschbefehl und wurde später als vermisst gemeldet. Sie kehrte zu ihren Schwiegereltern in dieses Dorf zurück, die ihr auch halfen, ein kleines Häuschen zu errichten. Nach der Küche kam dann das einzige Zimmer. Auch der ganze Hof war ziemlich klein, sie hatte eine Kuh und ein Kälbchen, ein paar Schafe und ein paar Hühner. Während der Besichtigung der Örtlichkeiten fragten die beiden natürlich auch nach dem kleinen, gewissen Örtchen. Die Gabibulina erläuterte, dass man „dazu“ in den Pferch zu den Schafen ginge, was den Vorteil hat, dass die Schafe das Ausgeschiedene sofort auffressen, eine besondere Art verkürzter Reproduktion. Nicht so die ‚Neuen‘, diese könnten nicht zu den Schafen gehen, da sie „unrein“, also nicht moslemisch seien. Ihnen wurde bedeutet, hinter dem Gehöft, draußen auf dem Acker einen Abort zu errichten, einfacher gesagt, eine Grube ausheben. Soweit war also der freie Fall in drei Monaten gegangen. Von Libawa mit seinen gepflasterten Straßen, seiner Kanalisation, seinem fließenden Wasser, seiner Innentoilette, seiner Elektrizität in das Dunkel der „Unreinen“ ohne all diesen – damals selbstverständlichen – Komfort.

Im Frühjahr 1942 durften sie dann auf dem Acker – außerhalb des Gartens der Wirtin, am Ende des Dorfes – auch einen eigenen Garten anlegen, wo sie aus Kartoffelschalen, bei denn die Keime noch erhalten waren, die ihnen die Bauern brachten, Riesenkartoffeln ernteten. Auch Setzlinge – Kohl oder Rüben – die bei den Bauern übriggeblieben waren oder Samen für Gurken und Kürbis, brachten sie. Weiter wurden Mohrrüben und Petersilie angebaut. Dieser Garten war, obwohl nicht eingezäunt, durch Diebstahl nicht gefährdet, in diesen Dingen herrschte absolute Ehrlichkeit. Es gab keine Türschlösser, viel zu stehlen war sowieso nicht und abends waren die Leute zu Hause. Elektrische Beleuchtung wurde durch Leuchtstäbchen aus harzigen Baumwurzeln ersetzt. Da konnte man zwar nicht lesen, aber spinnen oder stricken konnte man schon. Spinnräder gab es nicht, die Bäuerinnen sponnen in der Regel frei Hand. Das Stricken hatte Irina noch in der Schule gründlich erlernt. Man erwarb gegen kleine Dienste beim Bauern privat Wolle aus der sie Faden sponnen und dann nach Bedarf strickten, warme Strümpfe, Jacken, warme Unterwäsche. Die Menschen waren während des Krieges ja generell voll auf Selbstversorgung ausgerichtet.

Die Wirtin hatte, wie im Dorfe üblich, viele Gänse, denn von den Gänsen musste nichts an den Staat abgeliefert werden. So spielten Gänsebraten und auch die Federn und Federkissen bei den Tataren eine sehr große Rolle. Man schlachtete die Gänse im Winter – nun nicht zu Weihnachten, denn sie waren gläubige Mohammedaner – sondern zu ihren Feiertagen. Nur ihre Gänse durften sie selber schlachten, das andere Vieh durften sie nicht schlachten, das musste an den Staat oder in die Herde der Kolchose – gegen Verrechnung auf das persönliche Konto – abgeliefert werden.

Im Dorf gab es eine Vierklassenschule mit zwei Lehrern. Wenn die Kinder größer wurden, kamen sie in eine Ganztagschule mit Internat in die Kreisstadt, ins 25 Kilometer entfernten Pirowskoje. Richtig große Bäume gab es im Dorf nicht. Das Zentrum des Dorfes – in Sibirien ist ja viel mehr Platz, alles ist weitläufiger – bestand aus einem großen, von Häusern eingerahmtem Rasenfeld, vielleicht so groß wie ein Fußballfeld, auf dem in der Mitte ein riesiger, sehr tiefer Brunnen mit einer langen Stange war, an deren Ende der Eimer befestigt wurde. Der ähnelte einem großen Storch und wurde auch russisch „aist“ (Storch) genannt. Hier am Brunnen wurde den ganzen Tag Wasser, sehr gut schmeckendes Wasser, von Frauen und Mädchen geschöpft. Man traf Bekannte, hier wurden Neuigkeiten, sicher auch Klatsch ausgetauscht. Irinas Aufgabe war es von Anbeginn dafür zu sorgen, dass im Hause immer genügend Wasser, fürs Kochen und Trinken, für die Banja (das Dampfbad), für das

Vieh und den Garten vorhanden war, das waren mehr als dreißig Eimer pro Tag. Beide wohnten damals direkt neben dem Dorfsowjet und Irina hatte es zum Brunnen nicht weit. Da sie am Tage in der Kolchose arbeitete, war das Wasserholen Irinas Abendbeschäftigung. Für die Wäsche nutzten alle ein kleines Flüsschen, das neben dem Dorf plätscherte, hier konnte man schon ein paar Stück spülen, dafür brauchte man kein Wasser zu schleppen. Die Wäsche legte man im Freien aus, bis sie trocken war. Etwas schwierig war es im Winter, da fror der Brunnen fast zu, so dass der Eimer nicht mehr durch die Öffnung hindurch ging. Da musste der, der zuerst kam, mit einer Brechstange das Loch erst einmal aufbrechen, damit der Eimer wieder herabgelassen werden konnte.

Später – 1943 – sind Mutter und Tochter umgezogen, weil die Wirtin sie nicht mehr haben wollte. Da hat sich der Vorsitzende der Kolchose umgesehen, wer sie aufnehmen wollte. Er hatte eine Bleibe in einem sehr schönen, reich verzierten, echt-russischem, wohlhabendem Haus gefunden. Sogar der Hof war mit Brettern ausgelegt, ihnen schien das geradezu nobel. Es war das Haus des Dorfschmieds, des Babai Kutusow, ein Tatare. Der Name Kutusow ist tatarisch und der berühmte General Kutusow war ebenfalls Tatare. Diese Familie hatte zwei Söhne. Der eine war im Krieg, seine Frau Fatima wohnte mit zwei Kindern bei den Schwiegereltern. Das Haus bestand aus zwei Hälften. In der einen, weniger sauberen, wohnte die Schwiegertochter, dazwischen war ein breiter Flur mit verschiedenen Abstellmöglichkeiten. Und in der zweiten, der glänzenden Hälfte, wohnten die Alten – und die beiden ‚Balten' – hinter einem zweiten russischen Ofen, was ursprünglich mal als kleine Küche gedacht war, so dass sie es warm hatten. Auch hier galten sie als „unrein", durften nicht zu den Schafen gehen und mussten sich eine neue Grube auf dem nahe gelegenen Acker ausheben.

Diese Häuser waren eigentlich kleine Gehöfte mit Nebengebäuden, Ställen für das Vieh (Schafe und in der Regel eine Kuh), einer Scheune und Lagerhaus zum Stapeln von Brennholz, ein wenig abseits die Sauna. Das war immer „tschornaja banja", also „schwarzes Dampfbad", wo sich in der Mitte die Feuerstelle befand, auf der ein großer Berg Steine, unten die großen, darauf die kleineren, gestapelt waren. Diese Steine wurden mit Holzfeuer erhitzt und dann mit Wasser bespritzt, was den gesamten Raum mit Dampf und mit Ruß füllte, der keinen Ausweg durch einen Schornstein hatte, so dass man vorsichtig sein musste, um nicht an die fettig-schwarzen Wände zu kommen. In diesem stinkigen Gemisch wusch man sich aus alten Schüsseln, schlug man sich den Körper mit Birkenbündeln rot. So sah das Erlebnis „Banja" damals aus.

So wie es kein Salz gab, gab es auch keine Seife. Für die Wäsche machte man auf Birkenasche einen Aufguss, den man mehrere Tage stehen ließ, das ergab eine sehr weiche Lauge.

Die Gehöfte hatten einen großen Garten, wo im Wesentlichen Kartoffeln, Weißkohl, rote Beete, Mohrrüben und Gemüse für den persönlichen Bedarf angebaut wurden. Das war vom Kolchosstatut garantiert. Angebaut wurde außerdem Hanf, den die Tataren sehr vielseitig verwendeten. Zum einen wurden aus den Körnern Mahlzeiten bereitet, aber vor allem bearbeitete man die Stängel, sie wurden geschlagen, gebrüht und schließlich zu Fäden gesponnen, um daraus Tuch zu weben, aus dem dann Kleidung, Hemden, Schürzen genäht wurden.

Vor dem Krieg verfügte man in der Kolchose auch über Jagdwaffen. Seit Kriegsbeginn gab es weder Jagd noch Jagdtrophäen. Wenn allerdings die Wölfe überhand nahmen, wurden Waffen aus dem Kreiszentrum angefordert und die Wölfe wurden abgeschossen. Wild gab es schon. Einmal begegnete Irina einem nicht sehr großen Bären, ihr war überhaupt nicht klar, dass es ein Bär war. Nur das Pferd wurde etwas unruhig, der Bär schenkte ihm keine Aufmerksamkeit und trottete sich von dannen. Irina dagegen dachte an das Pferd und spornte es mit der Peitsche an. Als sie in die „Kontora" kam, sahen die Anwesenden, dass sie unheimlich aufgeregt war und wollten erst gar nicht glauben, dass ihr ein Bär so nahe über den Weg gelaufen war. Einige eilten zur beschriebenen Stelle und fanden nur noch den Kot des Bären.

Während des Krieges wurde alles, aber restlos alles Getreide bzw. Hafer an den Staat abgeliefert, so dass den Kolchosnikis nichts blieb. Das veranlasste den Vorsitzenden der Kolchose, tief im Wald für seine Kolchosmitglieder – natürlich illegal – eine größere Fläche umzupflügen, um dort Weizen und Hafer anzubauen. Das ist niemals herausgekommen, da haben in den tatarischen Kolchosen alle dicht gehalten. Entsprechend wurde in der zweiten Kriegshälfte in den häuslichen Gärten auf einer kleinen Fläche Hafer und Weizen ausgesät, um – im Falle einer Durchsuchung – das Vorhandensein dieses ungesetzlichen Getreides im Hause zu legitimieren. Es konnte einfach gestohlen sein, oder es musste zur Mühle gefahren werden, da konnte leicht die Frage aufkommen: Woher hast du denn das Getreide? Da hieß es dann: Aus unserem persönlichen Garten.

Sofort am nächsten Tag nach der Ankunft wurden die Ankömmlinge zur Feldarbeit eingeteilt, für die Kolchose bestand Weisung, sie nur zu Feldarbeiten, nicht zu Büroarbeiten einzusetzen. Irina kam dabei sehr zu gute, dass sie in Lettland in den Sommerferien bei „ihrem" Bauern täglich mitgearbeitet hatte. In Timirschik schickte man sie nachts zum Dreschen, wobei sie darauf achten musste, dass die abgemagerten Pferde, die die Dreschmaschine bedienten, in Bewegung blieben, indem sie zusammen mit diesen immer im Kreis herumlief. Ihre Mutter, die immerhin schon 48 Jahre alt war, wurde zum „proweivatj serno" (zum Schwingen des Korns bzw. Trennung von der Spreu) eingesetzt. Am Tage war sie dann zu Mutters Arbeitsplatz gegangen, hatte sich das angekuckt und ihrer Mutter erklärt: „Du gehst da nicht mehr hin, ich werde nachts an der Dreschmaschine arbeiten und am Tage werde ich dann deine Arbeit machen". So hatte sie praktisch zwei Schichten gemacht und ihre Mutter blieb zu Hause. Das hatte die Kolchosverwaltung mitgekriegt und moniert. Doch Irina hatte ihnen erklärt, dass es doch egal war, wer von den beiden arbeitete, da haben sie dann nachgegeben. Zum Schlafen blieb die Zeit zwischen 2.00 Uhr morgens, wenn das Dreschen eingestellt wurde und 8.00 Uhr. Gleichzeitig erklärte sie der Verwaltung, wenn ihr wollt, kann Mutter euch am Tage ein bisschen helfen, wenn etwas zu schreiben ist, ein amtliches Papier oder ein Brief. So kamen denn auch die Bäuerinnen, die z. T. noch Analphabeten waren und baten, einen Brief zu schreiben oder nur eine Adresse, ein Schreiben aufzusetzen. Sie sahen, dass die beiden nichts hatten. So brachte denn die eine ein Glas Milch, andere brachten Buttermilch oder eine Zwiebel. Zum Herbst begannen die Pilze, die es im Überfluss im nahe gelegenen Wald gab. Da gab es dann Pilzgerichte oder sie wurden eingelegt und in Salz für den Winter konserviert.

Gleichzeitig kamen die Johannisbeeren, rote und schwarze. Sie trauten ihren Augen nicht, mitten im Wald, besser im Sumpf, wo man sehr aufpassen musste nicht zu ertrinken, große Sträucher bis oben hin voll mit herrlichen Johannisbeeren. Für das Sammeln war keine besondere Erlaubnis erforderlich, wegen der Insekten blieb es dennoch eine ziemliche Plage. Gleichzeitig war es eine große Ergänzung auf der Speisekarte. Viele Bauern hatten große Johannisbeersträucher aus dem Sumpf nach Hause gebracht und im Garten eingepflanzt, wo sie dann reiche Ernten brachten. Das waren wichtige Vitamine – besonders Vitamin C – pur. Die Johannisbeeren wurden auch zu Konfitüre verkocht, in Tontöpfen aufbewahrt. Der Zucker, den es nicht gab, wurde durch Honig als Konservierungsmittel ersetzt, den bezogen die beiden von ‚ihrem' Imker. Diese kombinierte Konfitüre schmeckte ganz besonders gut. Einen richtigen Sonntag bzw. arbeitsfreien Tag – für Mohammedaner der Freitag – hatte dort niemand.

Der Winter 1941/42 kam sehr früh und war sehr streng. Ganz plötzlich war alles weiß. Sie waren auf den Winter überhaupt nicht vorbereitet, standen praktisch nackt da. Da wurde dann das erste Mal in der Kolchose für sie gesammelt. So etwas wie Bettwäsche, ein Federkissen, eine Decke, Matratze und Stroh, eine alte Wattejacke kamen zusammen. Vom Babai, ihrem Wirt, bekamen sie die ersten alten, geflickten Filzstiefel („walenki") – ohne die man ja das Haus bei dem hohen Schnee überhaupt nicht verlassen konnte. Die waren nicht sehr ansehnlich mit ihren Flicken und Nähten, waren nicht so schön wie neue, aber warm hielten sie allemal. Als Zubrot fertigte man praktisch in allen Häusern Filzstiefel, die dann auf dem Markt verkauft wurden – Wolle hatten die Bauern genug.

Ihre Wirtsleute hatten einen Sohn, Nachib Kutusow, der vielleicht zwei Jahre jünger war als Irina. Ungeachtet kleiner Gefälligkeiten und Geschenke wurde er doch zum Ende des Krieges noch eingezogen und fiel an der Westfront kurz vor Kriegsende. Das war, besonders für die Mutter, eine furchtbare Tragödie. Der zweite Sohn, der Ehemann von Fatima, der Vater der zwei Kinder ist von der Front zurückgekommen, was im Dorf stürmische Begeisterung auslöste. Das war ein ganz prima Kerl. Er hatte seine Eltern Maß genommen, wie primitiv ‚die Balten' bei ihnen hausen. „Ihr seid wohl verrückt geworden, die Menschen hier so zu behandeln." meinte er zum Vater. „Macht mal eine halbe Gans locker." Er hatte die beiden Frauen sehr ins Herz geschlossen.

Zur Kolchose gehörte ein Imker, der aber schon irgendwie früher dort hingekommen war. Die meisten Bauern waren Nachkommen von ausgesiedelten Kulaken, z. T. aus der Kasaner Tatarenrepublik. Bei Kasan hatte man sie „entkulakisiert" und hier in Sibirien traten sie in die Kolchose ein. Diese Kolchosmitglieder unterschieden sich ja von den beiden nicht so grundsätzlich. Sie durften die Kolchose nicht verlassen und hatten bis zu Nikita Chruschtschow nicht einmal einen Pass oder Personalausweis. Wenn sie ins Kreiszentrum fahren wollten, holten sie sich dazu die Genehmigung des Vorsitzenden ein und bekamen über diese Erlaubnis eine befristete Bescheinigung – die für die Tage der Fahrt als Personalausweises diente – was zur Folge hatte, dass die Kolchosniki gegenüber den beiden Deportierten solidarisches Verständnis zeigten. „Verbannt" hatte hier, hinter dem Ural, eben nicht den verfluchenden Klang von „verdammt". Der Imker arbeitete bei seinen Bienenstöcken 12 Kilometer entfernt, die er jeden Tag hin und zurück zu Fuß zurücklegte. Der Honig gehörte zwar zum staatlichen Ablieferprogramm, aber er verstand es, mit seinen Privatbienen zu Hause ein sehr erträgliches Leben zu führen. Honig privat verkaufen durfte er allerdings nicht. Der Zucker für die Bienen wurde ihm geliefert. Wenn Helena und Irina ihn besuchten, verwöhnte er sie stets ein wenig. Die Blumenwelt, darunter Feldblumen, war sehr vielfältig, sogar alte Linden wurden von seinen Bienen beflogen.

Da Irina versuchte, so schnell wie möglich Tatarisch zu lernen, machte sie bald entsprechende Fortschritte, konnte als Mittler russisch-tatarisch, später als noch Russlanddeutsche nach Sibirien verschickt wurden, die nur Deutsch sprachen, auch tatarisch-deutsch-russisch vermitteln. So wurde sie zur Erledigung in der einen oder anderen Angelegenheit öfter in den Dorfsowjet gerufen. Der Sekretär des Dorfsowjets wurde sehr bald zur Roten Armee eingezogen. An seine Stelle trat eine Frau aus dem Nachbardorf, eine getaufte (zum Christentum übergetretene) Tatarin, die aber bald schwanger wurde und die Arbeit aufgab, die Stelle war somit vakant. Nun, offiziell konnte, durfte Irina diesen Platz gar nicht einnehmen, sie machte sich aber mehr und mehr – in unmittelbarer Nachbarschaft wohnend – unentbehrlich. Vorübergehend hatte z. B. die Kolchosleitung keine Verkäuferin für den Laden im Dorf (russisch „sselpo"), da ist Irina dann eingesprungen, man sagte zu ihr einfach: „Das machst du!" Das war immer noch besser, als das Vieh auf die Koppel zu jagen. Da war es reizvoller, mit einem klapprigen Gaul nach Pirowskoje zu fahren, um Ware zu holen oder noch bei der Bank vorbeizugehen.

Doch es gab auch ziemlich schlimme Zwischenfälle, wenn man auch heute darüber lächeln kann. Bei einer Revision im „sselpo" stellte sich eines Tages ein Fehlbetrag von 30.000 Rubeln heraus. Irina war völlig unverständlich, wie ein so hohes Manko zustande gekommen sein konnte, jemand muss ihr fingierte Papiere zur Unterschrift untergeschoben haben. Damit waren ihr Staatsanwalt und Verurteilung – das konnte bis zu 10 Jahren Freiheitsentzug ergeben – so gut wie sicher. Sie zitterte am ganzen Leibe, konnte nachts kein Auge schließen. Mutter hatte noch ein paar Stücke Goldschmuck, aber was gibt man in Kriegsjahren in einem fernen sibirischen Dorf, selbst für wertvollen Schmuck. Mit einem Wort: Es reichte weder hinten noch vorne. Ihre Situation wurde im Dorf bekannt, man hatte sie schon ein wenig ins Herz geschlossen, verstand ihre erbärmliche Lage und begann, wie für einen nahen Verwandten – mitten in dieser Mangelwelt – voller Solidarität zu sammeln. Der eine verkaufte eine Gans, das war schon mehr als Schmuck, der andere einen Läufer oder ein Paar Filzstiefel. Schließlich kam die fehlende Summe tatsächlich zusammen und Irina war im wahrsten Sinne des Wortes vor dem Schafott gerettet.

Ein anderes Mal brach sie mit einem voll beladenen Fuhrwerk für den Dorfladen von Pirowskoje auf. Es gab nicht viel, mal etwas Mehl, meistens eine Kiste Wodka, denn die Tataren waren mit der Abstinenz nicht so sehr streng, wie Muslime im allgemeinen. Manchmal gab es auch ein paar Kopftücher oder anderen Putz. Die guten Pferde hatte man für den Krieg requiriert, die klapprigen Gäule verblieben im Dorf. Kurz gesagt, etwa auf halbem Wege blieb der Gaul plötzlich schwer atmend stehen. Schlagen half da nicht, die rühren sich eh nicht von der Stelle. Ihr tat das Vieh leid, sie wischte ihm den Schweiß ab, sah nach, ob das Geschirr ihn wund gerieben hatte, erleichterte den Druck der Riemen, aber der Gaul rührte sich nicht von der Stelle. So entschloss sie sich, das Geschirr ganz abzunehmen. Doch in diesem Moment, kaum dass sie sich besinnen konnte, rannte das Pferd fort in den schummrigen Abend. Das war eine Katastrophe, ein Kolchospferd entlaufen lassen, fast Sabotage von einer Deportierten. Ein zweites Unglück war dann noch die Ladung – wohin damit? Irina hätte sterben wollen. So entlud sie die Ware Stück für Stück und trug sie hinaus auf die Wiese, deckte sie zu, tarnte das Ganze gründlich und lief zu Fuß ins Dorf. Der Vorsitzende sagte nur kurz: „Du kommst vor Gericht!", also auch das noch. Die Tataren in der „Kontora" lachten nur: „Fürchte nichts, das Pferd wird sich an Gräsern satt fressen, wird sich satt trinken und nach zwei Tagen wird es in seinen Stall zurückkehren" – und so geschah's denn auch. Wegen der Ware spannte ein Bauer ein und noch am selben Abend war alles wohlbehalten im Dorf.

Die „Kontora" – vom deutschen „Kontor", das sich wiederum vom französischen „Comptoir" ableitete – war ein zentraler Treffpunkt für jung und alt. Zunächst fanden hier die allgemeinen Versammlungen der Kolchosniki statt, wo zwar nichts beschlossen wurde, dennoch Klarheit darüber zu schaffen war, wie man hier das umsetzt, was woanders, z. B. im Rayon beschlossen worden war. Auch über den Krieg und die Lage an den Fronten wurde gesprochen. Es kam auch mal ein Offizier vom NKWD, der den Kolchosnikis „erläuterte", warum die Deportierten hierher gekommen/gebracht worden waren. Abends fragte dann der Hauswirt etwas verstört: „Sagt mal, stimmt das, dass ihr reiche adlige Ausbeuter seid?" Die Mutter war geschockt: „Ich bin Lehrerin" sagte sie verdutzt. „Na ja, ihr schient mir auch gar nicht so auszusehen wie reiche Ausbeuter." Solche Weisheiten hatte der Bauer von der allgemeinen Versammlung mitgebracht.

Gleich morgens so gegen ½ 6 kamen in diese „Kontora" die Brigadiere und verteilten die Tagesarbeit. Man stelle sich vor, wie heute in so einer „Kontora" vielleicht 5 bis 8 Rechner mit Monitoren stehen. Damals gab es nicht mal ein Stück Papier oder Schreibzeug. Es lief mit diesen mündlichen Weisungen und Absprachen gar nicht mal schlecht. Die Brigadiere gingen dann durchs Dorf und klopften an die Fenster mit dem Ruf, z. B.: „Irina, du bist heute beim

Säckesortieren (oder beim Kartoffelsortieren)!“, da wusste man, wo man morgens hinzugehen hatte. So gingen die Menschen zur Arbeit. So gegen 8½, 9 Uhr erschien der Vorsitzende, verschaffte sich eine Übersicht, was am Vortage geschafft worden war. Dann wurde ein Bericht an den Rayon verfasst.

Der vielleicht 40 Quadratmeter große, viereckige Raum war dagegen mehr für Geselligkeiten gedacht, er bildete eine freie Fläche, in der Mitte stand ein russischer Ofen, an den Wänden standen Bänke. In der Ecke stand ein Schreibtisch für den Rechnungsführer. Abends, wenn alle von der Arbeit zurückkamen, erschienen die Brigadiere, die mit Pferden die Felder und Hangars und weitere Arbeitsplätze inspiziert hatten, um Bericht zu erstatten. Nach getaner Arbeit oder an Feiertagen fanden hier Tanzabende statt, wo die Jugend tatarische musikalische Tanzreigen zeigte, während sich die Alten – fast alles Männer – auf den Bänken ein Schwätzchen gönnten oder eine Selbstgedrehte rauchten. Beim Knacken der Zedernüsse spuckte man ein wenig um sich. Beim Tanz hat Irina von Anfang an tüchtig mitgemacht. Das war natürlich nicht jeden Tag, sondern eher zu den Feiertagen, z. B. zum Bairam, der war bei den sibirischen Tataren im Spätsommer, nach dem Fasten – tatarisch „urasa“ – im August, zur Erntezeit. Während der Fastenzeit durfte bei Tageslicht – wie beim Ramadan der Araber – nicht gegessen und nichts getrunken werden. Gegessen wurde morgens vor Sonnenaufgang und dann abends nach der Rückkehr von den Feldarbeiten. Während der Ernte war das ganz schön belastend, so lange nichts zu sich nehmen zu dürfen, aber da waren die „Unreinen“ dann nicht mehr „unrein“ und durften sich streng an die Regeln der Muslime halten. Mit dem Bairam – etwa Anfang September – feierte man, dass wieder am Tage gegessen werden konnte. Es wurde üppig gegessen, es war ja bereits Erntezeit. Man feierte nicht als Kolchos, sondern in größeren Gruppen von Familien, Nachbarn und Freunden, 20 bis 40 Personen. Da wurde denn fast immer ein Hammel geschlachtet. Außerdem bereiteten die Frauen so etwas wie einen Riesenbelesch, einen großen runder Teig, den man mit saftiger Grütze füllte und dann die Ränder umkrempelte. Aus diesem runden Gebäck langte dann jeder nach Kräften mit seinem Holzlöffel zu.

Etwas anders als in der „Kontora“, die für jedermann zugängig war, ging es im Dorfsowjet zu, der sich in einem der schönsten, reich verzierten Häuser des Dorfes befand, mit mehreren Fenstern und einem großen, hellen Hof. Außer dem Dorfsowjet gab es nur zwei so prächtige Häuser. Eins gehörte dem Schmied Agafur Kutusow, wo Irina und Helena wohnten und das zweite gehörte seinem Bruder. Der Dorfsowjet war eine staatliche Stelle, wo man nur hineinging, wenn etwas Konkretes zu erledigen war. Der Dorfsowjet hatte sein eigenes Pferdegespann. Hier wurden Dokumente und Urkunden aufbewahrt. Hier war das Standesamt, Hochzeit- und Geburtenregistrierung, hier lief die Einberufung zu den Streitkräften, hier traf auch die Post ein, die Irina dann meistens ausgetragen hat. Dazu gehörten auch die Todes- und Verlustanzeigen von der Front. Das machte sie zu einem gespenstischen Todesengel, wenn sie mit der Post durch das Dorf ging. Alle hingen hinter den Gardinen: „Kommt sie zu uns?“ Somit sah man es lieber, wenn sie gar nicht kam.

In den Dorfsowjet kam auch der Inspektor für die Überwachung der Getreidelieferungen der Kolchose an den Staat, meistens kam er, wenn er persönlich etwas brauchte. Hier befand sich die einzige Drahtverbindung zur Außenwelt. Nein, es war kein Telefon, das gab es im ganzen Dorf nicht, es nannte sich „sselektor“, eine Draht-Sprechanlage zum Kreiszentrum, an die gleichzeitig mehrere Teilnehmer angeschlossen waren, die während eines Gesprächs auch alle mithörten. Über diese Linie konnten operative Weisungen und Mitteilungen an die Peripherie weitergegeben werden. Ungeachtet dieser Verbindung wurde sehr viel mit Pferden ins Zentrum gefahren. Der Vorsitzende des Dorfsowjets Chabibulin war ein sehr solider Mann, der seinen Posten mit einer gewissen Würde bekleidete, der auch verantwortlich zeichnete für den monatlichen Rechenschaftsbericht ins Zentrum – dazu gab es Formulare, die noch aus der Vorkriegszeit stammten.

Im Winter schlachtete man die Gänse. Der 7. November – der Jahrestag der Oktoberrevolution – wurde auch von den Muslimen gefeiert, zu diesem Zeitpunkt war bereits tiefer Winter und es lag schon fast meterhoher Schnee. Der erste Schneefall begann dort Ende September. Hier war wieder die „Kontora“ der Sammelpunkt, wo tüchtig getanzt wurde. Das auch die Silvesternacht, mit Harmonium Begleitung und schönen Kleidern, sauberen Hemden, blitze blanken Stiefeln begangen wurde, versteht sich. Die Mädchen hatten noch Bänder, die mit den Zöpfen verflochten wurden. Da an deren Enden Geldstücke eingenäht waren, stießen diese beim Gehen und beim Tanzen immer klingend zusammen, tik-tik-tik. Sie trugen auch Kopftücher, ohne dabei das Gesicht zu verdecken, etwas anders als man das aus russischen Dörfern und Städten kennt.

Heute fällt den beiden schwer zu rekapitulieren, was sie die ganze Zeit eigentlich gegessen haben. Sie bekamen für die Woche – für zwei Personen – ein Glas Hafermehl zugeteilt. Die Kolchosniki hatten ihren Garten oder noch Getreidereste von der Ernte, oder Getreide, dass sie – z. B. beim Dreschen – gestohlen hatten, die beiden Frauen hatten gar nichts. Allmählich wurde ihnen dann auch beigebracht, wie man zur Arbeit gleich ein kleines Säckchen mitbrachte, das man mit Getreide gefüllt zum Feierabend wieder mitnahm, da hatte man schon für zwei Tage Grütze. Kochen konnten sie zu Hause, das erlaubte ihnen ihre Wirtin.

Sie unterhielten auch weiter Kontakte zu anderen Leidensgenossen. Besonders in Erinnerung blieb Irina eine Ärztin, eine Freundin der Mutter aus Libawa, Anna Jakowlewna Snikers, die dort als Schulärztin gearbeitet hatte. Schon auf dem Bahntransport begegneten sie ihr zufällig. Sie war auch im Transport mit dem Schleppkahn in Golanino angekommen, dann aber in Pirowskoje verblieben. Bei dem allgemeinen Mangel an Ärzten im Krieg erlaubte man ihr ausnahmsweise, im dortigen Kreiskrankenhaus zu arbeiten. Sie machte sich nicht nur bei der Obrigkeit nützlich, sondern hatte Irina und ihrer Mutter besonders in der ersten Zeit – auch mit Geld – unter die Arme gegriffen. Ihr Mann war Offizier in der lettischen Armee, saß im Lager. Sie war hier in Sibirien mit zwei Kindern angekommen.

Bei allem Mangel, der Kälte, den Insekten, der schweren Arbeit und der Ohnmacht gegen diese Ungerechtigkeit, irgend etwas unternehmen zu können, wirklich belastet waren sie – ohne darüber immer wieder zu sprechen, gewissermaßen in stillem gegenseitigen Einverständnis – von der bangen Frage: Was ist aus dem Vater Andrej Alferov geworden, den ‚die Organe' zwar zusammen mit Mutter und Tochter am 14. Juni 1941 abgeholt, dann aber sehr bald von ihnen getrennt hatten, ohne dass sie wussten, wohin er abtransportiert worden ist. Man muss einfügen, dass Irinas Papa an Lungentuberkulose litt, die nur durch ständige, sorgfältige Pflege der Mutter und ständige ärztliche Beobachtung gebannt werden konnte. Unter Lagerbedingungen führt die Tuberkulose unvermeidlich in den Tod. So folgerten die beiden, dass sich Papa in Lebensgefahr befand. Es schien völlig unmöglich, seinen Aufenthaltsort ausfindig zu machen – wenn da nicht der Zufall wäre.

Die weiter oben erwähnte Ärztin hatte sich in der Kreisstadt Pirowskoje im Jahr 1942 bereits einen Namen als Internist gemacht. Unter anderem hatte sie die Kinder des Kommandanten, wo sie sich ja ebenfalls alle zwei Wochen, später jeden Monat einmal melden musste, erfolgreich behandelt. So sah sich der Kommandant eines Tages motiviert Anna Jakowlewna zu fragen: „Sagen Sie, Sie haben uns hier sehr wichtige, lebensrettende Dienste erwiesen, gibt es irgend etwas, was wir für Sie tun könnten." Ohne lange nachzudenken antwortete Anna Jakowlewna: „Ja, helfen Sie mir herauszufinden, wo mein Mann ist." Bei den Millionen Verschleppter war das wirklich gar nicht so einfach, überstieg unter Umständen sogar die Kompetenzen des Kommandanten, dennoch brachte er ihr eines Tages die Lageradresse ihres Mannes. Mehr oder weniger schleppend entwickelte sich der Briefwechsel. Es erwies sich, dass alle am 14. Juni 1941 Inhaftierten zu einem Sammeltransport zusammengestellt wurden und sie waren auch jetzt zusammen geblieben. Da die Familien untereinander bekannt waren, teilte er in seinen Briefen mit, dass sich neben vielen anderen auch Andrej Alferow dort befände. Das veränderte für Tochter und Mutter schlagartig die Welt, sie schrieben sofort an den Papa und bekamen tatsächlich Antwort. Unter anderem schrieb er: „Ljolotschka (für Jelena – die Mutter), du hattest zu Hause immer so leckere Kekse gebacken", was beide sofort richtig auslegten: Papa leidet Hunger! Trotzdem sie selbst nichts, gar nichts hatten – buchstäblich aus dem Erdboden wurde in fiebernder Eile ein Lebensmittelpaket gestampft. Aber das war nur der halbe Erfolg. Offiziell war es so „geregelt", dass die Deportierten zwar Briefe an ihre eingesperrten Lieben schreiben durften, aber Päckchen mit einer Lageradresse wurden im fernen Dorf überhaupt nicht angenommen, solche Päckchen durften nur im 100 Kilometer entfernten Golanino aufgegeben werden, wohin sie ja unter Strafe nicht fahren durften. Natürlich gab es eine Menge Mittelsmänner und Helfer, aber die Schikane hatte sie endgültig überfordert. Selbst ein guter Bekannter schlug Irina ihre Bitte ab, erklärte sich aber bereit, Irina samt Paket – praktisch illegal – in das ferne Golanino mitzunehmen. „Ich kenne die ganzen Kontrollpunkte und die Wachen – und die gab es auf den Fernstraßen – wegen einem so jungen Ding wie du werden sie keine Schwierigkeiten bereiten." Es ging tatsächlich alles gut. Die Mutter zitterte drei Tage, dann kam Irina unversehrt und überglücklich zurück. Den Erhalt dieses Päckchens hat Papa tatsächlich noch bestätigt. Ein zweites Päckchen kam zurück – Andrej Alferow war inzwischen verstorben.

Der verehrte Leser – wenn er denn bis hierher gelesen hat – wird verstehen, dass sich Irina nicht mit ihrer Lage abfinden wollte. Sicher, sie wurden nicht drangsaliert oder gehetzt, belästigt oder beleidigt. Im Gegenteil, um sie herum waren viele sehr liebenswerte, mitfühlende, ja aufmerksame Menschen. Viele Male haben sie Hilfe und Solidarität in der Not erfahren, wurde schließlich sogar geachtet. Dennoch war Irina zu sehr Stadtmensch, um sich für immer mit einem Leben in dieser tiefsten sibirischen Provinz abzufinden. Als ein Mekka erschien da schon das 300 Kilometer entfernte Krasnojarsk. Da gab es Schulen, Technische Hochschulen und Universitäten, wo man eventuell studieren konnte, da gab es Theater, Kinos und Museen, so ein bisschen vom Puls der großen weiten Welt. Außerdem gab es auch dort einen Kommandanten, bei dem sie ihre Deportation auch weiter hätte abbüßen und abbuchen können. Bei der ersten sich bietenden Gelegenheit – und da hatte sie ein wenig nachgeholfen – machte sie sich, wie Tausende in dieser Welt, auf in die Stadt.

Zu Timirschik und der Kolchose „Satarow“ gab es dennoch ein kleines Nachspiel. Als Irina ihre drei Jahre nach Paragraf 82 des Strafgesetzbuches der R.S.F.S.R wegen „Flucht aus dem Ort der administrativen Umsiedlung“ im Lager abgesessen hatte, sollte sie wieder an den Ort zurück gebracht werden „wo sie her kam“ – das hieß nach Timirschik. Irina wehrte sich mit Händen und Füßen und erfolgreich, sie erwirkte, dass sie auf dem großen Eisenbahnbau am Jenissei, in der Siedlung Ermakowo, wo sie bisher als Häftling gearbeitet hatte unter unvergleichlich besseren Bedingungen als dort in der tatarischen Kolchose als Zwangsangesiedelte weiter arbeiten konnte. Hierher konnte sie später sogar ihre Mutter vom Oberlauf des Jenisseis nachholen, so dass beide wieder zusammen waren und dann auch immer zusammen geblieben sind.

Mir war es beschieden mit eben demselben Transport wie Irina Andrejewna 1949 in Ermakowa einzutreffen und so wie sie in diese Siedlung am Jenissei 1950 aus der Haft in die „Freiheit“ (einer 25-jährigen Zwangsansiedlung) entlassen zu werden. Anlässlich der Maifeier 1954 im Klub der Hauptverwaltung des Ministeruims des Inneren lernte ich Frau Irina näher kennen, tanzte mit ihr einen Abend lang, um sie etwas später zu ehelichen, mich somit Schritt für Schritt mit den Prüfungen ihres ungewöhnlichen Lebens vertraut zu machen.

Hochzeitsreise

Unsere Welt sollte sich, wie wir eigentlich auch erwartet hatten, nach dem Tod des großen Steuermannes von Grund auf verändern, aber wie, das wussten wir natürlich nicht. Der gigantische Eisenbahnbau im Hohen Norden, wo wir alle auch nach unserer Haftentlassung, weiter arbeiteten, wurde abgebrochen, „konserviert“ wie es damals hieß. Damit aber war unsere Existenzgrundlage bedroht. Dabei wartete der Sozialismus mit einigen „Erleichterungen“ auf, man wurde nicht mehr einfach verladen, irgendwohin abtransportiert, sondern man konnte sich seinen zukünftigen Verbannungsort beinahe schon aussuchen. Vertreter anderer Grossbaustellen kamen und warben qualifizierte Arbeitskräfte an, darunter zum Bau der Wasserkraftwerke an der Angara, „Angarstroi“. Auch meine geliebte Irina war drauf und dran nach Osten zu entfliehen, für mich ein bitterer Kelch.

Wir liebten uns. Was sie an mir fand, bleibe dahingestellt. Sie war mit ihren fast dreißig Jahren mädchenhaft geblieben, ein bisschen frech, aber eher in Backfischart, um sich behaupten zu können und dann so zutraulich, was ich wiederum gar nicht verdient hatte. Begegnungsmöglichkeiten gab es genug, sie hatte eine Wohnung, so auch ich. Dann gab es ja diese unendliche Natur, die im kurzen Sommer den Liebenden zur Verfügung stand. Wegen der für einen Europäer unvorstellbaren Mückenplage war es geraten, ein stilles Plätzchen am Fluss aufzusuchen, wo ständig ein kleines Lüftchen wehte.

Ich hatte nach 14 Jahren Kriegs- und Haftwirren meinen Bruder Wolfgang wiedergefunden. Wir erfuhren von einer weiteren „Erleichterung" – man denkt da heute immer an diese „Reiseerleichterungen" – der „Erleichterung" durch eine Familienzusammenführung, so plante ich eine Übersiedlung in den Nordural, wo mein Bruder Wolfgang sich, genauso wie ich hier in Ermakowo, alle 14 Tage bei einem „Kommandanten" zu melden hatte.

Die Absicht, zu meinem Bruder übersiedeln zu wollen, nahm mein Kommandant, Hauptmann Tschubenko, sehr wohlwollend auf. Er war durchaus interessiert, seine Domäne mit friedlichen Mitteln aufzulösen. Als ich allerdings meine Absicht vorbrachte, meine neue Lebensgefährtin Irina Andrejewna und auch noch deren Mutter Jelena Iwanowna mitnehmen zu wollen, bekam sein Gesicht einen verdutz-nachdenklichen Anstrich. „Mitnehmen?" fragte er, „Wer ist sie denn für Sie?". Wer mit wem in seiner Domäne verkehrte, war ihm gleichgültig, aber beim Verlassen der Domäne, umso mehr als Familienzusammenführung, ja da umso mehr, („Vorerst sind Sie ja noch gar keine Familie!") da musste wieder Ordnung und Gesetz eingehalten werden. „Also sooo geht das nicht – es sei denn, Sie heiraten die Bürgerin Alferova – dann wäre es etwas anderes." In mir straffte sich irgendetwas, *Heiraten,* daran hatten ich und wie sich herausstellte auch meine Gespielin überhaupt nicht gedacht. Nicht, dass wir es rundum ablehnten, aber der erste Impuls der Verliebtheit war noch so stark, die Freude aneinander so groß, dass wir gar keine Zeit hatten, über so etwas überhaupt nachzudenken. Unseren Status hatten wir vergessen, ja vergessen wollen. In der Tat, wir waren beide durch 25 Jahre Verbannung gebunden, genug, um uns nun nicht noch fürs Leben zu „binden". Selbst aus der Euphorie des allgemeinen Aufbruchs durch den Abbruch des Bahnbaus hatten wir uns bis dato herausgehalten. Da wir uns aber sehr hold waren, willigten wir in das Angebot des Kommandanten ein. Er genehmigte uns eine „Ausreise" aus unserem auf 40 Kilometer Umkreis beschränkten Wohngebiet, um nach Igarka, 120 Kilometer stromabwärts zur offiziellen

Registrierung unserer ehelichen Absichten per Schiff zu fahren, näher „dran“ war kein Standesamt zu haben.

Am 5. Juli 1954 wurden wir dann von einer Standesbeamtin in Anwesenheit unseres leningrader Trauzeugen Georgii Nikolajewitsch Blekow „getraut“. Neben der fälligen Feier unter Freunden nach unserer umständlichen Rückkehr (einen festen „Takt“ für die Fluss-Schifffahrt gab es nicht), war ein neues Gespräch mit dem Kommandanten „fällig“. Alles ging nun wie am Schnürchen, sogar für die neugebackene Schwiegermutter Jelena Iwanowna.

An einem warmen Sommertag im August (in den Monaten Juli und August sind die Tage durchaus ‚warm‘) verließen wir mit einem zünftigen Raddampfer unser Siedlungsgebiet für immer stromaufwärts, viele hundert Kilometer und viele Reisetage. Für eine so lange Reise, hinzu kam ja noch eine mehrtägige Bahnfahrt, versorgte man sich in diesen Nachkriegsjahren stets gründlich – üppige Restaurants gab es auf den Schiffen nicht. Brot, Fisch, Wurst u. a. m. gehörten zum Proviant. Aber Schwiegermutter, bei der ich einen Stein im Brett hatte, sorgte für einige besondere Leckerbissen für ihren neuen Schwiegersohn. Zum Beispiel hatte ich ihr erklärt, was ein Harzer ist. Ihr war es nach wenigen Versuchen gelungen, besten Harzer Käse, mit Kümmel usw. herzustellen. So nahm sie denn als Überraschung für mich einen frischen Harzer Käse mit auf die Reise.

Wir hatten eine kleine Kajüte mit Blick auf den vorbeiziehenden Fluss ganz für uns. Es waren wunderbare Tage. Morgens gab es neben allen Leckerbissen, z. B. Radieschen, die wir an den Anlegestellen erworben hatten, stets den köstlichen Harzer Käse. Aber bei unserer Südwärts-Reise wurde es immer wärmer und der Harzer wurde immer „reifer“, mit einem Wort, in der Kajüte konnte er beim besten Willen nicht bleiben. Bei einem Rundgang auf unserem Deck entdeckte ich einen roten Kasten mit einem Feuerlöscher. In diesem Kasten hinter dem Feuerlöscher verwahrte ich von nun an unseren Käse. Den Geruch hatten wir nach einigem Lüften aus unserer Kabine vertrieben, dafür begann es jetzt im Flur umso heftiger zu stinken. Auf dem Flur begegneten sich die Passagiere nur noch mit der Frage: „Was um Himmels Willen stinkt hier so erbärmlich?“ Wir mischten uns natürlich freimütig unter die Fragenden, um nicht nur unserem Erstaunen, sondern auch unserer Empörung Luft zu machen. Gleichzeitig passten wir immer einen günstigen Moment ab, wo ich zum Frühstück pünktlich die Delikatesse auf den gedeckten Tisch holte. Als der Gestank im Durchgang schon ziemlich unerträglich wurde, löste sich der Konflikt – wie so oft im Leben, von selbst. Der Harzer war eines Tages verschwunden, jemand hatte ihn über Bord geworfen – schade drum.

Der große Norweger Fritjof Nansen hat in seinem Buch „Sibirien, ein Zukunftsland" die Gefilde des Jenissei-Strombeckens (unseren späteren Verbannungsort), überzeugend und so eindrucksvoll dargestellt, dass wir natürlich außer dem „Harzer" vor allem die sibirischen Köstlichkeiten, von denen wir ja für immer Abschied nahmen, noch einmal voll genießen wollten. Über ein für damalige Verhältnisse phantastisches Versandhaus (speziell für Bewohner des Hohen Nordens – und wir „wohnten" ja, wenn auch etwas unfreiwillig über dem Polarkreis) in der Stadt Nowosibirsk hatte ich mir eine komplette, sehr ordentliche Fotoausrüstung kommen lassen. So wurde diese scheidende Schönheit einer endlos weiten Natur gebührend fotografisch dokumentiert. Schiffe, die entgegen kamen, riesige Flöße sibirischen Holzes, an deren Spitze sich winzig erscheinende Schlepper eindeutig vergebens mühten, stromabwärts voranzukommen. Schroffe und seichte Ufer, Anlegestellen, Menschen und immer wieder Menschen. Was heute Journalisten als große Expeditionsberichte kolportieren – für uns war es Alltag.

Eines Tages hatte ich mich genüsslich am Heck postiert, ein schnelleres Schiff setzte zur Überholung an, da tippte – eher behutsam – von hinten eine Hand auf meine Schulter: „Sagen Sie mal, was fotografieren Sie da eigentlich?" – „Also im Moment", antwortete ich über die Schulter zurückgewandt „das Schiff ‚Friedrich Engels', das seit 1906 auf dem Jenissei verkehrt, damals allerdings unter dem Namen eines Großfürsten". Es war ein junger Mann von vielleicht 28 Jahren, der mich da angesprochen hatte. „Ich bin der Sonderbevollmächtigte dieses Schiffes", erläuterte er, also ein Offizier des Innenministeriums. Das war mehr als peinlich. Auf jedem Schiff gab es einen solchen „upolnomotschenniy", einen allmächtigen Sicherheitsbeamten, denn der Jenissei ging durch riesige Gebiete, die so etwas wie einen exterritorialen Status hatten, wo es von Häftlingen und Verbannten nur so wimmelte. Da waren „blinde Passagiere" durchaus denkbar.

„Ich bitte Sie, zu mir in die Kajüte 25 zu kommen, Ihre Personaldokumente vorzulegen." Ich stotterte etwas, dass meine Dokumente in meiner Kajüte seien, aber er ließ mir großzügig Zeit diese zu holen. Mein liebes Weib, noch mehr meine Schwiegermutter zeigten sich wenig erbaut, dass ich bei einer so „hochgestellten Person" angeeckt war. Ich erschien in Kajüte 25, einer Kajüte erster Klasse im Vordeck. Mein ganzes „Personaldokument" bestand aus einem Begleitschreiben des Hauptmann Tschubenko, in dem sinngemäß vermerkt war: Der Zwangsangesiedelte Ruge Walter Erwinowitsch wird im Rahmen einer genehmigten Familienzusammenführung zu seinem Bruder Wolfgang Ruge im Nordural, Siedlung Sosswa im Gebiet von Swerdlowsk übersiedeln. Für diese Übersiedlung stehen ihm von … bis, insgesamt vier Wochen zur Verfügung, in dieser Zeit hat er sich beim zuständigen Kommandanten der Siedlung Sosswa zu melden. Zuwiderhandlungen werden strafrechtlich verfolgt. Mit dem Ruge folgen die zwangsangesiedelte Ehefrau Irina Andrejewna, geborene Alferowa und deren Mutter Jelena Iwanowna, die sich beide ebenfalls beim zuständigen Kommandanten zu registrieren haben. Na, wenn das kein astreines „Personaldokument" für einen wachsamen „Sonderbeauftragten" war! Alles konnte passieren, aber es „passierte" gar nichts. Er bekundete sogar echtes Interesse an einem hierher verschlagenen reichsdeutschen Jungkommunisten, der – so musste ihm scheinen – gewisse marxistische Kenntnisse besaß, weltoffen und gebildet war, in Rede und Widerrede durchaus Argumente vorzubringen hatte. So startete er eine ziemlich hoffnungslose Belehrung, da er mich ja beim Fotografieren eines Schiffes „ertappt" hatte. Ich konnte „nur" erwidern, dass dieses Schiff schon vor der Oktoberrevolution, sogar vor der Februarrevolution, ja sogar vor dem ersten Weltkrieg auf dem Jenissei verkehrte, dass es auf einer ausländischen Werft hergestellt wurde, also von diesem Schiff nicht nur vage Amateurfotos, sondern exakte technische Unterlagen und Zeichnungen in allen interessierten Spionagehauptverwaltungen der Erde vorliegen. Das sah er ein, das nach Stalins Tod eingetretene Tauwetter war auch an ihm nicht ganz spurlos vorbeigegangen. Gewissermaßen abschließend bemerkte er: „Nun wissen Sie, je näher wir an Krasnojarsk herankommen, umso mehr Industrieanlagen, Zisternen, Brücken wird es geben, ich möchte Sie darauf aufmerksam machen, Ihr Objektiv nicht auf diese Bildmotive zu richten!"

Das allerdings versprach ich hoch und heilig.

Uns Verliebten, Jungvermählten blieb es vergönnt, mit behördlicher Genehmigung unsere Hochzeitsreise unbekümmert fortzusetzen – innig umarmt einen kleinen, aber sichtbaren „Satz" über den Globus zu machen, eine Reise über fast 4 000 Kilometer, nicht in Windeseile mit dem Flugzeug – sondern mit gemächlichen, zum Betrachten Zeit gewährenden, herkömmlichen Transportmitteln. Zunächst ging es fast eine Woche 1400 km den Jenissei stromaufwärts, im nachvollziehbaren Sinn des Wortes. Denn an den „porogi", an den Stromschnellen unterhalb von Krasnojarsk wurde unser Schiff an eine Dampfwinde angeseilt und „hoch" gezogen. Am rechten Ufer, also aus unserer Fahrtrichtung links, ergossen mächtige „Neben"-flüsse ihre Wasser in den Jenissei, dreimal mit verschiedenen Beinamen die „Tungusskas"; bei der Stadt Turuchansk (die man nur aus den Berichten von Verbannten des Zarenreiches kennt), die „Nishnaja tungusska" mit einer Gesamtlänge von 2 989 km (vergleichsweise die Elbe mit 1 144 km). Die „Werchnaja tungusska", geläufiger unter ihrem prominenten Namen Angara, ist auch noch über 1 826 km lang. Zu diesen eigentlich unbeschwerlichen Kilometern an Bord des 1905 vom Stapel gelaufenen Raddampfers „Maria Uljanowa", der damals selbstverständlich auf einen anderen Namen getauft war, „gesellten" sich dann noch gute 2 500 Bahnkilometer westwärts hinzu.

Als wir endlich die 25-Tausend-Seelen-Siedlung Sosswa im Nordural erreichten, verblieben bis zu unserem späteren Standort Potsdam immer noch 3 000 Kilometer Luftlinie. Hier befand sich mein Bruder Wolfgang in Verbannung. Es war, als seien wir in einer anderen Welt angekommen. Bäume mächtig wie Bären, Eichen, Linden, Pappeln, die wir ja fast ein Jahrzehnt nicht gesehen hatten. Jedes Pferdchen war wie eine Offenbarung. Der Fluss Sosswa, nach dem die Siedlung augenscheinlich benannt war, musste nach dem mächtigen Jenissei etwas mickrig erscheinen, war dennoch fast 200 Meter breit und immerhin 700 Kilometer lang, ergoss sein Wasser in die Tawda, diese wiederum in den Irtysch und von da in den nicht minder riesigen Ob. In der „Obskaja guba" (Delta oder Kontinentaleinschnitt, etwa 60 km breit) speist der Ob, so wie die zwei anderen Flussgiganten Lena und Jenissei, das Nördliche Eismeer.

Der Pilzreichtum dieses Norduralgebietes setzte uns in Erstaunen. Pilze brauchte man nicht zu „suchen", es gab sie in Hülle und Fülle, man ging je Person mit zwei großen Wassereimern bestückt in den Wald und konnte die Pilze stellenweise fast schon mähen. Natürlich wanderten diese Pilzmengen nicht alle sofort in die Bratpfanne, nein, auf vielfältige Weise wurden sie für das ganze Jahr gehortet. Getrocknet natürlich, aber auch mariniert, eine wahre Delikatesse. Die großen fleischigen weißen Pilze, russisch „grusdi", wurden wie Weißkohl in Fässern eingesalzen, ebenfalls ein Leckerbissen. Besonders begeisterte uns die Vielfalt der Pilzarten. Wir waren nach kurzer Zeit so verwöhnt, dass wir nach Bedarf zu einer bestimmten Stelle gingen und wie von Schwiegermutter verlangt, mal Steinpilze, mal Pfifferlinge oder Rotkappen sammelten. Eines Tages entdeckten wir auf einer Koppel eine Unmenge Champignons, und so gingen wir, falls Champignons für das Mittagessen angesagt waren, eben dorthin. Einheimische, die uns dann begegneten, zeigten viel Mitleid, dieser Pilz sei nicht essbar, man nenne ihn deshalb hier auch „ssobatschiy grib", also Hundepilz. Was uns nur recht sein konnte.

Neben Pilzen wurde die Wintervorratskammer auch mit Mohrrüben und Kohl gefüllt, den wir selbstredend eigenhändig hobelten und einsalzten. Fleisch wurde für den Winter in „Hälften" bevorratet. Wobei die fachgerechte Aufbereitung sicher zu wünschen übrig ließ. Man ging mit einem Beil in die „Speisekammer", die unter winterlichen Außentemperaturen stand und hackte, was gerade „dran" war, Stück für Stück von dem hartgefrorenen Fleisch ab. Fleisch war eben Fleisch. Wir machten auch schon mal einen häuslichen „Einsatz", wenn das Kartoffelmehl ausging, dann wurden Kartoffeln fein geraspelt und so lange „gewaschen" bis nur noch die Stärke übrig blieb. Diese wurde dann ausgebreitet und bis morgens war der abendliche Brei schon trocken.

Der verehrte Leser verzeihe diesen geografischen Exkurs anlässlich einer gewöhnlichen Hochzeitsreise; bereits damals, noch mehr aber heute – nach beinahe 50 Jahren – vergegenwärtigt man sich staunend die enormen Dimensionen dieses unendlichen Landes.

Ohne größere Umstände konnte ich eine Arbeit im örtlichen Kreiskrankenhaus nebst angegliederter Poliklinik finden (ein Buchhalter hatte bis zu meinem Eintreffen die „objasannosti", die Pflichten eines Röntgeningenieurs übernommen). Eine kleine „Wohnung", besser Zimmerchen – dennoch wie ein Nest empfunden – wurde uns aus dem krankenhauseigenen Wohnungsfond zugewiesen, mietfrei. Die „biblischen" Verhältnisse aus dem Hohen Norden wiederholten sich somit beinahe. Strom gratis, Holz gratis, Wasser gratis. Man gehörte eben, trotz seiner „ssudimost", seiner Vorstrafe „dazu". Typisch für die östlich des Urals gelegenen Teile der UdSSR, „Sträfling" hatte hier nicht mehr den anrüchigen Klang des zivilisierten Europas.

Hier war, wie überall in der Sowjet Union, besonders in den Nachkriegsjahren, Gesundheitswesen eine Domäne der Frauen, z. T. deswegen, weil in der Medizin besonders schlecht bezahlt wurde, was aber nichts über die Fähigkeit oder Qualifikation dieser Ärztinnen – im Russischen gibt es diesen „Innen"-Unfug zum Glück nicht – aussagt. So waren diese ohne „innen"-Damen Chefarzt, Chefchirurg Chefgynäkologe, Chefhebamme, Chefstomatologe des Kreiskrankenhauses – und wir Männer in der glücklichen Minderheit.

Trotz meiner abgebüßten Haftstrafe als „Feind des Volkes" und der noch abzubüßenden 25-jährigen-Verbannungszeit konnten meine Frau (sie fand Anstellung im örtlichen Industriekombinat) und ich uns sehr schnell in das damals noch gepflegte gesellschaftliche Leben eingliedern. Bald wurde ich Redakteur der Wandzeitung, gewiss kein „Job" und kein „Posten", aber verbunden mit viel Eigeninitiative, auch mit Ärger und Diskussionen, mit maßvoller Kritik an bestehenden Missständen. Sogar meine fotografischen Fähigkeiten fanden im „Foto der Woche" ihren Niederschlag. Ganze Abende wurden mitgestaltet, Sketche geschrieben. Einmal machte ich einen Sketch „Frühsport", der ja damals im Rundfunk zum Alltag gehörte, in Kombination mit Mikrofon-Aufnahmen auf einem Tonbandgerät (damals eine ungewöhnliche technische Neuheit).

Gewiss, man machte auch seine Dummheiten und Streiche, es mangelte nicht an kuriosen Situationen. So hatten wir zwei entzückende, (natürlich NKWD-clean) Arzt-Praktikantinnen aus Gorki und aus Leningrad (es gehörte damals zum Studium, dass man nach Abschluss auf 3-4 Jahre in „entlegene Regionen“ geschickt wurde, damit den staatlichen Aufwand für das Studium teilweise gut machte). Heute würde man das als „verordnet“ diskriminieren. Sie waren in der krankenhauseigenen Baracke unsere Nachbarinnen. Wir schleppten nicht nur gemeinsam auf Tragen den Pferdemist aus unserer „Unfallfallbereitschaft“ (denn Kraftfahrzeuge hatten wir natürlich nicht) auf unsere Mistbeete, auf dass Tomaten und Gurken besser gedeihen konnten, sondern wir verbrachten auch manchen Abend zusammen bei Musik und Gespräch. Lydija piepste einmal ganz jämmerlich – eine Maus war ihr zu Gesicht gekommen. Was mich später veranlasste, eine tote Maus mit dem Schwanz an ihrer Türklinke zu verknoten. Wir verhandelten lange über den Preis, wenn ich das Raubtier wieder entfernte.

Auch mit den Patienten gab es Jux. Einmal wurde ich gerufen, eine Röntgenaufnahme zu machen. Das war so üblich, wir „Anwohner“ standen rund um die Uhr zur Verfügung. Es handelte sich recht eindeutig um einen Knöchelbruch. Die Patientin legte sich auf die Pritsche und ich machte die en-face-Röntgen-Aufnahme. Bei der Profil-Aufnahme gab sich die Patientin etwas schwerfällig. Ich riet ihr – der Einfachheit halber – ihren zweiten Filzstiefel ebenfalls auszuziehen, was sie auch schnell vollzog. Jetzt sah ich, leicht schmunzelnd, dass der zweite Fuß ziemlich graudreckig war. Ich konnte mir ein: „Na ja, wenn Sie zum Arzt gehen, könnten Sie sich ruhig auch mal den zweiten, den gesunden Fuß waschen“, nicht verkneifen.

Die Entbindungsstation befand sich in der gynäkologischen Abteilung, hier wurden natürlich nicht nur viele Babys zur Welt gebracht, sondern mussten auch viele, ohne das Licht der Welt je erblickt zu haben, per Abortus incompletus in den Eimer gehen. Nun standen in dieser fast ausschließlich aus Holz gebauten Siedlung vor allen Gebäuden große Zisternen gegen eine mögliche Feuersbrunst. So als Brandschutzmaßnahme Nr. 1 auch an jedem Gebäude unseres Krankenhauses. An der Gynäkologie standen sogar gleich zwei. Im Frühjahr streifte ich viel durch die Felder und am Wasser, eigentlich um Wasserflöhe für mein Aquarium zu fischen. In der Froschlaichzeit hatte ich die Idee, einmal ein paar Kaulquappen mit nach Hause zu bringen. Aber der Teufel ritt mich immer ein wenig – so setzte ich eine Partie Froschlaich in den

Zisternen vor der Gynäkologie ab. In ganz kurzer Zeit wimmelte es im Wasser von pechschwarzen Kaulquappen. Man vermutete recht bald, dass ich diesen Streich ausgeheckt hatte und schüttelte sich dabei vor den schwarzen Ungeheuern. Aber gerufen, beteuerte ich meine Unschuld, und gab zu bedenken, ob nicht jemand die abgetriebenen Föten hier ausgesetzt habe ...

Unser Wohnungsfenster ging hinaus auf den Hof. Gegenüber befand sich die Transportabteilung/Kutschstall, dessen Pferdeknecht – eine Dame – stets auf der Hut war, dem Liebhaber der Stute „Mascha" den Liebesakt zu verwehren. Rechts im Hof war die Totenkammer. Da ich in einem zweiten Dienstverhältnis Statistiker des Krankenhauses war, der alljährlich einen umfangreichen Jahresbericht über Art und Dauer des Krankenhausaufenthaltes und die Anzahl der tödlichen Ausgänge anzufertigen hatte, konnte ich schon beim Frühstück meine erste registrierende Amtshandlung vollziehen, wenn zwei Sanitäter einen nachts Verstorbenen an unserem gedeckten Tisch vorbeitrugen.

Der Vollständigkeit halber sei hier erwähnt, dass es in der UdSSR üblich war „öffentliche Parteiversammlungen" abzuhalten. Immer wenn etwas von Bedeutung geschehen oder geplant war, stand ein entsprechendes Thema auf der Tagesordnung (später in der DDR hat mich gestört, dass Parteiversammlungen stets „geschlossen", damit „geheim" waren). Eines Tages wurden wir Parteilosen, inklusive Zwangsangesiedelte, wieder zu einer solchen Versammlung anlässlich des XX. Parteitages der KPdSU geladen. Dieser Vollversammlung wurde dann der ungekürzte Text der „Geheim"-Rede von Nikita Sergejewitsch Chruschtschow verlesen, was unter den Anwesenden Bestürzung hervorrief (bei den „Geprüften", z. B. bei mir, sind ganze Passagen dieser Rede wie eingemeißelt haften geblieben).

Die Feierlichkeiten zum 38. Jubiläum der Oktoberrevolution wollte die Gewerkschaftsorganisation des Krankenhauses mit etwas Besonderem krönen, man kam auf eine Tombola. Ja, so richtig mit Preisen und Gewinnen. Man überlegte, wer so etwas richten könnte, und kam – wen wundert's – auf mich. „Walter Erwinowitsch macht das!" Da saß ich nun, ich armer Tor und war so klug, als wie zuvor. Meine Möglichkeiten waren zudem limitiert, da der Lospreis mit höchstens EINEM Rubel festgelegt war. Erst einmal „sammelte" ich unter den Mitarbeitern ausrangiertes Zeug, Gläser, Vasen, Kissen und anderen Plunder. Es wurde reichlich gespendet, aber nicht genug, zudem wollte ich ja etwas „Besonderes", einen Akzent setzen, der ganzen Sache einen humorvollen „Sinn" verleihen. Da erinnerte ich mich an Lidija, das Piepsen mit der Maus. Also nahm ich Knete und formte ein unverwechselbares Mäuschen. Ja, ja, unverwechselbar. Denn als ich fertig war, entschied ich, das Mäuschen etwas in der frostigen Kammer abzukühlen, damit es steifer würde. Das ging gut, nur – als ich nachts „raus“ musste, nahm ich nicht den weiten, verschneiten Weg über den Hof bis zum Gemeinschaftsklo, sondern nahm den kurzen Weg zu einem bereitgestellten Eimer. Ich machte das Licht an und traute meinen verschlafenen Augen nicht, auf dem Regal saß ganz keck ein wahrhaftiges Mäuschen, geistesgegenwärtig machte ich eine scheuchende Geste und begleitete dies mit einem „Husch!“ Aber Mäuschen rührte sich nicht von der Stelle … es war ja auch meine Knetemaus, da hatte meine Tombola schon einmal einen tieferen „Sinn“ erlangt: Glaube nicht dem Schein – er trügt!

Die Maus wurde in ein märchenhaftes Papier mit vielen Schleifchen gepackt und bei den „Gewinnen“ gestapelt. Das sollte der 2. Gewinn des Abends werden. Aber was wird der erste Gewinn – ohne viel Geld auszugeben? Plötzlich fiel es mir ein, etwas Populäres – eine Flasche „Moskowskaja“ musste es sein! Nun, diese war schnell beschafft und – der Inhalt mit Spritze und einer ganz feinen Nadel entfernt! Dann wurde die Flasche mit 0,85-%-tiger Kochsalzlösung, die in den Operationssälen als Blutersatz verwendet wurde – also steril war – „gefüllt“. Der versiegelte Korken wurde entsprechend präpariert. Soweit so gut.

Irgendein Pfiff fehlte noch. So fertigte ich ein kunstvolles, einem alten Pergament ähnelndes, als „Urkunde“ betiteltes Schriftstück das besagte: „Der glückliche Gewinner der Flasche ‚Moskowskaja‘-Wodka erhält diese Urkunde, wenn er es übers Herz bringt, im Geiste des Kampfes gegen die Trunksucht sich von dieser Flasche elenden Gesöffs loszusagen, der eingezahlte Rubel wird erstattet.“ Das war spannend: wer gewinnt die Flasche?

Die Gewinne wurden sehr dekorativ – im Zentrum die verkleidete Flasche – aufgebaut und die Gewinnnummern befestigt. Lose wurde ich reißend „los“, mein Gott, ein Rubel war erschwinglich. Nach vielen Reden, nach Auszeichnung der Bestarbeiter und einem hinreißenden Tanzabend ging es endlich an die Ausrufung der Gewinne. Alles sollte demokratisch, öffentlich zugehen, die Gewinne vor der Aushändigung „enthüllt“ werden (das hatten die von mir bestellten Claqueure durch Zurufe gefordert). So gingen die Gläser und die Vasen, die Tücher und die Notizblöcke über meinen Tisch. Dann blieben nur noch zwei Gewinne. Ich rief Gewinn Nr. 2 auf. Eine Schwester meldete sich. Ich entblätterte ganz langsam … die Maus, und zog sie am Schwanz aus der Verpackung. Ein Schrei ging durch das – vorwiegend weibliche – Auditorium, den ich nicht erwartet hatte. Ich schlenkerte die vermeintliche Maus am Schwanz und machte Anstalten, sie der Schwester zuzuwerfen, das löste schon

Unbehagen aus, so musste ich preisgeben, dass es sich um eine harmlose Knetemaus handelte. Was Versöhnung schuf.

So konnte ich zum letzten, zum Hauptgewinn übergehen. Langsam rollte ich die Flasche aus der prunkvollen Verpackung ... ein „Ah!“ ging durch die Reihen, dann meldete sich die GewinnerIn ... es war unsere ChefärztIn Sofia Anatoljewna Daineko! Das konnte ja heikel werden. Sie kam nach vorn, um den Gewinn entgegenzunehmen. Ich gebot ihr einzuhalten, denn ich müsse erst noch eine beigefügte URKUNDE verlesen. So las ich denn: „Dem glücklichen Gewinner der Flasche ‚Moskowskaja‘ steht es frei, als symbolische Handlung gegen die Trunksucht auf die Flasche zu verzichten und für diesen nachahmenswerten Akt vorliegendes Zertifikat zu erwerben. Gleichzeitig wird der eingezahlte Rubel (er lag dem Gewinn bei) erstattet.“ Während der Saal brodelte, dachte Sofia Anatoljewna ernst nach, sie dachte auch an ihren Mann (das erfuhren wir später) was würde er sagen, wenn sie so leichtfertig auf einen halben Liter Wodka verzichtet hätte. Dann sagte sie laut: „Ich verzichte auf den Rubel, ich verzichte auf das Zertifikat, ich will die Flasche!“, was allgemeine Heiterkeit und Zustimmung auslöste. Ich versuchte ihr nahezulegen, nach edlen Motiven doch lieber auf die Flasche zu verzichten, außerdem war mir nicht ganz wohl bei dem Gedanken, dass meine Chefin zu Hause ihrem Mann eine Freude bereiten will, die sich als sterile Kochsalzlösung entpuppt. Aber es half alles nichts, ich musste die Flasche rausrücken ... Sofia Anatoljewna nahm sie, drückte sie fest an sich, denn schon kamen aus der heiteren Menge Stimmen, besonders von denen die ein Gläschen gewonnen hatten: „Es kann doch nicht sein, dass Sie diese Flasche mit nach Hause nehmen, lassen Sie uns anstoßen ‚sa prasdnik‘, auf den Feiertag, bitte!“ Aber Sofia Anatoljewna zierte sich hartnäckig, sie wolle ihrem Mann ein Geschenk machen, eine Freude bereiten. Ihr Widerstand brach schließlich doch, sie empfand es selbst als unkollegial, mit einer vollen Flasche Wodka das Fest zu verlassen. Die Flasche wurde feierlich geöffnet und der Wodka an die inzwischen versammelte Gemeinde von Gläser-Besitzern verteilt, ein Trinkspruch erklang auf die großherzige Chefin, dann ein lautes „Tfuuu!“. Das Salzwasser hatte seine ernüchternde Wirkung nicht verfehlt.

„Walter Erwinowitsch, was haben Sie da bloß angestellt!“, hieß es. „Sie werden wohl verstehen, dass ich in einer Tombola zu Ehren der Großen Sozialistischen Oktoberrevolution keinen Wodka verlosen kann“, war meine Antwort.

Pech gehabt – Pech behoben

Ludwig Elfinger war ein guter Freund meines Bruders Wolfgang. Er war einer von den Menschen, mit denen Freundschaft reinstes Vergnügen ist. Schon kurz nach unserem Eintreffen in Sosswa stellte uns Wolfgang diesen außergewöhnlichen Menschen vor. Er war ursprünglich Reichsdeutscher, ein Neffe der Mühsams. Er war aus München, wie Zensel und Erich Mühsam auch, Halbwaise. Von prächtiger Gestalt, die sich nach den Hungerjahren der „Trudarmija" (der Arbeits-Armee, die unter lagerähnlichen Bedingungen arbeiteten und lebten), wieder aufgebaut hatte. In München war er Amateurboxer, an der Wand hatte er ein Foto, wo er im Gegenlicht so richtig seine Muskeln spielen ließ. Für die Frauen war er bestechend durch seine ausgezeichneten Manieren, höflich, zuvorkommend, trank sehr mäßig (unter russischen Verhältnissen ein sehr positives Indiz) und natürlich durch sein gepflegtes Äußeres, rasiert, gekämmt. Für Männlein und Weiblein war seine unbestechliche, bisweilen naive Ehrlichkeit geradezu umwerfend. Aber diese war auch sein Verhängnis, da er aus allen Nähten platzte, wenn es irgendwo ungerecht, schmutzig, allen menschlichen Grundregeln gegen den Strich ging. Ja, man könnte ihn sogar einen Choleriker nennen. Leider ist er schon vor 18 Jahren in Potsdam an Herzversagen verstorben. Geblieben sind diese Erinnerungen an ihn.

Das tägliche Leben zeigte Tag für Tag Positives an. Der Kommandant war mit den 14-tägigen Meldepflichten nicht mehr so penibel. Wenn es „dienstlich" war, konnte man auch mal in das 400 Kilometer entfernte Swerdlowsk fahren, um eben „Dienstliches" und Privates miteinander in Einklang zu bringen. Bei einer Abrechnung für unser Kreiskrankenhaus ging ich denn auch Meldungen in der Presse nach, dass die anlaufende Tourismusindustrie begonnen hatte, richtige Faltboote herzustellen. Mir war aus Berlin noch der Markenname „KLEPPER" im Ohr, so war ich auf der Spur nach einem Sowjet-KLEPPER – und fand diesen in einem großen Sportgeschäft. Gleichzeitig konnte ich ein vortreffliches Drei-Mann-Zelt erstehen. Was will man mehr? Statt an der Sowjetmacht rumzumosern, wollten wir erst mal lernen den KLEPPER zusammenzubauen. Das war gar nicht so einfach. Es gab zwar eine ausführliche Gebrauchsanweisung; auch im Sowjetland erwies sich die Theorie etwas grau.

Wir nutzten einen warmen Sommertag, um in unserem Garten eine Probemontage durchzuführen. Beim Entleeren der drei Rucksäcke schwindelte uns fast, beim Entschlüsseln der Fachausdrücke noch mehr. Aber mit viel Behutsamkeit, es durfte auf keinen Fall etwas kaputt gehen, denn so schnell würde eine zweite Fahrt nach Swerdlowsk nicht möglich sein. Mit den Garantieansprüchen war es damals auch noch nicht sehr weit her, so stand schließlich das seetüchtige Ungeheuer auf der Grasnabe. Wir hatten vielleicht drei Stunden gebraucht. Kann ja schön werden: Drei Stunden Montage, drei Stunden Demontage und eine klägliche Stunde Fahrt auf der Sosswa. Aber das spielte sich ein, die Griffe wurden immer fachkundiger, das Zusammenspiel immer qualifizierter, der Blick in die Montage-Anleitung immer seltener. So kamen wir denn doch in den Genuss von Wassersport. Zum Ufer mussten wir alles natürlich schleppen, eine Menge Schaulustiger war unvermeidlich, ja wir gewöhnten uns an sie, sie waren unsere Kulisse, die jedes Mal mit uns zusammen den Stapellauf bejubelte. Es war ja ein stattliches Boot von 5,03 Metern Länge, ausgelegt als 3-Sitzer, aber später waren wir auch schon mal fünf Passagiere mit Hund und einem Imbiss an Bord. Wenn ich mich recht erinnere, war die Bruttotonnage 340 Kilogramm. Da rechnete die schmächtige Irina mit ihren 52 Kilo fast gar nicht.

Eines Tages im Frühjahr, es war noch ziemlich frisch draußen und das Wasser war unzweideutig kalt, da hatten unsere Frauen keine rechte Lust, „aufs Wasser“ zu gehen, mich und Ludwig dagegen juckte es ungeachtet des Wetters, keinen Sonntag (und nur Sonntage kamen ja in Frage) „leer“ laufen zu lassen. So beschlossen wir, ohne unsere Weiber loszuziehen. Die Frauen wollten inzwischen für die Seefahrer das Mittagessen bereiten. Das Boot hatten wir schnell zusammen, die Griffe stimmten noch vom vorigen Jahr. Auch den Mast richteten wir auf, wenn vorläufig auch kein günstiger Wind zu verzeichnen war. Der Fluss war bedeutend breiter als sonst – Hochwasser. Das Boot war etwas zu leicht, lag mit zwei Personen nicht tief, also nicht sehr stabil. Gepäck hatten wir so gut wie gar keins. Ludwig hatte nur seine „FED“ (hergestellt in einer Jugendkommune mit dem Namen „Felix Edmundowitsch Dsershinski“), seinen Fotoapparat mitgenommen, eine kleine Reportage erwarteten wir allemal. Wir paddelten gemächlich mit der verhaltenen Strömung stromabwärts, Treibholz und allerhand Trödel verbauten uns immer wieder den Weg. Aber es ging voran, langsam verließen wir die Siedlung.

Da! Völlig unerwartet, wie aus heiterem Himmel lagen wir beide auf einmal im Wasser, das Boot trieb kieloben neben uns, etwas weiter trieb meine Mütze. Wir hatten gar keine Zeit, das eiskalte Wasser wahrzunehmen. Ich machte zwei-drei kräftige Armschläge, um meiner Mütze nachzuschwimmen. Streckte mich nach ihr und setzte sie noch voll Wasser auf den Kahlkopf, das Wasser rieselte herunter. Besonders verdattert waren wir eigentlich nicht. Wie war das nur passiert. Wir bemerkten eine über den Fluss gespannte Leitung, die bedingt durch das Hochwasser „runter“ gekommen war und mit Sicherheit unseren hohen Mast erwischt hatte. Das war's mit Sicherheit. Wir schwammen beide, das gekenterte Boot mitschleppend in Richtung Ufer. Da hörten wir Motorengeräusch, ein Motorboot näherte sich aus der Siedlung. Hilfsbereit legte es längs zu unserem Boot an, wir krabbelten in das Motorboot, unser gekentertes Boot fest im Griff. Der Motorist wollte uns in die Siedlung zurückbugsieren. Wir protestierten – diese Schande, mit einem Kiel-oben-Boot zurückkehren, das wollten wir nicht. So baten wir ihn, uns einfach an das nahe Ufer zu bringen. Das tat er, bot uns gleichzeitig seine Kajüte an, wir könnten uns in dem gar nicht weit liegenden Schleppkahn aufwärmen und unsere Sachen trocknen. Das wiederum passte uns sehr, denn pudelnass dem Gelächter unserer Weiber wollten wir nicht ausgesetzt sein.

Bereits im seichten Wasser kippten wir das randvolle Boot langsam um, um es dann, als wir festen Boden unter uns hatten, wie eine Waschschüssel auszugießen. Der Inhalt lag auf dem Flussgrund, darunter die „FED“, also keine Fotoreportage. Wir wrangen unsere Kleidung behelfsmäßig aus und schepperten langsam, jetzt stromaufwärts zum bezeichneten Schleppkahn. Langsam wurde uns kalt, und zitternd betraten wir das Skipperhäuschen. Der Motorist hatte schon Holz in den Eisenofen gelegt. Es knisterte gemütlich. Wir waren in tiefster Seele dankbar, wir würden zu unseren Damen trocken zurückkehren, waren somit lästige Erklärungen und Rechtfertigungen los. Langsam fing der kleine Ofen an zu atmen, ja zu glühen. Die Kleidungsstücke hielten wir vor uns der Hitze entgegen. Einen kleinen Tee gab es, und das Gespräch kam wie zu erwarten ebenfalls in Gang. Wir bekamen sogar behelfsweise etwas zum Umhängen, derweil unsere Hosen, Hemden, unsere Jacken und unsere Strümpfe und Schuhe wie in einem Dampfbad dampften. Es konnte gar nicht mehr lange dauern um startklar zu sein.

Da bemerkte ich auf einer kleinen Empore im Bug einen Mann hockend, den wir in unserer Euphorie einfach übersehen hatten. Er schaukelte leicht hin und her, es schien seine Hand zu sein, die er da wie einen Säugling auf und ab schaukelte. Sein Gesicht schien todmüde, aschgrau, besonders gesprächig schien er auch nicht. Wir fragten den Motoristen, was es denn mit diesem, anscheinend seinem Kollegen, auf sich habe. Er erklärte uns, dass sein Freund nun schon mehrere Tage so herumsitze. Ja, warum er denn nicht in die Siedlung zur ärztlichen Behandlung gehe. Er habe ihn schon dreimal dorthin gebracht, jedes Mal sei der Umschlag gewechselt worden, aber keine Besserung eingetreten. Nun begab ich mich zu dem Betroffenen. Meine erste

Frage (das hatte mir mein Mentor, der Chirurg David im Omsker Zentrallazarett beigebracht): „Wieviel Nächte schläfst du schon nicht mehr?" – „Es ist bereits die vierte Nacht!" David hatte mich gelehrt: Die **erste schlaflose Nacht** ist die sichere Anzeige, dass ein operativer Eingriff fällig ist. Also war er fällig! Meine Legitimität als Arzthelfer („feldscher") unter Lagerbedingungen stand außer Zweifel. Hier jedoch würde der Eingriff unter „freien", unter zivilen Bedingungen vollzogen werden, obwohl ich auch noch unter Polizeiaufsicht stand. Das würde gegen das Gesetz verstoßen, wenn da ein ehemaliger „Lepila" (ein Lager-Feldscherer) an einem freien Werktätigen herumbasteln würde. Gleichzeitig war mir der (einzige) Chirurg, bei dem auch dieser Patient in Behandlung gewesen war – eine Autorität im ganzen Ort – gut bekannt. Ich nahm die vielen Mullbinden ab und überzeugte mich, dass der Kranke in akuter Gefahr einer Allgemeinen Blutvergiftung schwebt. Der Starchirurg hatte gepfuscht, ihn mit dieser unansehnlichen, schwarzen, stinkenden Ichtyolsalbe „behandelt", d. h. die ganze Hand völlig sinnlos verschmiert, was den operativen Eingriff merklich erschweren würde. Die Hand war blau-rot aufgedunsen und die straffe Haut machte überhaupt keine Anstalten nachzugeben (was ja eigentlich mit der Ichtyolsalbe bezweckt wurde). Der Eiter drückte mit aller Gewalt – was äußerst schmerzhaft ist – auf das gesamte Gewebe. In solchen Fällen bricht er, da er nicht „raus" kommt, über das Handgelenk durch. Der Eiter steigt dann hinauf in den Arm, vergiftet den ganzen Körper, was nur akute Lebensgefahr bedeuten konnte. Im Russischen nennt man diese Erkrankung „kommissorialnaja phlegmona", also eine besonders schwere Phlegmona der Hand. Ich sagte ihm, dass ich seine Leiden beheben könne, nur müsse er dazu ein ganzer Mann sein. Er sagte, dass ihm nach diesen schmerzerfüllten Tagen alles recht sei. So geschah's. Wir „fanden" eine Flasche „hochprozentigen" (92 Grad!), einige saubere Handtücher, und vor allem eine Waschschüssel (ich wusste aus Erfahrung, dass meistens eine Waschschüssel voll Blut und Eiter aus den Schnitten quillt, bzw. spritzt). Eine ungenutzte Klinge von einem Sicherheitsrasierapparat fand sich ebenfalls. Ein schneller Aufbruch nach Haue kam mit unseren nassen Klamotten sowieso nicht in Frage. Wir gaben ihm noch einen kräftigen Schluck aus der Flasche und warteten, trockneten weiter unsere schon fast trockenen Kleider. Nach etwa einer dreiviertel Stunde war auch er, der Arme, soweit. Ludwig stellte sich als Assistent zur Verfügung, auch der Motorist ging, etwas unwillig (er hatte so etwas natürlich noch nie Mitgemacht), auf meine Bitte ein. Ich machte die drei klassischen Schnitte zwischen dem Zeige-, dem Ring-, dem Mittel- und dem kleinen Finger. Der dicke stinkende Eiter, vermischt mit Blut, quoll aus dem aufgetrennten Gewebe, die bereitgehaltene Waschschüssel war zum Schluss beinahe voll. Dann packten wir die blutende Wunde behutsam wieder ein. „Also kein Wort! An niemanden, da kam eben jemand des Weges ...“ – er solle auch nicht zum Chirurgen gehen, ich würde nach ihm sehen. Unsere Kleider waren trocken, rein ging's ins Boot, ab zu unseren Frauen. Wir hatten die Schwelle noch nicht übertreten, als sie schon losgifteten: „Gekentert, man sieht's doch, die Kleidung war bestimmt nass!“ So war alles umsonst, aber das Mittagessen hat doch gut geschmeckt.

Ja, der Kranke. Früh am nächsten Tag ging ich in Gedanken versunken, am Ufer entlang zu dem Schleppkahn. Der Kranke hatte die ganze Nacht fest geschlafen, sicheres Zeichen, dass er gerettet war.

Reise per Schulatlas

Endlich frei gekommen, erwarben wir 30- bzw. 40-jährig einen Schulatlas. Nun nicht so einen ganz kleinen, sondern einen soliden, einen schweren und man möchte hinzufügen: auch in der Aufmachung einen hochwertigen. Wir wollten uns die große Welt noch einmal zu Füßen legen, so recht inhallieren, wo denn nun eigentlich was war, wo wir selbst schon alles gewesen waren. Unsere Kindheit, unser Weg unter Bewachung. Na und das Heute, das Hier, den Ural. Das macht man normalerweise nach lokalen Karten, aber die gab es einfach nicht. So studierten wir die „nähere Umgebung“ nach der Ural-Karte auf Seite 126 im Maßstab 1 : 4 000 000, d. h. ein Zentimeter auf der Karte gleich 40 Kilometer in der Natur. So weit und so eng erwiesen sich unsere Kenntnisse über das, was uns unmittelbar umgab. Nun, ein bisschen mehr wussten wir schon durch unseren Bruder Wolfgang, der neben vielen anderen Fähigkeiten auch seine kartografischen in den zivilen Dienst beim Ministerium des Inneren hinübergerettet hatte. Er war in der Lage und hatte dies im Dienst schon vielfach per Auftrag tun müssen, zu Hause (bereits in der DDR) aus dem Gedächtnis eine detaillierte Karte mit allen Lagern und Außenstellen aus der näheren Umgebung unserer Siedlung zu Papier zu bringen. Natürlich fehlten da auch kleine Nebenflüsse der Sosswa nicht. Alles zusammen weckte bei uns den Plan, einmal ein großes Dreieck von Wasserstraßen mit unserem Boot zurückzulegen.

Kurz gesagt, wir machten uns mit Irina, schwerbeladen mit den ganzen Wassersportutensilien, auf den Weg zum Bahnhof Sosswa. Den ersten Eklat gab's, als wir für die Eisenbahn zwei Fahrkarten für den Teilabschnitt bis zur Ausweichstelle der ansonsten einspurigen Strecke lösen wollten. „Ja, was wollen Sie denn dort, da ist doch gar nichts?“ (in der Sowjet Union ist man aber so daran gewöhnt, befragt zu werden, dass uns dadurch die Gelassenheit nicht genommen wurde). Also, wir wollen nur bis zum „rasjesd“, zur Ausweichstelle der Züge zwischen Sosswa und dem etwa 100 Kilometer entfernten Sserow. Wir erhielten unsere Fahrkarten. Genüsslich im Personenzug tuckelnd, gab's die zweite Überraschung. Der Schaffner wollte die Fahrkarten einsehen. „Nur bis zum ‚rasjesd‘, was wollen Sie denn da?“ – „Na, aussteigen.“ Wieder ging es glimpflich ab, trotzdem wir uns fragend ansahen. War es wirklich so abartig dort auszusteigen?

Wir stiegen auf dem feldwegartigen Bahnsteig aus, der „Gegenzug“ wartete schon schnaufend. Alles vorsichtig auf die Erde gelegt. Wenn jetzt beide Züge abfuhren, gab es 24 Stunden keine Verbindung mehr zur Zivilisation. Aber umkehren? Nein! Da stand ein Wasserturm und so etwas wie ein Wärterhäuschen, aus dem uns zwei Kinder entgegenliefen, ein Eisenbahner kam hinterher:

... „Sind Sie hier auch richtig, das ist nur ein ‚rasjesd‘“, klärte er uns auf. Ja, wir wollten hier aussteigen, unser Boot zusammenbauen und dann stromabwärts auf diesem lütten Nebenfluss zum Hauptstrom der Sosswa gelangen. Das machte ihn sehr skeptisch, zugleich lächelte er über unsere Naivität. „Da kommen Sie doch nicht durch, da ist doch dichter Wald“, klärte er uns auf. Aber wir waren unbelehrbar, bauten ohne Hast unser kleines Faltboot zusammen. Der Eisenbahner wünschte uns gute Fahrt und los ging's. Tatsächlich fuhren wir auf dem ganz schmalen Flüsschen ziemlich unkompliziert weg. So ging das eine Weile. Dann lag plötzlich quer über dem Flüsschen ein riesiger umgefallener Baum. Also von Baumwegbewegen konnte keine Rede sein. Wir konnten dieses Hindernis nur um-„gehen“. Jetzt merkten wir, dass das Ufer morastig war und bei jedem Versuch auszusteigen wegbröckelte. Da kamen einem schon Zweifel, ob man nicht besser auf den Eisenbahner gehört hätte. Noch war es nicht zu spät. Na ja, die Wartezeit von 24 Stunden, die hätten wir in Kauf nehmen müssen, aber noch gab es einen sicherer Weg zurück. Wir trotzten jeglicher Vernunft, hatten die nützlichen Ratschläge des Eisenbahners am „rasjesd“ in den Wind geschlagen – jetzt war es zu spät.

Wir fanden eine geeignete Stelle und hievten das volle Boot aus dem Wasser. Wie das meine zierliche Irina schaffte, blieb mir ein Rätsel. Durch den verwilderten Wald geschleppt und wieder ins Wasser. Hurtig ging es weiter, nicht lange. Da wieder ein querliegender Baum, wieder rausgehievt, wieder rein. Plötzlich entdeckten wir Wasser im Boot. Alarm! Gar nicht möglich! Die Wandung war aus dickem, gewebegestütztem Gummi, was sollte da leck sein? Aber das Wasser nahm zu. Mit einer Dose schöpften wir ab – vergebens. Endlich war es entdeckt – ein Schlitz unter der Wasserlinie. Wir sahen auch die Verursacher. Am Ufer mussten Weidenzweige geschnitten worden sein, die abgeschnittenen Enden ragten wie Haifischzähne ins Wasser. Also erst einmal das Loch provisorisch mit einem Lappen verstopft, und dann höllisch aufpassen, um diesen Reißzähnen nicht zu nahe zu kommen.

Es wurde langsam Mittag und kein Ende war abzusehen. Boot rein – Boot raus, so viele Baumstämme konnte es doch gar nicht geben. Insgesamt haben wir diese kraftzehrende Prozedur 18(!) Mal wiederholt. Die großen Bäume verschwanden, jetzt waren es nur noch kleinere Stämme, aber der Wald war durch das Hochwasser geflutet. Es war schon kaum noch auszumachen, wo der ursprüngliche Wasserlauf war. Schließlich verhedderten wir uns zwischen den Bäumen, klemmten sogar ein. Ich verließ das Boot, stand brusthoch im Wasser und führte das Boot zwischen möglichst dünnen Stämmen durch den Wald. Dünne Stämme waren opportun, denn wenn das Boot einklemmte, konnte ich diese dünneren Stämme auseinanderbiegen und das Boot hindurchlassen. Irina saß weiter gelassen im Boot. Jetzt war es weniger strapaziös, dennoch völlig aussichtslos. Wie lange sollte das so gehen? Das Boot zu Fuß im Wasser manövrieren ging sehr langsam vorwärts. Endlich kam so etwas wie ein Lichtblick. Wir waren doch wenigstens an den Waldrand gelangt. Weiter links war sogar eine völlig überflutete Brücke auszumachen, also da hätten wir rauskommen müssen. Jetzt stieg ich wieder in das Boot. Das Wasser war noch in Nabelhöhe. Es ging nun auch tüchtig vorwärts zum gegenüberliegenden Ufer. Unter uns war schlicht Wiese, Sumpfdotterblumen, Klee, diverse Gräser. Bald erreichten wir das vermeintliche Ufer, kletterten hinauf – und entdeckten, dass dies gar kein Ufer, sondern eine noch nicht ganz geflutete Landstraße war. Hier gestatteten wir uns endlich einen Imbiss. Hinter dieser Landstraße lag eine riesige Wasserfläche. Das war der aus den Ufern getretene Fluss Sosswa, den wir endlich gefunden hatten. Nun ging's nach Schnauze und nach der Sonne, denn jetzt hatten wir nicht mehr unseren Schulatlas, einfach mit der Strömung und nach Westen. Mitten in dieser weiten Wasserfläche sahen wir einen Angler. Vielleicht sollten wir sicherheitshalber doch mal nachfragen. Also Kurs auf den Angler. Er bemerkte uns, schaute neugierig drein. In ausreichender Entfernung riefen wir übers Wasser, so als fragt man einen Polizisten an einer Straßenkreuzung: „Geht's hier runter nach Sosswa?" Er war wohl etwas erstaunt, denn nach Sosswa fuhr man von hier eher mit dem Motorboot, nicht mit so einer Nussschale. „Ganz recht, immer in dieser Richtung, da kommen Sie erst an die große Eisenbahnbrücke und dann ist es nicht mehr so sehr weit." Wir atmeten erleichtert auf, waren wir doch endlich auf bekanntem Kurs. Der Fluss war ungewöhnlich stark aus seinem Bett geraten, vielleicht 6-7 Kilometer breit. Auf irgendwelchen leichten Anhöhen lagen vereinzelt Dörfer, die von uns keine Notiz nahmen. Also wenn wir hier kenterten, dann ‚Gute Nacht'. Wer sollte uns da helfen.

Wir waren sehr stark in Zeitverzug und hätten es nicht so gerne, wenn uns die Dunkelheit überraschte. Vielleicht gelänge es, die weitgeschwungenen Flussschleifen etwas abzukürzen. Es wäre gut, wenn wir uns in die Hauptströmung manövrieren könnten. So hielten wir Ausschau, wo die Strömung am stärksten, steuerten immer dort hinein. Wir kamen zwar schnell voran, merkten aber, dass wir uns dem Ufer, sogar einem Dorf näherten. Da stimmte was nicht. Aha! Das Wasser stieg und floss auf die Wiesen, die Strömung leitete uns geradewegs von dem Flussbett fort. Nichts wie zurück in eine vermeintliche Mitte! Da sahen wir mitten im Wasser endlose Reihen von Weiden. Das war's doch! Diese Weiden standen an den Ufern und markierten, wie Verkehrszeichen, genau den Verlauf des Flusses.

So ging es sicher in Flussmitte. Aber es wurde schon schummrig, wie sollte das enden. Irgendwo eine Nacht kampieren wollten wir nicht. Außerdem wurden wir bei Wolfgang zu einer Gesellschaft erwartet, daraus würde wohl nichts. Aber da tauchte in der Ferne die große stählerne Eisenbahnbrücke auf, ein Vorzeichen, fast ein Ortszeichen. Als wir schon beinahe unter der Brücke waren, zeigte sich ein Uniformierter am Geländer (Brücken werden hierzulande grundsätzlich durch einen Posten bewacht). Ehe er uns Fragen stellte, fragten wir geistesgegenwärtig: „Geht's hier nach Sosswa?", was er laut bejahte.

Nun brach zu unserem Ärger die Nacht über uns herein, es wurde wirklich sagenhaft finster, wieder gab es keine Alternative, unsere Paddel plätscherten zwischen den kaum wahrnehmbaren Ufern. Endlich ferne Lichtreflexe. Das musste Sosswa sein. Bruder Wölfchen lebte ja direkt am Fluss. So konnten wir vor seinem Haus, wo zwar kein Steg war, anlegen. Wir wurden stürmisch, wie Spätheimkehrer empfangen und spürten kaum Müdigkeit. Es wurde noch ein sehr schöner Abend.

Der Auftrag

Russen sind tierlieb, man muss nur auf den „ptitschiy rynok“ (also den Vogelmarkt) in Moskau oder jeder anderen Stadt gehen, um festzustellen: Trotz widriger Umstände – eine Vielfalt an Tieren. Erstaunlich, mit welcher echt russischen Findigkeit die Verkäufer vorgehen, z. B. wenn es kalt ist stehen die kleinen Aquarien mit den Warmwasserzierfischen auf großen Gummiwärmflaschen, die ab und zu nachgefüllt werden. Auch die Lüftung in diesen kleinen Aquarien funktioniert: mit einer Fußpumpe, die eigentlich zum Aufblasen von Luftmatratzen gedacht ist, wird ein Ballon ständig nachgefüllt. Im Aquarium sprudelt es munter zum Wohle der kleinen Fischwelt. Nicht nur Vögel, nein Katzen und Hunde, Aquarienfische, Schildkröten und besonders Tauben sind reich im Angebot. Bei Tauben allerdings ist Vorsicht geboten, beim ersten Freiflug kehren diese in der Regel zu ihrem Verkäufer zurück. Nun ist auch die Tierliebe dem Wandel und den Zeiten-„Wenden“ unterworfen. Ist das Futter knapp, verknappten sich die Tierbestände, bei Hungersnot werden die Haustiere restlos vertilgt. Der staatliche Handel besetzte lediglich (damals, also 1956) „Schwerpunkte“, Lebensmittel, Textilien, Schuhe, Kerosin-Petroleum. Die private Liebhaberei mit Tieren landete somit leicht in privaten Händen, also auf dem Vogelmarkt.

Im fernen Nordural war selbst dieser Privatsektor äußerst schwach entwickelt. Natürlich gab es hier Hauskatzen jede Menge, Hunde auf jedem Hof, aber das war mehr so etwas wie Inventar, gehörte zum Haushalt. Die Katzen zum Mäusefangen, die Hunde zum Anschlagen, als Wächter. Zu nahe getretene Neugierige wurden nicht nur angekläfft, sondern auch schon mal in die Wade gebissen. An diese Gegebenheiten musste man sich gewöhnen, wenn man z. B. aus dem Hohen Norden kam, wo Hunde auf Menschen überhaupt nicht reagieren und nur anschlagen, wenn Wild sich dem Dorfe näherte.

Nachdem man den ganzen Gulagzauber hinter sich hatte, erwachte das Aquarianer-Herz wieder: Wie könnte man hier zu einem Aquarium kommen. Eine Fahrt ins 400 Kilometer entfernte Swerdlowsk ergab, dass diese 2-Millionen-Stadt kein einziges Zoo-Geschäft besaß, das war enttäuschend. Ich wusste zwar, dass auch Moskau nur über zwei Zoo-Geschäfte verfügte, aber hier hinter dem Ural so ganz leer auszugehen, war etwas unerwartet, selbst ein Vogelmarkt war nicht auszumachen. Nach einigen anderen Besorgungen kehrte ich in unsere Siedlung zurück – und schrieb einen Brief an den „Uralski rabotschiy“, das Bezirksorgan der KPdSU, dass ich so gar kein Verständnis dafür hätte, dass die Industriehochburg Swerdlowsk mit ihrem „Uralmaschinenebau“ so ganz ohne Tierliebe auskommt, auskommen muss, da sie kein einziges Zoo-Geschäft hat. Wahrscheinlich wurde dem Handel eine entsprechende Direktive erteilt, schon nach 5 Monaten teilte die Zeitung mit, die Anregung von „towarischtsch“ Ruge sei umgesetzt, es gäbe in der uliza Lenina nun ein Zoo-Geschäft. Das ließ hoffen – und verzagen, als ich bei einer neuerlichen Fahrt nach Swerdlowsk ein nur sehr dürftig ausstattetes Geschäft vorfand. Ein 60-Liter-Aquarium konnte ich trotzdem erstehen, das war immerhin ein Anfang.

Da wir endlich, nach unserer Rehabilitierung, unsere normalen sowjetischen Pässe zurückerhalten hatten, plante meine Schwiegermutter Elena Iwanowna Alferowa eine Reise nach Leningrad, um dort nach so langer Trennung ihre Verwandten wiederzusehen. Wir heckten aus diesem Anlass einen fantastisch anmutenden Plan aus: Schwiegermutter würde, und wir waren uns ziemlich sicher, dass es in Leningrad ein Spezialgeschäft gab, die entsprechenden Fische dort kaufen. Natürlich war Schwiegermutter sofort bereit, bat aber um genaue Instruktionen. Zunächst wurde eine ziemlich lange Liste von Fischen mit der Anzahl aufgestellt, es sollten nicht mehr als 16 Fische sein, das war klar. Dann gab es das Problem mit dem Trockenfutter, also mit 2-3 Tütchen war das nicht gemacht – es musste ein solider Vorrat angelegt werden. So sollten denn 2 Kilo getrockneter Wasserflöhe eingekauft werden, auch das war klar. Für den Transport wählten wir eine Drei-Liter-Alluminium-Milchkanne mit Deckel aus.

Jetzt kamen die zusätzlichen Anweisungen: Als erstes, strenges Futterverbot, weil das unvermeidlich zum Verderben des ohnedies beschränkten Wassers führen musste. Die Wassertemperatur wäre nicht erheblich, es war Sommer, die Milchkanne sollte aber vor Überhitzung in der Sonne bewahrt werden. Da die Reise von Leningrad bis in den Ural immerhin zweieinhalb Tage währte, wären die Einkäufe am Abfahrtstag zu tätigen. Konnte eigentlich nichts passieren, Schwiegermutter fuhr weg. Wir gingen unseren Interessen und Pflichten nach, ohne den nicht feststehenden Rückkehrtermin allzu sehr ins Auge zu fassen. Doch eines Tages kam das Telegramm: Ankunftstag, es gab pro Tag nur einen Zug und die knappe Meldung, Fische und Futter sind eingekauft. Alles bestens. Wir gingen zum Bahnhof, besser zur Station, einen Bahnhof im eigentlichen Sinne gab es nicht. Die Milchkanne fest in der Hand stieg Schwiegermutter aus und übergab sie mir schweigend, sie schien etwas verstört zu sein, begann dann aber langsam zu erzählen, was ihr unterwegs so alles zugestoßen war.

Es fing schon an mit der „passadka", dem Einsteigen, auf sowjetischen Bahnhöfen wegen des Andrangs immer ein Problem. Der sicherste Weg ist, einen „nossiltschik", einen Gepäckträger aufzugabeln. Gegen ein Entgelt führte dieser einen dann über Gleise und durch Unterführungen, sozusagen hintenherum zum angegebenen Zug und Wagen. Das Geschäft lief im Einvernehmen mit den Zugschaffnern. Man saß, zwar noch in unbeleuchtetem Wagen, aber mit Sicherheit auf seinem Platz. Schwiegermutter wählte natürlich diesen Trick, um ja sicher zu gehen. Natürlich kannten diesen Trick auch noch andere Fahrgäste. So hörte sie immer wieder Stimmen von weiteren Fahrgästen, die sich ihren Weg durch den dunklen Gang bahnten, auch ganz in die Nähe zu ihr, ein normaler Vorgang. Doch plötzlich machte ein Fahrgast eine ungeschickte Bewegung und stieß mit dem Fuß die auf dem Fußboden stehende Milchkanne um! Man kann sich die Verzweiflung von Schwiegermutter vorstellen, alles war also umsonst. Sie schrie nach der Schaffnerin, die mit einer Taschenlampe herbeieilte. In der Pfütze schlappten die kleinen Fische müde mit der Schwanzflosse. Sie habe Wasser – aber nur heißes – im Kessel, für den späteren Tee. Sie würde sofort laufen und kaltes Wasser besorgen. „Kaltes", zuckte Schwiegermutter zusammen, der Schwiegersohn hatte ihr eingeschärft KEIN KALTES WASSER, es sind WARM-Wasser-Fische, aber besser als heiß! Die Fische waren inzwischen vom Fußboden eingesammelt und in den kleinen Rest Wasser in der Kanne getan.

Die Zeit schien endlos, die Schaffnerin kam ziemlich bald zurück. Jetzt wurde durch Zugießen von heißem Wasser etwas temperiert und schwupp in die Milchkanne und Deckel drauf. Dann ging das Oberlicht an, Schwiegermutter wagte einen kurzen Blick – oh Wunder, die Fische schwammen munter umher. Alles schien gerettet.

Nun füllte sich der Wagen. Russische Züge sind keine deutschen Züge, wo man stundenlang nebeneinander sitzt, ohne auch nur ein Wort zu wechseln. Man kommt ins Gespräch: Wohin geht die Reise, woher ist man gebürtig, Beruf, Wetter, Aussichten für die Ernte, familiäre Verhältnisse, dann gibt es immer auch einen Austausch von Leckerbissen aus dem mitgeführten Proviant, bei Männern kommt der gemeinsame Schluck aus der Flasche hinzu. Das Abteil wird zur Familie, man kennt nach wenigen Stunden die gesamte Verwandtschaft, Freuden und Nöte der Fahrgäste, Frauen besprechen intime Dinge.

In dieser Atmosphäre fragte dann so ein lieber Coupénachbar, ohne jegliche Hintergedanken: Sagen Sie, was führen Sie dort in Ihrer Milchkanne mit? So weit wollte Schwiegermutter die Vertraulichkeit eigentlich nicht gedeihen lassen, aber sie antwortet fest: Da sind Fische drin für meinen Schwiegersohn.

„Ach wie interessant, richtige lebendige Fische, sagen Sie bloß? Und Sie meinen die Fische werden die lange Reise unbeschadet überstehen?" – „Selbstverständlich, ich habe genaue Weisungen, was zu tun ist" – „Ist klar", stimmt der Nachbar zu, „Nur, warum haben Sie denn für die Fische nicht ein Glas genommen, damit man sie sehen kann, so hocken sie doch im Dunkeln" – „So hat mein ‚sjat' (mein Schwiegersohn) verfügt." – „Wollen wir nicht mal reinkucken, wie es ihnen geht?"

Das musste Schwiegermutter natürlich ablehnen, aber inzwischen waren auch die anderen Abteilbewohner (bei mehrtägigen Bahnfahrten wird man zum Bewohner) hellhörig geworden, Fragen über Fragen an unsere teure Schwiegermutter. Schließlich „beschloss" die Abteilfamilie: Also mal kurz reinkucken kann doch wirklich nicht schaden. So wurde denn ganz behutsam der Deckel abgenommen. Alle neigten sich erwartungsvoll über die Öffnung. Nun muss man dieses besondere Verhältnis von Russen zum „Ryba" (zum Fisch, zum Angeln) kennen, um den Begeisterungssturm der Fahrgäste zu verstehen. „Niedlich", „Entzückend" „eti malky" (diese Kleinen) klang es. Aber es seien ja keine Goldfische bei. Hier war Schwiegermutter schon beschlagen: Goldfische sind Teichfische, und ihr Schwiegersohn ist ein gestandener Aquarianer, der sich mit Zucht beschäftigt. Wie denn die kleinen Tierchen heißen. Oh, das war kein Problem, Schwiegermutter zückte ihren Auftragszettel und las vor: Prachtbarben, Trauersalmler, Black Mollies, Schwertträger machten mit ihren exotischen Namen großen Eindruck, besonders, dass einer der Fische (natürlich der männliche) sogar ein Schwert hatte. Als Schwiegermutter bemerkte, die Schwertträger und die Black Mollies seien übrigens Lebendgebärende, löste das beinahe einen Tumult aus. Lebendgebärende Fische – ein Witz? Und die Nabelschnur? Fallen die in ein Nest? Nichts als Fragen.

Was diese kleinen Fischchen denn so fressen, wollte einer wissen. In der Regel bekommen sie Trockenfutter, getrocknete Wasserflöhe, das bekommt ihnen am besten, und im Winter steht ja sowieso nichts anderes zur Verfügung. „Haben Sie denn Futter mit?", kam die etwas konkretere Frage. „Aber sicher, 2 Kilogramm." Nun kam das kollektive Drängen der Tierliebhaber, den armen kleinen Fischchen doch wenigstens ein paar Krumen Futter zu gönnen. Aber da war noch der „sjat", der hatte kategorisch untersagt unterwegs zu füttern. Aber der „sjat" ist doch weit, und es soll ja nur eine Klitzekleinigkeit an Futter verabreicht werden. Gegen so viel kollektive Weisheit erwies sich unsere Mutter schließlich machtlos. „Der Beutel mit dem Futter ist aber in dem Koffer da oben auf dem Gepäckbrett." Kein Problem, ein Hüne hatte den Koffer schon im Griff. In großer Spannung wurde gefüttert – und die

Fischlein nahmen an, schmatzten an der kleinen runden Oberfläche ganz mächtig, was das Kollektiv veranlasste Nachschlag zu fordern. So wurde etwas nachgereicht. „So, nun ist aber Schluss“, erklärte Schwiegermutter energisch und erwartete besorgt die möglichen Folgen ihrer Abweichung von dem Reglement. Ich öffnete sofort den Deckel – das Wasser stank erbärmlich, die Fische jappsten an der Oberfläche. Abgetaucht in das vorbereitete Aquarium torkelte ein Trauersalmler hoffnungslos zu Boden. Für ihn kam jede Rettung zu spät.

Gepfändet

Als Spielball des unvorhersehbaren Schicksals, wurde mein Bruder Wolfgang in den Kriegsjahren in den Nordural, eigentlich in ein Gebiet etwas östlich des Urals „verschlagen“. Jahre später gelang es durch eine „Familienzusammenführung“, dieses Schicksal zu einem stabilen Abschluss zu bringen. Wenngleich unfreiwillig in diesen Breiten, so nutzt man doch gerne die Nähe geografischer Eckpunkte, um sich mit ihnen bekannt zu machen. Der Ural, ein abgetragenes Mittelgebirge bis etwa 1 900 Meter Höhe, immerhin Trennlinie zwischen Europa und Asien – wie wir das bereits an der Landkarte in Berlin-Lichterfelde gelernt hatten. In fernen, glücklichen Kinderjahren hatten wir sogar schon den Grenzstein an der transsibirischen Eisenbahn auf einem Foto gesehen.

Die obligatorische Bindung an unseren „Standort“ Sosswa wurde nach 1954 durch unseren Komendanten Newolin (in freier Übersetzung „Der Unfreie“) schon mal von den bisherigen 40 Kilometern auf ein paar hundert Kilometer erweitert. So nutzte ich einen Aufenthalt im 400 Kilometer entfernten Swerdlowsk, um mich bei der Tourismus-Agentur über Möglichkeiten eines touristischen Marsches quer durch das Ural-Gebirge zu informieren. Die Antwort war abschlägig, die enorme Nachfrage erfordere langfristige Voranmeldung, man wolle sich aber meinen Namen notieren, falls jemand seinen Reisescheck zurückbringe. Ich hinterließ Hotel-Adresse und Zimmernummer ohne große Erwartungen. Vielleicht zwei Tage später saßen wir fröhlich beieinander, als nach einem schüchternen Klopfen ein junges Mädchen unser Zimmer betrat, und nach einem Blick über unsere Runde schon wieder gehen wollte. Für ihr Anliegen erschienen ihr alle anwesenden Jahrgänge eindeutig zu alt, wie sich später herausstellte. „Prostite“ („Verzeihen Sie!“), klang es, es müsse wohl ein Irrtum vorliegen. Mir schwante, dass es sich um den möglichen Reisescheckrücktritt handeln könne. „Wyi?“ („Was, Sie?“), klang es ungläubig, nun, ich war damals „schon“ 40 und bereits sauber kopfrasiert.

Eine Fahrt an die „Tschussowaja“, ein seltsames, ehemals schiffbares und flößbares Flüsschen quer durch das Ural-Gebirge, einer Wasserscheide!), von Ost nach West, besser nach Nordwest fließend, um dann in die Kama, einen Nebenfluss der Wolga zu münden. „Gewandert“ war ich das letzte Mal vor 15 Jahren. Ich rüstete mich so gut es ging für die bevorstehenden Strapazen. Die Anreise war erst einmal per Bahn. Auf einer kleinen Station stiegen viele meiner zukünftigen „towarischtschi“ (Genossen) aus, ich war unter ihnen der einzige Rucksacktourist. Auf einfachem festem Weg ging es bis zur „Turbasa“ (der Touristenstation, dem Ausgangspunkt des Marsches), einer vorzugsweise für Jugendliche gedachte, großzügig angelegte Einrichtung. Man schlief in festen Unterkünften zu je 8-10 Personen in einem Raum, Männlein und Weiblein getrennt, versteht sich. Es gab eine weiträumige Kantine, Vollverpflegung. Dann gab es einen großen Schuppen, vollgepfropft mit Ausrüstung für die angereisten Touristen, denn man wusste aus Erfahrung, dass diese weitgehend als „Städter“ anreisen, ohne geeignetes Schuhwerk, keine Rucksäcke, keine festen Jacken usw. Hier wurde auch das Gemeinschaftsinventar für die abmarschierenden Gruppen, Eimer, Kochtöpfe, Zelte, Äxte u. a. m. zugeteilt. Zur Einzelüberprüfung hatte jeder seine Ausrüstung in die Kleiderkammer mitzubringen – meine wurde anstandslos „zugelassen“. Einige Sorgenfalten bekamen die Prüfer beim Anblick meiner Glatze. Ob ich die Tage des „pochods“ (des Marsches) nicht lieber in Ruhe, als „otdych“ (Erholung) auf der „Turbasa“ verbringen möchte? Gott! War man denn wirklich schon so „alt“?

Zwei, drei Tage vergingen mit dem Einteilen der Gruppen. Jede Gruppe bestand aus etwa 30 Teilnehmern. Die Touristenkandidaten wurden „eingewöhnt“, mit Spaziergängen, mit Erste-Hilfe-Ratschlägen, Disziplinfragen. Bei Verstoß (z. B. bei Trunkenheit) wurde man umgehend nach Hause geschickt. Dann gab es auch schon mal ein Probeklettern am Fels. Es galt immerhin 180 Kilometer mit einem 20-kg-Gepäck zu absolvieren, dafür gab es dann das Tourist-Abzeichen der UdSSR, Stufe I.

Morgens war stets ein Appell, wo alle in einem großen Karree antraten und die jeweils zum Abmarsch vorgesehenen Gruppen Rapport über ihre Bereitschaft erstatteten. Zum Schluss setzten sie sich unter allgemeinem Jubel und Zurufen in Bewegung. Dieses tägliche Morgenzeremoniell wurde durch ein anderes am Abend ergänzt. Man ging auf die riesigen Wiesen und sammelte Feld- und Moorblumen zu großen Sträußen. Wenn dann die jeweils fälligen Gruppen zurückkehrten, passierten sie ein endloses Blumenspalier, sympathisierte man mit jemandem besonders, konnte man seinen Strauß auch persönlich überreichen.

Allabendlich wurde ein großes Lagerfeuer entzündet, das gehörte ebenfalls zur Vorbereitung, denn unterwegs wurden alle Mahlzeiten in Eimern an Lagerfeuern zubereitet. Nun, Russen und andere Völker des Landes sind ja sehr gesangfreudig, so wurde vor allem gesungen, von der Volksweise bis zum (damals aktuellen) modernen Lied. Es gab auch viele Spiele, Ratespiele, gewissermaßen Urahnen der späteren game-show, nur dass wir eben aus purem Spaß und nicht wegen der Einschaltquoten ausgelassen waren. Hier ging es um Einstimmung auf den Ural, seine Berge, Seen, Flüsse und Städte im „Verhör". Hatte man keine befriedigende Antwort bereit, musste man ein Pfand hinterlegen. Ich war mir in der Materie ziemlich sicher, als ich plötzlich „dran" war – und versagte – kannte die richtige Antwort nicht, und wurde „gepfändet". Ich hatte nichts Rechtes bei mir und zückte meinen Notizblock, stieß aber auf Protest, es müsse etwas „Wertvolles" sein. „Die Kamera!", rief jemand und alle stimmten zu. Mir blieb keine Wahl. Zum Abschluss musste jeder sein Pfand mit einer Darbietung freikaufen. Als meine Kamera hochgehoben wurde, meldete ich mich devot, da rief aus dem Kreis schon jemand „Ein Lied!". Noch stand die 180-Kilometer-Strecke bevor. Durch meinen Kahlkopf ins schiefe Licht geraten, durfte ich jetzt nicht versagen, musste bei dieser Gelegenheit meinen Ruf sogar aufmöbeln. So stand ich auf und stimmte so gut es ging an: „Ich bin ein junger Pionier, und unser Fahn' ist rot, der roten Fahne schwören wir die Treue bis zum Tod ..." usw. Ja, da wurde mitten im Ural, kaum neun Jahre nach einem mörderischen Krieg deutsch gesungen. Zuerst Verblüffung, dann Neugier und Interesse, und schließlich, als ich fertig war brausender Beifall und die Kamera zurück. Aber es regte sich auch so etwas wie Wachsamkeit, was ich denn da gesungen hätte, wollte jemand wissen. Ich übersetzte Zeile für Zeile, und alle schienen es toll zu finden, so unerwartet in eine andere Welt versetzt worden zu sein. Das Spiel war beendet, das Lagerfeuer noch lange nicht. Nun wollte man wissen, wie es mich in den Ural verschlagen hätte. Unter Aussparen der Härten erzählte ich, wie aus einem deutschen Jungpionier ein sowjetischer Staatsbürger geworden war.

Jetzt wollten alle, dass ich noch etwas singe. Das lehnte ich aber ab, mit der Begründung, dass ich überhaupt nicht singen kann, was auf Protest stieß. Ja, vorhin, das sei etwas anderes gewesen, da stand meine Kamera auf dem Spiel – ich habe in der Schule immer eine „dwoika" (eine „zwei", für russische Schüler die fast schlechteste Zensur) in Musik erhalten, durfte bei gemeinsamen Singen nicht mitsingen, weil ich eher brummte denn sang. Das löste allgemeine

Heiterkeit aus. Aber man hörte nicht auf zu drängen. Da bot ich an, noch etwas zu singen, wenn – wenn – alle Anwesenden versprächen, sollten sie einmal in der Siedlung Sosswa sein, niemandem zu erzählen, dass ich hier an der Tschussowaja gesungen habe. Zustimmung – und ich sang – die „Marseillaise", französisch, den Text hatte ich durch zehn schwere Jahre Straflager, durch Kälte und Hunger im Herzen getragen. Es gab viel Beifall, die Melodie war weitgehend bekannt, manche summten sogar mit. Damit war ich ein „gemachter Mann", vergeben, dass ich schon kahl war, vergessen, dass man mich vom Marsch zurückhalten wollte. Wieder Fragen über Fragen. Ich erzählte, wie ich vor dem Hitler-Faschismus in Frankreich war, von meinen unvergesslichen Freunden in Paris. Da mag schon bei dem einen oder anderen die Frage aufgekommen sein, ob es mit den Repressionen wohl so seine Richtigkeit gehabt hatte.

Ob ich denn noch was „auf Lager" hätte wollten sie wissen. „Wenn ihr nicht nach Sosswa fahrt, aus der Schule plaudert!" rief ich. So sang ich meinem Publikum noch das von mir ebenfalls über mehr als ein Jahrzehnt bewahrte Lied der französischen Arbeiterjugend: „Nous sommes la jeune garde, nous sommes les gars de l'avenir, el'ves dans la souffrances, oui, nous saurons vaincre ou mourir, nous travaillons pour la bonne cause, pour delivrer le genre humain, tantpis si notre sang arose les paves sur notre chemin, prenez garde, prenez garde, vous les sabreurs, les bourgeois, les gaves, v'la la jeune garde, v'la la jeune garde, qui descend sur le pave, c'est la lutte finale qui commence, c'est la revanche de tout les meurt-de fain, c'est la revolution qui s'avance, c'est la battaille contre les coquins, prenez garde, prenez garde! V'la la jeune garde ...!" Es war ein großes Erlebnis, irgendwie war meine Jugend plötzlich zurückgekehrt, die Vergangenheit abgestreift – ja beinahe vergessen.

Als unsere Gruppe nach acht Tagen ziemlich abgekämpft von ihrem „pochod"-Marsch auf die Turbasa zurückkehrte, wurde ich mit Sträußen fast überhäuft, man hatte mir also geglaubt – ich konnte den Menschen wieder vertrauen. Die Blumen waren Vorschusslorbeeren – wie sich erweisen sollte. Wenige Wochen später erhielt ich meine uneingeschränkte Rehabilitierung vom Obersten Militärstaatsanwalt aus Moskau, mit der mich der Hauptmann der Justiz, Kusminych, lakonisch wissen ließ:

„Ich teile Ihnen hiermit mit, dass am 14. Mai 1955 das Militärkollegium des Obersten Gerichts der UdSSR entschieden hat, den Beschluss der Besonderen Beratung (Troika) vom 31. Januar 1942, Sie betreffend, aufzuheben und Ihre Strafsache wegen Fehlens eines Tatbestandes einzustellen", das war's also ... *nach 14 Jahren!*

Die riesige Terrorbürokratie war per Dekret „gewendet“, über Nacht umgestellt auf die Bearbeitung hundertausender Akten, mit dem vorgebenen Ziel, die von ihr selbst im Laufe von Jahrzehnten Verurteilten – sofern sie noch lebten – zu freien Sowjetbürgern zu erklären.

Verpatztes kaukasisches Abendessen

Batumi ist die Hauptstadt einer kleinen, der Adsharischen Autonomen Sozialistischen Republik am Südzipfel der Grusinischen Republik (damals noch „Sowjetskaja Sozialistitscheskaja“), mit einem eigenen Ministerrat, Hafenstadt natürlich und Flottenstützpunkt. Zum Greifen nah die türkische Grenze. Ja, und die Adsharen, ein Türkvolk. Machindshauri, eine kleine Siedlung, beinahe ein Urlauberdorf, etwa 6 Kilometer nördlich von der Hauptstadt Batumi entfernt. An diesem sonnigen Tag, es war Hochsommer, hatten wir nichts Bestimmtes vor, lediglich für den Abend waren wir von unseren Freunden zu einem dieser großangelegten grusinischen Abendessen eingeladen. Da kommen Verwandte, Freunde und Bekannte oft von weit her. Wein wird nicht in Flaschen mitgebracht, sondern in kleinen Fässern, eigener Schinken, oder Käse, ein Huhn. Mit einem Wort: Es ist für alles gesorgt.

So erlaubten wir uns einen Spaziergang zum etwa vier Kilometer weiter nördlich befindlichen Botanischen Garten, „Seljoniy Myss“ (also „Grüne Halbinsel“). Es ging fast ausnahmslos am Strand des Schwarzen Meeres entlang, Sand, kleine Felsen, Palmen, die hier zur Flora gehören. Für unsere Begriffe hatte dieser Botanische Garten enorme Abmessungen. Fleißige Hände hatten hier ein wahres Paradies auf Erden geschaffen. Man hatte in Jahrzehnten die wunderlichsten Pflanzen aus aller Herren Länder zusammengetragen. Mit Recht war (und ist sicher auch) dieser Botanische Garten weit über die Grenzen Grusiniens hinaus bekannt – somit Anziehungspunkt für Tausende von Touristen und Urlaubern.

Nachdem wir uns in den endlosen Alleen müde gelaufen hatten, wollten wir am Rande des Gartens in einem Gartenrestaurant den Geburtstag meiner Frau Irina, den 8. September, würdig begehen. Ein Restaurant war schnell gefunden, einen Platz zu finden war schon schwieriger, es war randgefüllt mit diesen gebräunten, schwarzhaarigen, oft verwegen dreinschauenden Männern, ja und auch mit einigen Frauen, malerisch-südländischen, dezent gekleideten Schönheiten. „Fremde“, also zugereiste Bleichgesichter gab es hier kaum. Es war eng und recht laut, im Süden flüstert man nicht. Dazu dieser Wirrwarr von verschiedenen Sprachen. Hier hinter dem Kaukasus konnte fast jeder die drei Hauptsprachen Grusinisch, Aserbaidshanisch und Armenisch, dazu eine Sprache der kleineren Völker, Abchasisch z. B., und natürlich konnten alle mehr oder weniger gut Russisch.

Zwischen den Tischen zwängten sich mühselig einige Serviererinnen mit ihren Tabletts durch. Eilig hatte es hier niemand, am wenigsten sahen die Gäste auf die Uhr. Meine Irina hatte schnell einen Tisch erspäht, an dem gerade zwei Plätze frei wurden, aber zwei muskelstrotzende zechende Kaukasier zurückblieben. Sie ging, wohlgemerkt *ohne mich,* an den Tisch und fragte, ob die Plätze frei wären. „Mit einer Freundin?", fragten die Männer. Sie nickte so halb und winkte mir zu. Nun – die Männer, es waren zwei Armenier, blieben sehr freundlich, auch als ich an den Tisch trat. Es entspann sich sofort ein lebhaftes Gespräch. Wir interessierten uns für das Lokale, sie dagegen für Neues aus der Ferne, in unserem Falle aus dem fernen Ural. In diesem Chaos eine Bestellung loszuwerden, schien unmöglich, die schwerbeladenen Serviererinnen beachteten uns gar nicht. Selbst als unsere Tischgenossen sich in der lokalen Sprache für uns einsetzten, ging nichts. Nun, sie hatten sich mit einer Großbestellung erst einmal mit Rotwein und Essen eingedeckt. Wir brachten unsere Enttäuschung zum Ausdruck, da wir ja Geburtstag feiern wollten. „Djen roshdenija (Geburtstag)?", fragten sie, „A kto?", wer es denn sei. Also die Frau … sie brachten Gläser herbei und erklärten uns zu ihren Gästen. Wir versuchten, um sie nicht zu beleidigen, ganz vorsichtig abzulehnen, aber unsere Gläser füllten sich schon und der erste Toast galt natürlich dem Wohle und dem Glück Irinas. Nun, das war kein Weinhaus, ich glaube alle tranken denselben Wein, aber ich weiß es bis heute, es war der grusinische Wein Nr. 21 … so was vergisst man nicht. Wir wollten die Trinksprüche nicht zu sehr in Schwung kommen lassen, aber es half nichts. Noch einer, und ein weiterer folgte auf dem Fuß. Wir hatten nichts im Magen, zudem war es ziemlich heiß, und dann stets dieses Trinken auf Pump, auch nicht so ganz das Richtige. Aber schließlich kam sogar ein Essen, na ja und unsere Revanche, vier Flaschen von der Nummer 21! Jetzt ging es erst so richtig los, aber unsere neuen Freunde waren nicht die Spur von betrunken, hatten nicht einmal einen Schwips, sie waren es gewöhnt … und wir eben nicht.

Ich bin in meinem Leben nie betrunken gewesen und das nicht, weil ich so viel vertrage, sondern weil ich es immer verstand, mich herauszuhalten. Gerade das war hier sehr schwer. Ich versuchte, aufgestützt mit den Händen auf dem Stuhl, mich leicht zu erheben. Es war unmöglich. Ein zweites Mal, Irina kuckte mich prüfend an, da musste ich flüsternd gestehen „Ich kann nicht aufstehen". Sie wollte das nicht glauben, hatte mich ja noch nie betrunken erlebt. Das Ganze wurde peinlich. Wir saßen ziemlich nah an der Böschung, einem Geröllhang, der direkt zum Strand hinab führte. Mir schien, Wasser könnte meine Genesung bedeuten und kündigte an, hinunter zu gehen. Laufen konnte ich nicht, ich setzte mich auf den Erdboden und rutschte auf dem Gesäß mit Hilfe der Arme an den Hang, um dann weiter auf dem Gesäß durch das Geröll und Gestrüpp hinabzurutschen.

Den Gästen im Restaurant war ich schnell entschwunden, umso aufmerksamer empfingen mich auf dem nicht sehr breiten Strand – auf diesem ungewohnten Weg – die Badenden. Aber mir war das alles völlig egal, ich wollte nur liegen und wenn es ging kotzen. Aber es ging nicht. Irina benutzte den ordentlichen Weg hinab zum Strand und war bald an meiner Seite. So recht helfen konnte sie auch nicht, während die Badegäste an unserem Schicksal sehr regen Anteil nahmen und mit gutgemeinten Ratschlägen nicht sparten: „Man muss ihm etwas unter den Kopf legen, ein feuchter Lappen auf die Stirn wirkt Wunder." – „Dieser verfluchte grusinische Wein, man sieht's doch." – „So was kann mit russischem Wodka gar nicht passieren." – „In dieser Lage muss man unbedingt einen kräftigen Schluck Wodka hinterher gießen, dann kommt alles wieder ins Lot." – „Man muss ihn (also mich) aus der Sonne in den Schatten legen." Ein Betrunkener ist dortzulande kein Aussätziger, sondern ein Hilfebedürftiger, „Ss kjem eto nje bywaet" („Das kann jedem passieren"), klang es verständnisvoll von den „Rängen". Etwas anders ist es, wenn dich eine Milizpatrouille findet und einen Sanitätswagen herbeiholt (das war aber hier nicht zu erwarten). Der brachte dich in die Ausnüchterungsstation, eine recht erbärmliche Institution. Nicht etwa schlechte Behandlung, nein, ganz im Gegenteil. Erst einmal wurde man kahl geschoren, dann gab es einen messerscharfen eiskalten Wasserstrahl, dann weiche Handtücher mit sorgfältig abtrocknenden Händen, na und dann in schneeweiße Laken eingehüllt auf eine Pritsche in so etwas wie eine Zelle. Man „verweilt" in diesem außerirdischen Zustand 24 Stunden. Inzwischen waren die Familie und der Betrieb benachrichtigt. Und dann – ja dann kam der Horror: *Die Rechnung* „sa usslugi" („Für die erwiesenen *Dienste*"). Aber solange man aus dem zivilen Leben nicht herausgerissen wurde, wie in unserem Falle, konnte man getrost auf faire Behandlung vertrauen.

Endlich hatte ich die Zuversicht zurückgewonnen, dass ich (wie geplant) auch ins Wasser gehen könnte. Nun, aufrecht gehen konnte ich natürlich nicht, so machte ich mich dran, auf allen Vieren, wie ein Dackel, ins Wasser zu schlüpfen, das teilte das Strandpublikum in zwei heftig miteinander streitende Fraktionen. Die einen fanden mein Unterfangen vernünftig, während die anderen Unheil prophezeiten und heftig protestierten. Den Disput konnte ich natürlich nicht führen, das übernahm voller Bravour meine Irina, während ich mich langsam dem Wasser näherte. Es war köstlich, befreiend, kühlend, es wurde bald tiefer und ich bekam schon ein wenig Auftrieb, so etwas wie Schwerelosigkeit. Der gemäßigte Wellenschlag spülte mich sanft hin und her, während die Dispute am Ufer an Heftigkeit noch zunahmen. So wippte ich als friedlicher Wellenreiter eine Weile. Zurück am Ufer sagte Irina zu mir, sie müsse noch mal zurück, um die Zeche zu bezahlen ... Man weiß nie, sie griff in meine Tasche, leerte sie, nahm meine Kamera an sich und schickte sich an zu gehen, das rief einen Proteststurm unter den Strandgästen hervor. „Ssuka, obirajet ewo!" („Diese Hündin, sie beklaut ihn.") Alle Rechtfertigungen waren umsonst, man vermutete allgemein, dass Irina so ein kleines Urlaubsflittchen sei, die es auf meine Brieftasche abgesehen hatte. Ich murmelte irgendetwas, und der Sturm legte sich.

Ich döste vor mich hin, sah unerwartet vor den Augen ein paar größere Kieselsteine und plötzlich zwei Paar Männerschuhe. Irina war zurückgekehrt und hatte unsere Tischnachbarn mitgebracht. Die konnten es einfach nicht fassen, dass man von „so einem bisschen von diesem 21er" schon total besoffen sein könnte. Aber wie echte Freunde boten sie sich an uns nach Hause, nach Machindshauri zu bringen, sie hätten ganz in der Nähe ein Motorrad zu stehen. So betrunken war ich nun wieder nicht, und lehnte sehr höflich aber unmissverständlich ab. Sie schleppten mich noch wie einen nassen Sack in den Schatten und gingen. Ich ging nochmals ins Wasser, ließ mich schaukeln und wiegen, konnte aber auch diesmal das Nass nicht als Zweibeiner verlassen. Mein Weib stets neben mir. Ich hatte wohl eine Weile gedöst und erwachte mit der festen Überzeugung, dass ich jetzt wieder richtig laufen könne. Ich sprang, sehr zum Erstaune von Irina auf und sagte nur „Poschli", also „gehen wir!". Aber so richtig laufen konnte ich auch jetzt nicht, es war eher ein Hüpfen, so eine Art Dreierschritt, mit gelegentlichen Pausen.

Die Dämmerung hatte sich inzwischen angedeutet, wir erreichten Machindshauri und unsere Hütte. Das war so ein wundersames Gebilde aus einem Märchen, auf dünnen Pfählen stand es da, eine sehr wacklige Leiter mit schütteren Streben führte hinauf in unser Appartement. Da hinauf in meiner Verfassung? Mit Sicherheit musste ich von der Leiter stürzen. Aber mit etwas Geduld und gutem Willen ging es dann doch. Der kleine Raum war sehr dürftig möbliert. Zwei Feldbetten und ein kleiner Schrank. Da es immer noch sehr warm war, legten wir uns splitternackt auf unsere Betten. Als es schon stockfinster war hörten wir, wie jemand ganz behutsam die Leiter erklomm. Besuch? Wir erwarteten niemand. „Kto tam?", rief Irina. „Eto ja, Sergo?" („das bin doch ich, Sergo"), also unser engster Freund. „Tschto wy nje idjote, wsje shdut?" („Was kommt ihr denn nicht, alle warten schon?") „Walter ist völlig besoffen", antwortete Irina. „Das kann nicht sein, so was hat es noch nie gegeben." Wir hatten inzwischen ein Laken über unsere glühenden Körper gezogen. „Kannst ja Licht anmachen." Es wurde hell, Sergo schien entsetzt, diese knallrote, nach Fusel stinkende Visage, das war neu an mir. Er ergriff mich beim Schlafittchen und hob mich an, ohne dass ich reagierte. „Na dann macht's gut – übrigens feiern wir drei Tage, ihr kommt also auch morgen nicht zu spät!"

Zu den Ursprüngen der Wolga

Die Teilnehmer dieser etwas waghalsigen Tour im Jahr 1956 waren Irina Ruge, meine Frau, unser Freund Ludwig Elfinger, gebürtig aus München und der Autor Walter Ruge, geborener Berliner.

Seliger; Das erste Mal hörte ich von dieser schönen Gegend, von diesem schönen See schon vor dem Kriege. Aber konnte ich es damals schon wagen, mich mit meinen bescheidenen Russischkenntnissen auf einen so weiten Weg zu machen? Würden sich passende Reisegefährten finden? War den Menschen damals überhaupt nach Wanderburschenromantik? Die Lebensmittelkarten waren gerade erst abgeschafft. Die begonnene Industrialisierung brachte ihre ersten Früchte. Die Menschen aßen sich nicht nur satt, sie kleideten sich auch besser, der so lange herbeigesehnte blaue Anzug konnte (nach langem Schlangestehen) gekauft werden. Aber Sportartikel waren zu dieser Zeit im Handel noch Raritäten. Es war kaum daran zu denken ein Zelt, ein Faltboot, ja wenigstens einen Koffer oder einen Rucksack zu erstehen.

Als ich auf die Seliger-Idee zurückkam, hatte die Sowjetarmee vor gerade mal zehn Jahren die Hitlerarmee zerschlagen, sehr vieles hatte sich seit Kriegsende verändert, in der Lebensqualität war zum großen Teil Vorkriegsniveau erreicht. Das machte sich bei den so genannten Kleinigkeiten bemerkbar. Fotoapparate mit Zubehör waren überall zu erschwinglichen Preisen im Angebot. Auch Radioempfänger ein großes Sortiment. Das war z. T. darauf zurückzuführen, dass die Kriegsproduktion gedrosselt wurde und viele aus dem

Erdboden gestampfte Betriebe nun ihr Heil im zivilen Sektor suchten. So tauchten schon 1955 Paddelboote und Zelte, Kochgeschirre, Hängematten, Fußbälle, was ja vor dem Kriege selbst in den großen Städten nicht verkauft wurde, in den großen Warenhäusern auf. Und diese, bis dahin nicht gängigen Artikel, wurden sehr schnell angenommen und gemeistert. Jachtklubs, Touristenstationen und Stadien schnellten wie Pilze aus dem Boden.

Obwohl wir ja gar nicht an der Front waren, hatte der Krieg auch uns wie ein Unwetter zerrissen, Gefängnis, Lager, Verbannung durch das ganze Land gezerrt, bis wir schließlich im Nordural Ruhe fanden. Aus unserem Atlas ersahen wir: bis zum Seliger See waren es mindestens 4 Tage mit der Eisenbahn. Hinter dem Ural gab es natürlich keine detaillierten Wanderkarten, wer brauchte hier eine Karte von einem See, der 3 000 Kilometer weiter westlich lag. Es musste bezweifelt werden, ob es solche Karten überhaupt gab, damals waren ja diese „Schemen“ statt ordentlicher Landkarten üblich. Bekamen wir vielleicht bei unserer Durchreise durch Moskau das benötigte Kartenmaterial, wenigstens im Maßstab 1 : 200 000? Wo sind Touristenstationen? Würden diese Heime uns aufnehmen? Wo würde das Umsteigen am günstigsten sein? Denn Kursbücher hatten wir natürlich auch nicht (alles für Deutschland unvorstellbare, ja für einen Deutschen unzumutbare Verhältnisse. Aber in diesem Sinne waren wir eben schon lange keine Deutschen mehr). Vor einer Fahrt ins Blaue warnten uns nicht nur unsere Nachbarn, auch Ludwigs Frau Nina sah schwarz für uns. Warum nicht besser in den nahegelegenen Ural fahren? Für den sind Landkarten, sogar Nachschlagewerke zu haben, unsere Nachbarn kennen sich dort aus.

Aber wir werden, wie beschlossen, fahren. Bis Moskau kämen wir ungeachtet des angespannten Ferienverkehrs ohne Schwierigkeiten. Es sollte aber schnell gehen, wir beabsichtigen zu fliegen, da könnten wir wegen des erheblichen Übergewichts unser Boot, unsere Ausrüstung nicht mitnehmen, das wäre viel zu teuer. So trennten wir uns von unserer Ausrüstung, die eine Woche früher auf den Namen eines Moskauer Freundes per Bahn ging, um selbst eine Linienmaschine der „Aeroflot“ zu nehmen. Wir meldeten unsere Fahrt beim Komitee für Körperkultur als Mitglieder eines Sportklubs an, als Gegenleistung wollten wir dem Sportklub die gesammelten Erfahrungen und eine umfangreiche Dokumentation zur Verfügung stellen. Darüber hinaus garantierte uns der Besitz einer Touristenkarte bei Vorlage die Unterstützung jedes Sportklubs in diesem Lande.

An einem wunderbaren Sommerabend landeten wir in Moskau. Alte Freunde holten uns am Flugplatz ab. Obwohl wir drei Personen sind, sieht man uns überall gerne (ich meine jetzt vor allem die Übernachtung, das würde ja im fernen Deutschland, bei besseren Wohnverhältnissen immer so genannte „Probleme“ schaffen) Für jemanden aus der Provinz, aus tiefer Provinz, ist Moskau, „moskwa“ wie man russisch so schon weich sagt, immer wunderbar. Aber diesmal hatten wir keine Zeit (zu verlieren). In „serebrjanniy bor“ (dem Silberwäldchen), das direkt am Fluss, vor dem Krieg außerhalb der Stadt lag, verbrachten wir bei unseren Freunden den Abend an der Moskwa.

Am nächsten Tag ging es zum Leningrader Bahnhof, unser Boot war schon da, das war erst einmal ein gutes Omen. Aber der Kassensaal – ein Meer von Menschen. Jetzt bekamen wir das erste Mal einen großen Fahrplan an der Wand zu Gesicht. Es fuhren in der Tat allein nach Leningrad fast 20 Schnellzüge täglich. Wir zogen, unerwartet das große Los, zum Südzipfel des Seliger Sees, nach Ostaschkowo, ging ein direkter Zug von diesem Bahnhof. Besser konnte es gar nicht kommen, das befürchtete und gefürchtete Umsteigen auf einem Knotenbahnhof, die Sorge um den Anschluss entfiel. Zudem ging der einzige Zug nachts, wir würden morgens ankommen, den ganzen Tag vor uns. An welcher Kasse? Eine ganz schöne Schlange. Wir fragten, wie landesüblich: „Wer ist hier der Letzte?“ … „Ach Sie, danke schön, dann sind wir nach Ihnen dran. Bitte sagen Sie, falls jemand kommt, dass wir hinter Ihnen stehen, wir haben noch etwas zu erledigen.“ Nach allem zu urteilen mussten wir in etwa einer Stunde dran sein, „zu erledigen“ hatten wir im Grunde genommen nichts, wir wollten nur noch mal auf den Bahnhofsvorplatz zu einem Imbiss-Stand gehen. So fuhren wir anscheinend gar nicht so „ins Blaue“, wie wir das noch im Ural befürchtet hatten. Als wir die Fahrkarten in der Tasche hatten, blieb noch ein wenig Zeit durch Moskaus Straßen zu schlendern. Einzukaufen gab es für uns nichts mehr, das war vorbereitet, aber eine Karte von unserem Expeditionsgebiet hätten wir doch noch gerne erworben. Unser Suchen blieb erfolglos. In einem Geschäft („kanztowary“), also für Kanzleiwaren erwarben wir eine gewöhnliche Schulkarte vom Moskauer Gebiet. „Na besrybije i rak ryba“ (bei fehlendem Fisch ist auch der Krebs ein Fisch). Zurück im Silberwäldchen wurde unser Boot zusammengebaut – jetzt kuckte unser Freund Viktor recht skeptisch – und zu einer letzten Probe ins Wasser gelassen. Hätte ich das jeh gedacht, eine Ehre, wir waren auf dem Moskwa-Wolga Kanal!

Am darauffolgenden Tag ging es per Schlafwagen, Nachtzüge sind immer Schlafwagenzüge, mit den Rucksäcken, dem Boot, dem Zelt ins wiederum Unbekannte, aber bei so viel Erfolg waren wir doch zuversichtlicher geworden. Unsere Kleidung war nicht gerade vom Besten, die in den Abendstunden recht ordentlich gekleideten Moskauer schauten uns ein wenig nach, aber hatten anscheinend Verständnis – sicher Touristen, keine Landstreicher. Die 12 Stunden Fahrt von Moskau waren schnell und angenehm vergangen. Bis Kalinin hatten wir Urlauber, die ihren Urlaub in Suchumi verbracht hatten, braun ja schwarz waren sie von der Sonne. Genau nach Fahrplan um 7.58 Uhr trafen wir in Ostaschkowo ein. Vorbei waren die Zeiten der chronischen Zugverspätungen. Ein Zug Wladiwostok – Moskau (der allerdings 8 Tage unterwegs ist), konnte früher schon mal einen Tag Verspätung haben. Der Bahnhof von Ostaschkowo, drei Kilometer von der Stadt entfernt, war nach Luftwaffenbombardement noch nicht ganz wieder hergerichtet. Ein Bus stand bereit, aber wir waren ja jetzt Wandervögel, also ging's zu Fuß. Wir wissen weder, wo der kürzeste Weg zum Wasser ist, und nur das war jetzt wichtig für uns, noch wussten wir auch nur ungefähr, wo sich die Touristenstation befindet. Aber fragen, immer nur fragen sieht ein bisschen doof, nach Neulingen, nach Fremdlingen aus. Wir gingen getrost mit dem Menschenknäuel, fragen vorläufig niemanden, in Richtung Stadt. Eine richtige alte russische Provinzstadt, nicht in deutscher Art, Gässchen, Giebel, Enge. In diesem Land war immer viel Platz, Holzbauten haben hier noch eine Weile ihre Gültigkeit. Auch aus Brandschutzerwägungen baut man lockerer. Wo jetzt nur Hühner, Enten, Truthähne und Gänse umherlaufen hätte reger Großstadtverkehr durchaus Platz.

Plötzlich sahen wir rechts am Ende einer nichtbefestigten Nebenstraße einen Streifen Wasser, sicher der See. Warum unbedingt weiterlaufen, mit all den anderen zur Anlegestelle der Dampfer, denn dahin schienen sie alle zu streben. Wir trugen doch unser Schiffchen mit uns auf dem Buckel, so bogen wir ein und setzen unser Gepäck direkt am Wasser ab, verschnauften uns ein wenig. Immerhin schleppen wir allerhand mit uns, das komplette Faltboot, unser Drei-Mann-Zelt, Luftmatratzen (Made in GDR, mitgebracht von den Eltern aus Potsdam). So kam eins zum anderen, dabei hatten wir noch nicht einmal Proviant im Gepäck, damit wollten wir uns hier vor unserer Abfahrt versorgen.

Während wir das Faltboot zusammenbauten, versammelten sich mehr und mehr Schaulustige, vorwiegend natürlich Kinder. Die Erwachsenen interessierten sich, wo wir her sind, was wir vorhätten. Irgendwie schienen sie stolz zu sein, dass man von so weit, eben vom Ural, hierher kommt, um auf ihren schönen Seen eine Rundfahrt zu machen. Ein Mann, wie ein Buchhalter aussehend, erkundigt sich, ob wir überhaupt eine Karte haben. Wir müssen gestehen, dass wir unsere Reise lediglich unter Hinzuziehung eines großen Atlas geplant haben, genauere Karten von den Seliger Seen aber nicht besitzen. Er lief nach Hause, in einer halben Stunde war er wieder da, mit einer Karte. Er erklärt uns, wie wir zu der Touristenstation zu fahren haben. Wir erfuhren, dass wir uns dort mit Proviant für längere Zeit eindecken könnten. Zwei von uns gingen aber trotzdem auf den Markt, wir kauften Fleisch, Butter, Quark, etwas Obst, Kartoffeln und jede Menge Beeren, die es dort geradezu im Überfluss gab. Wir erklären uns das große Angebot damit, dass bei den vielen Gärten zwar alle Produzenten sind, sich aber nur wenige Abnehmer/Käufer fänden. In einer Buchhandlung finden wir nun auch einen kleinen Wanderführer durch das Gebiet des Seliger. Zwei Klostertürme läuten regelmäßig, während wir durch die Stadt bummeln. Zurück zum fertigen Boot machen wir ein ordentliches zweites Frühstück, denn draußen auf dem Wasser lauert Gegenwind. Eine Frau kommt aus einem gegenüberliegenden Haus, sie musste uns wohl schon eine Weile beobachtet haben, mit einer Teekanne und bot uns heißen Tee an. „Trinkt, ihr habt sicher noch einen weiten Weg. Euer Boot ist nicht sehr groß, hier ist es mitunter sehr stürmisch." Ja, da lagen diverse Kähne am Ufer, doppelt so groß wie unsere Nuss-Schale und hochwandig außerdem. Es war zu spät aufzugeben, aber Vorsicht war wohl geboten. Wir hatten uns auf dem Markt mit Milch versorgt, tranken aber gerne den heißen Tee. Vom Wasser wehte ein recht frischer Wind, es ist diesig, uns fröstelte fast. Aus unserem Büchlein erfahren wir so ganz nebenbei, dass der Seliger See wegen seiner „Nähe" zu Leningrad und Moskau zu einem Erholungsgebiet umgestaltet werden soll.

12 Stunden Fahrt und „Nähe", für die SU passte das, in Deutschland wäre man mit dieser „Nähe" von der Fahrzeit her schon in Paris. Um 11.30 Uhr lichteten wir die nichtvorhandenen Anker und stachen in (den) See. Jetzt war der Wind kalt, kam direkt von vorn, aber wir zwei Männer paddelten tüchtig drauf los, unsere Dame steuerte. Mein Freund Ludwig saß im Bug, ich im Heck, die Dame in der Mitte. „Nehmt euch in acht mit eurer Kinderbadewanne!", riefen uns heimkehrende Fischer zu. Ihren hochbortigen Schiffen könnten die Wellen nichts anhaben. Mehr und mehr wurde uns bewusst, dass wir das Risiko für unser lüttes Boot und für uns selbst unterschätzt hatten. Zu allem Überdruss fing es auch noch an zu regnen, wir spannten das Sturmdeck übers Boot. Aber es ging vorwärts. Die Häuser von Ostaschkowo wurden kleiner und kleiner. Von dem ganz flachen Uferstreifen einmal abgesehen, war vor uns nur noch Wasser, eine schier endlose Fläche. 27 Kilometer bis zur Touristenstation, fünf bis sechs Stunden harte Arbeit. Auf einer Insel, dieses Seengebiet verfügt über etwa 900 (!) größere und kleinere Inseln, diese hier ist unbewohnt, genehmigen wir uns eine Verschnaufpause mit einem Imbiss. Als wir unser Ziel erreichten, goß es wenigstens nicht mehr in Strömen. Heute meldeten wir uns lediglich beim Leiter der Station wegen einer Zeltgeneh-

migung, eine für die Sowjet Union unübliche Frage, da es weder Zeltplätze noch Zeltscheine gab. Na ja, bei 9 Einwohnern auf einen Quadratkilometer kann man sich solchen Luxus schon mal leisten.

War es am Abend noch beinahe romantisch, todmüde beim Trommeln des Regens einzuschlafen, so war dieses monotone Geräusch beim Aufwachen schon weniger romantisch. Zunächst begnügte man sich damit, dass man sich auf die andere Seite dreht, um nochmals einzuschlafen, aber das schiebt die nassen Tatsachen nur für ein oder zwei Stunden hinaus, eine Lösung war es nicht. Wir hatten uns vorgenommen, regelmäßig Frühsport zu betreiben, Regen war bei diesem guten Vorsatz nicht vorgesehen. Im Zelt war es zwar löblich trocken, zu Dritt aber doch recht eng. Zu unserer Freude ließ der Regen langsam nach. Jetzt versuchten wir ein Feuerchen anzublasen, im quietschnassen Wald war das gar nicht so einfach. Selbst Birkenrinde, erfahrungsgemäß immer zuverlässig, fing nur langsam, mit viel Pusten und Rauchschlucken Feuer. Solange bis unser Teewasser kochte, konnten wir auch ein paar verkrampfte Übungen als Frühsport gelten lassen. Wie geplant wurden auch Luft- und Wassertemperatur gemessen, mit wenig verheißungsvollem Ergebnis, Wasser 15 und Luft nur 12 Grad Celsius, und das mitten im Juli! Dennoch wurden wir langsam mobil, war ja auch Zeit. Wir beiden Männer gingen zur Touristenstation, um Proviant einzukaufen.

Um unterwegs unabhängiger zu sein, sollten wenigstens die Grundlebensmittel „an Bord“ sein. Uns erwartete ein Angebot, das wir – immer bescheiden denkend – wirklich nicht erwartet hatten. Das Sortiment und die Güte des Angebots konnte es mit den besten Moskauer „Gastronom“-Läden aufnehmen, von unseren Läden in Sosswa ganz zu schweigen. Würste, Schinken, Fleisch, hochwertige Konserven, gar nicht zu reden von Schokolade und Pralinen. Wir glaubten uns in einem anderen Land. Der anlaufende Tourismus hatte eben Vorrang. Auch beste Zigaretten waren zu haben, aber wir wollten auf keinen Fall hier auch noch diesem Laster frönen. Der Besuch eines so genannten „Touristenkabinetts“, in allen derartigen Stationen eine übliche Einrichtung, gehörte zum Programm. Nicht dass es verordnet war, nein, es herrschte großer, ausschließlich freiwilliger Andrang, da sie sehr sachkundig angelegt waren. Dort gab es erfahrene Ratgeber, die bis ins Detail Bescheid wussten, mit ihnen konnten Reiserouten ausgearbeitet werden, sie stellten das so begehrte Kartenmaterial zur Verfügung. Es wurden auch kleinere Ausflüge in die nähere Umgebung organisiert. Das „Tourkabinet“ bereicherte seine Bestände durch ständig neu eintreffende Reiseberichte von Gruppen, die hier gestartet waren. Das war auch nicht verordnet, aber für erhaltene Hilfe (die selbstverständlich kostenlos war), wollte man neue andere Gruppen unterstützen. Man muss berücksichtigen, dass diese Seenplatte ja touristisch völliges Neuland war. Für uns wiederum bestand die Möglichkeit, Tagebücher von früher hier gestarteten Gruppen zu lesen. So hatten wir ursprünglich die Absicht, von hier aus die Wolga bis nach Kalinin (dem früheren Twer) herunterzufahren. Aber der Wasserstand war in dem von uns zu passierenden Nebenfluss in diesem Jahr sehr niedrig und mit Geröll versperrt. Zwei Tagebücher berichteten von nichtgeborgenem Kriegsmaterial, das aus dem Wasser ragte (dieses Gebiet war vor nur 12 Jahren Schlachtfeld). Mit einem stabilen Ruderboot war diese Route zu bewältigen, mit unserem zarten Faltboot kaum. Ein Tagebuch berichtete sogar von einem schweren Zwischenfall auf diesem Nebenfluss. Eine Gruppe junger Leute hatte sich morgens auf den Weg gemacht und geriet in dichten Nebel, was sie veranlasste, langsam flussabwärts in Ufernähe zu fahren. Da kam vom Ufer der barsche Befehl anzulegen, der Mann schrie: „Da seid ihr ja, ihr Halunken, habt mein Boot gestohlen, sofort anlegen, wenn ihr nicht anlegt, werde ich schießen!“ Und ohne Warnung hat er dann auch scharf geschossen. Die Freunde nahmen „Deckung“ hinter der dünnen Bootswand. Keiner wurde getroffen, aber das Boot wurde so stark in Mitleidenschaft gezogen, dass sie mehrere Kilometer flussabwärts ans Ufer gingen, um die größten Löcher zu stopfen. Schöne Aussichten, das konnte schlecht ausgehen. Wir wollten so etwas auf jeden Fall vermeiden.

Wir entschlossen uns also, die geplanten zwei Wochen in den Grenzen der Seenplatte zu verbringen. Da es wieder in Strömen regnete und wir gegessen hatten, krochen wir in unser Zelt, um noch mal 240 Minuten Schlaf zuzulegen. Das Mittagessen konnte in einem der besten Moskauer Hotels nicht besser sein. Fleischboullion mit Fadennudeln, gebratenes Kalbsfleisch mit gedämpften Mohrrüben (wir grübelten, wie wir darüber im Nordural berichten, ohne als Angeber zu gelten!) und zum Abschluss Tee mit Zitrone. Der Regen schien unabwendbar, für unsere zwei Wochen scheinbar fest eingeplant, denn am nächsten Morgen krabbelten wir nass und bibbernd (Luft wieder nur 12 Grad), aus dem Zelt. Und wir wollten hier braun brennen, schwimmen, segeln. Ja, ja segeln, denn für unser Faltboot (5 Meter lang) hatten wir uns einen stattlichen 3-Meter-Mast gezimmert und ein Großsegel, dazu ein Focksegel selber genäht. Wie erbärmlich würde es so nass am Mast baumeln? Für einen Bericht unwichtig, wie die Windrichtung war, für uns von großer Bedeutung, es war Süd-Ost. Das war genau die Richtung, die wir brauchten, um hier wegzukommen, wir lagen an der Südspitze und wollten fast direkt nach Norden, außerdem versprach Süd-Ost Erwärmung.

Wir konnten und wollten hier nicht versauern. Bis wir abgelegt hatten und im Boot saßen, kam ein richtiger Wolkenbruch, wir waren nass, die Segel waren nass, zum Verzweifeln. Der Wind nahm uns in seine Arme und drückt uns nordwärts, wenn es auch von den Segeln triefte, wie von einem Scheuerlappen. Aber unser Boot saß tief im Wasser, so vollgepfropft ist es. Die nassen Segel könnten es trotzdem zum Kentern bringen. Wir waren, wie sich erweist, nicht allein aufgebrochen, eine Wassersportgruppe aus 3 Paddelbooten hatte etwa gleichzeitig die Bucht mit uns verlassen. So schlossen wir auf „Hoher See" neue Freundschaften. Wer seid ihr? Wohin wollt ihr? Über die Wellen hinweg, durch Regen und Wind, kam es herüber: Aus Moskau, Sportklub „Burewestnik". Sie hatten keine Segel, mussten tüchtig paddeln. „Woher habt ihr diese großen Segel, ist das nicht gefährlich?" – „Nein! Selbstgefertigt!", unsere stolze Antwort. Da hatte endlich mal jemand unsere Anstrengungen gewürdigt. Ein Paddelboot hat ja keinen Kiel, der Wind drehte langsam, der Mast drohte zu brechen, Ludwig stützte ihn mit beiden Armen. Dabei trockneten wir im kalten Wind ganz langsam ab. Unsere neuen Freunde empfahlen uns mit ihnen auf eine Landzunge zuzusteuern. Dort musste man das Boot kurz aus dem Wasser hinaus- und hinübertragen, das verkürzte wesentlich unser Route. Jetzt drehten wir voll nach Norden ab und lagen, ja tanzten direkt vor dem Wind. Unsere paddelnden Freunde blieben langsam zurück. Wir erfuhren, dass man sein Boot gar nicht mitbringen musste, man konnte es in der Station gegen eine kleine Gebühr und eine Kaution ausleihen. Für die Absolvierung bestimmter, vorgegebener Routen konnte man sogar das Touristenabzeichen erwerben. Danach befanden wir uns wieder auf einer großen Wasserfläche, das Ufer war wohl nirgends näher als drei Kilometer.

Da wir eine gute Geschwindigkeit hatten ergaben sich immer wieder neue Blicke, neue Horizonte. In der zweiten Tageshälfte glaubten wir an eine Wetterwende, die Wellen waren nicht mehr ganz so tückisch, der Wind bließ etwas verhaltener. Und schließlich öffnete sich ein Fetzen blauer Himmel, der immer größer wurde. Da stieg die Stimmung an Bord, die beim ersten direkten Sonnenstrahl geradezu übermütig wurde. Jetzt glaubten wir an ein mögliches Erholungszentrum in diesem fernen Winkel erhaltener Natur. Unser Stimmungsumschwung verlangte schon bald nach Baden, nach Anlegen und Trocknen, peinlich wäre, nach Hause zurückzukehren und einzugestehen, dass wir wegen läppischer 15 Grad kein einziges Mal gebadet haben. Aber hier war eben Wildnis, es ist nicht einfach ans Ufer zu gelangen, überall ein breiter, dichter Schilfgürtel. Am Schilf entlang fanden wir endlich so etwas wie eine Durchfahrt. Kaum waren wir am Ufer, fingen wir drei plötzlich an, freudig zu sprechen. Erst jetzt merkten wir, dass wir auf dem Wasser fast nicht miteinander gesprochen haben. War es Spannung, war es Besorgnis, Konzentration, wer weiß? Oder die chronische Nässe, der tiefhängende Himmel, das überlastete Boot hatte uns verstummen lassen. Besonders Irina schien irgendwie erlöst. In wenigen Minuten wurde das Zelt aufgestellt und dann alles, aber auch alles zum Trocknen aufgehängt, ein richtiges Zigeunerlager entstand. Jetzt ging das auch mit dem Feuer viel schneller. Beim Sammeln von Beeren und beim Kartoffelschälen bemerkten wir nicht, dass sich wieder Wolken zusammenzogen. Wir konnten alles rechtzeitig ins Zelt tragen. Das Mittagessen brutzelte vergnügt im Regen weiter. Das Abendbrot konnte schon wieder gemütlich im Freien serviert werden. Da knackte es im Gebüsch, jemand kam auf unseren gedeckten Tisch zu, wo wir uns doch auf einer unbewohnten Insel wähnten. Der Mann trug so etwas wie eine Uniform, vielleicht ein Förster. Hatten wir uns was zuschulden kommen lassen. Oder hatte die Rauchfahne seine Aufmerksamkeit erweckt? Weit gefehlt, er suchte, nachdem er den ganzen Tag durch den Wald gelaufen war, einfach ein bisschen Gesellschaft. Wir luden ihn natürlich zum Abendbrot ein, und es wurde ein gelungener Abschluss des Tages. Er erzählte uns viel über die Geschichte des Seliger Sees, über Kämpfe der Partisanen, denen es immer wieder gelang, aufs besetzte Ufer vorzudringen. Nicht weit von hier auf der Insel sei ein Dorf, wo wir auch etwas einkaufen könnten. Aber das Wichtigste war, dass wir jetzt genau wussten, wie wir morgen weiterzufahren hätten. Natürlich fotografierten wir diese Begegnung für unser Tagebuch, und ließen uns seine Adresse geben, damit wir das Foto zuschicken konnten. Das machten wir immer so. Es war bereits stockfinster als uns der Förster verließ, am gesamten Himmel flimmerten die Sterne wie kleine Lämpchen.

Unser Optimismus zahlte sich schließlich aus – der Wetterumschwung war nicht mehr zu übersehen. Jetzt traten endlich die ersehnten paradiesischen Zustände ein. Vor allem diese riesigen Wasserflächen, unser kleiner Fluss im Nordural (Sosswa) war vielleicht 200 Meter breit, und hier fuhren wir stundenlang auf diesen großen „pljössy", also Seen dieser großen Seenplatte, viele Kilometer breit und zig Kilometer lang. Dekoriert mit endlosen Inseln, die alle gastfreundlich auf uns Paddler schauten. Das Wasser war alles. Vor allem natürlich Trinkwasser, Brunnen gab es da keine. Wir tranken es sogar unabgekocht ohne Befürchtungen und es schmeckte vorzüglich. An Erfrischung war allerdings kein so großer Bedarf, die Temperaturen hielten sich in Grenzen, auch das Wasser kam nicht über 14-15 Grad hinaus. Aber wir gingen ohne Überwindung schon morgens nach dem Rasieren und Zähneputzen hinein: Oh, wir lebten komfortabel, das Rasieren war nicht wie im Schützengraben, es gab heißes Wasser. Wir beiden Männer stellten uns kleine Spiegel auf das umgekippte Faltboot, breiteten unsere Utensilien um uns aus, und schon ging's los, bei mir auch auf dem Kopf, mit dem nackten Rasiermesser. Na und abgespült wurde im See. Einmal näherte sich auf einer Insel ein Hirte. Es gab nicht nur die übliche Unterhaltung, solche Hirten sind verständlicherweise sehr einsam, und die fast simultane Information durch Rundfunk war ihnen fremd, selbst wir waren inzwischen ohne Radio. Nachdem wir uns etwas angefreundet hatten, fragten wir vorsichtig, ob er uns nicht von „seinen", also von den Kolchoskühen ein bisschen Milch abzweigen könnte. Er willigte ein, wir gaben ihm einen Kochtopf, den er bald randgefüllt mit Milch zurückbrachte. Eine Bezahlung lehnte er ab. Die Milch war kuhwarm. Wir stellten sie dicht am Ufer zur Abkühlung und zur Frischhaltung in den kühlen See. Die Unterhaltung ging unterdessen noch lange weiter. Als der Hirt sich entfernt hatte, wollten wir uns an der frischen und bereits abgekühlten Milch so recht laben. Unser Schreck ließ uns ernüchtern. Die kleinen Wellen des Sees waren in unseren Kochtopf geschwappt und hatten die Milch ganz vorsichtig aus dem Topf „ins Freie" gespült, so dass sich um den Topf in dem kristallklaren Wasser ein weiter Kreis weiß gefärbten Wassers gebildet hatte. Kein Grund zur Aufregung: Irina bereitete an diesem Tag eine Mittags-Milch-Speise, es ist ja üblich, Milchspeisen nicht mit reiner Milch, sondern etwas verdünnt zu verwenden. Nun, die Verdünnung hatte uns die Natur besorgt, und das Wasser hatte Trinkwasserqualität.

Aber das Wasser gab uns auch Nahrung. Als Aquarianer angelt man ja nicht so gerne. Aber wenn wir irgendwo weit auf dem Wasser ein Boot, das schon fast zu einem Punkt verschmolzen war, entdeckten, dann ging's zügig dorthin. Einmal waren es zwei Fischer, die mit Blinkern Barsche fingen. Das Boot schien randvoll mit Barschen gefüllt, einer wie der andere, wie vom Fließband, jeder so 30 Zentimeter lang. Barsche ergeben eine besonders schmackhafte „ucha" (Fischsuppe). So kauften wir, im Vorgeschmack auf unser Abendbrot etwa 3 Kilogramm für 10 Rubel. (Monatsverdienst eines Arztes etwa 700 Rubel). Ein anderes Mal stießen wir auf einen einsamen Alten, der nicht weit von seinem Dorf „stippte". Mit seinem breiten Bart und seinem wettergegerbten, zerfurchten Gesicht schien er seine 100 Jahre auf dem Rücken zu haben. Er hatte mehrere prächtige Bleie gefangen, die noch auf dem Boden zappelten, diese eigneten sich nun wieder besonders gut, um in Butter gegart zu werden. Und einen riesigen Klumpen Butter hatten wir noch von der Touristenstation. Er verkaufte uns drei Stück für 5 Rubel. Dann lud er uns in sein Dorf ein. Ludwig blieb beim

Boot, meine Irina ging mit mir ins Dorf nach Lebensmitteln. In einem Haus gelang es uns, 3 Liter Milch zu kaufen. Wir brauchten aber eher Kartoffeln, keiner wollte so recht welche rausrücken, sie meinten, dass es zum Kartoffelnbuddeln noch „zu früh" sei. Als wir aber im Tausch Zucker boten, rückten sie für ein Glas Zucker doch 3 Kilo raus. Überall waren Kartoffelfelder, und wenn die Bauern sich hartnäckig weigerten, Kartoffeln zu verkaufen, dann, ja dann entschlossen wir uns, irgendwo unbemerkt anzulegen und zwei/drei Stauden hochzuheben, gewissermaßen Mundraub. Wir hätten gerne noch etwas frisches Brot gekauft. Es wurde aber nur gemeinsam alle drei Tage gebacken. „Da müssten Sie morgen früh kommen, da haben wir ganz frisches duftendes Brot."

Auf dem Weg in den nördlichsten Zipfel dieser Seenkette begegneten wir dem Touristendampfer „Maxim Gorki", erste Schwalben eines bequemen Tourismus, bequemen, zugänglich für viele, ja für alle und jeden. Vom Deck begrüßten uns die Urlauber ein wenig argwöhnisch, der Kapitän gab einen kurzen Sirenestoß. Wir aber legten immer wieder an, wenn wir vom Wasser aus irgendein altes größeres (Herren-, Guts-)Haus oder eine imposante Kirche entdeckt hatten. Diese waren manchmal sehr verfallen. Da war nicht nur der Krieg „schuld", sondern unter Duldung der Behörde hatten sie sich in eine Art Steinbruch verwandelt, wo jeder, der Ziegel „benötigte" (und nach den verheerenden Gefechten hier bestand sicher „Bedarf"), sich bediente. Das machte einen bedrückenden Eindruck, wenn die heiligen Stätten mit Picke und Axt niedergemacht waren und dabei immer noch so etwas wie Würde oder Größe bewahrten. Hier waren nicht Atheisten, hier waren Vandalen am Werk. An anderer Stelle dagegen sahen wir voll erhaltene, wenn auch stillgelegte Kirchen. Wir schauten durch die Seitenfenster. Es war, als habe der letzte Gottesdienst gerade erst stattgefunden, von dem Staub und den Spinnweben einmal abgesehen. Da war der große Altar, da lag die silberverkleidete Bibel aufgeschlagen, da waren die noch nicht runtergebrannten Kerzen, die Ikonen, die geweihten Gefäße. Dieser Dornröschenschlaf hatte etwas Trauriges, auch etwas Aufregendes. Der Schlüssel zur Kirche befand sich, wie uns Einwohner sagten, im Dorfsowjet. Wir Atheisten dachten weniger an eine Wiederaufnahme des Gottesdienstes, als an eine museale Würdigung: Seht, so war das einmal!

Einmal sichteten wir am Horizont 5 Boote mit kleinen Treibern. Das wollten wir näher gesehen haben. Die Boote fuhren unter dem Wind, wir dagegen mussten gegen diesen Wind kräftig paddeln. Es gab ein tolles „allo" mit den Moskauer Freunden von der Sportgemeinschaft „Senit". Die Segel waren putzig, ziemlich klein – eben ‚Treiber' – die Boote waren Paddelboote genau von unserem Typ. Ob wir denn kein Segel hätten, wollten sie wissen. Oh weh, jetzt auf See konnten wir unseren Mast nicht aufrichten, dazu müssten wir irgendwo anlegen. Also verabschiedeten wir uns kurz entschlossen, legten bei einer Insel an, richteten hektisch unseren Mast auf und spannten die Segel. Jetzt ging's los! Die Segel blähten sich, wir hatten den Wind genau von hinten. Wir jagten wie Seeräuber, die ein Schiff entern wollen, immer näher an die „Senit"-Leute heran. Ein „aaaah" erklang, als sie uns so erblickten. Ob denn der Mast nicht zu lang sei, ob wir noch niemals gekentert seien, ob der Mast schon mal abgebrochen war. (Er war schon mal abgebrochen, aber das gaben wir natürlich nicht zu). Wir rafften unser Focksegel und fuhren nun nebeneinander mit dieser kleinen Gesellschaft. Aber nicht ewig, denn wir wollten ja nach Süden in genau entgegengesetzter Richtung. Also gegenseitiges Fotografieren, Adressenaustausch und Kurswechsel.

Am vorletzten Tag machten wir noch einmal in der Nähe von Ostaschkowo fest. Hier war ein wunderbarer weißer Strand. Abends gab es wieder eine aromatische „ucha". Am nächsten Morgen war Abschiedsstimmung. Wir servierten uns ein feierliches Frühstück und dann rissen wir unser Räuberzivil von den Leibern, Hosen, Jacken, Schuhe alles auf einen Haufen und – zündeten ihn an, dabei verrichteten wir einen fast indianischen Freudentanz um das Feuer – für die Stadt schmissen wir uns wieder in „Schale", die wir wohlweißlich die ganze Zeit mitgeführt hatten.

Wir legten genau da an, wo wir vor einer Woche abgelegt hatten. Zu unserer Freude kam auch die nette Frau wieder aus ihrem Haus, wieder mit heißem Tee und dazu noch Blaubeerkonfitüre. Sie war mit uns froh, dass alles so gut abgelaufen war. Wir verabschiedeten uns sehr herzlich und marschierten in Richtung Bahnhof. Ja, wer glaubt, wir hätten in der Emigration nichts weiter getan, als auf endlosen Zählappellen in Gefängnishöfen herumgestanden, der irrt gewaltig.

Gefangener des Kaukasus

Kawkasski plennik – frei nach Michael Lermontow

Der Wettlauf des Tees mit dem Kaffee um die Gunst des europäischen Genießers muss aus dem 17. Jahrhundert stammen. Dieser Wettlauf war voller Triumphe, aber auch von Verboten und Verteufelungen. Am Ende blieben Teestuben und Kaffeehäuser, ersteren haftete etwas Traditionell-Kulthaftes, während letzteren heutzutage wohl das alltäglich-vorübergehende anhaftet.

Wer sich einmal in wirkliche Teegebiete begibt, nach Kachetien, Abchasien oder nach Sotschi, muss viel lernen. Dort gibt es nahe dem Badeort Dagomyss z. B. eine große „tschaichana“, eine Kultstätte des Tees, wo man das Wort „Kaffee“ lieber gar nicht erst ausspricht. Dort gibt es richtige Vorlesungen über den Tee, seine Geschichte, seine wundersame Wirkung als heilender, anregender, beruhigender Balsam. Alles was Kaffee nur halbwegs bieten kann, bietet Tee nicht nur in Perfektion, sondern darüber hinaus noch viel mehr. Koffein? Na das gibt's doch gerade eben im Tee! Alles im Körper, Nieren, Herz, der Magen, die Leber, ja der Geist leben auf beim Genuss von Tee.

Adsharien ist auch so ein Teegebiet, ein Zentrum des Teeanbaus und der Forschung. Die Siedlung oder wie man es im Kaukasus nennt, die Staniza Tschakwa, war eine große wohlhabende Kolchose, wenigstens damals. Dahin wollten wir. Den Weg versperrte ein riesiger Botanischer Garten, „seljonny myss“ genannt. So mussten wir unter dem Steilufer entlang der Küste, Stein um Stein, so an die 15 Kilometer zurücklegen. Zurück, so hatten wir überlegt, würden wir mit der Bahn fahren, die ein Gleis direkt durch den Botanischen Garten hatte.

Tschakwa bot das typische Bild dieser Aule, die bis zu 30 000 Einwohner haben konnten. Nichtasphaltierte Straßen, gepflegte Häuser, viel Grün. Irina war etwas vorausgegangen, da kam ein süßer kleiner Esel nebst Be-Treiber die Straße entlang. Ich hatte mein neues 135-mm-Teleobjektiv und brauchte gar nicht besonders nah ranzugehen, um meinen Schuss zu machen. Irina machte mich auf den goldigen Esel aufmerksam, ich antwortete nur: „Alles schon im Kasten!“ Kaum ein paar Schritte weiter kam ein Milizionär auf mich zu: „Was haben Sie denn da fotografiert?“ – „Nun den kleinen Esel“, antwortete ich arglos. „Folgen Sie mir bitte auf die Milizwache!“, hieß es nun. Lange versuchte ich mich zu weigern, es gab schon einen Menschenauflauf, aber alles vergebens, der Gesetzeshüter bestand auf meiner vorläufigen Festnahme. So folgte ich ihm – Irina in respektvollem Abstand.

An der Milizwache gab es nichts zu beschreiben, sauber, dick mit Ölfarbe gestrichene Wände, ja und dann ein ziemlich großes Bild von unserer verblichenen Koryphäe, Jossif Stalin, Relikt verstockter Vergangenheit, sein Tod lag über vier Jahre zurück, sein Name verschwand zusehends aus allen Veröffentlichungen, der XX. Parteitag der KPdSU war Vergangenheit, die Geschmähten und Geächteten kehrten in Scharen rehabilitiert zurück oder reisten – wie wir – durchs Land, wir schrieben das Jahr 1957! Aber nicht deswegen war ich ja zu den Genossen Milizionären gekommen, sondern wegen meiner subversiven Fotos (nur Ausländer können sich bei solchen Vorfällen aufregen, der hier Gebürtige, erst recht der unlängst Entlassene, bleibt ruhig).

„Sie haben einen Esel fotografiert?“, fragte nun schon der Chef der Wache. „Ja“, gestand ich. Wie ich denn überhaupt hier nach Tschakwa komme? „Aha, vom Ural!“, das schien schon verdächtig. „Und da kommen Sie vom Ural, extra nach Tschakwa, um hier den letzten Esel zu fotografieren?“ – „Den letzten?“, entfuhr es mir, das wäre doch ein Grund mehr ihn ein letztes Mal zu fotografieren. „Dieses ist eine moderne, wohlhabende Staniza, da gibt es wahrhaft mehr zu fotografieren als nur diesen vermaledeiten Esel“ – „Was denn?“, räsonierte ich. „Moderne Landmaschinen, nagelneue PKW-‚Pobeda‘, ein Klubhaus … usw.“ Na ja, das wolle ich auch noch tun, aber der Esel gehöre doch dazu. „Nix Esel, reichen Sie mal den Film rüber.“ Das ging unter die Haut, also ich sähe nicht den geringsten Anlass, den Film aus der Kamera zu nehmen – auch der Chef schien da nicht so ganz sicher zu sein. „Wer ist denn das Weibsbild, das da draußen auf Sie wartet?“, wollte er wissen, eine Fangfrage, denn in diesen Badeorten hüpften die Herren der Schöpfung schon mal in ein fremdes Bett. „Das ist meine Frau.“ Sie sah bedeutend jünger aus als ich, ein verstohlenes Lächeln war die Folge. „So, so wie heißt sie denn, diese Ihre Frau?“ „Irina“, antwortete ich ohne Gewissensbisse. „Ach, also Irina“ – er war sichtlich stolz, mich reingelegt zu haben, sein Spürsinn sagte ihm: Irgendetwas an dem Kerl stimmt nicht, was, finde ich gleich raus. „Können Sie mir auch noch sagen, wie ihr Nachname ist?“ – „Aber selbstverständlich, Sie heißt genauso wie ich – ‚Ruge‘.“ Aber sein Spielchen ging weiter. Sein Adjudant schrieb fleißig mit, er wollte mich endgültig aufs Kreuz legen. „Vielleicht können Sie mir sogar das Geburtsdatum dieser Bürgerin da draußen nennen?“ Ich stockte, es kam nicht wie aus der Pistole geschossen (das war’s mein Freund, schien sein Blick zu sagen). „Der 8. September 1924.“ Er kostete es so richtig aus: „So, jetzt gehst Du mal raus und stellst fest, wie die ‚grashdanka‘ (Bürgerin) wirklich heißt“, wies er den Milizionär an.

Minuten des Wartens, von uns beiden Zurückgebliebenen kostete jeder seinen Triumph schon in vollen Zügen aus, ich verhalten, der Milizchef fast unverhohlen. Der Milizionär kam zurück und meldete: „Es stimmt …“ – „Was stimmt? …“, rief der Chef ungeduldig. „Sie ist seine Ehefrau“, fuhr der Milizionär fort. „Tschort wosmi!“ („Hol’s der Teufel“), polterte nun der Chef, „geh hol sie rein!“ – „Njet“, protestierte jetzt ich, meine Frau habe gar nicht fotografiert, habe sich also nichts zu schulden kommen lassen. „Sie soll ja nicht festgenommen werden“, beschwichtigte der Chef, es sei doch sinnlos, wenn sie draußen in der Sonne steht. So „sinnlos“ fand ich das wiederum nicht, sie war mein Schutz, mein Außenposten, konnte unabhängig Hilfe leisten, also nein, sie musste unbedingt draußen bleiben. Der Chef gab nicht nach, gab grusinisch noch eine Weisung und schickte den Milizionär, meine Frau zu holen. Meine erste Frage an sie, warum sie denn ihre „Freiheit" aufgegeben habe. Der Milizionär habe gesagt, ich wünsche, dass sie reinkommt, das war die Höhe.

Nun hatte der Chef wieder alle Hände voll zu tun, Fragen zu stellen, Protokoll aufzusetzen. „Haben Sie, Bürgerin Ruge, gesehen wie Ihr Mann den Esel fotografiert hat?" – „Nein" antwortete Irina kurz. „Aber den Esel, den haben Sie doch gesehen?" – „Ja", gibt Irina zurück. Na endlich etwas, das man protokollieren konnte … „Gibt zu, den Esel gesehen zu haben", murmelte er vor sich hin, während er schrieb. Es folgten Fragen zur Familie. „Kinder?" – „Keine." – „Gut." Dann ging es etwas heikel weiter: Wo wir zurzeit wohnten. Au weih! Wir wohnten natürlich „schwarz", unangemeldet, „dikimi". Unsere nette Wirtin wollten wir nicht preisgeben. Ich entschied mich für die Flucht nach vorn: „Wir sind Gäste von Professor Kipiani." Das ließ ihn aufhorchen. „Von Professor Kipiani persönlich …?" – „Ja." – „… und schon lange?" fand er zum Verhörton zurück. Aber er wurde nachdenklich, der Name des Professors, eine Lokalprominenz, war ihm anscheinend geläufig, vielleicht war er ein Deputierter des Obersten Sowjets der Autonomen Republik, da war nicht zu spaßen, man musste auch an sich denken. „Wir werden mal bei Professor Kipiani anrufen", entschloss er sich. Das war recht ungünstig für uns. Wir hatten diesen Professor kein einziges Mal gesehen. Ob ein zerstreuter Professor in die Machenschaften seines Sohnes Attari, bzw. seines Neffen Sergo, unseres Freundes, eingeweiht, mit den Logisregelungen für uns vertraut war, wussten wir nicht. Was, wenn er sagt, diese Leute kenne ich überhaupt nicht.

Es ging aber verheißungsvoll los, die Verbindung von Tschakwa nach Machindshauri (15 km) war nicht die modernste, das Telefon eines jener Modelle von Feldtelefonen, die wir nur aus Kriegs- oder Antikriegsfilmen kannten. Durch heftiges Kurbeln an einer Induktionsspule wurde ein Impuls ans „Amt" gesendet, welches nach einigen Versuchen meist reagierte. Hier handelte es sich um das „Amt" in der Hauptstadt Batumi, etwa 30 Kilometer entfernt. Nach viel Geschrei musste nun das Fräulein vom Amt ihrerseits eine Kurbel rütteln, um mit Machindshauri verbunden zu werden. In den Bemühungspausen blieb es ruhig, nur die beiden Milizbeamten plauderten miteinander, grusinisch versteht sich. Was sie einander erzählten, interessierte uns kaum, brachte mich aber auf die Idee, mit Irina ein Gespräch in Deutsch zu beginnen, das sie recht ordentlich beherrschte. Unsere beiden Bewacher verstummten. „Nanu, was reden Sie denn da? Das verstehen wir gar nicht." – „Da geht es Ihnen genauso wie uns, wir verstehen ja auch nicht, worüber Sie miteinander reden." – „Hab ich's mir doch gedacht, dass an dem Kerl was faul ist!", mag der Chef bei sich gedacht haben, „Ein Deutscher gar?" Er lenkte aber ein: „Gut, wir werden Russisch miteinander sprechen." Wie es schien, lief die Zeit bereits zu unseren Gunsten, die Verbindung zum Professor konnte nicht hergestellt werden, alle Versuche scheiterten. Ungünstig war nur, dass der letzte Zug kurz vor 22.00 Uhr von Tschakwa abging und es draußen immer dunkler wurde. Die Hauptsache war, erst mal raus hier. Aus der Sicht des letzten Zuges entließen uns die beiden Staatsdiener in letzter Minute. Steif vom langen Einsitzen, hungrig, dennoch froh, auf die Bahnstation zu trabend. In der Ferne war schon das schrille Signal des Zuges, Abfahrtzeichen auf vorhergehenden Bahnhöfen, zu vernehmen. Wir beschleunigten unsere Schritte, aber am Bahnhof, an der geschlossenen Schranke, rollte der hellerleuchtete Zug vorüber, in das schwarze Loch des ersten Tunnels hinein.

In dieser Dunkelheit unter der steinigen Küste von Stein zu Stein hüpfend, stolpernd nach Machindshauri zurückzulaufen war wenig verlockend. Blieb nur, auf der Asphaltstraße um den gesamten Botanischen Garten herumzugehen, vier, vielleicht fünf Stunden Nachtmarsch. Sollten wir nicht doch den direkten Weg durch den Botanischen Garten versuchen? Der Pförtner, bzw. Nachtwächter ließ sicher mit sich reden. Der Eingang von der Ostseite her war bald gefunden, im Pförtnerhäuschen brannte sogar Licht. Wir traten an das Fensterchen und erzählten devot die Geschichte zweier Liebenden, die sich in Tschakwa einmal umsehen wollten und dann den letzten Zug nach Batumi verpasst hatten. Letzteres entsprach sogar der Wahrheit. Von den Ungereimtheiten auf der Wache, versteht sich, keine Silbe. Ob er uns nicht ausnahmsweise auf dem kürzesten Weg durch den Park heimkehren lassen könne. Da vernahmen wir eine zweite männliche Stimme aus dem Innern des Pförtnerhäuschens: „Da haben Sie aber Glück gehabt, ich werde einen Rundgang durch den Garten zwecks Posteninspektion machen, da könnten Sie einfach mitkommen, einverstanden?" Na, und ob wir einverstanden waren. Aus dem Wachhäuschen trat eine mittlere Milizcharge in sommerlicher Galauniform, strahlend weiße Jacke, weiße Mütze, weiße Handschuhe. Im ersten Moment zuckten wir ein wenig zusammen, zu frisch waren unsere Eindrücke des Nachmittags. Aber unser neuer Freund und Helfer gab sich leutselig, nun musste er nicht mutterseelenallein durch den Park traben, mehr noch, er konnte uns Grünschnäbeln dieses große strategische Vorhaben einmal so recht vorführen.

Es ging durch den traumhaft-sommernächtlichen Park, eine paradiesische Oase. Grillen zirpten, Nachtigallen sangen, irgend welche Käuzchen unkten, es duftete nach Tropen, nach Pflanzen, die man zwar nicht sehen konnte, deren Nähe man aber umso intensiver empfand. Natur pur, ein Blütenaroma wechselte das andere ab. Unter den Milizstiefeln knirschte leise der Kies. Unser „Guide“ (so auch Russisch) nutzte die willkommene Gelegenheit, zu erläutern, wie wichtig dieser Gang in die Nacht sei: In den Ortschaften gäbe es junge Leute, selbst ältere, diese Kurpatienten zum Beispiel, die nachts in den geschlossenen Park eindringen, und „… na ja, Sie verstehen schon“. Und ob wir verstanden. Da habe eben die Milizverwaltung der anliegenden Orte beschlossen, in der Nacht verdeckt Milizionäre zu postieren. Auch das verstanden wir natürlich. Und da! aus dem Dunkeln löste sich eine helle Gestalt, strahlend weiße Uniform, trat zackig an den Genossen Inspektor heran und erstattete in der für uns unergründlichen Sprache Rapport, es schnarrte nur so. Der Chef sagte so etwas wie „Rühr'n!“, und der gespenstische Milizionär entschwebte wieder in die lauwarme Nacht. So ging das mehrere Male, immer dieselbe Prozedur, das Schmunzeln brauchten wir uns nicht einmal zu verkneifen, dazu war es zu dunkel. „Und da! Sehen Sie, da ist schon das Tor!“ So jäh brach unser Erlebnis ab, das hätten ruhig noch ein Paar Posten mehr sein können. „Gehen Sie, ich warte hier, falls es Komplikationen gibt.“ Es gab keine, oder doch? Am Tor warteten mit weit aufgerissenen Augen Sergo mit Mutter Nina, Attari, sein Cousin und ein Freund mit der bangen Frage: „Um Gottes Willen, was ist denn passiert?“ – „Genau genommen gar nichts“, leiteten wir unseren Erlebnisbericht ein. Da hatte also das Kurbeltelefon doch noch gefunkt und die ganze Sippschaft von Professor Kipiani nachts auf die Straße getrieben.

‚Wladi kawkas‘ – Beherrsche den Kaukasus …

… wie man aus Grosny hört – kein leichtes Unterfangen. „Beherrsche den Kaukasus“ ist russisch „Wladi kawkas“, und so hieß auch ursprünglich, unter dem Zaren, die Stadt Ordshonikidse, Ausgangspunkt der Grusinischen Heerstraße im Nordkaukasus. Zehn Jahre hieß sie auf Geheiß des Schergen Berija – ein Erzfeind von Ordshonikidse, Dsaudshikau.

Die Grusinische Heerstraße führt über den Kaukasus-Kamm nach Tbilissi (unter dem Zaren, auch von Hitler und jetzt Westdeutsch „Tiflis“ genannt). Neuerdings wird wieder von „Georgiern“ geredet. Um Missverständnisse auszuräumen: Unsere grusinisch-georgische Reiseleiterin Eteria erklärte uns, dass

„Grusinier" der „Zugewanderte" sei, während man unter „Georgier" „Ackerbauer" zu verstehen hätte, so kann jeder wählen, was er bevorzugt.

Unter vielen Gebirgsflüssen in Transkaukasien ist die „weiße" und die „schwarze" Aragwi, die nach ihrer Vereinigung schlicht Aragwi heißen und diesen Zusammenfluss mit der Siedlung Passanauri markieren, wie etwa am Zusammenfluss des Weißen und des Blauen Nils die Stadt Khartum liegt. Passanauri ist – sicher bis auf den heutigen Tag – ein wenig ansehnliches Nest, als habe hier erst kürzlich der Zweite Weltkrieg getobt. Unsere kleine DDR-Reisegruppe schlug in diesem Nest für ein paar Tage ihr Domizil auf, es war zudem der Ausgangspunkt für mehrere gemeinsame Ausflüge. Unser kleines Hotel hob sich aus dem Ortsmilieu etwas ab, es war so etwas wie ein ehemaliges Schloss eines russischen bzw. eines lokalen Fürsten oder Scheichs, möglicherweise sein Harem. „Intourist" hatte von dem Anwesen Besitz ergriffen, ist jetzt wahrscheinlich Restitutionsansprüchen zum Opfer gefallen. Wir stöberten hoch über den Ortschaften Friedhöfe auf – welch eine Tortur, den Sarg so hoch hinauf zu schleppen. Eine Berlinerin wollte wissen, ob es denn hier oben eine Pumpe gebe, um die Blumen zu gießen – es gab keine. Eine primitive Feuerstätte erlaubte, vor Ort den Leichenschmaus zu bereiten. Wir besuchten auch diejenigen, denen dieser letzte Weg unmittelbar bevorstand, angeblich „störrische" alte Männer, die totale Einsiedler geworden waren, um sich so der Abwicklung/Zentralisierung ihres Bergdorfes zu widersetzen. Sie vegetierten hier unter jammervollen Bedingungen, ohne Wasser, ohne normale Verpflegung, mit toten Augen, sie waren es längst gewohnt „Sehenswürdigkeiten" geworden zu sein, ließen sich von unseren Blicken und den klickenden Kamera-Verschlüssen nicht beeindrucken.

Für den 2. oder 3. Tag bot das offizielle Programm für unsere DDR-Reisegruppe eine Gletscherbesteigung an. Es sollte sehr früh losgehen, da der Gletscher unterhalb des Kasbek (ossetisch „Ursschoch"), Höhe 5 033 Meter, nach dem Elbrus zweithöchster Berg des Kaukasus-Massivs, auf der Nordseite lag. Am Vorabend gab es einen Tages-"pajok", also einen Tagessatz Verpflegung in schönen INTOURIST-Beuteln.

Frühmorgens, noch bei Dunkelheit bestiegen wir einen Kleinbus, denn ein Teil der Gruppe hatte auf dieses Abenteuer verzichtet. Uns begrüßte einer dieser schmucken, selbstsicheren, allerdings schon etwas übergewichtigen Grusiener, sein Name ist mir als „Aslan" in Erinnerung geblieben, unser offizieller Bergführer und Gebieter für diese Tour. Zunächst fuhr der Kleinbus an der „Weißen" Aragwi entlang, die Umrisse der Berge waren kaum zu erkennen. Dann hielten wir an einer richtigen Schranke, wie an einem Grenzübergang.

Hier wurde jedes Fahrzeug auf seine Fahrpapiere, verantwortlichen Begleiter und Sondergenehmigung für den Fahrer geprüft. Wir kamen zum hochalpinen Massiv und Naturschutzgebiet, jeder beliebige konnte hier nicht passieren. Die Durchfahrt kann auch wetterbedingt untersagt, die Passstraße gesperrt werden. Für uns ging die Schranke hoch – ein verheißungsvolles Erfolgserlebnis. Der steile Anstieg und die immer knapper werdenden Nadelkurven stellten das Erfolgserlebnis leicht in Frage, umso mehr, als der Fahrer freundlicherweise kundtat, wenn an einer Kurve unlängst mal ein Bus oder ein LKW den Hang runter gegangen war. Vielleicht war das auch nicht immer authentisch, aber die Stimmung heizte sich schon mal an. Die Felswand hinunter zur Weißen Aragwi wurde immer höher – 500, 600, 700 Meter. An einer Aussichtsplattform erhielten wir Gelegenheit zu entspannen, genüsslich in die Weite, hinab- und zurückzuschauen. Ganz tief unten waren Schafherden zu Amöbenströmen geworden, in engen Schluchten bündelten sie sich, um dann – von den Hunden in Schach gehalten – wieder auseinander zu fließen. Es ging weiter zum Kreuzpass. Auch hier in 2 388 Metern Höhe immer noch Schafe, Hunderte, dazu die rauhen, verwitterten, sogar verwegenen Gesichter der Schäfer und ihre Hunde.

Hinab ging es in das Tal des Tereck. Waren die Südhänge unbewaldet, so waren sie doch saftig grün. An diesen oft besungenen Ufern des Tereck erlebten wir eine einzigartige Steinwüste, Geröll, wohin das Auge blickte, dazwischen der reißende Fluss. Die Straße verlief am Hang, nicht sehr abschüssig, die Kurven maßvoll. Allmählich kehrten die grünen Wiesen zurück, gab es auch schon mal ein Dorf. Immer wieder geheimnisvolle Türme, Signaltürme, wie sich erweisen sollte, auf denen Rauchsignale beim Heranahen feindlicher Heerscharen entzündet wurden – das waren natürlich Legenden aus längst vergangenen Zeiten.

Endlich Kasbegi, der Ausgangspunkt unseres Aufstiegs zum Gletscher. Ein Kirchlein flog kurz vorbei, alt, verhutzelt. Dann die Touristenstation – „turbasa", wo wir offiziell „grünes Licht" für unseren Aufstieg erhalten sollten. Hier würde auch unser Bus auf uns warten.

Der Pfad bergan war durchaus gangbar, Geröll, kleine Bäche, glitschige Stellen mit etwas Morast. Jetzt sah man, dass die Ausrüstung der Truppe recht ungeeignet war, städtisch. Sandalen, ja Stöckelschuhe, Handtaschen, Einkaufstaschen, Igelitbeutel. Kaum Rucksäcke, außer mir vielleicht noch zwei, drei Berucksackte, darunter eine drahtige junge Dame, sie hatte sich die Ratschläge aus dem Prospekt zu Herzen genommen. Nach einiger Zeit hing der eine oder andere schon „durch". Ein röhrendes Gebell schien wie ein Echo hinter jedem Felsvorsprung hervorzukommen, ab und zu kam auch mal der dazugehörige Schäferhund zum Vorschein. Aslan erläuterte uns geduldig, dass diese Köter unbedingt zur Abwehr der Wölfe (!) – nanu gab's hier denn Wölfe? – notwendig waren und sie sahen in der Tat so grimmig aus, dass selbst einem hungrigen Wolf das Gruseln kommen musste – Aslan beruhigte uns, dass sie „in der Regel“ den ausländischen Touristen „nichts tun“ – nur der eine dort, der mit dem dunklen Rücken, der habe schon dreimal Touristen, aber „hiesige“, gebissen. Da wollte eigentlich keiner mehr der Letzte sein, denn den beißen ja bekanntlich die Hunde. Mitunter kamen sie ziemlich nahe an uns heran, da opferte sich Aslan, schon mal Letzter zu sein, nahm ein paar Steine auf, um sie gegen die Viecher zu schleudern. Sie schienen dieses Spielchen zu kennen, nahmen kaum Notiz, verfolgten gelassen die Flugbahn der Geschosse und rührten sich nicht von der Stelle. Nun, es passierte nichts, es blieb ein kleines Erlebnis am Rande. Auf dem Rückwege mussten wir an unseren neuen Bekannten ohnedies noch mal vorbei. Die alpinen Wiesen wurden immer üppiger, hochgeschossen bis auf Brusthöhe, aromatisch duftend und farbenprächtig. Alle halbe Stunde legte Aslan eine Pause ein, wegen der Akklimatisierung an den Höhenunterschied, erläuterte er.

Zu allem Ärger fing es an zu regnen, erst nieselte es nur, aber dann wurde es heftiger. Mit dem Regen kam das Murren. Einige warfen sich feste Regencapes um, Aslan hatte sowieso eine Allwetterjacke an. Regenschirme wurden gehisst, auch mal eine Einkaufstasche auf den Kopf gelegt … der Regen peitschte ohne Erbarmen. Mir schwante, dass unsere Tour ins Wasser falle – Da wurden auch schon Stimmen laut: „Umkehren!“ – zum Kotzen diese Möchtegern-Alpinisten. Aslan ließ anhalten und erläuterte: Wir können weitergehen oder umkehren, teilen könne er die Gruppe nicht, „sein oder nicht sein“. „Umkehren“, hieß es immer lauter. Aslan gab sich demokratisch, er bot eine Abstimmung an. Nur vier wollten weitergehen, es waren genau jene, die wasserdicht verpackt waren, darunter die junge Dame aus Dresden. 21 (!) wollten umkehren. Obwohl doch alles entschieden war, erhitzten sich die Gemüter erst richtig. „Wir wollten da oben fotografieren“, plädierten die Umkehrer, „Wir auch!“, konterten die Marschierer. „Wir wollten den Gletscher schließlich sehen!“. „Wir auch!“, konterten die Marschierer. „Ein gestecktes Ziel gibt man nicht auf“, deklamierten die Marschierer. „Höhere Gewalt!“, riefen die Umkehrer. „Von Gott gewollt“, höhnten die Marschierer – Im Tal dröhnten bereits die heiseren Hunde, würde der mit dem schwarzen Rücken einen der Feiglinge mit seinen Reißzähnen strafen? Es goss in Strömen, auf rutschigen Pfaden ging es bergab, es flog auch mal einer auf den Allerwertesten. In den brusthohen alpinen Wiesen nässten auch wir Wetterfesten, die wackeren Marschierer ganz schön durch. Doch dann riss der graue Schleier auf und die Sonne kam raus! Aber an Umkehren war mit dieser demoralisierten Truppe nicht mehr zu denken, eine einmalige Gelegenheit war verpasst, verpatzt – oder nicht? Aslan war genüsslich in ein Gespräch mit der drahtigen Dame vertieft, reichte ihr auch ab und an mal die Hand als Stütze, stützte gar den Ellenbogen – Ich schmiss mich an ihn ran, ob es denn nicht irgendeine Möglichkeit gäbe, in der Touristenstation zu übernachten und dann morgen, mit einer sowjetischen Gruppe die Besteigung nachzuvollziehen. Das ließe sich machen – auch die junge Dame wäre mit dieser Bitte an ihn herangetreten, hatte um eine Übernachtung nachgesucht – Hm, der Direktor der Touristenstation sei sein Bruder, und der würde bestimmt etwas finden, er selbst bleibe ohnehin heute in Kasbegi, da er morgen bei einem Aufstieg eingesetzt wäre, da könnten wir beide dann einfach mitkommen.

Der Bus wartete treu, im Bus der DDR-Vertreter. Ihm eröffneten wir unser Anliegen. „Also völlig undenkbar!", er allein trage die volle Verantwortung, er müsse die Gruppe geschlossen zurückbringen, daran ginge nichts vorbei. Mit viel Geduld konnten wir ihn schließlich erweichen: Aslan sei immerhin der von INTOURIST offiziell engagierte Bergführer, es würde keine Einzelaktion, sondern ein Aufstieg in einer sowjetischen Gruppe sein, ein Bus zum Rücktransport stehe morgen zur Verfügung, Aslan würde uns im Hotel in Passanauri abliefern … Ein Schreiben wurde aufgesetzt, in dem der DDR-Mann jegliche Verantwortung von sich auf uns abwälzte, diesen Persilschein unterschrieben Aslan, die drahtige junge Dame und ich – der Bus fuhr ab.

Wir drei verschwanden in einem Aufenthaltsraum, bald erschien Aslan mit einem Schlüssel in der Hand winkend. Wir könnten unsere Sachen bereits in unserem Zimmer ablegen. Ein Drei-Bett-Zimmer, wie sich herausstellte – sollte ich etwa zukucken – mit Decke-über dem-Kopf schlafe ich so schlecht. Doch Aslan fand das rettende Wort: Es sei mir natürlich nicht zuzumuten, mit einer völlig fremden Person in einem gemeinsamen Zimmer zu nächtigen (er selbst mutete sich das anscheinend zu), er werde für „towarischtsch"-Touristin ein anderes Zimmer ausfindig machen. Mäuschen stimmte großzügig zu und die beiden gingen. Treffen wollten wir uns dann abends im Speisesaal.

Schuhe und Beinkleider waren von dem Halbaufstieg noch ziemlich durchnässt, außerdem waren wir ja sehr früh aufgestanden, so kroch ich erst einmal unter alle drei vorhandenen Decken, in nassem Unterzeug und Socken, ein altes Lager-Rezept sich aufzuwärmen und gleichzeitig die Sachen zu trocknen. Als ich aus einem tiefen Schlaf erwachte, schien die Sonne einladend zum Fenster herein. Zum Pennen war ich hier bestimmt nicht geblieben, also raus! Ich ging bergan in Richtung der kleinen Kirche. Wurde aber arg enttäuscht: Sowohl am Gatter, als auch an der massiven Pforte der Kirche selbst diese landesüblichen, überdimensionalen Vorhängeschlösser. Ich wollte mich schon verzagt abwenden, da kam auf einem Krückstock gestützt ein Männlein um die Ecke. Was ich denn hier wolle, er sei nämlich der Nachtwächter dieser Kirche! Ich wich aus: Eigentlich gar nichts, bin von der Touristenstation (das war immer so eine Art Empfehlung) gekommen, die Kirche zu besichtigen. Ah! Das ließe sich machen, wenn ich denn Interesse hätte. Er pfiff kurz und ein Knabe tauchte auf, „mein Enkel" erläuterte er. In seiner Sprache voller Kehlkopftöne wies er ihn an, von zu Hause die Schlüssel zu holen. Der Knabe war mit den Schlüsseln bald zurück und die Monster-Schlösser wichen.

Innen war es fast finster, roch muffig, die Wände waren zerfressen und kahl, ein Pult, etwa eine Kanzel stand am Ende, es hatte durchgeregnet ... allmählich erkannte ich im Dunkeln an die Wand gemalte Ikonen oder was davon übriggeblieben war, die ich detailliert, mich tief hinunterbeugend, würdigte. Zum Fotografieren reichte das Licht nicht aus. Mit überhöhtem Interesse ging ich von Stein zu Stein, von Wand zu Wand, von Ikone zu Ikone, nach so viel Entgegenkommen konnte ich nicht kurzerhand kehrt machen. Am Pult stand mein Gönner, verfolgte genüsslich mein Interesse und meine anscheinende Sachkenntnis.

Ich trat an ihn heran: Ob ich denn etwas zu entrichten hätte. Das lehnte er brüsk ab, fragte aber vorsichtig, ob er jetzt mit seinem Vortrag beginnen könne. „Vortrag? Aber ja, natürlich!" Der Pope dieser Kirche war 1932 abgeholt worden, man hatte nie wieder etwas von ihm gehört. Aber die „risa", das Messgewand ist geblieben, „da an der Wand hängt es!". Die Alten kennen das Ritual, es gäbe immer mehr Taufen, Hochzeiten und natürlich Begräbnisse, die Menschen glauben wieder an die Heilige Schrift. Das Gebäude stammt aus dem 12. Jahrhundert – die acht Jahrhunderte sah man ihm an. Dann folgten ausführliche Erläuterungen zu allen Wand-Ikonen, wir machten einen zweiten gemeinsamen Rundgang. Dann schilderte er schwärmerisch die Zukunft der Kirche, bereits drei Kommissionen aus Tbilissi waren hier, hätten die Kirche zum architektonischen Denkmal erklärt, umfangreiche Restaurationsarbeiten seien geplant, Geld steht bereit, ja wenn ich vielleicht in drei/vier Jahren noch mal kommen würde, dann würde alles schon anders aussehen.

Also, jetzt wollte ich mich doch erkenntlich zeigen. „Njet!", reagierte er, holte aus dem Inneren des Pults ein ungewöhnlich dickes Buch. „Das ist unser Gästebuch", wenn ich ihm die Ehre erweisen würde, mich dort einzutragen!

Na, ich war hier so fast inkognito, und jetzt, sich noch schriftlich verewigen? Ich beichtete dem Würdenträger. Er meinte, dass ich mit den „Organen" keinen Ärger haben würde. „Soll ich denn Russisch oder Deutsch signieren?" Er meinte: Besser russisch, das könnten dann alle lesen, sogar die Miliz. So machte ich denn schriftlich meiner Bewunderung über dieses architektonische Meisterwerk Luft, vermerkte besonders meine Hochachtung für die Bemühungen der Regierung (von denen vorerst allerdings nichts zu sehen war), dieses nationale Kleinod zu restaurieren. Als mein Mentor mich schon hinausbegleitete, fragte ich vorsichtig, ob ich denn nicht auf den ganz nahe gelegenen Signalturm steigen könne. „Konjetschno!" (selbstverständlich) gab er zurück. Wir kamen an den Turm, er wälzte ein paar riesige Felsbrocken vom Eingang weg und der Weg war frei. Er konnte mir wegen seiner Behinderung nicht folgen, so stieg ich über zerfallene Stufen – wer mochte hier schon alles hochgestiegen sein- bis ganz hinauf auf die Plattform. Ein ungewöhnliches Panorama belohnte mich, der Tereck rauschte als Untermalung. Als ich wieder unten war schieden wir wie alte Freunde, und ich trottete zurück zur „turbasa".

Als ich mich gerade in den Speisesaal begeben wollte, erwischte mich Aslan am Ellenbogen: „Wo waren Sie denn?", er schob mich in ein Separee, die Dame aus Dresden saß schon dort. Sie war völlig verändert, großstädtisch-DDR-schick, geschminkt, Haare gewickelt, sie hatte also ihren Atomkoffer dabei. Aslan bat um Geduld, er verschwand und sie erläuterte, dass er höchstpersönlich in der Küche ein kaukasisches Abendessen bereite. Man plauderte dies und das, ich erzählte begeistert von meinem Nachtwächter-Freund in der Kirche. Da kam Aslan mit Tellern, Bestecken, Salaten, Gurken, Gläsern, Weinflaschen und schließlich mit einer Bratpfanne wie ein 24-Zoll-Kinderrad, die duftete und brutzelte noch tüchtig. Es wurde ein gemütliches, sehr schmackhaftes, etwas scharfes Festessen. Womit ich das wohl verdient hatte? Ich bedankte mich so gut ich konnte. Wir kamen überein, uns am nächsten Morgen um 7.00 Uhr auf dem Appellplatz zu treffen. Aus dem großen Saal nebenan erklang Musik, es wurde zum Tanz aufgespielt. Nach diesem endlosen Tag war mir eher zum Schlafen, es wurde bereits schummrig, ich wollte für den Morgen fit sein. Ein Blick in das Dancing (damals umschlang man sich noch), Aslan und die Kleine ganz eng. Ich machte ein Zeichen: Ich gehe schlafen, sie nickten.

Alle Erwartungen auf das Wecken gerichtet legte ich meine Habe bereit und schlief ein. Ich schreckte auf, es wurde energisch an die Türen geklopft: „Aufstehen, alle die zum Aufstieg wollen, raus aus den Betten!" Mir brauchte man das nicht zweimal zu sagen: Ein Satz auf den Fußboden, Sachen übergestreift

– sie waren nun ganz trocken – Schuhe an und raus zu den Klos, ehe sie besetzt waren, dann an die endlose Wasserhahnbatterie, das eiskalte Wasser machte putzmunter. Zurück ins Zimmer, schnell ein paar Brocken von meiner INTOURIST-Verpflegung runter gewürgt und raus auf den Appellplatz, natürlich etwas voreilig. Langsam versammelten sich Touristen, bis schließlich die erste Gruppe in Reih' und Glied antrat. Na, das sah nicht so erbärmlich aus wie bei uns gestern. Gestiefelt, gespornt, alles in grünen Regenjacken, Rucksäcken – also die würden nicht weinerlich umkehren. Ziel und Verhaltensnormen wurden angesagt, dann „rechts um!", und ohne Tritt ging's los … von Aslan und der Mieze keine Spur. Aber da sammelte sich bereits eine zweite Gruppe. Dasselbe „in grün". Ich wurde ungeduldig, hatte ich die beiden schon verpasst? Langsam wurde es hell. Da sammelte sich eine dritte Gruppe. „Wir steigen heute zum Kasbegi-Gletscher auf! Folgendes ist zu beachten …" war zu hören. Das war „meine" Gruppe(!), ich versuchte mich einzureihen, wurde aber skeptisch gefragt: „Wo kommst Du denn her?" In meiner Bedrängnis erinnerte ich mich plötzlich an den Zimmerschlüssel, ich fand den Nachtwächter. „Aslan? Ja den kenne ich, der schläft immer ziemlich lange … geht klar!" Zurück auf dem Appellplatz vernahm ich nur noch: „Ohne Tritt marsch!". Da marschierte meine letzte, wieder verpatzte, Chance über die Straße, dann hinauf am Hang. Meine verbitterte Sicht war gut, endlos waren die Minuten. Ich stand wie auf einem untergehenden Schiff und fasste den einzigen noch denkbaren Entschluss … ich folgte den Ausgerückten, diese „meine" Gletscher-Gruppe musste ich einholen. Der erste Abschnitt war mir ja von gestern noch geläufig, ich holte weit aus. Schon nach einer halben Stunde sah ich sie am Berg krakseln. Dem geschlängelten Gänsemarsch kam ich auffallend schnell näher. Aber wie sich erklären, meine nichtgruppenmäßige Anwesenheit deuten? Der Letzte in einer Gruppe war auch immer so etwas wie ein Stellvertreter, zur Absicherung gedacht. Nicht nur gegen Hunde, nein auch gegen unerwünschte „Fremde". Als ich ran war, fragte er prompt: „Wo kommen Sie denn her?" Meine Legende war simpel: Verschlafen, einer bereits gestarteten Gruppe hinterher. Das schien einleuchtend, einleuchtend erschien auch, dass ich versuchte Mann für Mann die Gruppe zu überholen. So war ich sehr bald nicht mehr Vorletzter. Mit Plauderei, mit ein paar Witzen bürgerte ich mich ein. Da wurde eine Pause anberaumt, eine Verpflegungspause. Jetzt kam es auf die „richtige" Platzierung an. Ganz am Rande wäre nicht gut, als wäre etwas Unrechtmäßiges in meiner Anwesenheit. Zu beachten war, dem Bergführer nicht unbedingt vor der Nase herumzuhopsen. So verkrümelte ich mich so halb am Rande, öffnete meinen Rucksack, holte meinen Verpflegunsgbeutel heraus. Um Himmels Willen! Der war ja ganz groß mit „INTOURIST“ signiert, meine Legende war in Gefahr! Jetzt vorsichtig Stückchenweise das eine oder andere aus dem Rucksack geholt, mal einen Keks, mal einen Bonbon. Da vernahm ich auch schon: „Du isst ja gar nicht richtig, mit deinen Krümeln kann doch keiner den Berg bezwingen, hier nimm!“, er schnitt eine riesige Scheibe Weißbrot ab, öffnete eine Fleischkonserve, gab mir Wurst und Käse. Ich murmelte etwas von nicht-sehr-hungrig-sein, nahm aber an. Wir tauschten ein paar Erfahrungen aus, als er plötzlich konstatierte, ich sei doch der Deutsche, der gestern Abend im Separee mit dem Bergführer gespeist hatte, ich war erkannt. Ich plapperte zwar, die hätten mich versetzt, aber meine Mühe war vergebens. Der Bergführer dieser Gruppe, ließ er hören, hätte mich gern mal gesprochen – die zweite Besteigung war futsch.

Der Bergsteiger, anders als Aslan, drahtig-dürre, ein Spaßvogel. Witze, schlüpfrige, aber auch „politisch“ nicht ganz stubenreine, gab er zum Besten.

Jetzt kam ich an die Reihe, seine Augen leuchteten ein wenig spöttisch: „Berge sind ein gefährliches Pflaster“, hob er belehrend an, „Lebensgefährlich! Darum ist es untersagt, allein Ausflüge zu machen. Noch dazu Sie, Sie sind doch aus der deutschen Touristengruppe, was treibt Sie hierher?“ – „Aslan ist schon vorausgeeilt, er wollte mich mitnehmen!“ – „Aslan? Meine Gruppe ist die erste zum Gletscher aufgestiegene Gruppe. Aslan hat doch diese deutsche Touristin geangelt, der knabbert an seinem Wildbret gewöhnlich bis in die Mittagsstunden – was wollen Sie denn hier auf dem Gletscher?“ Ich war enttarnt, entwaffnet, er sah mir meine Betroffenheit an: „Machen Sie sich nichts draus, Sie können mit meiner Gruppe mitkommen.“ Wie gut!

Jetzt bemerkte ich weiter unten zwei Gestalten, sie sprang behände wie eine junge Gemse, er war ganz Gentleman, stets zur Stelle – Aslan und die Drahtige. „Da sind sie ja!“, rief ich, das traf auch den Spaßvogel unerwartet. Strahlend kam die Kleine heran, Aslan hatte seine Sache anscheinend gut gemacht. Die beiden Bergführer tauschten schmunzelnd ein paar nicht verständliche Weisheiten aus, und ich ging mit dem Pärchen weiter.

Pausen gab es nun nicht mehr, so erreichten wir sehr bald den Gletscher, dieses immer wieder faszinierende Schauspiel. Ein riesiges Eisfeld, bis zu 300 Meter dick, wie Aslan sagte. In Grönland seien die Gletscher bis zu 2 000 Meter dick, das Eis ist keine starre Masse, sondern eher ein zähfließender Brei, der sich langsam talwärts bewegt. Längs und quer die gefürchteten Risse und tiefe Spalten. Der Druck des Eigengewichts lässt die Schneemassen vereisen. Der Druck des Gletschers führt in der Gletschersohle zum Abtauen und wird damit zur Quelle. Große Brocken lagen an der abbröckelnden Gletscherzunge.

Im Vorjahr war im Abbruch eines anderen Gletschers ein toter Sergeant aus dem Zweiten Weltkrieg gefunden worden. Die zur Bestattung herbeigeeilten Eltern und Geschwister fanden ihren Sohn und Bruder wie vor 20 Jahren … jung und … aufgebahrt vor. Man spürte die Wucht der Eismassen, die in Jahrtausenden dieses Tal geschürft hatten. Ein paar Schritte erlaubte uns Aslan sogar auf dem mit Geröll verdeckten Eis. Nach gut einer Stunde kamen auch meine neuen Freunde, einige ziemlich rot angelaufen, am Gletscherkrater an. Wir machten uns an den Abstieg.

Auf der Touristenstation erwartete uns eine hysterische („hysteria“-griechisch Gebärmutter) Eteria, unsere Reiseleiterin. Und sie legte auch gleich lautstark los: Was ich mir einbilde, ein Superschlauer, unerlaubte Entfernung von der Truppe, sie werde mich beim Konsul abliefern, verantwortungslos, jüngeren gegenüber (das war eine Anspielung auf die Drahtige), Frechheit, und so weiter. Da ich ganz ruhig blieb, ein Vorwurf lauter als der andere …

„Ich habe mich per Unterschrift …“ – „Zum Teufel mit der Unterschrift, sie ist unrechtmäßig“, donnerte sie. Schließlich reichte es mir: „Hör mal, Du Rotznase, ich könnte dein Vater, ja dein Großvater sein, halt endlich die Klappe, du hattest dir doch einen freien Tag gemacht statt mitzukommen, mach, dass du wegkommst, Miststück!“ Sie dampfte ab, es hatte Konsequenzen – für sie!

Während des lautstarken Streits hatten sich immer mehr Schaulustige angesammelt, so ein Gezeter ist nicht alltäglich für Touristen. Unsere Kleine hatte sich unter die Gaffer gemischt. Da sie recht gut Russisch konnte, genoss sie auch die Kommentare in der Menge. „Was will *die* denn …“, „hier geht’s ja hart zu …“, oder „man kann nicht einfach wegrennen!“. Einer sagte: „Auch dem gutmütigsten Grusinier platzt mal der Kragen, und da hat er der russischen Schlampe mal so richtig Zunder gegeben.“

Neue Heimat DDR 1958-1990

Keine Stalin-Renaissance

Potsdam d. 7. Januar 1980
Werte Genossin Doktor Gertraude Teschner!
Wunder gibt es natürlich auch für einen Kommunisten, z. B. „Das Russische Wunder". Der Umstand, dass ich Ihnen, werte Genossin Professor Doktor Gertraud Teschner, heute schreiben kann, ist nur durch ein Wunder zu erklären. Theoretisch existiere ich schon lange nicht mehr, denn ich bin einer derjenigen, die allen Bewährungsproben standgehalten haben, standhalten mussten. Zudem war ich damals sehr jung, unerschütterlich in meinem Glauben an unsere Sache, gleichzeitig (und das war entscheidend fürs Überleben) als politische Persönlichkeit völlig unbedeutend. Ich kenne also die Sowjet Union nicht nur aus der Sicht eines komfortablen Touristenbusses, sondern auch aus der Sicht von Viehwagen auf denen mit großen Lettern geschrieben stand: FEINDE DES VOLKES! Die Stalinsche Deportation habe ich im Laufe von 15 Jahren, von der „Ljubjanka" bis hoch hinaus über den Polarkreis kennengelernt.

Als Abschluss-Dokument dieser langen Zeit bekam ich ein DIN-A-5-Schriftstück der Obersten Militärstaatsanwaltschaft der UdSSR in dem mir der Hauptmann der Justiz Kusminych freundlich mitteilte, dass mein Verfahren wegen Fehlen jeglichen Strafbestandes eingestellt worden ist.

Nach dieser Prüfung ist es mir dennoch gelungen mein politisches Urteilsvermögen nicht durch persönliche Erlebnisse bestimmen zu lassen. Ich war seit meiner Jugend und bin es bis heute geblieben – ein Verehrer der Union der Sozialistischen Sowjetrepubliken und vor allem ihrer Bürger, unter denen ich viele Freunde habe, einige sogar noch aus den Vorkriegsjahren. Ich bin nicht nur Mitglied der Gesellschaft für Deutsch-Sowjetische Freundschaft, sondern ihr unermüdlicher Propagandist. Sicher ist Ihnen verständlich, dass ich die Ehrennadel dieser Gesellschaft in Gold mit besonderem Stolz trage.

In einer Frage allerdings ist mein Gewissen nicht ganz rein: Wo auch immer ich spreche, über mein persönliches Schicksal spreche ich nie. Mehr noch, wenn direkt darauf angesprochen, so lüge ich bewusst, um *der Sache* zu dienen, eine heilige Lüge um die Sowjet Union, unsere Kommunistische Bewegung aus jedem Zwielicht herauszuhalten. Nicht einmal meiner 16-jährigen

Tochter wage ich die Wahrheit zu erzählen, denn diese Wahrheit ist *zu ungeheuerlich*. Aus eigenem Erleben kann ich beurteilen, wie schwer es ist, diese ganze Wahrheit zu verkraften. Darum bin ich auch dagegen, dass man jetzt (dies nicht wegen meiner Tochter) oder in absehbarer Zukunft irgendwelche ‚Materialien' zum Thema „Stalin" veröffentlicht. Das Ganze ist für die kommunistische Weltbewegung zu grauenvoll und folgenschwer, es ist gut, dass schon etwas Gras darüber gewachsen ist. Aus dieser Sicht erstaunt mich, andere Genossen waren verwirrt, Ihr Beitrag im *Neuen Deutschland* vom 21. Dezember 1979. Die ganze Wahrheit – ***Stalin verkörpert den Thermidor der Oktoberrevolution*** – sagen Sie nicht, konnten Sie gar nicht sagen, haben Sie wahrscheinlich noch nie gehört.

Sie sprechen von Qualitäten Stalins (seinen Verdiensten) und von theoretischen und praktischen Fehlern, von negativen Zügen im Erscheinungsbild Stalins. Einen bescheidenen Versuch in dieser Richtung hat bereits Lion Feuchtwanger in seinem Buch „Moskau 1938" unternommen. Nur war Feuchtwanger kein Marxist, wir sollten eigentlich versuchen, aufgrund der Erscheinungsformen das Wesen der Dinge zu ergründen. Selbst wenn Stalin gerade 100 Jahre alt geworden wäre ist der Zeitpunkt äußerst ungünstig gewählt, ja geradezu unmöglich. Ist eine Auseinandersetzung jetzt nicht möglich, erscheint es sehr zweifelhaft, der heranwachsenden Generation und breiten Kreisen der ahnungslosen Uneingeweihten ein Halbbild statt eines Abbildes, halbe Wahrheiten statt Wahrheiten zu vermitteln.

Natürlich bin ich entschieden dagegen, dass man etwas über die Ausmaße der Massenrepressalien veröffentlicht. Genauso wie ich von Anfang an entschieden gegen die Solshenyzin-Gangart gewesen bin. Schon sein erstes, mit einem Vorwort von Boris Polewoi veröffentlichtes Buch „Ein Tag des Iwan Denissowitsch" ist eine Verleumdung all der Kommunisten und Patrioten, die ihre Weltanschauung unter den schwersten Bedingungen nicht nur bewahrten, sondern aktiv verteidigten, menschliche Größe bewiesen. Die unheimliche und eigentlich wichtige Frage: Wie viele und wer waren diese standhaften Kommunisten und Bürger? Darüber gab es niemals Angaben, auch nicht auf dem XX. Parteitag der KPdSU. Diejenigen, die zum Thema „Stalin" schreiben, sollten auf diese Frage eine Antwort suchen.

Aus dem Anhang zu einer Tuchatschewski-Biografie ist u. a. ersichtlich, dass mehr als 100 namentlich genannter sowjetischer Heerführer vernichtet wurden. Die Familien wurden dabei gleich mit eingezogen, in Speziallager für Marschall- und Generalsfrauen. Hier fanden sie sich zusammen mit der Frau des in den Tod getriebenen Sergo Ordshonikidse, der Frau von Erich Mühsam, der Lebensgefährtin von Richard Sorge und vielen anderen. Der Mann, der den an sich richtigen Spruch („Die Kader entscheiden alles!" Übrigens vor Absolventen der Militärakademien!) geprägt hat, vernichtete die Besten der Besten und bereitete damit dem Lande enorme zusätzliche – ich betone zusätzliche – Schwierigkeiten (Belastungsproben), eben weil die Kader in der Tat alles entscheiden, verkehrte sich diese Weisheit in ihr Gegenteil. Allein an qualifizierten Militär-Kadern wurden über 40 000 vernichtet – nur deswegen, weil dieses paranoide Monster hinter jeder Epaulette einen Bonaparte witterte. Um den Umfang des Aderlasses an den politischen Kadern zu ermessen, dürfte es ausreichen zu ermitteln, wie viele der Delegierten des XIV., XV., XVI., XVII., Parteitages überhaupt eines natürlichen Todes gestorben sind – sie sind an einer Hand abzuzählen! Ich jedenfalls könnte aus dem Stegreif Seiten mit wohlklingenden Namen nennen, die ihren Klang jetzt wiedererlangt haben. Diese verdienstvollen Genossen und Parteilosen haben in ihrer Unkenntnis mitunter ihren Erschießungskommandos zugerufen „Es lebe Stalin!". Heute gibt es für diese Opfer keine Gräber und keinen Ehrenhain, es gab keine Abschiedbriefe oder irgendein Vermächtnis. Diesen Umstand sollte sich niemand zu nutze machen – über sie achtlos hinwegzuschreiten.

Liest man Ihren Beitrag in unserem Zentralorgan, muss man den Eindruck gewinnen, Sie betrachten Stalin als einen, wenn auch mit so genannten Fehlern behafteten Theoretiker, einen Marxisten. Sie sprechen von seinen theoretischen Schriften. Mehr noch, Sie würdigen die populäre Weise und die leicht fassliche Form seiner Arbeiten. Da war ich etwas fassungslos. Auch die PRAWDA vom 21.12.1979 weiß von solchen Qualitäten nichts zu berichten. Das ist nicht verwunderlich, denn diese leicht fassliche Art wurde ausdrücklich als Vulgarisieren des Marxismus-Leninismus verurteilt.

Ein Musterbeispiel dieses Vulgarisierens finden wir in der Rede Stalins vom 6.11.1941 – Was sind die „Nationalsozialisten". Fast 20 Jahre nach der Wahl zum Generalsekretär hat der ehemalige Seminarist und Volkskommissar für Nationalitätenfragen – also ein Fachmann – nicht verstanden, was Nationalismus ist und nicht die elementarste Vorstellung von der leninschen Lehre über den Imperialismus, sondern er lässt sich darüber in, allerdings leicht fasslichem, pfäffischem Geschwätz aus. Eine andere Seite seiner „theoretischen" Schriften, bleiben wir einmal bei diesem Begriff, war ihr demagogischer Anstrich. In seinem „Brief an den Genossen Iwanow" wendet sich Stalin ausdrücklich, und würde man seine Praxis nicht kennen, mit einem gewissen theoretischen Anspruch, gegen den Kult um seine Person, wie falsch es wäre, alle Erfolge nur ihm zuzuschreiben usw., also geradezu rührend bescheiden.

Aber all das nur um später seine wahren Ambitionen umso sicherer zu realisieren.

Stalin hat es verstanden, sein geschriebenes Wort für die Nachwelt auf höchstem Niveau für unsterblichen Marmor zu formulieren. Wenn Sie mich fragen, auch ich hätte die Inschriften im Treptower Park nicht entfernt. Seine Praxis – und Stalin war sich sicher, dass über diese Praxis nichts in Marmor verewigt wird – sah etwas anders aus. So hat er wiederholt über das leninsche Prinzip der Einhaltung von Freiwilligkeit bei der Bildung von Kolchosen gesprochen. Die stalinsche Praxis waren knallharte Direktiven an die Sekretäre der Gebietskomitees, die dann meistens von denen noch ‚überboten' wurden. Sie wurden auf einem Plenum sogar zurückgepfiffen und eine Reihe von Kolchosen wegen Existenzunfähigkeit wieder aufgelöst. In der Praxis hatten die Kolchosniki nicht einmal einen Personalausweis und bekamen einen Propusk (einen Passierschein) zur Fahrt in die nächstgelegene Stadt nur, wenn sie sich mit dem Kolchosvorsitzenden gut standen. Erst jetzt überwindet die sowjetische Landwirtschaft neben den enormen Kriegsschäden die Folgen der mehr als 30-jährigen Tätigkeit des Genossen Generalsekretärs. Lenin hatte gewarnt, dass der Bauer seiner Natur nach, aufgrund Jahrhunderte alter Erfahrungen, gegen alles, was von staatswegen, von amtswegen kommt, misstrauisch ist. Dieses Misstrauen wurde nur noch vertieft. Die Politik der KPdSU in den letzten Jahren hat eine Wandlung in der Einstellung zur Arbeit auf dem Lande eingeleitet. Diese Veränderungen im Bewusstsein herbeizuführen war viel aufwendiger als die Kriegsfolgen zu beseitigen. Dennoch musste Genosse Breschnew (PRAWDA vom 28.11.79) auf dem Novemberplenum auf die Fleischversorgung eingehen, lesen wir in der PRAWDA vom 9.12.79 von einem Pro-Kuh Milchertrag von 1,5 l pro Tag (!) im Kreismaßstab, wissen wir, dass die Sowjet Union bis heute umfangreiche Weizenankäufe im Ausland tätigen muss, Folgeerscheinungen der „Tätigkeit" von Stalin.

Die marxistischen Gesellschaftswissenschaften haben nach dem Tode des alles theoretische Denken erdrückenden Koryphäen-Generalissimus einen merklichen Aufschwung zu verzeichnen (Neueste Geschichte Chinas/Sladowski; Robespierre/Massin; Churchill/W. Truchanowski; Hindenburg/Ruge; Napoleon/Tarle und viele andere mehr). Zur Bereicherung unserer Theorie gehören jetzt wieder publizierte Opfer Stalins. Nach der niederträchtigen Ermordung des Narkomjust (Volkskommissar für Justiz) Krylenko kommt er wieder in die Bücherregale. In Abwesenheit (Haft) wurde im Obersten Sowjet eine Interpellation inszeniert, wo scheinheilig angefragt wurde, ob sich das eifrige Bergsteigen und das häufige Schachspielen des Volkskommissars mit seiner juristischen Leitungstätigkeit vereinbaren lässt. Krylenko war tatsächlich ein hervorragender Alpinist und Schachspieler, aber nicht deswegen verschwand er spurlos. Der Kampfgefährte Lenins gilt heute als theoretischer Wegbereiter auf dem Gebiet des sozialistischen Rechts.

Wieder verlegt wird einer der brillantesten sowjetischen Journalisten Michael Kolzow, besonders bekannt durch seine packenden Reportagen aus dem Bürgerkrieg in Spanien. Er und viele, viele andere werden gedruckt – Stalin nicht! Oder steht uns das für die DDR noch bevor? Zum Glück wurde bisher auch nichts über ihn veröffentlicht, es ist gut, dass sich der marxistische Scharfsinn hier noch eine Weile in der Reserve hält.

Eine theoretische Erkenntnis, oder wie es damals hieß, Weisheit besonderer Art besagte, dass sich der Klassenkampf im Laufe des sozialistischen Aufbaus immer mehr verschärfen wird, eine Gesetzmäßigkeit der Zuspitzung der Klassengegensätze bestehe. Damit wurden gewisse vorübergehende politische Einschränkungen nicht nur zur Norm erhoben, sondern lediglich als Grundlage für immer neue Einschränkungen betrachtet. Es ist heute (nur noch) schwer festzustellen, ob diese Theorie die Massenrepressalien zur Welt gebracht hat oder ob umgekehrt die Vorstellung über die vermeintliche Notwendigkeit solcher Massenrepressalien diese Theorie ins Leben rief. Zumindest hat die stalinsche Weisheit das einmalige Kunststück vollbracht, den endgültigen Sieg des Sozialismus zu verkünden (XVII. Parteitag), ein neues Bild der Gesellschaft, der Klassen zu verkünden, von der Notwendigkeit der Aufhebung gewisser vorübergehender politischer Einschränkungen zu reden, damit von der Notwendigkeit einer neuen, der demokratischsten Verfassung aller Zeiten, diese im Dezember 1935 annehmen zu lassen, um dann im Jahr 1937 zu einem geradezu wahnwitzigen Generalangriff auf die bewährtesten Kader der Partei überzugehen. Nicht zufällig gebar dieses Massaker 16 Jahre später, nach Stalins Tod, lediglich ein Triumvirat von Duchschnittsköpfen, Karrieristen und Spinnern (Malenkow, Molotow und Berija und vielleicht noch diesen Kaganowitsch, den Schöpfer des schmeichelhaften Beinamens „Koryphäe“ und Schwiegervater des Josif Wissarionowitsch). Diese Hohlköpfe verschwanden spurlos, ohne allerdings physisch vernichtet zu werden. Erst 10 Jahre später begann das Land sich von dem Koma zu erholen.

Die stalinsche Offenbarung von der fatalen Verschärfung der Klassengegensätze wurde natürlich nicht nur praktiziert, sondern auch theoretisch perfektioniert, neue Rechtsnormen entstanden, wenn man das noch so nennen kann. Der nicht unbekannte Wyschinski, damals Generalstaatsanwalt der UdSSR, machte das Geständnis zur Grundlage der Schuldfindung. Welche verheerenden Folgen das hatte, ist leicht auszumachen, man musste den Häftling „nur dazu bewegen" seine Schuld zuzugeben. An Stelle ordentlicher Gerichte (wie es in der neuen „Stalinschen" Verfassung stand) traten Dreierkollegien. Zu umständlichen Untersuchungen oder gar Anhörungen bestand gar keine Zeit. Mit der Verhaftung war praktisch schon das Urteil gesprochen. Den überlebenden Glückspilzen, darunter auch dem Autor dieser Zeilen, wurden die Urteile über den ZKD in die fernen Besserungs-Arbeits-Straf-Lager („isprawitelnije trudowyje lagerja", ITL) „zur Kenntnisnahme" nach Monaten, bisweilen sogar nach Jahren zugestellt. Es handelte sich ja nur umso genannte „Feinde des Volkes", allein das verdammte sie zu einer menschenunwürdigen Behandlung. Die anderen, die Kriminellen, die wurden gehätschelt und getätschelt, sie waren im eigentlichen „Sinne" gar keine Verbrecher und das Volk nannte sie deshalb schlicht „Freunde des Volkes". Wie verheerend sich das auf die Entwicklung der Kriminalität bis auf den heutigen Tag auswirkt, dürfte wohl klar sein. Gen. Rudenko schrieb dazu unlängst in der PRAWDA unter der Überschrift „Mit aller Strenge des Gesetzes". Eine Ouvertüre, einen Vorgeschmack auf die zu erwartende Rechtspflege bildete der Mord an dem Liebling des Sowjetvolkes, einem Kampfgefährten Lenins, an Sergej Mironowitsch Kirow am 1.12.1934. Wie Nikita Sergejewitsch Chruschtschow auf dem XX. Parteitag erklärte, sah sich das Zentralkomitee außerstande, die wahrhaften Hintergründe dieses Mordes aufzuklären, weil nicht nur der Täter mitsamt allem was ihn umgab, sondern auch alle sonstigen Kontaktpersonen, sämtliche mit der Untersuchung des Falls Betrauten, vom Kraftfahrer bis hin zum Leningrader Natschalnik des NKWD vernichtet waren.

Mehr als 30 Jahre wurde Lenins „Brief an den Parteitag", im Volksmund als Testament bezeichnet, unterschlagen, nie wieder davon gesprochen. Wehe dem, der davon sprach oder bei dem die damalige Ausgabe der PRAWA mit diesem Brief gefunden wurde. Es kostete buchstäblich den Kopf. Damit gar nicht erst neugierige Nachfragen nach spurlos Verschwundenen entstanden, gingen Frau und Kinder gleich mit auf die Reise. Ich erachte es als sehr bedauerlich, dass bei Ihnen von diesem Brief überhaupt nichts gesagt wird. Im Unterschied übrigens zur PRAWDA vom 21.12.1979, wo dieser Brief nicht nur erwähnt, sondern sehr ausführlich zitiert und kommentiert wird. Der bereits schwerkranke Lenin hielt es in seiner Sorge um die Zukunft der Partei und des Landes für nötig, seine Befürchtungen und seine Bedenken gegen den Generalsekretär Stalin zu äußern, seine Ablösung in Erwägung zu ziehen. Die Mängel Stalins könnten als Kleinigkeit erscheinen, es handele sich aber um Kleinigkeiten, die entscheidende Bedeutung erlangen können (ich übersetze frei aus dem Russischen). Und sie erlangten entscheidende Bedeutung, die ganze Tragik und der Wahnwitz der darauffolgenden 30 Jahre wurde von Lenin vorausgesehen.

Seinerzeit vermerkte Lenin ausdrücklich Stalins Hang zur Eilfertigkeit und zum Administrieren (im Zusammenhang mit der Bildung der Union der Sozialistischen Sowjetrepubliken und der Ausarbeitung eines entsprechenden Projekts Ende 1922, wo Stalin bereits die *Einverleibung* der neuen Sowjetrepubliken in den *vorhandenen russischen* Staat anstrebte). Lenin wies außerdem darauf hin (wenn das damals auch nicht direkt auf Stalin sondern eher auf Ordshonikidse gemünzt war), dass nichts schlimmer sei, als wenn ein Nichtrusse vom Großrussentum befallen werde. Die Genialität dieses Hinweises wurde 20 Jahre später durch Stalin nochmals ausdrücklich bestätigt. Wenn in der ersten Phase der Massenrepressalien die Motivierung, sofern diese überhaupt für nötig befunden wurde, noch auf klassenmäßig-politischer Ebene lag (Trotzkist, Revisionist, deutsch-japanischer Spion, antisowjetische Agitation, Kulak, Sohn eines ehemaligen Kaufmanns oder Schwester eines kapitalistischen Ministers), so begann in der nächsten Phase ein Ausrottungsfeldzug ausschließlich nach Merkmalen der nationalen Zugehörigkeit. Da Stalin bereits zum Führer der gesamten fortschrittlichen Menschheit avanciert war, hielt er es für überflüssig, dieser neuen Phase irgendwelche Thesen zugrunde zu legen. Der von den Faschisten angezettelte Krieg, die allgemeine Mobilmachung, die zusätzlichen außerordentlichen Vollmachten, mit denen Stalin ausgestattet wurde, schienen ihm der geeignete Zeitpunkt zu sein, seine langjährigen Vorstellungen zu realisieren, vollendete Tatsachen zu schaffen. Es sei vorweggenommen, dass diese Maßnahmen nach seinem Tode restlos rückgängig gemacht wurden. Die Selbstbestimmung vieler Nationalitäten, ihre staatliche Selbstständigkeit in Form von Autonomen Sozialistischen Sowjetrepubliken, erst 1935 in der Verfassung ausdrücklich verankert, verschwanden mit einem Federstrich von der Landkarte der UdSSR. Damit nicht genug, stiegen nun nach den Feinden des Volkes auch die kleineren Nationalitäten in die bereitgestellten Güterzüge. Für die Beschriftung dieser Transporte lagen allerdings keine Weisungen vor. Die Söhne und Enkel der 10 Jahre vorher nach Sibirien geschickten Kulaken, die sich dort zum Teil schon recht gut eingerichtet hatten, nahmen nun – weil gleicher Nationalität –, „ihre" Chefs des NKWD, Parteisekretäre aus Dörfern und Städten, Oberste Sowjets ganzer Republiken in vollem Bestand entgegen. In der Eile wurde mitunter sogar vergessen, den Opfern die Mandate oder Parteidokumente abzunehmen. Wenn sie diese verzweifelt den Posten auf den Wachtürmen entgegenhielten, so luden diese nur ruhig ihre Kalaschnikow durch, damit ihnen die Dokumente nicht eben gerade unter die Nase gehalten werden konnten.

Natürlich hat der Große Vaterländische Krieg unter den enormen Opfern des Sowjetvolkes objektiv auch die Befreiung des deutschen Volkes vom Faschismus gebracht. Das ändert aber nichts an der Tatsache, dass Hunderttausende Sowjetdeutsche im Altai, in Sibirien, im Ural und Kasachstan, oft genug in Gesellschaft ihrer russischen Frauen, die gezwungen wurden, mit ihnen zu gehen, verstreut blieben. Mir ist im einzelnen bekannt, dass die Sowjetregierung sich später bemüht hat, die Zusammenführung dieser zerstreuten Familien in die Wege zu leiten, darauf geachtet hat, dass diesen Menschen die Rechte der Verfassung von 1935 doch noch garantiert werden. Ich kenne sogar Fälle von Sowjetdeutschen, die später die Uniform von Offizieren des MWD (Ministerium des Inneren) getragen haben. Allein die ASSR der Wolgadeutschen mit der Hauptstadt Engels (wie übrigens auch die Krimtatarische ASSR mit der Hauptstadt Simferopol) hat das Licht der Welt nie wieder erblickt. Es war einfach praktisch nicht möglich, so erfuhr ich aus einem Briefwechsel mit *Neues Leben*/Moskau, diese Menschen von ihren neueingesessenen Plätzen nun wieder loszureißen und zur Rückkehr zu bewegen.

Etwas bedauerlich ist es nur, wenn man angesichts dieser allgemein bekannten Tatsachen von den Fehlern, ähnlich wie, sagen wir bei einem Diktat, des Dshugaschwili spricht.

Was die Würdigung der Verdienste Stalins durch die Menschheit anbelangt, kann ich vielleicht nicht so recht mitreden, ich befand mich zu diesem Zeitpunkt in der Sowjet Union. Wie es da aussah, kann ich mich allerdings noch sehr gut erinnern. Der Name Stalins verschwand zusehends von den Seiten der PRAWDA und auch des theoretischen Organs der Partei „Bolschewik“ (heute „Kommunist“), ähnlich wie man Dampf von einem überhitzten Kessel ablässt. Von Tag zu Tag war von ihm weniger die Rede. Wenn Sie bei „der Menschheit“ auch den XX. Parteitag der KPdSU im Auge haben, so kam – mir wenigstens – das stille Grauen und obwohl ich persönlich ja völlig unbeteiligt war, eine tiefe Scham über das Vorgefallene. Der Mann, der über Berge von Leichen ergebenster Kommunisten zu seinem festen Platz in der Geschichte marschierte, wurde auf diesem verhängnisvollen Weg wenigstens nach seinem Tode endgültig gestoppt. Der Name Stalin verschwand zusammen mit gigantischen Monumenten und seinem gesamten Nachlass über Nacht von der Bildfläche. Selbst aus dem Mausoleum wurde er demonstrativ (wenn auch nicht gerade zur Freude einiger „Erben Stalins“, wie Jewtuschenko dies formulierte) exmittiert, eben um keinen Zweifel daran zu lassen, dass er ein

Parteifunktionär war, der keinen Anspruch auf einen festen Platz in der Geschichte hat. Es mutet schon etwas eigenartig an, wenn im Zentralorgan unserer Partei zur Widerlegung antisowjetischer Hetze und zur Aussage über Stalins Verdienste ausgerechnet die widerliche, hasstriefende Bulldogge Sir Winston Churchill in den Zeugenstand zitiert wird. Mir wäre da der Kommunist Josif Broz Tito bedeutend lieber oder wenn dieser bei euch noch zu umstritten ist, Genosse Sandor Rado (siehe „Dora meldet"). An makellosen Namen, übrigens auch an deutschen, ist noch heute kein Mangel.

Von einem Beitrag in unserem Zentralorgan hätte ich mir, wenn man diesen Fragenkomplex überhaupt wieder ins Gespräch bringt, etwas deutlicher eine Betrachtung aus heutiger Sicht erhofft. Nicht etwa, dass ich neugierig bin zu erfahren, wie wenigen antifaschistischen Emigranten eigentlich die Repressalien erspart blieben, wie viele oder wenigstens wie viel Prozent eigentlich zurückkehrten. Mein Überblick genügt mir. Ich kann aus eigenem Erleben bekräftigen, dass viele unter erbärmlichen Bedingungen als Kommunisten gestorben sind, fest davon überzeugt, dass der ganze Spuk sein Ende finden wird, nachdem Hitlerdeutschland besiegt ist. Leider mussten wir nachher – in der Praxis – nicht nur den Tod von Hitler, sondern eben noch geduldig den Tod von Stalin abwarten.

Für die faschistischen Wehrmachtsoffiziere war der gesamte „Besserungs"-Prozess allerdings bedeutend einfacher – im Wesentlichen war er damit abgeschlossen, dass sie mit erhobenen Händen ihre Bunker verließen und die noch rauchenden Feuerwaffen auf einen Haufen warfen.

Es geht aber um etwas anderes. Die vielen Anzeichen einer Veränderung nach Stalins Tod, tiefe Einblicke in die Entstellungen und Entartungen der Vergangenheit, ständiger Kontakt mit wahrhaft geschulten und kampferprobten Bolschewiken wurden ja den Genossen und Bürgern der DDR bis zum letzten Moment vorenthalten. Für sie kam der Ausbruch des Vulkans, der XX. Parteitag der KPdSU, völlig unerwartet. Man wollte die Situation für unsere Partei dadurch abfangen, das Gegenteil wurde erreicht, sie wurde zusätzlich schwer belastet. Vielleicht wurden in der DDR die Nachahmungsversuche tatsächlich in Grenzen gehalten (Franz Dahlem), aber um die Offenlegung kommen wir (und Sie) irgendwann nicht herum.

Der Begriff „Periode des Personenkults um J. W. Stalin" (XX. Parteitag) geht vom Standpunkt eines Marxisten am Wesen der Sache vorbei, ist eine idealistisch angehauchte Interpretation einer Periode (immerhin mehr als 30 Jahre). Dennoch will ich mich dieser Spachregelung fügen, nicht deswegen, weil sie „leicht fasslich“ ist, sondern nur aus Parteidisziplin. Vielleicht kommen wir darauf zurück.

War es eine Periode des Personenkults, so war mit dem Tod von Stalin, der Einstellung der Kulthandlungen, die Sache abgeschlossen. Wir brauchen nur nach Bukarest zu sehen, um zu verstehen, dass diese gewisse „Periode“ auch ohne Stalin durchaus denkbar ist. Es gibt also, durch die Sprachregelung und durch verschiedene andere Umstände uns bisher verborgene (bzw. nicht aufgedeckte) Triebkräfte, die eine solche Kultentwicklung begünstigen bzw. hervorrufen. Darum ist das Bild der Massenrepressalien, so gerne es auch von den imperialistischen Massenmedien aufgegriffen wird, so erschütternd es auch wirklich ist, eigentlich gar nicht das Wesentliche an dieser Periode; dieses Bild erschwert (neben allen Beschlüssen – über den XX. Parteitag z. B. wurde ja nicht das sowjetische Material veröffentlicht, sondern ein deutscher Beschluss darüber) zusätzlich eine marxistische, eine klassenmäßige Einschätzung dieser Zeit. Die einfache Frage: Welcher Klasse ist es denn eigen, Personen anzubeten? blieb unbeantwortet. Das Proletariat ist diese Klasse bestimmt nicht! Die „Gesellschaft der alten Bolschewiki und roten Partisanen“ ist von der Bildfläche verschwunden, das kann doch nicht alles damit erklärt werden, dass Stalin ein eitler, närrischer kaukasischer Despot war. Auch damit nicht, dass Stalin die Nase von Felix Kon nicht gefiel, vielleicht zu jüdisch war. (Nur Stalins Tod verhinderte bekanntlich und zum Glück eine großangelegte antisemitische Welle. Diese begann mit der Inhaftierung von 15 bekannten jüdischen Ärzten des Kremlkrankenhauses(!). Von denen sofort nach seinem Tod immerhin noch 14 freigelassen wurden. Einer hatte die sorgfältigen Voruntersuchungen nicht überstanden. Es dauerte fast ein Jahr, bis sich der antisemitische Sog legte. Man kann es doch schließlich nicht einfach Stalins Launen zuschreiben, dass eine ganze Partei (ich spreche von der polnischen), mit einem Federstrich aufgelöst wurde. Völlig unmotiviert verschwand damals Meyerhold, der russische Piscator, eng befreundet auch mit Erwin Piscator, mitsamt seinem Theater. Heute – wo Meyerhold wieder in Ehren ist – darf man bei einem Theater wohl einmal hinter die Kulissen leuchten, Zusammenhänge erhellen. Natürlich ist das schon 1945-1955 versäumt worden, und ich erwarte nicht, dass unser Zentralorgan ausgerechnet jetzt alles nachholt. Aus Ihrem Beitrag ist nicht ersichtlich, dass Sie sich mit diesen Fragen überhaupt ernsthaft befasst haben. Vielleicht nicht um darüber zu schreiben, eher um vieles, was Sie geschrieben haben, eben nicht nieder zu schreiben. Es können doch nicht alles aneinandergereihte Zufälle sein, eher eine Kette von gravierenden theoretischen und praktischen Fehlentscheidungen.

In die Blütezeit des Personenkults fällt das Verbot der Schwangerschaftsunterbrechungen. Reiner Zufall? In diese Zeit fällt auch die Aufhebung der Koedukation in den Schulen. Zufall? Rein zufällig fällt in diese Zeit (Shdanow) die Diskussion über den „dekadenten" Schostakowitsch. Ein eigentümlicher Stil in der sowjetischen Architektur entstand. Trotz der großen Wohnungsnot wurden gigantische, nicht sehr wirtschaftliche Bauwerke errichtet. Reiner Zufall? Einige weltberühmte Autoren verstummten (Scholochow verkroch sich in seine Staniza). Warum? Doch nicht nur aus Angst. Als die alles versengende Sonne Stalins erlosch, gelangten Kultur, Künste aller Richtungen, Forschung zu alter Blüte. Wenn man heute schon nicht nach den tieferen Ursachen forschen soll, ist die Aufzählung dieser Tatsachen schon nicht genehm? Es kann doch nicht reiner Zufall sein, dass sich zu erwähnter Zeit die leitenden Kader auf allen Ebenen, mehr oder weniger in kleine Stalins verwandelten. Dadurch wurde die Entwicklung der sozialistischen Demokratie weit mehr in Gefahr gebracht, als durch die Person Stalins selbst, denn das Volk hatte ja mit diesem nicht den geringsten unmittelbaren Kontakt. Die Willkür des Einzelnen wurde zur Massenwillkür – damit zu einer gewissen Basis des Personenkults.

Mir lag lediglich daran, Sie wissen zu lassen, dass es zu diesem Thema noch andere marxistische Meinungen gibt. Ich hoffe, dass ich die köstlichen „Pfeffer und Salz"-Empfehlungen des Genossen Honecker nicht übertrieben angewandt habe.

Mit sozialistischem Gruß Ihr Walter Ruge,
Partei-Dok. Nr 1 201 844

PS. Etwa eine Woche nach Absendung des Briefes an das ND erschien bei uns zu Hause ein ND-Redakteur mit dem Brief. Er bat händeringend, den Brief wieder zurückzunehmen, was ich mit der Bemerkung ablehnte: „Hebt ihn auf, vielleicht seid ihr in 50 Jahren klüger." Für mich war das „Thema" Repressionen bzw. Stalin mit diesem Brief endgültig abgeschlossen, mein Blick richtete sich nach vorne.

Kämpfer mit neuen Statuten!

„W tschushoi monastyr sswoim ustawom nje les" – ein altes, hilfreiches, weises russisches Sprichwort und goldene Regel fürs Leben, für das Zusammenleben von Menschen, ja von Völkern, man denke nur an die Emigranten/Asylanten-„Probleme". Es bedeutet schlicht: „In ein fremdes Kloster dringe nicht mit deinen Statuten ein." Daran hielt ich mich strikt; 1934 auf Moskauer Boden entkommen, wollte ich dort nicht mein Minarett errichten. Daran wollte ich mich halten, als ich 1958 – in 25 Jahren praktisch entfremdet – wieder Deutschland, den Boden der Deutschen Demokratischen Republik betrat.

Da ich in meinem eigentlichen, sowjetischen Beruf eines Ingenieurs für Röntgenapparatur nicht weiter arbeiten wollte, sondern davon träumte, meine (über dem nördlichen Polarkreis erworbenen) fotografisch-künstlerischen Ambitionen weiter auszubauen, landete ich folgerichtig im einzigen Studio für Spielfilme der DDR, in der „DEFA". Man empfing mich dort freundlich, hilfsbereit, bot mir an, als so genannter „Fotoumschüler" meine Sporen von der Picke auf im Rahmen einer Erwachsenenqualifizierung (ich war bereits 43 Jahre jung), mit einem recht bescheidenen Startgehalt zu verdienen. Natürlich gab es auch ein Einführungsgespräch bei der Betriebsparteiorganisation der SED. Ein etwas rundlicher, aufgeräumter Genosse, Herbert Zank, wies mich in die Aufgaben dieser Grundorganisation ein. Als das Gespräch schon fast abgeschlossen war, fragte Herbert so nebenbei: „Na, in den Kampfgruppen wirst Du doch mitmachen?" Ich dachte an das Kloster und seine Statuten, fragte aber devot, was denn diese Kampfgruppen darstellten. Nun, das seien Bataillone der Arbeiterklasse „zum Schutz der Republik" – hörte sich gut an. „Zum Schutz" hört sich im Deutschen immer gut an, da gab es Traditionen: „Zum Schutz des Vaterlandes", „Zum Schutz des deutschen Volkes", und endlich einmal zum Schutz „unserer" Republik – schwer, „Nein" zu sagen. Ich wand ein, dass ich nie im Leben eine militärische Ausbildung erhalten habe, nicht gedient, auch in der Roten Armee nicht gedient hatte. Herbert fühlte mein Zögern, er erläuterte geduldig, dass ich das alles dort in der Kampfgruppe lernen würde, im übrigen gehe es dort nicht streng militärisch zu. So etwas wie der ‚Rote Frontkämpfer Bund' eine kommunistische paramilitärische Organisation ehemaliger Frontkämpfer „zum Schutz" (!) von Veranstaltungen und Demonstrationen, 1930 verboten. Das klang vertraut, da wäre ich wieder, wo ich vor 25 Jahren einmal aufgehört hatte – bei meinen Genossen. Die Belastungen durch den neuen „Dienst" hielten sich in Grenzen, es kostete monatlich einen Sonntag (sonnabends arbeitete man). Die Ausbildung verlief sehr kameradschaftlich, man traf die ganze Riege der Leiter und Künstler, Regisseure und parteilose Meister nun als Schütze A, Schütze B, wieder – ein Gefühl des Schulterschlusses, sehr angenehm. Neben meinem Einsatz für „die Sache“ entwickelte ich einen (etwas unpässlichen) sportlich-dienstlichen Übereifer, während bei den anderen vieles eher Routine war – sie waren „Gediente“, das meiste war ihnen bekannt. Während ich noch lernen musste, was ein UvD (Unteroffizier vom Dienst) ist – ihnen war das geläufig. Man muss eingestehen, der Unterschied zum ordentlichen Militär war erheblich. So wurde nicht stundenlang geübt, wie man „richtig“ grüßt, die einen oder anderen Gliedmassen „richtig anwinkelt“.

Einmal hieß die Aufgabe, es war auf dem Truppenübungsplatz in Güterfelde, nahe Potsdam: Geländebeobachtung. Ausgerechnet auf mich fiel, mit einem zweiten Kämpfer, die Aufgabe, uns unbemerkt einer Schützenkette zu nähern. Während sich die Kämpfer bequem in Gruppen leicht getarnt einrichteten, holten wir beide im Eilmarsch (so war es befohlen) weit im Gelände aus, um uns dann voneinander zu trennen.

Das Gelände war recht flach und übersichtlich, sich einer getarnten Schützenkette unauffällig zu nähern beinahe unmöglich. Aber der sportlich-findige Trieb begann zu wirken, hier ein Gestrüpp, da eine kleine Mulde, dort hohes Gras. Mit einem Wort, ich duckte mich tief und robbte zum Schluss, vielleicht 800 Meter, unentdeckt über den staubigen Boden, bis ich meine „Beobachter“ erspähte. Bei ihnen war die revolutionäre Wachsamkeit schon stark abgeflaut, sie unterhielten sich ziemlich laut, rauchten ein Zigarettchen (was natürlich untersagt war), so dass ich genau ausmachen konnte an welcher Stelle ich durch die Schützenkette hindurchrobben würde – 60 Meter hinter der Schützenkette stand ich auf, hob meinen Arm – mein „Verhalten“ betrachtete „die Truppe“ als wenig kameradschaftlich, schon gar nicht komisch. Schlechte Verlierer!

So sammelte ich meine „Erfahrungen“ als Kämpfer. Bei den großen Manövern unserer Hundertschaft war der vermeintlicher „Gegner“ meistens die GST der DEFA. Die GST (Gesellschaft für Sport und Technik) war eine Organisation der Jugend mit Akzent auf wehrsportliche Ausbildung und Vorbereitung auf den Dienst in der Nationalen Volksarmee. Hier formten sich, zunächst als Segelflieger, die künftigen Flugzeugführer-Ingenieure, die Jagd- und Bomberpiloten. Auch Fallschirmspringen war hier – wie alles, völlig gebührenfrei – möglich. Ja einen Führerschein für das Motorrad – „Geh zur GST!“ und Du hast ihn. „Zivilere“ Sportarten, etwa Segeln, wurden ebenfalls angeboten.

Aus dieser „Gegnerschaft“ entwickelte sich zeitweilig eine kindische Rivalität. Die „Jugend“ versuchte, „besser“ zu sein, versuchte die „alten Knacker“ (das waren wir) auszutricksen. Diese gegenseitigen „Erfolge“ wurden dann an den Biertischen des „Manöverballs“ – ja, ja es gab richtige Manöverbälle, die begeisterten Zuspruch bei der eingeladenen, ländlichen Bevölkerung fanden – besprochen und „ausgewertet“. Die leicht alkoholumnebelten Streiter waren dann wie Kampfhähne nur schwer voneinander zu trennen. Bei der Rückkehr in die Quartiere, irgendeine große romantische Scheune, flammten die Handgreiflichkeiten unter den „Genossen“ wieder auf. Die Heimkehrer weckten mich immer aus tiefem Schlaf – an diesem Teil der Statuten konnte ich keinen Gefallen finden, machte abends meist noch eine „Geländebeobachtung“, d. h. eine Pirsch auf Wild, das es damals noch gab.

Bei aller Begeisterung gab es auch Peinlichkeiten. Eines morgens gegen 5 Uhr wurde ich aus den Federn geläutet, so begann in der Regel eine Übung. Ich hatte eine halbe Stunde Zeit um in der unweit gelegenen DEFA zu erscheinen. Soldat sein heißt warten lernen, das hatte ich bald begriffen. Nach geraumer Zeit fuhren wir ins Polizeipräsidium, dem die Hundertschaft formell unterstand, um unsere Karabiner entgegenzunehmen, wieder Wartezeit. Dann „Aufsitzen!“. Freien Blick hatte man nur über den Zeltplanausschnitt nach hinten. Durch meine Radtouren kannte ich hier jeden Winkel – es ging im Zick-Zack-Kurs. Da eine Meldung, da ein Posten, wir „suchten“ den „Bereitstellungsraum“. Endlich gerieten wir nach Ludwigsfelde, einem Industriestädtchen gerade mal 20 Kilometer von Potsdam, also in 20 Minuten zu erreichen, fand ich komisch. Der Kämpfer muss auch in Geduld geschult werden.

„Absitzen!“ hieß es – ein wunderbarer Morgen, ganz leichter Dunst, erste Knospen und Insekten. Wir räkelten uns ein wenig, aber für uns war es ein „Einsatz“. Marschverpflegung wurde unter die Mannschaften verteilt, und in Viererreihen ging’s in die Stadt, eine neue Stadt (ursprünglich ausgelagerter NS-Flugzeugbetrieb), mit einem schönen Klub, vielen neuen Häusern. Die Bewohner mit Kind und Kegel auf den Straßen, auf einem Platz eine recht unruhige „Menge“, die uns mit lautem Gejohle „empfing“. Das konnte ja hübsch werden – etwas ungewohnt. Die „Menge“ kam ziemlich kompakt auf uns zu, als das Kommando „Schützenkette bilden!“ ertönte. Dann: „Pflanzt auf das Seitengewehr!“ (früher sagte man französisch „Bajonett“, nach der französischen Stadt Bayonne, aber das hatten die Nazis getilgt). Da standen wir, jetzt hieß es: „Langsam vorwärts“, die Waffe war schräg in die Luft gerichtet.

Da erkannte ich in der „Menge“ bekannte Gesichter, es waren unsere „Freunde“ aus der Hundertschaft des „Karl-Marx-Werkes“, sie waren in Zivil und stellten unseren „Gegner“, eine „aufgebrachte Menge“, mit viel Geschick und Phantasie dar. Einige ganz Kühne rannten auf uns zu und rüttelten an unseren Karabinern (ob das nun so programmiert war, ist schwer zu sagen), doch unser Kommandeur Heinz Krischak wurde recht nervös. Es ging noch an, dass wir völlig verdutzt waren.Die friedlichen Sonntagsspaziergänger dieser kleinen Stadt waren völlig überfordert. Über Megafon wurden „die Bürger“ aufgefordert den Platz sofort zu räumen. „Ist das schon die Konterrevolution?“, mögen sie sich gefragt haben. Das Bild erinnerte fatal an die Kosaken auf der großen Freitreppe in Odessa aus Eisensteins „Panzerkreuzer Potemkin“. Ich fand es unerträglich und zutiefst beschämend, sollten wir doch Betriebe und Kindergärten im „Ernstfall“ schützen – hier inszenierten wir den „Ernstfall“ selber. Mir erschien es völlig abwegig, dass wir einmal gegen unsere „eigene“ Bevölkerung eingesetzt werden könnten und alles vor den Augen eben dieser Bevölkerung.

... Nach dem Kommando „Aufsitzen!“ fuhren wir in ein Waldstück, wo nach langen Stunden endlich die ersehnte Gulaschkanone wartete, ein Traditionsstück aller Uniformierten vom Kaiser bis zu Adolf Hitler, immer das Gleiche, bis auf den heutigen Tag. Nach den Erbsen mit Bockwurst wurde der Einsatz ausgewertet – und siehe da, alle waren sich einig, dass es ein voller Erfolg gewesen ist. Da hast Du's, braver Schütze Schwejk!

Man sah aber, dass ich ein bereitwilliger Schütze war, beim Scharfschießen auch recht gut traf, so wurde ich belobigt, welchen Dienstgrad ich hatte – eine Schwäche aus Sowjetzeiten – ist mir entfallen. Jetzt wechselte ich zu einer neuen „Waffengattung“, es war so ein Nachfolger der traurig-berüchtigten deutsch-faschistischen *„Panzerfaust“*, die jetzt einen anderen, unser würdigen Namen trug. Das Schießen war durchaus amüsant, man sah das nicht sehr schnelle Geschoss tatsächlich ins Ziel – oder daneben – fliegen. Ziele waren keine realen Panzer, sondern große Holzrahmen mit aufgespannter Sackleinwand. Traf man, gab's ein riesiges Loch, und zum Schluss der Übung hing das Zeug ziemlich jämmerlich im Rahmen.

Eines Tages wurden wir Panzerschützen von der Arbeit frei gestellt, um in ein dreitägiges Trainingslager zu fahren. Wer frische Luft liebt, allemal eine Abwechslung. Diesmal waren es über hundert Kilometer Anreise im LKW bis zu unseren Unterkünften. Am nächsten Morgen ging's lange zum Übungsgelände, es gehörte der NVA und war gigantisch. Auf dem unwegsamen Gelände selbst fuhren wir noch eine knappe Stunde. Dann ging's ans Schießen. Man musste gut auf die Lage des Rückstossrohres achten, aufpassen, dass der Feuerstrahl einen nicht verbrannte. Das war wichtiger, als den vermeintlichen

Panzer zu treffen. Als ich alle meine Geschosse glücklich ins Ziel gebracht hatte, ging zu unserem Ärger ein Wolkenbruch nieder, wir durchnässten bis auf die Haut, trotz unserer Schutzkleidung. Das Schießen wurde angesichts des Wetters (für uns Schützen) abgebrochen. Doch mussten erst die LKW durch unseren Motorrad-Melder herangeholt werden, inzwischen besserte sich das Wetter etwas. Mit Eintreffen der LKW begann sogar die Sonne zu scheinen. In unseren nassen Uniformen – labende Wärme. Es ging ein Stück hin und her wiegend durch Kiefern über diese sandigen Unebenheiten, bis die Kolonne plötzlich anhielt, für einen gestählten Kämpfer eine gewohnte Angelegenheit, es gab ständig Grund zum Anhalten, zum Warten. Geduld ist das Fundament dieses Metiers. Es vergingen Minuten, viertel Stunden, halbe Stunden und schließlich über eine Stunde, bis unweit unseres LKW Stimmen laut wurden: In angeregte Unterhaltung vertieft, kam unsere „Generalität" und deren Kampfgruppenordonnanz aus dem Wald – mit Eimern voller Steinpilze! Auf den gesperrten Truppenübungsplätzen wucherten die Pilze geradezu. Aber dafür uns durchnässte Kämpfer einfach mitten in der Prärie, wie einen Viehtransport stehen zu lassen, schien mir unerhört, und so verschaffte ich mir Gehör, ich Tor verfasste eine Beschwerde.

Lange blieb jegliche Resonanz aus. Schließlich wurde ich zu einer Kommandeurstagung geladen. Im Vorzimmer gebot man mir zu warten – man würde mich aufrufen. Viel Zeit zum Nachdenken. Schließlich öffnete sich die Flügeltür, Schütze Ruge trat ein. Da saßen sie in ihren Uniformen, Rangabzeichen, Auszeichnungen, Schützenkordeln und Orden, Schütze Ruge staunte. Dann wurde ich höflich gebeten, den „Vorgang" (den ich ausführlich schriftlich dargelegt hatte) noch einmal zu schildern. In der erlesenen Runde fanden sich genügend Zeugen, die das ganz anders erlebt hatten. Ich war ziemlich allein mit meiner Reklamation. Man beschloss wohlwollend, den ganzen „Vorfall" noch einmal durch eine Kommission überprüfen zu lassen – mehr konnte ich wohl angesichts dieser strategischen Übermacht nicht verlangen. Eingewöhnen ist eben ein langwieriger Prozess.

Zu den 4. Arbeiterfestspielen 1965 präsentierte die DEFA erfolgreich den Film „Spur der Steine", nach einem preisgekrönten Roman von Erik Neutsch. Der Film lief etwa eine Woche vor überfüllten Sälen, da erschienen in der Presse, „unserer" Presse, Regierungsmitteilungen, dass der Film, besonders in Leipzig und Halle auf heftige Proteste „der Bevölkerung" gestoßen sei und sich die Regierung „gezwungen" sähe, den Wünschen „breiter Kreise" Genüge zu tun – statt der „Randalierer" wurde der Film aus dem Verkehr gezogen. Was zum Teufel war passiert? Erst später stellte sich heraus, dass Hundertschaften der Kampfgruppen, gerade so wie in Ludwigsfelde, zum „zivilen Einsatz“ in die Kinos beordert wurden. Kaum, dass die ersten Filmmeter gelaufen waren, erhob sich im Saal lauter Tumult/Rufe: „Aufhören!“, „Weg mit solchen Filmen!“, „Wir wollen in Halle solche Filme nicht!“ usw., begleitet von einem allgemeinen Pfeifkonzert (Es erinnerte an die Störungen der aufkommenden Faschisten beim Film „Im Westen nichts Neues“, nach dem Roman von Erich Maria Remarque/1928). Wenn auch niemand laut protestierte, diese billige Inszenierung demütigte uns zutiefst. Der talentvolle Regisseur Frank Beyer wurde „ans Theater“ – in die Wüste – nach Mecklenburg, geschickt. War das unsere Heerstraße, dieser steinige, Bitterfelder Feldweg?

Nach einem erfolgreichen Manöver gestattete man den Mannschaften eine Ruhepause. Die Verpflegung wurde vorgeholt, eine Zigarette angesteckt, unser fürsorglicher Zugführer hatte sogar für einen Kasten Bier gesorgt. Es wurde fast gemütlich. Hier und dort bildeten sich Grüppchen. Ich war mehr mit meinen eigenen Gedanken beschäftigt, als ich ungewollt auf das Gespräch der neben mir liegenden Gruppe aufmerksam wurde. Sie werteten – immer noch in der Hitze des Gefechts – Kampfhandlungen des Tages aus. Beinahe schon erregt berichteten sie einander: „Da haben wir mit unseren schweren Maschinengewehren draufgehalten, und die sind nur so gepurzelt, dann sprangen wir aus den Gräben, – da rannten die.“ Ich wurde stutzig, schwere Waffen hatten wir bei der Kampfgruppe doch gar nicht. „Sagt mal, wer sind denn ‚die‘, die da so gerannt sind?“, fragte ich hinüber. Aus einer etwas betretenen Stille kam es zurück: „Die – das waren die Russen!“ Ja, hier im Kreise der Kampfgenossen erzählten sich *Landser* ihre Fronterlebnisse aus dem Zweiten Weltkrieg. Sie hatten gedient, kannten die Dienstgrade und wie man ‚richtig‘ grüßt, und ich? Ich war hier, um mich einzuleben, bemerkte aber jetzt, dass ich noch immer ein Sowjetbürger – mit etwas anderen Statuten war.

Der Administrator

Oh, es ist schon ziemlich lange her, das Prager Barrandov-Studio drehte den Film „Das Jahr 1929“, ein entscheidendes Jahr, und wie wir jetzt wissen, ein tragisches Jahr in der Geschichte der Tschechoslowakischen Kommunistischen Partei. Die Prager Freunde wandten sich an das Besetzungsbüro der DEFA und fanden Gefallen an meiner Visage. Warum, weiß ich bis heute nicht: In der Sowjet Union gab es durchaus wohlwollende Beurteilungen von „typischer Mussolini-Kopf" über „typischer SS-Mann" bis zu „Herrenmensch". Nach meiner Rückkehr ging es dann in Deutschland/DDR in einer etwas anderen Richtung weiter: Yul Brynner", „Kojak", gar „typischer Russe". Im Film ging es um internationale Bewegungen und Begegnungen, auch im Kominternmilieu. Einer der Drehorte war bei „Mosfilm". So flog ich nach Moskau. In Scheremetjewo die üblichen „Befragungen" durch den Grenzbeamten: „Was werden Sie in Moskau machen?", „Wie lange werden Sie bleiben?" und anderes mehr. Um diese mir vertraute Prozedur etwas abzukürzen, tat ich so, als ob ich kein Wort Russisch verstehe. Aber unter den ungeduldig Wartenden fanden sich (wohlgemerkt damals!) immer Sprachkundige. So ging es munter weiter: „Wie lange weiß ich nicht, hängt nicht von mir ab. Sind denn meine Papiere nicht in Ordnung? Darf man denn nur eine beschränkte Zeit in Moskau bleiben? Von wem hängt das ab? ... Darf ich mit meiner Dienststelle in Moskau oder in Potsdam telefonieren?" – „Njet, da njet!" – „Muss ich vielleicht eine Gebühr entrichten?" Mit einem Wort, der Fragende wurde mehr und mehr ich selbst, so verlief das „Befragen" jedes Mal im Sande.

Etwas aufgeheizt betrat ich den Wartesaal – von Vertretern des Mosfilm-Studios keine Spur, peinlich. Nach Abwarten eines akademischen Viertels, rief ich meinen guten Freund Sergo an, erklärte ihm die Situation und fragte, ob ich die erste Nacht bei ihm übernachten könne. „Konjetschno! Aber natürlich, komm sofort, wir freuen uns schon ..." Aber das Gespräch konnte nicht abgeschlossen werden, jemand tippte mir auf die Schulter: „Sind Sie Thälmann?" (Das hatte seine Richtigkeit, denn eben unseren „Teddy" sollte ich in Moskau darstellen.) „Ja, Walter Ruge", erwiderte ich. „Mit wem telefonieren Sie? Entschuldigen Sie, dass wir nicht pünktlich waren, wir können sofort fahren" – „Togda pojechali!", war mein Einverständnis. Das war ein PKW-„Tschaika", unter den Inlandmarken die Spitze. Beide Begleiter alte Bekannte aus früherer Zusammenarbeit, der Produktionsleiter und der Aufnahmeleiter des Films. So kamen wir bald ins Gespräch: Unterbringung, Drehorte, Darsteller. Morgiger Drehtag: Nachvollziehung eines Kongresses der Komintern, gedreht am Originalschauplatz im Säulensaal des Gewerkschaftshauses.

„Wissen Sie, unser Ulbricht und unser Pieck sind höchstwahrscheinlich nicht so besonders, es sind stumme Rollen. Könnten wir Sie bitten, sich jeder Äußerung über die Qualität dieser Schauspieler zu enthalten, wir hatten einfach nichts besseres." Natürlich willigte ich ein, leicht geschmeichelt, dass man mich hier als Experten betrachtete.

Es war spät geworden, wir erreichten das vorgesehene Hotel „Belgrad" am Smolensker Platz (nicht umbenannt). Ich ließ mich in einen der geräumigen

Ledersessel fallen, während der Produktionsleiter und der Aufnahmeleiter an das Pult des Administrators traten, schon damals eine „mächtige", bzw. mächtig einflussreiche Persönlichkeit, an der man ohne einen Kalym (im Asiatischen ein Brautgeld) kaum vorbei kam. Die beiden Mosfilm-Vertreter erläuterten, um schließlich zu flehen: „Für diesen Darsteller aus der DDR haben wir ein Zimmer reserviert, dazu gab es vor wenigen Tagen eine schriftliche Bestellung des Studios." Völlig unbeeindruckt blätterte der Administrator in der Mappe der „Anforderungen/Bestellungen". „Sajawki njet!" (Ihre Bestellung ist nicht dabei) sagte er kühl. „Aber sie muss da sein!", beschworen meine beiden Mentoren. „Marussja, bringen Sie mir doch die anderen Mappen mit den Vorbestellungen/Reservierungen, poshaluista, ich will das noch mal überprüfen." Er blätterte noch zwei Mappen durch, erfolglos. „Njeto! Hier überzeugen Sie sich selbst, von Mosfilm liegt keine Reservierung vor. Snajete, nehmen Sie Ihren ‚njemez' zu sich mit nach Hause, geben Sie ihm noch einen guten Schluck, und morgen dann werden wir sehen." Meine Filmemacher waren wie vom Donner gerührt: „Das kann doch nicht sein, könnten Sie uns nicht ohne Vorbestellung aus der Patsche helfen? Nach Hause – Dienstvorschriften – das geht nicht" – „Njet, Sie verkennen die Lage, ohne schriftliche Bestellung läuft bei uns nichts, und selbst wenn ich wollte, wir sind bis auf den letzten Platz ausgebucht." Ich saß die ganze Zeit mit einem völlig unbeteiligten, nix-verstehenden Gesicht in meinem Ledersessel und amüsierte mich köstlich. Meine beiden Betreuer seufzten, bis ihnen der kleine Satz, besser Ansatz entschlüpfte: „... aber wir haben doch mit Iwan Petrowitsch ...", weiter brauchten sie gar nicht zu reden. „Mit Iwan Petrowitsch ...?", fiel der Administrator ins Wort, „warum haben Sie das nicht gleich gesagt?". Er wählte eine Telefonnummer und sagte: „Hier haben Sie Iwan Petrowitsch." Alles Weitere ging im Handumdrehen. Ich hörte den Administrator nur noch sagen: „Towarischtsch Ruge, ferrgeben Sie mir biete, chier chaben Sie Schljüssel zu Ihrem Ziiemer!"

Der Doofe von Bernburg

Eine Busfahrt brachte meine Tochter und mich in das schöne Städtchen Werningerode am Fuße des Harzes, doch unsere Unterkunft war voll belegt und uns wurde ein Ausweichquartier in Harzgerode zugewiesen, was in lichter Höhe auf dem Kamm lag. Das Hotel „Stadt Harzgerode" genügte voll unseren damaligen Ansprüchen, besonders in Erinnerung ist uns aber der Inhaber, nein damals gab's noch keine „Inhaber", der „Objektleiter" des kleinen Hotels, Herr Schuster, ein fülliger Herr von etwas über 50 Jahren, die Seele und das Herz des „Objekts". Für jeden Wunsch hatte er ein offenes Ohr, brauchte jemand einen Schlitten für seine Kinder, ging er über die Straße zu einem Nachbarn, um einen solchen auszuleihen. Wenn man morgens etwas verschlafen zum Frühstück runter kam, stand der Herr Schuster, mit einer Schürze um seinen mächtigen Leib höchstpersönlich am Herd und bereitete seinen Gästen das Frühstück, es roch und knisterte, es duftete und bruzelte.

Eines Tages wandte ich mich bei passender Gelegenheit an ihn mit der Frage, ob man denn, nach Rückfrage versteht sich, auch mal „so", d. h. privat in „seinem" Hotel unterkommen könnte. „Aber natürlich, Anruf genügt." So schickte ich denn eines Tages meinen Koffer per Post „vor", um ihm dann per Fahrrad zu folgen. 210 Kilometer von Potsdam nach Harzgerode waren damals für mich kein Problem. Es war so ein typischer Start in diese würzige Frühlingsluft, sogar die Sonne blinzelte ein wenig. Aber das Wetter sollte nicht lange mitspielen, der Himmel bezog sich. Schon nach 100 Kilometern, in Bernburg, fing es an zu regnen – Pech gehabt! Inzwischen war es Zeit zum Mittagessen, vielleicht würde der Regen doch noch aufhören. Wenige Kilometer nach Bernburg stand ein ziemlich einsamer Gasthof an der Straße, vor dem Gasthof mehrere Pkws, was dafür sprach, dass die Gaststätte auch geöffnet war. Ich schloss umständlich mein Fahrrad an, obwohl weit und breit niemand zu sehen war und betrat das Vestibül, drei Türen, zwei davon waren verschlossen, welches die eigentliche Tür zur Gaststube war, war nicht auszumachen, aber Stimmen waren eindeutig, das ließ hoffen. Endlich, die dritte Tür war nicht verschlossen, im Raum eine lustige Gesellschaft von etwa 15 Personen an voll gedeckten Tischen. Ich entschuldigte mich, bei einer „geschlossenen Gesellschaft" wollte ich auf keinen Fall stören. Aber sie protestierten laut, eine kleine Abwechslung in Gestalt meiner Person schien ihnen durchaus willkommen und ehe ich es mich versah, saß ich auch schon mitten unter ihnen. Man füllte einen Teller mit allerhand Leckerbissen randvoll, schenkte mir auch ein, bedauerte aber, dass ich nur alkoholfrei trinken wollte. So kamen wir langsam ins Gespräch, hier im Ort Plötzkau sei heute ein Dorfambulatorium eröffnet worden und das wurde gewissermaßen maßvoll „begossen". Das da hinten sei die Bürgermeisterin, da rechts das sei der Direktor der staatlichen Schweinefarm (der habe viel Baumaterial zum Ambulatorium „dazugegeben"), dahinten das sei ein verdienter Mähdrescherfahrer und das hier vorne sei die zukünftige Krankenschwester und dahinter die zukünftige Ärztin aus Bernburg. Ich befand mich also in prominenter Gesellschaft. Es war jetzt an mir, mich vorzustellen. Ich schilderte ganz schlicht, dass ich mit dem Fahrrad auf dem Weg nach Harzgerode im Harz sei, und nun da es angefangen habe zu regnen, einkehren wollte. „Nach Harzgerode?", fragten sie erstaunt, dass seien noch 75 Kilometer, wo ich denn her käme. Gott, ich hatte nichts zu verbergen, „Ich komme aus Potsdam" kam es freimütig. „Was aus Potsdam?", kam es fast im Chor, „Heute???" Ich fand darin nichts Außergewöhnliches. „Ja, heute früh losgefahren." – „Sagen Sie, wie alt sind Sie denn?" „Über 60 auf jeden Fall." – „Und da fahren Sie einfach mal so 200 Kilometer durchs Land?" Mir fiel sofort auf, dass ich damit keinen guten Eindruck bei meinen Gastgebern gemacht hatte, Zweifel und Misstrauen drückten ihre Gesichter aus. Ein paar erklärende Worte verhedderten mich sogar in scheinbare Widersprüche. Nun es war nicht tragisch, für mich eher komisch, sie glaubten mir eben nicht. „Das machen Sie so als Sport, als Freizeitbeschäftigung?" – „Das ist doch gesund, ich darf Ihnen verraten, es stärkt sogar die Potenz", fügte ich halb scherzend hinzu. Es wurde etwas still und ich machte mich unbeirrt an meinen schönen Imbissteller. Jetzt unterhielten sie sich wieder mehr untereinander. Da bemerkte ich einen jungen Mann, der devot von hinten an die Bürgermeisterin herantrat und ihr zuflüsterte: „Das ist doch der Doofe aus Bernburg, der gibt immer so an." – „Den müsst ihr rausschaffen", konterte die Bürgermeisterin. Also einfach rausschmeißen lassen wollte ich mich nicht, noch dazu als „der Doofe von Bernburg". „Ich bin vielleicht der Doofe aus Potsdam, aber der Doofe aus Bernburg auf keinen Fall", sagte ich für alle gut hörbar, „hier ist mein Personalausweis, ja und da haben Sie gleich noch meinen Ausweis als Verfolgter des Naziregimes." Das machte sie denn doch irgendwie nachdenklich. „Also entschuldigen Sie, wir haben uns sicher geirrt, wir bedauern sehr." – „Das brauchen Sie nicht zu bedauern, im Gegenteil, da bin ich Ihnen sehr dankbar, das ist ein echtes Reiseerlebnis für meine Freunde, nur 130 Kilometer von Potsdam hat man mich für den Doofen aus Bernburg gehalten." Die Stimmung schlug um zu meinen Gunsten. Jetzt musste/wollte ich doch noch eins drauf geben. „Ich arbeite übrigens in Potsdam bei der DEFA, im Studio für Spielfilme." Das fanden natürlich alle hochinteressant. „Beim Film" klang es durch die Runde. Ohne Übertreibung erzählte ich von unserem Betrieb, beantwortete Fragen, ließ ganz vorsichtig durchblicken, dass ich hin und wieder auch schon vor „der" Kamera gestanden habe. „Sie sind also Schauspieler", wollten sie wissen, aber ich wiegelte ab, „gelegentlich" wich ich aus. „Geben Sie mir Ihre Adresse. Ich schreibe Ihnen aus Harzgerode, dass ich gut angekommen bin, und wenn Sie wollen, schicke ich Ihnen nach meiner Rückkehr, aus Potsdam auch noch ein paar Szenenfotos, wo ich ‚mitspiele'." Das fanden alle ganz toll und prompt wurde ich eingeladen, nach Plötzkau, im Herbst zum Pflaumenkuchenmarkt. Ich schwang mich auf mein Rad, da ich viel Zeit verloren hatte mit diesem „Doofen aus Bernburg", aber Herr Schuster würde mich schon noch aufnehmen. Es waren ja „nur" noch 75 Kilometer.

So fuhr ich denn im Herbst nach Plötzkau zum Pflaumenkuchenmarkt, diesmal nicht mit dem Rad sondern mit dem Zug bis Bernburg, wo mich der Direktor der staatlichen Schweinefarm mit seinem „Wolga" höchst persönlich abholte. Es lief alles blendend, ich esse doch für mein Leben gern Pflaumenkuchen und das begann sofort bei der Bürgermeisterin im Rathaus, also so etwas saftiges, so etwas Süßes an Pflaumenkuchen hatte ich wirklich lange nicht gegessen. Ganz nebenbei erkundigte sich der Genosse Direktor nach meiner Gesundheit und vertraute mir an, dass in Plötzkau jetzt fast alle Rad fahren. „Wie denn das?", erkundigte ich mich. „Es muss etwas von dem Gespräch unlängst in der Gaststätte durchgesickert sein, jemand hat nicht dicht gehalten. Sie sagten damals, dass das Radfahren die Potenz steigert. Das hat eingeschlagen wie der Blitz. Am schlimmsten sind die Weiber, die jagen die Männer buchstäblich aufs Rad, ‚Wirst du wohl mehr radfahren, du fauler Hund', schreien sie. Ob's bei jemandem geholfen hat, konnte ich allerdings nicht ermitteln."

Der Kahlkopf

Ein glattrasierter Kopf bringt immer wieder Heiterkeit in die Gesichter. „Kotscheck", „Yul Brunner" wird einem hinterher gerufen. Dabei hat diese – mit Verlaub zu sagen – „Frisur" durchaus etwas Praktisches für sich, beim Schwimmen und beim Tauchen zum Beispiel. Bei den heutigen Friseurkosten lässt sich mit „Selbst ist der Mann" ein Vermögen ersparen. Erworben hatte ich dieses ansprechende „out-fit" allerdings unter weniger heiteren Umständen, in den Jahren des Großen Krieges, wo mir die Haare buchstäblich vom Kopf fielen, „kahl" war zudem verordnet. Meine erste und auch die darauffolgenden Filmrollen verdanke ich übrigens auch diesem, besonders in Deutschland, auffallenden Skalp.

Im Frühsommer 1977 rüstete ich wieder einmal zu einer dieser aufreibenden Radtouren an die Ostsee, konkret in das Betriebsferienheim des DEFA-Sudios für Spielfilme in Trassenheide auf Usedom – 265 km von Potsdam entfernt. Da wird natürlich das Gepäck auf ein Minimum reduziert. Diesmal entschloss ich mich sogar, meinen Friseurladen – also mein sowjetisches Rasiermesser – zurückzulassen. Auf Usedom musste ja irgendein Friseurladen sein. Nach 17-18 Stunden auf dem Rad stand das Rasieren verständlicherweise ganz hinten an. Aber nach nur zwei Tagen regte sich der eitle Zwang zur Zivilisation. „Also, wo ist denn hier in Trassenheide ein Friseurladen?“ war meine Frage an den Heimleiter. „Ja, hier in Trassenheide gibt es überhaupt keinen Friseur“, ließ er gedehnt verlauten, „da müsstest Du es vielleicht mal in Zinnowitz versuchen“. Obwohl etwas enttäuscht wegen des vor Ort fehlenden Komforts, war es ja für mich kein Problem, die 4 km mit dem Rad zurückzulegen und mich dort umzusehen. Ich wurde tatsächlich bald fündig, ein mittlerer Friseurladen versorgte die urlaubenden Werktätigen.

Das volkseigene Etablissement war allerdings knackend voll mit schönheitssuchenden Feriengästen, besonders mit Kindern, wie mir auffiel. Die Mammis hatten die fällige Schur scheinbar bis zur Sommerfrische verschoben. So war es denn etwas laut, für ältere Semester immer ein bisschen lästig. Etwa sechs Friseusen machten sich in der schwülen Luft an den mehr oder weniger wuschligen, älteren und jüngeren Köpfen zu schaffen. Mir fiel eine von ihnen besonders auf: ansprechende, recht üppige Formen, äußerst geschäftig und etwas burschikos mit den Kunden, volle wallende und feuerrote Haare – Natur oder gefärbt, das konnte ich nicht beurteilen. Nicht gerade geil (dafür war es zu heiß), aber genüsslich beobachtete ich sie bei der Arbeit, so dass ich das ergriffene Journal ungelesen in den Händen hielt. Unterdessen ging es zügig voran, immer wieder erklang es: „Der Nächste bitte!“.

Irgendwie beklommen dachte ich nun mehr daran, zu wem denn ich als „der Nächste“ gerufen würde. Zu meinem Rotschopf wollte ich eigentlich nicht so gerne gerufen werden. Ich suchte mir vorsichtig eine andere Kandidatur – und fand sie. Eine kleine zierliche Person, vielleicht sogar ein Lehrling, die zuvorkommend und etwas schüchtern an ihren Kunden hantierte. Ich vertiefte mich so sehr, dass ich den Rotschopf fast vergessen hätte, als ich bemerkte, dass ein kleiner Junge zu ihr auf den Sessel kletterte. Um so besser dachte ich, dass dieser erst einmal besetzt ist. So beobachtete ich weiter versonnen meine Wunschkandidatur in aller Ruhe, als es plötzlich „Der Nächste bitte!“ erklang. Der kleine Junge hangelte sich umständlich von dem hohen Sessel und meine üppige Feuerdame war bereit – für mich! Ohne mir etwas anmerken zu lassen, ging ich mutig auf sie zu. Ich ließ mich in ihren Sessel fallen und konnte nur noch devot „Bitte rasieren“ lispeln.

Das Rasieren war damals nicht sehr lukrativ, eine Rasur kostete so etwa 2,50 DDR-Mark, damit war nicht viel zu verdienen. So empfing sie mich denn auch mit einem Eigentlich-könntest-Du-ruhig-mit-Stoppeln-rumlaufen-Gesicht – sagte aber: „Eigentlich rasieren wir gar nicht mehr." Nun, ich versprach Einbußen mit einem Trinkgeld wettzumachen und sie schritt zur Tat. Zunächst schmierte sie die Rasiercreme direkt aufs Gesicht, nein ins Gesicht, um sie dann – (nein, nicht mit einem Rasierpinsel) – direkt mit dem Handballen zu verteilen, so eine Art cremige Massage. Vielleicht hatte sie das Trinkgeld angespornt. Ich jedenfalls schwieg, um nicht meine Provinzialität zu verraten. Sie wirtschaftete ziemlich vehement in meinen zarten Zügen. Dann ergriff sie resolut ein Etui und entnahm ihm ein Rasiermesser, zog es 3-4 Mal auf einem Riemen ab und setzte an. Oooh! Ich merkte sofort – ihr Messer war unerträglich stumpf, es ziepte unerbittlich an meiner ganzen Kopfhälfte. Ich versuchte erst einmal keine Miene zu verziehen, konnte mich dann aber doch nicht beherrschen und sagte mit belegter Stimme: „Ihr Rasiermesser ist völlig stumpf" – „So?", gab sie sich erstaunt, griff kurzerhand nach dem Etui, um ein anderes Messer herauszuziehen, zog es wieder kurz auf dem Riemen ab und setzte an. „Besser so?", fragte sie teilnahmslos. Dieses eingetauschte Messer war genauso stumpf wie das erste. Etwa derselbe Dialog entspann sich beim dritten Messer, es war hoffnungslos. Ich stand auf, ergriff ein bereitliegendes Handtuch, wischte den Rasierschaum ab und lächelte bitter in den Spiegel, mein Gesicht hatte einen echten „Schmiss" mitten durch meine Bartstoppeln. Nun war mir alles egal. Die Kassiererin am Ausgang wollte gar kassieren, aber mein Gezeter und eben mein „Schmiss" überzeugten sie. Ein Objektleiter eilte herbei um zu beteuern, es sei mit den Saisonkräften in der Urlaubszeit schlecht bestellt. Aber ich hatte schon die belebte Kurpromenade betreten.

Etwas ratlos fuhr ich zurück in unser Betriebsferienheim – was tun? Der Urlaub schien verpatzt, so konnte ich hier nicht rumlaufen. Aber der Heimleiter wusste Rat. Im nahegelegenen Karlshagen gäbe es einen zweiten Friseur, der einen guten Ruf genoss. Ich machte mich sofort auf den Weg. Bereits durch das überdimensionale Schaufenster konnte ich den völlig überfüllten Salon bewundern. Beim Eintreten bemerkte ich, dass an den vier vorhandenen Arbeitsplätzen nur ein einziger Friseur tätig war, wenig verheißungsvoll. Die lange Warteschlange rekrutierte sich fast ausnahmslos aus jungen Leuten in bläulicher Uniform. Flieger und Bodenpersonal vom nahegelegenen Peenemünde-Stützpunkt, zu dem Zivilisten damals keinen Zutritt hatten. Aber zum Teufel, sie waren alle glatt rasiert und hatten einen adretten Haarschnitt, was suchten sie hier? Mir fiel nur auf, dass sie fast durchgehend (anscheinend vor dem Schwoofen) lediglich ihren Hals nachbessern ließen, etwas geschnippelt, etwas ausrasiert und „Der Nächste bitte!". Das ließ hoffen. So rückte auch ich einer Entscheidung zusehends näher, denn ob er mich rasieren würde war noch völlig offen. Schließlich war ich „dran". „Bitte rasieren ... Bart und Kopf." Der Meister schien arg getroffen. „Aber ich bitte Sie, sehen Sie, wie viele da warten!" Ich hatte ein Einsehen und bot an, mich nach der Bartrasur wieder ganz hinten anzustellen. Meine Bescheidenheit beeindruckte ihn sichtlich, „ja dann ...", sagte er. Da hatte ich einen Einfall: „Sagen Sie, haben Sie denn vernünftige Rasiermesser?" Er bejahte. „Dann könnten Sie mir doch einfach ein Rasiermesser, Pinsel und Seife geben und ich rasiere mich selbst ... Platz ist doch genug", wies ich auf die Spiegelreihe und die ungenutzten Toilettentische. Er betrachtete mich etwas ungläubig, willigte aber ein und wies mir einen Platz an, lief behände warmes Wasser zu holen, legte einen Pinsel und ein Messer vor mir auf den Tisch.

Der Raum war so unterteilt, dass die Spiegelfront parallel zur Stuhlreihe verlief, so dass ich in den Spiegeln die etwas verdutzt dreinschauenden Wartenden sehen konnte, es würde eine Vorstellung werden. Ich seifte mir genüsslich den Bart ein, das warme Wasser tat der rasierhungrigen Haut richtig gut. Dann wetzte ich gelassen das Rasiermesser und setzte vorsichtig an – denn so ganz sicher über die Güte des Messers war ich mir nicht. Es schnitt nicht schlechthin, es rauschte leise, es glitt geradezu, obwohl der Bart nun schon drei Tage alt war. Ich sparte nicht mit Lob, der Meister behauptete, mir sein bestes Messer gegeben zu haben. Danke! Eau de Cologne, diverse After-shave-Wässerchen standen bereit, aber gemach! Da war ja noch mein Kopf, den hatte ich bei der Vorstellung fast vergessen. Also spülte ich kurz ab um dann mit großem Strich meinen Kopf einzuseifen. Meine Zuschauerkulisse war nun vollends perplex: Will der Kerl sich etwa auch den Kopf selbst rasieren?, schienen sie zu fragen. Der Meister selbst eilte herbei, hilfsbereit und etwas verdattert. Nun solange das haarscharfe Messer lediglich an den Schläfen agierte, war die Welt noch irgendwie heil. Als es aber genauso flink auf dem Hinterkopf umherglitt, verzogen sich Gesichter zu Mienen, einige schienen fest davon überzeugt, dass so etwas nicht gut gehen konnte. Aber es ging gut, sehr gut sogar, kein Kratzer, nicht die kleinste Schnittwunde, kein Blutströpfchen, was ja doch immer wieder mal vorkommt, umso mehr bei leichtem Lampenfieber.

Die Prozedur war beendet, das Kölnisch Wasser zwickte angenehm, der Meister kam, das Rasierzeug wegzuräumen. Ich fragte ganz beiläufig: „Was schulde ich Ihnen?" Aber er wehrte sich buchstäblich: „Nein, bitte – Sie selbst – und so perfekt – auf keinen Fall." Eigentlich fehlte nur noch der Applaus von der Tribüne. Aber ich bestand darauf: „Hier mein Verehrtester, vielen Dank, haben Sie ein kleines Trinkgeld – wenn Sie gestatten, komme ich jetzt jeden Tag vormittags, mich bei Ihnen zu rasieren." Und so geschah's, mehr noch, wenn der Meister mich durch das große Schaufenster anradeln sah, ließ er von seinen Kunden ab und lief heißes Wasser, Pinsel, Rasierseife und Eau de Cologne bereitzustellen.

„Grau, teurer Freund, ist alle Theorie, und ewig grün des Lebens goldener Baum."

(Mephisto/Faust)

Unser Freund Toan

Der Anlauf, Kader für das DDR-Fernsehen und das Filmwesen in der Hochschule „Konrad Wolf" auszubilden, war wohl etwas wuchtig ausgefallen – mit einem Wort, der Bedarf war schließlich gedeckt. Im Rahmen der Internationalen Zusammenarbeit und dem Bestreben um Anerkennung kamen immer mehr Studenten aus fernen Ländern, Ägypten, Irak, Indien, Vietnam und anderen mehr. Alle diese Studenten waren gekommen zu lernen, Kenntnisse und Fähigkeiten zu erwerben. Die vietnamesischen Studenten erwiesen sich als besonders fleißig, vielleicht sogar besonders begabt. Einerseits war es so etwas wie unersättliche Wissbegier, andererseits fühlte man, dass ihr Aufenthalt eine Auszeichnung war, derer sie sich würdig erweisen wollten. Es war ein heute verlorengegangenes Pflichtgefühl gegenüber der Heimat, diese eherne Berufung zurückzugehen, um DORT zu helfen, zu arbeiten, Landsleute auszubilden, Kriegsschäden zu beseitigen. Die heutigen Vietnamesen in Deutschland sind Strandgut des Kalten Krieges, kämpfen ums Überleben und gegen diesen Rassenwahnsinn, das ist ein bemerkenswerter Unterschied.

Ausbildung heißt selbstverständlich auch Praxis vor Ort, und das war eben in der DEFA Kamerawerkstatt, Kopierwerk, Fotoabteilung. So lernten wir sie besser kennen, und wenn man wirklich wollte, ich betone wollte, auch schätzen. Besonders günstig, aber nicht verordnet, war eine Einladung zu sich nach Hause, da merkten sie, dass man ihnen wohl gesonnen war, mehr wollte, will über ihr Land und ihr Leben dort und hier.

Ich hatte einen Kamerastudenten ins Herz geschlossen, er hieß Toan, ein, wie sie alle, schmächtigen jungen Mann. Kluge dankbare Augen und ein Lächeln, das ich eigentlich nicht so undurchdringlich fand, wie das mitunter behauptet wird. Er erzählte vom Kampf seiner Eltern, erst gegen die Franzosen, dann gegen die Yankees und dem schweren Erbe dieses jahrelangen unbarmherzigen Krieges. Da er recht gut deutsch sprach (geblieben war nur dieser asiatische hohe singende Gaumentonfall), kannte er sich auch erstaunlich gut in Deutschland, in Europa aus, als ob er schon sehr lange hier lebte.

Hin und wieder kam er auch zu uns nach Hause. Meine Frau, seit Kindesalter vertraut mit dem Brandmal „Ausländer“, schloss ihn ins Herz. Eines Tages entfuhr es ihm, dass er bald Geburtstag habe. Uns schien ein Studentenwohnheim nicht unbedingt der beste Ort, einen Geburtstag zu feiern. Wir schlugen ihm vor, seinen Geburtstag bei uns zu verbringen. Er schien nicht recht verstanden zu haben, willigte dann aber, strahlend wie ein Kind, ein.

Er würde für uns Drei ein vietnamesisches Abendbrot bereiten. Ganz tolle Idee, aber wir wollten ihn auch nicht in übermäßige Unkosten stürzen. Er meinte: für ein vietnamesisches Abendessen würden sich die Ausgaben von seinem Stipendium durchaus bestreiten lassen. Zum Schluss konnten wir ihn zu einem Kompromiss bewegen: Er gibt uns eine Liste mit allem, was zu so einem vietnamesischen Abendessen notwendig ist. Wir dagegen kaufen das ein. Er habe dann nur noch die Schürze umzubinden und sich an unserem Herd zu etablieren. Wir würden ihm zur Hand sein. Wie zu erwarten, fiel die Liste recht bescheiden aus, es würde Kohlrouladen geben. So sollten wir den unvermeidlichen Reis besorgen, Zwiebeln, einen mittleren Weißkohl, etwas Schabefleisch und Hackepeter, schwarzen Pfeffer, ein wenig Speiseöl, das war, glaube ich, schon beinahe alles. Ein besonderes Gewürz wollte er selbst mitbringen, da es das bei uns nicht gab.

Nicht ganz unerwartet brachte er seine Stäbchen mit, speziell für die Zubereitung. Besonders freute sich meine Frau, dass er an Blumen für die Frau des Hauses gedacht hatte. Außerdem hatte er eine köstliche Mischung von Nüssen und Honig mitgebracht. So versammelten wir uns zu Dritt in unserer Küche und schauten zu, wie er virtuos mit seinen Stäbchen das Festessen zubereitete. Besonders fiel uns auf, wie meisterlich er den Reis ganz trocken und körnig dünstete. Unsere Küche füllte sich immer mehr mit den betörendsten Gerüchen, trotzdem doch die Zutaten deutsch-normal waren. Die vielen Kohlrouladen waren geradezu zierlich, dem grazilen Koch durchaus entsprechend. Meine Frau deckte den Tisch, dekorierte mit ein paar hübschen Papierservietten und einer brennenden Kerze. Es konnte losgehen. Wir stießen an mit einem Kirschlikör, dann begann die Unterhaltung.

Wir sprachen über Gott und die Welt, könnte man billig sagen. Aber es ging um den endgültigen Sieg über das Regime in Saigon und die ungeliebten US-

Amerikaner. Doch schon zeichnete sich neuer Konflikt ab. In Kambodsha formierte sich mit Unterstützung aus der Volksrepublik China das Regime von Pol Pot. Die Haltung gegenüber der Republik Vietnam wurde immer unfreundlicher, ja bedrohlicher. Sein Vater war so etwas wie ein Vertreter der vietnamesischen Regierung in Kambodsha, zeigte sich sehr besorgt, wo diese Entwicklung hinführen sollte. Der spätere Einsatz Vietnams in Kambodsha, der vor allem einer Schreckensherrschaft ein Ende bereitete, ist ja nie gewürdigt worden. Dass er selbst einmal als Frontkameramann den Einmarsch Chinas in Nordvietnam filmen würde, konnte er damals natürlich nicht ahnen. (Von diesem Einsatz hat er uns übrigens eine Postkarte geschickt, sicher hat er oft an diesen Abend in Potsdam gedacht.)

Wir hielten natürlich mit unserer russischen Exotik gegen. Zeigten uralte Fotos, spielten Schallplatten ab, begutachteten Schnitzereien und Lackmalerei. „Völkerfreundschaft" war das Wort des Abends, mit den Deutschen, mit den Russen, den Vietnamesen, den Franzosen, den Indern. Der Abend verging wie eine kurze Stunde. Toan wollte nicht zu spät in sein Wohnheim zurückkehren.

Schließlich ging er. Ich begleitete ihn hinunter, um die Haustür aufzuschließen, erklärte ihm, wegen der eingetretenen Dunkelheit, wie er auf dem kürzesten Weg nach Hause komme. So schloss ich die Haustür ab und wollte mich fortwenden. Da bemerkte ich, dass Toan irgendwie hilflos hin und her irrte. Ich schloss also die Tür wieder auf und sagte: „Was ist Toan, ich hab' dir doch erklärt, Du gehst erst schräg über die Straße und dann rechts, weiter immer geradeaus." Er sagte nur: „Main faarad!". Ich dachte, mich trifft der Schlag, irgendwie mulmig in der Magengegend, das Gefühl, als habe *ich* das Fahrrad gestohlen. „Was, Du hattest ein Fahrrad, warum hast Du denn nichts gesagt, wir hätten es im Keller eingeschlossen." Jetzt war es zu spät, er war den Tränen nahe. Hatte doch irgend so ein Gauner, während wir die Freundschaft zwischen unseren Völkern hochleben ließen das Fahrrad einfach geklaut, es war zum Auswachsen.

Er war so aufgelöst, dass ich ihn nach Hause schickte. Selbst ging ich erst einmal die Straße entlang, immer noch hoffend, dass es nur ein Dumme-Jungen-Streich war, das Fahrrad sich einfach 2, 3 Aufgänge weiter anfinden würde. Es fand sich nicht. So ging ich auf unser in der Nähe befindliches Revier. Sehr begeistert waren die nicht, vor allem Fragen über Fragen. Wo ist der Betroffene? Welche Farbe hatte das Fahrrad? Welche Rahmennummer? Wer ich denn sei? Was mich das angehe? Schließlich bequemte man sich zu einem provisorischen Protokoll.

Am nächsten Tag lief ich wie trunken durch die Gegend – das Fahrrad war futsch. Ich hatte nicht aufgepasst, hätte doch fragen können. Und immer das dumpfe Gefühl, als ob ich einen guten Freund bestohlen hätte. Ich sprengte diesen Ring teilweise, indem ich Toan ein neues Fahrrad kaufte, ein Damenfahrrad. Er hatte mir mal erzählt, dass Damenfahrräder bevorzugt werden, weil sich im Rahmen so gut schwere Lasten transportieren lassen, Brennholz z. B., das von weit her geholt wurde.

Toan war überrascht und gerührt, wollte das Damenfahrrad gar nicht annehmen. Dann sagte er: Nur wenn Du kommst, mich in Hanoi besuchen, bring eine Luftpumpe mit. Du wirst an einer Kreuzung stehen und Fahrräder aufpumpen, damit kannst Du viel Geld verdienen!

Einsichten

So ganz uneigennützig war unsere Freundschaft zur sowjetischen Truppe nicht. Wir brauchten als Filmbetrieb wieder mal die Unterstützung aus Krampnitz (unserer Pateneinheit). Nein, nicht nur, um bei dem chronischen Mangel an Arbeitskräften mal einen Graben für ein Rohr ausheben zu lassen – wobei wir immer den Eindruck hatten, dass die Rekruten ganz gern das Robben in Döberitz gegen das Schippen bei der DEFA eintauschten. Wir „brauchten" also ständig etwas.

Da die sowjetischen Soldaten aus unserem Leben nicht wegzudenken waren, tauchten sie auch immer wieder in unseren Filmen auf – Massenszenen, Kleindarsteller, aber auch Kalaschnikows, Maschinengewehre, Uniformen, ja auch Panzerwagen und Geschütze. Nicht das Modernste, aber einen von den legendären T-34 – jetzt kann ich es ja verraten, sie standen damals in Forst Zinna – gab's schon mal im Verleih.

Unser Partner bei solchen Ausleihverhandlungen war immer der Chef der Politabteilung. Der Oberst war ein wenn auch nicht gefürchteter, so doch von seinen Untergebenen betont respektierter Offizier. Diesmal benötigten wir Geräte des Nachrichtenwesens, wie Funkgeräte, Antennen, Fahrzeuge nebst „Bedienung". Wir waren mitten in den Verhandlungen, die zwar nicht steif nach Protokoll verliefen, dennoch immer einen offiziellen Charakter bewahrten, als plötzlich mit Gepolter die Tür aufgerissen wurde. Den Raum betrat schreiend ein etwa 11-jähriger Junge, der immer wieder rief: „Ich komme mit, Papa. Du hast es mir versprochen. Ich will mitfahren." Der Oberst war natürlich ziemlich betroffen, antwortete aber beherzt: „Das geht nicht. Das ist eine Dienstfahrt. Ich nehme dich ein anderes Mal mit. Jetzt geh' raus, ich habe hier wichtige Verhandlungen."

Der Junge ließ sich überhaupt nicht beirren, sondern zeterte kräftig weiter. Schließlich machte der Oberst seinem stämmigen Adjutanten eine Geste, als ob er eine Fliege verjagt, die sofort verstanden wurde. Der Adjutant packte den kreischenden Jungen geschickt beim Schlafittchen und trug ihn, ungeachtet der um sich schlagenden Arme und kräftig strampelnden Beine am steifen Arm aus dem Raum.

Der Oberst entschuldigte sich flüchtig. Wir gingen zur Tagesordnung über. Nach erfolgreicher Beendigung unserer Gespräche wurde ein kleiner Umtrunk gereicht. Da riss der Junge erneut die Tür auf und schrie: „Mama hat gesagt Du sollst mich mitnehmen. Sie hat es mir fest versprochen, sie kommt gleich her." Das war das Signal für unseren Genossen Oberst, sich zu erheben und flugs den Raum zu verlassen, den Jungen hinter sich herschleifend.

Nun wurde die Angelegenheit auch für uns irgendwie peinlich. Immerhin war der Oberst als Chef der Politabteilung so etwas wie der geistige Vater einer ganzen Division: Sein Sohn hatte vor aller Augen nicht nur seine Autorität merklich untergraben, sondern – scheinbar ohne Schwierigkeit zwei Posten mit aufgepflanztem Bajonett überwunden.

Um es vorweg zu nehmen, die Frau des Obersten kam nicht, den Jungen sahen wir auch nicht wieder. Er selbst kam zurück. Es war augenscheinlich selbst für einen Kommandeur ein erschöpfendes Gefecht. „Ach ja", nahm er den Faden wieder auf, „Sie benötigen ja auch noch ein paar Soldaten als ‚Bedienung'. Ich habe entsprechende Weisung erteilt. Gehen Sie auf den Hof und machen Sie sich bekannt." Wir konnten erleichtert aufatmen und gingen.

An einem Panzerspähwagen standen fein in Reih' und Glied ein gutes Dutzend Soldaten. Doch der diensthabende Sergeant teilte uns mit: „Der Chef der Politabteilung hat den Wunsch, die zugeteilten Soldaten höchst selbst zu begutachten." Bitte schön, wir warteten, still hoffend, dass uns der Knabe nicht in letzter Minute doch noch einen Strich durch die Rechnung machen würde. Der Oberst ließ nicht lange auf sich warten. Die Soldaten strafften sich bei dem Kommando „Achtung!", und der Oberst musterte kritisch die Reihen. Dann sagte er: „Und diese wollten Sie nehmen. Aber so sehen doch sowjetische Soldaten nicht aus!" und an den Sergeanten gewandt: „Wo habt ihr denn die ausgekramt, eine Schande! Sucht mal ein bisschen – und Gardemaß, verstanden?" Dann kurz an die Soldaten gewandt: „Alles wegtreten!".

Zwischen Heldentod und Kadavergehorsam

In den Büchern meines Bruders Wolfgang findet man immer dem Thema angemessene historische Episoden. So lesen wir in seinem Buch „Hindenburg" (S. 217): „Wurde ihm (Hindenburg) ein Unbekannter vorgestellt, so eröffnete er das Gespräch stets mit der Frage ‚Wo haben Sie gedient?', aus der sich dann über gemeinsame Bekannte, Garnisonsepisoden oder Kriegserlebnisse Anknüpfungspunkte für die weitere Unterhaltung ergaben. In seltenen Fällen erwies sich diese stereotype Frage allerdings als Schlag ins Wasser. So fand sich der Marschall einmal als Tischnachbar bei Löbe (Reichstagspräsident) neben einem nicht sonderlich gepflegten und wenig gesprächigem Manne, der, auf seinen Militärdienst hin angesprochen, ohne jeden Rechtfertigungs- oder Beschönigungsversuch antwortete, Soldat sei er nie gewesen. Hindenburg verschlug es fast die Sprache; das Gespräch war zu Ende. Später erkundigte sich der Präsident beim Gastgeber, wer der Mann neben ihm gewesen sei. Die Antwort lautete: Professor Einstein. Doch diese Antwort beeindruckte Hindenburg überhaupt nicht; er hatte den Namen nie gehört."

Man verzeihe mir dieses etwas lange, dennoch kuriose Zitat – ich wollte damit versuchen mich selber ins *rechte Licht* zu rücken, denn auch ich bin ein ‚Nichtgedienter', habe also weder in der Wehrmacht, noch in der Roten Armee, noch in der Nationalen Volksarmee ‚gedient'. Wenn ich nachfolgend also über Dinge ‚schwadroniere', die zwar mit ‚Dienst an der Waffe', mit Militär etwas zu tun haben, so möge der verehrte Leser, vor allem aber die ‚Fachleute', die Genossen-Ex-Generäle, die Genossen-Ex-Politoffiziere, die Ex-Militärhistoriker oder Ex-Militärpsychologen Nachsicht mit einem ‚Zivilisten' üben, dessen Ausbildung sich auf den ‚Ehrendienst' in den ‚Kampfgruppen der Arbeiterklasse' beschränkt hatte.

Keine ‚Nachsicht' habe ich – ohne Zweifel – bei den absoluten Pazifisten oder den Wehrdienstverweigerern zu erwarten, denn ungeachtet einiger sehr unerfreulicher Erlebnisse von ‚Gedienten', wende ich mich in diesem Beitrag nicht uneingeschränkt gegen das Militär schlechthin. Es liegt mir fern, jegliche Bewaffnung, jegliche Armee a priori zu verdammen. So liegt die Antwort auf die Frage: „Was wäre aus der Sowjet Union 1941 ohne die Rote Armee geworden?" auf der Hand; die Vertreibung der Franzosen und später der US-Amerikaner aus Vietnam ohne Volksbefreiungsarmee, die Vertreibung des Diktators Batista, bzw. die Gefangennahme der Invasoren in der Schweinebucht in Kuba – das alles war ohne bewaffnete Streitkräfte nicht denkbar. Besonders grotesk ist der Überfall der Amerikaner auf Irak, weil dieses angeblich über Massenvernichtungswaffen verfüge; wo es sich doch in Wahrheit genau umgekehrt verhält: Die US-Streitkräfte wären niemals über Irak hergefallen, wenn der Irak über solche Massenvernichtungswaffen tatsächlich verfügt hätte. Dessen ungeachtet verstehe ich natürlich, dass es die maßgeschneiderte Armee – etwa den wehrhaften Citoyen – die mir vorschwebt, niemals geben wird. Aber was ist in dieser – und in vorangegangenen – Gesellschaften schon perfekt? Das hat mich nicht daran gehindert nach Maßstäben zu suchen, ethische Grundsätze auszuloten, die zudem der Sicherung des ‚Auftrages' überhaupt nicht abträglich sind.

Aus dieser kurzen Einleitung ist leicht zu ersehen, dass ich gerade dabei bin, mich zwischen alle nur verfügbaren Stühle zu setzen – als Nicht-Politiker kann und konnte ich mir das leisten, musste nicht ‚abwägen', potenzielle ‚Partner' zu verunsichern. Dafür ist mir zum Glück eine ‚steile' Karriere erspart geblieben.

Doch zur Sache.

Es gehörte in der DDR vielerorts zu einer guten Tradition, junge Kollegen, die zur Nationalen Volksarmee einberufen wurden, die „zur Fahne" gingen, wie das damals hieß, vom Betrieb, vom Arbeitskollektiv, auch durch unser Sportkollektiv beim Energiekombinat Potsdam, durch die ‚Kollegen' und ‚Sportfreunde' zu betreuen. Unsere Freunde sollten sich – trotz der vorübergehenden Unterbrechung – auch weiter unseren Kollektiven verbunden fühlen. In der DEFA hatten wir damals eine Betriebszeitung, die „DEFA-Blende" – ihr langjähriger Redakteur war der Spanienkämpfer Kurt Laube. Dieses zweiwöchentlich erscheinende und recht beliebte Blättchen wurde ‚unseren' Soldaten in ihre Einheit – sofern sich jemand darum kümmerte – nachgeschickt.

Der sich entwickelnde Briefwechsel und die kurz bemessenen Urlaube von der Truppe bewirkten mit der Zeit aber auch, dass wir (also in diesem Falle ich) nicht nur mit Einzelheiten des Dienstes, mit den Erfolgen, den ‚Schützenschnüren', den Rangabzeichen, sondern auch mit den Nöten der Soldaten vertraut, allmählich zu einer Art Seelsorger unserer uniformierten Kollegen wurden. Einen meiner Briefschreiber musste ich sogar nachdrücklich darum bitten, über seine Nöte nicht mehr zu schreiben, da ich annehmen musste, dass die Dienststelle hin und wieder ‚Einsicht' in die private Korrespondenz nahm. Daraus ließe sich schnell ein „Verrat militärischer Geheimnisse" konstruieren. So bat ich, unseren Austausch auf die persönlichen Begegnungen, auf einen mündlichen Austausch zu beschränken. Dabei bildete sich mit der Zeit nicht nur für die ‚Dienenden', sondern eben auch für uns ein unerwartet anderes Bild von „Unseren Streitkräften". Mehr noch, dieses Bild musste sich subversiv auf uns, die Kollegen, die Angehörigen, ja das ganze Land auswirken.

Meine erste Begegnung mit unseren Soldaten lag allerdings schon Jahre zurück. Ich wurde gebeten – als ‚Veteran'; Gott wie jung man damals war – mit frisch aufgenommenen Kandidaten der Partei über meine Erfahrungen in der Arbeiterbewegung zu sprechen. Ein sehr vielseitiges, man könnte sagen offenes Gespräch. Urplötzlich – ich weiß beim besten Willen nicht mehr wie – hüpfte in unser Gespräch der Dienst in der Nationalen Volksarmee hinein. Die meisten dieser ‚progressiven' jungen Leute hatten diesen Dienst bereits hinter sich gebracht. Das bis dahin sehr lebhafte Gespräch wurde plötzlich stürmisch. Die einen lobten – und das war keine vorgetäuschte Begeisterung – den Dienst in allen nur denkbaren Farben, während andere – fast wutentbrannt – diese Zeit als „die schlimmste Zeit ihres Lebens" empfanden. Es fanden sich natürlich schon junge, politisch „reife" Genossen, die der Meinung waren, diese Gespräche sollte man abbrechen, sie gehörten nicht „zum Thema" usw. Mir als Gesprächsleiter und – das muss eingestanden werden – nicht besonders gut Informierten, schien diese kontroverse Diskussion wie eine Fundgrube, ganz abgesehen davon, dass sich sofort erwies, dass viele diese Gelegenheit begrüßten, sich etwas ‚von der Leber' zu reden. So goss ich zwar kein Öl ins Feuer, glättete aber auch die Wogen nicht, ließ die jungen Hitzköpfe gewähren. Im Grunde genommen waren die Kontrahenten beide ‚im Recht'. Die einen hatten gedient, als sich die NVA (aus der Kasernierten Volkspolizei) gerade formierte, waren zu Tausenden als ‚Freiwillige' im FDJ-Aufgebot zu den Streitkräften gegangen. Sie schwelgten geradezu von den z. T. zauberhaften Biosphären in den Grenzgebieten, den Sonnenbädern, dem Baden, ja den – später von unseren Brüdern und Schwestern bestaunten – Wildbeständen; sie erinnerten sich gerne an die Dorfschönen, die sie zum Teil als Bräute heimführten. Der ‚Dienst' wurde gut bezahlt – was sicher dafür sprach, später die Wehrpflicht einzuführen. Andere hatten – und so etwas kam mir immer zu Ohren – sich ‚mit dem Spieß' arrangiert, konnten bei einem kleinen abendlichen Bier schon mal einen Ausgang außer der Reihe in die Wege leiten.

Die ‚Gegenpartei' hatte einen ganzen Sack voller Bedenken gegen den ‚Dienst' bei den sozialistischen Streitkräften vorzubringen (aus Platzmangel gehen wir auf diese Missstände weiter unten ein). Aus der Vorhut des Sozialismus – und ich hatte da durchaus so meine Leitbilder, Alphabetisierung durch die Armee, Einsatz in Katastrophenfällen, Hilfe bei der Ernte, Enttrümmerungen durch die bewaffneten Organe, auch in den ‚Bruderländern' – entstand ein wenig homogenes Bild dieses Stoßtrupps ‚unserer Sache', deren Sieg ohne Mitdenken unserer Soldaten einfach nicht denkbar war.

Da ich diese ‚Mängel' ernst nahm, entschloss ich mich auf einer ‚Aktivtagung' der Partei, meine mehrjährigen ‚Erfahrungen in der Betreuung der Kollegen in Uniform' etwas ausführlicher darzulegen. Meine Rededisposition vom 1. Oktober 1972 ist zufällig erhalten:

„Es gibt zu viele Dinge in diesem Lande, in dieser Partei, über die man nicht gerne spricht, bzw. wenn ein Genosse sie ins Gespräch bringt, so beginnt sofort ein Gespräch über diesen Genossen, aber nicht über die aufgeworfene Frage. Oder: Es wird zwar ständig von der Notwendigkeit kritischer Auseinandersetzung geredet, aber die Mühe, kritische Gedanken zu formulieren, ‚einzureichen' wird selten honoriert.

Nehmen wir ein so unansehnliches Kapitel, wie eine ganze Reihe von Erscheinungen in der Nationalen Volksarmee, die weitgehend bekannt sind, dennoch so getan wird, als wäre es nicht wert, diese Erscheinungen ernsthaft zu erörtern. Nicht dass diese Erscheinungen an sich schon lebensgefährlich für unsere Republik wären, aber lebensgefährlich könnte werden, wenn wir ständig so tun, als gäbe es diese Erscheinungen überhaupt nicht – und wenn es diese überhaupt nicht gibt, muss man weder darüber sprechen, noch etwas dagegen unternehmen. Es kann auch nicht genügen, wenn derartige Erscheinungen immer nur als das Ergebnis der Wühlarbeit von Ganoven oder des Klassenfeindes dargestellt werden.

Wovon ich hier rede wird aus folgenden Beispielen ersichtlich (Ich war sehr darauf bedacht, mich streng an mir aus erster Hand bekannte Tatsachen zu halten.):

In einer Einheit der NVA in Niederlehme bei Königswusterhausen wird lange vor der Entlassung aus der Armee jeden Abend ein Entlassungsreigen aufgeführt. Die gesamte Mannschaft tritt in Unterwäsche mit Koppel und aufgesetztem Stahlhelm an, auf dem eine brennende Kerze befestigt ist. Mit Händen auf den Schultern des Vordermannes – in der Art einer Polonaise – zieht man nachts durch alle Räume, mehr oder weniger zotige Lieder grölend. Dann erfolgt so etwas wie ein Appell, bei dem feierlich vom Bandmaß ein Zentimeter, Symbol für den ‚abgedienten' Tag, abgeschnitten wird. Zum Abschluss rollt – so ähnlich wie beim Kegeln – eine große Stahlkugel donnernd den Korridor entlang, um krachend gegen die Giebelwand zu prallen.

In einer anderen Einheit – in Stahnsdorf bei Potsdam – werden die Neurekrutierten, die allgemein mit „Pissern" titulierten jungen Leute, von den „EK's" – den Entlassungskandidaten, d. h. denjenigen, die nur noch wenige Wochen zu dienen haben – auf die widerlichsten Proben gestellt. Eine dieser „Bewährungen“ besteht darin, den Neuling in ein Kleiderspind zu sperren, den Schrank zu verschließen und diesen dann Kopf zu stellen. In dieser marternden Lage muss der Rekrut stundenlang ausharren. Dann verfügen die EKs großzügig, ihn aus seinem Martyrium zu befreien und er wird – unter alkoholisiertem Getöse zum ‚richtigen‘ Soldaten – einer sozialistischen Armee – erklärt; beschämend.

Unmittelbar nach einer Festparade in Berlin saßen die Soldaten – eindeutig unter Alkohol – auf ihre Militärfahrzeuge auf, zückten dann demonstrativ vor dem versammelten festlichen Publikum ihre Schnapsflaschen und winkten mit ihren bereits stark gestutzten Zentimetermaßbändern, die den ‚Rest‘ der noch zu dienenden Zeit manifestierte. Diese Unsitte des Zentimetermaßabschneidens – als sei eine Haftzeit abgelaufen – hat sich in unserer ‚demokratischen‘ Armee überall durchgesetzt und dazu geführt, dass neuerdings Zentimetermaße nirgends zu haben, auch diese schon ‚Mangelware‘ geworden sind.

Einen besonders tragischen ‚Fall‘ musste ich bei meinem Freund Michael U. zur Kenntnis nehmen. Als er ‚gezogen‘ wurde, war er optimistischer Kandidat unserer Partei. Im Wehrkreiskommando befand man ihn für ‚würdig‘, zum Wachregiment „Felix Dserschinski“ geschickt zu werden. Es ist durchaus möglich, dass er sich dort nicht sehr ‚gefügig‘ zeigte, was die Unteroffiziere auf den Plan rief, meinen Michael ‚gefügig‘ zu machen. Man verfügte ihn abends in voller Kampfausrüstung zu erscheinen und so etwas wie einen unbefristeten Marsch in die Nacht zu absolvieren; die Genossen Offiziere ‚begleiteten‘ ihn in einem Jeep, der auch den Weg beleuchtete. Michael ist zusammengebrochen und in einem Berliner Nervenklinikum – volkstümlich ‚Verrücktenanstalt‘ – gelandet. Bei meinem Besuch fand ich ihn mit Gummiseilen an die Pritsche gefesselt und mit Stromstössen behandelt. Er wurde als ‚wehruntauglich‘ ausgemustert. Kann das der ‚höhere Sinn‘ der Verteidigung des sozialistischen Vaterlandes sein? Gewiss, der ‚Fall‘ kam nicht in die Öffentlichkeit – wird er damit weniger gravierend? Seine Mutter, seine Verlobte, deren Bekannte und Verwandte, seine Kollegen, seine Freunde, darunter auch ich wussten nun doch Bescheid.

Soweit aus meinem Redekonzept – man hörte es knistern im Saal. Ich schaute in die Runde und vermerkte allgemeine Betroffenheit. Einerseits darüber, dass ich so unmissverständlich zu diesen Dingen sprach, andererseits darüber, dass ich scheinbar erst jetzt etwas entdeckt hatte, das ihnen allen schon lange – über ihre Söhne, ihre Freunde – bekannt war. So waren sie auch ein bisschen froh, dass dies mal ‚zur Sprache' kam. Wie ich später erfuhr, hatten eine ganze Reihe Eltern, Mitglieder der Partei, schon langwierige – in der Regel erfolgreiche – ‚Verfahren' bis hin zum Minister, Armeegeneral Heinz Hoffmann, hinter sich. Es konnte aber nicht ‚Sinn' eines Reglements sein, dass empörte, hartnäckige – möglichst noch prominente – Eltern ständig zivilisierte Korrektive in die Handhabung dieses Reglements einbringen mußten.

Wenn die Vorgesetzten – wie sie oft vorgaben – von diesen Missständen nichts gewusst haben wollten, war dies allein schon sträflich. Es fragte sich natürlich, wie gut wusten denn Vorgesetzte überhaupt, was sich in ihren Einheiten abspielte. Wussten sie es dennoch, so war dieses ‚Wissen' und Dulden kriminell. Man konnte getrost davon ausgehen, dass den Offizieren diese Missstände bekannt waren, diese geduldet wurden, um den Neulingen gleich zu zeigen, wo es in der Armee ‚lang geht'.

Es muss betont werden, dass die hier dargelegten ‚Weisheiten' in mir damals schon weitgehend ausgereift waren, ich selbstverständlich in meinem Diskussionsbeitrag 1972 davon nichts erwähnte. Das war nicht einfach ‚feige' sondern gezielt. So habe ich mir Gehör verschafft, anders wäre ich wahrscheinlich als ‚parteifeindlich' vom Rednerpult geholt worden – so blieben die angeführten Tatsachen als der ‚Partei feindlich' im Raum stehen.

Sicher ist es nicht leicht, junge Männer im besten Alter auf den Tod – nicht immer ein Heldentod – vorzubereiten. Wir sind schließlich nicht in Japan, wo bei den Kamikazeflieger oder dem Harakiri schon die traditionelle Denkweise Motivationen vermuten lassen; wir sind auch nicht im Irak, wo religiös-islamistische Motivierung ganze Bataillone – sogar Mütter mit Kindern – Todes verachtende Selbstmordattentäter hervorbringt. Der immer noch einfachste (und zweifellos der bewährteste) ‚Weg' zur Befehlsausführung ‚ohne Räsonnieren' bleibt die Demontage der Persönlichkeit; so sah man es gerne, wenn dieses erste, grobe Abhobeln des Individuums schon von den EKs vollzogen wurde. Der ‚Weg' des Aufbaus einer Persönlichkeit zum Todesmutigen ist langwierig, dornig, Motivationen für den Tod sind sehr schwer zu vermitteln.

Das eigentlich Delikate an meinem Zusammentreffen mit den Streitkräften bestand aber in ganz etwas anderem. Meine antimilitaristisch ausgerichtete Kindheit erlaubte mir aufzujauchzen über „revolutionäre" Matrosen des Panzerkreuzers „Potemkin"oder Rotgardisten bei der Erstürmung des Winterpalais, über Budjonnys Reiterei oder Tschapajews Division. Derartige Begeisterung verstummte aber, wenn dieses Bild irgendwie ‚preußische' Züge annahm. Den so genannten ‚Drill', diese prunkvollen Paraden, das Getöse betörender Militärorchester, diese goldbestickten und reichlich mit Blech –

ordensgeschmückten – Uniformen blieben mir verhasst. Das heißt, die Wiederkehr des Soldat-seins, der – nunmehr sozialistischen – Ehrbezeugungen, diese ganzen ‚Großen Zapfenstreiche', Standarten küssen und vor allem der auferstandene Stechschritt des Ballettsoldaten, der wehrhaften ‚Coppelia' ließen den eingeschlummerten Sarkasmus wiedererwachen. Wenn ich nur an diese entseelten Reihen von Duckmäusern denke, die auf Befehl sogar ihre Kinnlade streckten und leicht nach rechts anwinkelten. Das will sagen: Ich selbst befand mich – und davon ‚erlöste' mich erst der Untergang des ‚Realexistierenden' – in einer Krise der Anerkennung für diese ‚neue', ewig alte Form des Dienens für das Vaterland, in unserem Fall für das sozialistische.

Hier sei angeführt, dass es nicht reiner Zufall sein kann, dass wir völlig analoge, wenn auch etwas asiatischere Verhältnisse in der Sowjet-, und jetzt in der russischen Armee finden. Dieser, vergleichbare ‚Komplex' nennt sich dort „dedowschtschina" – eine gnadenlose Unterordnung der Neuen, der Schwachen unter eine Soldatenelite, unter die ‚Alten' (‚ded' eigentlich Großvater), die schon zu vielen Selbstmorden in den Reihen der Streitkräfte geführt hat. Niemand ‚will' das ernsthaft, es ist aber überall anzutreffen – mehr oder weniger ausgeprägt. Das Oberkommando verniedlicht, statt dieses Übel aus der Welt zu schaffen. Das heißt, der Terror beginnt bei den Soldaten untereinander, lange bevor der gehasste Feind vor der Mündung steht. Es entstehen schier unüberwindliche Machtstrukturen. Man ist an das Wort Friedrich des ‚Großen' gemahnt: „Der Soldat müsse seinen Offizier mehr fürchten als den Feind!"

Auch dort geht man augenscheinlich den ‚einfachen', den bewährten Weg – was zu einer Brutalisierung der Mannschaften führen muss, das wiederum führt zu solchen abscheulichen Erscheinungen, wie den viel zitierten Vergewaltigungen. Im Bürgerkrieg, unter Tschapajew, galt für Vergewaltigung noch das Standrecht – wir sind bis heute nicht in der Lage (auch diesen Aspekt habe ich nicht schon damals auf der Parteiaktivtagung geäußert!!), zu diesen Widerlichkeiten Stellung zu beziehen. Bis heute wird von der einen Seite versucht, mit den Vergewaltigungen den glorreichen Sieg über den Hitlerfaschismus wegzuspülen. Die andere Seite befindet sich bis heute in „Erklärungsnot" über die ‚sexuell ausgehungerten' Soldaten. An Vergewaltigungen gibt es nichts, aber auch gar nichts zu ‚erklären' – es bleiben widerliche Verbrechen, deren Ursache nicht ausschließlich bei den Soldaten, sondern sicher auch in der ‚Führung' der Truppe (die natürlich niemand zur Disposition stellen wird) zu suchen ist. Wenn – nach der Befreiung eines Konzentrationslagers – mehrere Tage keine Gefangenen gemacht wurden und nicht nur bei den sowjetischen Truppen, sondern genauso bei den Alliierten, so muss man das nicht gut heißen, aber man kann es ‚erklären' – ein unbewaffnetes deutsches Mädchen reihenweise *als Sieger* zu missbrauchen ist und bleibt für eine ‚Befreiungsarmee' eine Schande. Ist es wirklich so schwierig, sich dazu eindeutig zu positionieren?

Mir ging es aber in meinem etwas riskanten Redebeitrag vor dem Parteigremium – wie ich eingangs schon andeutete – um etwas anderes, etwas mehr: Welche Rolle spielen in der geistigen Entwicklung der DDR ihre ‚sozialistischen' Streitkräfte, sind sie Vorposten oder Klotz am Bein? Meine ‚Erfahrungen' in sowjetischen Straflagern hatte ich zu diesem Zeitpunkt bereits hinter mir. Ich hatte mich davon überzeugt, dass die ‚Schule' der Lager mit den Jahren und mit den Millionen, die mit ihm in Berührung gekommen waren – sowohl die entlassenen Häftlinge, ihre Verwandten und Freunde – von diesem Gift der Unwahrheiten infiziert war. Auf diesem Wege auch der weite Umkreis der zunächst nicht Inhaftierten, ja der Wachmannschaften und der Militärs, der Zivilangestellten des Ministeriums des Inneren, wesentlich zur Vergiftung, zur Zerstörung der sowjetischen Gesellschaft als Ganzes beigetragen hatten. So musste meine Frage – erst einmal für mich persönlich – lauten: Soll nun dasselbe mit der DDR über unsere Nationale Volksarmee ablaufen? Das heißt, es ging mir nicht allein und in erster Linie um die jungen, verbitterten Rekruten, sondern es ging mir um das Schicksal der DDR.

Nach der Tagung wurde ich in die Parteileitung gebeten. Nein, nein, es gab keinen Rüffel, es gab lediglich Beteuerungen: „… das ist uns bekannt, es musste nicht unbedingt in dieser Art öffentlich vorgetragen werden, man habe diesbezüglich laufend mit den entsprechenden Stellen Kontakt …" – um dieses Tabu weiter zu legitimieren.

So galten im weiteren meine – und meiner Freunde – Bemühungen, die nicht zu übersehenden psychischen Schäden nach der Rückkehr in das zivile Leben behutsam zu lindern, die ‚Normalisierung' dieses Lebens (wohlgemerkt ohne psychologische Ausbildung) durch große Zuwendung zu beheben. Das dauerte, nach meinen damaligen Erfahrungen etwa ein Jahr, dann waren die Wunden vernarbt.

Man sieht … der alte Hindenburg hätte mich, als Gesprächspartner sicher abgelehnt.

Edle Streikbrecher

Potsdam d. 7. Oktober 1985
Liebe Freundin!
Heute besteht die Deutsche Demokratische Republik 36 Jahre, wie du weißt, bin ich fast doppelt so alt. Aber lernen kann man wohl bis zum Tode. So war ich jetzt mit meiner Frau 3 Wochen in Paris. Was denkst du, was ich dort alles gelernt habe. Fangen wir am Ende an – beim Rückflug.

Um den Flug nach Paris in unserem DDR-Geld bezahlen zu können, mussten wir über Prag, sozusagen hinten herum fliegen, da die DDR, sprich INTERFLUG, keinen Linienverkehr nach Paris unterhält und die Gesellschaften von Tegel natürlich „hartes" Geld haben wollen. Nur die Tschechen machten es für „unser" Geld. Das zu arrangieren war gar nicht so einfach, die Beschaffung unseres Ausreisevisums und des französischem Einreisevisums dagegen eher ein Kinderspiel. Es ging um den Anschlussflug, denn man wollte auf dem Transit-Flughafen Prag schließlich nicht übernachten. Hattest du „OK" nach Prag, gab es keinen Weiterflug nach Paris. Hattest du umgekehrt den Flug von Prag nach Paris, gab es keinen Anflug nach Prag. Für den Rückflug natürlich dasselbe Theater. Na schön, letztendlich hat doch noch alles geklappt. Flüge Paris – Prag und Prag – Berlin säuberlich in der Tasche – ein beruhigendes Gefühl.

Am Vorabend unseres Abflugs von Paris hörten wir im TV etwas von einem heraufziehenden Streik (la grêve) – wie schwillt einem da die Brust: Das Proletariat geht gegen seine Peiniger und Ausbeuter in die Offensive – mehr Gerechtigkeit, Kampf um den Reallohn, du weißt schon. Wieder etwas gelernt: Was ist ein Streik. Bei uns zu Hause gibt es die ja kaum. Wo nicht alles gestreikt wird. Sind es die Goldgruben – bleibt das verruchte Metall etwas länger in der Erde. Ist es die Kohle – dann ist eben die Luft sauberer und die Kumpel haben reine Poren, wären nicht die Flics, die sie niedermachen, na und die Streikbrecher, die sie verraten. Nicht schlecht ein Lehrerstreik: Das Gift der imperialistischen Massenbeeinflussung ruht, wird von den Schülern fern gehalten, man gönnt es ihnen. Aber da ist unser Abflugtermin, vorsichtshalber ein Anruf zum Flughafen, „Jawohl, das Bodenpersonal streikt": Alle Inlandflüge (ha, das betrifft uns nicht!) und die Mehrzahl der Auslandflüge – (das *betrifft uns*!) storniert. Nun regt sich der Opportunist im Menschen – „es wird ja wohl ein paar Streikbrecher geben, die uns abfertigen" – in ein sozialistisches Land!, denkt man heimlich.

Ich erinnere mich an Erich Mühsams herrliches: „Wie man revoluzzt und dabei noch Lampen putzt" – wie peinlich, der Revoluzzer ist man nun selbst. Unsere Maschine nach Prag, so die telefonische Auskunft, fliegt nicht. Da hast du's: Kein Geld, keine Kohle, keine Flüge – auch keine tschechischen nach Osten in den „realexistierenden". Ja diese böhmischen Brüder sind nicht einmal eingeflogen, sitzen in Prag. War denn so viel Solidarität mit den Streikenden nötig, fragen wir uns.

Der Streik ist als befristet deklariert, aber wer weiß, ob Air France nachgibt! In einem Riesenoffice von „Air France" verweist man uns an ein noch größeres Office nahe dem Invalidendom (welch herrliches Bauwerk – Hier ruht Napoleon –, was uns schon nicht mehr interessiert). Komisch, wie stark der Drang ist weg zu kommen, seitdem man uns nicht mehr lässt. In den Räumen 6 Angestellte, niemand sonst, eigentümlich, keine Spur von geprellten Fluggästen. Mit Rücksicht (ja, ja mit Rück-Sicht!) auf den Streik hat sich die gesamte Kundschaft verduftet. Nur die Klassengenossen der Streikenden aus dem Osten suchen hier nach einem Weg, der um den Streik herumführt. Sechs Angestellte haben Zeit, sich mit unserem „Problem" zu befassen. Man sieht ihnen nicht an, ob sie uns bemitleiden oder mit den Streikenden sympathisieren, vielleicht selbst Streikbrecher sind, die uns „helfen" (diese Infamen). Na, die Hauptsache ist schließlich, wir kommen weg, oder? Ja, was ist denn nun die Hauptsache? Wie wär's denn mit einem Flug bis ran an die Grenzen des Sozialismus ... z. B. nach Westberlin räsonieren wir und fragen beschämt nach. Die Bildschirme der Personalcomputer leuchten auf, Tasten werden gedrückt ... Computer streiken nicht, diese Generation von klassenbewussten Computern gibt es noch nicht. Ja, das ginge, kommt die Antwort. In welcher Valuta zahlen Monsieur? – Ha! Nix Valuta (wir kommen uns plötzlich bettelarm vor) – ist doch wegen des Streiks. Nachdenken (bei den Streikbrechern). „Comme exception" zahlt *Air France* für uns beide den Flug Paris-Düsseldorf-Westberlin. Stiller Jubel, aber gemach, noch sitzen wir nicht in der Maschine, noch holt der Beamte von *Air France* zwei unbeschriebene Ticket-Vordrucke mit der sauberen Aufschrift „Interflug" aus dem Schrank, wir bekommen nämlich ein neues Ticket, das muss so sein.

Also, so schnell wie möglich nach Hause, d. h. rue Olivier de Serres 24, im Montparnasse, um den Koffer zu holen. Geschleppt bis zur Metro – auch hier Klassenkampf, wird gestreikt, ein richtiger Hexenkessel, dieses Paris. Die Streikenden haben kein Verständnis dafür, dass unsere letzte Chance bald wegfliegt, dass wir dann dem klassenbewussten Bodenpersonal auf Gedeih und Verderben ausgeliefert sind. Aber ach, nach nervenaufreibendem Warten kommt noch ein Zug. Wieder haben uns, vielleicht auch nicht, Streikbrecher gerettet. Kurz gesagt, einmal abgesehen von dem Gerangele auf den U-Bahnhöfen und in den Waggons, bis zum Flughafen Charles de Gaulle mit Air-France-Zubringer, ging alles glatt: Passkontrolle, die kaum verdient eine genannt zu werden, aber doch den Ausreisestempel 18. September 1985 verewigt. Zollkontrolle, die keine ist – erfahrene Beamte sehen uns an, dass bei uns nichts zu „holen" ist – alles klappt. Koffer (einen!) aus der Gepäckaufbewahrung geholt – Adieu (wörtlich ja „Mit Gott", wir hätten uns auch mit „au diable" verabschieden können, Hauptsache, es geht nun doch los). Unser Flug ist auf dem Bildschirm bereits angekündigt, zwar ohne Abflug-Zeit, aber immerhin. Alles geht so zähflüssig. Man fliegt nach Birmingham, nach Zürich – Halt! Eine Durchsage! (Die Schweizer lästern: „Da sollten diese Franzosen mal zu uns kommen, da kann man wenigstens verstehen, was angesagt wird – auf dem Ost-Bahnhof – Pardon, „Berlin-Hauptbahnhof" – waren die sicher noch nicht). Wie eben die Schweizer, verstehen auch wir die Durchsage nicht. Folgt die englische Version, auch Kauderwelsch, deutsch dasselbe – aber da – der Bildschirm kommt in Bewegung: Abflug nach Düsseldorf-Berlin/West verzögert sich um eine Stunde. Neue Geduldsprobe. Zum Glück – ein Teewagen, eine Erfrischung, eine Brühe, etwas Warmes … *Air France* sorgt sich um seine Gäste – wie nett, so ohne einen Sous in der Tasche. Auf dem Teewagen: *gratis!* die neuesten Zeitungen – „l'Humanite" nicht dabei – man sorgt sich anscheinend mehr um das seelische Wohl.

Im „New York Herald Tribune" eine Karikatur: Der noch nicht abgedankte französische Verteidigungsminister Hernus sitzt vor einem Aquarium, in dem die zerbrochene „Titanic" liegt. „Es ist doch schade um dieses schöne Schiff" lamentiert der Minister, „aber damit habe ich wirklich *nichts* zu tun" beteuert er (Man hatte ihm gerade die Sprengung der green-peace-eigenen „Rainbow Warrier" in Neuseeland angelastet).

Großes Bild einer australischen Filmprominenz im „Liberation" mit uns verständlichem Text: Ein Rivale habe das gewisse Körperteil amputiert, das den Mann erst zum Manne macht. Pech gehabt, Sex futsch? Wohin? Ein gutbezahltes Ärzteteam hat sich der „Sache" angenommen, in stundenlanger Juwelierarbeit ein neues Ding gebastelt. Dann wurde dem Patienten (dem „Geduldigen") eine sex-monatige „Ruhe" verordnet. Nach der „Ruhe" versucht der Star, die Sache „mit einer seiner (findigsten) Freundinnen". „Danach" rennt er schnurstracks vor die bereitstehenden Fernsehkameras und ruft in alle Welt hinaus: Ça marche!" („Es geht!!"). Was für ein Glück für alle seine Freundinnen, was für eine Niederlage für seinen Rivalen und was für eine bezaubernde Unterhaltung für uns hier auf den Flug nach Berlin/Ouest Wartende.

Es ist Nacht geworden, der Bildschirm kommt in Bewegung: Der Flug nach Berlin/Ouest über Düsseldorf annulee – der von Air France gestiftete Flug annuliert, für Null und nichtig erklärt, storniert – schwer zu fassen, wir fliegen nicht! Aber Hurra, die Streikenden haben gesiegt, die Flugzeuge bleiben im Stall, und wir eben am Boden. Wir wenden uns an den Air-France-Shuttle-Dienst, wir kein Geld, keine Verpflegung, keine Unterkunft – Diese Schäden seien nicht von Air France, *sondern* von seinem Personal verursacht worden- dafür kommt die Gesellschaft nicht auf!

Händeringender Anruf an unsere Freunde: „Ach ihr seid schon in Berlin und ruft gleich an, wie lieb, wie war der Flug?" – „Ihr Treuen, wir sind noch immer auf dem Flughafen Charles de Gaulle." Ganz schüchtern fragen wir an, ob wir in die Stadt zurückkommen können. „Bien sur!" Die Behörden machen unseren Ausreisestempel „Police nationale, Charles de Gaulle 2. Septembre 1985, France 650" mit einem fetten „Charles de Gaulle – annulee" ungültig.

Der Streik hat uns drei Zusatz-Tage in Paris gebracht, damit kann man leben. Noch einmal so richtig geschwelgt, eine Fahrt auf der Seine mit einem Pleasure-boat, ein nächtlicher Besuch auf dem Montparnasse-Turm, 210 Meter über Paris – unvergesslich, aber nicht vergessen die bange Frage: Werden wir fliegen?

Als erstes fragt uns Mounette: „Habt ihr denn überhaupt noch Geld?" Also, für einen Juice war noch geblieben. „Wie ihr das gemacht habt mit dem bisschen Geld, das ich euch gegeben habe, das müsst ihr mir jetzt aber beibringen." Das Geheimnis ist gar nicht so groß: Niemals hinsetzen! Nur Stehen ist preiswert. Wir sind niemals in Gaststätten oder Restaurants hinein gegangen, immer Stehimbiss geübt. Natürlich haben wir Restaurants auch von innen gesehen, wenn wir eingeladen waren. Peinlich vornehm, die Augen gingen uns über von der Aufmachung, den Leckerbissen, na und den Rechnungen.

Mounette hatte uns ihre Zwei-Zimmer-Wohnung im 15. Arrondissement „geräumt" – wir fragten: Wozu dieses derangement, wo wirst du bleiben? „Ihr werdet hier zu Zweit bleiben, ich gehe diese zwei Wochen zu Josette", ihrer und später auch unserer Freundin. Die Wohnung lag wunderbar, im obersten Stockwerk, hoch über den Dächern von Paris ... ein bis an den Rand gefüllter Kühlschrank und Bücher über Bücher, werden wir die lesen, und wann?

Für unseren Bedarf haben wir stets billig eingekauft, besonders auf dem Markt. Der war gleich um die Ecke, eine komplette Straße wurde zu diesem Zwecke gesperrt. Ja, das war fast wie ein orientalischer Basar, unseren Potsdamer Wochenmarkt konnte man hier vergessen. Allein der Fischmarkt, nie vorher gesehen, was es da so alles gab – z. T. kaum definierbare Kreaturen in den Eisstückchen – das reinste Meereskundemuseum direkt auf der Straße. Strahlende Metzger zu strahlendem Angebot, aber Vorsicht: besonders hier strahlende Preise. Wir haben immer sehr gemütlich und üppig auf Mounettes riesigem Dachgarten gefrühstückt und zu Abend gegessen. Viel Obst, Fisch und Käse, manchmal auch ein Beutelsüppchen gelöffelt.

Mounette war eine außergewöhnliche Kommunistin, noch aus jenem Holz geschnitzt, das langsam von der Erde verschwindet, wo Geld nicht *Die Welt* bedeutet. Sicher hat sie ihr Auskommen, sie ist bis heute journalistisch tätig, aber etwas rechnen musste sie bei diesen Preisen schon. Das Einzige was sie sich leistete, war diese traumhafte aber teure Wohnung im Zentrum, sie brachte es einfach nicht übers Herz, in die Randgebiete zu ziehen. Sie ging mit uns zur Bank, da sie weiß, dass wir pro Nase nur 15 Mark/DDR in 15 DM/ West umtauschen konnten, hob 2.000 („neue", aufgewertete) Francs von ihrem Konto ab und überreicht sie uns mit den Worten: „Wenn das Geld alle ist, müsst ihr es sagen, dann bekommt ihr noch was", so, als wenn man sagt: wenn das Briefpapier alle ist – dort im Schreibtisch findet ihr mehr. Ihre Selbstverständlichkeit müsste verblüffen, wenn es bei ihr nicht so selbstverständlich wäre. So ist Mounette.

Jahrelang Mitglied des ZK der FKP, Journalist bei der CGT, Mitinitiatorin des Museums der Resistance (eröffnet zum 40. Jahrestag der Befreiung, Jour de la Liberte), unmittelbar an der Seite von Jaques Duclos bei der Herausgabe der illegalen *Tageszeitung* „l'Humanite", unter den Bedingungen der faschistischen Okkupation. Lachend erzählte sie: Unter den Faschisten – die Busse waren schlecht – das Benzin noch schlechter, wenn es bergan ging, mußten die Fahrgäste aussteigen und schieben – fuhr ich mit Jaques Duclos. Plötzlich blieb der Bus stehen, alle steigen aus, auch Jaques Duclos. Er schob aus Leibeskräften mit. Da sagte sie zu ihm: Es ist zum Auswachsen, in ganz Paris sucht dich die Polizei und du schiebst hier seelenruhig einen Bus. Jaques Duclos soll geantwortet haben: Wir müssen weiter!

Schon zu Beginn der 30er Jahre ist sie als junges Mädchen, also 20-23 Jahre alt, beim Europäischen Büro der Komintern eingesetzt und damit unmittelbar Georgi Dimitroff unterstellt, der dieses Büro in Berlin bis 1933 leitete (dort von GESTAPO verhaftet, die Nazis wussten allerdings nichts von seiner Funktion). Sie hatte ihre Aufträge zwischen Paris-Berlin-Moskau und anderen Zentren. Maurice Thorez persönlich stellte sie Georgi Dimitroff vor. Der wollte sie gerne für die OMS (Otdel meshdunarodnych swjasei – Abteilung für Internationale Verbindungen) haben, einer Sonderabteilung, die unmittelbar der sowjetischen Aufklärung unterstand. Daraus wurde nichts – wie gut. Mounette fühlte sich zu sehr als Französin und sah ihren Parteiauftrag vor allem in der französischen Partei.

Sie hieß eigentlich Andree, „Mounette" war ihr Kosename in der Familie (Wolfgang und ich kannten sie auch zu Hause auf dem Montmartre). Die Wohnung in der wir jetzt wohnten, war ihre alte illegale Wohnung. Die Concierge, eine betagte Dame von fast 80 Jahren (sie war ihr ganzes Leben concierge, eine Art Hausmeister und Portier in vornehmen Häusern, sicher gelegentlich auch Informant der Geheimpolizei, GESTAPO oder Sureté) nannte Mounette noch heute bei ihrem illegalen Namen „Tante Simone", so hieß sie unter den deutschen Faschisten, und daran wurde sie jedes mal erinnert, wenn die Concierge sich mit „Tante Simone" an sie wandte.

Wie klein die Welt ist – bereits in der Illegalität traf Mounette auf der Straße unsere Mutter, glücklich, noch mal den Häschern in Moskau entwischt! „Ich muss unbedingt Maurice Thorez sprechen", legte Charlotte los, „wo ist er?". Diese beinahe als Forderung vorgebrachte Bitte machte Mounette misstrauisch. Sie wusste, wo Maurice Thorez ist, aber die Regeln der Konspiration verbieten – wem auch immer – den Aufenthaltsort preiszugeben. Sie kannte Charlotte sehr gut persönlich noch aus Berlin, war oft bei uns zu Hause. Dann hatte sie, das gibt sie jetzt zu, so ein unheimliches Gefühl, sie befürchtete, dass Charlotte unter Umständen eine Agentin des NKWD geworden ist, und vor denen war schon Wachsamkeit geboten. Sie weist schließlich unsere Mutter ab – sie wisse nicht, wo Thorez ist, stehe der Partei nicht mehr nahe!

Komisches gab es auch genug zum Wiedererzählen. Wenn Mounette in Berlin war (sie war ja ein entzückendes Mädchen!) flirteten wir stets ein wenig, ein Streicheln, ein Küsschen. Eines Tages gestand sie mir, dass der bei uns ebenfalls verkehrende baskische Anarchist Pedro ihr Freund sei. Das verschlug mir den Atem, nicht so sehr aus Eifersucht, ich konnte nicht verstehen wie sich eine französische Jungkommunistin in einen baskischen *Anarchisten* verlieben kann, wo die doch ganz verkehrte Ansichten hatten. Aber das war noch nicht alles. „Attention, ich habe große Angst, er ist schrecklich jaloux (eifersüchtig)!". Ich zucke zusammen! „Weißt Du, er hat immer einen geladenen Revolver bei sich, wir sollten uns in Acht nehmen." Der legte uns doch nicht etwa um?

Nach drei Tagen waren wir immer noch in Paris. Auch drei Tage vergingen, Pass abgelaufen, französisches Visum abgelaufen. Morgens versammelten sich unsere alten und neuen Freunde bei Mounette, herzliche Verabschiedung.

Josette – diese Verkörperung französischer Lebendigkeit, fuhr uns, wie bisher auch zum Flughafen. Wenn man mit ihr fuhr, war das immer etwas unheimlich. Um etwas zu erzählen, fuchtelte sie mit beiden Armen in der Luft herum, ließ dabei natürlich das Lenkrad los, so dass ich immer schrie: Hände runter! Oder sie zerrte so stark am Lenkrad, dass es drohte abzubrechen! Ein Mundwerk, das nie ruhte, Augen die stets in alle Richtungen rollten, dazu eine Stimme, die alle verstummen ließ. Esprit und Witz beispiellos und doch kein rauer Kutscher, liebevoll, aufmerksam. Jetzt schon grauhaarig, kurz geschoren. Noch blutjung fiel sie in die Hände, besser Klauen der GESTAPO, dem Tode knapp entronnen. Wo wir auch lang fahren, unsere Freunde erinnern sich gut an die Topografie des Terrors: Da ein Gefängnis, hier wieder eins. Selbst die weltberühmte Cociergerie, letzter Aufenthalt von Marie Antoinette und Ludwig XVI., später Museum, die GESTAPO hatte sie zum Kerker zurückfunktioniert. Überall hatten beide „eingesessen“.

Josette – Lehrstuhl für Geschichte an der Universität – in Frankreich gibt es keine Berufsverbote, wobei man nicht behaupten kann, dass Kommunisten ganz besonders gefördert wurden. Fünf-Zimmer-Wohnung gemeinsam mit ihrem Mann August (französisch klangvoll „Ogüste“, also nicht „Augustin“), überall Bücher. Kann man so viel gelesen haben? Drei verheiratete, bildschöne Töchter, also Mutter- und Vaterfreuden gehabt. Das Zimmer der „Kleinen“ wie gehabt, alles bleibt erhalten, denn manchmal komme sie noch zur Übernachtung.

Im Nu war der PKW, ein mittlerer „Renault“, im Gewühl des Berufsverkehrs untergetaucht. Der Boulevard war breit, aber wir fuhren Schritt, man könnte ebenso gut zu Fuß gehen. Nicht auszudenken, wenn wir uns verspäteten, nur nicht *daran* denken. Warum ich denn so „still“ sei? (Ich muss wohl sonst ziemlich lebhaft, viel und laut geredet haben). Ja, da wirste stille wie'n Feuersalamander. Aber Ruhe! Josette, Kennerin aller Nebenstraßen, nimmt einen „Umweg“, um schneller voranzukommen – bei mir denke ich: „Überholen ohne einzuholen“. Aber es geht zügig, dieses Teufelsweib hat's geschafft. Auf der großen Ausfallstraße Uhrenvergleich: Wir waren „gerettet“, der ansonsten geschlossene Autoteppich war nicht ganz so eng geknüpft. Wir erwischten in diesem Flughafen-Areal sogar die richtige Ausfahrt.

Man empfing uns auf „Charles de Gaulle“ freundlich: „Ah, zweimal ausgereist – compris, c'est la grêve“ (verstanden, das ist der Streik). Zoll: Niemand will uns sehen, eben keine Schmugglervisagen. Das Air-France-Flugzeug könnte gut eine TU-134 sein. Verpflegung gut, Nachschlag und Nachschank von alkoholischen und nichtalkoholischen Getränken gewährleistet. Zeit zum Lesen – keine „l'Humanite" vorhanden-, also weiter dieser imperialistische Sumpf – immer her damit, war ja zum letzten Mal. In der Rückenlehne Prospekte, liebe Leute, ein Farbkatalog von der ganzen Welt, nennt sich auch „Air-France-Atlas", wo eben Air France so alles hin fliegt, 120 Seiten stark. Wir vermeiden, provinziell zu erscheinen, fragen aber doch: Kann man das mitnehmen? „Naturellement". Schließlich an jedem Sitz, also für jeden Fluggast, so ein Prospekt, Irina sah das auch so – verschwindet in der Reisetasche. Aber da kamen schon Zweifel auf: Was sagt dazu unsere „Grenze", bzw. unsere Genossen von den Grenztruppen? Ist immerhin Schrifttum aus dem Westen, wer weiß, was da „drin" steht, lesen können die es wahrscheinlich nicht. Wir sind ohnedies überlastet mit Druckerzeugnissen, selbst „l'Humanite" ist ja „West", da gibt's kein „aber", da steht auch allerhand drin. Also besser wieder raus mit den Prospekten. Mein Gott, gekostet haben sie nichts, und mehr als Konfiskation drohte auch nicht, also wieder rein in die Reisetasche.

Nach einem guten Imbiss kam die Ansage: Wir fliegen „'ambourg" an, Gott Lob. Landung, da steht's auch tatsächlich „Hamburg" – nur noch ein Katzensprung bis nach Hause. Aber wir wollen ja gar nicht nach Hamburg, wir wollen nach Berlin/West. Ja, ja wir haben fleißig das Parteilehrjahr besucht, lesen unsere Presse, wussten etwas vom Vierseitigen Abkommen und hatten über alle diese Kanäle wirklich verstanden – glaubten verstanden zu haben, dass Westberlin nicht zur Bundesrepublik gehöre und nicht von ihr verwaltet werden darf. Zwar gab es da unansehnliche Tatsachen (gemeinsame Währung, gemeinsames Wirtschaftsleben), auch immer wieder „Verstöße" (eine Residenz des Bundespräsidenten in Berlin/West, Bundestagsfraktionen „tagen" im Reichstag, und in dieser Art noch manches mehr). Aber im Allgemeinen blieb es (für uns) eine Binsenwahrheit, ein Axiom: Berlin/West ist *nicht* die Bundesrepublik Deutschland. So suchten wir, wie es ja auf internationalen Flughäfen (wie Hamburg) üblich war den „Transitraum", d. h. den Raum, wo man die Weiterreise abwartet, ohne sich mit umständlichen Pass- und Zollformalitäten des Transitlandes zu belasten. Wir fanden keinen Transitraum. Völlig ahnungslos, denn wir hatten inzwischen die Sportsfreunde vom Bundesgrenzschutz erspäht und möchten neugierige „Befragungen" gerne meiden, also völlig ahnungslos fragen wir eine Flughafen-Hostesse: „Sagen Sie bitte, wo ist hier der Transitraum, wir wollen in einer halben Stunde nach ‚Berlin' (so heißt *das* im Westen) weiterfliegen?". Genauso ahnungslos antwortet uns die West-Dame: „Da müssen Sie erst einmal nach Deutschland einreisen"!! So war das also, man reiste „in Deutschland", das es seit 1945 gar nicht mehr gibt, „ein". Der „Bundesgrenzschutz" (Nicht „Deutschlandgrenzschutz") genehmigt (oder genehmigt nicht, denn Irina hatte in ihrem sowjetischen Pass gar kein Visum für die Bundesrepublik Deutschland!) in Hamburg dem Bürger eines souveränen Staates die Einreise „nach Deutschland" und *damit* die Einreise nach West-Berlin! Unsere „Ost"-Kenntnisse erwiesen sich als ziemlich lückenhaft, hier jedenfalls ist man „weiter".

Der Zu-Bringer nach Berlin/West, eine PANAM-Maschine verspätet. Nach der noblen „Air-France"-Maschine ein ziemlich klappriges Etwas von Aeroplan. Nach 35 Minuten – Überfliegen von Potsdam und Umfliegen unseres (OST-berliner) Fernsehturms – erreichen wir sicher Tegel. Dort hat dann kein Schwanz mehr gefragt, wer wir seien, wir waren ja ordnungsgemäß „in Deutschland" eingereist und registriert. Per Linien-Bus zum Ku'damm – welch bittere Enttäuschung der Vergleich zwischen dem sagenumwobenen Ku'damm und dem liebgewonnenen Paris mit seinen Grandes Boulevards. Gleich beim Aussteigen – ein riesiger Arsch ... ein Pornokino. Was in Paris leicht obszön war, hier ist es soldatisch-schweinisch! Nicht einmal das war weltstadtwürdig. Und dann diese „Bauten", diese geschmacklosen Kisten, gigantische Klötzer, nicht einmal Wolkenkratzer, jeder kratzt nach seiner Fasson ein bisschen am Himmel. Eine S-Bahn brachte uns nach „Friedrichstraße" – jetzt erster Schritt in die Heimat, ein Seufzer ... was wird bloß mit unserer West-„Literatur"? „Wo kommen Sie denn her, Streik, wo gibt's denn so was?" – „Da sind Sie wohl froh, dass Sie wieder zu Hause sind?" Wir waren froh.

Der Unscheinbare

Hier soll versucht werden, ein Buch vorzustellen, das nie geschrieben wurde, besser, von dessen Inhalt nur vage Fragmente eine Vorstellung geben können.

Wertvolle Bekanntschaften machte man bei den traditionellen Sternfahrten der Fahrradtouristen des Radsportverbandes der DDR. Ein mittelgroßer junger Mann – ein „Sportsfreund" wie sich das damals nannte – von vielleicht 35 Jahren sprach mich an. Unscheinbar, ganz kurz geschnittenes, leicht welliges Haar, so etwas wie ein Brecht-Schnitt. Sein ganzes Äußeres zeigte, dass er auf Äußeres keinen besonderen Wert legte, ohne dabei ungepflegt, zu wirken.

Zu unserer Sternfahrt nach Potsdam war er aus Großkorbetha bei Weissenfels, nicht weit von Halle, solo geradelt – etwa 160 Kilometer – eine beachtliche Leistung. Seine zurückhaltende Art und sein etwas verklärter Blick erweckten bei mir den Eindruck einer Distanz zu allem Irdischen, etwas Asketisches

– ohne dass er das herausstrich – unter Umständen sogar religiös engagiert. Was mein Interesse an ihm nur stimulieren konnte. Aus seinen kurzen Erzählungen ließ sich folgern, dass er sehr viel herumgekommen war, so ein echter Weltenbummler. Unter „sozialistischen" Bedingungen, natürlich ein Bummler in der Welt des Sozialismus, also nach Osten gerichtet.

Es war kaum ein Land auszumachen, dass er nicht – selbstverständlich per Fahrrad – bereist hätte, man hätte neidisch werden können. Aber auch als Tramper hatte er sich mit Erfolg versucht. Aus eigenen Erfahrungen wusste ich, dass ein „freies" Vagabundieren bei unseren östlichen Nachbarn oft beargwöhnt wurde. In Rumänien z. B. gab es da strenge Vorschriften – kein Bauer durfte auf seinem Hof irgendjemanden beherbergen. Aber gerade das war ja so reizvoll, hautnah „unter den Leuten" gewesen zu sein. Er hatte sich leichtfüßig – vielleicht sogar leichtsinnig – über alle einschränkenden „Verordnungen" hinweggesetzt.

Wir vereinbarten einen Besuch bei mir zu Hause. Er erwies sich als angenehmer Gesprächspartner – für uns sympathisch, dass er recht fließend Russisch sprach – aber er hielt, so fühlte man, mit etwas hinterm Berg. Schon im Aufbruch händigte er mir ein Diarium aus, mit der Bemerkung „Kannst du dir ja mal ansehen, wo ich schon so alles gewesen bin". Ich blätterte flüchtig – es war ein handgezeichneter Atlas von allen Regionen Osteuropas!

Nachdem er uns verlassen hatte, machte ich mich, doch etwas neugierig geworden (ich habe eine Schwäche für Atlanten) ans Studium des Tagebuches. In detaillierten Karten hatte er seine Fahrtrouten aufgezeichnet. Mal per Rad, mal getrampt. Viele Ziele und Routen kannte ich, Tschechoslowakei, Ungarn, Rumänien, Bulgarien bis an die Schwarzmeerküste. Dieser junge Mann hatte wirklich sehr viel gesehen, ich musste ihn unbedingt wieder einladen. Aber da! Eine große Faltkarte der UdSSR! Das versprach interessant zu werden.

Seine Route ging nicht nur durch erschlossene Tourismusgebiete, sondern fern von den großen Zentren, auf Abwegen, in Gegenden, auch Grenzgebieten, die für den „normalen" Touristen Sperrgebiete waren. Es sah so aus, als hätte er eine hochrangige Delegation von Fachleuten begleitet. Das war nicht auszuschließen. Erstens konnte er recht gut Russisch, käme also als Dolmetscher in Frage, zweitens war das bei den „Freunden" immer so, dass sich das *völlig Unmögliche* als *möglich* erwies. Sein ruhiges Wesen ließ sogar die Vermutung zu, dass er als Begleitperson zur Sicherheit gedient hatte. Ich hatte es geahnt – nun erwies es sich – dass ich diesen neuen Freund stark unterschätzt hatte. Mit etwas Geduld würde sich sein Geheimnis sicher lüften.

Die Karte wies nicht nur entlegene Gegenden der mittelasiatischen Republiken und der Kaukasusrepubliken aus, sondern streckte sich weit nach Osten, bis nach Chabarowsk am Amur! So kann man sich irren, nur weil ein Mensch zunächst unscheinbar erscheint.

Bei seinem nächsten Besuch war er sichtlich angetan, dass sein kleiner persönlicher Atlas auf mich einen so großen Eindruck gemacht hatte. An Stelle uneingeschränkter Begeisterung gab es vor allem Fragen und nochmals Fragen. Wie war er dazu gekommen, so fast ungehindert durch das Riesenreich zu reisen. „Das war eine Tramp-Tour", antwortete er in seiner unsensationellen Art. Da war ich völlig perplex! „So etwas ist doch gar nicht gestattet", hielt ich dagegen. „Es war ja so verlockend, weil es von Anfang an ungesetzlich war", meinte Kurt ohne jedes Schuldgefühl. Nach dem „Ehrendienst" in der Nationalen Volksarmee wollte er einmal so richtig was erleben, besonders reizte es ihn, die ganze Sowjetunion im Solo zu durchqueren.

So trampte er bis an die slowakisch-sowjetische Grenze ... und überschritt diese als „grüne Grenze" – illegal – nur mit einem DDR-Personalausweis und 700 DDR-Mark bestückt, erfolgreich. Schon im ersten grenznahen ukrainischen Dorf wurde er herzlich aufgenommen, mit ein paar Rubeln versorgt und mit ein paar Tipps auf den weiten Weg vorbereitet. Erfolgversprechend sei, sich an die Kirchen, den Dorfpopen zu halten. Wenn sowjetische Reisende auf ihren Bündeln und Koffern sitzend tagelang auf einen passenden Zug warteten – Kurt ging auf den Bahnsteig, wenn „sein" Zug schon einlief und sprach die Schaffnerin eines Wagens an. Er hatte „Schlag" beim schwachen Geschlecht, man sah ihm an, dass man sich ihm – auf Diskretion hoffend – anvertrauen konnte. Sie antwortete meistens: „Du fährst in meinem Dienstabteil mit!"... und seine Züge rollten, mit Zwischenaufenthalten, durch die unendlichen Weiten eines großherzigen Landes. Etappenweise ging es bis ins ferne Chabarowsk, Kurt träumte schon davon, auf dem Amur noch den Stillen Ozean zu erreichen.

Auch dort lernte er flugs die junge Russin Natascha kennen, die ihn zu ihrer Mutter mit sich nach Hause nahm. Beide Frauen gewannen unseren DDR-Kurt sehr lieb, schrieben später noch lange zärtliche Briefe nach Großkorbetha. Nach etwa zwei Wochen wollte sich Kurt doch einmal umsehen, mit welchem Zug der Transsibirischen Eisenbahn er am besten gen Westen zurückfahren könnte. Auf dem Bahnhof („Sperrgebiet"!) unterzog ihn eine Militär-Patrouille einer Routinekontrolle. Auf die Frage: Wie lange sind Sie schon in Chabarowsk? antwortete Kurt geistesgegenwärtig: „Seit gestern". – „Mit welchem Zug sind Sie denn gekommen?" – die zweite Frage. Kurt nannte „seinen" Zug

– das wurde ihm zum Verhängnis. „Dieser Zug fährt seit 10 Tagen nicht mehr, wir haben jetzt schon Winterfahrplan." Kurt wurde festgenommen, sein völlig „illegales" Vorhaben „aufgedeckt". Er gestand seine kurze Bindung zu Natascha, eine Gegenüberstellung folgte, was der jungen Frau einigen „Ärger" einbrachte.

14 Tage wartete Kurt auf seinen Abtransport (heute sagt man ja „Abschiebung") im Untersuchungsgefängnis von Chabarowsk. Auch dort verging für ihn die Zeit nicht nutzlos, er machte lehrreiche Bekanntschaft mit russischen Ganoven, die ihm – gentlemenlike – ob seiner wagemutigen Tour Bewunderung zollten, nichts wegnahmen. Auch die sowjetischen Behörden hatten ihm bei der Festnahme zwar alles abgenommen, bei seinem Abtransport dann aber fast alles zurückgegeben (außer den vielen Filmen, denn Kurt hatte auch noch – welche Todsünde – überall fotografiert), darunter die sehr ausführlichen Tagebücher (möglicher Bestandteil eines späteren Buches, die ich mit Hochspannung lesen konnte, um die es mir schrecklich schade war, dass man so etwas in der DDR nie veröffentlichen würde – na und heute veröffentlichen könnte, aber nicht veröffentlichen wird). Das also war der wahre, der spannende Autor dieser Epopäe.

Kurt flog (gratis!! in „Begleitung") von Chabarowsk nach Moskau. Bereits auf dem Flughafen erwarteten ihn händeringend Vertreter der diplomatischen Vertretung der DDR: Wie konnten Sie nur? Unverantwortlich! Das wird ein gerichtliches Nachspiel haben! Seine Erlebnisse konnten sie ihm nicht mehr nehmen. Die nicht verausgabten 700 DM wurden sofort beschlagnahmt (Devisenvergehen!), dann aber freigegeben, um Flugtickets Moskau-Berlin für ihn *und eine DDR-Begleitperson* zu lösen. Auf dem Flughafen Berlin-Schönefeld wurde er – direkt auf dem Flugfeld – von einer „Grünen Minna" (die Russen nennen das „Schwarzer Rabe") in Empfang genommen.

Es folgten langwierige „Untersuchungen": Passvergehen, Devisenvergehen, böswillige Täuschung, illegaler Grenzübertritt. Simple Abenteuerlust galt hier nicht. Kurz vor dem „ordentlichen" Gerichtsverfahren eilte eine Generalamnestie zum 23. Jahrestag der Gründung der DDR herbei – und mein Kurt war ein „freier" Mensch.

Das vielleicht Erstaunlichste war, dass Kurt diese Odyssee nicht als Leidensweg, als Opfergang, vielleicht sogar mit einem nachträglichen Bedauern betrachtete, sondern schmunzelnd – noch nachträglich – jede Szene sichtlich genoss.

Sein Leidensweg stand aber noch bevor. Er war zwar nicht verurteilt, aber irgendwie geächtet, gebrandmarkt. In der DDR gab es ständig ein umfangreiches Stellenangebot, und Kurt war gelernter Gärtner und Landschaftsgestalter, außerdem war er Meistermelker, sogar bester Melker im Kreis Weißenfels, zudem gab es keine Arbeit, vor der er zurückgeschreckt wäre, er war die personifizierte Arbeitswilligkeit – dennoch blieb er zwei Jahre ohne Arbeit und *ohne Unterstützung.*

Das bürokratische Spiel wiederholte sich viele Male, und Kurt erzählte es jedes Mal mit Vergnügen. Er suchte die „Kaderabteilung“ (also Personalabteilung) eines Betriebes, der eine Stelle anbot auf, wurde sehr nett empfangen, alles wird erläutert, bis der Kaderleiter sich eine „Bedenkfrist“ auserbittet (in der man sich die Kaderakte kommen lässt), und vorschlägt, dass Kurt in drei Tagen zum „Abschlussgespräch“ wieder erscheinen solle.

Das neue „Gespräch“ verlief nun ganz verschieden. Die einen machten Kurt bittere Vorwürfe, dass er nicht die ganze Wahrheit „über seine Vergangenheit“ gesagt hat – worauf Kurt völlig zu Recht einwendet: „Ich bin nicht vorbestraft!“

Aber er hätte nichts „verheimlichen“ dürfen. Ein bisschen mochte bei den Beamten auch Neid mitgespielt haben: „Wir dürfen so was nicht – und dieser hier nimmt sich das einfach heraus.“ Kurz es war ein grober „Verstoß“ gegen den DDR-Umgangs-Codex.

Andere Kaderleiter umgingen den „wunden Punkt“, meinten „es hätte sich anders ergeben“, „für seine Einstellung bestehe kein Bedarf mehr!“, etc. Das Resultat war gleich: Nicht eingestellt. Mir war gar nicht wohl bei so viel Bürokratie und Ungerechtigkeit – es war sogar gegen geschriebenes Gesetz, denn selbst entlassene Straftäter mussten bedingungslos eingestellt werden.

Endlich schrieb er mir mit einem gewissen Stolz, dass er Arbeit gefunden hätte. Er sei auf einem Friedhof als Grabschaufler eingestellt worden. Das machte ihm überhaupt nichts aus, er suchte geradezu körperliche Arbeit. Regelmäßig kamen nun Berichte von erlebten Bestattungen, die seine literarischen Fähigkeiten einwandfrei bestätigten. Mit hervorragender Beobachtungsgabe stufte er die Begräbnisse abends nach getaner Arbeit in sein Tagebuch ein. Die noblen Bestattungen, die es ja gab, mit ihrem falschen Pomp, wo man sich zeigte um, gesehen zu werden, und die sich dann als besonders geizig entpuppten. Die ganz bescheidenen Begräbnisse, wo – still schluchzend – eine Mutter mit wiederum ihrer Mutter ihren einzigen Sohn zu Grabe trug.

Bei seiner Arbeit hatte Kurt drei Kollegen, allesamt notorische Säufer, die manchmal kaum noch die Schaufel halten, geschweige denn den Sarg hinablassen konnten – katastrophal. So wurde Kurt von denen obendrein geringschätzig behandelt, ja verlacht. Kurt nahm es gelassen, bis er eines Tages in einem Vorortzug mit einem jungen Kerl über Arbeit ins Gespräch kam: Keine Arbeit? „Geh zur Kokerei in Buna, die nehmen jeden und bezahlen gut!" Kurt ging – und wurde genommen (und ich war froh). Ein halbes Jahr hielt er die Hölle in der Kokerei aus. Der Rubel rollte – was bei ihm nicht so entscheidend war – aber der Dreck, der Staub, die Hitze und diese rauen Burschen, er war wie gar gekocht und schmiss – zu meiner Sorge – den Laden hin.

Nun war es aber schon leichter, denn er kam jetzt nicht aus der Untersuchungshaft, sondern aus einem geregelten Arbeitsverhältnis. Er ging unter die Waggonbauer zur Deutschen Reichsbahn, erfolgreich. Die Arbeit schien ihm zu gefallen. Laufend schickte er uns kleine Modellzeichnungen, Ausschnitte aus Prospekten, welche Wagen gerade für die Sowjet Union hergestellt würden. Kühlwagen und Speisewagen, Salon- und Coupewagen, eine breite Palette. Auch hier blieb er nicht lange: zu wenig Natur, der Weg zur Arbeitsstelle war mehr als eine Stunde.

Er landete auf der Stelle eines Platzwartes einer größeren Sportstätte. Dieses Stadion mit Nebengebäuden mag der Betriebssportgemeinschaft einer dieser Chemiekombinate gehört haben, um das sich – „volkseigen"– niemand so recht gekümmert hatte, mit einem Wort: es war verwahrlost. So arbeitete er denn buchstäblich Tag und Nacht. So ganz langsam nahm das Stadion wieder ein ziviles Äußeres an. Besonders hoch rechnete man ihm an, dass es ihm gelungen war, junge Sportler in freiwilligen Einsätzen zur Mithilfe beim Wiederaufbau des Stadions zu bewegen. Unser Kurt war – nicht nur in meinen Augen – endgültig *„resozialisiert"*. Mehr noch, er wurde auf einen Lehrgang für Sportstättenleiter geschickt, wurde „Aktivist der sozialistischen Arbeit" mit entsprechender Geldprämie.

So schrieb er mir eines Tages – und dieser Briefverkehr war über Jahre ein Hochgenuss – er trage sich mit dem Gedanken „in die Partei" einzutreten. Natürlich war ihm meine Empfehlung sicher, denn solche aufrichtigen, selbstlosen jungen Menschen waren ziemlich rar geworden. Aber „die Partei" würde sich nicht überstürzen, würde „raten, sich erst noch im Leben zu bewähren". Da aber sein Engagement auf einem Höhepunkt angekommen zu sein schien, empfahl ich ihm in eine der befreundeten, hausgemachten Blockparteien, z. B. in die CDU einzutreten, da würde das bestimmt schneller funktionieren. Es funktionierte. Mein Kurt hatte wieder einen angemessenen gesellschaftlichen Status – da ging es ihm ja so ähnlich wie mir, nur wusste Kurt das natürlich nicht. Doch schon nach 3-4 Monaten kamen Klagen: Diese CDU-Gruppe sei ein nichtsnutziger Sauhaufen von Karrieristen und Streithähnen, er halte das einfach nicht mehr aus. Eine Bereicherung für uns beide. Jetzt wollte er doch in die SED eintreten, aber da gab es hohe Hürden: Aus einer „befreundeten" Blockpartei konnte niemand in die SED aufgenommen werden – das war so ein Agreement, vielleicht damit die Blockparteien nicht zerrinnen, wenn sich die Mitglieder überzeugt hatten, dass man in der SED „besser vorankam".

Als das Stadion zum Musterstück herangereift war, teilte mir Kurt unerwartet mit, dass er die Arbeit „geschmissen" habe. Oh Gott! Alle Mühen waren umsonst! Der Betriebsleiter sei ihm sehr unverschämt gekommen, und für seinen selbstlosen Einsatz „musste er sich das nicht bieten lassen", dagegen war erst einmal nichts einzuwenden, schön, wenn sich jemand nicht „alles bieten" ließ.

Bald erfuhr ich von ihm, dass er schon eine neue Stelle habe (jetzt ging das alles „normaler"), er sei Umweltbeauftragter in seiner Gemeinde Großkorbetha, da wäre er in der Nähe seiner pflegebedürftigen, halbblinden Mutter. Er lud mich ein, ihn mit dem Fahrrad zu besuchen.

Das wurde eine ganz außergewöhnliche Rundfahrt durch Kurts Heimat. Für jeden Tag hatte er einen oder mehrere Höhepunkte auserkoren. „Als erstes gehen wir mal auf den Friedhof", meinte er – auf meinen verdutzten Blick – „na ja, ist doch auch ‚Umwelt'". Das war in diesem kleinen Ort nicht weit zu laufen. Ein schmucker Dorffriedhof, von mächtigen Pappeln eingesäumt – „die hat noch mein Großvater gepflanzt", sagte er stolz. Er ging an eine der Pappeln heran und schlug mit der Flachen Hand auf den Stamm – etwa so vertraulich, wie man einem frischgestriegelten Hengst auf das Hinterteil klopft. Mir fiel auf, dass die eine Hälfte des Friedhofs aufgeräumt wie ein Schmuckkästchen, während die zweite Hälfte, gelinde gesagt, verwahrlost war: Umgestürzte Bäume, hohes Unkraut und alles überwuchernder saftig-dunkelgrüner Efeu. „Wie muss man diesen Unterschied verstehen, Kurt?", fragte ich kurz. Ganz einfach – und bei ihm war alles immer „einfach" – er habe dieses Umweltamt erst unlängst angetreten, hatte einfach noch nicht die Zeit gefunden, den *ganzen* Friedhof aufzuräumen. Er war sichtlich stolz, sein halbes Werk gewürdigt zu sehen – denn ganz alleine hatte er sich daran gemacht, diesen vergessenen Friedhof „in Ordnung" zu bringen, an der chaotischen Hälfte konnte man ermessen, was er dabei geleistet hatte.

Wir schwangen uns auf die Räder und es ging an einen stillgelegten, renaturalsierten Braunkohletagebau. Es war, als hätte es hier nie diese wütenden, zerstörerischen Großbagger gegeben. Alles mit fast jungfräulichem Grün überwuchert, aufgeforstet. Wir erspähten sogar Rehe und Hasen. Pfade, keine richtigen Wege, eher so eine Taigalandschaft. Ganz unten ein größerer Tümpel – das Grundwasser hatte sich mit dem Stop der Bergwerkspumpen wieder angesammelt. Das Wasser noch braun getrübt mit schwimmenden Braunkohlepartikelchen, nicht übelriechend. Kurt blickte mit seinen leicht zugekniffenen Seemannsaugen weit über den riesigen Kessel, vom fernen Rand schimmerte ein neu entstandenes Dorf zu uns hinüber. Ja, wenn man so die riesigen Areale verlorenen Bodens wieder erschließen könnte, Naherholungsgebiete (wie das ja bei Spremberg schon der Fall war) schaffen könnte, das schien eine großartige Perspektive – für alle. Kurt war sichtlich stolz, ganz in seiner Nähe solche großen Veränderungen mitzuerleben.

Aber er war unersättlich. Es ging nach Naumburg. Unterwegs durchquerte die Straße eine Bodensenke, dann ging es wieder etwas bergauf, ich war mit dem besseren Antritt meistens vorne. Da rief er hinten: „Walter, komm doch mal zurück!“ Ich kehrte zurück und sah, wie Kurt vor dem Wind fliegende Papiere aufsammelte. Es waren Blätter von einem alten Weltatlas, noch mit schwarz/weiß Karten. Ich ermittelte nach der Afrikakarte, dass der Atlas etwa aus den Jahren 1910-1913 stammen müsse. „Hier in der Nähe ist eine Mülldeponie“, kam es kurz von Kurt, und schon standen wir mitten im Müll (wie in Lateinamerika), dort und hier Blätter des weggeworfenen Weltatlas' einsammelnd. Einige waren schon mit Asche leicht verschmutzt. Aber da es trocken war, pusteten wir tüchtig, und sie erstrahlten beinahe in altem Glanz. Nach einer Stunde hatten wir den wertvollen Atlas, bis auf zwei Blätter zusammen. Kurt stapelte sie auf seinem Gepäckständer und schon ging's weiter.

So gelangten wir nach Naumburg mit seinem berühmten Dom. Wir machten die Räder fest und gingen hinein – ein völlig neuer Kurt eröffnete sich mir: Er erläuterte mir mit höchster Sachkunde jede Figur, jeden Heiligen, alle Details des Kirchenbaus, seine Baumeister. Er wusste, woher die Orgel stammte, wer darauf gespielt hatte. Einschlägiges wusste er über die Gemälde zu berichten – ich kam aus dem Staunen nicht heraus. „Ja, woher weißt du denn das alles?“, konnte ich mich nicht zurückhalten. „Ich habe doch hier – gegenüber, auf der anderen Straßenseite – im Priesterseminar studiert.“ Donnerwetter, ist doch ein Mordskerl, dachte ich, ist er also Pfarrer, Priester oder Mönch gewesen. Vor allem beeindruckte mich, wie er nichts überstürzte, wie er sich Zeit ließ, sein Gesicht ganz langsam zu lüften, zu öffnen.

„Gehen wir hinüber ins Seminar!“, meinte er. So im bunten Sportdress schien mir das etwas unpässlich, aber er bestand darauf, „die nehmen uns an“, war er überzeugt. Eine junge, sehr schlicht gekleidete, im ersten Moment etwas verklemmte Dienerin Gottes ließ uns sofort ein, hörte interessiert an, dass Kurt hier einmal studiert habe, sich aber dann überzeugte, dass aus ihm kein rechter Pfarrer würde, und das Seminar einvernehmlich verlassen hatte. Inzwischen hatte die Dame auf einem kleinen Tischchen einen sehr aromatischen Tee serviert. Die beiden unterhielten sich, wo die Lehrkräfte inzwischen abgeblieben waren, wer von den damaligen Seminaristen noch hier sei. Kurt – in dem Betsreben wirklich glaubwürdig zu erscheinen – zückte seine Studienpapiere, sein Notenbuch (das hatte er alles mitgeschleppt, ohne mir einen Ton zu sagen) und reichte es der jungen Frau, die immer wieder auf ihr Bekanntes stieß. Wir fanden dann doch noch einen passenden Abschluss, verwiesen darauf, dass bis nach Hause noch einige Kilometer zu kurbeln seien.

Kurt unternahm noch mehrere Versuche, sich zu binden, „bis dass der Tod euch scheidet" – die meisten scheiterten. Er wollte keine „Erlebnisse", er wollte eine Familie gründen, wollte Kinder. Einmal lud er mich zu seiner Hochzeit nahe Magdeburg ein. Ich rüstete schon als radelnder Trauzeuge im Standesamt zu erscheinen – da stornierte er: „Ich habe festgestellt, dass meine Zukünftige ein gestörtes Verhältnis zu ‚den Russen' und zur Sowjet Union hat" – so sein Resümee.

Schließlich entschied er sich, ernsthaft an diese Sache heranzugehen, die „ideologischen" Fragen schon im Vorfeld zu klären, die Gretchenfrage vornan zu stellen. Bei den mannigfaltigen Zentrifugalkräften einer Ehe sollte die konfessionelle Grundlage stehen. Er nutzte dabei den bei Partnersuche in der DDR durchaus üblichen Schlüssel, bereits im Inserat weltanschaulich Flagge zu zeigen. Man schrieb dann: „… m.-l. (marx.-leninistische) Weltanschauung erwünscht". Das engte den Kanditaninnenkreis zwar ein, aber man wusste, was auf einen schließlich zukam. Es meldeten sich mehrere Damen, eine von ihnen – sie hatte aus erster Ehe zwei Kinder – schien es dann zu machen, Kurt ging unter die Haube. Wir waren zusammen mit ihm glücklich – Ende gut alles gut!

Doch es kam anders, es kam die „große Wende", die „Befreiung", der Anschluss. Kurts „marx.-leninist.-Grundlagen" kamen ins Wanken, angebrachte Zweifel überfielen ihn, er wandte sich endgültig wieder den religiösen Maximen zu, Kirchentage und stilles Gebet gaben ihm seine innere Ruhe allmählich zurück. Gleichzeitig bekam er einen unaufhaltsamen missionarischen Drang. Unser kreativer, universeller, ungezwungener Briefwechsel verkam zu unendlichen Versuchen, mich nun doch noch zu bekehren, in den Schutz der Kirche zurückzuführen. Er schickte mir ellenlange fromme Kataloge, Programme ökumenischer Tagungen. Es gab aber auch (für mich) sehr wertvolle Materialien, so eine Broschüre über den von den Nazi-Henkern in letzter Minute hingerichteten Pater Delp, dem die braunen Zyniker – in der Todeszelle –

noch die Weihung zum Priester „genehmigt" hatten. Ich kaufte mir sogar eine Bibel (ein Teilerfolg des Missionars), um diesem „Dialog" überhaupt gewachsen zu sein. Aber seine Welt schrumpfte von Tag zu Tag mehr in sein religiöses Dogma zusammen. Hatte ihm früher eine gewisse Starrsinnigkeit geholfen alle, „sozialistischen" Widrigkeiten zu überstehen, so wurde sie jetzt zum Hindernis, in breiter Toleranz einen Neuanfang zu machen.

Das wirkte sich langsam auch auf seine Familie aus – seine Frau Martina hatte ihm inzwischen ein erstes gemeinsames Kind geboren. Es begann damit, dass er nun unbedingt die angeheirateten Kinder seiner Frau bekehren und regelmäßig zur Kirche mitnehmen wollte, was der Frau – die *überhaupt nicht* politisch organisiert, schon gar nicht in der SED war – ganz und gar gegen den Strich ging. Mit einem Wort, die Ehe scheiterte an eben jenem kleinen „m.-l.", mit dem sie einmal zustande gekommen war. Kurt rief mich nach Halle-Neustadt, wo er inzwischen mit seiner Familie wohnte, um den drohenden Konflikt „zu schlichten".

Ich fand eine sehr ausgeglichene, charmante, aber auch selbstbewusste junge Frau vor. Sie war noch Schichtingenieur (denn alle diese Betriebe wurden später „abgewickelt") in einem der großen Chemiebetriebe um die Stadt Merseburg, um derentwillen „Halle-Neustadt" überhaupt aufgebaut worden war.

Ohne jegliche Spannung, beinahe schon abgeklärt erzählte sie, wie sich Kurt mit der „neuen Zeit" wieder auf seine alten Werte orientiert hatte. Kurt habe inzwischen eine (unbezahlte!) Stelle in einer wiedereröffneten Kirche angenommen. Er wolle seine todkranke Mutter aus Großkorbetha – wo er seine meiste Zeit verbrachte – in die enge städtische Wohnung, zu den der Oma völlig fremden Kindern bringen. Er erklärte etwas patriarchalisch: Es sei gut, wenn die Kinder einmal den Tod erlebten, das sei doch völlig natürlich. Für mich gab es nicht viel zu schlichten, ich musste der jungen Frau – „gegen" meinen langjährigen Freund – völlig Recht geben. Kurt brachte mich noch zum Hauptbahnhof Halle, er war offensichtlich enttäuscht von mir, hatte auf meine Autorität gesetzt. Unsere Verbindung zerbrach leider, seine geschiedene Frau schreibt uns weiter ab und zu.

Jahre vergingen. Da kam eines Taghes ein Anruf: Kurt! Er habe im Neuen Deutschland einen Beitrag von mir gelesen, habe gefolgert, dass ich – steinalt – noch lebe. Er habe die Redaktion bekniet meine Telefonnummer herauszurücken, und sei seelig, dass ihm der Herr die Gnade erwiesen habe, Buße zu tun dafür, dass wir in Unfrieden Auseinendergegangenen wieder zusammenfänden. Obwohl dieser frömmelnde Ton aufhorchen ließ, war gegen einen neuen

Briefwechsel nichts einzuwenden. Dennoch wurde ich schwer enttäuscht: Seine tiefe Gebundenheit an den Katholizismus hatte ihm sichtlich geschadet, sein reges geistiges Leben einfach lahmgelegt, es blieben nur noch Gebete und Gebote, Kopien frommer Schriften und Gesänge und die tiefe ‚Überzeugung', dass er meine ‚verlorene Seele' doch noch – vor dem Fegefeuer – retten würde. Das war durchweg sehr rührend, aber auf die Dauer nicht durchzuhalten.

Als Lügner ertappt!

Besonderes Ansehen genoss ich bei der SED-Kreisleitung wohl nicht, eher so etwas wie Narrenfreiheit. Der ehemalige Karl-Marx-Schüler hatte immer etwas zu bemerken. Wobei seine kritischen Äusserungen verständlicherweise darauf abzielten, den DDR-Sozialismus zu verbessern, zu vervollkommnen – nicht ihn zu beseitigen.

Einmal wurden wir nach Potsdam gerufen. Das Grenzgängertum machte der DDR arg zu schaffen. Es wurde alles getan, diesem Unwesen und den Folgen ein Ende zu setzen: In Berlin/West arbeiten, in den „Wechselstuben" über den Schwindelkurs umtauschen und dadurch zu einem Vielfachen der ursprünglichen Summe zu gelangen. Abwanderung von Arbeitskräften, Neid der Nachbarn, Schmuggel von DDR-Waren nach Berlin/West usw.

Der zweite Sekretär der Stadtleitung Willi N. erklärte uns dazu folgendes: Dieser Schädigung der DDR werden „wir hier in Potsdam" ein jähes Ende bereiten. „Wir" – d. h. die Stadtleitung der Partei beabsichtige in der Klement-Gottwald-Straße (heute Brandenburger Straße) einige Schaufenster freizumachen und dort die ertappten Grenzgänger mitsamt der bei ihnen beschlagnahmten Schmuggelware zur Schau zu stellen. Ich konnte mir nicht verkneifen zu bemerken, dass es dann doch einfacher wäre, so wie früher Schandpfäle aufzustellen, wo man dann den Missetäter auch noch, wie damals, bespucken könnte. Es herrschte zwar allgemeines Schweigen, aber meine Noten waren schlecht. Die Sache selbst verlief erfreulicherweise im Sand.

Ein anderes Mal wurde ich selber „ertappt". Ich bekam eine Vorladung zu einer Plenarsitzung der Kreisleitung, was mich veranlasste, so eine Art schneller innerer Revision durchzuführen: Was hast du bloß falsch gemacht. Also hin – im Vorzimmer das übliche Warten. „Du bist noch nicht dran", so die Erklärung der Sekretärin. Also Geduld walten lassen. Gott, mein Gewissen war „rein", parteirein. Schließlich wurde ich aufgerufen. Langer Sitzungstisch, versammelte Mannschaft, am Tischende Willi N. Da bin ich gespannt. „Also, uns ist zu Ohren gekommen", hob mein Willi N. an, „und das hast Du uns verschwiegen, dass Du in der Sowjet Union verhaftet und zu *acht Jahren Lager* verurteilt worden bist".

Ich empfand eine tiefe Erleichterung: Wenn weiter nichts war. Außerdem hatte ja hier die Obrigkeit ein Quasi-Tabu gebrochen, dass man von Verurteilungen in der Stalinzeit am besten nicht sprach. Ich konnte also voll gegenhalten. Nach einer kurzen Kunstpause, die meine Betroffenheit demonstrieren sollte, hob ich in tiefem Brustton an: „Das stimmt nicht! – diesen Auftakt ließ ich mir so richtig schmecken – ich habe *nicht acht* sondern **10** Jahre gesessen!" – meine Genossen sahen sich etwas verdutzt gegenseitig an. „Und wo ich alles eingesessen bin", fuhr ich fort, „ist in einer ausführlichen Autobiografie festgehalten, die ich bei meiner Rückkehr 1958 im ZK der SED hinterlegt habe!". Es wurde irgendwie sehr still. „Wir werden das überprüfen!" Ich erinnerte mich, das vor Jahren schon mal in der „Lubjanka" gehört zu haben.

Wem gehört die Straße?

I

Ja, wem gehört sie eigentlich?

Den Kampf um „die" Straße habe ich schon als junger Mensch sehr mannigfaltig erlebt. Da waren wir im Sommer 1931 mit dem SSB (Sozialistischer Schüler Bund) zu einem Ferienlager in Kuhlmühle am Dransee bei Wittstock – ein köstliches Lager. Eines Tages kamen Genossen aus Wittstock und erzählten uns von den „Braunen" (klingt irgendwie aktuell), die in der Stadt eine größere Demonstration mit „Einheiten" (heute „Kameradschaften") aus dem gesamten Kreis veranstalten wollten.

Unsere Genossen hätten eine große Protestkundgebung geplant, ob wir daran teilnehmen würden? Natürlich willigten wir ein. Zwei Tage später ging es nachmittags mit Lastwagen nach Wittstock. Ein Saal, der vielleicht 600 Personen fasste, reich ausgestattet mit Grün und mit Losungen, war bis auf den letzten Platz gefüllt.

Nach einer großartigen Veranstaltung – wir hatten uns mit den Wittstockern inzwischen richtig befreundet, ging es schwatzend – Frauen, Männer und Kinder – in gehobener Stimmung hinaus ins Dunkle, in eine rabenschwarze Sommernacht. Plötzlich gab es Schreie, dunkle Gestalten fielen mit Knüppeln,

„Kommune verrecke" skandierend, über uns her. Das waren genau die „Faschisten", gegen deren Aufmarsch in Wittstock wir gerade lautstark protestiert hatten. Einige Schrecksekunden und eine beherzte Schar stämmiger Antifa-Leute riss wie auf Kommando Latten aus einem nahe gelegenem Zaun und drosch auf die Nichtuniformierten – die als Erkennung alle eine weiße Armbinde trugen – nach Kräften ein. Man hörte nur noch klapp-klapp-klapp. Immer neue Teilnehmer unserer Kundgebung drängten aus dem Saal nach, die entweder tätlich oder durch unentwegtes „Nieder mit den Faschisten!" eingriffen. Nach kurzem Handgemenge ergriffen die Faschisten die Flucht in die Dunkelheit. Nur einen hatte es schwer getroffen, er lag – um Gnade flehend – am Boden. Die Männer waren den Flüchtenden nachgeeilt, hier gab es nur noch Frauen und Kinder, die den Gefallenen mit „Feigling" beschimpften und nach Kräften bespuckten.

Die Ortskundigen führten die aufgeregte Menge in die Stadt – sie wussten wohin – zu einem mittleren Hotel, in dem die angereisten Braunhemden einquartiert waren. Alle Fenster waren hell erleuchtet und die Brauen hingen in dicken Trauben in den Fenstern. Das Eingangsportal war fest verrammelt, der Inhaber schritt beschwörend die Menge ab, fast bettelnd, nur ja sein Hotel nicht zu demolieren. Auch ein – es muss betont werden – ein – Gendarm ging aufgeregt hin und her. Außer verbalen Beschimpfungen passierte nichts – dieser eine Gendarm konnte uns überzeugen friedlich auseinander zu gehen.

Ja – aber wem gehört denn nun die Straße? Am darauf folgenden Sonntag setzten die Wittstocker „Roten" eine Protestdemonstration an, zu der wir natürlich wieder eingeladen waren. Es war, selbst für Hauptstädter, die ja Großdemonstrationen gewohnt waren, eine riesige Demonstration, zu der unsere neuen Freunde natürlich auch Teilnehmer aus der näheren Umgebung herangeholt hatten. Man hätte glauben müssen, dass es in Deutschland niemals Faschismus geben würde. In der Nacht waren Losungen und Spruchbänder angefertigt worden. An der Spitze unseres Zuges zogen unsere Verwundeten. Einige der Antifa-Leute hatten ganz schön was abgekriegt, trugen Verbände. Einer – ein baumlanger Kerl – trug stolz seinen Kopfverband, der einem Turban glich, zur Schau.

Das sind bleibende Eindrücke, die formen einen jungen Menschen: Die Straße dürfen wir uns nicht einfach wegnehmen lassen, im Streit um die Straße muss man sich einsetzen.

Ein kurzer Blick sei in diesem Zusammenhang noch auf unsere letzte große Demonstration, auf eine schon verbotene Demonstration gegen die „Ernennung" Adolf Hitlers zum Reichskanzler erlaubt.

Das Radio – Fernsehen gab es ja 1933 noch nicht – verbreitete die Hiobsbotschaft am 30. Januar nachmittags. Wer auch nur etwas links dachte, war von Wut und Ohnmacht geradezu geschüttelt. Was Deutschland und vor allem die Welt – beginnend mit diesem Tag – wirklich erwartete, konnten die klügsten Köpfe nicht einmal ahnen. Aber was tun? Alle Demonstrationen waren durch Notstandsgesetze bereits durch Hitlers Vorgänger, Schleicher und von Papen, verboten worden.

Von Haus zu Haus, von Wohnung zu Wohnung ging die Losung: Herrmannstraße, Neukölln. Wir fuhren in die Stadt – ich wohnte damals in der Britzer Fritz-Reuter-Siedlung. In der HerrmannStraße stießen wir auf ein unüberschaubares Menschenmeer – aber streng auf den Bürgersteigen, die Fahrbahnen wurden peinlichst gemieden. Überall bekannte Gesichter. Auf der Straße allerdings immer wieder „Flitzer“, Bereitschaftswagen der Schutzpolizei – die jedem Dienstherren, also auch dem neuen, beflissen dienen würden – beargwöhnt von den „Fußgängern“ auf den Trottoiren.

Dann – völlig impulsiv – ging eine größere Gruppe der Antifa-Jugend auf den Fahrdamm und sofort folgten ihnen Tausende, die im Grunde nur auf diesen Moment gewartet hatten. Fahnen und Losungen gab es nicht, dafür umso lauter Sprechchöre: „Nieder mit dem Faschismus“. Einer rief immer die Losung und die Masse wiederholte dann „Nieder, nieder, nieder!“. So ging es die Herrmannstraße in Richtung Herrmannplatz. Dann bog die Spitze plötzlich rechts in die „Zieten-Straße“ – eine Hochburg der „Kommune“, hier und im „Roten Wedding“ wurde vor vier Jahren, beim Blutmai 1929, auch so eine Schlacht um die Straße, der Polizei erbitterter Widerstand geleistet. Wir gingen die Zietenstraße leicht bergab hinunter bis links in einer Querstraße, kurz vor der Bergstraße (heute Karl-Marx-Straße) ein „Flitzer“ stand. Nun, so etwas hatten wir schon erlebt. Als aber der Offizier des „Flitzers“ den stehenden Polizisten lautstark befahl: „Waffe entsichern!“, wurde es – sicher nicht nur mir – doch etwas unwohl in der Magengegend.

Die Spitze des Demonstrationszuges marschierte, scheinbar völlig unbeeindruckt an dem bedrohlichen Einsatzwagen einfach vorbei, was uns allen natürlich Mut, ja ein Triumphgefühl gab, denn es passierte tatsächlich nichts. Die Polizisten setzten sich und der Wagen gab Gas. Dann erreichten wir die Bergstraße. Unser Demonstrationszug schwenkte nach rechts in Richtung S-Bahnhof Neukölln ein – und da war die Bescherung: Die Straße wurde uns von mehreren Zügen der Schutzpolizei – die in Zweierreihen die ziemlich breite Straße hermetisch abgeriegelt hatten – endgültig streitig gemacht. Jetzt wollte wohl niemand von uns einfach weglaufen, Querstraßen gab es ohnehin nicht – eine echte Falle. Ich war ziemlich weit vorne und konnte sehen, wie sich die Sperrkette der Polizei – den schwarzen Gummiknüppel in der Hand – langsam gegen uns in Bewegung setzte. Selbst die Spitze des Zuges hielt nun inne. Ein Kommando des Offiziers ertönte barsch: „Auseinandergehen!". Wir blieben wie versteinert stehen. Und dann rannten die Polizisten los. Die Menge konnte nicht zurück, denn die Straße war durch die Nachfolgenden blockiert. Wir versuchten in die Höfe, in die Treppenflure, auf die Grundstücke zu entkommen – aber es half nichts, alles wurde erbarmungslos niedergeknüppelt, aus den Hausfluren herausgezerrt, brutal zusammengeschlagen. Einige bluteten schon, andere schrien, die Antifa-Jugend wehrte sich, wurde dafür umso unerbittlicher misshandelt. Ich bekam meinen Teil – Gummiknüppel tun weh – kam durch meine schnellen Beine einigermaßen heil davon. Ich kann mich kaum erinnern, wie ich nach Hause gekommen bin – aber meine Lektion, dass der Kampf um die Straße ein harter Kampf werden würde, die habe ich gelernt – für alle Zeiten.

Das galt auch für das später folgende Moskauer Exil – die Oktoberrevolution hatte nicht nur die ‚Müßiggänger Parasiten und Ausbeuter' beseitigt, sondern auch die Straßsen ein für alle mal von deren Schergen befreit. Die geradezu gigantischen, reich ausgestatteten Manifestationen mussten nicht mehr von ‚Ordnern' und Selbsthilfegruppen geschützt werden, sondern genossen die volle Unterstützung der Staatsmacht – also konkret der Miliz. Es mag verwundern, dass ich mich so bedingungslos unter die Fittiche der staatlichen Organe begeben habe – ab 1933 war dies ‚mein' Staat, mit dem ich mich voll identifizierte, der uns in der Not immerhin aufgenommen hatte – heute ist das ein ‚Delikt' unter der Bezeichnung ‚staatsnah'; in Berlin dagegen hört man jetzt „Du bist Deutschland!". Ein anarchistischer Anti-Staat-Standpunkt war mir fremd und unverständlich; so habe ich, beginnend mit dem *Internationalen Tag der Jugend (Meshdunarodnij Junusheski den)* im September bis 1941 keinen einzigen dieser Aufmärsche vorbei am Lenin-Mausoleum versäumt. In meinem Institut, dem Institut für Röntgenologie und Radiologie, wurde ich bald so etwas wie der Bannerträger vom Dienst – die Straße gehörte eben ‚uns'.

II

Es vergingen sage und schreibe fast 70 Jahre nach diesen unvergesslichen Ereignissen, da besuchte uns ein charmanter junger Mann – nun, nicht mehr ganz jung, ein Mittvierziger – ein Autor, sehr lebhaft, mit etwas undurchdringlichem Blick, geradezu malerisch geschwungene Augenbrauen – mein

Neffe Shenja mit seiner Lebensgefährtin Martina und deren Tochter Luise. Eine sehr angenehme Kaffeetafel, angeregte Gespräche, Alltagsprobleme, viel Vergangenheit.

Er erzählte mir eine ‚*Straßen*'-Geschichte, die mir sehr bekannt vorkommt, wenn sie auch schon 40 Jahre zurückliegt:

Nach einem Kinobesuch im Babelsberger Thalia-Filmtheater, stellte auf der nächtlichen Straße einer der jungen Kinobesucher – es war bereits nach 23 Uhr – recht laut, noch dazu den berühmt-berüchtigten Sender RIAS ein. Ein nachfolgender etwas älterer, ideologisch allem Anschein nach forscher Kinobesucher, moniert diese „Stimme der freien Welt" und verlangte, das Transistorgerät abzuschalten. Der junge Mann schaltet stillschweigend auf einen anderen – ebenfalls einen Westsender – um. Das wiederum stellte den aufdringlichen Citoyen der DDR nicht zufrieden, er verlangt noch einmal „diese Westsender" generell auszuschalten. Darauf schaltet der junge Mann wiederum auf einen neuen Westsender um – scheinbar hatte der gar keine Ost-Sender „drin".

Jetzt riss dem die-Straße-gehört-uns-Mann, der sich mit der ‚roten' Staatsmacht identifiziert, die Geduld, er beschleunigt seinen Schritt und stößt mit seinem Fuß, ganz leicht, an den jaulenden Transistor. Dieser fällt zu Boden ... und verstummt. So weit so gut ... „Weißt du Walter, dieser junge RIAS-hörende-Mann hätte gut und gerne auch ich gewesen sein können, er soll auf Schadenersatz geklagt haben", beendete mein Neffe etwas missbilligend, seine Erzählung.

III

So ergeht es den Unbelehrbaren – denn auch wir hatten uns ja als völlig unbelehrbar erwiesen. Kaum aus dem Knast entlassen, marschierten wir – im Hohen Norden (fast vor den Toren der Lager, die wir gerade verlassen hatten) oder im Nordural – schon wieder auf den (staatlich sanktionierten) Maidemonstrationen unserer Arbeitskollektive, auf den Manifestationen zur Oktoberrevolution, zum Tag des Sieges, dem 9. Mai, auf den Straßen, feierten zusammen den Internationalen Frauentag, als ‚unseren Feiertag'. Diese zurück gewonnene Mündigkeit oder Souveränität („Rehabilitierung" genannt) konnte nach der Rückkehr in die DDR schon mal überschwappen. Man gehörte endlich wieder zum „Wir". Die Straßen in diesem Land waren „unsere Straßen"; dies war kein Kampfbegriff mehr; hier waren, zum Glück, vollendete Tatsachen geschaffen – so konnte man, je nach Einstellung, die Handlungsweise dieses forschen DDR-Bürgers nachvollziehen, oder natürlich ablehnen. Hier saßen sich beide Meinungen am gemeinsamen Kaffeetisch gegenüber, denn dieser forsche DDR-Bürger aus dem Bericht war ich selbst, mir gegen über saß der sympathische Erzähler, unser Neffe Shjenja als Opponent.

„Wie ging das denn damals weiter?“, fragt Shenja interessiert. Es ging seinen „normalen“ Gang. Der empörte junge Mann verlangte tatsächlich Schadenersatz, aber vorerst die Feststellung meiner Personalien auf einem Revier der Volkspolizei – der ich mich geneigt zeigte. Das Revier befand sich ganz in der Nähe – Wattstraße Ecke Schulstraße. Ein korpulenter, leicht verschlafener Beamter empfing den nächtlichen Besuch gelassen, wir erschienen zwar im Streit, aber nicht blutverschmiert. „Die Personalien dieses Herrn?“, sagte er fragend auf mich weisend. So wurden meine Personalien – ich hatte einen Personalausweis bei – festgestellt. Die Gemüter hatten sich inzwischen leicht abgekühlt, etwas abgespannt gingen wir auseinander. Nach etwa drei Wochen kam zu uns in die Wattstraße ein „Schlichter“ – das muss eine offizielle Person gewesen sein – um mir ein Angebot des Geschädigten, einen Vergleich anzubieten: Ich sollte die Hälfte des kaputt gegangenen Geräts – etwa 150 DDR-Mark – begleichen. Da ich ablehnte, ging die „Sache“ vor ein Zivilgericht, wo ich zum Termin meinen Augen nicht traute, der Geschädigte war in der schmucken Uniform eines Postbeamten erschienen. Fand ich ein reichlich starkes Stück, ein junger Beamter „unserer“ DDR-Post hört auf nächtlicher Straße diesen RIAS – unglaublich!

Die Verhandlung lief stockend, wie sollte ermittelt, bzw. bewiesen werden, dass der „Bürger“ von der Deutschen Post tatsächlich einen (damals auf öffentlichen Straßsen untersagten) „Westsender“ ausgestrahlt hatte? Doch der Geschädigte bestritt seine ‚Tat‘ nicht, in der Annahme damit nicht gegen das Gesetz verstoßen zu haben. Schließlich wies das Gericht die Klage auf Schadenersatz ab, weil hier (durch den Bürger Ruge) „eine höhere Gefahr“ (der Hetze) abgewendet wurde. So gehörte die Straße (also 1959 die „Rudolf-Breitscheid-Straße in Babelsberg) doch noch „uns“.

Fazit: Meine Jugend, meine Erfahrungen waren eindeutig abweichend, ja konträr zu den viel späteren DDR-Erfahrungen unseres wohlbehüteten Neffen – der hatte zwar schon früh eine ‚eigene‘ Band, machte schon Geld, fuhr einen ‚Wolga‘, benutzte diesen aber nicht gerade, um zu einer Liebknecht-Luxemburg Ehrung nach Berlin-Friedrichsfelde zu fahren. Eine Manifestation zum Tag der Republik war ihm einfach nicht geläufig – so bleibt rückblickend, seine völlig andere Sicht auf den ‚Kampf um die Straße‘ all zu verständlich.

Der junge Postbeamte – das erfuhren wir etwas später – hatte ebenfalls familiären Ärger. Sein Großvater – so einer von unserem Schlage, ein Kämpfer gegen den Faschismus – hatte seinem Enkel zum Geburtstag besagten Transistor geschenkt – mit der ausdrücklichen Bemerkung, keine Westsender damit zu hören. Der Großvater war außer sich, dass nun für eben dieses Westsenderhören sein Enkel sogar mit einem sozialistischen Gericht in Konflikt geraten war.

Als die ganze Angelegenheit schon völlig vergessen war, begegnet mir doch auf der Straße in Babelsberg ein junger Mann in der Uniform eines Volkspolizisten – kein Geringerer als eben jener *Geschädigte* aus der nächtlichen Rudolf-Breitscheid-Straße – wir lächelten uns verständnisvoll zu.

IV.

Diese Episoden waren abgeschlossen, als mich ein guter Freund von der *Freien Universität* gemahnte, dass bei mir eine Erwähnung ‚der Straße' und des ‚Herbst '89' fehle. Hier soll versucht werden ‚Versäumtes' nachzuholen. Ursprünglich waren meine Aufzeichnungen als Erlebnisbericht gedacht – den Herbst '89 habe ich nicht „erlebt", bin nicht mit feuchten Augen über die Glienicker Brücke gelaufen, habe nicht die ätzenden Trabant-Abgase auf dem Ku'damm eingeatmet. Ich schäme mich – auch heute – nicht, mir schwante ein neues Weimar, ich saß etwas niedergeschlagen vor dem Fernseher, in den Werbe-Pausen blätterte ich bei Marx nach:

„Und als die Barrikaden niedergeworfen und die Arbeiter ekrasiert waren und die Ladenhüter siegestrunken zu ihren Läden zurückstürzten, fanden sie den Eingang verbarrikadiert von einem Retter des Eigentums ..." Das scheint etwas an den Haaren herbeigezogen, dennoch: Bei uns waren es die nach dem Volkseigentum lechzenden Immobilien-Händler, die ‚Altschulden'-Falle und die ‚Erschließung neuer Märkte'.

Zwangsläufig wurde man an die demokratische-sozialistische Regierung Salvador Allendes, die in einer niederträchtigen Kombination der inszenierten *Straße*, direkter Subversion und dann eben nackter Gewalt durch den Militärputsch, vor 15 Jahren zertreten wurde, erinnert. Was dort ‚Kupferembargo' hieß (an dem sich die Bundesrepublik aktiv beteiligte), war bei uns die Hallstein-Doktrin.

Die Straße gehört uns nicht mehr – spätestens seit den leipziger „Montagsdemonstrationen" 1989, schon da wollte man unter sich sein, lautstark hieß es „Wir sind das Volk!". Es fällt sehr schwer – ich meine heute – den gelobten Herbst '89 als den „einzigen und letzten ‚Sieg der Straße" zu betrachten. Für jeden gab es 15 Jahre zum Nachzudenken, es müsste unschwer zu erkennen sein, dass dieser ‚Herbst' für den Fortschritt kein ‚Frühling' geworden ist. Dieser ‚Herbst' fiel nicht zufällig, chronologisch mit dem Terminus ‚Heuschrecken'- bzw. ‚Manchesterkapitalismus' zusammen, er war kausal mit ihm verknüpft. Dieser deutsche ‚Herbst' wird aus heutiger Sicht zum Synonym der Vergewaltigung des Planeten, der so genannten ‚Globalisierung', der Ausplünderung, der Verelendung, des Hungers, des Menschenhandels, neuer agressiver Kriege, des Sozialabbaus. In Potsdam sind die ‚Ergebnisse' dieses ‚Herbstes' vor Ort zu besichtigen: Man gehe in das Villenviertel am Neuen Garten oder in die Babelsberger Virchowstraße, da sieht man gegenständlich wozu ‚die Straße' – ohne ihr unlautere Motive andichten zu wollen – letztendlich geführt hat. Vergessen das Geschwätz von ‚Brüdern und Schwestern', die Ostländer sind das Armenhaus dieser Republik geworden. Es ging um handfeste Dinge, darum alle aus dem ‚Weltmarkt' ausgegliederten ‚Gebiete' und vorallem ‚Resourcen', wieder ‚einzugliedern', den wirklichen Bossen dieses Planeten vor die Füsse, besser auf die Börse zu schmeißen. Ohne einen einzigen Schuss abzugeben ist das – sozialistisch genannte – Lager kurzerhand geschluckt worden. An den ‚Resten' (Kuba) arbeitet ‚die Straße' noch.

Jetzt gibt es wieder erstaunlich viele Demonstrationen; gegen die Arbeitslosigkeit, für bezahlbare Mieten, gegen Studiengebühren, Bildung für alle, gegen die Privatisierung öffentlichen Eigentums, für bezahlbare medizinische Betreuung, neuerdings gehen komplette Krankenhausbelegschaften auf die Straße, immer wieder wird gegen drohenden Faschismus (der sich jetzt Neonazismus nennt) demonstriert – so ganz im Stillen denke ich da: Wir waren schon mal weiter, diese ‚Ziele' standen noch vor 20 Jahren einfach nicht auf der Tagesordnung, wir konnten uns unbesorgt der ‚Planerfüllung' widmen.

Um für die Straße zu kämpfen sind „wir" zu alt geworden. Wir treffen uns mit Gleichgesinnten – ‚Die Straße', und der Kampf um sie sind heute eher negativ besetzt – Chasbulatov, seinerzeit Vorsitzender des Russischen Parlaments, meint in einem Interview: Er sei kein ‚Revolutionär der Staße'. – Voila!

Weiße Flecken – rot übertüncht; der 13.8.1961

Heute, nach mehr als 40 Jahren, stellen sich unsere Zeitgenossen – und natürlich wir, die Aktiven von damals – mit Recht die Frage: Wie war das denn nun am 13. August 1961 und in den Jahren danach?

Mir ist klar in Erinnerung geblieben: Ich kam am 12. August 1961 zusammen mit meiner Frau Irina ziemlich spät nach Hause. Wir wohnten damals direkt an der Bahn in Potsdam-Babelsberg; uns fiel auf, dass auf dem Bahngelände/Bahndamm – mehr als üblich – Transportpolizei und andere Uniformierte versammelt waren. In der Dunkelheit ließ sich das nicht so genau erkennen und wir maßen diesem Umstand auch nicht übermäßige Bedeutung bei. Ahnungslos legten wir uns schlafen

Noch in tiefem Schlaf, so gegen 5.00 Uhr morgens am 13. August, klingelte es an der Wohnungstür – das war nicht ganz ungewöhnlich. Ein Bote verständigte mich, sofort in mein Filmstudio zu kommen. Dort wurde uns von einem Mitarbeiter der Kreisleitung der SED erläutert: Die Grenze zu Berlin/West sei geschlossen und unsere Kampfgruppeneinheit hätte die Aufgabe, einen bestimmten Abschnitt der Grenze zwischen Berlin/West und Potsdam „zu sichern", d. h. in Abständen Posten aufzustellen (Eine richtige Mauer gab es ja erst viele Monate später). Dieses „Sichern" war psychologisch sehr wichtig, es vermittelte den Schutz vor einer Bedrohung von außen (was sich, wenn man einmal von dem permanenten politischen Druck absieht, als akute Gefahr, gar als akute Kriegsgefahr, nicht bestätigt hat; aber wer konnte das schon wissen).

Ich verließ schnurstracks die Wohnung. Nur wenige Monate zuvor, delegiert vom Filmstudio, hatte ich eine Fahrschule absolviert und bekam nun einen Minibus, für vielleicht acht Personen, um die Kameraden der „Kampfgruppen der Arbeiterklasse" von zu Hause ins Studio zu bringen. Ich düste ohne große Fahrpraxis durch das morgendliche Potsdam, um die Freunde dem Morgenschlummer oder dem Frühstückstisch zu entreißen. Einmal habe ich beim Rückwärtsgang beinahe einen Motorradfahrer erwischt, ein anderes Mal wollte der Motor nicht wieder anspringen, es war zum Auswachsen. Also, *in diesem Kreis* stieß die Maßnahme auf vorbehaltlose Zustimmung, endlich Schluss mit der „offenen Grenze". Die Stimmung war: *Endlich sind wir sie los,* endlich ist Schluss mit dem ganzen Spuk von Wechselstuben und „Scheuerlappengeschwadern". So nannte man die Putzfrauen, die in Berlin-West arbeiteten, es war-damals ja schon so weit gekommen, dass in den Schulen keine Reinigungskräfte mehr zur Verfügung standen; von *Schlepperbanden* und Menschenhandel (die ‚drüben allerdings zärtlich – bis heute – „Fluchthelfer" tituliert wurden) war die Rede. Trotz des kriminellen, und eindeutig kommerziellen Charakters ihrer „Hilfe", denn die Geschleusten mussten nach der Ankunft im „Goldenen Westen" oft jahrelang die geleisteten und notariell abgesicherten „Dienste" berappen; obendrein wurden sie als Helden gefeiert. Das hier Gesagte ist allgemein bekannt, es lag *alles auf der Hand. Leider gilt es bis heute als „kommunistisch"*. So, widerspricht es der heutigen politischen Konjunktur in Deutschland, diese Frage zu thematisieren.

Heute wird ja vorrangig vom „Einsperren der Bevölkerung“ erzählt. Diesen Eindruck hatten die ersten Posten bestimmt nicht. Da ging es um die Ablösung, um die zu erwartende Gulaschkanone, über Besuche von Obrigkeit, Delegationen oder nahen Verwandten, über Zelte an der Grenze, denn langsam wurde es kalt, September-November. Erste provisorische Stacheldrahtzäune wurden schon mal gezogen. Da von westlicher Seite *jede bemerkenswerte Reaktion* ausblieb, umso mehr an dieser durchweg grünen Grenze, zwischen Bezirk Potsdam und Berlin-W., also nichts als Seen, Wälder, Äcker und Wiesen, verliefen unsere Vorbereitungen, Westberlin einzumauern, völlig ungestört. Später erzählte man sich den Witz: Sagt einer zu seinem Freund, „Du, die Autobahn nach Rostock ist fertig“ – „Was Du nicht sagst, hab' ich noch gar nichts von gehört.“ – „Na ja, brauchst es nicht weitersagen, sie steht erst noch zum Trocknen rund um Berlin.“ Aus Berlin-West wurde ja über den Grenzstreifen immer wieder „agitiert“, „Russenknechte“, „Schweine“, „Hunde“ usw., durch „Bürgerrechtler“, von denen heute kaum noch jemand spricht (siehe die Luxemburg-„Sympathisantin“ Wollenberger). An „unserem“ Abschnitt war es somit absolut „ruhig“.

Die später nachhaltig zelebrierten „Mauertoten“ gab es noch nicht. Wobei ich heute natürlich bestätigen würde: Jeder Tote ist ein Toter zu viel. Reichlich verfehlt finde ich trotzdem die genüsslich zelebrierte *Mauertotenentschuldigungen* von Personen, die dazu gar nicht bevollmächtigt sind: Erstens, weil es sich immer nur um die einen Toten handelt – wer im DDR-Grenzdienst umgelegt wurde, ist einfach nie da gewesen. Mehr noch, wer einen „Vopo“ getroffen hatte, wurde eher als Held gefeiert, denn als Mörder abgeurteilt. Weiter ist es leicht über die „Mauer“ zu räsonieren, wenn man uneingeschränkte Ost-Akteneinsicht hatte, dabei die andere Seite ihre Archive weiter unter Verschluss hält. Da würde noch so manche Schmutzigkeit zutage kommen. So wurde man jetzt nicht müde zum Ableben von Papst Johannes Paul II., ganz unverblümt dessen Verdienste ‚um den Fall der Mauer‘ hoch zu loben Wirklich „recherchieren“ könnte man nur, wenn die West-Archive geöffnet würden. Aber das erleben wir nicht mehr. Bis dahin wird man dafür sorgen, dass sich das „öffentliche Interesse“ mehr dem Ozonloch oder einem geklonten Symphonieorchester zuwendet.

Man muss nicht Infanterist sein, auch ein „Ungedienter“ wie ich weiß, dass jedes Munitionsdepot bewacht wird, beherbergt es Atomwaffen, umso vehementer. Jeder, der sich einem solchen Bunker nähert wird durch Zuruf zum „Stehen bleiben!“ aufgefordert, andernfalls *wird scharf geschossen.* Das droht unter Umständen schon jemandem, der einen zivilen Flughafen durch Überwindung der Einzäunung „betreten“ will. Warum diese allgemein bekannte (sicher wenig komfortable, bisweilen sogar brutale) Regelung ausgerechnet auf die *Grenze eines souveränen Staates* DDR *nicht zutreffen sollte, leuchtet nicht ein.* Einmal abgesehen von endlosen Warnschildern, Kilometer vor der eigentlichen Grenze, sorgten die westlichen Massenmedien nun wahrhaft Tag und Nacht dafür, die Verhältnisse an der Grenze bekannt zu machen. Nur Lebensmüde werfen sich vor einen einfahrenden Zug, sie im Nachhinein als „Märtyrer“ zu zelebrieren bleibt abwegig. Es war niemals ein *Opfertod für Andere,* der Einsatz für eine Sache, sondern lediglich tödliches Risiko für ein besseres, bzw. *anderes privates* Leben – ein Risiko, das jeder Handtaschen räuber eingeht.

Es ist lohnend nach so vielen Jahren, umso mehr nach dem Fall der Mauer, diese Zeit außerhalb des tagespolitischen Drucks, noch einmal Revue passieren zu lassen. Alles ist plötzlich wieder gegenwärtig. Ich glaube mich ziemlich genau zu erinnern, dass ich – mit mir andere – diese Mauer als Provisorium betrachteten. Das heißt, zeitgleich mit der Errichtung sofort begonnen werden musste, über ihre allmähliche Beseitigung nachzudenken. Ich ging davon aus, dass es sich nicht nur um eine einschneidende, sondern mit der Zeit um eine äußerst fruchtbringende Maßnahme handeln würde, die zu einer derartigen Stärkung der DDR führt, dass sich die ‚Mauer‘ mit der Zeit als überflüssig erweisen würde. Es sollte – so meine, und nicht nur meine Vorstellung – das sein, was ein Stock ist, an den man ein neugepflanztes Bäumchen anbindet, damit es nicht gleich vom ersten Windstoß umgeknickt wird. Sicher, man hat sich dann daran gewöhnt, dass sie „da“ war, viele ursprüngliche Gegner/Opponenten – ausgenommen solche, bei denen verwandtschaftliche Bindungen zerrissen wurden – haben sich damit abgefunden, ja ihre Nützlichkeit akzeptiert. Aber die eigentliche Pointe ist, glaube ich, darin zu suchen, dass die politische Elite der DDR niemals ein Provisorium im Auge hatte, im Gegenteil, ein bisschen Überheblichkeit gewann, das Gefühl, dass sie nun auf sehr lange Zeit ungehindert schalten und walten könnten. Gar nicht so lange vor dem Fall der Mauer äußerte sich Erich Honecker völlig anachronistisch, dass „sie“ sogar noch in hundert Jahre stehen könne.

Mit der Mauer kam das „Problem“ des Reisens (in den Westen, später „Reisefreiheit ist das erste Menschenrecht!“), man kategorisierte die Anwärter, eine erhebliche Kategorie waren die Rentner. Wie sich erweisen sollte kamen sie alle (bei geringfügigen Ausnahmen) mit preiswerten Geschenken behangen – *zurück*! Bodenständig, Heimweh, ernsthafte Probleme mit dem „freiheitlichen“ Lebensstil (Raffgier, Oberflächlichkeit, Wichtigtuerei etc). Abschließend war die herablassende Behandlung der „armen Verwandtschaft" aus der ‚Zone' (wie man dort die DDR noch nannte) durch die gar nicht so großzügigen alten/neuen Verwandten im Westen, die Liebesgaben nach dem Prinzip auswählten: Das ist für „die" gerade noch gut genug.

Was an dieser Mauer wirklich drollig, ja paradox bleibt, ist Folgendes: Solange die DDR noch ohne Mauer war – und das waren immerhin beinahe zwölf Jahre – wurde sie kaum beachtet, schon gar nicht gelobt, behandelt wie das hässliche kleine Entlein, eine siechende sowjetische Provinz. Als die Mauer errichtet, d. h. *die vorhandene Grenze* befestigt wurde, offizielle Grenzübergänge mit Pass- und Zollkontrollen eingerichtet wurden, erhob sich nicht etwa ein Sturm – abgesehen von denen, die persönlich betroffen waren – auf internationaler Ebene. *Niemand (!) protestierte,* ein paar US-amerikanische Panzer rollten an die Grenze, machten aber vor den lediglich mit Kalaschnikows bestückten Kampfgruppenbatallionen respektvoll Halt. Es gab *keine einzige* nennenswerte internationale Reaktion („Menschenrechte", „Freiheiten" etc), was „uns" – also auch die politischen Eliten der DDR – darin bekräftigen musste, dass wir im Sinne des Völkerrechts nichts grundsätzlich Unzulässiges getan haben. Heute werden derartige Überlegungen als „kommunistischer Beton" abgetan. Dabei sollte die deutsche Linke nüchtern anerkennen, dass die Wende („Beitritt", „Anschluss") eine eklatante Niederlage war. Stattdessen heißt es hilflos: „Wir sind angekommen!", oder: „Der Kapitalismus hat nicht gesiegt, er ist nur übrig geblieben". Zwecklos: *Dem Besiegten glaubt man ohnedies nicht.*

Aber es kommt ja noch viel paradoxer – auch das ist heute nicht mehr wahr. Mit der Mauer startete die DDR einen kaum glaubhaften Siegeszug auf internationaler Ebene, die diplomatischen Anerkennungen purzelten nur so auf den Tisch, die westliche, also auch die westdeutsche Prominenz gab sich die Türklinke, es wurde schon beinahe peinlich, wenn einer noch nicht in „Ost-Berlin" gewesen war, das ging von Brandt bis Strauss, von Industrieellen bis zu den ungeliebten Alternativen aller Couleur. Anerkennung der DDR-Wissenschaft, hohes Lob für den DDR-Sport, für die Kultur, die Technik und schließlich sogar Aufnahme in die UNO, in die Europäische Organisation für Sicherheit und Zusammenarbeit in Helsinki, wo sich Erich Honecker und Helmut Kohl Komplimente machten. Die Mauer spielte nur am Rande, allenfalls in der Boulevardpresse, und natürlich *nach ihrem Fall, eine Rolle,* die Maßgeblichen der Politik und Wirtschaft nahmen an der Errichtung der Mauer keinen Anstoß.

Dass wir mit der Mauer schlagartig sehr viel los waren, das kommt niemanden in den Sinn. Es ist eigentlich müßig, sich nachträglich um dieses Verständnis zu bemühen, etwas zu „erwähnen“. Diese Würfel sind gefallen, alle noch so authentischen Erlebnisse würden ins Leere gehen.

Fast unsere gesamte Berliner Bauarbeiterschaft arbeitete damals in Westberlin, durch die Mauer entstand ein neues Ost-Berlin, und Trümmer („Platz der Akademie“, heute Gendarmenmarkt), wurden zu Leben erweckt. Nicht wenige unserer Mädchen gingen in Berlin-West auf den Strich. Unsere Jugend (auch die von gestandenen Antifaschisten) ging in die Kinos und Nachtbars, der Einfluss war enorm. Unsere (durchaus gefragten) Waren blieben jetzt im Land, gingen nicht über Schmugglerhände außer Landes. Jegliche zuvor schmerzliche und massive Abwerbung von Fachkräften auf allen Gebieten (Technik, Sport, Kultur usw.) war mit einem Tag gestoppt, man bildete damals in Westdeutschland immer weniger aus, sondern bediente sich „fertiger“ – wie man wusste gut ausgebildeter – Fachkräfte aus dem Osten. Die Mauer war ja nicht die Grenzziehung. Die Grenze gab es mit der Bildung der DDR 1949, aber sie wurde bewusst verspottet, missbraucht, verletzt, nicht existent, rechtswidrig erklärt. Zudem trat nach der Errichtung der „Mauer“ eine fast provinziell anmutende Ruhe, im ‚Schatten‘ der Mauer ein Gefühl der Geborgenheit ein – nicht bei „allen“ – Was wird schon heute „von allen“ gut geheißen?

Seinerzeit schrieb ich einen – unter dem Titel „Der Regenschirm“ veröffentlichten – Beitrag zur Mauer für die „Junge Welt“/Berlin, Organ des FDJ-Zentralrats, der eine große Resonanz fand. Der „Jungen Welt“ schien es opportun, lediglich die „positiven“ Resonanzen abzudrucken – die etwa 12 „negativen“ landeten zur Beantwortung auf meinem Schreibtisch, was ich gewissenhaft tat. Womit ich sagen will, dass die Auseinandersetzung um die Mauer in der DDR – wenn auch tendenziös „behindert“ – lange vor ihrem Fall nicht nur die „Fluchtwilligen“ beschäftigte.

Kulturaustausch mit Hindernissen

Es war ein glücklicher Umstand, dass die enge Freundschaft zur Sowjet Union uns tagtäglich neu „verordnet“ wurde, zumindest auf kulturellem Gebiete haben wir dabei ständig profitiert, besonders in den ersten Jahren, als diese phänomenalen Ensembles bei uns auftraten, das Moissejew-Ensemble, das Armeensemble „Alexandrow“. Hunderttausende strömten zu diesen Veranstaltungen. Später ließ das etwas nach, das Aufleben einer DDR-eigenen

Unterhaltungskultur und sicher auch das Eindringen westdeutscher und internationaler Vorbilder schmälerte dieses enthusiastische Interesse mit der Zeit etwas. Dennoch blieb das Austauschprogramm auf kulturellem Gebiet ein fester Bestandteil der DDR-Kulturpolitik. „Verordnet" ist also ein schiefer, irreführender Ausdruck, die Konzerte erfreuten sich großer Beliebtheit, dabei zu sein war stets ein besonderes Vergnügen, man lernte viele bemerkenswerte Persönlichkeiten kennen, man zehrte noch lange von diesen Erlebnissen.

Da meine Russischkenntnisse sich beim Einsprechen von Filmen schon vielfach bewährt hatten, kam ich recht oft zu der nicht ganz unkomplizierten Funktion eines hauptamtlichen Chefdolmetschers einer solchen Truppe. So war ich zweimal mit dem Ensemble von Sergej Obraszow, mit dem Nowosibirsker Ensemble für Tanz und Gesang und auch mit dem Ensemble „Shok" aus der Moldawischen SSR unterwegs. Die DDR-Tourneen hielten sich in der Regel im Rahmen von 4-5 Wochen. Der „Betrieb", die DEFA, gab mir zu diesen Terminen anstandslos eine Freistellung, die Anforderung kam immerhin unmittelbar aus dem Ministerium für Kultur.

So wurde ich in einem Mai für das schon genannte „Shok"-Ensemble engagiert, unsere Route begann in Karl-Marx-Stadt, dem früheren Chemnitz. Am Tag nach unserer Ankunft war der Erste Mai. An einer riesigen Terasse an unserem Hotel ließ tausende Demonstranten, unser Publikum für den Abend, helljubelnd an uns vorbeiziehen, denn wer ihnen da von dieser Art Ehrentribüne zuwinkte, stand außer Zweifel. Und in der Tat, der Saal war bis auf den letzten Platz ausverkauft und die Darbietungen wurden immer wieder mit brausendem Beifall quittiert. Das war auch nicht verwunderlich, diese moldawanisch-rumänischen rasenden Rhythmen rissen die Menschen von den Stühlen, meine moderate Stimme als Moderator, damals sagte man noch Conferencier, nahm sich da recht bescheiden aus. In einer Art Siegesstimmung (damals waren wir ja noch „Sieger der Geschichte") ging es zu einem Empfang für die „ehrenwerten Gäste (Bürgermeister und andere – und natürlich dem gesamten Ensemble). Gleich zu Anfang gab es eine „Panne" mit meinem zweiten Dolmetscher (ich war der „Chef"). Man hatte in einer kurzen Eröffnung „kundgetan", dass die SED-Bezirksleitung sich die Ehre gibt, am Internationalen Kampftag der Werktätigen das sowjetische Ensemble „Shok" hier in „Koorl-Moorx-Stood" zu einem Empfang begrüßen zu können. Mein guter Stellvertreter übersetzte „Bezirksleitung" mit „Rat des Bezirkes", was ihm etwas zischend direkt von der Tafel korrigiert wurde, und er mit: „Na, das ist doch dasselbe" quittierte. Bei so viel „Obrigkeit" natürlich ein „Schnitzer" –

richtig benennen mußte man sie schon. Bald ertönten wieder die nichtendenwollenden Trinksprüche: „Es lebe … es lebe … es lebe …“ So lange kann ja niemand „leben“. Aber kaum waren wir alle wieder „in Schwung“, stürzte jemand aufgeregt in den Saal: „Wo ist der Dolmetscher?“, ich ging zur Tür. „Man ist über die sowjetischen Freunde hergefallen“, ergänzte der Sprecher, „auf der Straße vor dem Hotel“. Also nichts wie hin. Auf der Straße stand der Gittarist, ein Bulle von Kerl, wie sich herausstellte früher einmal Boxer und hielt zwei Bürschlein am Schlafittchen, wie das früher so schön hieß. Eine Gruppe Jugendlicher, darunter diese beiden, hatten zwei Ensemble-Mitglieder, die vor das Hotel gegangen waren um eine zu rauchen, tätlich angegriffen. Bei „erhöhter Alarmbereitschaft“ vergingen keine drei Minuten und zwei Offiziere der Staatssicherheit waren zur Stelle. Barscher, aber nicht handgreiflicher Umgang mit den Delinquenten und die „Elemente“ verschwanden. Uns war damals eigentlich recht wohl, wir empfanden dies nicht als einen Willkürakt der ungeliebten Geheimpolizei. Nur unsere sowjetischen Freunde waren nicht erbaut, ihre inständige Bitte war: Es möge den beiden „nichts passieren“, immerhin es war ein Feiertag. Die später erschienenen Beamten versprachen denn auch, den Wunsch unserer Musiker zu respektieren. Das waren so die kleinen Hürden in unserem Metier.

Am nächsten Tag ganz früh auf den Beinen, es gab viel zu erledigen. Es sollte weitergehen nach Halle. Da war Wäsche gewaschen worden, ein Hemd sollte gebügelt werden, eine Kleinigkeit war einzukaufen, es kam auch vor, dass etwas gestohlen wurde, für das Frühstück mußte gesorgt werden usw. Da kam einer unserer Fahrer auf mich zu, er war für den LKW mit den Kostümen und den anderen Utensilien zuständig und sagte mit gedämpfter Stimme: „Mein LKW ist weg!“ Das konnte doch gar nicht sein, ein ganzer LKW konnte doch nicht einfach vom Erdboden verschwinden! Also gingen wir erst einmal auf die Straße, nach ein paar Schritten sagte der Kraftfahrer: „Hier, hier hat er gestanden.“ Mir ging das einfach nicht in den Kopf, dann blitzte etwas: „Und alle Kostüme waren in diesem LKW?“ Ja, alles, was zu unserem Programm, unseren Auftritten, gehörte war in diesem großen LKW. Jetzt war alles futsch. Futsch unsere Tournee, futsch unsere triumphalen Auftritte, alles futsch! Nur noch Ärger und Rennereien, Protokolle, gar Verhöre, wie schnell so was geht. In 48 Stunden viel gelernt in dieser Deutschen Demokratischen Republik! Jetzt wären sie wahrhaft willkommen, die Offiziere von gestern, die Offiziere der Staatssicherheit, das war doch eine „Staats“- eine „politische“ Geschichte – und sie kamen, sahen unsere völlig hilflosen Gesichter und sagten nur „Großfahndung“. Na ja, wir konnten uns darunter schon etwas vorstellen, aber bei uns hieß es nur: Um 19.00 Uhr ist Vorstellung in Halle, ob die fahnden oder „groß" fahnden war für uns egal.

Als erstes verhängten wir eine „Nachrichtensperre", es war richtig erhebend, mal selbst so eine „Nachrichtensperre" verhängen zu können, nur ein winziger Kreis wurde ins Vertrauen gezogen. Die „Freunde" blieben demzufolge völlig ahnungslos. Nach dem Frühstück setzten sich alle in die Busse und in bester Stimmung ging es an die Saale. Wir Eingeweihten hatten natürlich ein bisschen mulmiges Gefühl, was wird? Bei solchen Ensembles blieb – wie gewohnt – das Singen nicht aus, es wurde auch auf dem Akkordeon musiziert, alles in bester Ordnung, wenn, ja wenn nicht dieses elende Ereignis unseren Frohsinn getrübt hätte, dachten die „Nachrichtensperrer". Der Dicke, der Boxer, der Gittarist, der „Held" vom Vorabend erging sich sogar in Schwärmereien. „Charascha germanija" sagte er. Sie sagten meistens „germanija" statt des von uns gewünschten „Deutsche Demokratische Republik", wir korrigierten sanft. Es erwecke den Eindruck, dass hier niemand einer Fliege etwas zu Leide tun könne, ob es denn überhaupt Diebstahl gebe, wollte er wissen. „Na ja", gab ich zurück, „im kleinen wohl nicht, aber so ein ganzer Lastwagen verschwinde schon mal"; nur die Eingeweihten konnten diese Anspielung verstehen.

Angekommen in Halle ging der Ärger erst richtig los, die Veranstaltung sollte im Haus der Gewerkschaften stattfinden, dem Leiter, ein guter Bekannter von früheren derartigen Veranstaltungen, mußte man reinen Wein einschenken. „Also hör mal", wir duzten uns, „die Vorstellung kann nicht stattfinden, uns sind sämtliche Kostüme heute Nacht gestohlen worden". „Du bist total verrückt, das Haus ist bis auf den letzten Platz ausverkauft und da kommst du mit solchen Hiobsbotschaften, die ersten sind schon im Saal, die Leute zerreißen mich in der Luft, wenn ich ihnen das sage." Na ich war schon halb bereit, es selbst „den Leuten" zu sagen, er tat mir echt leid. Etwas „Zeit" war aber noch. Die Kostümmeister/Garderobiere fingen an zu drängeln: „Wo sind unsere Kostüme, wir müssen noch ein wenig plätten, hier und da etwas ausbessern, so improvisieren, das geht nicht." Mit der Zeit lernt man ja das Beschwichtigen, wie die Politiker und die Firmenbosse. „Der LKW hatte vielleicht eine Panne, ein wenig müssen wir noch warten." – „Skoro", „bald", war unsere Zauberformel.

Aber da betrat der Sicherheits-Offizier von gestern unseren Raum: „Wir haben sie, wir haben den LKW, erwischt bei helllichtem Tage auf offener Straße, die hatten keine Hemmungen, in der Windscheibe war ja das Schild ‚Erich-Weinert-Ensemble, Nationale Volksarmee der DDR'. Als sie ausstiegen, streckten sie uns ihre Papiere, ‚ihren' Fahrauftrag entgegen, der war nämlich im Handschuhfach zurückgeblieben." Bei einem ersten Verhör habe sich ergeben, dass die beiden, es waren zwei Täter, eigentlich die Absicht hatten, mit dem LKW irgendwo über die Grenze nach Westen zu entkommen, von dem „Firmenschild" erhofften sie sich Erfolg. Das Weitere erübrigt sich, erst jetzt erzählten wir unseren Freunden wie wir gezittert und gebangt hatten. Die Vorstellung wurde ein Bombenerfolg.

Nein, sie war keine Rabenmutter

In den vorangegangenen Aufzeichnungen fehlt eigentlich nur noch meine Mutter Charlotte Ruge, geborene Schwarz, in zweiter Ehe Charlotte Baumgarten. Es wäre lächerlich, ja völlig unangemessen, am Ende seines Lebens irgendeine Wertung über die eigene Mutter nachzureichen – für ihr Leben zeichnet dieses verzwickte, dieses blutige, dieses völlig absurde XX. Jahrhundert verantwortlich.

Aufgewachsen in bescheidenen Verhältnissen – ihr Vater Gustav Schwarz war Geheimrat in der Königlichen Porzellanmanufaktur zu Berlin – für mich ein sehr origineller Großvater, Holzschnitzer – der aus Borke kleine Segelboote für uns Enkel anfertigte; Geschichtenerzähler, Kakteen- und Aquarienfreund, Kleingärtner mit einem fantastischen Garten. Er konnte ein Blatt Papier zusammenfalten und auf Zuruf jedes Tier ausschneiden, bis eine ganze Menagerie zusammen kam; diesen jetzigen gekauften Überfluss an Spielsachen gab es in unserer Jugend nicht. Seine ganz besondere Liebe galt dem Sammeln, Sammeln bis ins Absurde. So sammelte er auf der Straße Stecknadeln; eigentlich nur um nachzuweisen, dass er noch sehr gut sah. Er soll sogar eine Schachtel mit der Aufschrift „Alte Bindfadenenden, die nicht mehr zu gebrauchen sind", geführt haben – ein idealer Großvater; sein Tod und seine Beerdigung sind mir nur verschwommen in Erinnerung.

Großmutter Klara Schwarz war ideale Großmutter; was wir Enkel nicht wussten: Sie war schwer hysterisch, noch verschärft durch das plötzliche Verschwinden des geliebten Kaisers aus ihrem Leben und durch die Nachkriegsinflation, die ihre sämtlichen Ersparnisse ‚aufbrauchte'.

In der Schwarz-Familie dominierte verständlicherweise Mutters Bruder, Hans Schwarz – der eigentliche Stolz, die Hoffnung, die Zukunft, der Stammhalter – er erwies sich als homosexuell, was Großmutter dann den Gnadenstoß gab. So lebte Charlotte eher am Rande, genoss wenig Liebe, kaum Aufmerksamkeit oder Zuwendung, was dazu führt, dass diese jungen Geschöpfe nichts sehnlicher herbeiwünschen, als dem gesegneten häuslichen Herd durch eine Heirat zu entrinnen. Sie war bereits einem Pastor versprochen, als kurz vor dem Ersten Weltkrieg unser Vater erschien – ein zweifellos charmanter, 28-jähriger angehender Lehrer – und gewann: Im August 1914 folgte eine der üblichen Kriegshochzeiten. Es war so etwas wie Aberglaube, dass ein Frischvermählter, von Gott behütet, sicher nicht ‚im Felde fallen' wird … im Juni 1915 – also innerhalb der ‚Norm' – erstes Kind, Walter. Nach einem Fronturlaub … zweites Kind, Wolfgang. Mutter zog uns unter großen Entbehrungen – mit Heimarbeit – auf. Mit Vaters Rückkehr aus der französischen Kriegsgefangenschaft wurde Charlotte zur braven, vielleicht sogar glücklichen deutschen Hausfrau und Mutter.

Nach dem Schützengrabenleben und der Gefangenschaft kam natürlich nicht derselbe Erwin zurück, der für ‚Kaiser und Vaterland' ins Schlachtengetümmel gezogen war; die Lehrerlaufbahn wurde fortgesetzt. Erwin avancierte zum, für Weimarer Verhältnisse, gut situierten Studienrat. Doch der Ernährer dieser vierköpfigen Familie verfiel inmitten der vielen hübschen, ja attraktiven und schon recht gut proportionierten Lyzeumsdamen seinem Testosteron-Spiegel; diesem, bei gewissen Jahrgängen nicht ausbleibendem Kalbsfleischeffekt.

Da wagte die kleine, durchaus nicht unscheinbare, Hausfrau den Sprung ins Leben; sie trennte sich resolut von Erwin. Der tobte zwar – ich konnte dieses ‚Toben' nicht übersehen, besser nicht überhören, aber worum es dabei eigentlich ging, blieb mir damals verborgen – hatte aber seine kleine Frau unterschätzt, es gab kein Pardon und kein Zurück. Ohne eine merkliche Übergangsperiode – so schien mir wenigstens – landete Charlotte in den Armen unseres geliebten, uns wohlbekannten Freundes des Hauses Hans Baumgarten. Mein erstes Fahrrad hatte mir immerhin Hans geschenkt – der somit zum Hausfreund avancierte. Über diese Liaison emanzipierte Mutter rapide. Sie begann – ohne eine rechte Ausbildung zu haben – einen Beruf auszuüben; begünstigt durch ihre passablen Fremdsprachenkenntnisse, in der Handelsvertretung der Sowjet Union in der Lindenstraße in Berlin. Vor allen Dingen wurde diese Emanzipation ermöglicht durch die exponierte Stellung ihres neuen, von der ‚Zentrale' inzwischen sanktionierten Partners Hans Baumgarten. Die Absegnung einer solchen Verbindung hatte nicht so sehr über die Kirche oder das Standesamt zu erfolgen, sondern – da Hans Baumgarten nun mal ein ‚Illegaler' des EKKI war – über die ‚Zentrale' in Moskau, die auch eintraf. So vollzog unsere Mutter – wir bemerkten das kaum – den Sprung aus der totalen Bedeutungslosigkeit in eine große – noch dazu Geheimnis umwobene – ‚Bedeutung'.

Wie sich erweisen sollte, war es in der Tat ein bedeutungsvoller, ja verhängnisvoller Sprung in das große Inkognito. Ab sofort erübrigten sich jegliche ‚Erklärungen', jegliche Aussprache oder Erörterung – es gab nur noch ‚Weisungen' der fernen ‚Zentrale' in Moskau, die ebenfalls kein Gesprächsthema sein konnten. Wer über Jahre in diesem Korsett steckte, musste zwangsläufig professionell ‚sprachlos' werden und darüber hinaus geradezu einknicken von der Wichtigkeit der eigenen Person. Es erübrigt sich zu erläutern, wie katastrophal sich diese Verformung, ja diese Amputation jeglichen Charakters auf das Leben einer, – ohnehin zerrütteten – Familie auswirken musste. In den späteren Jahren der ‚Parteireinigungen' und des ‚Roten Terrors' konnte sich diese Verschwiegenheit nur noch verfestigen, unter Umständen sogar lebensrettend sein. Ging man Mutter an dieses ‚Eingemachte', brauste sie ungezügelt auf. So, als sie mit Hans, aus der DDR kommend, im Jahre 1955 ihre beiden von den ‚Sicherheitsorganen' deportierten Söhne – fast ein Jahr vor dem XX. Parteitag der KPdSU– in Swerdlowsk (heute Jekaterinburg) besuchte. Angesprochen – wohlgemerkt unter vier Augen – über den ‚Roten Terror' Stalins, verkündete sie lautstark: „Ich will darüber nichts hören!" Die Nennung von ihr bekannten Namen, wie Jule Gebhardt, Hilde Tal, Alice Rund, ja die Erwähnung ihrer beiden Söhne, wies sie fast wütend zurück. Nach dem XX. Parteitag allerdings mäßigte sich der Ton etwas, Hans und Charlotte zeigten (zurück in Potsdam) in ihren Briefen ‚Verständnis' für unsere Äußerungen.

So bestand ein bedenkliches Wechselverhältnis, bei dem jeder Baustein (Person) selbst Züge des Gesamten trägt, und gleichzeitig, durch seine Eigenschaften das Gesamte prägt, ja überhaupt erst ermöglicht. Es war wie der berühmte Wassertropfen, der alle Eigenschaften des Ozeans in sich birgt. Ich gestehe, dass ich diese auf der Hand liegende Entwicklung glatt übersehen habe; selbst wie eine Eisscholle auf dem Jenissei geschwommen bin; rechts und links Eis, vor mir, hinter mir nichts als Eis, das Gefühl für die Strömung aber verloren gegangen war. Erst viel, viel später – zum Teil am wahrhaftigen Jenissei – habe ich die fernen, bedächtig vorüber ziehenden Ufer wieder wahr genommen, die so nötige Orientierung langsam zurück erlangt.

Charlottes ‚Tick' ging so weit: Lange nach Quittierung der Dienste bei der – nicht mehr existierenden – Komintern, nach französischen Gefängnissen, Konzentrationslagern und mexikanischem Exil, nach Rückkehr in die DDR und ehrenvoller akademischer Tätigkeit in Potsdam-Babelsberg, blieb immer noch die bewährte kommunistische Maxime: Am besten man sagt nichts. So waren unter den kommunistischen Altkadern selten gesprächige, aufgeräumte, den intellektuellen Austausch suchende Personen zu finden. Höchstens, wenn mal ein ausländischer Linker vorbeiflatterte, dann kamen auch Gespräche zustande. Das produzierte so eine dezent-zurückhaltende, fast noble kommunistische Elite, die ich gerne als ‚Edelkommunisten' definiere. Sie wussten, was ‚Walter' (Ulbricht) dachte und vertrauten fest auf eine letzte Rede des Ersten Sekretärs der SED-Bezirksleitung – mit wirklich eigenen Gedanken brillierte da niemand.

Derartige ‚Haltungen' infizierten selbstredend alle persönlichen Kontakte, das Verhältnis Mutter-Sohn; besonders, wenn der Sohn sich von diesem infantilen Unterwürfigkeitsvirus noch nicht infiziert zeigte. Nehmen wir die etwa zehn Jahre währende Emigration von Hans und Charlotte in Mexiko – auch diese ein Tabu! Beide haben nie zusammenhängend aus der Zeit ihrer Emigration erzählt … es war eben immer besser, darüber nicht zu sprechen – Reden blieb Silber, Schweigen ward Gold. Für einen so austauschbedürftigen Menschen wie mich, eine Qual. Was diesen Kreisen blieb, waren spießbürgerliche, jämmerliche Äußerlichkeiten, Ordensverleihungen, akademische Titel, Beförderungen, Bettgeflüster, militärische Dienstgrade, PKW, Datschen, Wohnen (Mutter war nach ihrer Rückkehr eine fantastische Stadtvilla zugewiesen worden), Platzierungen auf Ehrentribünen oder in Präsidien, Reisen von besonders klassenbewussten Personen ins NSW (nichtsozialistisches Währungsgebiete, z. B. nach Jugoslawien), Mutter gar reiste nach Mexiko und Kuba, nicht zu vergessen die ‚personengebundenen Jagdreviere' der roten Obrigkeit. Persönliche Wärme blieb vor den ‚Pflichten' auf der Strecke, intellektueller Austausch vor ‚Disziplin', Barmherzigkeit vor der Partei, die ‚immer recht hatte'.

Kurioses blieb (für jemanden, der wie ich immer etwas Komisches herausfindet), nicht aus. Anlässlich eines ‚runden' Geburtstages von Hans wurde in *Villa Baumgarten* in der Babelsberger Domstraße ein pompöser ‚Empfang' (so wie man sich das nur beim gehassten ‚Feind' vorstellen konnte) inszeniert. Wir, d. h. meine Irina und ich, waren noch frisch aus dem fernen Nordural ‚heim' gekehrt, und waren – man möge uns diese Provinzmanieren verzeihen – überpünktlich in der ‚Villa Baumgarten' erschienen.

Es war noch nichts ‚los'. Wir setzten uns still auf ein Sofa und harrten der Dinge, die da auf uns zukommen würden. Und sie kamen, ‚gesellschaftsfähig' gekleidet, zum Teil in Uniformen der Nationalen Volksarmee. Das wirkliche ‚Ereignis' war, dass Mutter bei jedem neuen Gast neben diesen in den Türrahmen des Salons trat, um – wie ein mittelalterlicher Herold, todernst – lautstark den vollen Titel des Neueintretenden allen Anwesenden zu verkünden, etwa: „Generalleutnant der Grenztruppen, Genosse“ sowieso, oder „Zweiter Sekretär der SED-Bezirksleitung Genosse“ sowieso oder „Obermedizinalrat Doktor, Dr. h. c.“ sowieso oder „verdienter Künstler des Volkes, Regisseur“ sowieso, es war zum Todlachen, wäre es nicht so tief traurig gewesen. Mutter vergaß Irina und mich dabei nicht ganz; einmal kam sie heran, um sich zu erkundigen, wie wir uns ‚fühlen'. Ich erwiderte: „Prächtig! Es ist aber gut, dass wir als erste gekommen sind“. Mutter fragte verdutzt: „Wieso?“. „Nun ja, so blieb dir die Peinlichkeit erspart, diesem erlesenen Kreis uns Titellose vorzustellen!“

Mit meiner, durch all die Jahre bewahrten, man könnte sagen jungfräulichen, aus der Jugend noch unverfälschten, von eben meinen Eltern Erwin und Charlotte angenommenen Weltanschauung, war ich stehen geblieben, hatte den ‚Anschluss' an eine ‚Entwicklung' versäumt, die diametral entgegengesetzt florierte, geriet dabei schließlich in Clinch mit der eigenen Familie, zuerst den Eltern Charlotte, Hans und Erwin, später meinem Bruder Wolfgang und schließlich sogar mit meiner eigenen Partei der SED – logisch auch der ‚neu erstandenen' PDS. Ich will das kurz an einem Exempel demonstrieren:

Wenn die PDS-Führungsriege (Byski, Gysi, Brie, Bartsch, Claus u. a.) nach ihrem Scheinrückzug der Partei eine Gabriele Zimmer als Trostpreis angeboten hatten und Gabi nach ihrem völligen Versagen doch noch einen tröstenden Sessel in Westeuropa untern Hintern schoben, statt sie kurzerhand nach Ostsibirien zu befördern, war ich schockiert über diese abgekartete ‚Regie hinter den Kulissen'. Niemand hat es in den PDS-Chefetagen je für nötig befunden, den endlosen Unfug dieser ‚Bundesvorsitzenden' zur Sprache zu bringen. Es sei nur erinnert an ihre ‚theoretische Erkenntnis': „Der Kapitalismus hat nicht gesiegt – er ist nur übrig geblieben!“… Unfug auf jämmerlichem Niveau, dem niemand im Plenum widersprach.

Der ‚Besiegte', *die DDR, lag am Boden*. Über das Leben des Besiegten entschied im *Forum romanum* der Daumen: Nach oben bedeutete Leben, entsprechend nach unten, den Tod. Für die am Boden liegende DDR hatte das Forum der Teutonen mit dem Daumen nach unten – Tod, Neudeutsch: „Delegitimieren“ – plädiert. Auf diese Art ließ sich den gewohnten „Siegern der Geschichte“ ihr Schicksal bestimmt nicht erleichtern. Unsere Pseudotheoretiker einigten sich darauf „in der Bundesrepublik angekommen (zu sein)“ – wie dürftig. So trug die PDS-Führung auf ihre Art zur Bestattung der

DDR, der Traditionen der deutschen und internationalen Arbeiterbewegung das ihrige bei. Die neue, nach der Wende geläuterte, ‚sozialistische Tagespresse' begleitete erstaunlich konform diese unwürdigen ‚Erkenntnisse'. Zum Glück war ich „sibiriengegerbt – selbst damit konnte ich leben.

Schwarz-weiße Leidenschaften

Die Hochschule für Film- und Fernsehen in Babelsberg mutierte mit der Zeit immer mehr zu einer Hochschule für Ausländer, da der Eigenbedarf der DDR beinahe gedeckt war. Außerdem konnte der gute Ruf, die ausgezeichnete Ausbildung in dieser Institution dem internationalen Ansehen der DDR nur dienlich sein.

Die Studenten kamen aus Vietnam und wurden später Frontkameramänner an der Nordfront in den Auseinandersetzungen mit der Volksrepublik China. Oder sie kamen aus der unmittelbaren Umgebung von Kassem, dem von Saddam Hussein später gestürzten Vorgänger, endeten in den Wirren des Umsturzes im Irak. Sie kamen aus Ägypten, dem Sudan, aus Westafrika. Die für DDR-Bürger so strengen Kriterien der Klassenzugehörigkeit bei einem Studium (Arbeiterklasse, bzw. Klasse der befreundeten LPG-Bauern), galten für die Studenten aus fernen Ländern nicht. Wichtig war lediglich, dass sie aus einem „befreundeten Land" kamen. Es waren Sprösslinge der neuen – eben „befreundeten" – Eliten (Minister oder Militärs), die sich hier immatrikulieren ließen. Bei den z. T. noch halbfeudalen Zuständen der Herkunftsländer, konnte es durchaus vorkommen, dass sich auf dieser, als sozialistisch geltenden Hochschule auch mal ein Söhnchen von einem „befreundeten" Großgrundbesitzer einschlich. Dieser brauchte aus seiner noblen Herkunft keinen Hehl zu machen, denn sein Studium war ungefährdet, war durch Freundschaftsverträge abgesichert.

Eines Tages kam zu uns in die Abteilung Großfoto der DEFA-Fotoabteilung ein junger, hochgewachsener Schwarzafrikaner, sein Name war Makazouba. Unsere Mitarbeiter sympathisierten mit ihm vom ersten Moment an. Man musste ihn einfach gerne haben, diesen schlanken, wie aus Ebenholz geschnitzten Recken. Äußerlich war er geradezu elegant, trug meistens einen schwarzen Anzug, frischgebügelte Oberhemden, Lackschuhe, äußerst zuvorkommend, niemals mürrisch oder schlecht bei Laune. Er kam aus der Republik Guinea, ein Land an der Westküste Afrikas, doppelt so groß wie die DDR, aber nur halb so viele Einwohner, eine ehemalige französische Kolonie, die nach Abzug der Franzosen deren Sprache behielt.

Makazouba, mit Vornamen Achmed, hatte etwas von einem Playboy, das von Herzen kommende, völlig ungekünstelte Lächeln, sprach er perfekt Französisch mit diesem leichten Akzent der Afrikaner, denen es schwer fällt – wie den Südfranzosen – die Nasallaute zu prononcieren. Er sollte zum Kameramann und Fotografen ausgebildet werden. In der Fotoabteilung erlernte er gewissenhaft, von der Piecke – Laborarbeiten, Atelieraufnahmen – diesen interessanten Beruf. Sein Handicap war, dass er so gut wie gar nicht Deutsch sprach und ich nun mehr und mehr, nicht nur zum Dolmetscher, sondern zum Fachdolmetscher geriet. Er lernte, und ich mit ihm. Was er sich fachlich aneignen musste, ich musste es sprachlich – und politisch. Diese komfortable Situation stimulierte bei ihm nicht gerade die Notwendigkeit Deutsch zu lernen. Wir machten zusammen seine Schularbeiten, bereiteten seine Prüfungen vor, studierten Fachliteratur, arbeiteten natürlich auch zusammen im Atelier. Einmal zeigte er mir eine in einer anderen Abteilung gemachte Schwarz/Weiß-Fotografie von sich – ich erschrak. Er war der typische „Schwarze Mann". Man hatte ihn vor eine weiße Wand gestellt, die sein tiefschwarzes Gesicht völlig überstrahlte, zu einem schwarzen Fleck werden ließ.

Ich erläuterte ihm zunächst das Dilemma rein fachlich: Der Kontrast sei zu hoch, das Filmmaterial kann diesen Umfang nicht erfassen. Wenn er einverstanden sei, könnten wir es ja mal im Atelier anders versuchen. Er willigte ein. Ich hing einen großen tief bordeauxroten Vorhang auf und richtete – wie üblich – einen Halb-KW-Scheinwerfer auf ihn – seine schwarze Haut verschluckte das Licht kurzerhand. So nahm ich zwei Halb-KW-Scheinwerfer – sie bewirkten etwas bessere Lichtverhältnisse, dennoch reichte es wieder nicht aus. So entschloss ich mich als Führungslicht volle zwei Kilowatt einzusetzen – jetzt stimmte alles. So machten wir mehrere Aufnahmen, die den ganzen Charme, die Liebenswürdigkeit, seine blendendweißen Zähne und die kleinen Schweißperlen auf dem Gesicht unseres Afrikaners wiedergaben. Er war begeistert und wollte gleich mehrere Fotos für sich mitnehmen – nun, nicht direkt für sich – manchmal würde er von deutschen Mädchen um ein Erinnerungsfoto gebeten. Das zeigte unseren Studenten von einer etwas anderen Seite.

Je enger das Vertrauensverhältnis mit der Zeit wurde, umso mehr öffnete sich Achmed über seine persönlichen Erlebnisse, die letztendlich zu erstaunlichen Erkenntnissen über Mädchen und junge Frauen in der Deutschen Demokratischen Republik führten.

In der Regel fuhr er von Potsdam in ein Tanzlokal nach Brandenburg – er wollte nicht gemeinsam mit seinen Kommilitonen tanzen gehen, ein gewisses Incognito wahren. Auf dem Tanzboden war er der einzige Schwarze, der sich wegen seines gepflegten Tanzes großer Beliebtheit bei den Damen erfreute, sie stürmten ihn geradezu. „Ich bin gar nicht so scharf", gestand er, „aber sie lassen mir einfach keine Ruhe". Schon nach zwei-drei Tänzen stöhnten sie. „Wo wohnst Du?" Die Antwort „in Potsdam", entmutigte sie nicht im geringsten. „Komm, wir fahren zu Dir!", hieß es bestimmend. Er hatte im Studentenwohnheim ein eigenes Zimmerchen, so fuhr er, ohne recht zu wissen mit wem, vor Ende des Abends zurück nach Potsdam. Er vermied vorsorglich Reibereien mit den Jünglingen wegen der Mädchen, aber es half alles nichts. Einmal bestürmte ihn ein junges Mädchen, die mit ihrem Verlobten in das Tanzlokal gekommen war. Sie ließ ihm keine Wahl, drängte ihn aus dem Lokal: „Jetzt fahren wir zu Dir!"

So kam zu meinen Verpflichtungen beinahe unbemerkt eine völlig neue. Nachdem wir die Fachtexte übersetzt hatten, holte Makazouba aus seiner Aktentasche ein Bündel Briefe von jungen Mädchen, die unbedingt mit ihm schlafen wollten, wenn es natürlich auch nicht so direkt gesagt wurde. Mir fiel es wie Schuppen von den Augen, mir wurde plötzlich klar, dass ich eine völlig falsche Vorstellung von unseren jungen DDR-Mädchen hatte. Nicht dass es lüsterne, geile Angebote gewesen wären, nein. Aber diese inbrünstige, fordernde Anbetung, mit gepflegter Interpunktion – wo ich deutsche Mädchen stets für etwas kühl und zurückhaltend gehalten hatte – erstaunte. Diese Bereitschaft zur Hingabe an einen wildfremden Menschen, mit dem es (vielleicht zum Glück!?) ernsthafte Verständigungsschwierigkeiten geben musste. Zum Moralisieren war ich nicht aufgelegt, war nicht entsetzt, eher erstaunt über meine Unwissenheit – ich hatte unseren Mädchen einfach zu wenig zugetraut.

Das Ganze war irgendwie reizvoll und Neuland. Wir verstanden uns prächtig, Makazouba versuchte generell, diese brieflich Zudringlichen abzuwimmeln (er konnte schließlich nicht alle beglücken), machte dabei aber ganz bewusst Ausnahmen, da ihm die Briefschreiberinnen ganz konkret in Erinnerung waren. Am meisten war er besorgt, dass bedingt durch Sprachhemmnisse, Missverständnisse aufkommen könnten. Er verstand schon, dass er (mit meiner Hilfe) eine überzeugende und taktvolle Abweisung aussprechen musste. Der Gang der Dinge ließ unsere Freundschaft und Gemeinsamkeit weit über sein Studium hinausgehen. Er kam zu uns nach Hause, wo unsere vierjährige Tochter Tatjana ihn begeistert aufnahm, ihn allerdings impulsiv „Onkel Buh" nannte. Niemand fand darin etwas Anstößiges, Makazouba schon gar nicht.

Er war Moslem, ohne seine Religion übermäßig zu betonen. Er bat lediglich, ihm kein Schweinefleisch zuzubereiten, er bevorzuge – bescheiden erklärt – Rind und Hammel, was er, versehen mit einer Prise Humor, vorbrachte. So stellten wir uns an den Tagen seiner Besuche „moslemisch“ um.

Aus unseren Gesprächen ergab sich, dass sein Bruder Minister für das Gesundheitswesen von Guinea, also in gehobener Stellung, mit besonderem persönlichen Komfort lebte, diese Position bei der Delegierung zum Studium in die DDR, das er ursprünglich in Paris begonnen, wahrscheinlich auch ein bisschen nachgeholfen hatte. Unser Eindruck war, dass er – mit Drehstäben unterwegs in der DDR – auch mit den DEFA-Kollegen gut zurecht kam. Manches blieb ihm – bedingt durch die Sprachschwelle – sicherlich verborgen.

Der Staats-„Chef“ in Guinea hatte einmal 1952 als Gewerkschaftsaktivist begonnen, errang in ersten Wahlen 1956 einen Sitz in der französischen Nationalversammlung, trennte sich dann, nach dem Muster anderer Häupter von den Kolonialherren, um mit einem Clan zum uneingeschränkten Herrscher über das Land zu werden: Sekou Touree, der sich mit dem sozialistischem Block näher „befreundete“, ohne das Doppelspiel zwischen kontroversen Blockinteressen je ganz aufzugeben. Davon erzählte Achmed wenig, es schien ihn kaum zu interessieren. Wir wussten darüber Bescheid – wenn auch nicht erschöpfend – aus unseren Tageszeitungen. Achmeds wesentlicher Unterschied zu uns, den Menschen der DDR, war, dass er putzmunter durch die ganze Welt reiste, in „den Westen“ (West-Berlin) fuhr, während DDR-Bürger den Eisernen Vorhang als gegeben zu akzeptieren hatten. Das war schon etwas komisch für die tägliche politische Arbeit: Ein schwarzer Afrikaner, aus einem der ärmsten Länder der Welt, ist „frei“, ist Weltbürger – wogegen viele unserer „freien“ Menschen nach dem „Menschenrecht“ der Reisefreiheit erst noch strebten.

Einmal kam er etwas aufgeregt zur Arbeit, legte sofort los, er habe ein „Problem“, ob ich ihm helfen könne – ich konzentrierte meine ganze salomonische Weisheit. Das „Problem“ bestand darin, dass er doch eine Freundin in Berlin habe, bei der er meistens zum Wochenende bliebe. Sie habe eine kleine, gemütliche Wohnung. Er fühle sich fast, aber nur fast wie verheiratet. Gestern habe er in Brandenburg ein entzückendes Mädchen kennengelernt, die darauf bestanden habe – er schien nicht abgeneigt – ihn morgen zu besuchen.

Ich konnte zunächst nicht verstehen, worin „das Problem“ bestand; es lag darin, dass gerade morgen seine feste Freundin aus Berlin ihm einen Besuch abstatten wollte. Jetzt verstand ich, eine etwas schwierige Lage. Mein salomonischer Spruch lautete denn auch: Die Lösung sei ziemlich „simple“, deiner festen Freundin in Berlin schickst Du ein Telegramm (das war damals noch üblich/möglich), in dem steht, dass Du beabsichtigst, morgen mit Sicherheit zu ihr zu kommen, das garantiert, dass sie zu Hause bleibt, also nicht nach Potsdam kommen wird. Damit hast Du freie Hand, bzw. sturmfreie Bude. Er war natürlich begeistert und vertraute mir später noch öfter die salomonische Lösung delikater Situationen an.

So fuhr er mit einem Drehstab für längere Zeit nach Dresden, seine derzeitige Freundin hatte sich (mit meiner freundlichen Unterstützung) an seine regelmäßigen Briefe gewöhnt, hatte die feste Zuversicht ausgesprochen, dass er ihr aus Dresden weiter regelmäßig schreiben würde. „Wie soll ich das nur machen?“, fragte er fast verzweifelt. „Du wirst dich nicht blamieren, mein Freund, wir werden, bevor Du abreist, einige Briefe auf Halde verfassen. Ich kenne Dresden recht gut, wir werden begeisterte Eindrücke von dieser schönen Stadt und ihren Sehenswürdigkeiten vermitteln. Dir bleibt nur, diese Briefe abzuschreiben und dann in größeren Abständen in die Dresdner Briefkästen zu stecken.“ Das begeisterte ihn einmal mehr, obwohl es natürlich eine Menge Arbeit für uns beide war.

Aus Dresden brachte er übrigens eine neue Freundschaft mit, nach dem Foto ein bildhübsches Mädchen mit einem etwas strengen Blick. Die Liebe muss wohl nicht nur auf den ersten Blick gewesen sein, sondern (bei dem Mädchen) einem Hurrikan gleich, alles verwüstet haben. Sie schickte ihm noch lange Briefe und kleine Päckchen, die ihren Absender mit dem Vermerk „CARITAS“ trugen. Keiner dieser Briefe blieb (von „uns“) unbeantwortet.

Mit einer seiner Schönen kam er eines Tages zu uns, sie war anscheinend nicht das beste Stück aus seiner Sammlung, diesmal aus Mecklenburg, eine Kokotte wie sie im Buche steht, etwas mollig, kurzberockt und dann diese verführerischen, gemusterten Strumpfhosen auf ihren prallen Schenkeln (DDR Mangelware!). Sie hatte diese Bekanntschaft eingefädelt, da sie wusste, Schwarzafrikaner können ungehindert „rüber“, nach West-Berlin fahren, ein Mitbringsel nicht ausbleiben würde. Das spielte keine geringe Rolle. Es war nicht allein Achmeds gepflegtes Auftreten, seine guten Manieren, der einer Dame aus der Straßenbahn (in ein Taxi) half, ihr einen Sitzplatz sicher stellte, einen Handkuss übrig hatte – bei der allgemeinen sittlichen Verrohung und Stofflichkeit dieser bierbäuchigen Germanen, keine leere Äußerlichkeit. Nein, es waren auch seine „Möglichkeiten“, die – beginnend mit Kleinigkeiten – immer raffinierter ausgenutzt wurden.

Seine guten Manieren konnten ihm auch zum Verhängnis werden. Bei einer Bekanntschaft, die ihn in der Woche unbedingt besuchen wollte, bot er an, da ihm der Weg zum Studentenheim etwas kompliziert erschien, sie vom Bahnhof Babelsberg abzuholen. Das lehnte sie kategorisch ab, er solle ihr nur genau den Weg beschreiben, sie werde schon finden. Er verstand, dass sie durchaus bereit war, mit ihm in sein Studentenbett zu schlüpfen, aber nicht bereit war, „davor" mit diesem Studenten, vielleicht sogar eingehakt durch die Straßen zu gehen wollte. Als es schon spät und stockfinster war, ließ sie sich – ohne Scheu – zurück zum Bahnhof begleiten.

Es soll nicht verschwiegen werden, dass neben diesen, über Achmed erlangten Entdeckungen und neuen Erkenntnissen, die eine Bereicherung meiner mangelhaften Kenntnis der DDR bedeuteten, sich auch Erfahrungen ganz anderer Art, bittere Erfahrungen, ja Enttäuschungen einstellten. Auf dem Tanzboden in Brandenburg hatte er ein ganz reizendes Mädchen aus einem unweit von Brandenburg gelegenen Dorf kennengelernt. Seine Beschreibungen waren so begeistert, dass ich schon fast daran glaubte, die lange Suche der „Richtigen", der idealen Partnerin sei nun beendet. Sie schien einen recht strengen Papa zu haben – der ihr aber den Gang auf den Tanzboden nicht verwehren wollte – so dass sich die Jungverliebten sehr bald darauf einigten, auf den Tanz zu verzichten, sofort dem Ruf der Natur nach Babelsberg zu folgen, damit das Töchterchen (für den Herrn Papa) „rechtzeitig nach dem Tanzen" wieder zu Hause war. Der Vater war im Übrigen, wie sich Makazouba ausdrückte, „progressiv", also Mitglied einer Partei und sogar Bürgermeister der kleinen Gemeinde. Für das Bestreben des Papas, die Keuschheit seiner Tochter zu behüten, hatte Achmed tiefes Verständnis, ja das erhöhte den Reiz des amourösen Abenteuers erheblich. Es ging über Wochen gut, Liebesabende ohne Tanzparkett.

Doch der bittere Kelch blieb nicht aus. Kommt doch Achmed eines morgens zur Arbeit. Etwas verstört beichtete er mir, dass die Dorfschöne heute Nacht bei ihm im Studentenheim übernachtet habe – daran fand ich nichts besonderes, gar Erschütterndes, im Gegenteil, dass war doch der Normalfall. Achmed wusste anderes zu berichten: Der rote Bürgermeister hatte seine Tochter aus dem Haus gejagt, weil sie sich mit einem „Neger herumtreibt"! Jetzt war sie ohne Bleibe und Makazouba wusste nicht wohin mit ihr, denn im Wohnheim konnte sie natürlich nicht bleiben. Es erwies sich, dass jemand aus dem Dorf ebenfalls in Brandenburg gewesen war, die Tochter gesehen und anschließend an den Vater verpfiffen hatte. Die stolze, bis über die Ohren verliebte (ahnungslose) Tochter gestand, von dem aufgebrachten Vater zur Rede gestellt, dass sie sich in einen Afrikaner verliebt hätte. Das war dem „progressiven" Vater zu viel – er verjagte die eigene Tochter von seinem Hof, dem „sozialistischen Internationalismus“ vor seiner Schwelle „Halt!“ gebietend. Auch hier war ich der eigentliche Verlierer, denn ich hätte so etwas in der DDR niemals für möglich gehalten – die reuige Tochter trennte sich von Achmed und kehrte unter die Fittiche ihrer sittsamen Eltern zurück.

Die Studienzeit von Achmed ging zu Ende, schweren Herzens trennte er sich von der liebgewonnenen DDR, bzw. ihrer weiblichen Hälfte. Wir machten bei uns zu Hause ein kleines Abschiedsessen, und fort war er. Nun, ganz vergessen hatte er uns nicht, schrieb sogar 1-2 Postkarten, einmal aus einem Lager der Guinea-Jugendorganisation.

Eines Tages klingelte es – da stand er vor der Tür, strahlend wie immer, überladen mit allerhand afrikanischer Aufmerksamkeiten: Zwei grosse Ananas‘ (für uns eine Kostbarkeit), einen buchstäblichen Sack Kaffee (ich musste an das „Lied der Säckeschmeisser“ Busch/Eisler denken), der aber so schwarz – wie Holzkohle – geröstet, nur gemischt mit „normalem“ Kaffee genießbar war. Eine aus Mahagoni geschnitzte Elefantenfamilie, zwei Paar geschmackvolle, sehr hübsche, geflochtene Badelatschen und ein langes Stück Tuch, ganz wunderbarer Farben (etwa für ein Kleid), afrikanisches Muster, mit einem Wort exclusiv originell-orientalisch, verschiedene Kleinigkeiten, auch für unsere Tochter. Wir waren hocherfreut, dass unsere Mühen mit ihm so nachhaltig gewertet wurden. Die Erklärung seines plötzlichen Auftauchens war kurz: Sein Bruder-Minister hatte ihm eine Rückkehr in die DDR ermöglicht, wenn er dort ein Journalistenstudium aufnähme. Warum nicht, hatte er sich gefragt und die erste Gelegenheit wahrgenommen, von Leipzig einen Abstecher zu uns nach Potsdam zu machen. Es war, als ob er nie fort gewesen wäre.

Nach Abschluss des Journalismus-Studiums, sicher verbunden mit neuen Studien am schönen sozialistischen Geschlecht, ging’s wieder zurück nach Guinea.

Von Achmed haben wir dann kaum etwas gehört, dafür umso bestimmter von dem Putsch, der Sekou Touree und seinen Clan 1984 stürzte – einer kurzen Zeitungsnotiz entnahmen wir: Der Gesundheitsminister des Landes – Makazouba – wurde bei dem Putsch ermordet.

Vergangenheitsbewältigung in Opole

Natürlich ist es schon eine geraume Zeit her, aber noch kein Märchen aus uralten Zeiten, richtiger aus besten Zeiten im Unrecht-Staat, umgeben von vielen Unrechtstaaten, ostwärts wie auch westwärts. Nun, im Osten hat „das Volk“ ja reinen Tisch gemacht – im Westen steht das noch aus.

Der Kulturbund der DDR, in Gestalt der Bezirkskommission Fotografie, pflegte intensive und fruchtbare Beziehungen zu seinen östlichen Nachbarn. So gab es im Frühjahr eine mehrtägige Zusammenkunft mit Gesprächen und Ausstellungen in Opole (Oppeln) im polnischen Schlesien. Ich hatte mich, wie bei anderen derartigen Veranstaltungen auch, für die Fahrradvariante entschieden. Hier ist nicht der Platz, um über unseren Veranstaltungsablauf zu berichten. Jede sich nur bietende Möglichkeit nutzten unsere polnischen Gastgeber, um uns mit Sehenswürdigkeiten der Stadt, Land und Leuten bekannt zu machen. Für uns ergab sich so manche recht lehrreiche Lektion ...

Eines Nachmittags luden sie uns ein zum „Gora swjatoi Anny“ („Berg der Heiligen Anna“) zu fahren. Bei solchen Einladungen war es ratsam, nicht allzu viele Fragen zu stellen. Uns fiel allerdings auf, dass die Straßen der Stadt Opole und auch des unmittelbar am Berg gelegenen Städtchens Gora swietej üppig mit rot-weißen polnischen Nationalflaggen geschmückt waren. Es mußte sich also um einen bedeutenden Nationalfeiertag unserer polnischen Freunde handeln, aber um welchen? Wir fragten uns weder gegenseitig noch verständlicherweise unsere Gastgeber. Wer gibt sich da schon gerne eine Blöße? Am Straßenrand und schließlich mitten auf der Straße wuchs der Menschenstrom immer mehr an, feierlich gekleidete Menschen. Sehr bald hielten wir an einem Hang, auf dem oben eine kleine Kapelle stand, wie sich ergab, die Kapelle der Heiligen Anna. Die Massen aller Couleur, d. h. Zivilpersonen, Geistliche in ihren Sutanen, auch Militärs in Uniformen der Volksarmee, strömten in die Kapelle um sich einer stillen Andacht hinzugeben. Wir deutschdemokratischen Atheisten nichtsahnend unter ihnen. In solchen Situationen ist man eher bemüht, seine Ungläubigkeit zu verbergen, obwohl wir in dem allgemeinen Trubel auch so nicht sonderlich aufzufallen drohten. Nur die Popen, die Geistlichkeit erkannte in uns sofort die Ketzer, indem sie uns demonstrativ freundlich zulächelten. Dann begab sich alles auf die Straße, volksdemokratische Orchester, Kirchenfahnen neben Nationalfahnen, klein und groß.

Über allem stand ein herrlicher Frühlingstag. Die Menge bewegte sich irgendwohin leicht bergab. Unseren Augen öffnete sich ein großes Forum umrahmt von wuchtigen Klinkermauern, gefüllt bis an den Rand mit Menschen,

Jugendgruppen, Pfadfindern mit brennenden Fackeln. Nun hielt es mich nicht mehr, ich fragte unseren sehr gut Deutsch sprechenden Begleiter: „Die ganze Anlage sieht so germanisch aus", sagte ich, „ist sie ja auch", erwiderte er sichtlich erheitert. „Das haben tatsächlich Deutsche erbaut?", fragte ich erstaunt weiter, „aber ja", gab er zurück. Aus welchem Anlass konnten Deutsche hier eine so monumentale Anlage errichten, ging es durch meinen unwissenden Kopf, ich entschloss mich zu einer letzten Frage. „Der Anlass ist eben der, zu dem wir uns hier versammelt haben – der 50. Jahrestag des (allerdings missglückten) polnischen Aufstandes gegen die Wahlfälschungen der Deutschen (damals wurden ganze Eisenbahnzüge von ‚Abstimmungsberechtigten' aus dem Reich herbeigebracht) zur Rückführung Oberschlesiens an das Deutsche Reich. Diese Abstimmung wurde im Versailler Vertrag in Aussicht gestellt. Die Deutschen haben damals mit so genannten ‚Selbstschutzeinheiten' den Konflikt mit Gewalt zu ihren Gunsten entschieden, heute nun würde die späte Revanche feierlich begangen." Da hatten wir ganz augenscheinlich erheblichen Nachholebedarf.

Ein Raunen, eine Bewegung ging durch die Menge, Edward Giereck, Erster Sekretär der Vereinigten Polnischen Arbeiterpartei betrat das Forum mit seinen Begleitern und Leibwächtern. Inzwischen bemerkten wir einige hundert, in Reihen angetretener Männer und Frauen, durchgehend ältere Menschen, bei einigen hatte man den Eindruck, dass auch sie, geradeso wie wir aus der DDR, nicht ganz genau wussten, worum es hier eigentlich ging. Sie erweckten den Eindruck von Einwanderern oder Spätheimkehrern. Das sind, so erklärte uns unser Begleiter, die Veteranen des damaligen Aufstandes. Erstaunlich viele Frauen – Frauen leben länger. Jetzt wurden die Veteranen ausgezeichnet, Pfadfinder brachten auf rotsamtenen Tabletts die Orden herbei, für alle war wohl der gleiche Orden vorgesehen, ein bescheidenes silbernes Kreuzchen. Die Auszeichnung nahm der Erste Sekretär höchstpersönlich vor, den Panjas dabei respektvoll die Hand küssend (man stelle sich einen handküssenden Honecker vor!). Wir verhielten uns natürlich die ganze Zeit taktvoll im Hintergrund, hin und wieder fotografierend, ansonsten eher flüsternd als sprechend. Da rief plötzlich einer, der gerade eben ausgezeichneten Veteranen: „Sind Sie bitte aus Deutschland?", so waren wir entdeckt, wie peinlich, das mußte ins rechte Licht gerückt werden. „Wir sind aus der Deutschen Demokratischen Republik!", versuchten wir die Sache zurechtzurücken. Das beeindruckte unseren Veteranen sehr wenig. „Da war doch so ein Konzentrationslager ‚Sachsenhausen', dort war ich längere Zeit." Um Gottes Willen! Wie unpässlich, der alte Mann wird nicht verstehen, dass es ein neues Deutschland gibt und wir als Freunde in dieses Land gekommen sind, vom Deutschen Kulturbund der

DDR – durchzuckte es uns. Aber er fuhr in seinem gebrochenen Deutsch unbesonnen fort: „Ich war dort Schuster, ja, ja ich bin Schuster." Wir beschwichtigten ihn natürlich sofort: „Auf dem Gelände dieses fürchterlichen Konzentrationslagers gibt es inzwischen eine Nationale Mahn- und Gedenkstätte für die Opfer des faschistischen Terrors." Auch das beeindruckte ihn kaum. „Wissen Sie, was ich dort immer so bewundert habe, es herrschte so eine unvergleichliche, so eine vorbildliche – Ordnung!" Da waren wir perplex, der Schlag kam aus einer völlig unerwarteten Richtung, also „bewundert" hatte dieser alte Mann, hochdekorierter Veteran des schlesischen Aufstands von 1921, unser gehasstes Sachsenhausen. So sind eben die Lektionen in der Praxis.

Am nächsten Morgen erwachte ich gegen 3.00 Uhr, die Sonne schien bereits schräg ins Fenster. Ich sprang aus dem Bett, um sofort die Rückfahrt anzutreten. Eine kurze Nachricht an meine Kulturbundgenossen und rein in die Pedalen gen Potsdam. So gegen 15.00 Uhr erreichte ich Görlitz, wo ich auf meiner Hintour im Hotel „Dresdner Hof" übernachtet hatte. Mich reizte ungemein weiter zu fahren, zu versuchen, wie weit ich kommen würde. Es wurde langsam dunkel, es lief blendend.

Schon gegen Morgen, bereits in Sperenberg, etwa 35 Kilometer vor Potsdam, wurde ich durch zwei Taschenlampen arg geblendet. „Halt!", hieß es. Zwei Gestalten waren im Dunkel auf die Straße gesprungen. „Wo kommen Sie denn her", fragte der junge Volkspolizist. Nun das brauchte man mich nicht zweimal fragen, ich brachte mich in Positur: „Aus der Volksrepublik Polen", meine prompte Antwort. „Und woher da?", klang die zweite Frage etwas ungläubig. „Aus Opole", ließ ich mich vernehmen. Beide drückten völliges Unverständnis aus. War ich ein Schwindler, ein Angeber, ein „verdächtiges Element" gar? „Zeigen Sie mal Ihren Personalausweis", hieß es jetzt. Ich reichte ihn beflissen rüber. „Na gut, wo wollen Sie denn hin?"– „Nach Potsdam, dort wohne ich, wie Sie sehen." Ich war anscheinend doch nicht der, den die beiden suchten, eine weitere Frage, etwas unschlüssig: „Und wo arbeiten Sie da, in Potsdam?" (Damals war es noch selbstverständlich, dass man irgendwo arbeitete, das war sogar Pflicht, laut Verfassung.) Jetzt wollte ich meinen letzten, befreienden Trumpf ausspielen: „Bei der DEFA!" ... „Hm!", machten nun meine Beamten, bei der DEFA, so schienen sie auszudrücken, gibt es ja eine Menge Spinner, vielleicht ist das tatsächlich einer von denen. Ihre letzte Unschlüssigkeit mußte überwunden werden, um endlich weiterfahren zu können: „... und in der Sozialistischen Einheitspartei Deutschlands bin ich auch!", platzte ich raus. Das Eis war gebrochen, er warf lässig die Hand an den Mützenschirm: „Dann wünsche ich noch eine gute Fahrt!" Ja, in der richtigen Partei sein.

Nach dem Anschluss

Tag der deutschen Einheit – ein Krimi

Mit unserer Rückkehr, das heißt mit Überschreiten/Überfliegen der Grenze der Deutschen Demokratischen Republik 1958 erlosch meine 24-jährige Staatsbürgerschaft der UdSSR, ich wurde automatisch Bürger dieses zweiten, kleineren Deutschlands, akzeptierte seinen Lebensstil, seine Gepflogenheiten, seine Traditionen.

Eine dieser Gepflogenheiten war – da ich Nazi-Deutschland aus politischen Gründen verlassen hatte – dass ich den Status eines „Verfolgten des Naziregimes“ erhielt. Entgegen den später konstruierten Motivationen, wo „man“ herausgefunden hatte, dass diese Rückkehrer mit diesem Status „korrumpiert“, zum Schweigen gebracht werden sollten, kann heute ganz sachlich festgestellt werden, dass mit diesem Status 1958 so gut wie keine materiellen Zuwendungen, gar „Privilegien“ verbunden waren. Allerdings gab es für diese VdN-Kameraden freie Fahrt mit *allen* öffentlichen Verkehrsmitteln – für uns keine außergewöhnliche Bevorzugung, wussten wir doch, dass z. B. in Leningrad die „Blokadniki“ (also Opfer der 900 Tage dauernden faschistischen Blockade) ebenfalls Freifahrt hatten. Blieb die bessere Kategorie bei den Lebensmittelkarten – aber diese waren inzwischen aufgehoben, somit entfiel selbst das.

Ich nahm diesen Status ungeniert, arglos an. Nicht ahnend, dass daraus einmal ein „SED-Priviligierter“ entstehen könnte. Als ich nach Moskau kam, erhielt ich den Status eines „Politemigranten“, was meinen Motiven zum Verlassen Nazi-Deutschlands entsprach – damals verband ich diesen Status mit der Bitte um die sowjetische Staatsbürgerschaft. Zurückgekehrt nach Deutschland brauchte ich um die deutsche (DDR-)Staatsbürgerschaft nicht nachzusuchen, aber das „Kainsmal“ eines „Verfolgten des Naziregimes“, das wollte ich als Differenz/Distanz zu den vielen Deutschen, die „dabei“ mitgemacht haben, schon tragen, wollte damit ein für allemal klarstellen, bzw. festhalten: *Da* war ich *nicht* dabei!

Bei der Zuordnung zu diesem Status war mir natürlich der Werdegang dieser Institution (VVN) völlig unklar. So wie Stalin sich Ende der zwanziger Jahre vom „Verband der Partisanen, der Verbannten und Kämpfer des Bürgerkrieges“ – der nach der Oktoberrevolution ein erhebliches politisches Vetorecht hatte – blutig getrennt hatte, so trennte sich die DDR-Führung sehr früh (unblutig!) von der Vereinigung der Verfolgten des Naziregimes, diese bestand *nur* in Westdeutschland weiter), als politische Körperschaft und verwandelte diese in eine *soziale* Institution, die in den Rathäusern saß, sich um das Wohlergehen der Veteranen (durch „Betreuung") bemühte – und wer sich politisch betätigen wollte, dem standen ja die gesellschaftlichen Organisationen der DDR (incl. SED, bitte schön!) „zur Verfügung". Aber diese Analogie ist mir erst viel später bewusst geworden.

Mit der Zeit kam auch eine, zunächst recht bescheidene, „Ehrenpension", die ich natürlich nicht ausschlug (ich war in der niedrigsten Gehaltsklasse, als „Fotoumschüler" eingestuft). Ein „Privileg" waren Erholungsheime für die Kameraden der VdN, die wir, da uns noch eine Tochter geschenkt wurde, nicht wahrnahmen. Das änderte sich etwas, als unsere Tochter erwachsen wurde, da kamen wir noch zweimal in den Genuss eines solchen Erholungsheimes.

Jahrelang war ich auf meinen Mammutfahrradtouren, in der Regel auf dem Rückweg von der Ostsee nach Potsdam, nahe der kleinen Stadt Kyritz an einem solchen Erholungsheim vorbeigefahren. Der aus nur 3-4 Häusern bestehende Ort hieß *Karnzow,* das Heim trug den Namen „Ernst Thälmann". Jedes Mal dachte ich im Vorbeifahren: „Hier, in diesem kleinen Schlösschen (und das war es zweifellos einmal, wurde später dem Eigentümer zurückerstattet) am Ufer dieses kleinen Stausees der Dosse, da müssten wir mit Irina mal zwei Wochen ausruhen. Das Problem war, es lag abgeschieden, weit weg von Bahn und Bus. So vergingen Jahrzehnte, ja bis der Anschluss kam …"

Ich entschloss mich nun doch einmal, mein Glück zu versuchen – ging zur VdN-Dienststelle ins Rathaus Potsdam, bevor alles zusammenklappte, meinen Wunsch nach *Karnzow* zu fahren, wahr zu machen. Selbst nach der „Wende", kurz vor dem „Tag der Einheit" war unsere Kragenweite für dieses „gute" Heim immer noch eine Nummer zu klein – wir erhielten eine Absage. Doch dann klappte es noch, jemand mit der passenden Kragenweite hatte abgesagt.

Fern von den hohen, ja feierlichen Wogen der Politik (wir alle dort saßen abends, z. T. ehemalige KZ-Häftlinge bedrippt am Fernseher, wir hatten uns daran gewöhnt, dass „Doitschland" im fahnenschwenkenden Freudentaumel war, irgendwie erinnerte das Ganze an 1933. „Wir sind das Volk" hatte sich in „Wir sind EIN Volk!" verwandelt, im „großen Volkszorn", so „unser" Bundespräsident, hieß es immer deutlicher „Rote raus!", und „Stasi in die Produktion!", was sich später als nicht realisierbar erweisen sollte). Die Stille der Provinz erwies sich als echte Atempause – hier gab es keine bulligen jungen Männer mit Aufnähern „Ich bin stolz, ein Deutscher zu sein!", keine an die Mauern geschmierten Hakenkreuze.

Selbst im Oktober konnte man im Stausee noch schwimmen, es gab eine Unmenge Pilze, die wir fleißig trockneten und es gab im Verleih intakte DDR-Klappfahrräder. Eifrige „Reiseveranstalter“ verluden uns zu einer Fahrt nach Hamburg, das ich aus meiner Kindheit in bester Erinnerung hatte, nun aber für uns die Ausgeburt des Wandels darstellte. Auf der Reeperbahn „ruhten“ sich die Damen zwar aus, aber bei St. Pauli die legendäre besetzte „Hafen-Straße“ mit mächtigen, geschmackvoll-bunten Graffitis auf den Giebelwänden, die sich als „bullenfrei“ deklarierten. Sind das nun unsere künftigen Kampfgefährten gegen den Imperialismus? dachte man bei sich.

An einem der letzten Tage nahm ich, per Fahrrad, wehmütig Abschied von der zauberhaften Herbstwelt. Pilze interessierten mich schon nicht mehr, es war Natur-pur, was mich in ihre Arme schloss.

Plötzlich hörte ich aus einer direkt am Wege gelegenen Kiefernschonung herzzerreißende, fast gequälte Hilfeschreie einer Frau. Ich schmiss mein Fahrrad auf die Erde und rannte wie ein Besessener zu den Schreien. Eine einfach gekleidete Frau, etwa 45 Jahre alt, wurde von hinten durch einen vielleicht 30-jährigen, schwarzhaarigen, sonnengebräunten Mann gewürgt, am Schreien gehindert. Ich rannte auf die beiden zu und schrie unüberhörbar: **„LOSLASSEN!!“**. Der Mann blickte verdutzt auf und verschwand sofort im Dickicht der jungen Kiefern. Die völlig verzweifelte, stämmige Frau taumelte mir entgegen. Der Waldboden war tief aufgewühlt, sie hatte sich eindeutig heftig zur Wehr gesetzt.

Die Geschichte ist schnell erzählt.

Sie stammte aus dem 8 Kilometer entfernten Kyritz, war arglos, ganz allein in den Wald gefahren um Pilze zu suchen, als völlig unerwartet dieser Typ sie von hinten anfiel. Sie zitterte noch am ganzen Leibe, war ganz aufgelöst, widersetzte sich aber meiner Aufforderung, den Wald zu verlassen, auf den Weg zurückzukehren, mit der flehenden Bitte: „Meine Schlüssel, bitte suchen Sie meine Schlüssel!“ Der Kerl hatte ihr bereits die Jacke vom Körper gerissen, dabei waren die Schlüssel auf den Boden gefallen – sie komme ohne die Schlüssel nicht in ihre Wohnung. Im Wald noch weiter herumzusuchen, um unter Umständen dem Banditen zu begegnen, hatte ich keine große Lust – es kam jetzt darauf an, so schnell wie möglich die unweit verlaufende, belebte Chaussee aufzusuchen, um Hilfe in die Wege zu leiten. Ich versuchte, sie unter den Arm zu nehmen, da zuckte sie schmerzverzerrt zusammen – wie sich später herausstellte hatte der Bursche ihr beim Kampf mit einer Eisenstange den Unterarm gebrochen. Als wir wieder auf dem Weg waren, sagte sie plötzlich: „Da ist der Wagen! Ich glaube mit diesem Fahrzeug ist er gekommen, ich kann mich an das Motorgeräusch erinnern, das dann verstummte." Na, da hätte er ja gleich den Personalausweis zurücklassen können. „Haben Sie etwas zu schreiben?", fragte ich. Sie hatte nichts, ich hatte nichts, so gingen wir im Gleichschritt, unentwegt die Nummer des polizeilichen Kennzeichens gemeinsam laut im einsamen Wald wiederholend – sie überwand dabei sichtlich ihren Schock.

So erreichten wir die Chaussee. Ich setzte sie an den Straßenrand und stellte mich winkend mitten auf die Straße. Gleich der erste LKW hielt an, begriff, dass Schwerwiegendes passiert sein musste. „Haben Sie Bleistift und Papier, diese Frau ist überfallen worden." So notierten wir als erstes die Nummer des kleinen „Trabant", inzwischen hielt ein Personenkraftwagen, der sich bereit erklärte, die Polizei in Kyritz zu verständigen. Der LKW-Fahrer bestand darauf zu warten, bis die Polizei eintraf. Meine Pilzsammlerin jammerte derweil still um ihren (gebrochenen) Arm.

Die Polizei kam sehr schnell, sie rief per Funk einen Krankenwagen, nahm die Personalien von mir und der „Geschädigten" auf. Dann ging einer der Beamten mit mir zurück in den Wald, zum „Tatort", unterwegs schilderte ich ihm ausführlich den Vorfall. Alles war wie wir es zurückgelassen hatten, der aufgewühlte Waldboden, die Jacke, sogar die Schlüssel fanden sich an – nur der „Trabant" war vom Erdboden verschwunden! Der Täter war also aus dem Wald gekommen, hatte sich kurzerhand in „sein" Auto gesetzt, eine scharfe Biege in entgegengesetzte Richtung gemacht (das konstatierte der Polizist anhand der tiefen Reifenspuren) ... und war nach Hause gefahren. „Wenn die Nummer stimmt, dann haben wir ihn", meinte er.

Nun erkundigte er sich, wie ich denn zu diesem Ereignis gekommen sei – nicht dass er mich als tatverdächtig betrachtet hätte – ordnungsgemäß schien ihm wichtig, was mich genau zu diesem Zeitpunkt in den Wald getrieben hatte. Als ich ihm mitteilte, dass ich Gast des VdN-Heimes „Ernst Thälmann" sei, wurde er sehr freundlich, dankte mir für meinen Einsatz, denn es war noch ein „Genosse", einer von „unseren" Volkspolizisten. Der angeforderte Krankenwagen war inzwischen eingetroffen, hatte das Opfer mitgenommen. Der Volkspolizist stieg grüßend in seinen Streifenwagen. Mir blieb nur das kurze Stück bis zum Heim mit dem Rad zu fahren.

Zum Ritual gehörte dort – nach dem Mittagsschlaf – eine gemütliche Kaffeetafel. Die war aber schon voll im Gange. „Unser" Tisch empfing mich rügend: „Wo warst Du denn so lange?" Nun, als geborener Spaßvogel, meine Ruhe hatte ich auch wiedergewonnen, antwortete ich: „Ich habe gerade eine Frau vor der Vergewaltigung gerettet!", was so unwahrscheinlich klang (dem DDR-

Milieu so fremd schien, so linkisch vorgetragen war), dass alle in schallendes Gelächter ausbrachen. Ja ich hatte Mühe, ernst genommen zu werden, niemand glaubte dieser „faulen“ Ausrede.

Kurz vor dem Abendbrot erschienen zwei Volkspolizisten und fragten nach „Herrn Ruge“ – da haben wir's, dachten einige, „der hat selbst was ausgefressen“. In die Mitte genommen, schritt ich mit den beiden zum Portal. Meine Frau wurde bedrängt: „Was ist denn bloß passiert?“, aber sie wusste auch nichts Genaues.

Auf der Wache in Kyritz eröffnete mir der Beamte kurz: „Wir haben ihn!“ – und – „Wir kennen ihn!“; meine und die Personenbeschreibung des Opfers passten haargenau auf ihn. Der Täter, ein polizeilich bekannter Schwerverbrecher, der vor einigen Jahren, also noch zu DDR-Zeiten wegen Vergewaltigung mit Mord zu 25 Jahren Haft verurteilt war. Er hatte einem jungen Mädchen abends an einem einsamen Friedhof aufgelauert, sie auf den Friedhof gezerrt, dort gefesselt, viehisch misshandelt und vergewaltigt (was er selbst „reumütig“ zugegeben hatte). Die Wende brachte ihm die Freiheit. Man ging davon aus, dass zu einem so großartigen Neubeginn, wie die Wiedervereinigung Deutschlands, die Urteile des „Unrechtstaates“ generell zu überprüfen seien. Die neue Vorsitzende der Volkskammer Dr. Bergmann-Pohl, eine Ärztin, hielt es für nötig auch diesen Täter zu begnadigen. Er kehrte zurück in seinen kleinen Ort – wo er sogar eine Familie gründete – bis er rückfällig wurde.

Die Vorladung zum Gericht nach Kyritz ließ lange auf sich warten. Als ich den Flur des Gebäudes betrat erkannte ich sofort meine „Gerettete“, sie behandelte mich auch wie ihren „Retter“, dankte mir überschwänglich, stellte mich ihrem Sohn vor, der ebenfalls an Dankesergüssen nicht sparte. Weiter hinten saß mit gesenktem Kopf, als freier Mann – der Täter mit seiner neuen „Flamme“. Der lief also frei herum, dachte ich etwas betroffen – die Amnestie der Bergmann-Pohl hatte ihn anscheinend vor einem Haftbefehl geschützt. Auf einer anderen Bank saß eine ganze Familie, die sich plötzlich erhob und geschlossen auf mich zukam. Es war die Familie der vor 5 Jahren ermordeten Tochter und Schwester, denen der Schrecken über die Begnadigung durch die Volkskammerpräsidentin noch im Gesicht stand. Sie hofften, dass der rückfällige Täter endlich seiner gerechten Strafe zugeführt würde. Da ich geholfen hatte ihn dingfest zu machen – an mich der Dank.

Das Gericht („qualifizierte Importe“ aus Westdeutschland) konstatierte, dass es sich um ein schwerwiegendes Delikt, um „versuchten Totschlag“ handele, weswegen das Verfahren zur Entscheidung an die Landesinstanz in Potsdam weitergereicht würde. Er erhob sich und verließ das Gerichtsgebäude als freier Mann mit seiner „Neuen". Da war ich schon perplex, die betroffene Familie schien verzweifelt.

Oh ja, es gab einen neuen „Termin" in Potsdam, für mich recht bequem, statt Bahnfahrt nun mit der Straßenbahn zu erreichen. Die Geschädigte hatte es da schon schwerer, zum morgendlichen Termin in Potsdam zu sein. Auch die „betroffene" Familie war per PKW angereist. Bei meiner Zeugenvernehmung wurde von den (ebenfalls importierten) Richtern und vom Verteidiger zunächst versucht anzuzweifeln, dass ein Ost-Zeuge in einem Ost-Wald den Ost-Täter überhaupt erkannt haben konnte.

Der Vernehmung des Täters konnte ich nicht zuhören – ich saß, wieder als „Retter", auf dem Flur. Die salomonische Entscheidung des Gerichts lautete schließlich auf nicht einwandfrei erwiesene kriminelle Absicht des Täters – und beließ ihn auf freiem Fuß. Gegen ein solches Urteil Sturm laufen, war bei unseren mageren Kenntnissen über das neue, moderne Recht ohne einen unbezahlbaren Rechtsanwalt völlig aussichtslos. Opportunistisch „fügte" ich mich in das Geschick der verzweifelten Pilzsucherin (die Zeit hatte wenigstens gereicht, ihren Arm zu kurieren) und der schwer enttäuschten Familie, den Angehörigen der geschändeten Tochter aus Kyritz. Wohin mit dem Unwillen?

Ich blieb durch meine Lagererfahrungen für immer davor bewahrt, willkürlich in die Reihen der „Stalinsten" gezwängt zu werden. Geradeso erging es meinen Kameraden-Antifaschisten im „Ernst-Thälmann-Heim" in Karnzow, sie mochten die DDR nicht bedingungslos zum „Unrecht-Staat" abstempeln lassen – der „Rechts-Staat" schien uns suspekt – wie diese kleine Geschichte anschaulich belegt.

Für die Rückfahrt nach Potsdam war unsere antifaschistische Freifahrkarte für die Deutsche Reichsbahn bereits ungültig – die DDR war eindeutig untergegangen – man bat uns zur Kasse.

Vereinigungsmogelpackungen

Wissen wird Ohnmacht, wenn es sich erst einmal durch fünf richtige Antworten auf fünf Fragen des Reisebüros Peter & Paul – Reisen und Touristik aus Haselünne bewährt hat. Wenn sich Ihr Wissen auch noch durch einen soliden Geldgewinn bestätigt sieht, der bei einer Bus-Sonder-Fahrt ausgezahlt werden sollte, kribbelte es doch irgendwie in der Magengegend. Aber Nein! Standhaft sein, nicht der Versuchung erliegen! Einfach ignorieren! Gab es nicht genügend Warnungen, lass die Finger davon!

Als die Versuchung schon abgeklungen, alles fast vergessen war, findet man im Briefkasten eine Mahnung: „Leider haben Sie an diesem herrlichen Ausflug nicht teilgenommen. Schade! Sie hatten in unserer *Sonderauslosung Glück*! Wir möchten Ihnen *letztmalig* die Gelegenheit geben, Ihren Gewinn abzuholen, zu diesem Zweck haben wir erneut eine Sonderfahrt ins neue Jahrtausend organisiert" – für mich!? Angemessene „Garderobe" wird erwartet. „*Wichtig – unbedingt beachten*: Ihr Gewinn wird sofort und komplett nur in *bar* an Sie ausgezahlt *(nicht an einen Kauf o. Ä. gebunden)*." So ein bisschen Kribbeln kommt wieder auf – und der Schalk, man müsste sich mal ansehen, wie „das so läuft", noch besser filmen, ja alles punktuell mit der Videokamera dokumentieren; dieser weise Entschluss söhnte mit allen Zweifeln aus.

Gerüstet mit drei Akkus für die Kamera ging's morgens rechtzeitig zum Sammelpunkt – so etwa acht Figuren standen schon dort, Rentner, Behinderte mit Gehhilfe, Ehepaare. Wollten die alle den würdigen Rahmen für meine Gewinnübergabe abgeben? „Guten Morgen allerseits, alles Gewinner hier?" – „Ja" kommt's zurück, wie aus einem Munde – ein Dämpfer, denn von „2000" war die Rede. Für die inzwischen 10 Personen schon einmal 20 000 Eier hinzublättern. Als Ventil ging erst einmal das Filmen los, Straße, Normaluhr, Wartehäuschen, ein Streifen blauer Himmel, Famila-Waldstadt-Center und Schwenk, da! Pünktlich der Bus. Das klappte durchaus nicht immer, klärte mich mein Nachbar auf. Erst gestern war ein überfüllter Bus einfach vorbeigefahren. Vor zwei Wochen hatte man eine Stunde gewartet, es war überhaupt kein Bus gekommen, wissen die „alten Hasen" zu berichten. Ja, es gab echte Routiniers, die kannten sich in diesen Sonderfahrten aus – man kam schließlich mal woanders hin, lernte Leute kennen, schwatzte ein bisschen, Balsam gegen die Einsamkeit.

Als Letzter stieg ich ein, mit der Frage an den Fahrer – wir dürfen ihn Michael nennen – von „Richter-Reisen": „Wissen Sie denn wenigstens, wohin es geht?". – „Nein, das weiß ich auch nicht, es geht erst einmal in Richtung Magdeburg, Riesa, Burg oder Möckern, da halten wir an einer Raststätte und warten auf Weisungen." Das fing ja gut an. Nach umständlicher Fahrt (habe Karte bei mir) Rast an der „Raststätte Buckental", unweit von Burg. Nach 20 Minuten: „Alles klar, wir waren schon fast da." Bestellungen für das Mittagessen wurden gleich handy-telefonisch, über den Kraftfahrer, umgesetzt – eben Service! Recht moderate Preise zwischen 9,70 und 13,70 DM.

Vorfahren vor der Gaststätte „Zum Goldenen Stern", dort steht schon ein zweiter Bus, insgesamt sind es jetzt fast 50 Personen – Pardon, Gewinner!

Gräben, ein Mini-Dorf mit noch nicht einmal 500 Seelen (incl. Altersheim). LPG abgewickelt, ein paar Bauernhöfe waren geblieben, Arbeitsmöglichkeit nur im Altersheim. Ansonsten Broterwerb im etwa 30-km-entfernten Brandenburg, da arbeitete „noch einiges", wie mir eine Serviererin anvertraute, die nach Gräben geheiratet hatte, und beim Goldenen Stern aushilfsweise kellnerte, wenn Werbeverkaufsveranstaltungen stattfinden. Bescheiden-gepflegte Räumlichkeiten, für die Gewinner das mit zwei gusseisernen Öfen geheizte „Vereinszimmer", wie sich das früher einmal nannte. Drei lange mit Papiertischtüchern gedeckte Tafeln, große, schräg hängende Spiegel an den Wänden – und die hell erleuchtete Bühne mit einem leeren, blau-violett verkleideten Podium. Aber erst einmal kam das telefonisch bestellte Mittagessen, die wackeren Gewinner hatten vor mehr als drei Stunden ihr Haus verlassen. Auf den Speisezetteln vorsorglich vermerkt: „Bei Verzehr von mitgebrachten Speisen oder Getränken wird ein Pauschalbetrag von 4,- DM erhoben" – da ist Vorsicht geboten, ehe der Gewinn ausgezahlt ist. Mein Nachbar bietet mir einen „mitgebrachten" Eukalyptus-Bonbon an, unter dem Tisch! Erste wirklich große Geste: Das Dessert: Speiseeis, spendiert der Veranstalter, die Erdbeeren der Chefkoch – und die Schlagsahne die Moderatorin „Anke" – allgemeiner Beifall, läuft doch gut. Als sich der Beifall etwas gelegt hat, Anke: „Die Waffel und den Löffel bezahlen Sie mit 4,50 DM" – jetzt Betroffenheit.

Doch Geduld, die eigentliche Performance begann, die Bühne besteigt Dirk Schöning, 35 Jahre, vergeben (ha, ha), Ost-Friese, die sich schlecht mit den Westfriesen verstehen. Jemand klatschte, hatte dies für eine politische Pointe gehalten, es war aber nur eine Platt-deutsch-heit. An alle mit „persönlichen Einladungen" werde Bargeld-Gewinn ausgehändigt, mitgebrachte Personen gehen leer aus. Anke tritt an mich heran: Den Dirk bitte nicht filmen, „der liebt das nicht – nachher, wenn ich oben stehe, da können Sie meinetwegen filmen". So ein Pech, gerade das hatte mich gereizt. Hat Dirk kein gutes Gewissen? Illegal versuchen?

Was „hier und heute" (wie sich herausstellt, eine unentbehrliche Redewendung) passiert, legt Dirk sich ins Zeug, „Die Spreu vom Weizen trennen", „die ehrlichen, vernünftigen, interessierten Gäste" herauszufinden – alle sehen sich gegenseitig an, finden sich „ehrlich, vernünftig und interessiert", bleiben also im Saal.

In Zukunft werden die Reisen mit großen Werkbesichtigungen verbunden sein, wo mit einem Preisnachlass von bis zu 50 Prozenbt eingekauft werden kann. Da gibt es denn 3-Tage-München-Reisen, gutes Hotel, für 99 DM. Oder Stuttgart-Geislingen-Schwaben 3 Tage, ebenfalls 99 DM. Hier Besichtigung der Würtembergischen Metallverarbeitungs Fabrik (WMF), wo dieser vierteilige Set Töpfe (steht inzwischen auf dem Podium) hergestellt wird, Preisnachlass 120 DM, also 10 Prozent! Ja, ja Dirk ist kein „Schnacker", wie man Plattdütsch sagt, er macht Nägel mit Köpfen. Gleich ging's weiter mit uns in die Schweiz – teures Pflaster, also 4 Tage, nicht für 99 DM, Sie verstehen. Aber Besichtigung der Uhren-, Goldschmiede- und Schmuckwerke, Familienbetrieb-„Ebel", das Wappen groß an der Wand. Boris Becker und Steffi Graf bestellten hier schon mal einen Set goldener Uhren mit Brillanten (Geneve-Ebel-Collection, Herren- und Damenuhr), die jetzt durch die Reihen der glotzenden Ossis getragen werden – Preis 66.000 DM ... elf Jahre meiner Rente, denkt mein Nachbar halblaut, „dann bin ich 92!".

„Aber, meine Damen und Herren, mir ist klar, so etwas ist für Sie unerschwinglich. Speziell für Sie haben wir einen Uhrenset, Edelstahl mit Goldauflage für nur 998 DM, greifen Sie zu!" Ein Herr „greift". „Hier, zum Kennenlernen, ein vierteiliger Gold-Schmuck-Set für 46.000 DM", wird nicht durch die Reihen getragen. Doch an uns, „aus den neuen Ländern", ist gedacht, genau derselbe Schmuck, nicht zu unterscheiden, auf Chromolitbasis für nur 390 DM. Keiner greift zu.

Die Öfen glühten nur noch leicht, es wird langsam kalt im Saal, die Zeit schlich träge dahin, jeder dachte: Wie wird das mit dem „Bargeld"-Gewinn? Dirk sieht das sofort: Diejenigen, die jetzt nur noch an den Bargeldgewinn denken, sind hier fehl am Platze, für die hat er nicht viel übrig, hier ist Vertrauen, Ehrlichkeit, echtes Interesse gefragt. Aus „echtem Interesse" stelle ich meine Kamera vorsichtig auf den Tisch, lege meinen Taschenkalender unter das Objektiv, stelle auf Weitwinkel, eine Einstellung muss ich wagen. Schaue ganz weg, schalte ein, da tönt es auch schon: „Nicht filmen, das hatte Ihnen meine Assistentin doch gesagt, das rote Lämpchen vorne brennt, ich kenne mich da aus – vertrauen Sie mir?", ruft er den Rentnern zu. „Ja", hallt es zurück. Ich vertraue ihm nicht mehr.

Das Filmen musste ich aufgeben, umso penibler sind jetzt meine Notizen. Der wirkliche Star des Nachmittags kam erst noch: Dirk erschien mit einem kleinen, schwarzen Koffer. Geheimnisvoll öffnet er ein 72-teiliges Besteck für 12 Personen – der Saal scheint mitzuleuchten, die Rentneraugen ebenfalls. „Was *müsste* ein solches Besteck kosten? Lassen Sie uns *gemeinsam* nachrechnen. Edelstahl pro Besteck 2.000 DM, reines Gold etwa 1.000 DM, macht schon 3.000 DM. Hinzu kommt die hochqualifizierte Handarbeit (Stundenlohn 100 DM!), etwa 2.000 DM, macht schon 5.000 DM, nun die Logistik noch einmal 1.000 DM, summasummarum 6.000 DM – bei mir erhalten Sie dieses

Riesenbesteck für 12 Personen für sage und schreibe, nicht für 5.000, nicht für 4.000, nicht für 3.000, nicht einmal für 2.000, auch keine billigen Tricks, für 1.999 DM. Nein, für 1.998 DM – meine Damen und Herren, das ist geschenkt.“ Na ja, geschenkt erscheint das wohl den wenigsten.

„Wer hätte denn, meine Damen und Herren *Interesse* für ein solches Besteck? Also hier ist erst einmal nicht von KAUF die Rede, sondern von *Interesse*, Ah! Da hinten zwei Ehepaare, der Herr hier vorne, Sie? So zögerlich, also auch Interesse, sechs Meldungen liegen vor.“ Der eine oder andere ist noch unentschlossen, Ehepaare beraten, die Mehrheit beisst nicht an. Dirk ist nicht böse, er hat Verständnis, er dankt, er schätzt die Ehrlichkeit „sehr hoch“ ein. Aber die sechs Hände, die sich gehoben haben, die haben ihm vertraut, und das will er *belohnen*! „Ihnen allen, die mir ihr Vertrauen erwiesen haben, *schenke* ich das 72-teilige Besteck!“ Der Saal ist baff, der eine oder andere ist geknickt: Warum bloß, habe ich mich nicht gemeldet, konnte man *das* wissen, immer versage ich im richtigen Moment, kann ich zu Hause gar nicht erzählen!

„Damit ist meine Belohnung für Ihr Vertrauen nicht zu Ende, sondern fängt erst an!“, gibt Dirk kund. Alle sind angespannt, wollen jetzt nicht wieder eine Chance verpassen, zum Teufel!

Dirk schleppt eine „hochwertige Porzellan-Tisch-Lampe“ herbei. „Auch diese Lampe schenke ich Ihnen als Belohnung für Ihr Vertrauen!“ Die Nicht-Interessierten zucken zusammen – in der vordersten Reihe meldet sich jetzt ein Ehepaar nachträglich, sie hätten vorhin noch gezögert, Dirk hätte sie übersehen, könnte Dirk – er lehnt ab, das ginge zu weit – doch dann zeigte er Einsicht – das Ehepaar ist dabei. Da ist ein Interessierter, der möchte die Lampe nicht – kein Problem, als Ersatz ein hochwertiges Edelstahl-Küchenmesserset – sieht so ein bisschen nach Gattenmord aus. Na ja, Mord ist billiger zu haben, da müssen es ja nicht unbedingt lasertechnikveredelte Griffe sein. Jetzt beginne auch ich mich zu kasteien: Konntest wirklich etwas mehr Spürsinn haben, aber zu spät. Neue Zugabe – ein Einkaufswägelchen, mit solidem Stoff-Koffer, und klick! Vorne fällt ein Sitz vor, „im Fußballstadion oder beim Angeln, keiner kann ewig stehen, Wert im Fachgeschäft 380 DM“. Die Interessenten strahlen wie die Primeltöppe, der Rest schon weniger. Dirk verschwindet hinter der Bühne, kommt mit einem neuen schwarzen Koffer zurück: „Da Sie mir vertraut haben, hier das ganze 72-teilige Besteck für Sie noch einmal. Aber das müssen Sie mir bezahlen! Zu dem von uns gemeinsam berechneten Preis – manchmal sind es eben mehr als 12 Personen. Bei Verlust Nachkaufrecht, Möglichkeit zum Nachschleifen. Alles zusammen immer noch geschenkt.“

Jetzt Aufatmen bei den Nicht-Interessenten: „Wir haben es doch gewusst, irgendwann kommt der Hammer", denken sie. Gedruckse bei den für-Vertrauen-Beschenkten. Das ältere Ehepaar mir gegenüber beginnt zu rechnen, so einen Riesenfisch schon fast an Land gezogen, und jetzt aufgeben? Nein! Ich höre Gesprächsbrocken „auf dem Sparbuch, – im Bankdepot – könnte man Bausparen …". Sie blieben standhaft, alle blieben standhaft, unterschreiben Kaufverträge, mit einer Ausnahme.

Jetzt kam meine Stunde, Dirk war verschwunden, Anke tritt an, mit Mikrofasertüchern, Spülmitteln, Hautcremen usw. Glitzert zwar nicht so toll, aber jetzt muss irgendwann die heikle Frage des Bargeld-Gewinns entschlüsselt werden, jetzt wird gefilmt, was das Zeug hält. Kaum habe ich die Kamera angesetzt, aus dem Publikum(!!) eine krächzende Stimme: „Hier wird ständig gefilmt!" Da musste ich doch mit fast dröhnender Bruststimme feststellen: „Ich habe eine Sondergenehmigung von Frau Anke!" Anke springt für mich ein – sie habe mir vor der Vorstellung grünes Licht fürs Filmen gegeben (Gelächter im Saal).

Mit klarer Stimme geht Anke die Bargeldauszahlung an: Haben Sie Ihre Benachrichtigung in der Hand? Also bitte, lesen Sie eindeutig „2000", aber in welcher Währung, fehlt! Dollar oder Euro, eine Einheit dahinter fehlt! Unsere „Einheit" sind *italienische Lire*, Sie erhalten bar 2.000 italienische Lire – kaum zu fassen, keine Empörung, kein Aufbegehren, nur eine verhaltene Stimme: „Seit wann wird denn in Deutschland mit Lire bezahlt?" Es ist wie mit einem Kinde, das täglich verprügelt wird, dem buchstäblich „das Fell juckt", wenn die Prügel mal aus bleibt. Alle haben gewusst: Das wird ein Mogelpacket, und als der Schlag fiel, war es beinahe eine Erleichterung. 2.000 Lire = 2 DM – zu wenig, um mit der Straßenbahn nach Hause zu fahren. Welches deutsche Gericht wird dies als einen Verstoß gegen die Würde des Menschen einstufen?

Deutschland eine Mogelpackung, Heuchelei das Werkzeug, Betrug ein Kavaliersdelikt. Tausende Rechtsanwälte, Werbepsychologen, Manager, Ausbilder feilen Tag und Nacht an solchen „Programmen", bei denen sie haarscharf an den Klippen der Gesetze vorbeikommen, oder bei denen es sich nicht lohnt, die noch ausstehenden 2.000 DM für einen mittleren Rechtsanwalt anzulegen. Peter & Paul – Reisen & Touristik lagen mit ihrem Wurst-Pelle-Gewinn voll im Trend. Die Herren mit den Nickelbrillen und den langen Mänteln, sie mogeln bei den Rüstungsexporten, mogeln bei den Steuern, mogeln bei den Preisen, mogeln bei der Werbung, mogeln mit Etikettenschwindel, mit Briefkastenfirmen, mogeln mit den Flügen, mit Schwarzkonten, mit, mit … Wozu die Aufzählung: *Wo mogeln sie nicht?*

Schlüsselburg ...

... das ja russisch ‚Schlisselburg' geschrieben wird, liegt an der ‚Quelle' der Newa, wobei es diese Quelle eigentlich gar nicht gibt; die 78 Kilometer lange Newa ist ein Abfluss aus dem Ladoga See. Die in Leningrad majestätisch breite Newa ergießt sich am Rande der Stadt in den Finnischen Meerbusen und bei Tallinn dann in die Ostsee. Die Newa ist über die gesamte Länge schiffbar, an ihrem Ursprung allerdings, wo eine kleine Insel liegt, nicht sehr breit. Auf dieser Insel errichteten die Nowgoroder 1323 eine Festung, die 1611 von den Schweden, damals noch eine militante europäische Macht, erobert wurde und erst 1702 von Peter dem I., im Rahmen seines „Fensters nach Europa", der Gründung einer Stadt an der Newamündung, zurückerobert, und „Schlüsselburg" – der Schlüssel zu Sankt Petersburg – benannt wurde.

Wer den Romanows auch nur eine Träne nachzuweinen gedenkt, sollte sich dorthin begeben, die alten Gemäuer bewundern – nach den Kasematten der Peter-Pauls-Festung – eins der grausamsten Fundamente der Allmacht dieser Dynastie. Hier wurde die geistige Elite der russischen Gesellschaft, sofern sie nicht direkt dem Henker ausgeliefert wurde, bei lebendigem Leibe begraben. Es gibt kaum einen dieser leuchtenden Namen aus dem vorigen Jahrhundert, der nicht an den verwaisten Zellen dieser romanowschen Staatskerker zu finden wäre. Angefangen bei den Dekabristen des Jahres 1825, gefolgt von Nikolai Tschernyschewski, von Fjodor Dostojewski, von Maxim Gorki und vieler Tausender anderer, die z. T. erst nach 20 Jahren durch die Revolution von 1905-07, oder später durch die Februarrevolution 1917 befreit wurden oder den Rest ihres Lebens in der Verbannung im fernen Sibirien fristeten. Gerichtet wurde z. T. „im Paket", d. h. es wurden Prozesse mit bis zu 190 Angeklagten inszeniert.

In jenen Jahren hat sich der Zarismus in Russland und außerhalb seiner Grenzen mit Recht einen blutigen Namen gemacht, nicht nur der Hass gegen dieses verruchte System schäumte über, auch der Wille zum Widerstand bildete sich lange vor der Jahrhundertwende. Dieser Widerstand formierte sich zunächst durchaus friedlich, mit Mitteln der mündlichen Agitation unter den Fabrikarbeitern, vor allem aber unter den Bauern. Junge Männer und Frauen gingen völlig selbstlos in die Fabriken und in die fernsten Dörfer. Diese gewaltlosen, vorsichtigen Anfänge wurden gnadenlos niedergeschlagen, die Teilnehmer eingekerkert und gefoltert, ermordet.

So funktionierte der ‚friedliche Weg' immer weniger. Allmählich bildete sich die Einsicht der Unumgänglichkeit einer gewaltsamen Beseitigung des Zarismus und seiner ersten Repräsentanten heraus, des Zaren, seiner Minister und

Gouverneure. In diesen Jahren regierte Alexander III., der während seiner Herrschaft zu einem der grausamsten Zaren des Romanowgeschlechts überhaupt geworden war. Erst nach vier vergeblichen Versuchen konnte er in einem fünften Bombenattentat endlich beseitigt werden. Das Zarenreich atmete auf und erzitterte. Die zaristischen Eliten – die ja die Zügel weiter fest in der Hand hielten; die Revolutionäre hatten für den Fall eines gelungenen Attentats einen allgemeinen Aufruhr, eine revolutionäre Erhebung erwartet, die zur bitteren Enttäuschung der Narodnowolzen nicht stattfand – errichteten zum Gedenken an Alexander III, genau an der Stelle des Attentats eine Kathedrale, „Chram na krowi", die ‚Kathedrale auf Blut'.

Während der Sowjetmacht war diese Kirche geschlossen, man konnte die architektonische Leistung und die Schönheit dieses Sakralbaus höchstens von außen bewundern. Im Jahr der Romanow-Renaissance 1998 wurde sie restauriert und mit viel Pomp geweiht und wiedereröffnet. Der Zar sei „von einem Terroristen ermordet" worden, so die glänzenden Prospekte heute ... die wahren Helden des russischen Volkes abgeschoben in die tagespolitische Anonymität – denn ‚Terroristen' sind nun einmal verabscheuenswürdig.

Es war der Narodnowolez Ignatii Joachimowitsch Grinewitzki, der am 1. März 1881 die tödliche Bombe auf den Zaren warf, die auch ihn mit in den Tod riss. Der verhasste Zar war schon Jahre wie ein gehetztes Tier durch die Lande gefahren, einmal fand sogar ein missglückter Anschlag in Paris statt. Auch an diesem 1. März 1881 kursierten in Sankt Petersburg Attentatsgerüchte und die Route des Zaren wurde kurzfristig umdisponiert. Das war sehr „vernünftig" – an der ursprünglichen Strecke stand ein Revolutionär, der sich geschworen hatte, den Zaren mit einem Revolver umzubringen. Doch eine mögliche Umleitung hatten die Revolutionäre einkalkuliert. Sollte der Revolveranschlag misslingen, wurde für eine zweite Variante eine Bombe bereitgehalten. Regie vor Ort führte Sofia Lwowna Perowskaja, eine junge Frau von 28 Jahren, die dann dem Attentäter das Zeichen für den Bombenwurf gab. Sie war die einzige von der Zarengerichtsbarkeit zum Tode verurteilte und hingerichtete Frau. Vera Figner wurde ebenfalls zum Tode verurteilt, dann aber zu Schlüsselburg ‚begnadigt'.

Das war – zugegeben – ein etwas ausführlicher Vorspann, nötig, weil die heutigen russischen Eliten alles daran setzen, diese einfachen Tatsachen zu vertuschen, diese Helden des russischen Volkes, diese völlig selbstlosen, weder nach Ruhm noch nach Macht strebenden Idealisten auf die Deponie der Geschichte zu befördern, all diese Chalturin, Karakosow, Goldenberg, Vera Figner namenlos als „Terroristen" zu verscharren, obwohl die Ergebenheit, die Selbstaufopferung dieser Generation von Männern und vor allem auch von

Frauen des Zarenreiches in der russischen, ja in der Weltgeschichte ihresgleichen sucht. Die Bolschewiki lehnten den „individuellen Terror aus Gründen der Zweckmäßigkeit" (Lenin) ab, schließlich hatte sich diese Form des revolutionären Kampfes als anachronistisch überholt. Zu dieser Erkenntnis kam 100 Jahre später auch die RAF-Terroristin Inge Viet in einem Interview, das sie nach ihrer Haftentlassung Günter Gauss gewährte.

Der Versuch, die Narodnowolzen neben die heutigen Selbstmordattentäter zu stellen, ist verwerflich – letztere sind keine Revolutionäre, töten Hunderte und Tausende völlig unbeteiligter Menschen in Bussen, Diskotheken und auf Märkten, während die russischen Terroristen gezielt , eben „individuell" töteten. Deshalb bleibt es ehrenwert, das Andenken dieser Vorreiter der russischen Revolution zu bewahren und dies nicht von den neuen Hofschranzen, Parvenüs und Oligarchen beschmutzen zu lassen.

Mein besonderes Verhältnis zu den russischen Terroristen entstand natürlich nicht nach einem Besuch der ‚Schlüsselburg', die wir per Schiff auf der Newa erreichten hatten; mir ging es umgekehrt, darum die tausendfachen Opfer zaristischer Gewaltherrschaft mit einer kleinen Gruppe Geschichtsinteressierter zu ehren. Ich persönlich stieg in diesen Abschnitt der russischen Geschichte schon zu Zeiten der Weimarer Republik ein, als Mitte der zwanziger Jahre eine deutsche Übersetzung von Vera Figners Buch „Nacht über Russland" erschien. Sie hatte 20 Jahre Haft in den Staatsgefängnissen verbracht, die sie mit 32 Jahren angetreten und 1904 – 52-jährig – verließ. Dieses Buch ging in linken Kreisen von Hand zu Hand. So sind bereits meine Jugenderinnerungen eng mit diesem erschütternden Bericht der Vera Figner verknüpft wie mit dem Zeugnis einer Schwester – mit dem glücklichen Gefühl, dass der Zarismus ja durch die Oktoberrevolution endgültig besiegt würde – verknüpft.

Das heutige Russland darf allerdings keine „Nacht über Russland" mehr dulden, mehr sein. Es stellt sich dem begeisterten Touristen schrill, bunt, randvoll mit Westreklame. Heute bekreuzigen und verneigen sich die neuen Eliten – ja, und das Volk – vor diesen „zutiefst christlichen, von Nächstenliebe geprägten" Romanows. Dabei gingen auf das ‚Konto' des Zaren Nikolai II. – dem Nachfolger Alexander III. – gleich mehrere, von ihm höchstpersönlich zu verantwortende Blutbäder. In Jaroslawl, bei der Niedermetzelung der polnischen Aufstände und bei dem als „Blutsonntag von Petersburg" in die Geschichte eingegangenen Gemetzel berittener Kosaken auf dem Schlossplatz, der schließlich die erste russische Revolution 1905 auslöste. Nicht zu vergessen die Abschlachtung von ‚Aufständischen' in den Goldminen an der Lena, die nichts anderes gefordert hatten, als menschenwürdige Lebensbedingungen; dieses

Massaker wiederum einen neuen revolutionären Aufschwung in Russland einleitete. Nichts sieht man im heutigen – ‚befreiten' – Russland von dieser Blutspur, es geht lediglich um die „Echtheit" der in Jekaterinburg geborgenen Gebeine der Zarenfamilie. In Wirklichkeit geht es darum – wie durchaus vergleichbar im wiedervereinigten Deutschland – Generationen von Revolutionären, der Besten des russischen Volkes, einen Jahrhundertkampf um die Zerschmetterung des verhassten Zarismus völlig vergessen zu machen, um mit der Geschichte des ‚neuen' Russlands nahtlos an die Geschichte des Hauses Romanows (in Deutschland an das ‚Haus Hohenzollern') anzuknüpfen.

So stand ich am Ufer des Ladogasees in Gedanken versunken. Das glasklare Wasser plätscherte leise an den Steinen, es waren zum Teil verschlissene rote Ziegelsteine, die durch Artilleriebeschuss aus den Festungsmauern gerissen waren, Überreste der blutigen Kämpfe um diese Zitadelle und die durch Blockade hungernde Heldenstadt Leningrad 1941-43.

Heute wird viel und gerne – auch in deutschen ‚Medien' – über die Exekution Nikolais II. und seiner Familie im damaligen Jekaterinburg lamentiert. Dabei wird völlig vergessen, dass ihn damals 1917-18 *niemand haben wollte,* weder das russische Volk noch seine blaublütigen Verwandten im Ausland – so blutbeschmiert war er in dieser revolutionsschwangeren Nachkriegszeit – keiner der fernen Despoten wagte eine Geste der Barmherzigkeit. Tyrannenmord ist nun wahrhaft nicht von den russischen Revolutionären erfunden. Hier soll keine Wertung über die Hinrichtung der Zarenfamilie nachgereicht werden. Dennoch bleibt die öffentliche Reinwaschung dieses Geschlechts nach 80 Jahren eine widerliche, ja verhängnisvolle, Heuchelei.

Geschrieben im Jahr der Bestattung der majestätischen Gebeine in der Peter-Pauls-Festung zu Sankt Petersburg

Fotos – bleibende Dokumente

Vorbemerkung: Der folgende Text kommentiert meine relativ große Fotoausstellung über Landschaft und Menschen des sibirischen Hohen Nordens, die 2003 in der Universität Paris X Nanterre und in den Gängen des brandenburgischen Landtages in Potsdam gezeigt worden ist.

2003 mußten in Potsdam und in der Pariser Universität X ausgestellte Fotos wie ein Blitz einschlagen, die hautnah, abrupt in die raue sibirische Natur, in den vereisten Hohen Norden versetzen Menschen, ja Häftlinge aus diesen Breiten zeigen. Wir haben – gemeinsam mit den Veranstaltern – monatelang eine Auswahl aus dem vorliegenden Material getroffen und durch Fotos, die die politischen Stürme meiner Zeit überlebt haben, ergänzt

Die in diesen Ausstellungen gezeigten Bilder mögen etwas eigentümlich anmuten – war dieser Ruge nicht in Verbannung in Sibirien, ein Zwangsangesiedelter, also unter Polizeiaufsicht, der sich 14-tägig beim zuständigen „Kommandanten" zu melden hatte? Und nun hier, diese Fotos aus Breiten, wo die Taiga bereits in die Tundra übergeht. Solche Zweifel werden nur da aufkommen, wo man den kursierenden Klischees verfallen ist. Das Leben ist vielschichtiger, differenzierter, farbiger und gehorcht keinen Schablonen.

Zunächst gab es im „Hohen Norden" (russisch: „krainij ssewer", also äußerster Norden) so etwas wie eine Schicksalsgemeinschaft der Betroffenen, die ihre Wurzeln in ferner, vorrevolutionärer Vergangenheit hat. So ist vielleicht einleuchtend, dass jemand, der dort im Schneesturm an eine Hütte klopft, Einlass findet, ja er würde beköstigt und könnte selbstredend auch zur Nacht bleiben, denn man weiß dort, was Schneesturm bedeutet und versteht, dass es einen selbst eines Tages erwischen könnte. Außerdem war jeder, der des Weges kam, willkommener Gesprächspartner. Er brachte Neuigkeiten mit, er brachte Leben in ein eintöniges Leben, das keine Zeitungen, kein Radio bzw. Fernsehen kannte.

So hatte diese gastfreundliche Freigiebigkeit auch handfeste Ursachen und lange Tradition. Wenn weiter von „Schicksalsgemeinschaft der Betroffenen" die Rede war, sind die „frei"-dienstlich dort oben tätigen Militärs, die vertragsgebunden Zivilisten, die Nicht-Verurteilten, die Nicht-Verbannten dieser Schicksalsgemeinschaft durchaus zuzuordnen. Nicht allein, dass einige von ihnen direkt strafversetzt waren, nein, auch die anderen fühlten sich vom Schicksal übergangen, benachteiligt, hier hocken zu müssen, wo nicht einmal die Wölfe heulen. Auf einem der Fotos feiert der für uns zuständige Kommandant und seine Frau(!) im Kreise „seiner" Verbannten, seiner Zugeordneten unbekümmert Silvester.

So halfen sich die Menschen untereinander, ungeachtet der Religion, der Nationalität, des Geschlechts, ungeachtet von Urteilen und Paragrafen. Denn auch das hat in Sibirien Tradition: Ein Stammbaum ohne Zuchthäusler ist kaum auszumachen. So kursierte in der Siedlung Ermakowo, Ausgangspunkt „unseres" Eisenbahnbaus, knapp über dem nördlichen Polarkreis, der Katalog eines Versandhauses aus der Stadt Nowosibirsk, einer großen Stadt am westlich „benachbarten" Fluss Ob. Für die damaligen Verhältnisse der Katalog aus einem Schlaraffenland, allerdings mit einer bedeutsamen Einschränkung: Bestellungen wurden nur aus dem hohen Norden angenommen! Also, man konnte nicht aus irgendeinem russischen Dorf, wo es ja nach dem verheerenden Krieg Mangel an allem gab, nach Katalog diese begehrten Dinge bestellen. Nein! Nur die Vorzugsstellung des Hohen Nordens, dieses zweifelhafte Privileg im Norden zu sitzen, in einer volkswirtschaftlich und strategisch „wichtigen" Region, deren Entwicklung bewusst gestützt, gefördert wurde, verschaffte Zugang zu dem Versandhaus in Nowosibirsk. Mit hoher Wahrscheinlichkeit entstand der Katalog einmal, um unsere Bewacher, unsere „Natschalniks", die Offiziere des NKWD, später des Innenministeriums, die hier gemeinsam mit uns frierend ihr Dasein fristeten, wo keine Landstraßen und Center winkten, außer mit einem guten Gehalt mit solchen kleinen „Extras" bei der Stange zu halten. Da dauerte es gewiss gar nicht so lange, bis der Katalog aus diesem erlesenen Kreis heraus zu uns, den Bürgern zweiter Klasse, aber eben Schicksalsgenossen im Hohen Norden, gelangte. Das war dann eine große Stütze für jemanden, der aus einem Lager entlassen wurde und den Status eines Zwangsangesiedelten annahm. Kleidung, Schuhe, Wäsche, Hocker, Kopfkissen, Decken, ja hervorragende Radioempfänger gehörten zum Sortiment. Werkzeug – es ging ja bei Null los – Hammer und Sichel, Nägel, Schrauben, Sägen, Bohrer und Bohrmaschinen (handbetriebene versteht sich), Meißel und Feilen, alles, alles war zu haben bis hin zu elektrischen Birnen – unser Verdienst war auch nicht gerade schlecht.

Da gab es auch ein umfangreiches, ja komplettes Angebot an Fotoartikeln. Kameras – gewiss nur 2-3 Modelle, aber die waren gut – Vergrößerungsgeräte, Filmentwicklungsdosen, Fotochemikalien nebst Rezepten (!) und Fotopapier usw. usf. Das Bestellverfahren war denkbar einfach. Jeder Artikel hatte einen Code und den dazugehörigen Preis, der Schlüssel für die Versandkosten lag vor, man konnte also die Endsumme für seinen Auftrag selbst leicht errechnen und bei Minimaltelegrammgebühren direkt an das Versandhaus schicken, ob man da nun Verbannter oder hoher Militär war, wurde nicht gefragt, spielte keine Rolle, wichtig war der Wohnort des Absenders. Man konnte zusammen mit dem Auftrag, also mit eben diesem Telegramm auch die errechnete Endsumme überweisen.

Was wollte man mehr. Allerdings kamen die Sendungen per Schiff. Hatte man im Winter bestellt, mit dem ersten Schiff, also mit Beginn der Schiffsverkehrs etwa am 15. Juni, sobald der Eispanzer nach Norden abgezogen war. Da war es nicht verwunderlich, wenn das erste Schiff von vielen Hunderten am Anlegesteg erwartet wurde.

Film-, vor allem Negativmaterial gab es vor Ort genügend. Stützpunkte („basy“) für klimatische und geologische Erkundungen traten für ein Trinkgeld überlagertes, dabei brauchbares Material in Rollen zu 100 und 200 Metern(!) ab. Hatte es einen Grauschleier, wurde es anstandslos umgetauscht. Das Selbsteinspulen war allgemein üblich, man kam dabei meistens statt auf 36 auf 42 Bilder.

Blieb nur noch: Wie mit den ganzen Kostbarkeiten umgehen? Auch hier half Solidarität des Nordens. Ein einschlägiges Buch „25 Lektionen der Fotografie“ kursierte, wieder von „frei“ zu „unfrei“ im Orte. Wer diese Lektionen wirklich gelernt hatte, der hatte die handwerkliche Seite des Fotografierens im Griff. Es gab keine Drogerien, Fotolabors, all diese „Dienst“-Leistungen, die einem die Arbeit abnahmen. Man mußte alles selbst machen und eben das förderte den Lernprozess ungemein. Auch die Organisation der Fotokunst ließ nicht lange auf sich warten: Zwei/drei Zwangsanwohner hatten sich ebenfalls Fotoausrüstungen kommen lassen. Weitere kamen hinzu, schließlich wurde – welch glücklicher Zufall – ein gelernter Fotograf, ein Profi, in die Verfügung unserer Kommendatur verbannt. Kurz, nach einem Jahr waren wir schon eine kleine Fotogemeinde. Erfahrungen wurden ausgetauscht, mit Grau- und mit Gelbfiltern, Stereoaufnahmen mit einäugiger Kamera experimentiert, Nachtaufnahmen in Szene gesetzt und schließlich sogar eine erste Fotoausstellung im Klubhaus genehmigt und durchgeführt. Ja, ja, die Obrigkeit sah es gerne, wenn – auch durch Zwangsangesiedelte – das kulturelle Leben bereichert wurde.

Der Fotokodex war in der Sowjet Union zwar ungeschrieben, dafür aber umso fester umrissen. Dass etwa Lagerleben oder Lagereinrichtungen nicht fotografiert werden dürfen, war uns sozusagen mit der sowjetischen Muttermilch eingeflößt worden. Nicht fotografiert wurde auf Bahnhöfen, ja nicht einmal, wenn irgendwo in der Ferne ein Bahndamm oder gar eine Brücke auszumachen war. Man mußte vorauseilend immer schon mal überlegen, was da im Bild zu „militärischer“ oder „strategischer“ Bedeutung hochstilisiert werden könnte, ein Hochspannungsmast, ein Fabrikschornstein, ja Schiffe auf dem Jenissei, auch wenn diese aus dem Jahr 1905 waren. Dieser ungeschriebene Kodex konnte natürlich von denen, die dazu befugt waren, recht beliebig erweitert bzw. ausgelegt werden. So fotografierte ich später, als ich schon rehabilitiert war und wieder einen ganz normalen sowjetischen Pass hatte, in der Siedlung Tschakwa in Transkaukasien einen süßen kleinen Esel mit seinem jugendlichen Betreiber. Allein dieser Umstand handelte mir eine dreistündige Befragung auf der Milizwache ein. Das Hauptargument der Ordnungs- und

Kodexhüter lief darauf hinaus, dass es doch so viele nagelneue PKW-„Pobeda" gäbe, es darum nicht zulässig sei, quasi diskriminierend einen Esel zu fotografieren. Die beiden Milizchargen verstiegen sich zu der Behauptung, dass dies überhaupt der letzte Esel im Ort sei, was ich angesichts der beiden Befragenden stark bezweifelte. Hielt aber dagegen, wenn das denn wirklich der „letzte" Esel sei, so wäre es ein Grund mehr, ihn fotografisch festzuhalten. Sie ließen uns dann ungeschoren laufen.

Bemerkenswert war, dass breite Kreise der Bevölkerung sich dieser Sicht der Obrigkeit freimütig anschlossen, was ja immer wieder in den Zentren zu z. T. tätlichen Auseinandersetzungen mit westlichen Fotojournalisten führte, die – natürlich nicht gerade linkssozialkritisch motiviert – unbedingt auf zerfallenen Hinterhöfen fotografische „Studien" machen mussten. Die Menschen bestanden darauf, dass fotografisch das „Erreichte", die „Errungenschaften", das „Positive" festzuhalten sei.

Auch Aktfotos waren diesem „Positiven" nicht zuzuordnen, ja offiziell wurden sie als „Pornografie" eingestuft und somit strafrechtlich verfolgt. Da mußte zum Modell schon ein konspiratives Vertrauensverhältnis, am besten intime Beziehungen vorhanden sein – denunzieren konnte sie den Herzensbrecher allemal. Dies etwas prüde-puritanisch entstellte Sittenbild war natürlich für einen überzeugten Nacktbader noch aus Zeiten deutscher Pionierlager schwer nachzuvollziehen.

In den Jahren 1937/1940 vermied man es sogar, in eine Gruppenaufnahme zu geraten, solche Fotos konnten später als Indiz für „Bekanntschaften" oder „Zusammenkünfte" belasten. Mit Kriegsbeginn verflog das etwas, den Tod im Angesicht ging es eher darum, sich vor einer Trennung/Einberufung noch einmal, vielleicht ein letztes Mal zusammen abzulichten.

In unseren größeren Lagern gab es auch mal einen Fotografen, ich selbst wurde privat dreimal im Lager fotografiert. Diese Fotografen arbeiteten im Auftrag der Lagerleitung, dokumentierten Erbautes, fertigten Fotos von Haftentlassenen für ihre Entlassungspapiere an. Später habe ich selbst viele solcher Haftentlassenen fotografiert. Um Negativmaterial zu sparen, setzte ich meist drei bis vier der Entlassungskandidaten auf eine lange Bank und fotografierte sie en gros, um sie in der Dunkelkammer einzeln heraus zu vergrößern.

Es stellt sich natürlich die Frage, was blieb nach so viel Einschränkungen eigentlich noch übrig, und hier muss gleich gesagt werden, verstecken brauchten wir Fotografen uns nicht, mit verdeckter Kamera wurde nicht gearbeitet. Die hier gezeigten Fotos sind somit nicht Werke eines risikobereiten Dissidenten, sondern nur Ergebnis einer Arbeit, die sich an die allgemeinüblichen Spielregeln hielt (und ein kleines nicht zu versteuerndes Zubrot brachte). „Der Zar ist weit", sagt man russisch so treffend, hier wurde die Suppe nicht so heiß gegessen, wie sie in Moskau gekocht wurde, hier war man gern gesehener Gast auf Geburtstagsfeiern, auf Hochzeiten, auf Begräbnissen.

Unsere Fotogemeinde konzentrierte sich vorrangig erst einmal auf Landschaften, auf die Taiga, besonders reizvoll bei tiefem Schnee bis zu 1,50 m! „Fotogen" der gigantische Fluss Jenissei, *sechs* Kilometer breit! Bei Sturm wie ein Meer, zugefroren wie eine Eiswüste. Besonders imposant im Juni zur Zeit des Eisgangs, wenn das bis zu 1,50 m dicke Eis in monströsen Eisbergen, wie eine riesige Armee nach Norden marschiert. Das war schon ein Schauspiel! Natürlich fotografierte man auch die Siedlung, unsere Behausungen, ohne uns bewusst zu sein, wie jämmerlich diese waren. Im Gegenteil, damals erschienen sie eher gut, denn wir hatten ganz anderes gesehen. Freunde wurden fotografiert, „sskladtschinkiis", also Abendessen, wo jeder etwas Leckeres mitbrachte. Feiertage, denn die offiziellen Feiertage, Internationaler Frauentag, 1. Mai, Oktoberrevolution, Tag der Roten Armee blieben weiter auch unsere Feiertage. Ab und an stellte man auch mal ein gewagt-kritisches Foto der Wandzeitung zur Verfügung, was dann – und das sollte es ja auch – heftige Diskussionen auslöste. So war es am wenigsten Ziel, wie heute hier eine Ausstellung zu bestücken, sondern Gebrauchsfotografie, die erst durch den Umstand der nunmehr verstrichenen 50 Jahre „Bedeutung" erhält.

Bliebe noch eine letzte Frage von Interesse: Wie konnten wir immerhin einige Fotos bei unserer Rückkehr in die Deutsche Demokratische Republik „retten"? Auch das keine Heldentat, sondern typisch sowjetischer Alltag. Ein Übersiedler, und das waren wir ja, hatte einen gewissen Sonderstatus – wir bekamen z. B. die früher gezeichneten Staatsanleihen vor der Ausreise in bar ausgezahlt. Leuten, die ja so manches durchgemacht hatten, galt es wenigstens, einen möglichst „freundlichen" Abschied zu gewähren. Unser Gepäck war minimal. Ein sowjetischer Kühlschrank, nagelneu („Bringt den mit", hatten unsere Lieben in Potsdam geraten), ein sowjetisches Faltboot, nun eine sowjetische Kamera FED (Was aufgeschlüsselt „Felix Edmundowitsch Dserschinski" bedeutete und der Name des Jugendhofes war, wo sie hergestellt wurden) mit einem sehr guten Objektiv, ein Vergrößerungsgerät, ein paar Fotoalben, ziemlich eindeutig „persönliche" Bilder. Die nicht-„persönlichen" Bilder führten wir als Filme, Negativfilme mit. Da ich niemals ein Negativ weggeworfen hatte, sicher an die 500 Filme. Was ich verständlicherweise nie bereut habe, denn in der Deutschen Demokratischen Republik gab es mannigfaltige Gelegenheit,

Ausstellungen über den „großen Bruder“ zu machen, dabei allerdings in sowjetischer Manier das „Positive“ herausstellend. Die Schattenseiten unseres Erlebens konnten erst später in Positive verwandelt werden, spät, aber durchaus nicht zu spät – sowjetisches Filmmaterial hat eine bemerkenswerte Haltbarkeit – wie positiv!

Noch zwei Worte zum Begriff Legitimation. Zunächst ist ja „Legitimation“ ein Personalausweis oder eine carte d'identité, sagt somit etwas aus über die Person. Weiter ist „Legitimation“ gleichbedeutend mit Befugnis, mit Vollmacht, mit Recht, hier mit dem Recht überhaupt gelebt, etwas erlebt zu haben, was hervorzuheben, da man uns „Ossis“ gnädig lediglich ein Nischendasein eingestehen will, eine „Anpassung“ an das „System“, als seien wir von dem endlosen Ducken gar krumm, von den endlosen Zählappellen sprachlos geworden. Wir sind aufrecht gegangen, haben viel erlebt, geliebt, gestritten, gelitten ... und fotografiert. Alle Versuche, unser Leben, also auch die DDR oder UdSSR pauschal zu „delegitimieren“ oder zum „Unrecht-Staat“ zu erklären gehen an unserem Leben – und an diesen Fotografien – vorbei.

Selbst ist der Arzt

Das schicksalsschwere Jahr 1996 hatte gerade begonnen, am 20. Januar gegen 18.00 Uhr stürzte ich bei Dunkelheit auf einem abgelegenem, vereisten, spiegelglatten Weg mit dem Fahrrad. Schmerz: Eindeutig Knöchelbruch rechts, genauer Wadenbein gebrochen. Grob gesagt ist ja das Wadenbein zwar schmerzlich, aber eben entbehrlich, d. h. man bleibt bedingt aktionsfähig. Noch im Liegen Radkontrolle, Vorderrad, Hinterrad, alles in Ordnung, das war das Wichtigste, denn hier in der Dunkelheit würde man mich nicht so bald finden, ich mußte mich selbst wieder unter Leute bringen. Jetzt behutsam aufstehen, so dass sich der Bruch nicht „verschiebt“ und dadurch kompliziert.

Nicht ganz unbedeutend: Wie erfährt es meine Frau, per Telefon direkt von der Unfallstation (wo sie mich dann in Stücke gerissen vermuten würde) oder noch „live“ von mir. Also „live“! Zu meiner Verwunderung saß ich wirklich wieder auf dem Rad, konnte mehr schlecht denn recht treten. Rechts ganz vorsichtig und links dann etwas kräftiger. So kam ich bald auf zwar leere aber beleuchtete Straßen. Nur Anhalten durfte/konnte ich nicht, das ahnte ich. Vor dem Haus dann ein Balanceakt – und das Rad noch in den Keller gebracht. Im Treppenhaus merkte ich, dass meine physischen und psychischen Reserven verbraucht waren. Aber ich war ja am Ziel, Wohnungstür geöffnet, meine Blässe machte meine Frau irgendwie stutzig. Einen Schreck bekam sie natürlich, konnte es dennoch nicht wahr haben, da ich ja eindeutig vor ihr stand. Kurzer Anruf beim Arzt-Unfalldienst, genaue Beschreibung des Vorgefallenen (leicht geschwollen, kein offener Bruch, Wadenbein) Es waren kaum 6-7 Minuten vergangen, da tutete es schon vor der Haustür, so schnell, gar zwei Autos, ein Arzteinsatzwagen und eine komplette Feuerwehr, wozu? Sechs(!) Männer schleppten mich in einem Segeltuch die Treppe hinunter, die ich gerade noch mit eigener Kraft hinaufgestiegen war. Auf der Straße, in den Fenstern gaffende Nachbarn, sichtlich enttäuscht, dass ich nicht stückweise hinausgetragen werde. Während des Transports kurze Informationen, ich wurde befragt in welches Krankenhaus ich denn möchte („Freie Wahl"!), „in das Bezirkskrankenhaus Potsdam". „Na ja, das ist jetzt das ‚Klinikum Ernst von Bergmann'", wurde ich sanft korrigiert, mir war es als ein gutes Krankenhaus in Erinnerung. Anlieferung/Ablieferung, und Warten, überall standen diese fahrbaren Tragen mit kleinen Rädern, wie Rickschas auf Kundschaft wartend, hier lag die „Kundschaft" obendrauf, stöhnend, blutverschmiert und eben wartend. Irgendeine Ordnung schien dennoch zu bestehen unter diesen chaotisch hin- und hereilenden weißen Kitteln. Mein Wägelchen setzte sich plötzlich in Bewegung, „zum Röntgen" erklang es kurz. Alles wie gehabt vor vielen Jahren, als ich selbst im fernen Sibirien Röntgen-Aufnahmen gemacht habe. Profil, en face, kaum Schmerzen. Ich wartete geduldig auf eine weitere Wartephase, doch gefehlt, ein Karbolmäuschen mit einer Spritze trat *geschäftstüchtig* an mich heran. Ich sollte mich „frei" machen. „Warum das?", fragte ich. „Für DIE OPERATION", hieß es. „Also, da möchte ich erst einmal das Röntgenogramm gesehen haben." Das sei unabhängig vom Röntgenogramm, „Sie werden operiert", sagte die Kleine energisch.

„Da fehlt mein Einverständnis." Also jetzt kamen gleich mehrere Sachkundige herbei und erklärten mir etwas von „Sprunggelenk", von „Schlackern" des Gelenks, von besserem Zusammenwachsen, vom Richten der Bruchenden und von den schweren Folgen für mich, wenn ich denn die Operation verweigere. Aber ich blieb „stur". Die Rö-Aufnahme ließ nicht lange auf sich warten. Jetzt war es an mir zu „erklären". „Sehen Sie, ein geradezu ‚idealer Bruch', die Knochenenden nicht versetzt, nicht gesplittert und die Bruchstelle ganz leicht, im Winkel geneigt, was das künftige Zusammenwachsen sehr begünstigt. Ich bitte also um einen Gips, wie zu „Großvaters Zeiten". Sie protestierten, aber schon verhaltener. „Also Sie wollen direkt auf Station, dort wird man Ihnen einen Gips anlegen." – „Ja, darum bitte ich."

Nun, wieder warten, schließlich lande ich „auf Station“ – die Operation hatte ich wohl glücklich umschifft. Etwas unerwartet erschien der Stationsarzt auf der Schwelle des Krankenzimmers, laut fragend: „Wer hat hier den operativen Eingriff verweigert?“ (So war ich unter den Verweigerern.) Ich meldete mich mutig mit Handzeichen – der Stationsarzt machte so gar keinen grimmigen Eindruck, er kam näher, setzte sich auf mein Krankenbett und sagte: „Sehen Sie, ich habe mir die Röntgen-Aufnahme angesehen, wissen Sie, ich hätte auch so entschieden.“ Da fiel mir ein Stein vom Herzen, ich vertraute ihm an, dass ich nicht ganz so aus dem hohlen Bauch entschieden habe, dass ich, allerdings „bei den Russen“, im Röntgen-Wesen tätig gewesen bin, und sicher schon Hunderte solcher gebrochener Knöchel auf dem Film gesehen habe. „Na, dann, ich wünsche Ihnen gute Besserung.“ Der Gips kam, sehr professionell. Das Zusammenwachsen von dem, was nun wirklich zusammengehört, begann. Ich bekam meine Leih-Krücken und ging von Anfang an meine Gänge ohne Hilfe, bis mir einfiel, dass ich auf das Zusammenwachsen der Knochenenden auch zu Hause warten könnte. Neuer Konfliktstoff: Patient Ruge wünscht nach drei Tagen seine Entlassung. „Geht nicht!“ Es „ging“, am vierten Tag wurde ich entlassen, war wieder bei meinen Lieben, meiner Schreibmaschine, meiner Verpflegung, meinen Aquarien – mit einem Wort, überglücklich, mit gebrochenem Knöchel, was will man mehr. Für die chirurgisch-ambulante Nachbehandlung fand sich ein sehr netter Chirurg in einer chirurgischen Gemeinschaftspraxis in Babelsberg. Er machte mich gleich bei meinem ersten Besuch darauf aufmerksam, dass mir nun keine gebührenfreien Krankentransporte mehr zustehen, es demnach ratsam wäre, mit einem Taxi zur Praxis zu kommen. Verstanden! Bei der dritten Röntgenkontrolle ergab sich, dass ich bereits einen „Gehgips“ verdient hatte, was natürlich ein enormer Fortschritt sein mußte, denn ich durfte nun wirklich gehen. Ich „ging“ mit einem neuen Termin. Beim nächsten Mal gab sich der Doktor sehr zufrieden mit meinen Fortschritten. Als alles schon vorüber war, er sich am Handwaschbecken schon die Hände wusch, fragte er so ganz nebenbei: „Wie sind Sie denn heute hergekommen, mit dem Taxi?“ – ich wusste nicht recht was ich sagen sollte – „Oder wieder mit einem Krankentransport? Das kann Sie teuer zu stehen kommen.“ – „Herr Doktor“, sagte ich ganz vorsichtig „ich bin mit dem Fahrrad gekommen“. „Was?, sind Sie denn von Sinnen, das ist gefährlich, unverantwortlich, Sie können sich doch mit einem gebrochenen Knöchel nicht einfach aufs Fahrrad schwingen. Also, das geht nun wirklich nicht!“ – „Na ja, ich dachte, ein Gehgips ist auch ein Fahrradgips, die Belastung ist doch gar nicht so groß, Laufen mit Krücke fällt mir immer noch etwas schwer." – „Ich muss Sie aber bitten, sehr vorsichtig zu fahren, und dann auf Ihre volle Verantwortung, ich weiß von nichts!" So halb hatte er meine Extravaganz schon sanktioniert.

Ich war heilfroh, aus einem ganz besonderen Grunde: Am 1. April wurde anlässlich des Weltumwelttages die Berliner Avus zwei Stunden für Radfahrer freigegeben, erstmalig! Also, *das* wollte ich auf keinen Fall versäumen – die legendäre Avus per Fahrrad! Würde ich, würde der Gehgips durchhalten? Das war hier die Frage. Sie wurde bei strahlendem Sonnenschein in Gesellschaft von 12 000 Radsportlern positiv beantwortet.

Wiedersehen mit dem Nord-Ural

Es war ein deutsch-russisches Fernsehteam, das 1994 die Idee hatte, gemeinsam zum Nordural zu fliegen. Ich wäre ja gern noch einmal an den Jenissei geflogen, aber – Marktwirtschaft – es war nicht genügend Geld vorhanden. So flogen wir mit einer Linienmaschine nach Swerdlowsk, dem – nach Katharina der Großen – zurückbenannten Jekaterinburg. Dort ging es zu einem weitgehend stillgelegten Flughafen außerhalb der Stadt, wohl sogar ein ehemaliger Militärflughafen. Der Zerfall des großen Reiches findet seine Reflexion in dem Zerfall, besser der Zertrümmerung seiner Bestandteile. So im Flugwesen: aus dem vormaligen Giganten AEROFLOT entstehen immer neue kleine und kleinste Fluggesellschaften. Aber es bestand kein Zweifel, die meisten der dort noch vorhandenen Flugzeuge waren lediglich aus Geldmangel noch nicht verschrottet. Gelegenheits- und Charterflüge bestimmen das „Geschäft". Vorrübergehend günstig wirken sich die östlich der Nordausläufer des Urals vorhandenen Erdölfelder aus. Es ist wie ein per-Anhalter-fliegen, immer wieder erscheinen Leute, die nach Aushandlung des Preises „mit"-genommen werden. Wir waren angemeldet, hatten einen Charterflug, was natürlich Trittbrettfahrer nicht ausschloss. Es ging über den verschneiten Flugplatz (März!) zu unserem Helikopter, deren es, in Reih und Glied harrend, eine Menge gab.

„Unser" Hubschrauber war sogar einigermaßen frisch übermalt, möchte man sagen. Sehr nette Crew und Platz genommen. Also innen sah das Ding eher aus wie ein ziemlich verkommener (fliegender) Bauwagen. Da und dort lag etwas rum, irgendetwas hing von der Decke, war behelfsmäßig angeknotet. An den Längsseiten waren Bänke mit Seilgriffen und lange nicht benutzten Anschnallgurten. Meine TV-Kollegen blickten etwas hilflos um sich, der deutsche und der russische Regisseur flogen anscheinend nicht sehr gerne. Sie halfen sich mit einem Griff zur Flasche aus der Not. Ich hatte eigentlich keine Angst, mit 82 Jahren weiß man, dass das Leben ohnedies zur Neige geht. Mich beschäftigte eher die Frage, ob das Ding überhaupt fliegen wird. Aber sicher hätte uns die Crew bei Komplikationen problemlos in einen neben uns geparkten Hubschrauber verfrachtet. Aber – oh Wunder – er gab Gas und rollte zum Startplatz.

Etwas Großartiges, so ein Hubschrauber-Flug, wie er so abhebt, ohne diesen mächtigen Kraftaufwand bei einem üblichen Start. Alles war sanft und schwebend, wie ein Ballonstart, obwohl er heftig ratterte und auch klapperte. An große Unterhaltung war nicht zu denken. War auch nicht nötig, denn die winterliche Landschaft zog einen in ihren Bann. Es ist schon ein enormer Unterschied gegenüber den mehrere Kilometer hohen Flügen. Wie viele Details man entdecken kann, da ein LKW, da eine Brücke, da ein Zug. Die sehr kulante Crew öffnete sogar die Tür (!) und flog dann „für die Kamera" mal ganz niedrig über den Baumwipfeln, ja es schien, als streifen wir die höheren Bäume. Da entstand soetwas wie ein Um-blätter-Effekt, unter dem Helikopter blätterten die Bäume „um" wie ein großes Buch. Wobei diese beginnende Taiga kleineren Baumbestand aufwies, so richtige Riesen waren wohl vor langen Jahren schon geholt worden. Ein umfangreiches, weitverzweigtes Netz von Arbeits-Besserungs-Lagern hatte hier in den Kriegsjahren rücksichtslos abgeräumt. Selten eine Ortschaft, kaum Anzeichen von Leben, was dem Naturflair nur Nachdruck verlieh. Das Entgegenkommen der Besatzung ermutigte unsere TV-Leute: Ob man denn nicht an einem solchen Straflager ein tiefe Schleife fliegen könnte. Na ja, „eigentlich nicht", diese typisch russische Antwort, aber wenn's denn für den Film so notwendig sei, „wird gemacht".

So setzte die Maschine unerwartet zu so einer Tiefflugschleife an, und unten, wie auf einer Drehscheibe Baracken, Stacheldrahtzäune, tote Zwischenräume oder „Sicherheitsbereiche", die Wache und Menschen. Häftlinge oder „Freie" waren natürlich nicht auszumachen. Aber das Erstaunlichste, das war schon unser Ziel, die Siedlung Sosswa im Nordural. Jetzt zog der Pilot eine große Schleife über die gesamte Siedlung – Gott, wie großflächig sie war. Da! Der Fluss, die bekannte oder neuerbaute Brücke, eingefrorene Schleppkähne, ein Schlitten auf dem Fluss. Das also war „mein" Sosswa, eine gewisse Spannung bemächtigte sich meiner. Mit einer Schneewolke setzte der Hubschrauber auf dem „Flugfeld" auf, wir stiegen aus, ich versank sofort bis an die Knie im Schnee. Ein kleines Flughafengebäude stand am Feldrand. Die Besatzung kam mit uns, auch sie waren „gechartert", sollten die drei Tage bei voller Versorgung mit uns bleiben. Ein Kleinbus nahm uns auf, jetzt mußte alles, buchstäblich alles mit meinem Camcorder festgehalten werden, für Irina, meine Frau und Wolfgang, meinen Bruder, der hier lange, z. T. sehr schwere Jahre verbracht hatte. Auch wenn der kleine Bus ziemlich heftig schaukelte – die „Straßen" machten den Eindruck, als ob an ihnen die 40 Jahre, die wir nun schon fort waren, nicht viel gemacht worden war – ich hielt immer feste „drauf" (was sich übrigens auch ausgezahlt hat). Halt zum Aussteigen vor der ehemaligen und, wie sich herausstellte, auch der jetzigen Hauptverwaltung für sämtliche Lager des Nordurals (*Sewurallag*). Ein zweistöckiges langgestrecktes Holzgebäude mit zwei Seitenflügeln, projektiert und erbaut vor mehr als 50 Jahren von Häftlingen und Zwangsangesiedelten. Ja, das sah man dem Gebäude wirklich an, dass es ein halbes Jahrhundert auf dem Puckel trug. Na, wenn die gelobte Hauptverwaltung schon so runtergekommen war, wie mochte die Siedlung aussehen?

Ehe sich die Verwaltung mit unserem Drehstab abgesprochen hatte, nutzte ich die Zeit zu einem kleinen Film-Rundgang, als ein fetter „Ural"-Dreiachser neben mir bremste. Der Fahrer stieg aus und ging auf mich zu: „Du bist doch der Ruge!?" Also ich war völlig perplex, fast 40 Jahre war es her, dass wir Sosswa verlassen hatten und hier in der ersten halben Stunde meiner Rückkehr alte Bekannte, eigentlich ein guter Bekannter meines Bruders Wolfgang, mit dem er schon unter Lagerbedingungen gedarbt hatte. Kaum zu glauben, ich hatte solche Begegnung natürlich nicht erwartet. Abends kam er mit seiner Frau in unser Hotel – dies ein Relikt von damals, d. h. angeschlossen an die Hauptverwaltung, die ja immer wieder mal „hohen Besuch" aus verschiedensten Anlässen bekam. Durchaus komfortabel, wenn man nicht unbedingt deutsche Din-Normen anlegte. Dazu sollte man überhaupt besser zu Hause in Deutschland bleiben. Mit meinem wiedergefundenen Bekannten und seiner Frau plauderten wir bis spät in die Nacht hinein, sie hatten alte Fotos mitgebracht, die zum Teil einmal von mir geschossen waren. Seine Frau kannte mich von früher, da sie ebenfalls im Kreiskrankenhaus gearbeitet hatte.

Aber es fanden sich weitere Mitarbeiter unseres Krankenhauses, die sich an mich erinnern konnten, Pflegekräfte, Schwestern. Von dem Ärzteteam, der stolzen Chefgynäkologin, Chefchirurgin, Kinderärztin, Stomatologin war allerdings niemand mehr auszumachen, alle hatten sich in Richtung Stadt, im Wesentlichen Jekaterinburg entfernt. Man konnte dafür nur Verständnis zeigen. Im Grunde genommen war es erschütternd festzustellen, dass man die alte Siedlung zwar wiedererkennen konnte, aber um den hohen Preis, dass sich in diesen 40 Jahren nichts, aber auch gar nichts verändert hatte. Zur besseren Orientierung hatten uns gütige Menschen sogar die „uliza Lenina"

(Leninstraße) erhalten. Erschütternd, wie schwarz die Gebäude geworden waren. Eine Holzbrücke über den Fluss stammte noch aus „unserer“ Zeit, sie bog sich und ächzte in allen Nähten. Bitter, denn in der Nachkriegszeit sind ganze Städte aus der Asche wiederauferstanden, Tausende Dörfer in der Ukraine, in Belorussland und Russland neu geboren worden. Und in diesen fernen Nordural hatte sich gewissermaßen nicht ein einziger Ziegelstein verirrt, mit einer Ausnahme: Der große, im Stil eines antiken Tempels aufgebaute Klub, wo wir Tanz- und Kinoabende, Theatergastspiele und Festsitzungen erlebt hatten, war in Gerüste gekleidet. Der Klub sollte zu einer orthodoxen Kirche umgebaut werden. Gleichzeitig war vieles vom Erdboden verschwunden. Ich dachte nur an das große Holzkombinat mit angeschlossenem Waggonbau. Wie ungerecht war man mit diesen Menschen verfahren. Waren wir noch hierher verbannt, weil wir formell immerhin ehemalige Häftlinge mit „konterrevolutionärer“ Vergangenheit waren, uns etwas hatten zuschulden kommen lassen, so waren diese Menschen niemals im Knast, hatten nichts verbrochen und mussten dennoch lebenslänglich hier ausharren, denn so einfach war es nicht, irgendwo eine neue Existenz (etwa bei der BAM) aufzubauen.

Auch in dem Hotel hatte mich eine Mitarbeiterin wiedererkannt, sie war früher Erzieherin in dem kommunalen Kindergarten. Inzwischen war sie 60 Jahre alt. Damals war sie ein 21-jähriges junges Ding, ich hatte sie kaum in Erinnerung. An diesem Tag feierte sie ihren Geburtstag, die Hoteldirektion hatte einen Raum speziell für sie und ihre Gäste frei gemacht, der allerdings nur den weiblichen Teil der Gäste aufnehmen konnte – mich lud sie mit dem deutschen Regisseur als Ehrengäste ein. Es war eine sehenswerte Frauengesellschaft, nicht besonders hübsche, aber gestandene Frauen mit ledernen, gegerbten Gesichtern, tiefen Furchen, die im Leben ihren Mann gestanden hatten und die jetzt unter dem Einfluss des Alkohols und dem aufgetragenen Rouge etwas von ihrer mädchenhaften Anmut zurückgewonnen hatten. Dieser allmächtige russische Gesang mit seiner optimistisch-tragischen, mitunter verzweifelten Intonation. Ein bekanntes Geburtstagsständchen hatte man speziell für die Jubilarin etwas umgedichtet. Hier waren Frauen, die mit dem Liedtext voll mitgingen, Tränen in ihren Augen hatten, die sagten: Alles vergebens, alles umsonst, nichts ist uns geblieben und die trotzdem kraftvolle Stimmen hören ließen. Für diesen Geburtstag hatten sie sich einmal richtig zurechtgemacht, hübsch frisiert (natürlich eigenhändig oder dank einer Freundin), die beste Bluse angezogen, trotz verschlammter Straßen blanke Stiefel. Die Tonangebende mit nicht sehr gepflegtem, zu unserer Zeit einmal sogar modischem Goldgebiss, aber auch andere mit einem steifen Goldzahn.

Der Tisch überladen mit besten Leckerbissen, vom Hering bis zum Stör, gutem Schinken bis zur harten Wurst, jede Menge köstlicher Salate und russischer Pralinen, die Weine und der Kognak vielleicht nicht gerade für Kenner, aber was macht's, davon hängt die Stimmung nicht ab. Ihre Freundinnen hatten ihr liebevoll eine Wandzeitung mit vielen guten Wünschen und diversen Fotos vorbereitet. Zu mir setzte sich eine verblichene Zigeunerschönheit, sie wolle sich bei mir beraten. Ihr Mann sei Deutscher, also auch ihr Sohn, erst drängte der Sohn, jetzt auch der Mann „heim"-zukehren nach Deutschland (obwohl er Russlanddeutscher war) – sie selber wolle eigentlich gar nicht von hier weg. Ich erzählte ihr, wie schwer ältere Menschen, trotz einer sicheren Grundversorgung in Deutschland Fuß fassen und sagte dann nur noch: „So einen Geburtstag werden Sie in Deutschland bestimmt nie erleben!"

Obwohl ich ja nach Sosswa als Halbfreier, als Zwangsangesiedelter kam, also auch hier nie im Lager war, wollten die Filmemacher mich doch gerne (vorübergehend!) im Lager sehen und filmen. So ging es in eben das Lager am Ortsrand, das wir von oben fotografiert und gefilmt hatten. Man wollte gerne wissen, was es für einen Eindruck auf mich mache. Da mußte ich feststellen, dass diese Periode meines Lebens (zum Glück) emotionell weit hinter mir liegt. Dennoch konnte ich mir im Lager ein „schikarno!" (also „blendend") nicht verkneifen. In der Tat: zweistöckige massive Gebäude mit Zentralheizung. Ich erinnerte mich, dass man uns aus dem Omsker Zentralgefängnis in eine gerade eben geräumte Schweinefarm einlieferte, wo der Schweinekot noch in den Gängen lag, und die Pritschen erst halbfertig waren. Und hier: Decken, Kissen, gar Hausschuhe! Verwahrt wird also heute (aus damaliger Sicht) bedeutend besser. Dann liefen da ein paar Häftlinge in Stiefeln herum (wir hatten seinerzeit aus alten Autoreifen zusammengeschusterte Schuhe, die wir Tsche-te-se, also „tscheljabinskiy traktorniy sawod", Traktorenwerk, nannten!) richtige Pelzmützen (die bei „uns" doch nur Stofflappen waren). Als eine Gruppe Neuankömmlinge das Gelände betrat, konnte ich nur schmunzelnd vermerken, wie komfortabel deren Koffer aussahen – wir hatten überhaupt kein „Gepäck".

Aus einem Gespräch mit dem Chef des Lagers erkannten wir „Probleme", die es damals nun wirklich nicht gab, Hauptproblem: Keine Arbeit! In einem „Arbeitslager" keine Arbeit für die Häftlinge. Während sich früher die Arbeit der Häftlinge noch „rechnete", man wirtschaften konnte, fehlen heute die Mittel für das Notwendigste: Gebäudeausbesserungen, E-Leitungen warten, Arbeits- und Brandschutzmaßnahmen. Dieses notorische Nichtstun wirkt sich sehr negativ auf die Führung der Häftlinge aus. Schlägereien, Besäufnisse, sogar

Drogen und Diebstahl sind an der Tagesordnung. Vor allem ist keine Besserung in Sicht, unklar wie es weitergehen soll. Der Chef schien echt allein gelassen mit diesen Fragen, er sagte mir, dass sein Vater auch aus diesen Lagern nicht zurückgekommen ist. Ob ich denn noch wüsste, wie ein Häftling damals an einen MWD-Vorgesetzten Rapport zu erstatten hatte? Wie aus der Pistole donnerte ich runter: „Sakljutschenniy Ruge Walter Erwinowitsch, 1915 goda roshdenia, po statje 58-10, ssrokom na desjatj let. Natschalo ssroka 26 ijunija 1941 goda, konjez ssroka 26 ijunija 1951 goda.“ – „Gut gelernt“, meinte er etwas erstaunt. „Sowas vergisst man nicht“, konterte ich. Potsdam im *Jahre Neun*!

Kriegsschauplatz

Eine deutsche Reportage

„Meine Damen und Herren, angesichts der aktuellen Ereignisse im Irak-Konflikt haben wir unser Programm geändert.“ (Da fängt es doch schon an, wenn ständig vom „Irak-Konflikt“ geredet wird, wo doch die USA im Bunde mit einigen Staaten, die von den USA inzwischen mit 35(!) beziffert werden und sie motiviert ständig von einer „Koalition von Staaten“ gar „Koalition der Willigen“ zu sprechen, schlicht über den Irak hergefallen.) So oder ähnlich lauten die lapidaren Einleitungen zu Sendungen in diesen Tagen. Dabei hat der Krieg in der Luft und am Boden den Krieg der Medien merklich beflügelt – es gibt absolut *Nichts* von Bedeutung, worüber zu berichten wäre, beide Seiten manipulieren ihre Informationen, indem sie Tatbestände bis zur Unkenntlichkeit entstellen, was schon zu Protesten der Journalisten beim Stab der US-Armee geführt hat.

„So sitzen Sie bei uns zur besten Sendezeit – wie immer – in der ersten Reihe, nehmen am Kriegsgeschehen hautnah teil“, verkündet stolz die Moderatorin. Ein brennender Horizont wird eingeblendet, gigantische rote Feuergarben, Detonationen sind zu hören, die Moderatorin mutmaßt, ob es sich wohl um ‚Volltreffer‘ handeln könne. Sie ist nicht auf Mutmaßungen angewiesen, an ihrer grünen Seite sitzen „Fachkräfte“ (ehemalige hohe Militärs der Bundeswehr). „Waren das Einschläge von Cruise Missiles Herr General?“ Der General räuspert sich: „Das ist aus dieser Entfernung nicht mit Sicherheit zu sagen, es könnten auch Bomben der B-52-Bomber sein.“ Und so wird – für den verehrten Zuschauer – auf den Kaffeegrund geraten, Bomben oder Missiles oder Marschflugkörper, oder Tarnkappenbomber, wer hat hier seine Hand im Spiel? Alles pure Spekulationen vor feuerrotem Himmel. „Es ist das reinste Silvesterfeuerwerk", meint die Moderatorin – man ist geneigt zu sagen „noch perfekter". Zu Silvester knallt und poltert es zwar kräftig, ist aber zu verspielt, dieser tödliche Beigeschmack, der fehlt. Die Nachrichtensperre zeigt zum Abendbrot auch keine Toten, lediglich das Giftgrün der Nachtsichtgeräte oder gespenstische Abschüsse von den fernen Kriegsschiffen im persischen Golf – man kann nur raten, ob sie treffen.

„Sehen Sie nur – die Iraker haben es gut – der Strom ist nicht abgeschaltet, die Straßenbeleuchtung brennt, sie sehen noch, wohin die Bomben fallen, wohin man rennen muss – unsere Bombennächte waren total verdunkelt", wundert man im Studio herum.

„Bleiben Sie dran, der General sagt, nach der Werbung kommt wahrscheinlich der entscheidende Schlag", rät die Sprecherin. Wieviel mag wohl jetzt die Werbung kosten, so viel wie bei den Olympischen Spielen? 1,5 Millionen US-Dollar in 30 Sekunden oder noch mehr? Die Bilder müssten konkreter, greifbarer sein, fallende, sterbende Menschen live, das würde die Einschaltquoten noch herauf treiben. Bei diesem leuchtenden Rot am Bagdadhimmel fehlt eigentlich das Blut, fehlt das Rot am Boden.

„Ob man sportliche Großveranstaltungen unter diesen Bedingungen absagen sollte?" wird der geladene ‚Sportexperte' gefragt. „Aus Sicherheitsüberlegungen kaum, es gibt keine bedrohlichen Anzeichen, ausschließen kann man natürlich nichts (wieder so eine Sprechblase von ‚Information', „ausschließen" können auch wir nichts). Aber der Sportjugend kann man das nicht antun ... es gibt immerhin auch noch ‚geschäftliche Interessen' (Aha!), das würde teuer zu stehen kommen, die Betriebe streiken ja auch nicht, machen ihren Job (wie eben die ‚braven Soldaten da unten'), die zivile Luftfahrt fliegt doch weiter. Wo kämen wir hin ohne Börse, die doch so positiv reagieren konnte, ohne Diskotheken (und Bordelle fügen wir hinzu), die immerhin Steuern abführen. *Nach dem Kriege* könnte die Olympische Idee die Völker wieder einander näher bringen, da werden wir uns unbedingt einschalten" (so human denken ‚Sportexperten').

Doch die satten ‚Informationen' laufen weiter. „Wie hoch sind denn die zu erwartenden Schäden und menschlichen Verluste einzuschätzen?", wird der Experte der UNO gefragt. „Ja wissen Sie, wir haben schon weltweit Spendenaufrufe verfasst, über den Umfang der Schäden sind sich die Experten noch nicht einig, das müssen wir im Plenum noch ausdiskutieren, aber jeder Dollar kommt einer guten Sache zugute. Die Arbeitsteilung ist wie bei der Mutter mit ihrem Kind – das Kind zerschlägt das Porzellan und die Mutter fegt die

Scherben zusammen." Das freut die Sprecherin, sie zieht schon ihre Börse, gibt aber zu bedenken, ob die UNO da nicht zu einem Enttrümmerungskommando verkommt. „Wir denken immer an die Menschen", meint der UNO-‚Experte', „wenn wir schon nicht für die Weltsicherheit sorgen können" (räumen wir wenigstens die Leichen weg!), „zudem wurden die Finanzen der *pazifistischen* Staaten, der Verweigerer, durch den Krieg vorerst kaum in Anspruch genommen, sie werden sich um den ‚Wiederaufbau' des Iraks geradezu bemühen ... ebenfalls aus ‚geschäftlichen' Gründen". Das leuchtet ein!

„Jetzt sind wir mit unserem Korrespondenten auf dem Dach des Informationsministeriums in Bagdad verbunden" – na endlich, aus erster Hand wirkliche Informationen. „Ich verfüge leider nur über die Bilder des staatlichen Fernsehens. Die liegen Ihnen ja eher vor als mir." Das kann natürlich eine „öffentliche" Anstalt nicht befriedigen: „Was sehen Sie zurzeit?" Antwort: „*Leider* gar keine Einschläge, nur schwarzen Rauch und Staubwolken, das verdeckt uns die Sicht (war nicht vorgesehen!)."

Nun möchte die emsige Moderatorin doch noch etwas „Konkretes" für unsere Zuschauer herausfinden: „Wie sicher fühlen Sie sich da oben auf dem Ministeriumsdach, mitten im Kampfgetümmel?" Man merkt, dass der Korrespondent tief Luft holt – er wollte eigentlich sagen: Es ist halt mein Job, er sagt aber „Wenn die Amerikaner weiter so treffen, wie den britischen ‚Tornado'-Jäger oder iranisches Hoheitsgebiet mit ‚Blindgängern', sehen meine Perspektiven nicht rosig aus, dann kann ich die ‚Entschuldigungen' von Fünfsternegeneral Franks gar nicht mehr zur Kenntnis nehmen. Aber jetzt sehe ich gerade, das Bombardement hat aufgehört, es ist ‚ruhig' (Friedhofsruhe) geworden in Bagdad. Na ja, die beste Sendezeit ist ja auch vorbei, Gute Nacht!" – „Meine Damen und Herren, wir sehen uns morgen wieder, zur selben Zeit und in der ersten Reihe – hoffentlich passiert da ein bisschen mehr."

Meine drei Schwestern

Am 10. Juni des Jahres 2002 wurde meine Frau nach kurzem Krankenhausaufenthalt mit einer tödlichen Diagnose nach Hause entlassen. Die sorgfältigen stationären Untersuchungen hatten zudem tiefe Venenthrombosen beider Beine ergeben, die sofort mit subkutanten Injektionen von Fraxiparin behandelt wurden. Von der Entlassung verständigten wir unseren Hausärztin, die versprach sich um die häuslichen Injektionen zu kümmern.

Erstaunlich zügig klingelte es an unserer Haustür: „Hier ist der Hauspflegedienst mit der Injektion“, also Einlass und Injektion. Vielleicht 25 Minuten später klingelte es wieder an der Haustür: „Hier ist der Hauspflegedienst mit der Injektion“ – das traf uns Ahnungslose zutiefst. „Wir danken – die Injektion wurde schon ausgeführt.“ Irgendetwas war anscheinend schief gelaufen, ein Missverständnis? Am nächsten Morgen dasselbe: gleich zwei Hauspflegedienste pochten mit ihren Spritzen an die Haustür. Unsere Hausärztin hatte „ihren“ Hauspflegedienst beauftragt und eine Sozialarbeiterin des Klinikums – so eine Art ‚Agent‘ – hatte wiederum das Deutsche Rote Kreuz benachrichtigt. Der „Fall“ konnte „gütlich“ beigelegt werden – das Deutsche Rote Kreuz setzte sich durch. Wir machten eigentümliche „Erfahrungen“. Eine Pflegekraft wollte von meiner sterbenskranken Frau unbedingt wissen, „warum wir so viele Bücher hätten“, sie bemängelte zudem wiederholt die „zu dicke Haut“ meiner Frau; was sich in keiner Weise bestätigte. Sehr interessiert schien sie uns eine Haushaltshilfe zu vermitteln. Letztendlich eröffnete sie uns, dass sie „eigentlich Bäcker sei“, aber sofort nach der Wende arbeitslos wurde und sich kurzerhand in einer „Umschulung“ auf den Pflegedienst vorbereiten ließ. Da verdammten wir – stille – die Wende, die uns eine Bäckermamsell als ‚Schwester‘ beschert hatte, sehr bald blieb sie uns dann – ohne unser Zutun – erspart. Schon nach drei Tagen meldete sich die AOK: Ob sich denn „im Umfeld“ der Patientin nicht jemand finden würde, der die Injektionen durchführen könne. Nun, das „Umfeld“ war ich, der Ehemann, und ich „könnte“, denn ich habe – vor Jahren – in der westsibirischen Stadt Omsk eine solide Ausbildung als Arztgehilfe („feldscher“) erhalten. So fiel denn fast die gesamte medizinische Betreuung sehr schnell an mich.

Da meine Frau so gut wie gar nichts aß, wurde ihr eine nächtliche intravenöse Zusatzernährung verordnet. Dieses wertvolle Präparat wird von der Firma Caremark in Neufahrn hergestellt und in unseren Breiten vom „Pflegemanagement“ Martina Kümmerling vertrieben, der wir die Bekanntschaft mit der Firma „cum cura“ in Potsdam verdanken, die – hochprofessionell – diese Zusatzernährung vor Ort verabreicht. Cum cura – bedeutet: „Mit Sorgfalt“ – wurde am 1. Juli 1993 in Potsdam, „mit ein bisschen Schwärmerei“ aus der Taufe gehoben. Hinter diesem trockenen Firmennamen steht ein hochengagiertes Trio – in diesem Fall eher Trinidad – aus Schwester Christel (sie ist auch die geschäftsführende Gesellschafterin), Schwester Ute und Schwester Mechthild. Trotz der wenig erfreulichen Begleitumstände schlossen wir alle drei schnell ins Herz. Sie kamen und kannten sich aus dem katholischen St. Josephs Krankenhaus in Potsdam.

Die ältere ist Schwester Christel, schlicht, geschmackvoll gekleidet, ganz kurzer Haarschnitt, kräftig, strotzend vor Güte und Lebenserfahrung, beinahe weltmännisch, immer ein ganz leichtes Schmunzeln in den Mundwinkeln, dazu dieser geschulte, auch besorgte Blick für die Patientin. Gespräche ergaben, dass sie recht emotionsgeladen ist, was ihr verhaltenes Auftreten nicht sofort verrät.

Schwester Ute, leicht gedrungen, jünger, fraulich – sie hat zwei Kinder – sehr beweglich, lebensbejahend, mit diesem verhalten-klangvollen Lachen, bei dem sie ihre schneeweißen Zähne vorsichtig strahlen lässt, Bubikopf, knappe Brille. Ihre großen Erfahrungen und im Leben bereits gemeisterte Schwierigkeiten sind ihr nicht anzusehen. So entfuhr ihr im Gespräch, dass sie in zweiter Ehe verheiratet ist, was mich für eine Katholikin etwas verwunderte. Darauf erläuterte sie mir selbstbewusst, dass diese strenge Regel absolut richtig sei, in diesem – ihrem – Falle, die Abweichung aber voll gerechtfertigt ist.

Schwester Mechthild zierlich, auf den ersten Blick fast einsilbig, längeres pechschwarzes Haar im Nacken zusammengefasst, ebenfalls Brillenträger, wirkte leicht orientalisch, etwa vom Balkan oder aus dem Nahen Osten. Auch in der Kleidung orientalisch, oft mit schwarz-roten Elementen, kleinen Applikationen, der Händedruck vorsichtig, beinahe schüchtern. Schwester Mechthild ist dem Glauben und der Institution Kirche sehr nahe geblieben, geht mindestens einmal in der Woche zum Gottesdienst, „weil die Feier der Heiligen Messe für mich auch eine Kraftspende ist", erklärt sie, „das ist Liebe zu Christus, der mit seiner Kreuzigung die Menschen erlösen wollte". In der Heiligen Messe schöpfe sie neuen Mut, um all dem Elend, den Siechenden und Sterbenden überhaupt gegenübertreten zu können. Sie bete für ihre Schützlinge und deren Lieben, stelle auch mal eine Kerze auf. Es war überaus lehrreich, sich mit ihr über Glaubensfragen zu unterhalten, denn sie bekennt sich uneingeschränkt zu den zehn Geboten und „versucht nach diesen zu leben". Der ‚Versuch' verläuft nicht ganz konfliktlos; sie lebt mit ihrem Freund in einem ehe-vergleichbaren Verhältnis zusammen – was mich nicht etwa stutzig machte; ich bewunderte einfach ihre Gradlinigkeit und ihr Vertrauen zu mir. Sie bedauerte, dass „im Prinzip der christliche Glaube in der heutigen Gesellschaft gar keine Rolle mehr spielt". Wenn die Bundesregierung immer wieder von „Werten" spricht, so können diese Werte nur christlich sein. Die hinter diesen Werten stehende Autorität bleibt die Kirche.

Bei Schwester Ute sind sehr lebendige Erinnerungen an ihre Zeit in der katholischen Internatsschule geblieben, sie „fühlte sich in das religiöse Milieu sehr gut eingebettet, und da gab es auch nichts Negatives für mich, z. B. das

Scheuern der Fußböden". Von der guten Ausbildung zehrt sie täglich, noch heute. Die Schulung läuft über vier Jahre – besser lief, denn diese traditionsreiche und Konfession fördernde Ausbildungsstätte ist unlängst dem weltlichen Rotstift zum Opfer gefallen. Unter der Fuchtel einer Internatsnonne zu stehen war gar nicht immer leicht, erst später hätte sie diese gestrenge Dame verstehen gelernt. Dabei war das Entscheidende eine innige Bindung an das Internat – ein zweites zu Hause, von dem sie noch heute schwärmt. Mit dem Eintritt in das Leben, darunter dem täglichen Dienst im St. Josephs Krankenhaus, hätte sie eine gewisse Ernüchterung erfahren, hat „das Leben von einigen guten Christenmenschen" näher kennen gelernt. Ihr Glaube wurde davon nicht erschüttert – doch sie hatte erkannt, dass Nächstenliebe außerhalb der Institution Kirche durchaus möglich sei.

Die Ausgangsmotivation der Drei bleibt der Glaube. Wobei die Rekrutierung konkret verschiedene Wege gegangen ist. Schwester Ute erzählt, dass sie schon „frühzeitig, mit 14 Jahren mit der Krankenpflege angefangen hat. Da war eine Aktion unserer Kirchengemeinde in Jüterbog, es wurde angeregt, dass man im Krankenhaus regelmäßig einen Wochenenddienst freiwillig und unentgeltlich leistet. So bin ich sonntags nach dem Frühgottesdienst für 4-5 Stunden ins Krankenhaus gegangen", das hat sie für immer geprägt. Ob solche Prägung auch bei der FDJ denkbar gewesen wäre – frage ich mich heute. Bei Schwester Mechthild hat eher das familiäre Milieu motiviert, ihre Tanten sind Krankenschwestern, in der Familie sind zwei Ärzte. Positiv wirkten sich zwei jüngere Geschwister aus, um die sie sich von klein auf intensiv kümmerte, was diesen spezifischen Fürsorgesinn gefestigt hat. Beide meinen aber, die künftige Krankenschwester muss auch von sich etwas mitbringen, es gibt Dinge, die kann man nicht erlernen. Wenn man beobachtet, wie so eine Schwester morgens das häusliche Krankenzimmer betritt, kann man das bestätigen. Da kommt nicht dieses joviale: „Wie haben *wir* denn heute geschlafen?", sondern ein dezenter Akkord: „Guten Morgen, wie haben Sie geschlafen?" Da ist keine Routine, keine Servilität, nichts Kumpelhaftes, eher das wirklich neugierige, das Intime. Oder – nicht unwesentlich – wie wird die Patientin berührt. Da wird nicht getätschelt oder lässig auf die Wange geklopft, es ist ein echtes, zärtliches Streicheln – ein Erlebnis, solches mit anzusehen.

Schwester Christel trägt wesentlich zur „Klärung" des eingangs geschilderten „Missverständnisses" bei. Durch die – „Wende" genannten – Veränderungen wurden die Hauspflegedienste völlig unvorbereitet, wie Strandgut nach einem Orkan, in die segensreiche Marktwirtschaft geschleudert. Wie Möwen versuchten sie sich die Beute – also die Sterbenden – unter einander streitig zu machen, gewiss ohne Geschrei, etwas taktvoller, mitunter sogar mit ganz bescheidenen „Aufmerksamkeiten“ und Geschenken (die es von cum cura niemals gegeben hat). Die *Dienste*, vorweg die Diakonie, die Arbeiterwohlfahrt, das Deutsche Rote Kreuz bildeten ziemlich zügig ihre Lobby in den Krankenhäusern, Sozialarbeiterinnen „vertraten“ (wie auch im Fall meiner Frau) ab Krankenhausentlassung ganz bestimmte „Interessen“. Die wirtschaftlich schwachen, z. T. neu gegründeten „privaten“ Hauspflegedienste blieben in diesem Konkurrenzkampf meist auf der Strecke, mussten sich durch zuverlässige – unermüdliche – Arbeit bei den praktizierenden Ärzten (oder wie bei uns, bei „Caremark“) erst einen „guten Ruf“ schaffen. Der Rohstoff „Kranke“ geht nie aus, muss aber täglich neu erobert werden, der objektive Bedarf an Pflegediensten wächst. Wegen der Alterspyramide und der zerfallenden Familienbande werden die Dienste mehr und mehr zur Alten- und Sterbepflege. Der geldbedingte Bettenabbau der Krankenhäusern führt die Patienten zurück zu den Hausärzten oder in die tagesstationäre Behandlung (bequem vor allem für den Patienten, er verbleibt in seiner vertrauten Umgebung), also zu den Hauspflegediensten. Nominell hat der Patient bei den Hauspflegediensten – demokratisch – die „Wahl“ unter den „Anbietern“(wie etwa bei Versicherungen oder im Fernmeldewesen). Tatsächlich ist es eine Fiktion, die an Hohn grenzt, denn der Patient ist in Zeitnot, kann nicht gemütlich „auswählen“. In der Regel ist das schon ohne ihn „geregelt“. Es gibt keine Prospekte. Welcher Sterbenskranke wird die Entlassung in seine Wohnung dazu ‚nutzen‘, durch „Surfen“ im Internet den optimalen Hauspflegedienst zu ermitteln? Er ist froh – wie wir auch – wenn zu seiner Rückkehr schon ein Dienst (nicht gleich zwei) vor der Tür steht.

Die Wende verdrängte, selbst im katholischen Krankenhaus mehr und mehr den Glauben zugunsten des Kosten-Nutzen-Denkens, die Rolle des Geldes dominierte immer mehr. Das musste sich verständlicherweise auf die Mentalität der Mitarbeiter auswirken, erzeugte nicht nur eine gewisse Distanz zur Kirche, sondern das Bedürfnis, das eigentliche, das persönliche Anliegen des Glaubens außerhalb der Kirche, im täglichen Leben, unter weitgehender Bannung des Gelddenkens umzusetzen. Dabei konnte das Leitmotiv „cum cura“, „Mit Sorgfalt“ zum Verhängnis werden – es verträgt sich einfach nicht mit dem ‚notwendigen kapitalistischen Geschäftssinn‘– wie Schwester Ute vermerkt. Die Leistungen sind, wie bei Ford in Detroit, durch Stoppuhr genormt, also auch ausgepreist, jede Überschreitung der „Norm“ durch Sorgfalt bringt hohe Verluste, woraus sich auch erklärt, dass die Drei zwar unermüdlich schuften, „aber reich ist dabei keiner von uns geworden“. Mehr noch, der Verdienst ist nicht konstant, er richtet sich nach dem jeweiligen Kontostand der Firma und wird nach diesem gemeinsam festgelegt. „Seit Herbst 1996 versuchen wir, so Stück für Stück geschäftstüchtig zu werden, es ist schwer zu sagen, wann wir endlich gelernt haben, wirklich kaufmännisch zu handeln", gelernt haben, unsere guten Vorsätze zu beschneiden. Dieser tägliche, unsichtbare Druck von außen belastet „Mit Sorgfalt" ständig. Diese Selbstlosen fragen sich, völlig unabhängig davon, ob Sozialist oder gläubiger Christ: gilt unser „Anliegen" so viel, dass ich persönlich schlechter dastehen muss als andere. Ich könnte mich – vielleicht schon auf der anderen Straßenseite – günstiger verkaufen. Eine bittere Schere – im ethischen Anliegen ganz vorne, in der Bezahlung, den Arbeitsbedingungen (Nachtschichten, Wochenendschichten, Überstunden) ganz hinten. Das führt zu der grotesken Situation, „dass wir heute sogar eine vierte Kraft einstellen würden, aber es findet sich niemand, nach unseren Grundsätzen zu arbeiten, das glaubt uns kein Mensch", so Schwester Ute.

Nach dem Ableben meiner Frau telefonierte ich sofort an die Dienst habende Schwester Ute. Sie kam sehr bald und erteilte mir viele unentbehrliche, hilfreiche Ratschläge. Darunter den, nach zwei Stunden einen Arzt herbeizurufen. Beim Erscheinen des Leichenbeschauers hielt ich die AOK-Chip-Karte meiner Frau bereit. Er meinte achselzuckend, mit dem Lebenslicht meiner Frau sei auch ihre Mitgliedschaft in der AOK erloschen, selbst wenn es erst zwei Stunden zurückliege, sie also ‚noch warm' sei. Er schickte mir also eine Rechnung über 133,55 Euro zu – die sich offiziell „Ärztliche Liquidation" (also meiner Frau) nannte. Das Beschauen und das Protokollieren dauerte etwa 15 Minuten, ein beschaulicher Job. Meine Frau hatte ja noch großes Glück, starb rechtzeitig, bekam noch Sterbegeld aus Kohls „blühenden Landschaften". Wie das mit mir einmal werden soll, bleibt problematisch, Schmalhans Schröder hat das Sterbegeld schmerzlich reduziert, diese Gabe ist nun durch den Spareichel gänzlich gestrichen.

Terra incognita

Wer möchte nicht – wie Columbus – auf Entdeckungsreisen gehen, Neues aufnehmen, Menschen kennen lernen, ja einfach lernen. Der Preis war diesmal – im wahrsten Sinne des Wortes – recht hoch, genau gesagt 11 000 Meter hoch. Es war zwiespältig, fast sieben Stunden so über dem Ozean zu hängen, noch dazu in den Breiten von Island und Grönland, wo zwar der Golfstrom das Zepter führt, irgendwo ruht sanft die „Titanic". Außentemperatur minus 60 Grad, da nützt auch die Schwimmweste unterm Sitz nicht mehr viel und 300 Fallschirme ‚rechnen' sich nicht.

Aber: Wohlbehalten angekommen im Lande der unbegrenzten Möglichkeiten, diesen Vereinigten Staaten. Sehr nette Leute dort, jedermann wird freundlich gegrüßt, der Weg erklärt, dem Behinderten die Hand gereicht. Ja, und die Kraftfahrer, die reinsten Engel. So etwas von Zuvorkommen, als seien alle Fußgänger – die durch die Bank bei „Rot", Zeichen rote Hand, über die Straße gehen – nahe Verwandte. Wenn jemand tatsächlich zögert, die Straße bei „Rot" zu überqueren, halten die Fahrer freundlich, um ihnen durchzuwinken. „Hier ist noch kein Fußgänger überfahren worden", behaupten meine Gastgeber. Ganz ähnlich geht es den spärlichen Radfahrern, die ja der Gattung der Fußgänger zuzurechnen sind. Auch Inlineskater können in diesem Verkehr genüsslich nebeneinander trudeln. Nun gut, Fahrradwege gibt es natürlich im Lande des Autos – außer in Landschaftsschutzgebieten – nicht. Dennoch sind die Zügel für diese Autos straff gehalten. Die Höchstgeschwindigkeit liegt in diesem Lande bei 65 miles, entspricht 104 km/h, in der Tat nicht sehr üppig. Ansonsten sind die Höchstgeschwindigkeiten sehr fein differenziert – 20, 25 miles (Stadtverkehr, entspricht 40 km/h) 30, 35, 40 und 50 miles. Bei Überschreitungen ist die Polizei gnadenlos, aber freundlich – sonst auch. Hübsch sind ja diese Ofenrohre als Auspuff bei den Truckern, richtige kleine rauchende Schornsteine, besonders beim Anfahren.

Die Autos sind generell bulliger, oft hochbeinig, gegen jeden Stoß gewappnet. Der extra breite Wagen – drei Sitze nebeneinander – dominiert nicht mehr. Drollig sind die polizeilichen Kennzeichen, jedem Staat – na ja, Föderalismus – sein Pläsierchen, mit Blümchen und Sprüchen. „Massachusetts – the spirit of Amerika". Dieser Geist war ja in Massachusetts vor 250 Jahren noch wirklich ‚revolutionär'. Siegreicher ‚Revolutionärer Krieg' gegen die Kolonialherren, die Briten. Also auf ihre Tradition halten diese ‚Amis' was. Neben dem polizeilichen Kennzeichen oft Schleifen – in der Art der Anti-AIDS-Schleifen – nicht rot, sondern in den Farben des Sternenbanners mit reich variierten Sprüchen: „God bless our troops", „God bless Amerika". Das geht bis zu den Wohnungstüren im Treppenhaus, wo neben großen Blumengebinden auf eben solchen Schleifen zu lesen ist: „Support our troops", „God bless our overseatroops!" (also man weiß schon, wo sich ‚unsere Truppen' befinden).

„I salute our military women." Den ‚boys' eine baldige Heimkehr zu wünschen scheint unpatriotisch, erst muss der „Job" erledigt werden. Meistens ist neben den patriotischen Sprüchen ein Sternenbanner angeheftet. An den

Quadratzentimetern des Banners lässt sich der Patriotismusgrad ermessen. Das Sternenbanner dominiert – für ein europäisches Auge schwer erträglich– überall. Ein Geländer an einem langen Strand, ‚verziert' mit Hunderten von kleinen Sternenbannern. Ganz zu schweigen von Friedhöfen, an jedem Grab ein Sternenbanner, Blumenrabatte mit Sternenbanner, selbstredend fast jede Stadtvilla, von den offiziellen Gebäuden ganz zu schweigen, beflaggt. Eine erdrückende Inflation von Patriotismus, der kaum noch eine Steigerung – etwa beim Einmarsch im Iran – zu läßt. Selbst der Präsident – sofern nicht in Tarnkleidung – am Revers ein Sternenbanner. Nichts bleibt ausgespart, Jeans, T-shirts, alles strotzt von blindem – international gesehen gemeingefährlichem – Patriotismus. Wir Deutschen haben da – selbst in den ‚besten Jahren', etwa 1914 – nichts Vergleichbares zu bieten. Das Bedenkliche bleibt, diese „Erscheinungen" sind nicht ‚verordnet', sondern – so will uns scheinen – absolut freiwillig. Hat man diesen Blankoscheck erst einmal erkannt, so wird das ‚Verhalten', die Politik der Administration voll verständlich.

Heute liegt es nahe, ‚Globalisierung' als Synonym von ‚Amerikanisierung' zu sehen, den ganzen Segen, der sich über uns ergießt nicht mehr und nicht weniger als eine friedliche Übernahme zu handhaben. Da war es einfach ratsam, sich das „Amerikanische" vor Ort, in den Vereinigten Staaten selbst, etwas näher zu betrachten.

So abwegig das erscheinen mag, man findet zunächst heraus, dass die Vereinigten Staaten von Amerika Analogien zu den ‚Vereinigten Staaten von Russland' – der ehemaligen Sowjet Union – aufweisen. Dieses generöse Bewusstsein: Wir sind ein reiches Land, ‚Wir haben's ja'. Mein beflissenes – typisch deutsches – Ausschalten von unbenötigten E-Geräten oder Beleuchtung erwies sich als überflüssig ... denn es gibt keine E-Zähler für die privaten Haushalte, die Abrechnung erfolgt pauschal – wie in Moskau oder Petersburg. Diese Pauschalsumme schließt die energiegefräßigen Klimaanlagen ein. Die sind – selbst in diesen mittleren Breiten – in Boston, allgegenwärtig. Dasselbe trifft auf das Wasser zu, Wasserzähler nicht üblich. Ob dabei kostenträchtiges ‚Ablesen' der Geräte im Spiel ist weiß man nicht. Auch im öffentlichen Leben – Straßenbeleuchtung, Leuchtreklame oder Springbrunnen – dieselbe Großzügigkeit.

Ähnlich bei den Flächen. Amerika – wie Russland – ein Flächenland. Bei der ‚Amerikanisierung' – besonders nach der ‚Wiedervereinigung' – sind auch bei uns so genannte ‚Gewerbeparks' angekommen, die nur stümperhafte Kopien dieser gigantischen – stadtauswärts zu findenden – Städte von Supermärkten mit ganzen Fußballfeldern parkender PKW darstellen. Diese Märkte bestehen aus richtigen Hangars mit Gängen, die die Breite von Fahrbahnen aufwiesen. Sogar unsere Einkaufswagen müssen da wie Liliputaner erscheinen – wie eben alles größer ist – und wahrscheinlich auch bei uns noch zu wachsen hat. Oder nehmen wir den Flugplatz in Boston – den in New York kenne ich, mit einigem Grausen, nur aus dem Film „Terminal" – eine Stadt für sich, eine ganze Halbinsel wurde belegt, die Maschinen starten und landen übers Meer, wie von einem Flugzeugträger, eine Gefahr des Absturzes auf einen Stadtteil entfällt damit. Nicht die Spur eines sparsamen Umgangs mit Flächen. Der Flughafen in Berlin-Tegel – die reinste Puppenstube gegen diesen Giganten … dafür bleibt Tegel sympathisch, übersichtlich, ein Normalbürger kann sich noch zurechtfinden. Die russischen – ehemals sowjetischen Flughäfen – sind ja auch so gigantisch, wenn ich an Moskaus Domodjedowo denke. Wie ja die Russen für ihre Auslandsflüge nach Europa Mittelstreckenmaschinen einsetzen, in den Inlandflügen dagegen Langsteckenmaschinen – andere Dimensionen …

Analog geht man mit Entfernungen um – wo unsere ‚Heimat' schon zu Ende geht – also nach 5-6 Stunden Busfahrt – beginnt bei den Amerikaner lediglich eine andere Klimazone. So etwas muss die Mentalität der Menschen zumindest mitbestimmen.

Selbst in der Entstehung sind diese Giganten nicht ganz unähnlich. Aus dem ursprünglichen Kernstück New England (das dem Old England sehr ähnelt, nur statt düsterem Sandstein – hier freundliche Holzhäuser) entsprang der Drang nach Westen unter blutiger und unblutiger ‚Landnahme' eines ganzen Kontinents, die ‚Wilden', die ‚Rothäute' mussten dieser ‚Zivilisation' eben weichen. Im alten Russland ganz analog, nur die Himmelsrichtung war entgegengesetzt – nach Osten, Samojeden, Tschukschen, Ostjaken und Tataren mussten weichen, wurden nach Norden ‚verdrängt', mit Feuerwaffen oder dem ‚Lebenselixier', dem russischen Wodka betäubt und ausgeraubt. Solche Vergangenheit kann schon so etwas wie Überlegenheitsgefühle, die ‚Größten' zu sein, hervorrufen. In beiden Ländern ist diese ‚Entstehung' des jeweiligen Staates kein beliebtes Thema. Die einen verweisen auf die ‚Reservate' die anderen auf die ‚Nationalitätenpolitik'. Wobei heute, nachdem auch in Russland die Marktwirtschaft eingezogen ist und der Hohe Norden sich – außer Gas- und Erdölvorkommen- nicht mehr ‚rechnet', die russische Bevölkerung sich mehr und mehr nach Süden zurückzieht, dadurch sind echte Chancen für die ursprünglichen Herren der Taiga und der Tundra entstanden.

Es will scheinen, dass in den – von der Bekleidungsindustrie gezüchteten – ‚Gewohnheiten', den Sitten, der Mode, was „In" ist zu tragen, Amerika immer mit von der Partie war. Die Un-„Sitte“ Kleidungsstücke zu beschriften, mit Reklame, mit Namen von Stars oder Fußballklubs, mit Filmtiteln und „Hits“ zu verzieren – mein europäisches Gedächtnis muss da passen, unsere Jugend blieb davon weitgehend verschont. Es geht ja noch weiter, mit vielfältigen schriftlichen Bekenntnissen, das einfachste noch „I love you“ oder „God bless our troops“ tritt so ein demonstratives, ein deklaratives Element, ein sich in der Öffentlichkeit zur-Schau-stellen hervor – psychologisch vielleicht sogar aus einem Minderwertigkeitsgefühl heraus, bei dem die ‚Werte‘ nicht verinnerlicht, sondern hinaus geschrien werden müssen, wo der letzte ‚Nachweis‘ durch eine fette Aufschrift erbracht wird. Sicher, das sind Spekulationen, bei denen offen bleibt, wie dieser Ungeist nach Europa überschwappen konnte – nach der Subordination nun das pure Nachäffen ausschlaggebend gewesen sein sollte. Diese hierzulande eingerissene liederliche Art sich zu kleiden, diese Fransen – die, aus Leder, allenfalls einen Indianerhäuptling schmücken konnten – diese aufgerissenen ‚Schlitze‘ an den Knien oder an delikater Stelle am Hintern, diese heraushängenden Unterhemden, nicht zugeschnürten Schuhe – alles Plagiate. Mitunter war es kaum noch möglich, einen Lederschuh auszumachen – alles diese weiß dekorierten Speziallaufschuhe – wie bei einem Marathonlauf. Selbst die einmal ‚modischen‘ Mokassins‘ haben sich überlebt. Sitzen in der U-Bahn in dieser ‚Reihe‘ mal ein Paar Lederschuhe, es ist mit Sicherheit ein Afroamerikaner, der zudem ein schneeweißes, frisch gebügeltes Hemd trägt, oder ein ‚Latino‘. Die weiße ‚Rasse‘ verkommt in ihrer eigenen Überheblichkeit. Auch die in deutsche Lande importierte Nabelschau-‚Mode‘, bis hin zu den unansehnlichen Fetten, wo man nicht mehr weiß, schwappt jetzt der Bauch vorne oder das Gesäß hinten raus. Noch nach dem Kriege gab es in Deutschland ‚so etwas‘ nicht – die ‚Globalisierung‘ unter dem Sternenbanner marschiert eben. Die äußerst ‚praktischen‘ – möglichst verschlissenen Statussymbol – Jeans kommen ursprünglich auch aus ‚Amerika‘, werden aber jetzt eher in Asien – mit gefälschtem ‚Lewis‘-Zeichen – produziert. Da entwickelt man direkt Sympathien für die gefürchteten ‚Seppelhosen‘.

Angekommen in Boston wurde ich nach meiner Badekleidung befragt – natürlich vorhanden, gleich zwei Badehosen, keine Dreiecke, mit Beinkleidern. Sie erwiesen sich als ‚untauglich‘ (?). Mir wurde freundlicherweise eine Badehose geliehen, langbeinig bis an die Knie, mit einem Netz ‚gefüttert‘, mit der ich genüsslich so tun konnte, als hätte ich tatsächlich noch etwas zu verbergen. Ob ich denn ein Handtuch mit habe. Aber selbstverständlich – es erwies sich als ‚zu klein‘ – mit diesem, meinem Handtuch ist ein sittsames Herabstreifen der nassen Badehose – nach amerikanischen Normativen – nicht mehr gewährleistet. Viel gelernt.

Ob ich denn ‚Lust' hätte, mal in die Harvard Universität zu fahren. Aber gerne. Eine geschulte DDR-Seele fragt sich natürlich, ob man und wie man denn da ‚rein' kommt – für alle Fälle Reisepass mitnehmen. Kein Mensch kam auf die Idee zu fragen, zu kontrollieren, was für ein Terrorist, DDR-Bürger, da diese heiligen Hallen betrat. Man findet rote Backsteinbauten vor, sehr ähnlich alten preußischen Kasernen, im Karree, wenig beeindruckend, ja enttäuschend; ich hatte ein monumentales Universitätsgebäude erwartet. Auf den gepflegten Rasenflächen lagen wahllos Studenten herum, pennten sogar, andere meditierten. Vor dem Bronzemonument des John Harvard (1607-1638) posierten sie zum Klausurfoto. „Darf man filmen?" Natürlich ‚darf' man, ‚darf' in den Labors, den Hörsälen, den Konferenzzimmern. Solche Schwierigkeiten gab es nur in den Verkaufseinrichtungen, den großen Märkten, da gab es ‚Mahnungen', von wegen der Konkurrenz. Einmal fuhren wir hinaus auf eine von den vielen, auf eine besonders kleine, einsame Insel, zu einem der ältesten überhaupt, Leuchtturm Amerikas. Denkt der DDR-Bürger: Schade, bestimmt ein ‚strategischer Brennpunkt', Hochsicherheitstrakt, muss es eben ohne Filmen gehen! Kommen an, ‚darf man?', aber natürlich ‚darf man', von außen von innen, der Brenner, die Linsen, die Mechanismen, das Personal inklusive Frau des Leuchtturmwärters … alles ‚im Kasten' – es lebe Amerika!

In Amerika ist man verhaltener mit dem so genannten ‚Eingemeinden', vergleichbar mit Paris, wo eben Drancy, Bobigny, Kremlin-Bicetre, St. Denis, als „Faubourg" selbstständige Städte geblieben sind. Die der Stadt vor gelagerten Orte Swampscott, Lynn oder das scheinbar mitten in der Stadt liegende Cambridge haben nie aufgehört völlig selbstständige Städte zu sein, obwohl alle längst zu einer riesigen Gesamtstadt verschmolzen sind. Amerikaner kennen somit diesen über Jahre erregenden Rausch des ‚Fusionsfiebers' unserer deutschen Lande nicht. Diese Vorstädte sind z. T. – nicht immer – nobler, ansehnlicher, beneidenswerter als das brodelnde Zentrum mit den Mietskasernen im italienischen Viertel, und natürlich seiner großen Insel eines ‚eigenen' Manhattan.

Was wirklich nobel ist, sollte ich bald erfahren. Meine Verwandten, mittellose Emigranten aus Moskau, voller Tatendrang, gewillt sich um jeden Preis in der neuen Heimat zu etablieren, waren sich nicht zu fein, um jede Arbeit anzunehmen. Obwohl bereits über 50 alt, waren sie mal Zeitungszusteller in aller Herrgottsfrühe oder Gärtner in einem dieser noblen ‚Anwesen'.

Es ergab sich, dass sich auf einem dieser „Jobs", mit der ‚Herrschaft' ein freundschaftliches Verhältnis entwickelte. Man pflegte den Umgang auch Jahre, nachdem das eigentliche Arbeitsverhältnis schon gelöst war. Ob ich denn ‚Lust' hätte, so ein Millionending (dieses Grundstück am Atlantischen Ozean hat immerhin einen Nominalwert von 25 Millionen $) und seine Erben einmal näher zu betrachten. Ich hatte ‚Lust'. Allein die prächtige ‚Auffahrt' auf das altehrwürdige Grundstück war den Ausflug wert, versprach bleibendes Futter für meine Videokamera. Nun, auch die ‚Erbin' war inzwischen eine betagte Dame, sehr freundlich, angetan, dass ihr ein ‚Deutscher' vorgestellt wurde. Sie lebte hier im Sommer mit ihrer ‚Kompagnon'-Dame, die in einer Person Kraftfahrer, Einkäufer, Köchin und Pflegepersonal verkörperte. Die Urväter dieser Dynastie hatten sich ihren Traum von einer Villa, ja einem richtigen Schloss mit ‚Wassergründstück' direkt am Atlantik verwirklicht. Dafür waren sie in großen Familienportraits, so einer Ahnengalerie verewigt. Sicher war der Preis für das Grundstück damals moderater, aber die Grundstückpreise steigen unaufhaltsam, genauer gesagt: das Geld entwertet unwiederbringlich. Rauchsalon und Schachzimmer, Esszimmer mit kostbarem Porzellan, Barock- und Rokokomöbel, alte Truhen und Vasen, erlesen Gemälde, großflächige verglaste Veranda mit Blick aufs Meer – was will man mehr. Kurz ein Museum und gar nicht mal ein kleines. Die Villa, gelegen auf einem Hügel, eingebettet in Palmen und andere subtropischen Gewächse. Draußen Hunde natürlich, verspielte, verwöhnte, nicht zur Bewachung – das besorgen Menschen. An den – privaten – Felsen rauscht die Brandung, der Blick reicht nicht aus bis zum Nachbargrundstück, kleine – private – Bucht zum Anlanden und zum ungestörten – nicht ungenierten – Baden, denn die strengen ‚Gesetze' des Umkleidens gelten natürlich auch hier, innerhalb der heiligen Familie. Lächelndes ‚Personal' – sind schließlich keine Baumwollpflücker – fleißige Gärtner und Hofarbeiter. Wir lächeln ebenfalls und setzen uns in unseren ‚Ford'.

Baden werden wir an ‚unserem', am ‚Russenstrand', wo man ohne größere Einleitung auf Anhieb jeden Russisch ansprechen kann, wo man dennoch nach amerikanischen ‚Regeln' ins Wasser geht. Auch diese amerikanischen Regeln sind natürlich – wie so vieles in diesem Lande – nicht absolut. Es sind Deutsche, die 1929 den Nudismus nach Amerika gebracht haben, so dass sich schon 1933 – als man sich in Deutschland mit dem aufkommenden Hitlerfaschismus plagte – eine erste offizielle Organisation der Nudisten formierte. Heute zählt man in diesen puritanischen Breiten, allein in der *American Association of Nude Recreation* (AANR) gut organisierte – nicht sehr angesehene, etwa 50 Tausend umfassende – eine weitere Analogie zu Russland – Nudisten. Es gibt bereits

270 Nudisten-Kurorte. Der neueste ‚Service' besteht in einem mehrstündigen Flug von Miami ‚ohne Bekleidung', der 170 Fluggäste – die sich wenige Minuten nach dem Start entkleiden – zum Bestimmungsort befördert. Kurz vor der Landung werden die Fluggäste, vor der Aufforderung ‚fasten your belts', gebeten, sich wieder zu bekleiden. Solche Flüge finden seit Mai diesen Jahres einmal im Monat statt, der Flugpreis beträgt das Doppelte des Normalen. Die Texas-Touristenagentur *Castaway* teilte mit, dass die Flüge bereits für ein Jahr ausgebucht sind – Amerika macht's möglich, wovon deutsche FKK-Freunde nicht einmal zu träumen wagen.

Da wir gerade beim Blättern in amerikanischen Zeitungen sind, hier ein zweites, kaum vorstellbares Zusammentreffen: Am ersten Tag nach meiner Ankunft brachte mein Gastgeber die russischsprachige Augustausgabe der „V novom ssvete" („In der Neuen Welt") und verwies auf eine kurze Information auf Seite 5. Unter der Überschrift „So verschwinden Lokomotiven" (mit Foto!) lesen wir: „In der Siedlung Ermakowo (das ist immerhin die Siedlung, wo ich am Jenissei, über dem Polarkreis vor 55 Jahren aus der regulären Haft in die ewige Verbannung entlassen wurde, und nun, hier „In der ‚Neuen Welt'", diese Begegnung) Ermakowo des Krasnojarsker Gebiets wurden aus dem ‚Museum des ewigen Frostbodens' zwei 40-Tonnen-Lokomotiven geklaut. Sie waren beim Bau der Verkehrsader auf dem Polarkreis Salechard-Igarka, bekannter unter dem Namen ‚stalinsche Eisenbahn', im Dienst des GULag eingesetzt. Nach dem Tode Stalins verwahrloste der Bau und die Loks wurden dem Museum zugeordnet. Der Direktor des Museums – eine Frau – ist der Meinung, dass die Loks gestohlen wurden, um sie als Schrott abzuliefern, da die örtlichen Organe verboten hatten, aus Igarka und den anliegenden Gebieten irgendwelche Objekte von historischer Bedeutung zu entfernen." Da habe ich doch ein wenig gestaunt: Amerika entgeht nichts. Inzwischen habe ich die Bestätigung von der Direktorin des ‚Museums des ewigen Frostbodens' Maria Wjatcheslawowna Meschetchkina, dass trotz einer Sonderverfügung der Verwaltung von Igarka, die dieses Gebiet zur „Architektur-historischen Zone" erklärt hat, ohne jegliche Erlaubnis viele Ausrüstungen, darunter Schienen und Loks entwendet wurden.

Nach der Zeitungszusteller- und der Gärtnerkarriere haben meine Verwandte – als Familienbetrieb mit dem Bruder – schließlich ein kleines Transportunternehmen aufgebaut. Bei selbstlosem Einsatz, ohne kleinliche Einhaltung von Arbeitszeit, ‚florierte' das Unternehmen bis zu dem tragischen 11. September, als die USA faktisch in den Kriegszustand, und – was schwerwiegender ist – in ein Kriegsbudget wechselte. Als viele Kürzungen eingetreten sind, musste auch dieses Familienmunternehmen den Riemen etwas enger schnallen. So war meine Verwandte kurzerhand, Arbeitszeit-Kalkulator, Dispatcher, Lohnbuchhalter, Personalchef und Kraftfahrer in einer Person. Da konnte ich aufschlussreiche ‚Kadergespräche' (so nannte sich das mal in der DDR) am Rande mithören.

In einem fremden Land liest man alles, was einem in die Finger kommt, alles ist neu, lehrreich. Zudem waren meine Gastgeber hilfreich, brachten mir, wo sie meinten es sei lesenswert, die Bücher direkt auf den Tisch. Da meine Gastgeber ursprünglich aus Moskau waren, dominierten verständlicherweise russischsprachige Zeitungen und Bücher. Es ist schon erstaunlich, was für Berge von russischsprachiger Literatur dort täglich das Licht der Welt erblickt – nachdem ihre Heimat ‚frei' geworden war, kamen sie in Scharen ‚rüber', sie wollten ‚Freiheit pur' – in einem ihnen völlig fremden Land. So stellte sich der Autor, Josif Boguslawski die dankbare Aufgabe, seinen in Scharen einwandernden Landsleuten dieses Riesenland mit dem Buch „Amerikanski Uspech" („Der amerikanische Erfolg" Menschen und Symbole" – herausgeben 2004 in Moskau bei ‚*Alpina, Business Book*', 251 Seiten) vertrauter zu machen. Ganz nüchtern, ohne Polemik, mit einem kleinen russisch-jüdischen Schalk, bringt er wesentliche Aspekte der amerikanischen Entwicklung, Tradition und Geschichte auf den Punkt, so hat das Buch enzyklopädische Züge. Man liest es in einem Anlauf (‚sapojem', wie man Russisch sagt, also, wie ein Quartalssäufer). Ich war so begeistert, dass meine Freunde mir anvertrauten: „Wir kennen den Autor, wenn du willst, fahren wir zu ihm." Kurz gesagt, es wurde eine besinnliche und doch heitere Teestunde bei Tee und Gebäck, bei der mir der Autor ein Exemplar mit einer freundlichen Widmung überreichte.

Mich als Nichteinwanderer überraschte dieses Füllhorn von Informationen, das jedem hilft, das Land besser zu verstehen. Der erste Teil beschreibt amerikanische Erfolgsstorys, im Wesentlichen auf unternehmerischem Gebiet, was sich über Generationen in gigantischen Vermögen niederschlug – nicht so wie bei den russischen „Oligarchen", die in 4-5 Jahren den Gipfel der Vermögenden der Welt erklimmen – Aufstieg und auch Fall von Giganten. In der Zeit des allmächtigen Industriekapitalismus auch verbunden mit großem persönlichem Einsatz, ja mit körperlicher Arbeit.

Ein Kapitel ist schlicht ‚Imperator William Herst' betitelt – er war eine Speerspitze im Kampf gegen die Sowjetunion, von dieser als „Das Zeitungsimperium von Herst" bezeichnet. In ‚besseren' Zeiten seines Aufstiegs veröffentlichte dieser in seinem „Observer" Beiträge von Jack London und Mark Twain, erfährt man. Dieses Imperium eroberte nicht nur die amerikanische Welt mit lebendigem Journalismus, mit Farbbildern, neuer Technik und in der Blütezeit bis zu 38 Tausend Mitarbeitern. Im kurzen spanisch-amerikanischen Krieg 1898 erwies sich das Haus Herst als echter Kriegsbrandstifter, durch Herst wurde der Begriff „Die Presse – die vierte Macht" geläufig. Seine vergeblichen Versuche für eine Präsidentschaftskandidatur der Vereinigten Staaten nominiert zu werden, seine Audienz beim frischgebackenen Führer, um den Antisemitismus in Deutschland zu mäßigen, sein Patriotismus im Zweiten Weltkrieg, all das erfahren wir über einen, der in der sowjetischen Presse das Synonym für die Verwerflichkeit des Weltimperialismus war.

Herst rüttelte niemals an seiner antisowjetischen Grundhaltung und sparte selbst 1944 nicht mit Giftpfeilen gegen den Generalissimus, was ihn nicht hinderte später Interviews mit Chruschtschow und Bulganin zu arrangieren, alles lesenswert. Beinahe aufregend die Geiselnahme seiner Enkelin Patricia, die nach der Zahlung des Lösegelds von 2 Millionen Dollar nicht zurückkehrte, sie hatte sich in einen der Topterroristen verliebt und war dabei selbst unter dem Namen „Tanja" zur Terroristin geworden. Überwachungsfotos identifizierten sie bei Banküberfällen und Raubaktionen mit einer automatischen Waffe. Nach einem Jahr Verfolgung wurden die „Liberalen" gefasst und verurteilt, Patricia wurde begnadigt.

Es folgt die Geschichte der Astor Familie, wo man erfährt, dass Lady Astor bei einem Besuch in Moskau in Gesellschaft von Bernhard Shaw von Stalin empfangen wurde. Sie soll Stalin die – damals unerhörte – Frage gestellt haben: „Wann, Mister Stalin, hören Sie auf die eigenen Mitbürger tot zuschlagen?" Es folgten viele andere Berichte, darunter über die Königin der Kosmetik, Helena Rubinstein und so fort.

Im zweiten Teil des Buches „Die Symbole Amerikas" werden auf fesselnde Art und Weise die scheinbar doch bekannten Symbole dieses Landes ‚Coca Cola', ‚Ford', ‚Shell', ‚Good Year' und viele andere erläutert. Lebensmittel, übliche Markenerzeugnisse, ja Saucen werden in ihrer Entstehung und Tradition vorgestellt. Ich kann nur sehr bedauern, dass dieses Buch nicht ins Deutsche übersetzt ist.

Von einem anderen Buch, das mich gefesselt hat, soll hier nur kurz die Rede sein. Es heißt „Alleine im Ozean"; der Autor ist mir entfallen. Lebte da ein sowjetischer Jude sein volles Leben als anerkannter Wissenschaftler-Ozeanograf, machte seine Expeditionen und Forschungen. Doch ihn sticht ‚der Hafer': man müsste ‚hier raus', in die große Freiheit. So plant er in aller Ruhe seine Flucht. Er bucht eine große Kreuzfahrt mit einem Schiff in den Pazifik. Ihm ist bekannt, dass dieses Schiff keinen Hafen anlaufen wird – anscheinend wegen eben solcherart Ozeanografen – will aber an ‚geeigneter Stelle' von Bord gehen. Die Atmosphäre auf dem Schiff glitt immer mehr in ein Bacchanal ab, dem er sich – jung und sportlich – nur schwer entziehen kann, das aber seine Absichten im Prinzip begünstigte. Er kannte sich in den Weltmeeren aus, hatte vor der Fahrt nochmals gründlich Karten studiert. Trotzdem fällt es ihm schwer, den Standort des Schiffes genauer zu bestimmen. Irgendwo in der Nähe der Philippinen gelingt es ihm, auf der Brücke auch mal einen Blick auf die Karte zu werfen, Strömungen auszumachen. Schließlich wurde klar, dass das Schiff den südlichsten Punkt seiner Route erreicht hatte – es ging zurück in die verhasste Heimat. Irgendwo dort hinter dem Horizont müssten ein paar Inseln sein. Er beschließt, am Abend von Bord zu springen. Leicht bekleidet – wie alle an Bord – seine Utensilien unter einem Handtuch verborgen, geht er durch die letzten flirtenden Pärchen zum Heck – und springt unbemerkt in das brodelnde Kielwasser. Jetzt war er ‚alleine im Ozean'. Zunächst konnte er sich am hell beleuchteten, davonschwimmenden Ozeanriesen orientieren. ‚War es nicht Wahnsinn, was ich hier tue?', aber es war zu spät, es gab nur noch eins ‚Vorwärts in die schwarze Nacht'. Die Sterne flimmerten, jetzt war die Himmelsrichtung nach den Sternbildern auszumachen. Dann kamen Wolken, da musste er etwas ‚warten'. Bei Sonnenaufgang kehrte die Orientierung zurück, – da ging's lang. Er schwamm, aber rundherum nichts als Wasser, kein Land in Sicht.

Es ist kaum zu fassen – wie mickrig scheint mir da meine erste Jenisseiüberquerung 1951 – der Autor schwimmt drei Nächte und zwei Tage, mal halb bewusstlos, mal energischer. In der letzten Nacht vernimmt er, fast drei Tage nichts gegessen, völlig erschöpft, im Banne des fluoreszierenden, tropischen Wassers und einiger springenden Fische, Brandung, und schwimmt verzweifelt diesem Tosen hinterher. Es war ein Riff. Eine gigantische Woge schleudert ihn in die Lagune. Er wusste, dass sich in den Lagunen nur zu oft Haie tummeln, doch ihm passierte nichts. Am Morgen wird er von Einheimischen entdeckt, die ihm Wasser reichen. Seine Mundhöhle war durch das Salzwasser völlig zerfressen, essen konnte er nicht. Die Menschen können nach seinen Gesten nur eins nicht verstehen: Warum haben ihn die Haie nicht gefressen. Er zeigt auf ein Amulett, das hätte ihn bewahrt, und die Inselbewohner nicken verständnisvoll. Wenn man so etwas liest – muss ich ehrlich gestehen – verschwindet der politische Hintergrund völlig, es bleibt nur noch der Mensch „Alleine im Ozean".

Aber zurück nach Boston und seiner schönen Innenstadt. Da gibt es eine altehrwürdige Markthalle – sie wurde umfunktioniert zu einer gigantischen

Fress- und Imbisslinie. Es ist kaum vorstellbar, wie perfekt, ja unbeschwert dort Tausende abgefertigt werden. In den Gängen, wo früher die Marktfrauen gestanden haben, endlose Imbissstände, mit einer Auswahl, die man glaubt, niemals früher gesehen zu haben, alles was dein Herz begehrt. Ja vieles kann man gar nicht begehrt haben, weil man es einfach nicht kennt, Asiatisches, Chinesisches, Spanisches, Norwegisches, Kanadisches, Lateinamerikanisches – alles sieht, bei moderaten Preisen, so lecker aus. Touristen, Schulklassen und Clerks aus den umliegenden Bankhäusern, alles versammelt sich hier zu einer großen Familie. Man isst nicht unbequem stehend. Mit den erstandenen Köstlichkeiten wandeln wir zu einem großen Speisesaal unter der orientalischen Kuppel oder man steigt über eine breite Treppe auf eine Empore direkt unter der Kuppel. Gewiss keine Klubsessel, von oben lässt sich das lustige Treiben in Parterre schön betrachten und filmen. Wenn man diese idealen Möglichkeiten ins Auge fasst, versteht man, dass sich viele einfach überfressen – und wie die Klöße durchs Land ziehen. Ich fragte meine Verwandte, wie sich so ein Fetter, eine Fette fühlt, wie er Partner findet – manche haben es sogar zu Kindern gebracht, ein kleines Kunststück. „They feel very comfortable", wurde mir erläutert. Einige platzen allerdings so aus den Nähten, sind so geil auf ‚Entschädigungen' fürs eigene Fressen, dass sie gegen die Lebensmittel-‚Ketten' prozessieren – wir nicht.

Nachwort: Ein Interview mit Anne-Marie Pailhès 2003

Anne-Marie Pailhès ist Germanistik-Professorin an der Universität Nanterre, Co-Autorin und Dolmetscherin der in Frankreich veröffentlichten Auswahl aus diesem Buch.

Anne-Marie: Nach der Wende interessierte es mich, für die DDR-Forschung zu retten, was im Verschwinden war. Mich haben eine Weile die so genannten biografischen Interviews interessiert, wo mir Leute aus ihrem Leben erzählen. Ich habe die Erfahrung gemacht, dass man mir als Außenstehende, als Französin, vielleicht mehr erzählt als einem Westdeutschen oder einem anderen Deutschen erzählen würde, weil ich einen neutralen Standpunkt habe. Diese Gesellschaft für Deutsch-Sowjetische Freundschaft interessierte mich, weil andere Vereinigungen ziemlich bekannt waren und es gibt schon viele Arbeiten über die FDJ, die Parteien oder die SED. Ich habe bemerkt, dass es über die Gesellschaft für deutsch-sowjetische Freundschaft so gut wie nichts gab, weil sie ziemlich verachtet, gering geschätzt, ihr keine große historische Bedeutung beigemessen wurde. Das war schon Mitte der neunziger Jahre, da habe ich versucht, Leute zu finden, die aktiv in dieser Gesellschaft waren, nicht um Mitglied in einer Massenorganisation zu sein, umso politisch ihre Ruhe zu haben, sondern die wirklich was dafür gemacht haben. Mir ist sehr schnell aufgefallen, dass diese Leute oft persönlich, aus ihrer Biografie heraus, damit zu tun hatten. Deshalb habe ich eine Reihe Interviews gemacht mit Menschen die betroffen waren.

W. R.: Wie bist du nun gerade auf die Familie Ruge gekommen?

A.-M.: Die DSF existierte nicht mehr, die Frage war, wie ich Leute, die in der DSF aktiv waren, erreichen konnte. So habe ich bei den Nachfolgeorganisationen der DSF gesucht, die es dann in jedem Land gab, dort habe ich angefragt und mein Anliegen erklärt, gefragt ob es möglich sei, für mich Interviewpartner zu finden. So habe ich im Februar 2000 in Potsdam vorgesprochen. Man hat mir dort gesagt, dass zwei, drei Gesprächspartner zur Verfügung stünden. So hat man mich dann mit Dir und Irina zusammengeführt.

W. R.: Wann sind wir eigentlich darauf gekommen, dass ich auch Texte verfasst habe?

A.-M.: Bei unserem ersten Treffen, wo ich ein Gespräch aufgenommen hatte, in dem es um die deutsch-sowjetische Freundschaft im allgemeinen ging. Du hast mir, als ich schon wegging, einige Texte gegeben, die damit zu tun hatten, die ich dann gelesen habe. Dabei habe ich den Eindruck gewonnen, dass diese Texte durchaus erhaltenswert sind.

Natürlich hat mich eure Biografie gleich sehr interessiert, denn ich hatte schon Leute getroffen, die ein etwas ähnliches Schicksal hatten. Allerdings war es meistens das Schicksal ihrer Eltern. Du warst der Einzige, der das alles noch selbst erlebt hat, da ihr noch sehr jung ward, als das alles passiert ist. Und du hast angedeutet, dass du noch mehr Texte hast, so habe ich versucht, nach und nach dir alle Texte zu entlocken. Das hat sehr lange gedauert, es war ein langwieriger Prozess, bis ich viele Texte zusammen hatte. Es war ein langer Weg der Vertrauensbildung.

Wann mir genau der Gedanke kam, daraus ein Buch zu machen, weiß ich nicht mehr. Nachdem ich eine gewisse Anzahl von Texten hatte, merkte ich, dass diese sehr wichtig waren, so bin ich auf die Idee gekommen, dass man daraus ein Buch machen kann, da dies ein wichtiges Zeugnis unserer Zeit ist. So etwas gibt es in Frankreich nicht. Ich hatte zudem den Eindruck, dass auch im heutigen Deutschland derartige Biografien unerwünscht sind. So ging ich davon aus, dass eine Veröffentlichung von Interesse wäre. Ich war auf der Buchmesse in Paris, wollte das Buch aber nicht bei einem traditionell linken Verlag realisieren, da sie fast alle Pleite gehen und für meine Begriffe professionell nicht immer sehr gut sind. Außerdem ist das Buch, wie mir scheint, für ein breiteres Publikum geeignet. Ich möchte dieses Thema nicht nur als einen kommunistischen Text darbieten. Ich denke, es ist für breitere Kreise von Interesse.

Ein Verlag war daran interessiert, ein berühmter Mann Jean Malaurie, der das Manuskript auch gelesen hat. Aber nach einer gewissen Zeit hat er zurückgeschrieben, die Texte seien ihm nicht kritisch genug. Man muss sagen, dass dieser Verlag dem allgemeinen Verlag Vivandi, also dem Herrn Messier, einem Freund von Herrn Chirac gehört, ideologisch passte es ihm natürlich nicht. Aber der zweite Verlag wandelte sich gerade zu diesem Zeitpunkt zu einem Dokumente-Verlag. Dort habe ich sehr sympathische Leute getroffen. Der Zufall wollte auch, dass die Leiterin des Programms Historikerin ist und Russisch kann, sich für die osteuropäische Geschichte insgesamt interessiert. Natürlich waren sie auf der Suche nach neuen Manuskripten. So ist Dein Manuskript zu diesem Verlag Nicolas Philippe gekommen.

In den drei Jahren hatten wir einen sehr regen Austausch mit wechselseitiger Wirkung, ich habe sehr viel übersetzt, sehr viele Fragen gestellt, aus denen wiederum neue Texte entstanden sind, Lücken gefüllt wurden. Du wolltest ursprünglich keine Autobiografie schreiben und die Texte hatten auch nicht die Form einer Autobiografie, so dass jetzt zwischen den ursprünglichen Texten und der französischen Version ein großer Unterschied besteht.

Damit es möglichst viele Leser interessiert, musste man aus den Texten doch etwas Zusammenhängendes machen. Da es in Frankreich veröffentlicht wird, muss man dem französischen Leser auch sehr viele Erklärungen geben, da sehr vieles unbekannt ist, was Deutschland, die UdSSR und Russland betrifft. Die jüngeren Generationen wissen fast nichts mehr. Aus einem sehr ausführlichen Briefwechsel mit Hunderten von Fragen sind nicht nur neue Texte entstanden, sondern die Briefe sind z. T. in den Buchtext eingegangen.

W. R.: Wie stellst du dir das vor, dass die Jugend aus solchen Büchern noch etwas mitnimmt für ihre Zukunft, ich bin da pessimistisch?

A.-M.: Ich bin eigentlich auch pessimistisch, man kann nur positiv überrascht werden. Es wird natürlich nicht die Massen erreichen, aber einige schon. Das wäre ein Beitrag dazu, dass man auch einmal eine andere Stimme hört, nicht immer diese Denkschablonen, wie im „Schwarzbuch des Kommunismus". Ich bin keine Kommunistin, ich bin nie in der Kommunistischen Partei gewesen, ich war in der DDR sehr kritisch, habe sogar eine Stasi-Akte, das möchte ich hier sagen. Trotzdem interessiert es mich, es geht um die Geschichte, um die Wahrheit in der Geschichte, wie man die verschiedenen Ereignisse darstellt.

Was mich in den neunziger Jahren sehr abgestoßen hat, das war diese Gleichstellung von Nazismus und Stalinismus, dieser ständige falsche Vergleich. Deswegen ist deine Stimme auch so wichtig: zu zeigen, dass die Lager des Gulag nicht dasselbe Ziel hatten, wie die Lager der Nazis. Das darf nicht alles in den Mülleimer der Geschichte gelangen, da all diese Erscheinungen ein Teil der Geschichte sind. Das ist zwar zurzeit verdrängt, aber ich denke, dass ein neuer Blick auf diese Vergangenheit kommt, dass man mit der Zeit viel differenzierter darüber sprechen wird. Gegen diese Anhäufung von Denunziationen der neunziger Jahre muß man etwas unternehmen.

Es wird in der Universität ein Kolloquium zum Thema der „Europäischen politischen Deportierten in der UdSSR" – nicht zum Buch – geben, weil man in den neunziger Jahren zu neuen Erkenntnissen zum Thema gekommen ist. Ich möchte gerne in dem Kolloquium einen Vergleich machen, was zu diesem Thema in Deutschland und in anderen osteuropäischen Ländern erschienen ist. Ich hoffe, dass Leute aus Deutschland und vielleicht aus anderen Ländern anreisen. Es wird an einem anderen Ort auch eine Lesung aus dem Buch von dir in einer prominenten Kultureinrichtung in Paris geben – inzwischen ist festgelegt, dass diese Lesung im Heinrich-Heine-Haus in Paris stattfindet.

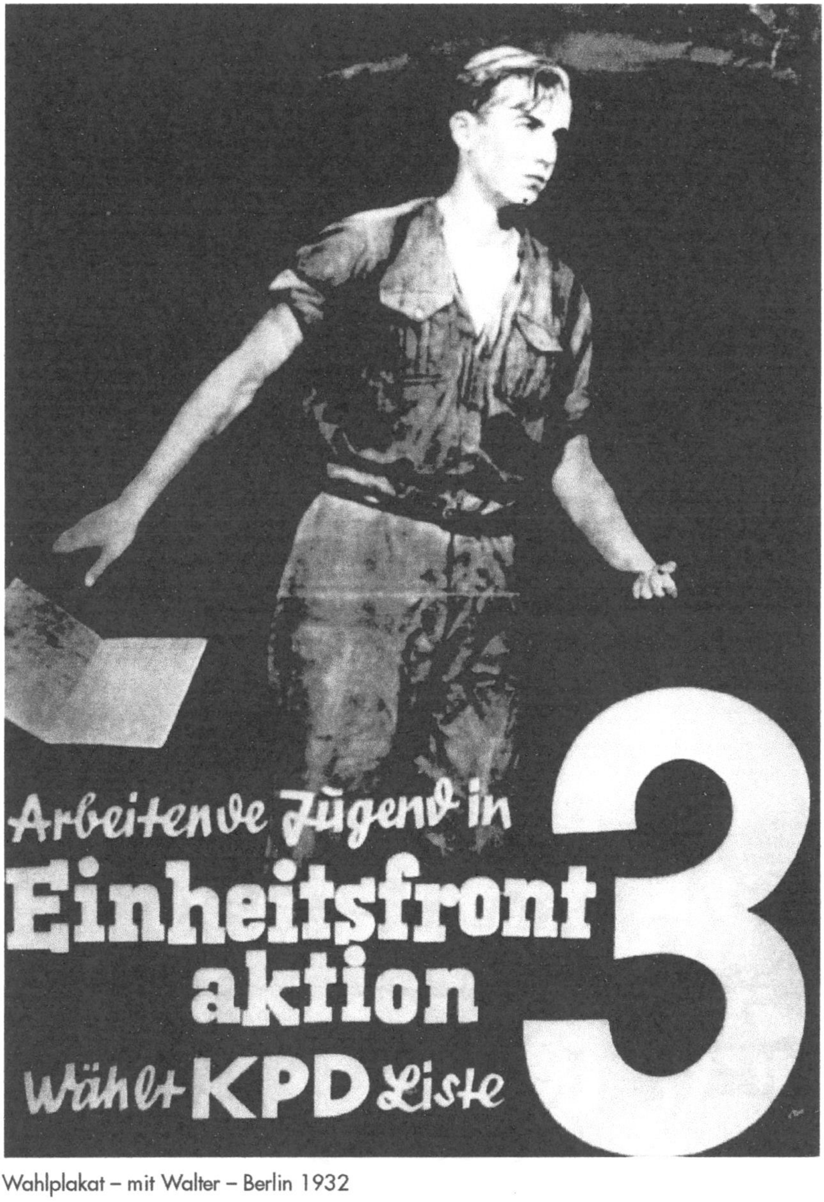

Wahlplakat – mit Walter – Berlin 1932

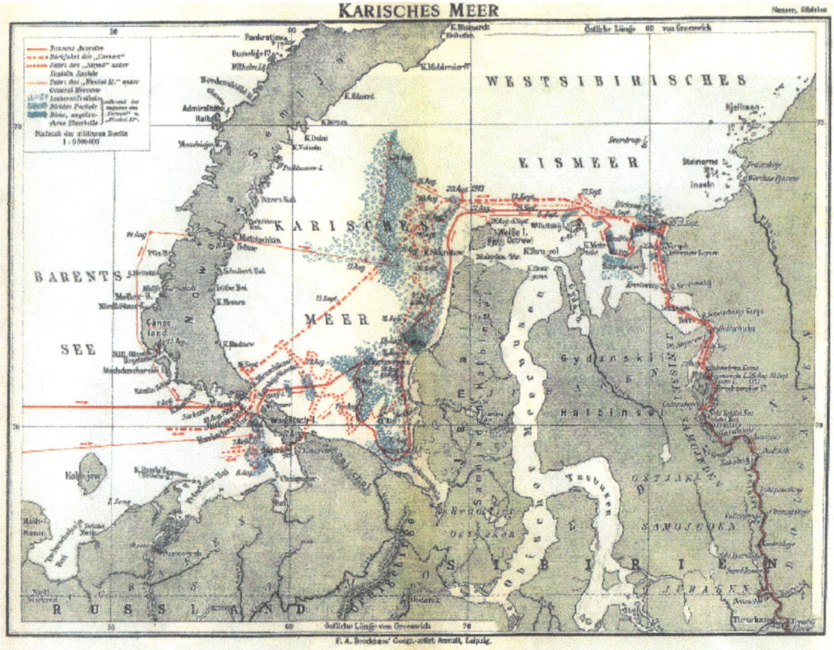

Der große Norweger Fridjof Nansen bereiste 1913 auf dem Motorboot *'Omul'* den Jenissei bis Krasnojarsk

Karl-Marx-Schule Berlin-Neukölln 1931, mit den Lehrern Meyer, Damus, Frau Baer – Fritz Pretzel, Walter vorne rechts

Die erste Irina, nach 15 Jahren – 1956 – wieder gefunden in Moskau

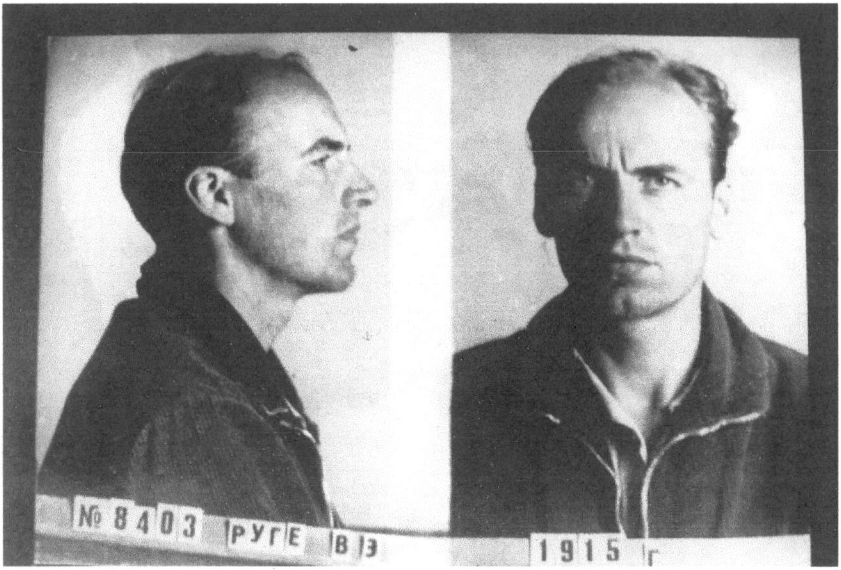

Aufnahmefoto in der Moskauer *Ljubjanka* vom 26. Juni 1941

Ruge fotografiert seine Bewacher vom Ministerium des Inneren, Ermakowo 1953

Konterrevolutionär Walter Ruge, 1946 im *Arbeitsbesserungslager* Omsk, Westsibirien

Walter 1952 im *Treibeis am Jenissei*

Fischerboot im Eisgang auf dem Jenissei, 1954

Frühling über dem Polarkreis, Ermakowo1954

Mit der neuen Irina auf dem Jenissei, Juli 1954

Auf dem Marsch zum Abzeichen *,Tourist der UdSSR'*, Ural, Juli 1955

Mit der Betriebssportgemeinschaft *,TURBINE'* am Nuthehochwasser unterwegs, Potsdam 1979

Unser Freund Toan bereitet bei uns zu Hause ein vietnamesisches Abendessen, Potsdam 1975

Der afrikanische Liebling des schönen DDR-Geschlechts, Achmed Makazouba im DEFA-Atelier, Potsdam 1975

Als sowjetischer Kulturoffizier im DEFA-Film ‚Mama ich lebe', Regie Konrad Wolf 1976

Meine unzertrennlichen Freunde, mein Hund ‚Biest' und mein schwarzer Kater ‚Petja', Ermakowo 1952